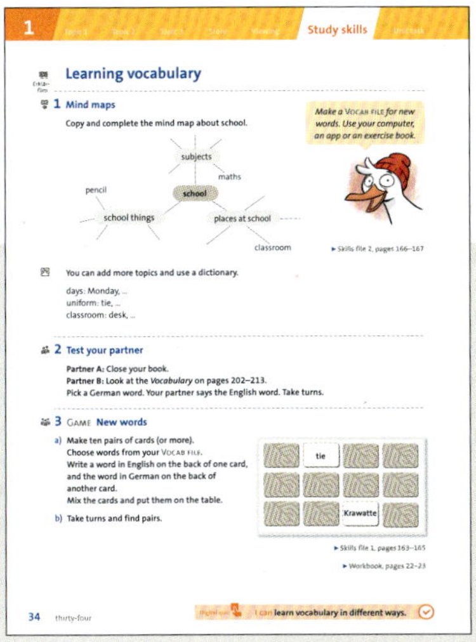

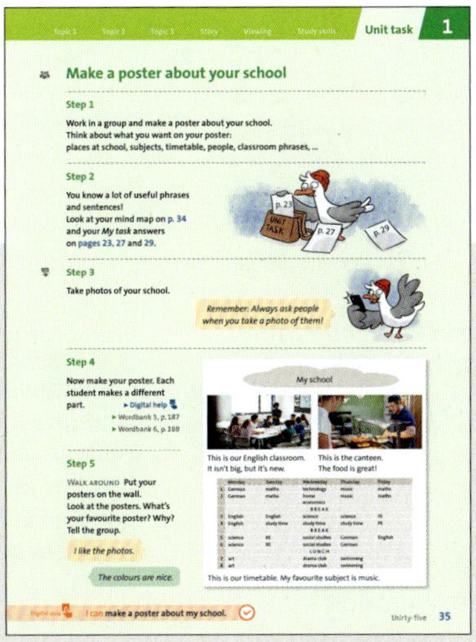

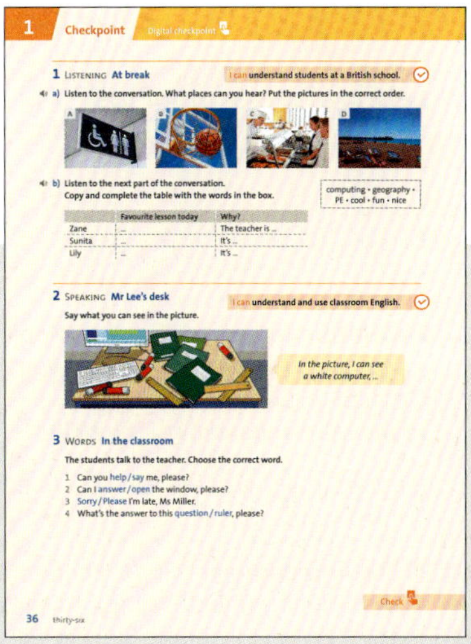

Lern- und Arbeitstechniken

Auf der *Study skills*-Seite übst du wichtige Lern- und Arbeitstechniken, z. B. wie du neue Wörter am besten lernst.

Eine Aufgabe am Unit-Ende

In der *Unit task* erstellst du ein größeres Produkt, z. B. eine Präsentation. Dabei wendest du das Gelernte aus der Unit an.

Im *Checkpoint* wiederholst du

Hier überprüfst du, wie gut du die Lernziele der Unit schon erreicht hast.

Nach Unit 2 und 4 findest du ein *Text file* mit interessanten Texten zum Thema der Unit.

Diese Verweise führen dich in die *Diff bank* am Ende der Unit

► More help	► Parallel exercise	► More practice
Hilfen zu den Aufgaben	einfachere Variante einer Übung	weitere Übungen

Diese Lernangebote findest du im hinteren Teil des Buches

► Skills file	► Language file	► Wordbank
eine Übersicht über die Lern- und Arbeitstechniken	die wichtigsten Sprachregeln	zusätzliche Wörter zu bestimmten Themen

Let's talk	Vocabulary	Dictionary
Redewendungen nach wichtigen Themen und Situationen geordnet	eine Liste der neuen Vokabeln einer Unit mit hilfreichen Tipps	alphabetische Wörterlisten zum Nachschlagen (Englisch – Deutsch, Deutsch – Englisch)

BASIC lighthouse 1

Lehrkräftefassung Plus

Die **Unterrichtsvorschläge** und **Kopiervorlagen** der *Lehrkräftefassung Plus* wurden erarbeitet von Anke Barth, Plauen und Denise Heckmann, Hannover
sowie Martin Bastkowski, Schellerten *(Vorwort)*

Beratende Mitwirkung (Unit 0, Unit 1)
Sonja Mahne, Basel

In Zusammenarbeit mit der Englischredaktion
Klaus Unger (Projektleitung); Anke Kellerhoff, Wilnsdorf
Jenny Dames, Josephine Bienert-Köhler, Chelsea Ledvinka-Heß, Natalie-Monique Bernau, Julian Theo Wacker
sowie Georg Raspe, Düsseldorf (*Lehrkräftefassung und Lösungen*)

Schulbuch (978-3-06-036263-9)

Im Auftrag des Verlages herausgegeben von
Ulrike Rath, Aachen
sowie
Martin Bastkowski, Schellerten;
Sonja Mahne, Basel;
Berit Schaarschmidt, Aschaffenburg

Erarbeitet von
Olivia Wintgens, Aachen; Rebecca Robb Benne, Kopenhagen; Zoe Thorne, Royston
sowie
Jennifer O'Hagan, Bristol (*Checkpoints*);
Ulrike Rath, Aachen (*Skills file*)

Beratende Mitwirkung
Sabine Bay, Cloppenburg; Armin Düpmeier, Warendorf; Lina Hein-Gehrmann, Wuppertal; Daniel Henn, Frankfurt/Main; Tobias Pfeifer, Dossenheim
sowie
Vertr.-Prof. Dr. Christian Ludwig, Berlin; Prof. Dr. Bernd Rüschoff, Essen; Prof. Dr. Michaela Sambanis, Berlin

Medienmanagement
Silke Kirchhoff

Illustrationen
Harald Ardeias, Schelklingen; Irina Zinner, Hamburg

Fotos
Anja Poehlmann, Brighton
Für die freundliche Unterstützung danken wir der *Varndean School, Brighton*

Umschlaggestaltung
Rosendahl, Berlin

Layoutkonzept
Klein & Halm, Berlin

Layout und technische Umsetzung
Straive *(Schulbuch)*;
Klein & Halm Grafikdesign, Berlin *(Lehrkräftefassung Plus)*;
MatMil & Kollegen, Berlin *(Kopiervorlagen)*

www.cornelsen.de

1. Auflage, 1. Druck 2023

Alle Drucke dieser Auflage sind inhaltlich unverändert und können im Unterricht nebeneinander verwendet werden.

Die ***Cornelsen Lernen App*** ist eine fakultative Ergänzung zu *Lighthouse*, die die inhaltliche Arbeit begleitet und unterstützt. Als solche unterliegt sie nicht der Genehmigungspflicht.

ISBN 9783060357666

Druck: AZ Druck und Datentechnik GmbH, Kempten

PEFC-zertifiziert
Dieses Produkt stammt aus nachhaltig bewirtschafteten Wäldern und kontrollierten Quellen
PEFC/04-31-2260
www.pefc.de

BASIC lighthouse 1

Cornelsen

Legende II

So funktioniert die Lehrkräftefassung Plus III–IV

Vorwort Lehrkräftefassung Plus V–XXVI

1 Grundschulübergang V
2 Kommunikatives Handeln VII
3 Grammatik-Vermittlung IX
4 Bewegtes Lernen XI
5 Differenzierung / Diff bank XIII
6 Individualisierung XV
7 Lern- und Arbeitsheft XVII
8 My task / Unit task XIX
9 Hybrides Arbeiten XXI
10 Medien- und Aufgabenvielfalt XXIII
Übersicht über die Begleitmedien XXV

Lehrkräftefassung mit didaktischen Kommentaren 4–264

Quellenverzeichnis 259–262

Anhänge zur Lehrkräftefassung Plus 265–342

Lösungsbeispiele 267–277
Methodisch-didaktisches Glossar 279–301
Kopiervorlagen 303–342

Symbole und Markierungen in der Lehrkräftefassung Plus

busy	Lernwortschatz (produktiv zu lernen)
°mix	situativer Wortschatz (nicht produktiv zu lernen)
+team	Wort, dessen Bedeutung sich erschließen lässt
she's tired	neue grammatische Strukturen
1 Lily • 2 Willow	Lösungen zu geschlossenen Aufgabenformaten
4 Lösungsbsp. S. 267	Verweis auf Lösungsbeispiele (s. S. 267–277)
▶ Box: Voc., p. 209	Verweis auf Merkboxen im *Vocabulary*
	Auf den Abbildungen sind jeweils die Namen (mit Aussprachehinweisen) der wichtigen Personen angegeben.
Kyle[1] 1 [kaɪl]	Aussprachehinweis bei Eigennamen und schwierigen Wörtern
1.10	CD- und Tracknummern aller für das SB aufgenommenen Hörtexte/Buchtexte
graue Schrift	fakultative Angebote

Schwerpunkte des sprachlichen Skills-Trainings

Listening Speaking Reading Writing Mediation Medienkompetenz inkl. Viewing

Verweise

▶ Bus stop	Verweis auf Einträge im methodisch-didaktischen Glossar (S. 279–301)
▶ KV 0.1	Verweis auf eine Kopiervorlage im Anhang der *Lehrkräftefassung Plus* (S. 303–342)
▶ Wordbank 6, S. 188	Verweis auf eine unterstützende *Wordbank* mit Seitenangabe
▶ Good to know, S. 20	Verweis auf eine *Good to know*-Box mit Seitenangabe
▶ Tippbox, S. 84	Verweis auf eine Tippbox mit Seitenangabe
▶ LF1, S. 174	Verweis auf das *Language file* im Anhang des SB (S. 174–183)
▶ SF1, S. 163	Verweis auf das *Skills file* im Anhang des SB (S. 162–173)

Abkürzungen

AA	Arbeitsanweisung
App	Cornelsen Lernen App
Ausw.	Auswertung
DIFF	Extra Differenzierung
EA	Einzelarbeit
Ex	Exercise
GA	Gruppenarbeit
GSE	Grundschulenglisch
HA	Hausaufgabe
INKL	Lern- und Arbeitsheft für Lernende mit erhöhtem Förderbedarf
KV	Kopiervorlage(n) (s. Anhang S. 303–342)
L	Lehrkraft
MH	More help
MP	More practice
PA	Partnerarbeit
S	Schüler/in(nen)
SB	Schulbuch
Sich.	Sicherung
TA	Tafelanschrieb
UMA	Unterrichtsmanager Plus
WB	Workbook

So funktioniert die *Lehrkräftefassung Plus*

Unit-Übersicht:
- enthält Informationen zur **Storyline**, zu den neuen **Strukturen** sowie zum **Viewing** jeder Unit und nennt die **Unit task**

2

Unit-Übersicht

Storyline: Die S erfahren mehr über Sunita und Lily, ihre Familien und Haustiere. Die vier Lehrwerkskinder beschreiben, wo sie wohnen. Es gibt eine Videotour durch Sunitas Haus und auch Lily stellt ihre Wohnung vor. Sunita beschreibt ihr Zimmer. In der *Story* beschweren sich Sunita und Nish über Bens Gesang. Die Familie versucht, das Problem konstruktiv zu lösen.
Strukturen: Fragen und Kurzantworten mit *to be* (S. 47) • *There's / There are* (S. 50)
Viewing: Tour durch Sunitas Haus (S. 50) • zwei neue Mutproben für Daisy und Emir, in denen die S Informationen über die Familie von Emir und von Mrs Collins erhalten (S. 59)
Unit task: ein Traumzimmer präsentieren

Handreichungen

Kommentierungen:
- methodisch-didaktische Hinweise zu jeder Aufgabe
- übersichtlich und schnell erschließbar in der Randspalte neben der jeweiligen Schulbuchseite

Differenzierungsangebote und Zusätze:
- Differenzierungsvorschläge für lernstärkere (☒) oder lernschwächere (☐) S bzw. *Early finisher* in grauer Schrift (optional)
- Alternativvorschläge und Zusätze ebenfalls in grauer Schrift

Glossar und Kopiervorlagen:
- gut sichtbare Verweise auf das umfangreiche methodisch-didaktische Glossar und eine Vielzahl an Kopiervorlagen

Unit 2 Einstieg:
- (SB zu) ▸ Five-finger brainstorming: S sammeln je fünf bekannte *family words* und nennen sie dann im Plenum.
- ☐ Lernschwächere S sammeln die Wörter in PA.
- L notiert die Wörter (TA Stammbaum, ▸ Vokabelarbeit).
- S tauschen sich im ▸ Partner talk über die Namen ihrer fünf Familienmitglieder aus.
  L: *Talk about one member of your family for each finger.*
  S: *My mother is Sandra. / My father is …*
- TA: Vokabeln für Ex 1 im *Vocab file* sichern.

Ex 1 Einstieg:
- (SB zu) L zeigt die Bilder von S. 44 (UMA).
  L: *What or who can you see in the pictures?*
  S: *I can see Sunita and Lily / three photos / Sunita's family.*

Erarbeitung:
a) (SB auf) **1. Hören:** S zeigen im Buch auf die Personen.
- **Ausw.: 2. Hören:** L stoppt Aufnahme, ein/e S zeigt auf die jeweilige Person (UMA).

b) S lesen die Satzanfänge A–J. Kurze Wdh.: Bedeutung von *'s*.
- S lesen die Wörter im Reservoir u. erfragen die unbekannten (▸ Semantisierung).
- Ggf. im TA (s. Unit-Einstieg) neue Wörter ergänzen.
- **3. Hören:** S notieren die Lösungswörter.
- **4. Hören:** S überprüfen ihre Lösungen.
- ☐ ▸ Parallel ex, S. 70
- **Ausw.:** im Plenum, mit TA

44

Unit 2
My family and home

1 WORDS **Sunita's family**

1.29

a) Listen to Sunita and Lily. Point at the people in Sunita's family.

b) Listen again and complete the sentences with the words in the box. ▸ Parallel exercise, p. 70

A Meera is Sunita's …
B Nish is Sunita's …
C Ben is Meera's …
D Ben is Willow's …
E Priya is Sunita's …
F Rahi is Sunita's …
G and H Jay and Anika are Sunita's …
I Grandma Chandra is Meera's …
J Grandpa Chandra is Meera's …

aunt • brother • cousins • mum (2x) • dad (2x) partner • uncle

1 b) A mum • B brother • C partner • D dad • E aunt • F uncle • G, H cousins • I mum • J dad

44 forty-four

Inhalt:
- bietet eine Übersicht über **Lernschwerpunkt**, **Kompetenzen**, **Strukturen** und **Redemittel** jeder Doppelseite

Vorbereitung:
- listet das benötigte **Material**, den Einsatz der **Kopiervorlagen**, den ungefähren **Zeitbedarf** und die **Begleitmedien** auf
- nennt eine **Minimalversion**, wenn einzelne Aufgaben, z.B. bei Zeitmangel, ausgelassen werden können

2

Lead-in Inhalt

Lernschwerpunkt: Familienverhältnisse verstehen (Sunita und Lily betrachten Familienfotos und einen *circle of important people*)
Kompetenzen: Listening Dialogen Informationen über Familienverhältnisse entnehmen • Speaking sich über Familie, Freunde und Nachbarn austauschen
Redemittel: Wortfeld *family words*

Vorbereitung

Material: Ex 1 UMA, UMA/CD/App • Ex 2 UMA/CD/App, von L vorbereiteter *circle of important people*, ▸ KV 2.1: My circle of important people (Klassensatz)
Zeitbedarf: ca. 2 Std.
Begleitmedien: WB (S. 26), App (Digital quiz), INKL (S. 48–49), DIFF (2.1), Unit plans (Unit 2)

Nach dieser Unit kann ich ...
- über meine Familie und unsere Haustiere sprechen
- mein Zuhause und mein Zimmer beschreiben
- Wörter buchstabieren

Unit task
- mein Traumzimmer präsentieren

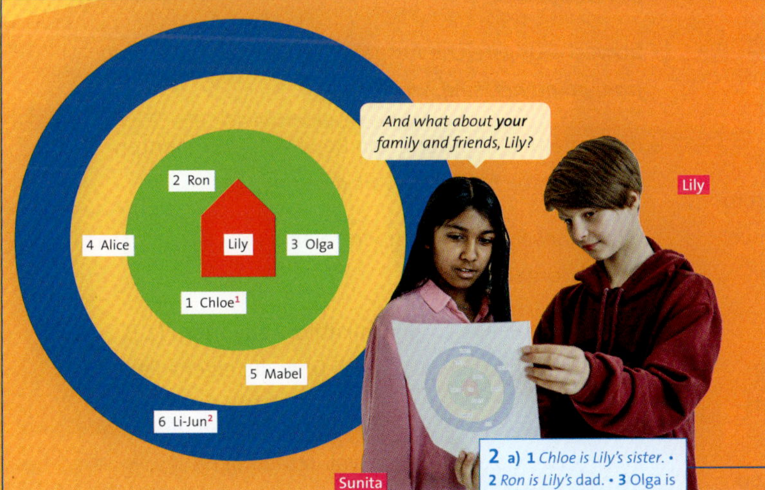

2 a) 1 *Chloe is Lily's sister.* • 2 *Ron is Lily's dad.* • 3 *Olga is Lily's mum.* • 4 *Alice is Lily's best friend.* • 5 *Mable is Lily's grandma.* • 6 *Li-Jun is Lily's neighbour.*

2 b) individuelle Lösungen

2 Listening A circle of family, friends and neighbours

1.30 a) Look at Lily's circle. Listen and make six sentences.

1 Chloe is Lily's sister.
2 Ron is Lily's ...

b) Speaking Draw your circle of °important people and tell a partner about them.

Gabriela is my ...

▸ More practice 1, p. 70 ▸ Wordbank 7, p. 189

▸ Workbook, p. 26

Digital quiz I can talk about my family.

1 ['kləʊi:] 2 [li: 'dʒu:n]

Nach dieser Unit ...
- L bespricht mit S die Lernziele der Unit (s. links) und kündigt die *Unit task* an.
- Am Ende der Unit überprüfen die S das Erreichen der Ziele mithilfe des *Checkpoint* (S. 62–65) bzw. gemeinsam im Plenum.

Ex 2 Einstieg:
- (SB zu) L präsentiert vorbereiteten *circle* als TA (eigene Familie/Freunde).
  L: *This is my circle of important people. Let me tell you about them.*
- L führt dabei auch die neue Vokabel *neighbour* ein.

Erarbeitung:
a) (SB auf) *Pre-listening*: Vermutungen anstellen.
L: *Look at the picture. What are Lily and Sunita talking about? Who are the people in this circle?*
S: *I think Ron is Lily's dad. / ...*
- S schreiben die Namen (1–6) ins Heft.
- **1. Hören:** S notieren die Lösungen im Heft.
- **2. Hören:** S prüfen.
- **Ausw.:** im Plenum

b) S nutzen ▸ KV 2.1.
- ▸ Partner talk
- **Zusatz:** ▸ Double circle: S tauschen sich mit mind. fünf anderen S aus.
- **Ausw.:** Freiwillige S stellen ihren *circle* im Plenum vor.
- S heften ihren *circle* in ihr ▸ Dossier.
- **Zusatz:** S ergänzen ggf. als HA Fotos oder Zeichnungen der Personen im *circle*.

Lehrkräftefassung

Markierungen und Symbole:
- deutlich markiert sind neuer Wortschatz, neue Strukturen, Vokabelboxen und Aussprachehinweise
- Symbole neben den Aufgabennummern zeigen, welche Kompetenz geübt wird
- Lautsprechersymbol und Tracknummer bei Hörverstehensaufgaben

Lösungen und Lösungsbeispiele:
- befinden sich in einem blauen Kasten direkt neben der jeweiligen Aufgabe
- ausführlichere Lösungsbeispiele s. S. 267–277

Eingerahmte Verweise:
- deutlich hervorgehobene Verweise auf zusätzliche Angebote der *Diff bank* (*More practice, More help, Parallel exercise*) und des Schulbuch-Anhangs (*Skills files, Language files* und *Wordbanks*)

1 Grundschulübergang

Mit dem neuen *Lighthouse Basic* wird ein differenziertes Lernen und lebendiges Unterrichten durch lebensnahe Themen und multimediales Üben ermöglicht. Dabei liegt ein umfassendes Differenzierungskonzept für Lernende an Hauptschulen und differenzierenden Schulformen ab Klasse 5 vor.

Lighthouse Basic adressiert insbesondere lernschwächere Schülerinnen und Schüler und zielt darauf ab, ihr Potenzial so zur Entfaltung zu bringen, dass sie den Hauptschulabschluss erreichen. Es ist damit ideal für den Einsatz an Hauptschulen und für den differenzierenden Englischunterricht in Grundkursen an Gesamtschulen und verwandten Schulformen.

Lighthouse Basic zeichnet sich durch ein überwiegend leichtes Aufgabenniveau und eine starke Kleinschrittigkeit aus. Die Schülerinnen und Schüler werden durch ein umfangreiches Angebot an Hilfen und *Scaffolding* sowie ein hohes Maß an Visualisierung unterstützt.

Mit der *Lehrkräftefassung Plus* möchten wir Ihnen als Lehrkräften eine effektive Entlastung bei der Unterrichtsvorbereitung und -durchführung an die Hand geben.
Im folgenden Vorwort finden Sie zu den Grundsätzen und zentralen Charakteristika des neuen *Lighthouse* konkrete Beispiele und Erklärungen.

Rolle von *Hello! Nice to meet you*

Ein wichtiges Ziel des neuen *Lighthouse* ist es, die Schülerinnen und Schüler mit ihren unterschiedlichen Vorkenntnissen in puncto Grundschulenglisch auf ihrem Leistungsstand gezielt abzuholen und mit niedrigschwelligen Aktivitäten von Anfang an für den Englischunterricht der Sekundarstufe I zu begeistern.

Hello! Nice to meet you dient in diesem Sinne als sogenannte *pick-up unit*, d.h. als eine Übergangsunterrichtseinheit, in der Elemente des Englischunterrichts an Grundschulen Anwendung finden: typische Aktivitäten und Übungen (s.u. Übergangsaktivitäten), Medien (z. B. Bilder, Lieder), thematische Bezüge (eigene Vorstellung, Ferien, Freizeit etc.) sowie bereits erlernte kommunikative Fertigkeiten (s.u. Skills-Schwerpunkte). Somit bietet *Hello! Nice to meet you* neben der motivatorischen Funktion eine diagnostische Grundlage über den Ist-Stand der Schülerinnen und Schüler.

Skills-Schwerpunkte

Der Englischunterricht an Grundschulen legt einen klaren Fokus auf die kommunikativen Fertigkeiten des Hör-/ Sehverstehens und des Sprechens. Demgegenüber sind Schreiben und Sprachmittlung als nachrangig zu betrachten.

Um den Grundschulübergang für die Lernenden zu vereinfachen, sind die ersten Seiten in *Lighthouse* daher den o.g. Fertigkeiten gewidmet, wie die verschiedenen Aktivitäten auf den abgebildeten Buchseiten zeigen.

Die Zielsetzung für die weiteren Units ist eine sukzessive Anbahnung der produktiven Fertigkeiten des Schreibens und der Sprachmittlung sowie eine Vertiefung der rezeptiven Fertigkeiten des Hör-Sehverstehens und des Lesens.

Übergangsaktivitäten

Die ersten Seiten von *Lighthouse* bieten eine ganze Palette an fachdidaktischen Mitteln für den Grundschulübergang an, um die Begeisterung für die englische Sprache auch in der Sekundarstufe I aufrechtzuerhalten. Dazu gehören:

- ein hoher Grad an visuellen Inputs (s. die Bilder auf der Doppelseite)
- abwechslungsreiche Aufgabenstellungen (z. B. *listen, find, point, act, sing, walk* etc.)
- die gezielte Einbindung von Bewegungselementen (z. B. Aufgabe Nr. 3 mit *Walk around*)
- ein großes Repertoire an *Scaffolding* (*sentence starters*, Sprachvorgaben)
- niedrigschwellige kommunikative Aktivitäten (z. B. kurzer dialogischer Austausch über die eigene Person)
- spielerische Aspekte (*Look at the picture for 30 seconds. Close your books. What can you remember?*)
- die Adressierung verschiedener Lernkanäle (z. B. musikalisch anhand des Liedes, visuell anhand der Bilder, sprachlich anhand der *phrases*, interpersonell anhand des *Walk around* etc.).

Alle oben genannten Aufgabenformate und Aktivitäten sind den Schülerinnen und Schülern bereits aus der Grundschule bekannt, so dass sie sofort einen inhaltlich-sprachlichen Einstieg in den Englischunterricht der Sekundarstufe I finden und die Möglichkeit erhalten, sich aktiv zu beteiligen.

Goodbye, holidays!

1 In the picture

a) Find, point and say.

Scout the seagull   Leo's mum   Ben
two numbers   two colours   two drinks
two animals   two things to eat

I can see ...   *Here's ...*   *I can see the colour ...*

▸ Wordbank 2, p. 184

b) Look at the picture and listen. Match sounds 1–6 to A–F in the picture.

c) Look at the picture for 30 seconds again. Close your books. What can you remember?

I remember Scout and a dog.

I remember Scout.

I remember Scout and a dog and a ...

2 Song Scout's song

Listen and act out the song. Then listen again, act and sing.

Hi, hello
Nice to meet you today.

How are you?
I'm fine, I'm OK.

I live in Brighton
Right by the sea.

"Look out! It's Scout!"

I'm a seagull, I'm Scout the seagull.

I can fly in the sky
SO HIGH

Over the sea!

▸ Workbook, p. 8

Digital quiz   I can talk about a picture.

Lighthouse (Basic Edition) Band 1 (9783060362639), S. 12–13

3 Hello class

Walk around Say hello to four other students. Ask and answer the questions. Look at picture 4 for help.

Hello! I'm ...
What's your name?

Hi! I'm ...

I like ...
What about you?

I like ...

Digital quiz   I can introduce myself.

Lighthouse (Basic Edition) Band 1 (9783060362639), S. 11

2 Kommunikatives Handeln

Zielsetzung des Englischunterrichts

Das neue *Lighthouse* leistet einen essenziellen Beitrag, um die zentrale Zielsetzung des Englischunterrichts zu erfüllen, nämlich die Schülerinnen und Schüler zu befähigen, inhaltlich-sprachlich sowie kulturell adäquat in Realsituationen zu handeln.

Dazu werden im Verlauf der Schuljahre konsekutiv die drei Handlungsebenen der Rezeption, Produktion sowie Interaktion geschult und anhand zahlreicher Aufgaben und Übungen trainiert.

Um dies erfolgreich umzusetzen, benötigen die Lernenden zum einen kommunikative Fertigkeiten, also Sprechen, Schreiben und Sprachmittlung als produktive Fertigkeiten sowie Hör-/Seh- und Leseverstehen als rezeptive Fertigkeiten. Zum anderen benötigen sie sprachliche Mittel wie Grammatik, Wortschatz, Aussprache etc., die als Vehikel zur Umsetzung der kommunikativen Fertigkeiten dienen.

Des Weiteren müssen auch interkulturelle Kompetenzen (z. B. kulturelle Aspekte) sowie Methodenkompetenzen (Lernstrategien, Mediennutzung etc.) vorhanden sein, um die Zielsetzung zu erfüllen.

Die zahlreichen kommunikativen Aufgaben in *Lighthouse* leisten hierfür einen wichtigen Beitrag.

Kommunikative Ausrichtung der Aufgaben

Die Übungen und Aufgaben in *Lighthouse* basieren auf modernen fachdidaktischen Modellen und aktuellen Leitprinzipien. Das sind z. B. das Prinzip des Übens (d. h. die Integration inhalts- und sprachbezogener Übungssituationen) und das Prinzip der Authentizität (d. h. die Einbindung alltagsnaher Themen und Kommunikationsszenarien). Hinzu kommen die Merkmale guten Englischunterrichts, die konsequent im Schulbuch eingebettet sind:

- hoher Grad an *Scaffolding*
- effektive Mediennutzung
- Fokus auf die Lernenden
- thematische Behandlung von bedeutungsvollen Inhalten
- die Umsetzung kommunikativer Szenarien.

Das Beispiel rechts von Aufgabe 4 *A conversation with Ryan* zeigt, wie viele Merkmale guten Englischunterrichts in einer Aufgabe platziert werden können.

Mit *I can talk about my free time* liegt ein für die Schüler und Schülerinnen authentisches, bedeutungsvolles und realitätsnahes Thema vor. Daneben ist Aufgabe 4 kommunikativ in eine Konversation eingebettet und wird durch *Scaffolding*-Elemente unterstützt. Weiterhin fungiert Lilys Kalender mit mehreren Aktivitäten als zielführender Medieninput, um das kommunikative Szenario erfolgreich umzusetzen. Mit dieser Aufgabe werden die Lernenden dazu befähigt, sich kommunikativ über ein Thema auszutauschen.

Die kommunikative Ausrichtung der Aufgaben gilt nicht nur für die produktiven Fertigkeiten (Sprechen, Schreiben), sondern auch für rezeptive Fertigkeiten (Hör- und Leseverstehen).

Anhand der *profiles* bauen die Lernenden in der Aufgabe *FindAPet* sukzessive ihre Lesefertigkeit auf. Dabei nutzt *Lighthouse* das fachdidaktische Modell der *pre-/while-/post*-Phasen.

Zunächst entscheiden die Lernenden in Nr. 6a) anhand mehrerer Bilder und kurzer Texte, welches der dargestellten Haustiere ihr Lieblingstier sein könnte. Das ist die *pre*-Phase, in der für das gesamte Unterrichtsszenario zunächst ein kontextueller Rahmen geschaffen wird.

Mithilfe einer klaren Leseaufgabe in Nr. 6b) wird niedrigschwellig das Leseverstehen in der *while*-Phase aufgebaut.

Die *post*-Phase in Nr. 6c) animiert die Lernenden, eine eigene Meinung zu bilden und diese zu begründen.

Mit diesem Modell erfährt der Englischunterricht eine klare und logisch aufgebaute Schrittigkeit mit einem im Mittelpunkt stehenden *Skills*-Fokus (hier: Leseverstehen).

4 Speaking **A conversation with Ryan**

I can talk about my free time.

Lily and Ryan talk about their free time. Look at Lily's calendar and say her answers.

What's your hobby? — *My hobby is ...* — *What clubs are you in?* — *I'm in the ...*

Mon.	Tue.	Wed.	Thu.	Fri.	Sat.	Sun.
parkour	parkour	homework club	art club		parkour	

Check

ninety-five 95

6 Reading ***FindAPet***

a) Before you read Look at the pictures. Which pet is your favourite?

b) Now read about the pets. Read about Lily's dream pet too.

My dream pet is interesting. It's not too big or too loud!

c) Which pet is right for her? Say why.

I think ... is right for Lily because ...

Rex is a big and happy dog. He's very friendly, but he's very loud!

Axel is a special pet – he's a small, green lizard. He's quiet and very fast.

Maude is an old and slow cat. She's cute, but she isn't very friendly!

48 forty-eight

Lighthouse (Basic Edition) Band 1 (9783060362639), S. 95 und 48

3 Grammatik-Vermittlung

Engage – Discover – Activate: kommunikative Vermittlung grammatischer Phänomene

Die Vermittlungsform grammatischer Phänomene ist seit Jahrzehnten ein kontrovers diskutiertes Feld. Mittlerweile liegen zahlreiche Modelle mit unterschiedlich komplexen Phasierungen und Fokussierungen vor. Mit dem neuen *Lighthouse* offerieren wir mit *Engage-Discover-Activate* eine neue Grammatikkonzeption, die praktikabel, flexibel und kleinschrittig angewendet werden kann. Dabei steht vor allem eine kommunikativ-kontextuelle Einbettung des grammatischen Phänomens im Mittelpunkt.

In der ***Engage***-Phase erfolgt zunächst eine inhaltliche Hinführung zum Thema. Anhand eines Inputs (z. B. Lied, Lesetext, Bild etc.) wird eine Kontextualisierung hergestellt und eine inhaltliche Beschäftigung mit dem Input initiiert. Das grammatische Phänomen ist dabei bereits in den Input eingebettet, so dass die Schülerinnen und Schüler es bereits unbewusst kennenlernen.

In dem Beispiel rechts (Nr. 4 *Before and after school*) besteht die thematische Kontextualisierung in Zanes Tagesablauf. Das grammatische Phänomen des *simple present* ist in den Zeitungsartikel *Best Kids Competition* eingebettet. Dabei arbeiten die Schülerinnen und Schüler zunächst inhaltlich (*focus on meaning*) mit dem Text, wie in Aufgabe 4b) umgesetzt.

Mit Blick auf den Erwerb einer neuen grammatischen Struktur sollen die Lernenden die *target structure* auch bereits reproduktiv umsetzen (*reproducing chunks*). Dazu werden in Aufgabe 4c) die einzelnen Tagesabläufe von Zane in die richtige Reihenfolge gebracht, wobei das *simple present* in dieser Phase unbewusst angewendet wird. Damit ist die gesamte *Engage*-Phase primär inhaltlich ausgerichtet, beinhaltet aber bereits die angestrebte grammatische Struktur.

In der Folgephase ***Discover*** erfolgt ein klarer Fokus auf die *target structure* (in unserem Beispiel das *simple present*) und die Aspekte *form*, *function* und *use*. Diese werden von den Lernenden (selbst-)gelenkt entdeckt oder von der Lehrkraft präsentiert. Dazu eignen sich u. a. auch Erklärfilme (wie hier in Aufgabe 5 angeboten) und sprachbewusste Aufgaben, wo die Lernenden Unterschiede in den Verbformen beim *simple present* erkennen (s. 5a) und 5b)). Um die Sprachbewusstheit der Lernenden zusätzlich zu steigern, können in dieser Phase auch weitere Schritte zum Einsatz kommen, z. B. die Umsetzung von *timelines*, *grammar posters* oder *grammar cards*.

Mit ***Activate*** erfolgt nun die dritte Phase der Grammatikvermittlung. Diese teilt sich zunächst in rezeptiv-kommunikative und produktiv-kommunikative Aktivitäten ein. Die Ursache liegt darin, dass nach dem sprachlichen Fokus in der *Discover*-Phase kein zu schneller Übergang in die kommunikative Umsetzung erfolgen sollte. Daher stärken die Lernenden zunächst rezeptiv ihre Sprachbewusstheit durch das Finden der richtigen Verbform (s. Nr. 6) sowie musikalisch anhand eines Liedes (Nr. 7).

Im Anschluss erfolgt eine produktive Aktivität im Rahmen der *My task*, wo das *simple present* als *target structure* kontextualisiert und mit einem klaren *Outcome* (*Write to Zane about your day*, s. Nr. 8) angewendet wird. Dazu erhalten die Lernenden einen hohen Grad an *Scaffolding* (Mustertext mit Lücken und blau markierten Teilen, die ersetzt werden sollen, außerdem *Digital help* und *Wordbank*) als Unterstützung, um die Aufgaben inhaltlich und sprachlich erfolgreich zu bewältigen.

4 READING Before and after school

a) BEFORE YOU READ **What's true about Zane? Talk to a partner. Then check on the pages in Unit 1.**

1 His hobby is parkour. (U1, p. 19)
2 He's a swimmer. (U1, p. 19)
3 He's always busy. (U1, p. 30)

His hobby is parkour.

I think that's right/ wrong. Let's check.

b) **Zane's family is in the newspaper. Look at the picture, the title and the first paragraph. Choose the correct answer.**

Who is Louise Adebayo? – She's Zane's teacher/mum.
Who can win the competition? – The best kid/pet.

My son is the best!

This text for our 'Best Kids Competition' is from Louise Adebayo. It's about her son Zane (11).

I use a wheelchair. My husband Eno has a cafe and he works long days. On weekdays, my son Zane helps me.

Zane gets up at 7 o'clock and has a shower. Eno makes breakfast for us and we all eat breakfast. Zane walks with his sister Holly to her school at 8.15 and then he goes to his school. Then I work on the computer. I write books.

Zane meets Holly at her school at 3.20 and they walk home. Then he does his homework. It takes an hour. Sometimes Zane helps me with dinner. Or he talks to his friends or watches TV. On Friday he goes swimming.

Zane, you're a really good kid. You're not in trouble at school and you always help me. You're the best!

5 LOOKING AT LANGUAGE Simple present

Erklärfilm

a) **Read these sentences from the text and find the rule.**

I use a wheelchair.
We all eat breakfast.

Die Zeitform der Verben *use* und *eat* heißt *simple present*.
Was ist richtig? Wähle A oder B.
Mit dem *simple present* sagst du,
A was jeden Tag oder oft passiert.
B was schon passiert ist.

Now complete these sentences with the verbs in the box.

help • walk • work • write

1 I ... on the computer.
2 I ... books.
3 They ... home.
4 You ... me a lot.

b) **Read these sentences from the text and find the rule.**

Eno has a cafe.
He works a lot.

Wann verwendest du das Verb mit s? Wähle A oder B.
A mit *he, she, it*
B mit *I, you, we, they*

Now complete these sentences with the verbs in the box.

does • goes • takes • talks

1 He ... to school.
2 He ... his homework.
3 It ... an hour.
4 He ... with his friends.

► Language file 10, p. 179 ► More practice 6, p. 100

6 On Saturday

Zane's mum tells a friend about the family's weekend. Choose the correct verb.

On Saturday Zane and Holly often (1) get up/gets up late. Eno (2) get up/gets up first and he (3) do/does the shopping. Then he (4) make/makes breakfast for us and we all (5) eat/eats. In the afternoon I (6) work/works. Eno and the kids (7) go/goes to the park or they (8) play/plays a game at home.

► More practice 7, p. 100 ► More practice 8+9, p. 101

► Workbook, pages 41–43

7 SONG The morning song

a) BEFORE YOU LISTEN **Match the activities 1–6 to the photos A–F.**

1 eat your breakfast
2 go to school
3 have a shower
4 get dressed
5 brush your teeth
6 get up

b) **Listen to the song. What happens first? What happens next? Put the pictures in the correct order. You don't need one picture.**

c) **Listen to verse 6. Say how the song ends. The girl says:** *Today is ...*

► More help, p. 101

My task

8 My school day

a) **Read Zane's post and pick A or B: He wants to know about your**
A class project B school day.

Hi, everybody!
My class has a project about the school day in other countries. Please tell us about your school day. Thanks.

b) **Complete Leni's post with the words in the box.**

ends • get up • live • play • starts • takes

Hi, Zane!
My name is Leni and I (1) ... in Bochum. This is my day.
I (2) ... at 6.30. I have a shower and eat breakfast.
I go to school by bus at 7.30. The journey (3) ... 20 minutes.
School (4) ... at 8 o'clock. I have lunch at school.
School (5) ... at 3.15. In the afternoon I often (6) ... football.
I go to bed at 8.45.
What about you?
Bye, Leni

c) **Write to Zane about your day. You can use the text in b) for help. Change the words in blue if necessary. Put your text in your DOSSIER.**

► Digital help ► Wordbank 10, p. 191

Digital quiz I can describe my daily routine.

Lighthouse (Basic Edition) Band 1 (9783060362639), S. 79–81

X

4 Bewegtes Lernen

Skills-Förderung durch Bewegungselemente – Verknüpfung von Bewegung und Sprache

Die zielführende Einbindung bewegungsreicher Aktivitäten offeriert ein enormes Potential zur Förderung verschiedener kommunikativer Fertigkeiten (Hör- und Leseverstehen, Sprechen, Schreiben etc.).

Zum einen steigert Bewegung die Lern-, Leistungs- und Konzentrationsfähigkeit der Lernenden und ermöglicht in diesem Zuge günstige Bedingungen für den Spracherwerb, z. B. durch die Reduzierung des Stress- und Angstgefühls. Zum anderen verbessern Bewegungselemente die Unterrichtsatmosphäre für alle Beteiligten, da Bewegung Spaß, Freude und das Lernen mit allen Sinnen befördert.

Generell kann zwischen zwei Formen der Lernbewegung unterschieden werden: lernbegleitend und lernerschließend. Lernbegleitende Aktivitäten umfassen z. B. Bewegungspausen (Dehnungs- und Lockerungsübungen) oder eine direkte Einbindung von Bewegung in die Lernorganisation, z. B. bei einer szenischen Darstellung, beim Stationenlernen oder einem Expertenpuzzle. Lernerschließende Aktivitäten beinhalten ein Lernen mit Bewegung. Das bekannteste Beispiel dafür ist die Erschließung unbekannter *lexical items* anhand von Gestik und Mimik.

Zielführende Bewegungsaktivitäten

Das neue *Lighthouse* bindet bewusst die o.g. positiven Aspekte des bewegten Lernens anhand zahlreicher bewegungsreicher Aktivitäten direkt in den Englischunterricht mit ein. Die Aufgaben 8 und 9 aus der Unit 1 *My new school* zum Thema *school subjects* umfassen gleich zwei verschiedene Bewegungselemente: *Get-up song* (bei *The timetable song*) sowie das *Speed dating* (bei *My subjects*).

Beim *Get-up song* (Nr. 8) stehen die Schülerinnen und Schüler sofort auf, wenn sie ein Schulfach im Lied hören. Diese Aufgabe ermöglicht eine motivierende und bewegungsreich gestaltete rezeptive Wahrnehmung des Wortschatzes anhand des musikalischen Inputs durch das Lied.

Das sich anschließende *Speed dating* (Nr. 9), wo sich zwei gegenüberstehende Reihen über ihre Lieblingsfächer unterhalten, schafft für die Lernenden den Rahmen, sich produktiv in einem angstfreien Raum mit wechselnden Partnerinnen und Partnern beim *Speed dating* über das Thema auszutauschen, und zeichnet sich durch eine hohe Sprechaktivierung aus.

Mit der Aufgabe *Where is it?* ((Nr. 3c) *Opinion line*) in der Unit 2 zu *My family and home* erhalten die Lernenden die Möglichkeit, ihre eigene Meinung körperbetont anhand einer Meinungslinie darzustellen. Kontextuell eingebettet in die Fragestellung *Is your room messy or tidy?* stellen sich alle Schülerinnen und Schüler dabei je nach persönlicher Haltung im Klassenraum auf. Damit erfährt der Englischunterricht eine deutliche dynamisch-räumliche Umsetzung der Aufgabe.

Eine enorm hohe sprachliche Aktivierung wird durch die Bewegungsaktivität *Quiz-quiz-swap* initiiert, hier eingebettet in der Unit 4 *Where I live*. Die Schülerinnen und Schüler notieren sich eine Frage auf einer Fragekarte und lassen sich diese im *Walk around* von einem Mitschüler bzw. einer Mitschülerin beantworten. Anschließend werden die Fragekarten getauscht, so dass mit einer nun neuen Frage ein neuer kurzer Austausch stattfinden kann. Die Umsetzung dieser Aufgabe bietet zahlreiche Vorteile, u.a. eine entspannte Lernatmosphäre durch die persönliche Interaktion in Partnerarbeit, einen dynamischen kommunikativen Austausch durch wechselnde Fragekarten sowie auch eine gezielt kontextuelle Anwendung grammatischer Phänomene (z. B. Fragebildung).

8 SONG The timetable song

a) Listen. Stand up when you hear a school subject.

b) Listen again. Write the correct subject (a–e) for 1–5.

On Monday morning I have (1) ...
The next lesson is (2) ...
After lunch we have biology
And then at three, go home to play.

On Tuesdays I study (3) ... at ten.
After break, (4) ... with Mr Wren.
Finally, it's time for (5) ... and then
We do it all again another day.

a French
b geography
c history
d maths
e PE

9 SPEAKING My subjects

a) Talk about your subjects. Say three sentences.

b) SPEED DATING Make two lines.
Tell your partner.

I like maths.
My favourite subject is PE.
I don't like history.

c) OPINION LINE Is your room messy or tidy? Stand in a line. Then count the students.

very messy — messy — OK — tidy — very tidy

Talk about your results.

Seven students have very messy rooms.

My task

4 Quiz-quiz-swap

a) Write one question about your town or village and weather on a card.
Use the notes in the table to help you.

What do you do Where do you go How do you travel	when it's	sunny / rainy / snowy / cloudy / windy / hot / cold / warm?

What do you do when it's snowy?

b) WALK AROUND Find a partner and ask your question.
Answer your partner's question about your town.

When it's sunny / rainy / snowy / windy / hot / cold,	I	have a picnic / stay at home / visit my friends / go skiing / go swimming / ...
	I go to	the beach / the park / the shops / ...
	I travel by ...	bus / bike / car / train / ...
	I walk.	

When it's hot, I go swimming.

c) Swap cards and walk around again. Find a new partner and ask your new question.

▸ Digital help
▸ Workbook, p. 64

Digital quiz I can talk about sights in Brighton and the weather.

Lighthouse (Basic Edition) Band 1 (9783060362639), S. 27, 53 und 115

5 Differenzierung / Diff bank

More help / More practice / Parallel exercises

Das vielseitige und fundierte Differenzierungskonzept stellt eine der Säulen des neuen *Lighthouse* dar. Insgesamt liegen vier unterschiedliche Differenzierungsformen vor:

1. *More help*: Diese Differenzierungsform bietet den Lernenden eine zusätzliche Unterstützung und Hilfe zu den Aufgaben an.

Im Falle von *My home* (siehe Beispiel rechts) erhalten die Lernenden zur erfolgreichen Umsetzung der *My task* zum Beispiel einen bereits vorgefertigten Mustertext, aus dem sie nur noch passende Versatzstücke auswählen müssen. Damit erhalten insbesondere Lernschwächere noch mehr *Scaffolding* als zuvor in der Unit, wo durch Lilys Text bereits ein Lückentext als Muster dient.

2. *More practice*: Mit dieser zweiten Differenzierungsform wird es den Lernenden ermöglicht, weitere (teils vertiefende) Aufgaben zum Thema zu bearbeiten. Damit erfüllt sich ein Grundpfeiler des Englischunterrichts – das Prinzip des Übens. Innerhalb des *Topic* 2 haben sich die Schülerinnen und Schüler mit den Themen *houses, rooms and furniture* beschäftigt.

Mit *More practice* 5 und 6 können die Schülerinnen und Schüler das Gelernte anwenden und vertiefen.

Das Differenzierungskonzept fördert nicht nur Leistungsschwächere (s. *More help*), sondern fordert auch Leistungsstärkere mithilfe weiterer Übungen mit einem erhöhten Schwierigkeitsgrad. Mit *More practice 7* können die Lernenden ihr inhaltlich-sprachliches Wissen zur Beschreibung eines Hauses in einer weiteren Übung anwenden, indem sie eines der sechs vorgegebenen Bilder wählen und einem Partner /einer Partnerin beschreiben und erraten lassen, um welches Bild es sich handelt.

Damit bietet *Lighthouse* die Möglichkeit, sich inhaltlich und sprachlich vertiefend mit dem Unterrichtsgegenstand auseinanderzusetzen.

3. *Parallel exercises*: Mit den Parallel-Aufgaben als dritte Differenzierungsform wird den Schülerinnen und Schülern die einfachere Variante einer Übung angeboten. Dies ist insbesondere sinnvoll, wenn zum Beispiel der identische Input (wie bei einem Hörtext) genutzt wird. Die Parallel-Aufgabe ist inhaltlich gleich, umfasst aber eine deutliche Reduzierung im Anspruch. Im Beispiel von *Parallel exercise 5c Is that your pet?* ist die Ursprungsaufgabe eine offene Hörverstehensübung. Bei der Parallelaufgabe sind die Antworten bereits geschlossen vorgegeben und müssen nur richtig mit der Frage verbunden werden (*Matching*).

More help, More practice und die *Parallel exercises* sind übersichtlich auf den *Diff bank*-Seiten platziert, die sich jeweils direkt im Anschluss an die Unit befinden und somit eine einschlägige thematische Einheit bilden.

Zuweisung von Aufgabenformaten (einfach / schwierig / Wahl)

Neben den drei Differenzierungsformen können die Aufgaben auch selbst ein unterschiedliches Anspruchsformat aufweisen: einfach ▼ (z. B. erhöhter Grad an *Scaffolding* oder Reduzierung der Teilaufgaben), schwierig ⊠ (z. B. offene oder sprachlich vertiefende Aufgaben) und eine Wahlaufgabe Y (z. B. Wahl, welches Lernprodukt umgesetzt werden soll, siehe Beispiel rechts).
So erkennen die Lernenden und Lehrkräfte sofort, auf welchem Niveau sie gerade arbeiten bzw. welche Aufgaben gezielt bestimmten Lernenden zugewiesen werden können.

▸Page 51

More help **5** MY TASK **My home**

b) Write a chat message to a new friend about your home or dream home.
You can add other things.

I live with my	dad / mum / grandma / grandpa / brother / sister.
We live in a	house / flat in ...
It's	old / new / big / small / nice / quiet / loud.
There's a kitchen, a bathroom and	a living room / an office / a toilet / three bedrooms / a garden.
Tell me about your home!	

▸Page 52

Parallel exercise **1** SPEAKING **Sunita's room**

b) Choose the correct answer.

1 There are three red / blue cushions on the bed.
2 There's a robot on the sofa / desk.
3 There's a small table with a blue / yellow lamp.
4 There's a green / brown chair.
5 There are two / three cushions on the sofa.
6 There's a computer on the desk / bed.
7 There's a white / brown wardrobe.

More practice 5 **Nish's room**

Help Nish. Complete his homework about his room. Write the words. Example: *1 bed, 2 ...*

In my room there's a big (1) . There's a nice blue (2) 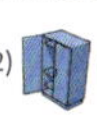 with my (3) 

and (4) . And there is a big (5)  and a (6) .

There are brown (7)  with (8)  and a (9) .

There are a lot of music (10) . There are two (11) .

▸Page 54

More practice 6 **Where is it?**

Say where the things or animals are. Your partner says the thing or animal. Take turns.

I see a brown thing or animal under the desk.

It's a rabbit.

More practice 7 **Different homes**

a) **Partner A:** Choose a picture – don't tell your partner! Talk about the home.
In this picture there's ... / there are ...
Partner B: Guess the picture. *I think it's picture 2.*

1 
small brown house • one big window • a red door • a big garden with trees

2 
big grey house • very old • two old trees next to it

3 
a new, big pink building • big windows • three trees in front

4 
an old, pink house • small windows • a big garden • no trees

5 
a brown house • a black door • two big windows • a lot of trees behind the house

6 
a new, grey building • no garden

b) Swap roles.

▸Page 48

Parallel exercise **5** LISTENING **Is that your pet?**

c) Listen again and match the answers to the questions.

1 Are you OK, Sunita?	a No, they aren't.
2 Is it hard to do your homework?	b Yes, I am.
3 Is your dog Buddy loud?	c No, I'm not.
4 Are you too busy for pets?	d No, he isn't.
5 Are they your pets?	e Yes, it is.

YOU CHOOSE **Step 2**

Choose a task: A video recording or a comic (on p. 103).

A video recording

Practise your sentences from step 1 before you record.
Can you find things to show in your video?
Record your sentences from step 1 on your phone.

Check that the light is good for your recording. Speak clearly.

Lighthouse (Basic Edition) Band 1 (9783060362639), S. 71–73 und S. 93

6 Individualisierung

Arbeit mit dem Checkpoint

Mit den *Checkpoints* wird allen Schülerinnen und Schülern die Möglichkeit gegeben, sich einerseits selbst zu überprüfen und sich andererseits gezielt auf Tests oder Klassenarbeiten vorzubereiten.

Die strukturelle Grundlage für die Arbeit mit den *Checkpoints* stellen die *I-can-statements* dar, die den Lernenden einen roten Faden bieten. Die *I-can-statements* werden während der Unit behandelt und bilden bei den *Checkpoints* hilfreiche inhaltliche Eckpfeiler, zu denen verschiedene Aufgaben und Übungen bearbeitet werden müssen, z. B. *I can talk about my family* oder *I can describe my home or dream home.*

Die *Checkpoints* bieten den Lernenden auf vier Seiten eine ganze Palette an Aufgabenformaten zu verschiedenen sprachlichen Mitteln (*Words, Language*) oder kommunikativen Fertigkeiten (*Writing, Speaking, Listening*) an. Damit werden bereits behandelte Themen und Aufgabenformate der Unit noch einmal zielführend umgewälzt und trainiert.

Aus methodischer Sicht hat die Lehrkraft verschiedene Möglichkeiten, die *Checkpoints* in den Englischunterricht einzubinden.

So können diese vier Seiten zum einen individuell in autonomen Arbeitsprozessen von den Lernenden bearbeitet werden. Eine beliebte Möglichkeit ist dabei die *Bus stop*-Methode, bei der die Lösungen der *Checkpoint*-Aufgaben an verschiedenen *Bus stops* zur selbstständigen Überprüfung ausgelegt werden. Die Lösungen finden Sie als KVs im Anhang dieses Buchs.

Zum anderen können die Übungen auch in dynamischer Form anhand von Partner- oder Gruppenarbeitsprozessen bearbeitet werden.

Das neue *Lighthouse* bietet zudem die Möglichkeit, alle Übungen des *Checkpoints* auch in digitaler Form zu bearbeiten. Der *Digital checkpoint* stellt hierbei eine digitale Alternative zum Schulbuch dar. Die Lernenden bearbeiten die Aufgaben in der *Cornelsen Lernen App* und erhalten dort ein sofortiges Feedback zu ihrer Leistung.

Auch wenn die Schülerinnen und Schüler die Aufgaben nicht digital, sondern in ihrem Heft bearbeiten, können sie die *Cornelsen Lernen App* nutzen, um sich die Lösungen zu den Aufgaben anzuschauen, so dass sie die Ergebnisse selbstständig überprüfen und ggf. korrigieren können.

Damit wird dem hybriden Gedanken des neuen *Lighthouse* Rechnung getragen.

1 Words Jay's favourite picture

I can talk about my family.

Jay is Sunita's cousin. Look at his picture and complete his sentences.

This is my favourite photo. It's my family at my flat. That's my (1) m..., Priya and my (2) d..., Rahi behind the sofa. Next to me is my (3) s..., Anika. She's nice! Then there's my (4) a..., Meera with my cousin, Sunita. Behind Sunita is her (5) b..., Nish. My (6) g... is on the sofa too.

2 Words Priya's pictures

Priya is Sunita's aunt. Look at her pictures. Choose A or B for each sentence.

1 That's me and Rahi. We're Jay and Anika's parents.
2 These are Jay's cousins, Sunita and Nish.
3 That's their parrot George.
4 That's Jay. He's 11.
5 That's my sister – she's Jay's aunt.
6 And that's Anika, she's Jay's sister.

A

B

3 On the phone to *FindAPet*

I can talk about pets (questions and short answers).

a) Language Lily is on the phone with Ms Taylor from *FindAPet*. Complete Ms Taylor's questions with *Is* or *Are*. Then complete Lily's answers with *am / 'm not / are / aren't / is / isn't*.

1 ... you good with animals? – Yes, I ...
2 ... your flat big? – No, it ...
3 ... your home quiet? – Yes, it ...
4 ... you and your family cat fans? – No, we ...
5 ... your neighbours dog fans? – No, they ...
6 ... you scared of lizards? – No, I ...

b) Speaking Ask your partner four questions from a). He/She answers. Take turns.

Check

4 Writing Amira's email to Ben

I can describe my home or dream home.

Look at Amira's mind map about her home. Write her message to her new British friend.

my home: *my parents and my brother* / *a small house* / *tidy* / *friendly neighbours* / *a kitchen, a living room, two bedrooms*

Start your sentences like this:
I live with ...
We live in ...
It's ...
There's / There are ...
Our neighbours are ...

5 Listening Noah's room

I can describe my room.

a) Listen to Noah. What's in his room? Write three letters.

b) Listen again. Choose the correct answer. Write A or B.

1 Is Noah's room tidy?	A No, it isn't tidy.	B Yes, it's very tidy.
2 Where is Noah's desk?	A It's in front of the shelves.	B It's behind the shelves.
3 Where is Buddy?	A He's under the bed.	B He's behind the bed.
4 Is Noah's room quiet?	A No, it isn't quiet.	B Yes, it's always quiet.

Check

Lighthouse (Basic Edition) Band 1 (9783060362639), S. 62–63

7 Lern- und Arbeitsheft

Vereinfachungen und Unterstützungsformate

Gemäß dem Motto „Gemeinsam Ziele erreichen“ bietet *Lighthouse* mit dem Lern- und Arbeitsheft eine Materialgrundlage speziell für Lernende mit erhöhtem Förderbedarf an. Das Heft ist dabei besonders für Schülerinnen und Schüler mit dem Förderschwerpunkt Lernen im inklusiven Unterricht geeignet.

Ein Grundprinzip des Lern- und Arbeitsheftes ist die Möglichkeit, mit allen Lernenden im Englischunterricht parallel – auch im inklusiven Unterricht – arbeiten zu können und sie bestmöglich zu unterstützen. Für einen parallelen Einsatz sind daher Layout, Seitenzahl und Aufgabennummerierung sowie Lernziele und *I-can-statements* gleich zum Schulbuch. Damit ist eine leichte Orientierung für alle Lernende und Lehrkräfte garantiert.

Das Lern- und Arbeitsheft enthält vereinfachte Aufgaben und Übungen, die gleich direkt im Heft bearbeitet werden können. Am Beispiel von *My family and home* wird exemplarisch der Unterschied zwischen Schulbuch und Lern- und Arbeitsheft deutlich. Im Schulbuch sollen die Schülerinnen und Schüler anhand eines Hörtextes Sätze komplettieren.

Im Lern- und Arbeitsheft sind die Namen der Familienmitglieder auf den Fotos schon vorgegeben. Außerdem erhalten die Lernenden bereits alle Satzfragmente in reduzierter Form und können diese direkt im Heft zuordnen (*Matching*).

Auch in der zweiten Höraufgabe bilden die Lernenden mit Förderbedarf keine eigenständigen Sätze, sondern kreuzen nur anhand der Vorgaben an, ob die Aussagen richtig oder falsch sind.

Dennoch befinden sich alle Lernenden inhaltlich auf der gleichen Ebene, wodurch sich alle bei der Vorstellung der Ergebnisse beteiligen können.

Lighthouse bietet über die *Cornelsen Lernen App* zusätzlich auch Zugriff auf vereinfachte Hörtexte an, um den Anspruch der Aufgaben zu reduzieren und Erfolgserlebnisse für die Lernenden mit Förderbedarf zu ermöglichen. Die ergänzenden Medien auf der App umfassen zum Beispiel auch Erklärfilme.

Weitere Unterstützungselemente beinhalten Aufgabenstellungen auch auf Deutsch, klare Symbole und sprachliche Hilfen sowie zahlreiche konkrete Beispiele.

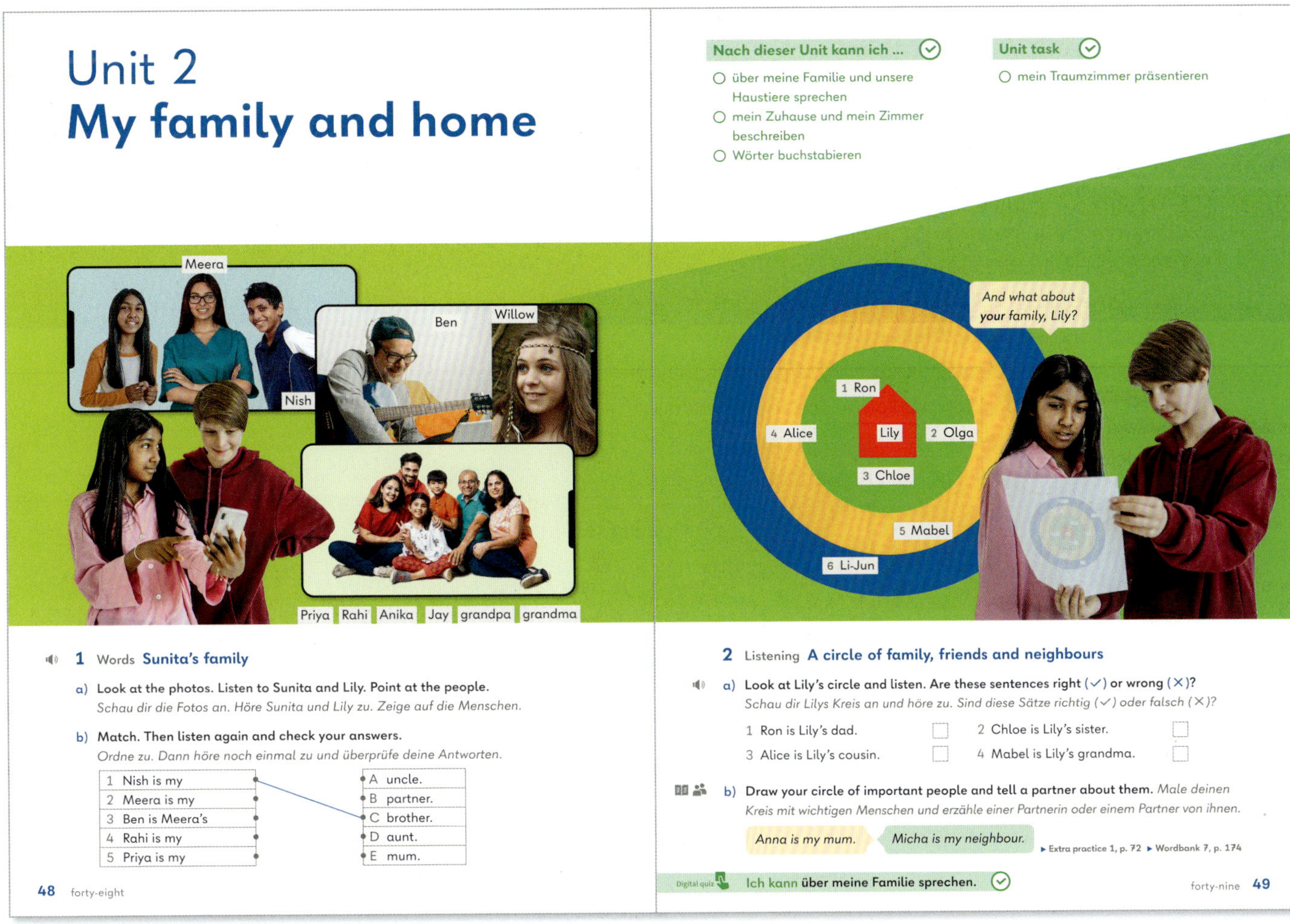

Unit 2
My family and home

Nach dieser Unit kann ich ...
- über meine Familie und unsere Haustiere sprechen
- mein Zuhause und mein Zimmer beschreiben
- Wörter buchstabieren

Unit task
- mein Traumzimmer präsentieren

1 Words **Sunita's family**

a) Look at the photos. Listen to Sunita and Lily. Point at the people.
Schau dir die Fotos an. Höre Sunita und Lily zu. Zeige auf die Menschen.

b) Match. Then listen again and check your answers.
Ordne zu. Dann höre noch einmal zu und überprüfe deine Antworten.

1 Nish is my	A uncle.
2 Meera is my	B partner.
3 Ben is Meera's	C brother.
4 Rahi is my	D aunt.
5 Priya is my	E mum.

48 forty-eight

2 Listening **A circle of family, friends and neighbours**

a) Look at Lily's circle and listen. Are these sentences right (✓) or wrong (✗)?
Schau dir Lilys Kreis an und höre zu. Sind diese Sätze richtig (✓) oder falsch (✗)?

1 Ron is Lily's dad. ☐
2 Chloe is Lily's sister. ☐
3 Alice is Lily's cousin. ☐
4 Mabel is Lily's grandma. ☐

b) Draw your circle of important people and tell a partner about them. *Male deinen Kreis mit wichtigen Menschen und erzähle einer Partnerin oder einem Partner von ihnen.*

Anna is my mum. *Micha is my neighbour.*

▸ Extra practice 1, p. 72 ▸ Wordbank 7, p. 174

Digital quiz Ich kann über meine Familie sprechen.

forty-nine 49

Lighthouse Lern- und Arbeitsheft für Lernende mit erhöhtem Förderbedarf Band 1 (9783060358533), S. 48–49

Zum Vergleich: die gleiche Seite im Schulbuch der Lighthouse Basic Edition

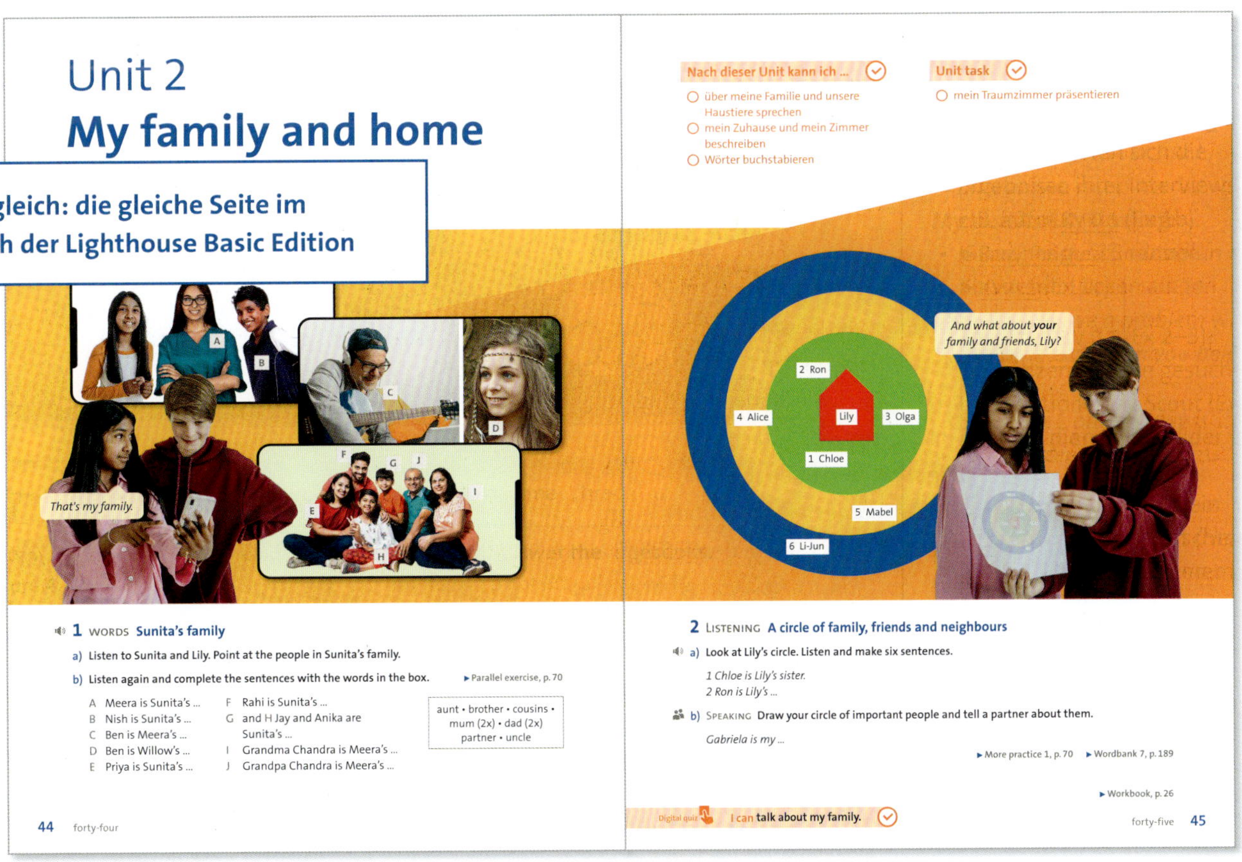

Unit 2
My family and home

Nach dieser Unit kann ich ...
- über meine Familie und unsere Haustiere sprechen
- mein Zuhause und mein Zimmer beschreiben
- Wörter buchstabieren

Unit task
- mein Traumzimmer präsentieren

1 WORDS **Sunita's family**

a) Listen to Sunita and Lily. Point at the people in Sunita's family.

b) Listen again and complete the sentences with the words in the box. ▸ Parallel exercise, p. 70

A Meera is Sunita's ...
B Nish is Sunita's ...
C Ben is Meera's ...
D Ben is Willow's ...
E Priya is Sunita's ...
F Rahi is Sunita's ...
G and H Jay and Anika are Sunita's ...
I Grandma Chandra is Meera's ...
J Grandpa Chandra is Meera's ...

aunt • brother • cousins • mum (2x) • dad (2x) partner • uncle

44 forty-four

2 LISTENING **A circle of family, friends and neighbours**

a) Look at Lily's circle. Listen and make six sentences.

1 Chloe is Lily's sister.
2 Ron is Lily's ...

b) SPEAKING Draw your circle of important people and tell a partner about them.

Gabriela is my ...

▸ More practice 1, p. 70 ▸ Wordbank 7, p. 189

▸ Workbook, p. 26

Digital quiz I can talk about my family.

forty-five 45

Lighthouse (Basic Edition) Band 1 (9783060362639), S. 44–45

8 My task / Unit task

Outcome-Orientierung

Das finale Lernprodukt (*Outcome*) spielt in einem modern-kommunikativ ausgerichteten Englischunterricht eine zentrale Rolle. Hierbei zeigt sich, ob die Lernenden das Erlernte (aus inhaltlicher oder sprachlicher Sicht) auch situativ und kontextuell anwenden können. *Lighthouse* schafft bewusst mehrere Szenarien, in denen die Schülerinnen und Schüler kommunikativ agieren und ein Lernprodukt erstellen, anhand der *My task* nach jedem Topic sowie der komplexen *Unit task* am Ende einer Unit.

Generell können Lernprodukte in vier Kategorien eingeteilt werden: *spoken*, *written*, *multi-skill* und *digital outcomes*. Die *Unit tasks* greifen diese vier Kategorien verteilt über alle Units des Schulbuches auf, um möglichst viele Lerntypen einzubinden und eine hohe Variation an Aufgabenformaten zu offerieren. Die Lernenden zeigen als summative Leistung bei der *Unit task* auf, was sie bisher in dieser Unit gelernt haben.

Das hier abgebildete Beispiel der *Unit task* zu *Present your top three places for kids* zeigt die typische kleinschrittige Struktur auf.

In einzelnen *Steps* erarbeiten die Lernenden Schritt für Schritt die einzelnen Aufgaben, um am Ende das Lernprodukt einer visuell unterstützten Präsentation zu geben. Aufgrund eines klaren kommunikativen Ergebnisses, der inhaltlich-sprachlichen Umsetzung, der interaktiven Gestaltung sowie des Einsatzes zielführender Medien beinhalten die *Unit tasks* unübersehbare Elemente von TSLT (*Task-Supported Language Teaching*).

Die insgesamt fünf *Steps* der Beispiel-Aufgabe rechts führen sukzessive zu einem finalen *Outcome*. Auf dem Weg dorthin erarbeiten sich die Lernenden (hier in Gruppenarbeit) inhaltliche und sprachliche Aspekte, erstellen eine *Slide show* und üben ihre Präsentation, bevor diese im Plenum vorgestellt wird und sie ein Feedback erhalten. Alle *Steps* werden durch *Scaffolding*-Elemente flankiert, z. B. *Digital help*, Wortschatzgrundlagen auf Basis der *Wordbanks*, *Study skills* sowie sprachliche Mittel zum Erteilen von Feedback.

Vorbereitende Lern- und Arbeitstechniken (Study skills)

Um ein produktives Lernprodukt erfolgreich umzusetzen, bedarf es neben den inhaltlichen und sprachlichen Vorkenntnissen aus der Unit auch gezielten Lern- und Arbeitstechniken, die den Lernenden bei der Bewältigung der Aufgabe helfen.

Das neue *Lighthouse* bietet vor jeder *Unit task* eine *Study skills*-Seite an, auf der eine für das *Outcome* (Lernprodukt) der *Unit task* wichtige Lern- und Arbeitstechnik behandelt wird.

Im Falle der Beispiel-*Unit task* rechts lernen die Schülerinnen und Schüler auf der vorgeschalteten *Study skills*-Seite, wie medial gestützte Präsentationen erarbeitet, geübt und umgesetzt werden. Damit wird eine zentrale Grundlage geschaffen, den kommunikativen Anforderungen der *Unit task* gerecht zu werden. Die *Study skills*-Seite mit dem Fokus auf Präsentationen schult die Lernenden, wie sie Ideen sammeln (Nr. 1), wie eine *Slide show* aufgebaut werden kann (Nr. 2), wie sie inhaltlich strukturiert vorgehen (Nr. 3), sich Notizen machen (Nr. 4) und welche sprachlichen Mittel beim Präsentieren zum Einsatz kommen (Nr. 5). Abschließend erhalten die Lernenden die Möglichkeit, eine exemplarische Präsentation zu geben.

Mit dieser Vorbereitung sind die Lernenden nun gut gewappnet, erfolgreich die *Unit task* zu bewältigen.

Give a short talk

1 Collect ideas

Scout wants to give a short talk about her favourite place in Brighton: the beach. Collect ideas in a mind map or a table.

the beach
a lot of ...
good ...
watch ...
meet ...

2 Find photos and make slides

Read Scout's slide and the tips. What's wrong with her slide?

My favourite place in Brighton is the beach because a lot of people come here and they often eat fish and chips or sandwiches. And I love fish and chips too!

Write a big title. Write only short notes. Choose big pictures.

3 Find a good structure

Look at Scout's talk. Put parts A–D in the correct order.

A Explain why it is my favourite place.
B Say hello and what the short talk is about.
C Ask for questions and say thank you.
D Say my favourite place.

4 Make notes

Use the information from 2 and 3 and make short notes on cards.

5 Practise your talk

a) Use good phrases. Copy the table. Put the phrases in the correct place.

In this photo, you can see ... • I want to talk about ... • Finally ... • Do you have any questions? • Let's look at this picture of ... • My short talk is about ... • Thank you for listening.

Start the talk	Talk about pictures	End the talk
I want to talk about ...	...	...

b) Give Scout's short talk on her favourite place to your partner. Use your notes from 4 and talk freely. Don't just read your text.

► Skills file 5, p. 171

Digital quiz I can plan and practise a short talk.

Present your top three places for kids

Step 1

Use a placemat in a group.
First draw a placemat on a big piece of paper.
Everybody thinks of three places in your town or village and writes them in one part of the placemat. Talk about the ideas. Agree on three places and write them in the middle of your placemat.

► Wordbank 11, p. 192

► Digital help

the cinema
the shopping centre
the park

the skatepark
the cinema
the park

the park
the cinema
the science museum

the park
the science museum
the youth centre

the park
the city centre
the science museum

Step 2

Find your top three places on an online map. Make a slide: Show where your places are.

Step 3

Make a slide for each place. Add a photo. Write short notes:

park: play football, cycle
cinema: good on rainy days
science museum: fun, free

► Digital help

Step 4

Practise your group talk.
Use good phrases.
Then give feedback.

Please speak more loudly.
Please look at me.
Don't speak so fast, please.

► Digital help

Step 5

Give your talk to another group or the class.
Ask the other group 2–3 questions.
Give the other group feedback.

► Skills file 5, p. 171

Digital quiz I can give a short talk to a group.

Lighthouse (Basic Edition) Band 1 (9783060362639), S. 120–121

9 Hybrides Arbeiten

Allgemeines

Das neue *Lighthouse* bietet flexible digitale Möglichkeiten, den Unterricht sowie das Englischlernen für Schülerinnen und Schüler intuitiv und leicht zu unterstützen.

Dafür stehen die Anwendungen *Digital help, Digital quiz* und *Digital checkpoint* zur Verfügung, die unabhängig von der Ausstattung der Schule im Sinne des neuen Hybridkonzeptes eingesetzt werden können. Dabei gilt bei der optionalen und kostenlosen Nutzung grundsätzlich das Motto: „Ein großes Plus, aber kein Muss".

Der Zugang verläuft über die *Cornelsen Lernen App*, bei der man sich zunächst registriert und anschließend direkt das hybride Materialpaket zu *Lighthouse* auswählen kann. Über die Eingabe der Seitenzahl gelangt man direkt zu den digitalen Inhalten.

Digital help

Die Applikation *Digital help* ist ein zentraler hybrider Bestandteil, um allen Lernenden Unterstützung und Hilfen bei der erfolgreichen Umsetzung von Aufgaben zu bieten. Dazu gehören z. B. ergänzende Tipps, Ideen oder sprachliche Mittel, die in jedem der drei *Topics* in den einzelnen Units sowie bei den komplexeren Lernaufgaben der *My task* und *Unit task* zu finden sind.

Beim rechten Beispiel, eingebettet in die Aufgabe *My room*, sollen die Lernenden über ihr eigenes Zuhause bzw. Traumzuhause an einen Freund / eine Freundin schreiben. Dies steht im Einklang mit den klar strukturierten *I-can-statements*, in diesem Falle *I can describe my home or dream home*. Somit fungiert *Digital help* immer als feste Unterstützungskomponente für das Erreichen der *I-can-statements*. Beim rechten Beispiel haben die Lernenden bei eventuellen Schwierigkeiten nun die Möglichkeit, digitale Unterstützung zu erhalten. Dafür können sie eine Audioerklärung der Aufgabe erhalten, sprachlich-inhaltliche Starthilfen nutzen oder eine Erinnerung in Form einer Checkliste (ob sie an alle Punkte gedacht haben) verwenden. Damit kann jeder in seinem Tempo lernen. *Digital help* beinhaltet somit eine vielseitige mediale Ergänzung und Unterstützung (Audios, Videos, Erklärfilme) für den Englischunterricht.

Digital quiz

Ein vielfältiger Englischunterricht ermöglicht eine hohe Abwechslung für die Lernenden. Das *Digital quiz* als spielerische Applikation leistet hierfür einen zentralen Beitrag. Innerhalb der einzelnen *Topics, Stories, Study skills* und *Unit tasks* erhalten die Schülerinnen und Schüler immer wieder die Möglichkeit, das Gelernte in Form motivierender digitaler Quizaufgaben anzuwenden. Dazu dienen Aufgabenformate wie z. B. *Put the words in the right order* oder *Memory*.

Dabei haben die Lernenden nicht nur Erfolgserlebnisse, sondern sehen gleichzeitig ihren Lernfortschritt. Ein Feedbacksystem (z. B. positive Kommentare durch die Leitfigur) schafft zusätzliche Motivation.

Digital checkpoint

Im Sinne der hybriden Ausrichtung des neuen *Lighthouse* stehen am Ende jeder Unit sowohl ein analoger *Checkpoint* im Schulbuch als auch ein digitaler *Checkpoint* in der *Cornelsen Lernen App* zur Verfügung. Für beide Versionen gilt, dass bisher erworbene Kompetenzen und sprachliche Mittel in Form eines *self-assessment* direkt angewendet werden können. Beim *Digital checkpoint* erhalten die Lernenden nach der Bearbeitung sofort eine Rückmeldung, wie viele Aufgaben richtig beantwortet wurden, und somit eine transparente Übersicht über den aktuellen Lernstand.

Digital help

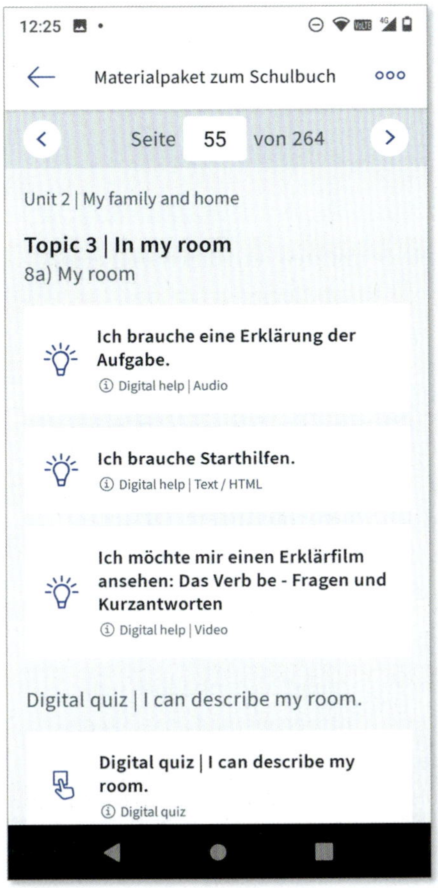

Digital quiz

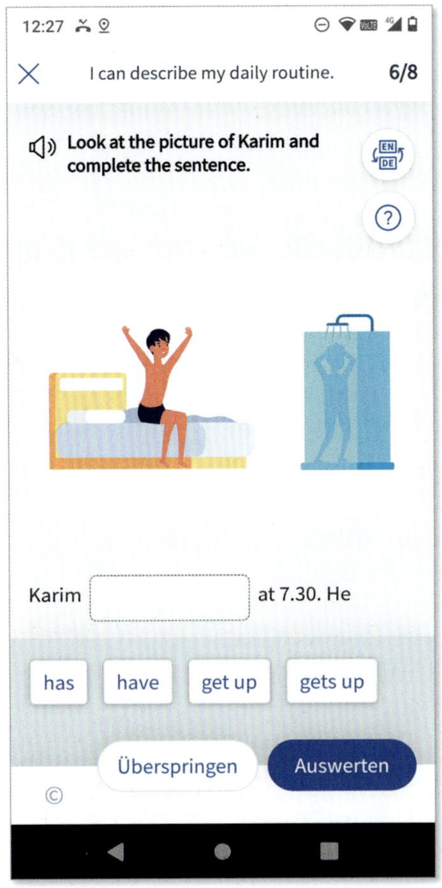

Digital checkpoint

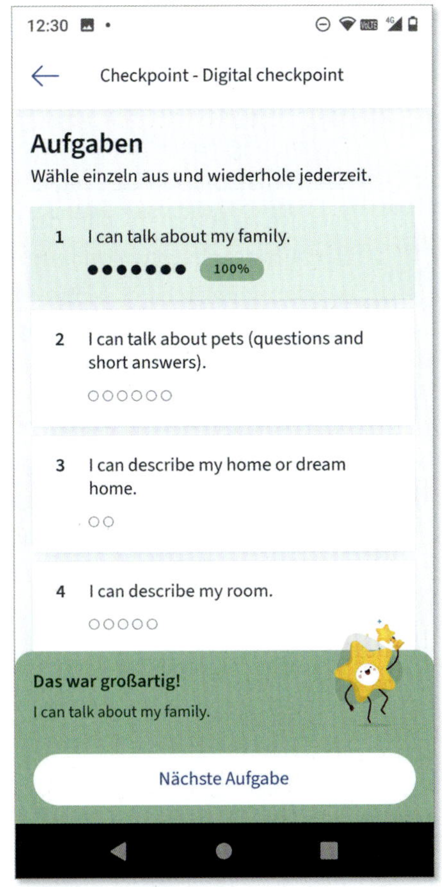

Lighthouse (Basic Edition) Band 1 Hybrides Material Paket Cornelsen Lernen App (220058917)

10 Medien- und Aufgabenvielfalt

Unterschiedliche Zugänge für die Vielzahl an Lernenden

Englischunterricht bedeutet Vielfalt und vor allem die Einbindung der vielseitigen und interessanten Typen von Lernenden. Um so viele Schülerinnen und Schüler wie möglich zu erreichen, sollte der Englischunterricht im Verlaufe der einzelnen Units bezüglich des Einsatzes von Medien, Aufgaben und Methoden balanciert und variantenreich gestaltet sein. Das neue *Lighthouse* bietet dafür die richtige Grundlage.

Von Bildimpulsen und Videoclips über *chat messages* und *mind maps* zu *questionnaires* und Liedern – die Buchseiten von *Lighthouse* offerieren eine ganze Palette an verschiedenen Medieninputs und Aufgabenformaten, um Abwechslungsreichtum in den Englischunterricht zu bringen.

So sollen die Lernenden in der Aufgabe *Different places* Gemeinsamkeiten und Unterschiede von Stadtplänen herausfinden. *Partner A* verwendet den Stadplan auf S. 111, *Partner B* dagegen arbeitet mit einem etwas anderen Stadtplan auf den *Diff bank*-Seiten. Nur gemeinsam anhand der beiden unterschiedlichen Pläne kann die Aufgabe gelöst und dabei spielerisch die Fragebildung angewandt werden. Dieses Aufgabenformat zeigt die Verknüpfung von Sprachprogression, Spaß und dem zielführenden Einsatz eines Medieninputs.

Insgesamt berücksichtigt das neue *Lighthouse* die Vielzahl an Lerntypen durch eine Methoden-, Aufgaben- und Themenvielfalt:

- intrapersonelle Angebote für individuelles Arbeiten
- interpersonelle Angebote für die Zusammenarbeit mit anderen Lernenden
- musikalische Angebote mit kreativen und bewegungsreichen Aufgaben mit einem Liedinput (vgl. das Beispiel rechts, Aufgabe 2 *Kasia's town*.)
- visuelle Angebote, z. B. durch die Beschreibung von Bildern oder das Anschauen von Videos wie im Beispiel rechts in Aufgabe 2 *In town*.
- logisch-mathematische Angebote, indem z. B. Informationen im Sinne einer *Info-gap activity* herausgefunden werden müssen, siehe z. B. *Different places*.

Weiterhin werden die Lernenden anhand variantenreicher Aufgabenstellungen befähigt, sich inhaltlich und sprachlich mit dem Unterrichtsgegenstand auseinanderzusetzen. Beispiele dafür sind *Listen and repeat, short interviews, read the profiles, watch the tour, make word webs, do the role-plays, stand in a line, compare the photo, write questions in the correct order* etc.

In diesem Zuge offeriert *Lighthouse* auch eine Wahldifferenzierung bei möglichen *outcomes* (Lernprodukten). In der *Unit task* zu Unit 3 (S. 103) können die Schülerinnen und Schüler zwischen zwei verschiedenen Lernprodukten wählen (entweder *draw a comic* oder *make a video*) und somit ihren persönlichen Präferenzen und Interessen Ausdruck geben.

3 Speaking Different places

a) **Partner B:** Look at p. 128.
Partner A: Look at your picture.
Take turns to ask and answer questions about your town. You start.

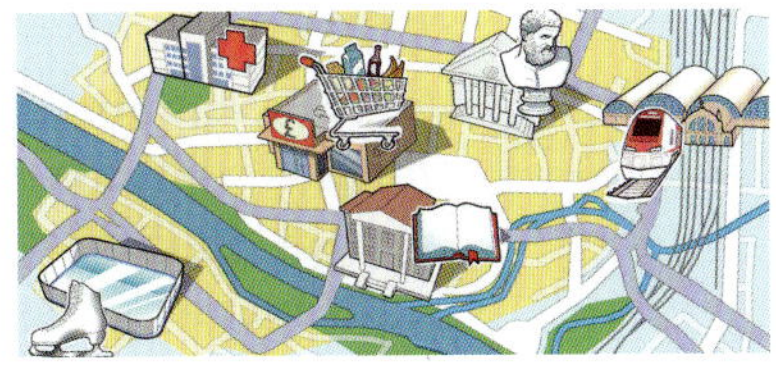

You *My town has a hospital.*
Does your town have a hospital too?
B *Yes, it does. / No, it doesn't. That's the same. / That's different. My town has a …*

b) Now ask and answer questions about your town or village.

– Do you like your town or village? – Yes, I do. / No, I don't.
– Do you have a favourite place? What is it? – Yes, I do. It's …

► Wordbank 11, p. 192

2 Song Kasia's town

Lily's friend Kasia doesn't live in Brighton, she lives in a small town.

a) Close your eyes and listen to Kasia's song.
Is Kasia happy with her town or not?
Give a 👍 or a 👎.

b) Listen again. What places do you hear?
Collect them on the board.

Kasia's town

I think that my town is boring
And I don't like living here.
My town doesn't have a (1) …
It doesn't have a (2) … or pier
There isn't anything for me
No (3) …, no (4) …
The only thing here that is good
Are my friends in the neighbourhood!

► Workbook, p. 60

110 one hundred and ten

2 Viewing In town

a) Watch the video. What are Daisy's and Emir's dares?

1 Go swimming at the beach with a tourist.
2 Give a free tour of Brighton to a tourist.
3 Change[1] the time on the Queen's Park Clock.
4 Sleep in the Queen's Park Clock Tower[2].

b) Watch the video again. Match the people A–F to sentences 1–6.

1 It's always correct!
2 Yes, there's so much to see in Brighton!
3 Do you work here?
4 Does the tour go down to the beach?
5 Don't look at me. I don't know.
6 Sorry, Daisy. I have to go now. Good luck!

Lighthouse (Basic Edition) Band 1 (9783060362639), S. 111, 110 und 119

Schulbuch

Empowered by *Lighthouse*! Dreifachdifferenzierung mit zusätzlichen Angeboten: *More help* (sprachliche und inhaltliche Hilfen) – *More practice* (Vertiefung und quantitative Differenzierung)

App-Inhalte

Ergänzung des gedruckten Schulbuchs durch optionale digitale Angebote – bequem über die *Cornelsen Lernen App* nutzbar

Schulbuch als E-Book mit Medien

Das Schulbuch als E-Book unterstützt Lernende mit vielen digitalen Funktionen und enthält seitengenau platzierte Medien, auf die direkt aus dem E-Book heraus jederzeit unkompliziert zugegriffen werden kann

Lern- und Arbeitsheft

Begleitend zu allen Ausgaben von *Lighthouse*, besonders geeignet für Lernende mit erhöhtem Förderbedarf im inklusiven Unterricht

Workbook

Perfekt geeignet zum selbstständigen Lernen, Vorbereiten von Klassenarbeiten und intensiven Training des Hörverstehens

Wordmaster und Grammarmaster

Mit dem **Wordmaster** wird der Wortschatz in immer neuen Zusammenhängen anhand verschiedener Methoden trainiert
Mit dem **Grammarmaster** werden grammatikalische Strukturen individuell und selbstständig mithilfe vertiefender Übungen nachhaltig gesichert

Lektüre

Lektüre *A Brighton birthday* – Lesespaß mit Rätseln begleitend zu allen Ausgaben von *Lighthouse*

Vokabeltaschenbuch

Das handliche Buch im Taschenformat zur Wiederholung des Vokabulars aus dem Schulbuch

Klassenarbeitstrainer

Abwechslungsreiche Übungen zum Wiederholen und Vertiefen – perfekt zur Vorbereitung von Klassenarbeiten

Vokabeltrainer phase6

Mit der Vokabeltrainer-App von phase6 werden die Vokabeln aus dem Schulbuch wiederholt – bestens geeignet zum gezielten Lernen für Tests und Klassenarbeiten

ChatClass

Einfaches, individuelles Sprech-, Grammatik- und Vokabeltraining per intuitiver Smartphone-App

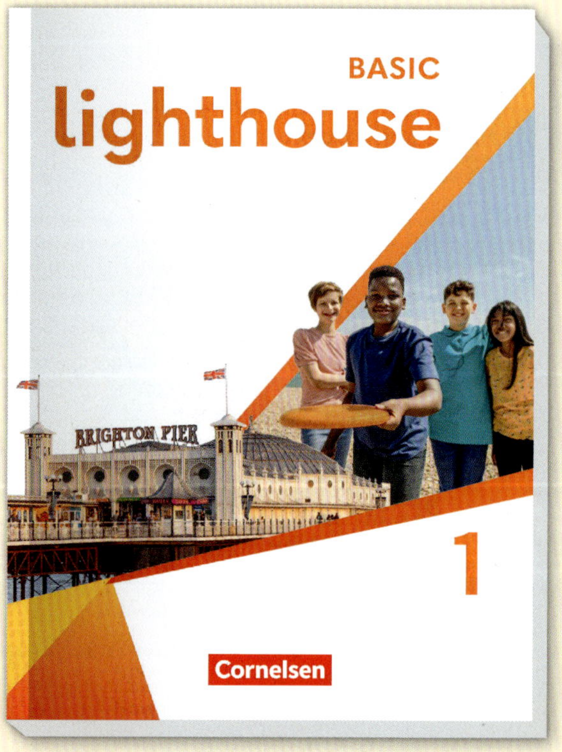

Lighthouse (Basic Edition) Band 1 (9783060362639)

Lighthouse (Basic Edition) Band 1 (9783060357666)

Workbook als Lehrkräftefassung

Das Workbook in der Lehrkräftefassung mit eingedruckten Lösungen

Extra Differenzierung

Das Rundum-sorglos-Paket zum Fördern und Fordern – passend zu allen Ausgaben von *Lighthouse*

Video-DVD

Die Filmepisoden bieten passgenau und begleitend zu allen Ausgaben von *Lighthouse* authentische Materialien zum Training des Hörsehverstehens

Audio-CDs

Enthalten alle längeren Textabschnitte, Hörtexte der Listening-Aufgaben und Songs aus dem Schulbuch und dem Workbook

Diagnose und Fördern

Online-Anwendung zum schnellen und unkomplizierten Erheben des Lernstands Ihrer Lerngruppe sowie passende Lernmaterialien zum Fördern und Fordern

Vorschläge zur Leistungsmessung

Die Leistungsmessungsvorschläge unterstützen bei der Erstellung von differenzierenden Klassenarbeiten

Handpuppe Scout

Die Möwe Scout als Handpuppe für den Einsatz im Unterricht

Schulbuch als Lehrkräftefassung Plus

Das Schulbuch in der Lehrkräftefassung mit einer kompakten Handreichung und Unterrichtskommentaren direkt an der Doppelseite

Unterrichtsmanager Plus

Vereint das digitale Schulbuch mit den umfangreichen Begleitmaterialien in einem Produkt und enthält neben den Lehrkräftefassungen des Schulbuchs alle Audios und Videos sowie ein umfangreiches Angebot weiterer Materialien – die ideale Unterstützung bei der Vorbereitung und Durchführung von Unterricht

Lern- und Arbeitsheft als Lehrkräftefassung

Das Lern- und Arbeitsheft begleitend zu allen Ausgaben von *Lighthouse* in der Fassung für Lehrkräfte mit eingedruckten Lösungen und Markierung von neuem Wortschatz

Lobaufkleber

Farbenfrohe „Well done!"-Lobsticker für Lernende

ChatClass

Mit dem Lehrerdashboard jederzeit die Lernaktivitäten der Lernenden einfach und gezielt steuern sowie individuelles Feedback geben

Inhalt

	I can ...	Kompetenzen	Sprachliche Mittel	Seite
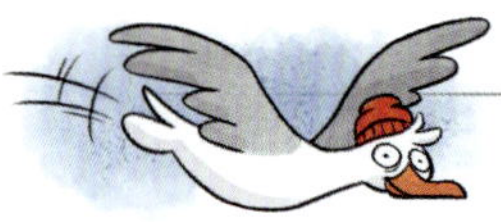	**Hello! Nice to meet you**			
	... say hello. ... talk about a picture. ... talk about what I like. ... understand classroom English.	L/S Sich begrüßen, Informationen austauschen und sich verabschieden S Sagen, welche Tiere, Farben, Hobbys und Dinge man mag, was man auf einem Bild sieht, wie es einem geht L Songs verstehen und mitsingen L/R *Classroom English* verstehen	Voc *Hello, I'm ... · What's your name? · I'm from ... What about you? · How are you? – I'm fine. · My favourite ... is ... · I like/don't like ... · I remember/ I can see ... · Open your books. · Put your hand up.*	10
	**Unit 1 My new school**			
Lead-in	... understand students at a British school.	S Über sich Auskunft geben L Vier britische Schulkinder kennenlernen	Voc *Hello, I'm ... · I'm ... years old. · My favourite sport/hobby is ...*	18
Topic 1 Time for school	... understand and use classroom English.	L/S/R Dialoge in der Schule verstehen und führen S Sich zur Schuluniform äußern IC Schule, Schuluniform **My task** Fragen und Antworten für Gespräche im Klassenraum sammeln	Voc *school things · The uniform is nice/great/ ... · What page is it? · Let's ask Mr Lee. · Can you help me with ...?* G *a/an, plural of nouns*	20
Topic 2 My timetable	... write my timetable in English.	L Dialogen und Songs Informationen zum Stundenplan entnehmen S Sich über Lieblingsfächer austauschen **My task** Meinen Stundenplan schreiben	Voc *days of the week · school subjects · My favourite subject/ day of the week is ...* G *to be (positive) · personal pronouns*	24
Topic 3 It's a big school!	... describe my school.	R Dialog über Schulräume verstehen **My task** Über meine Schule schreiben	Voc *places at school* G *to be (negative)*	28
Story After school	... understand a story about friends.	R/S Eine Geschichte verstehen und nachspielen · Charaktere beschreiben S/W/LS Eine(n) Freund(in) beschreiben	Voc *He/She is brave/nice/... · I (don't) like ... because ... · ... is my friend because ...*	30
Viewing The Brighton dares: School		V/IC Filmszenen verstehen S Sich zu den Szenen äußern	Voc *I think the dare/Mr ... is bad/clever/...*	33
Study skills Learning vocabulary	... learn vocabulary in different ways.	MK Mindmap zum Wortfeld Schule erstellen · ein VOCAB FILE anlegen · Vokabelspiel ausarbeiten und spielen	Voc *school words* 	34
Unit task Make a poster about your school	... make a poster about my school.	MK Fotos machen W Meine Schule beschreiben S Feedback geben	Voc *school words · feedback phrases*	35
Checkpoint	Kompetenzen und sprachliche Mittel (Unit 1) üben, Lernfortschritte erkennen			36
Diff bank	Partner B, Parallel exercises, More help, More practice			40

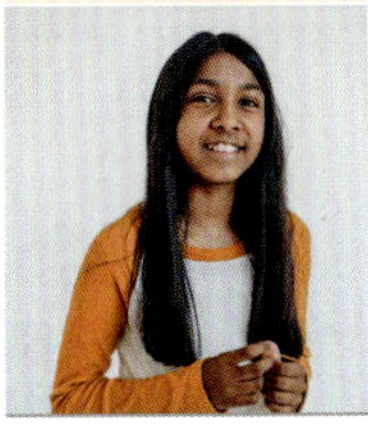

L Listening · R Reading · S Speaking · W Writing · M Mediation · V Viewing · IC Intercultural competence · MK Medienkompetenz · LS Life skills · Voc Vocabulary · G Grammar

Unit 2
My family and home

	I can ...	Kompetenzen	Sprachliche Mittel	Seite
Lead-in	... talk about my family.	L Dialogen Informationen über Familienverhältnisse entnehmen S Sich über Familie, Freunde und Nachbarn austauschen	Voc *family words · ... is my brother/mum/...*	44
Topic 1 My pets	... talk about pets.	R/L Dialoge über Haustiere verstehen S Sich über Haustiere austauschen R Tierbeschreibungen verstehen My task Ein Interview über Haustiere führen	Voc *pets · My favourite pet is ... because ...* G *to be (questions and short answers)*	46
Topic 2 Different homes	... describe my home or dream home.	L Ein Gespräch über Wohnsituationen verstehen V Einer Tour durch Sunitas Haus Informationen entnehmen My task Über das eigene (Traum-) Zuhause schreiben	Voc *rooms and things in a house* G *There's / There are*	50
Topic 3 In my room	... describe my room.	S Sunitas Zimmer beschreiben · sagen/fragen, wo sich etwas befindet My task Sich über das eigene Zimmer austauschen und es anhand der Beschreibung zeichnen	Voc *things in a room · prepositions · question words* 	52
Story At home with Sunita	... understand a problem and talk about it.	L Einen Song über eine Wohnung verstehen R Eine Geschichte über einen Konflikt zu Hause verstehen S/LS Über Probleme und mögliche Lösungen sprechen *(role-play)*	Voc *I have a problem when you ... – I'm sorry. I can ... – That's a good idea. Thanks! – You're welcome.*	56
Viewing The Brighton dares: Family		V/IC Filmszenen verstehen S Ergebnisse vergleichen	Voc *I think it's true. – Me too. / No, I think it's false.*	59
Study skills Spelling	... spell words correctly.	L/S Das Alphabet kennenlernen L/S/W Buchstabieren · Rückfragen zur Schreibung stellen und beantworten	Voc *the numbers 0–9 · the alphabet · name, address, phone number*	60
Unit task Present your dream room	... present my dream room.	Wortschatz in einer Mindmap sammeln · die korrekte Schreibung überprüfen MK Bilder aus dem Internet verwenden W/S Mein Traumzimmer beschreiben	Voc *things in a room · colours · pets · adjectives · prepositions*	61
Checkpoint	Kompetenzen und sprachliche Mittel (Unit 2) üben, Lernfortschritte erkennen			62
Text file	Varndean Teen Zine: Pets, homes and families			66
Festivals	Teen Zine special: Festivals (Christmas, Chinese New Year)			68
Diff bank	Partner B, Parallel exercises, More help, More practice			70

Unit 3 My day

	I can ...	Kompetenzen	Sprachliche Mittel	Seite
Lead-in	... talk about my school journey.	L Sprachnachrichten Informationen über den Schulweg entnehmen S Sich über den Schulweg austauschen · Umfrageergebnisse versprachlichen	Voc *I go to school by bus/ bike/... It's a ... journey. – I walk to school. · Some students in our class ...*	76
Topic 1 A weekday	... describe my daily routine.	L/IC Zeitangaben verstehen L/S Song zum Tageslauf verstehen, mitsingen S Sagen, wieviel Uhr es ist und wann etwas regelmäßig stattfindet R Artikel über Zanes Tag verstehen My task Post zum Tageslauf verfassen	Voc *the numbers 10–60 · the time* G *the simple present* 	78
Topic 2 School clubs	... talk about my free time.	L/IC Hörtexten Informationen über AGs und Hobbys entnehmen S Sagen, welche Aktivitäten man regelmäßig, oft, nie macht M Wesentliche Inhalte eines AG-Aushangs ins Deutsche vermitteln My task Eine Nachricht über meine Freizeitgestaltung schreiben	Voc *sports and hobbies · I like singing, but I don't like ... · adverbs of frequency: I sometimes/often/never go/ play/...*	82
Topic 3 Meeting friends	... make plans to meet friends.	R Chat-Nachrichten Details über eine Verabredung entnehmen L Eine Verabredung am Telefon verstehen My task Verabredungen treffen	Voc *planning to meet: Are you free on/at ...? Let's ... – I'd love to. / Sorry, I can't / I'm busy.*	86
Story The competition	... understand feelings in a story.	R Eine Geschichte verstehen und ihr die Gefühle der Protagonisten entnehmen S Über Zanes Pläne spekulieren L/IC Zanes Rede entnehmen, wie er sein Preisgeld einsetzen möchte S/LS Überlegen, wem man einen Preis verleihen würde	Voc *He/She is/feels angry/ happy/sorry/sad/surprised/ tired/...*	88
Viewing The Brighton dares: Sports and hobbies		V/IC Filmszenen verstehen	Voc *sports and hobbies*	91
Study skills Look up and remember words	... look up and learn new words.	Neuen Wortschatz alphabetisch ordnen, im *Dictionary* nachschlagen und im VOCAB FILE systematisieren	Voc *free-time activities*	92
Unit task Share your highlights of the week	... share the highlights of my week.	S/W/MK Zum Thema Höhepunkte der Woche einen Comic zeichnen oder ein Video aufnehmen und vorstellen S Feedback geben	Voc *free-time activities · days of the week · feedback phrases*	93
Checkpoint	Kompetenzen und sprachliche Mittel (Unit 3) üben, Lernfortschritte erkennen			94
Diff bank	Partner B, Parallel exercises, More help, More practice			98

Unit 4 Where I live

L Listening · R Reading · S Speaking · W Writing · M Mediation · V Viewing · IC Intercultural competence · MK Medienkompetenz · LS Life skills · Voc Vocabulary · G Grammar

	I can ...	Kompetenzen	Sprachliche Mittel	Seite
Lead-in	... understand information about Brighton.	V/IC Filmszenen Informationen über Brighton entnehmen S Fotos von Brighton beschreiben · sagen, welche Orte in Brighton man mag	Voc *sights in Brighton*	104
Topic 1 My neighbourhood	... describe my neighbourhood.	S Sagen, was man sieht und hört · darüber sprechen, was man an seiner Wohngegend (nicht) mag R Einem Text über Lilys Gegend Informationen und Adjektive entnehmen, Posts verstehen **My task** Einen Online-Post über meine Wohngegend schreiben	Voc *I can see/hear/smell ... · adjectives and their opposites · places · I don't like ... · She doesn't like ... · I live in a ... · My neighbourhood has ...* G *simple present: negative sentences*	106
Topic 2 My town or village	... talk about my town or village.	IC Informationen über Städte im UK L Song über eine Kleinstadt verstehen · Fragen über Brighton verstehen und beantworten S Sich über den eigenen Wohnort und Tourismus austauschen M Website-Informationen über Brighton ins Deutsche sprachmitteln **My task** Orte durch Fragen erraten	Voc *places in a town or village · Does your town have ...? – Yes, it does. / No, it doesn't. · Do you like ...? – Yes, I do. / No, I don't.* G *simple present: questions and short answers*	110
Topic 3 Brighton in all weathers	... talk about sights in Brighton and the weather.	L Einer Stadtführung Informationen über Brighton und das Wetter entnehmen R Einer Online-Bewertung Informationen entnehmen **My task** Fragen über Aktivitäten bei jedem Wetter stellen und beantworten	Voc *weather words · sights* G *simple present: wh-questions* 	114
Story Lily's idea	... understand a story about green activities.	R Eine Geschichte verstehen W/LS Eine Tauschaktion planen und dafür ein Plakat erstellen	Voc *my neighbourhood*	116
Viewing Brighton dares: In town		V/IC Filmszenen verstehen	Voc *Brighton sights*	119
Study skills Give a short talk	... plan and practise a short talk.	S Eine Kurzvortrag strukturieren, formulieren, üben und vortragen · Feedback geben MK/W Folien für eine Präsentation erstellen MK Sich filmen	Voc *places in Brighton · phrases for short talks*	120
Unit task Present your top three places for kids	... give a short talk to a group.	S Themen für eine Präsentation diskutieren · eine Präsentation halten · Feedback geben MK Karten und Fotos aus dem Internet nutzen MK/W Folien für eine Präsentation erstellen	Voc *discussion phrases · places for kids · phrases for presentations · feedback phrases*	121
Checkpoint	Kompetenzen und sprachliche Mittel (Unit 4) üben, Lernfortschritte erkennen			122
Text file	Varndean Teen Zine: Brighton			126
Diff bank	Partner B, Parallel exercises, More help, More practice			128

Inhalt

	I can ...	Kompetenzen	Sprachliche Mittel	Seite
 **Unit 5 Enjoy!**		**L** Listening · **R** Reading · **S** Speaking · **W** Writing · **M** Mediation · **V** Viewing · **IC** Intercultural competence · **MK** Medienkompetenz · **LS** Life skills · **Voc** Vocabulary · **G** Grammar		
Lead-in	... talk about food.	**R/IC** Rezeptbuch-Einträge verstehen **S** Sich über Lebensmittel und Gerichte austauschen	**Voc** *food and drinks*	134
Topic 1 Time for a party	... talk about birthdays and parties.	**R** Einer Einladung Informationen entnehmen **S** Von Geburtstagstraditionen erzählen · sich darüber austauschen, wann man Geburtstag hat · sagen, was man gerade macht · beschreiben, was in einem Bild gerade geschieht **W** Eine Einladung schreiben **My task** Partyfotos beschreiben	**Voc** *months and dates · ordinal numbers · calling a friend · What are you doing? – I'm ...* **G** *the present progressive*	136
Topic 2 Party shopping	... talk about party food and activities.	**L** Dialogen Informationen entnehmen · einen Song verstehen **S** Sich auf ein Geburtstagsgeschenk einigen: Vorschläge machen und darauf reagieren · ein Geschenk annehmen · eine Einkaufsliste besprechen **L** ein Rezept verstehen **M** Spielregeln auf Deutsch wiedergeben **My task** Ein Klassenfest planen	**Voc** *party shopping · Why don't we buy ...? / Let's get a ... / What about ...? – That's a great idea! / I'm not sure. / It's too ... · food and drinks* **G** *much, many, a lot of*	140
Topic 3 Let's cook!	... describe my favourite dish.	**V** Ein authentisches Koch-Video verstehen **R/IC** Einen Blog-Eintrag verstehen **My task** Einen Blog-Eintrag über das eigene Leibgericht schreiben	**Voc** *cooking and baking (recipes) · food* 	144
Story A different kind of party	... understand and talk about differences.	**R** Eine Geschichte verstehen und ihr neuen Wortschatz entnehmen **S/LS** Über kulturelle und persönliche Unterschiede sprechen	**Voc** *party words · feelings · I like/eat/ ... – I like/eat/ ... too. So that's the same. / I don't like/eat/... So that's different.*	146
Viewing The Brighton dares: A birthday		**V/IC** Filmszenen verstehen **S** Über die *Brighton dares* diskutieren	**Voc** *birthday words · discussion phrases*	149
Study skills Explaining words	... explain words.	Oberbegriffe, Adjektive und weitere Informationen zum Erklären von Wörtern nutzen	**Voc** *food and drinks · umbrella words · adjectives*	150
Unit task Make a class recipe book	... write a recipe for a sandwich.	**W** Ein Rezept schreiben · Feedback geben	**Voc** *food, cooking things and activities · feedback phrases*	151
Checkpoint	Kompetenzen und sprachliche Mittel (Unit 5) üben, Lernfortschritte erkennen			152
Diff bank	Partner B, Parallel exercises, More help, More practice			156

Anhang

Skills file			162
SF 1	Wörter lernen leichtgemacht		163
SF 2	Sammeln und ordnen – Mindmaps		166
SF 3	Buchstabieren		168
SF 4	Arbeit mit dem Wörterbuch		169
SF 5	Einen Kurzvortrag halten		171
SF 6	Wörter umschreiben		173

Language file		174
LF 1	Der *s*-Genitiv und die *of*-Fügung	174
LF 2	Der Artikel	175
LF 3	Der Plural der Nomen	175
LF 4	Die Personalpronomen	176
LF 5	Die Possessivbegleiter	176
LF 6	Das Verb *be*: a) Bejahte Aussagesätze	177
LF 7	b) Verneinte Aussagesätze	177
LF 8	c) Fragen und Kurzantworten	178
LF 9	*There is … / There are …*	178
LF 10	Die einfache Form der Gegenwart: a) Bejahte Aussagesätze	179
LF 11	b) Die Wortstellung	179
LF 12	c) Verneinte Aussagesätze	180
LF 13	d) Fragen mit *do/does*	180
LF 14	e) Kurzantworten	181
LF 15	f) Fragen mit Fragewörtern	181
LF 16	Die Verlaufsform der Gegenwart	182
LF 17	*Much – many – a lot of*	183
Grammatical terms		183

Wordbanks		184
WB 1	Numbers	184
WB 2	Colours	184
WB 3	Animals	185
WB 4	Free time	186
WB 5	School subjects	187
WB 6	Places at school	188
WB 7	Family	189
WB 8	Pets	190
WB 9	Things in my room	190
WB 10	The times of the day	191
WB 11	Places	192
WB 12	Food	193
WB 13	Cooking	194

Let's talk (Redewendungen für wichtige Situationen, z. B. Diskussionen, Feedback geben etc.)	195
Vocabulary (Lernwortschatz Unit für Unit)	201
English-German Dictionary (alphabetische Wörterliste Englisch—Deutsch)	236
German-English Dictionary (alphabetische Wörterliste Deutsch—Englisch)	247
The English alphabet, English sounds	257
English numbers	258
Quellenverzeichnis	259
Typical tasks (häufige Arbeitsanweisungen)	263
Classroom English	264

Die Angebote des Schulbuchs sind nicht obligatorisch abzuarbeiten.
Die Auswahl der Übungen und Übungsteile richtet sich nach den Schwerpunkten des schulinternen Curriculums.

Unit-Übersicht

Storyline: Das Maskottchen Scout stellt sich und ihre Lieblingsdinge, -farben, -tiere und Hobbys vor. Dabei wird Grundschulvokabular wiederholt.

Hello! Einstieg:
- (SB zu) L stellt sich mithilfe der Handpuppe Scout verschiedenen S vor: L (verstellte Stimme): *Hello. I'm Scout. What's your name?* Die S antworten.
- TA als Hilfe: *Hi, I'm ...*
- **Alternative:** L nutzt ein alternatives Maskottchen, das den S evtl. schon bekannt ist (z. B. Klassenmaskottchen) – es kann bei Einstiegen u. Ä. eingesetzt werden.

Ex 1 Einstieg:
- (SB zu) L zeigt die Bilder von S. 10 (UMA). L: *What can you see in the pictures?* S: *I can see a boy / a ball / ...* TA: *I can see ...*, L sammelt die Begriffe.
- ▶ Semantisierung von *seagull* und *hungry*, Vorstellung von Scout, falls L nicht mit der Handpuppe arbeitet, ggf. Info zur geograf. Lage von Brighton
- L sollte auch auf das Schild *Don't feed the seagulls* eingehen (Bedeutung erläutern bzw. von den S erraten lassen).

Erarbeitung:
- (SB auf) gemäß AA
- **Sich.:** L liest die Sätze vor. S antworten jeweils.

Ex 2 Erarbeitung:
- (SB auf) gemäß AA
- **1. Hören:** S hören und lesen mit (▶ Mitleseverfahren).
- **2. Hören:** S hören und sprechen nach (Chorsprechen, ▶ Lautschulung).
- **Sich.:** S lesen den Dialog vor.

Hello!
Nice to meet you

1 Hello Scout

°Look at °pictures 1–3. Right °or wrong?

1 Scout is a seagull.
2 Scout is white and green.
3 Scout is hungry.
4 Scout is nice.

▶ Box: Voc., p. 203

Right!
Wrong!

1 1 right 3 right 2 wrong 4 right

2 What about you?

1.1

Look at picture 4. °Listen. °Then listen °again and °repeat.

▶ Numbers, p. 258 ▶ Wordbank 1, p. 184

10 ten

Lead-in Inhalt

Lernschwerpunkt: sich selbst vorstellen
Kompetenzen: Reading *right/wrong*-Fragen zu einer Bildergeschichte beantworten • Listening Gehörtes nachsprechen • Speaking sich vorstellen und sagen, was man mag
Redemittel: sich vorstellen (Wdh. von GSE)

Vorbereitung

Material: Einstieg Handpuppe Scout (od. Klassenmaskottchen) • Ex 1 UMA • Ex 2 UMA/CD/App • Ex 3 ggf. ► KV 0.1: Hello class (Klassensatz), weißes Papier (A4, Klassensatz)
Zeitbedarf: 1–2 Std.
Begleitmedien: App (Digital quiz), INKL (S. 10–11), DIFF (0.1), Unit plans (Hello!)

3 Hello class

°WALK AROUND °Say hello °to °four °other °students. °Ask and °answer the °questions. Look at picture 4 °for °help.

Hello! I'm ...
What's your name?

Hi! I'm ...

I like ...
What about you?

I like ...

Digital quiz I °can °introduce °myself.

Ex 3 Erarbeitung:
- (SB auf) AA klären: *Walk around* ist ein sog. ► Milling around.
- L führt mit S mind. einen Beispieldialog vor.
- Als Vorbereitung auf die *Walk around activity* ersetzen S zunächst in EA die blauen Wörter im Dialog auf Bild 4 durch Infos über sich selbst und üben den Dialog dann mit einem Partner / einer Partnerin.
- S können L nach unbekannten Wörtern fragen. Wichtige Wörter werden an der ► Vokabeltafel gesammelt.
- S gehen dann in der Klasse umher und führen den Dialog mit vier Mit-S durch.
- S nehmen ► KV 0.1 (Ex 1a) mit und lesen den Dialog ab.
- **Sich.:** S notieren sich die Ergebnisse ihrer Interviews, z. B. auf ► KV 0.1 (Ex 1b).
- ► Early finisher: S nutzen ► KV 0.1 (Ex 1c).
- **Zusatz:** ► KV 0.1 (Ex 2–3): S ergänzen erst die gesuchten Informationen zu Scout (Ex 2). Als Hilfe dienen die Bilder von S. 10–11.
- In Ex 3 gestalten die S ein Poster über sich selbst *(Hello/ Hi! I'm ... I like ...)* auf einem Extrablatt.
- S können (freiwillig) z. B. Fotos od. Zeichnungen auf den Postern ergänzen (als HA).
- Die fertigen Poster werden im Klassenraum präsentiert, z. B. mit einem ► Gallery walk.
- individuelle Ablage im ► Dossier

Goodbye, holidays! Inhalt

Lernschwerpunkt: über ein Wimmelbild sprechen
Kompetenzen: Listening Geräusche und kurze Dialoge Ereignissen auf einem Wimmelbild zuordnen • ein Lied anhören und zum Text passende Bewegungen ausführen • Speaking Dinge auf einem Wimmelbild benennen
Redemittel: Wortfelder *food and drink, colours, animals, numbers*

Ex 1 Einstieg:
- (SB zu) L zeigt Bild 3 von S. 10 (UMA) u. stellt Fragen, um die Namen u. Begriffe aus Ex 1a) zu wiederholen bzw. zu semantisieren: *Can you see Leo / Scout / Ben / Leo's mum? Can you see an animal / a thing to eat / a drink / a number / the colour blue / ...?*
- TA der Begriffskategorien (*animals, drinks* etc.) mit je ein bis zwei Beispielen

Erarbeitung:

a) (SB auf) AA im Plenum klären: L zeigt das Bild von S. 12–13 (UMA) und lässt S z. B. *Scout* und *two numbers* suchen, ggf. weitere Beispiele.
L: *Point at two numbers, please. Can you say the two numbers?*
- In PA: S1 sucht einen Begriff aus der Liste auf dem Bild, zeigt darauf und sagt, was zu sehen ist. Dann übernimmt S2.
- ► Early finisher: S-Paare suchen und benennen weitere Dinge auf dem Bild.
- **Sich.:** Vergleich im Plenum (mit dem UMA)
- S zeigen auf das SB-Bild und sagen, was sie sehen.
- TA: L sammelt Begriffe und sichert den Lernwortschatz (► Semantisierung).
- L leitet ► Vokabelarbeit an, die S notieren die neuen Wörter im *Vocab file* (s. a. ► SF 1, S. 165).
- bei Bedarf ► Wordbank 2, S. 184

b) 1. Hören gemäß AA
- **Sich.:** 2. Hören, S nennen die Lösungsbuchstaben.

c) gemäß AA
- **Sich.:** in einer ► Meldekette

Goodbye, holidays!

1 a) two animals

1 a) two drinks

1 a) two animals

1 a) numbers 1, 8 • colours ... • things to eat burgers, chips, hot dogs, bananas ...

1 In the picture

a) °Find, °point and say.

Scout the seagull Leo's mum Ben
two numbers two colours two drinks
two animals two things to eat

► Box: Voc., p. 203

I can see ... *Here's ...* *I can see the colour ...*

1 b) 1 E • 2 F • 3 B • 4 A • 5 D • 6 C

► Wordbank 2, p. 184

1.2 b) Look at the picture and listen. °Match °sounds 1–6 to A–F in the picture.

c) Look at the picture for 30 °seconds again. °Close your °books. What can you remember?

I remember Scout and a dog.

1 c) individuelle Lösungen

I remember Scout.

I remember Scout and a dog and a ...

Goodbye, holidays! Vorbereitung

Material: Ex 1 UMA, UMA/CD/App • Ex 2 UMA/CD/App, Handpuppe Scout (od. vorhandenes Klassenmaskottchen)
Zeitbedarf: ca. 2 Std.
Minimalversion: Ex 2 auslassen
Begleitmedien: WB (S. 8), App (Digital quiz), INKL (S. 12–13), DIFF (0.2)

Hello!

2 SONG **Scout's +song**

1.3

Listen and °act out the song. Then listen again, act and °sing.

2 individuelle Lösungen

Hi, hello
Nice to meet you °today.

°How are you?
I'm °fine, I'm °OK.

I °live in Brighton
°Right by the sea.

"°Look out! It's Scout!"

I'm a seagull, I'm Scout the seagull.

I can °fly in the °sky
°SO °HIGH

°Over the sea!

► Workbook, p. 8

Digital quiz I can °talk about a picture.

Ex 2 Einstieg:

- (SB zu) L mit Handpuppe:
  Scout: *Hello, how are you? Do you like my beach? I like music. Do you like music? Let's sing a song!*
- S antworten spontan.
- **Alternative:** Anderes Maskottchen od. L selbst moderiert den **Einstieg** (s. o.).

Erarbeitung:

- (SB zu) **1. Hören:** L spielt mit Scout die Bewegungen auf den kl. Bildern vor. Die S ahmen sie nach (► TPR).
  L (als Scout): *Now listen and act! Look at me!*
  Bild 1: winken
  Bild 2: Daumen/Flügel hoch
  Bild 3: Flügelbewegungen
- (SB auf) **2. Hören:** S singen mit und machen die Bewegungen nach.
- **Zusatz:** L mit Handpuppe Scout (fragt erst sich selbst)
  Scout: *Hello, who are you?*
  L: *I'm Mr/Ms/Mrs ...*
  Scout: *Hello, Mr/Ms/Mrs ... Nice to meet you. How are you today?*
  L: *I'm fine. And how are you?*
  Scout: *I'm OK. Thank you.*
- TA: *How are you?*
  I'm fine. / I'm OK. / ggf. *I'm not so good.*
- L fragt einzelne S, dann ► Meldekette.

About me Inhalt

Lernschwerpunkt: Lieblingstiere nennen, über Hobbys und Lieblingsdinge sprechen
Kompetenzen: Reading Tierbilder ihren korrekten Bezeichnungen zuordnen • Sätze den passenden Gegenständen auf einem Bild zuordnen • Listening Tiere an ihren typischen Lauten erkennen • Gegenstände beim Hören erkennen und auf sie zeigen • Speaking Tiere nachahmen oder benennen • sich mit anderen über Lieblingssportarten und Hobbys austauschen
Redemittel: Wortfelder *animals, colours, hobbies*

Ex 1 Erarbeitung:

a) (SB auf) gemäß AA
- **Sich.:** L/S schreibt das jeweilige Tier mit der korrekten Zahl an die Tafel.

b) gemäß AA, S notieren mind. fünf Tiere.
- **Sich.:** Vergleich im Plenum: S: *Number one is a …*
- L sichert die Aussprache durch chorisches Sprechen.

c) AA im Plenum klären
- S arbeiten in PA: S1 zeichnet oder ahmt ein Tier nach oder macht seine typischen Geräusche. S2 errät das Tier.
- Dann wird gewechselt.
- **Alternative/Zusatz:** Einsatz ► KV 0.2 A+B: Die Aufgabe wird als Kartenspiel durchgeführt (in PA od. GA).
- S1 zieht eine Tier- und eine Aktionskarte und führt die beschriebene Aktion aus. S2 bzw. die Gruppe errät das Tier.
- L sichert ggf. die Aussprache für neue Tiervokabeln im Plenum durch chorisches Sprechen (► Lautschulung).
- Lernschwächere S spielen nur mit den Karten der acht Tiere aus **Ex 1a)**.
- **Sich.:** S schreiben den neuen Lernwortschatz ins *Vocab file* (s. a. ► SF 1, S. 165, ► Vokabelarbeit).
- ► Early finisher: S schreiben weitere Tierwörter auf, s. a. ► Wordbank 3, S. 185.

d) (SB zu) eine Variation des ► Fruit salad-Spiels
- Zur Vorbereitung merken sich die S ihr jeweiliges *favourite animal* aus **Ex 1a)** und nennen es im Plenum.

About me

1 My favourite animal

a) °What animals can you see? Match the °words to the pictures.

In picture 1, I can see …

1 a) **1** a horse • **2** a dog • **3** a parrot • **4** a monkey • **5** a lion • **6** a cat • **7** a snake • **8** an elephant

1

2

3

4

a cat • a dog • an elephant • a horse • a lion • a monkey • a parrot • a snake

► Box: Voc., p. 204

5

6

7

8

1.4 b) Listen. °Write five animals °from a).

1 b) **1** a monkey • **2** a parrot • **3** an elephant • **4** a horse • **5** a lion • **6** a snake

c) °Mime, °draw or °make an animal° noise. Your partner says the animal.

It's a dog!

d) °GAME Look at the animals on the page and °choose one. °Stand in a °circle. One student stands in the °middle and says °their favourite animal. Students °with °the same favourite animal °change °places.

1 c, d) individuelle Lösungen

My favourite animal is a fish.

► Wordbank 3, p. 185
► Workbook, p. 9

About me Vorbereitung

Material: Ex 1 UMA/CD/App, ► KV 0.2A + B: GAME Activity cards / Animal cards (vorbereitete Spielkarten, ein Satz pro S-Gruppe) • Ex 2 UMA, ► KV 0.3: My favourite hobbies (Klassensatz) • Ex 3 UMA/CD/App, ggf. UMA
Zeitbedarf: ca. 2 Std.
Minimalversion: Ex 1c) und d) auslassen
Begleitmedien: WB (S. 9–10), INKL (S. 14–15)

2 My hobbies and sports

2 a) 1 football • 2 listening to music • 3 drawing • 4 dancing • 5 swimming • 6 taking photos

a) Look at the °box. Say Scout's hobbies and sports.

dancing • drawing • football • listening to music • swimming • taking photos

► Box: Voc., p. 204

Number 1 is football.

b) What's your favourite hobby and your favourite sport? *My favourite hobby is …*

c) °Double circle Talk to a partner. One circle °moves to find a °new partner.

My favourite hobby is … What about you?

I like … 🙂

I love … 😍

My favourite sport is … What about you?

I don't like … 😐

2 b, c) individuelle Lösungen

► Wordbank 4, p. 186

3 My favourite things

3 a) 1 a phone • 2 a cap • 3 a bike • 4 a football • 5 a rucksack

1.5

a) Listen and point.

a cap — a football — a rucksack — a phone — a bike

b) Look and °read. Match °sentences 1–5 to the pictures.

1 My favourite thing is cool and green.
2 I love it – it's big and blue.
3 This thing is black and white.
4 I can take photos with it.
5 It's red and I put things in it.

3 b) 1 a cap • 2 a bike • 3 a football • 4 a phone • 5 a rucksack

► Workbook, pages 9–10

Ex 2 Erarbeitung:

a) (SB auf) L liest die Hobbys aus dem Reservoir vor. S nennen das passende Bild.
- **Sich.:** L/S schreibt die Hobbys mit der korrekten Zahl an die Tafel.
- ► Lautschulung durch chorisches Sprechen

b) Als Vorbereitung (ggf. vorab als HA) zeichnen S auf ► KV 0.3 (Ex 1) ihr Lieblingshobby und ihre Lieblingsportart und schreiben die richtigen Bezeichnungen dazu (► Wordbank 4, S. 186).
- S nennen Lieblingshobby u. -sport im Plenum (► Meldekette). L hilft bei Bedarf mit der Aussprache.

c) gemäß AA
- L präsentiert dabei die Sprechblasen aus 2b) mit dem UMA oder als TA.
- **Alternative:** S nutzen die ► KV 0.3 (Ex 2a) zur Vorbereitung auf den ► Double circle und KV 0.3 (Ex 2b) als *prompts* während der Durchführung.
- **Sich.:** Zwei S stellen im Plenum ihren Dialog aus dem ► Double circle vor.

Ex 3 Erarbeitung:

a) (SB auf) gemäß AA
- **Sich.:** L zeigt auf einen Gegenstand (SB/UMA):
  L: *What is this?*
  S: *This is a …*
- L berichtigt ggf. die Aussprache (► Lautschulung).

b) S lesen jeweils den Satz laut vor und sagen: *It's a …*
- L achtet weiterhin auf die Aussprache (► Lautschulung).

About me Inhalt | Vorbereitung

Lernschwerpunkt: über Lieblingsdinge reden (Forts. von S. 15)
Kompetenzen: Listening ein Lied über Lieblingsdinge anhören • Speaking ein Lied singen • über Lieblingsdinge sprechen • Writing fünf Lieblingsdinge aufschreiben
Redemittel: Wortfelder *animals, colours, numbers, things, hobbies*

Material: Ex 4 Handpuppe Scout, UMA/CD/App • Ex 6 weißes Papier (A4, Klassensatz)
Zeitbedarf: ca. 1 Std.
Begleitmedien: WB (S. 10), App (Digital quiz), INKL (S. 16), DIFF (0.3)

Ex 4 Einstieg:
- (SB zu) L mit Scout:
  Scout: *What's your favourite animal?*
  L: *My favourite animal is a kangaroo.*
  Scout (entrüstet): *A kangaroo? My favourite animal is a seagull!*
- L notiert den Dialog als TA.
- L präsentiert den Beispieldialog mit freiwilligen S, dann arbeiten S in PA.

Erarbeitung:
- L schreibt untereinander an die Tafel:
  favourite animal?
  favourite colour?
  favourite hobby?
  favourite sport?
- **1. Hören:** S hören das Lied und beantworten im Plenum die Fragen an der Tafel, L notiert die Antworten.
- (SB auf) **2. Hören:** S hören und singen mit.

Ex 5 Erarbeitung:
- (SB auf) gemäß AA
- **Sich.:** ► Five-minute teacher

Ex 6 Einstieg:
- (SB zu) L stimmt S ein:
  L: *My top five are ... What are your top five?*

Erarbeitung:
a) (SB auf) gemäß AA
- S erstellen ihre *top five* mithilfe der Vorlage aus Ex 5.

b) ► Milling around gemäß AA
- S nutzen Notizen aus a).

c) S gestalten ihre *top five* (individuell) auf einem Blatt für das ► Dossier (z. B. als HA).

Hello!

4 Song My favourites

1.6

Listen and sing.

What's your favourite animal?
My favourite animal is a °kangaroo.
What's your favourite colour?
My favourite colour is blue. What about you?

What's your favourite hobby?
Dancing is my favourite thing to °do.
What's your favourite sport?
I like swimming too. What about you?

5 a fish • orange • swimming • my hat • singing

5 Scout's top five

orange • singing • swimming • a fish • my hat

Write the °correct words.

My favourite animal is ...
My favourite colour is ...
My favourite sport is ...
My favourite thing is ...
My favourite hobby is ...

6 My top five

6 individuelle Lösungen

a) Write your top five. Look at Scout's top five for help.

1 My favourite animal is ...
2 ...

b) Walk around Ask and answer questions.

What's your favourite ...?

My favourite ... is ... What about you?

My favourite ... is ...

Im Dossier kannst du deine wichtigen und schönen Arbeiten sammeln.

c) Put your top five in your Dossier.

► Workbook, p. 10

Digital quiz I can talk about what I like.

16 sixteen

Ready for school Inhalt | Vorbereitung

Lernschwerpunkt: Ansagen von Lehrkräften verstehen
Kompetenzen: Listening Anweisungen einer Lehrkraft hören und ausführen • ein Lied hören und dazu passende Bewegungen ausführen • Reading *Book rally* (Bilder von Scout finden und dabei die unterschiedlichen Teile des Buches kennenlernen)
Redemittel: *classroom English*

Material: Ex 1 UMA/CD/App, Handpuppe Scout • Ex 2 UMA/CD/App, Handpuppe Scout • Ex 3 UMA, ► KV 0.4: My book (Klassensatz)
Zeitbedarf: ca. 1 Std.
Minimalversion: Ex 2 auslassen
Begleitmedien: WB (S. 10–11), App (Digital quiz), INKL (S. 17), DIFF (0.4)

Ready for school

1 a, b) 1 E • 2 B • 3 D • 4 C • 5 F • 6 A

1 Listen, please!

1.7

a) Listen. Point to the correct pictures.

b) Match the pictures to the °speech bubbles.

1 Open your books.
2 Listen.
3 Sit down.
4 Put your hand up.
5 Look at the board.
6 Stand up.

c) Listen. Do the °actions in the pictures.

2 Song The school song

1.8

a) Listen and act out the song.

b) Listen again, act and sing.

First sit down and then stand up.
Don't °forget, put your hand up.

Open your book °at page four.
Look at me, look at the board.

°Quick, put °all your things °away.
°Now it's °break, it's °time to °play.

3 1 D • 2 C • 3 E • 4 F • 5 G • 6 B • 7 A

3 My new English book

Find Scout with these hats.
Which part of the book is she in?
Match the letters A–G to the numbers 1–7.

1 So lernst du mit Lighthouse
2 Skills file
3 Language file
4 Let's talk
5 Vocabulary
6 Dictionary
7 Classroom English

► Workbook, p 11

Digital quiz I can understand classroom English.

Ex 1 Einstieg:
- (SB zu) Einsatz Maskottchen:
  L: *Hi Scout! How are you?*
  Scout: *I'm sad!* (Scout weint.)
  L: *What? Why?*
  Scout: *I don't understand my teacher!*
  L: *Hey class. Let's help Scout!*

Erarbeitung:
a) (SB auf) gemäß AA

b) gemäß AA
- **Sich.** im Plenum

c) gemäß AA (► TPR)
- ☒ Lernstärkere S kommen nach vorne u. geben der Klasse Kommandos.

Ex 2 Einstieg: (SB zu)
L: *Well, Scout, do you understand your teacher now?*
Scout: *Yes, I do. But I forget the words.*
L: *Maybe this song can help you! Listen, please.*

Erarbeitung:
a) **1. Hören**
- (SB auf) S lesen beim **2. Hören** mit (► Mitleseverfahren).

b) gemäß AA

Ex 3 Einstieg:
- (SB zu) L zeigt die Bilder von Scout aus Ex 3 (UMA):
  L: *Scout likes hats. Which hat is the best?*
- S nennen den Buchstaben ihres Lieblingshuts.

Erarbeitung:
- (SB auf) gemäß AA, S nutzen ► KV 0.4 (Ex 1a–b).
- **Sich.:** ► Meldekette
- ☒ Lernstärkere S können zusätzlich ► KV 0.4 (Ex 1c) bearbeiten.

Unit-Übersicht

Storyline: Die vier Lehrwerkskinder Sunita, Noah, Zane und Lily werden vorgestellt. Die S lernen die Varndean School kennen. Es gibt Informationen über die Schuluniform, den Fächerkanon und den Alltag an einer britischen Schule. In der Story erleben Lily und Sunita, wie Noah von Kindern einer anderen Schule gemobbt wird und helfen ihm. Scout hat einen großen Auftritt.
Strukturen: *s*-Genitiv (S. 19) • unbestimmter Artikel *a/an* (S. 21) • Plural der Nomen (S. 22) • Personalpronomen (S. 24) • Verb *to be* (Kurzform (S. 24), Verneinung (S. 29))
Viewing: Emir und Daisy, die auch auf die Varndean School gehen, stellen einander lustige Mutproben, sog. *dares* (S. 33)
Unit task: Gestaltung eines Posters über die eigene Schule

Unit 1 Einstieg:
- (SB zu) L führt einen Dialog mit Handpuppe Scout:
  L: *Hello Scout. Today we are in a school.*
  Scout: *What's the name of the school?*
  L: *It's Varndean School.*
  (L schreibt Namen an die Tafel.)
  And here are four students.
- L zeigt die Bilder von S. 18–19 (UMA):
  L: *Look, here they are: this is ...*
  (L zeigt auf das jeweilige Bild und nennt den Namen.)

Ex 1 Erarbeitung:
a) (SB auf) S lesen und vervollständigen die Sätze aus der gelben Sprechblase im Plenum (S nutzen ihr Vorwissen von S. 11 u. 15).
- Klären und kurzes Einüben der Struktur *I'm ... years old.* (z. B. mit einer ► Meldekette).
- S vervollständigen zunächst in EA die Sätze mit ihren eigenen Angaben und tauschen sich dann im ► Partner talk aus.
- **Ausw.:** Einzelne S-Paare berichten im Plenum über sich.

b) AA gemeinsam klären
- S lesen die Informationen über die Lehrwerkskinder.
- Vorentlastung des neuen Wortschatzes (► Semantisierung, ► Lautschulung)
- **1. Hören:** S notieren die Lösung.
- **Sich.:** ggf. **2. Hören** und Vergleich im Plenum
- L/S notiert Lösung an der Tafel.
- **Zusatz:** ► More practice 1, S. 40 direkt im Anschluss bearbeiten.

+Unit 1
My new school

Name	Sunita Chandra
How old?	11
Hobby	coding
Sport	+yoga

Name	Noah Williams
How old?	11
Hobby	taking photos
Sport	walking

1 LISTENING Four students at Varndean[1] School

a) °BEFORE YOU LISTEN °Tell a partner about you.

1 a) Lösungsbsp. S. 267

Hello, I'm ... I'm ... years old.
My favourite hobby is ...
My favourite sport is ...
What about you?

1.9 b) Look at the pictures of four students from Brighton and read about them. Then listen and °put pictures A–D °in the correct order.

1 b) 1 B • 2 D • 3 A • 4 C

► More practice 1, p. 40

1 [vɑːnˈdiːn]

Lead-in Inhalt

Lernschwerpunkt: Kennenlernen der Lehrwerkspersonen
Kompetenzen: Listening Informationen über Personen verstehen • Speaking über sich und andere Personen sprechen
Strukturen: *s*-Genitiv (lexikalisch)
Redemittel: sich vorstellen • *hobbies and sports*

Vorbereitung

Material: Unit-Einstieg Handpuppe Scout / alternatives Maskottchen, UMA • Ex 1 UMA/CD/App, ► KV 1.1: Four students (Klassensatz)
Zeitbedarf: ca. 2 Std.
Begleitmedien: WB (S. 12), App (Digital quiz), INKL (S. 18–19), DIFF (1.1), Unit plans (Unit 1)

Nach dieser Unit kann ich ...

- mich im Klassenzimmer auf Englisch verständigen
- meinen Stundenplan schreiben
- meine Schule beschreiben
- Vokabeln auf verschiedene Arten üben

Unit task

- ein Poster über meine Schule anfertigen

C

Name	Zane Adebayo
How old?	11
Hobby	cooking
Sport	swimming

D

Name	Lily Hall
How old?	11
Hobby	drawing
Sport	°parkour

c) Choose Sunita, Noah, Zane or Lily. What's the same for you? What's °different to you? Talk to a partner.

Sunita is ... years old. I'm ...

Sunita's favourite hobby is ... My favourite hobby is ...

Sunita's favourite sport is ... My favourite sport is ...

1 c) Lösungsbsp. S. 267

► Language file 1, p. 174
► Workbook, p. 12

Digital quiz I can °understand students at a °British school.

Nach dieser Unit ...

- L bespricht mit S die Lernziele der Unit (s. links) und kündigt die *Unit task* an.
- Am Ende der Unit überprüfen die S das Erreichen der Ziele mithilfe des *Checkpoint* (S. 36–39) bzw. gemeinsam im Plenum.

Ex 1 Erarbeitung (Forts.)

c) L oder freiwillige/r S demonstriert Beispiel (*Sunita*) im Plenum.

- Einsatz von ► KV 1.1 (Ex 2a): S arbeiten zunächst schriftlich in EA.
- S lesen sich im Anschluss die Ergebnisse in PA vor, ► KV 1.1 (Ex 2b) (► Partner check).
- ☒ Lernstärkere S oder Klassen können die Aufgabe ohne KV im ► Partner talk bearbeiten.
- **Ausw.:** S tragen die Ergebnisse im Plenum vor.
- s. a. ► LF 1, S. 174

Topic 1 Inhalt

Lernschwerpunkt: der erste Schultag • Dinge, die man in der Schule benötigt • sich positionieren zur Schuluniform
Kompetenzen: Listening Schulhofgesprächen Informationen entnehmen • Vokabeln aus dem Wortfeld *school things* verstehen • Speaking sich über Schuluniformen äußern • Gegenstände auf einem Bild benennen • Study skills sprachliche Regelmäßigkeiten entdecken
Strukturen: unbestimmter Artikel *a/an*
Redemittel: *adjectives* • Wortfeld *school things*

Ex 1 Einstieg:
- (SB zu) L zeigt das Foto von Ex 1 (UMA):
  L: *It's time for school. Look at the picture. What can you see?*
  S: *I can see ...*
- ► Semantisierung des neuen Wortschatzes

Erarbeitung:
a) (SB auf) gemäß AA
S: *This is ...*

b) gemeinsames ► Klären der AA
- S notieren während des **1. Hörens** die Namen im Heft.
- **2. Hören:** S überprüfen ihre Antworten.
- **Ausw.:** S lesen Ergebnisse vor (► Meldekette). L schreibt Lösungen an die Tafel.
- **Sich.:** ggf. **3. Hören**
- ► Good to know, S. 20

Ex 2 Einstieg:
- (SB zu) L zeigt auf das Foto von Ex 1 (UMA):
  L: *What can you say about the uniform?*
  S: *The uniform is blue and black. The tie is red. The uniform is nice / isn't nice ...*
- L sammelt Wortschatz zum Thema *clothes* an der Tafel (Wdh. GSE), ggf. ► Semantisierung von *tie* und *blazer*.

Erarbeitung:
- (SB auf) S schreiben ihre Sätze zunächst in EA auf und nutzen die Hilfen in den Sprechblasen.
- S tauschen sich im ► Partner talk aus.
- **Ausw.:** im Plenum, L notiert evtl. einige Beispiele an der Tafel.
- **Zusatz:** L plant einen ► Uniform day mit der Klasse.

Time for school

1 Listening At school

1 a) (The students are labelled.)

a) Before you listen Look at the photo. Point and say the names °of the students.

Lily • Zane • Sunita • Noah

b) Listen. Write the correct name or names in your exercise book. 1.10

1 ... is busy and tired.
2 ... is +happy about the school tie.
3 ... and ... like the uniform.
4 ... and ... are in class 7C.

Good to know
British schools have a school uniform.
► Digital help

1 b) 1 Zane • 2 Lily • 3, 4 Sunita and Noah

2 °Speaking School uniform

2 Lösungsbsp. S. 267

Is the Varndean school uniform great or horrible? Tell a partner.

nice • cool • horrible • not cool

The uniform is great.
I like the colour.

The uniform is +OK.
I don't like ties.

► Workbook, p. 13

Topic 1 Vorbereitung

Material: Ex 1 UMA, UMA/CD/App, Handpuppe Scout kann immer anstelle von L im Einstieg eingesetzt werden • Ex 2 UMA • Ex 3 Realien wie auf der Abbildung, UMA/CD/App • Ex 5 UMA
Zeitbedarf: ca. 2 Std.
Minimalversion: Ex 5 auslassen
Begleitmedien: WB (S. 13–14), App (Digital help), INKL (S. 20–21)

3 WORDS Sunita's desk

3 a) pencil case • pencil • pen • exercise book • apple • orange

1.11 a) Look at the picture. Listen and point.

3 b) a desk • a pencil case • an apple • a ruler • a rubber • a pencil • a pen • an orange • a glue stick • a pencil sharpener • an exercise book • an English book

1.12 b) Listen and repeat.

4 LOOKING AT ° LANGUAGE a / an

Write *a* or *an*.

... pencil case
... exercise book
... apple
... desk
... pen
... orange

4 a pencil case
an exercise book
an apple
a desk
a pen
an orange

► Language file 2, p. 175

5 I can remember

Close your books. What things from Sunita's desk can you remember?

5 a desk • a blue pencil case • *a pink pen* • a yellow pencil • a white rubber • a red pencil sharpener • a yellow glue stick • a grey exercise book • an orange / a brown ruler • a green English book • an apple • *an orange*

I can remember a pink pen.

I can remember an orange.

► Workbook, pages 13–14

Ex 3 Einstieg:
- (SB zu) ► Semantisierung: L zeigt nacheinander Realien von Ex 3a). L: *Look, it's my pencil case / a pen / ...*
- L gibt der Klasse Kommandos. L: *Show me your pencil case / English book / ...*

Erarbeitung:
a) (SB auf) **1. Hören**
- **Ausw.:** S/L zeigen beim **2. Hören** auf die korrekten Gegenstände.

b) gemäß AA (► Lautschulung)
- **Sich.:** S übertragen den neuen Lernwortschatz ins *Vocab file* (► SF 1, S. 165).

Ex 4 Erarbeitung:
- (SB auf) S arbeiten schriftl.
- **Ausw.:** im Plenum mit TA:

a	an
...	...

- gemeinsame Regelfindung (s. Vorwort, S. IX) im Plenum mithilfe der Lösungen im TA
- **Sich.:** ► LF 2, S. 175
- S übertragen die Regel in den Merkteil des ► English folder.

Ex 5 Erarbeitung:
- (SB auf) L zeigt das Bild von Ex 3a) (UMA): L: *Look at the picture for two minutes.* (evtl. Zeit stoppen)
- L entfernt das Bild. / S schließen SB.
- ► Partner talk gemäß AA
- ☒ Lernstärkere S-Paare beschreiben einander zusätzlich den Inhalt des eigenen Federmäppchens aus dem Gedächtnis.

Topic 1 Inhalt

Lernschwerpunkt: Erarbeitung von *classroom phrases*
Kompetenzen: Reading einen Dialog lesen und mit verteilten Rollen spielen • Listening ein Gespräch hören und Informationen zuordnen • Speaking Informationen zu Schulsachen austauschen • Fragen und Antworten zum Thema *classroom English* • Writing eigene *classroom phrases* schreiben
Strukturen: Pluralbildung (lexikalisch)
Redemittel: Wortfelder *school things, classroom phrases*

Ex 6 Einstieg:
- (SB zu) L legt Realien auf den L-Tisch (Wortschatz von Ex 3, S. 21, reaktivieren).
  L: *Look here, what can you see?* (L hält Realien hoch.)
  S: *I can see a blue pen / ...*

Erarbeitung:
- (SB auf) gemäß AA
- **Ausw.:** Einzelne S kommen nach vorn und sagen, was auf ihrem Tisch liegt.
- ► LF 3, S. 175
- ► Scaffolding als TA:
  I have a/an ...
  I have two/three/four ...

Ex 7 Einstieg:
- (SB zu) L zeigt das Foto von S. 22 (UMA):
  L: *What can you see in the picture? Where are they?*
- ► Semantisierung des Lernwortschatzes im Plenum
- ► Vokabelarbeit, ► Vokabeltafel

Erarbeitung:
a) (SB auf) **1. Lesen:** in EA, S suchen die genannten Personen. L stellt ggf. Verständnisfragen, z. B.: *Who is Mr Lee?*
- **Ausw.:** im Plenum
- ► Good to know, S. 22

b) **2. Lesen:** im ► Mitleseverfahren, dann ► Lautschulung (UMA/CD/App od. L liest vor, S sprechen nach)
- S üben den Text in Dreiergruppen.
- **Ausw.:** Freiwillige S-Gruppen spielen vor der Klasse.

Ex 8 Erarbeitung:
- (SB auf) gemäß AA

6 Speaking Your desk

6 individuelle Lösungen

Put your school things on your desk.
Close your °eyes.
Tell your partner about your school things.
°Take turns.

a pencil

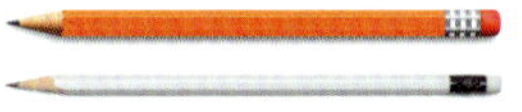
two pencils

I have a ruler. — *I have two pencils.*

► More practice 2, p. 40
► More practice 3, p. 41
► Language file 3, p. 175

7 Reading Hello class 7C!

7 a) (Emma, Mr Lee and Ravi are labelled.)

a) Read and find Mr Lee, Emma and Ravi in the photo.

1.13

Mr Lee	Hello class 7C! I'm Mr Lee, your class teacher and English teacher.
Emma	+Sorry I'm late, Mr Lee.
Mr Lee	OK, please sit down.
Ravi	Can I open the window, please?
Mr Lee	Yes, you can. Now, please take your English books. Let's start.

Good to know
In England the first year of °secondary school is year 7.

b) Act out the °dialogue in a).

8 Song The class 7C song

1.14

Listen and sing.

°We're in class 7C
It's a great place to be.

It's a big, new school
°But we °think it's °really cool.

°Our teacher's Mr Lee
°He is nice °and so are we.

We're in class 7C
It's a great place to be.

► More practice 4, p. 41
► Workbook, p. 14

Topic 1 Vorbereitung

Material: Ex 6 Realien wie auf dem Bild von S. 21 (einige der Gegenstände sollten zwecks Verwendung des Plurals mehrfach vorhanden sein) • Ex 7 UMA, UMA/CD/App • Ex 8 UMA/CD/App • Ex 9 UMA/CD/App, von L vorbereitete ► Swap cards (je eine Frage von Ex 9a) auf der Vorderseite, passende Antwort auf der Rückseite) • Ex 10 weißes Papier (Klassensatz)
Zeitbedarf: ca. 2 Std.
Minimalversion: Ex 8 auslassen
Begleitmedien: WB (S. 14–15), App (Digital quiz), INKL (S. 22–23), DIFF (1.2, 1.3, 1.4)

9 Speaking In class

9 a) 1 b • 2 c • 3 d • 4 a • 5 e

1.15 a) **Listen. Match what Noah and Sunita say.**

1 What page is it?
2 Can you help me with exercise 2?
3 What's the answer to question 3?
4 Can I use your book?
5 Thanks.

a Yes, here you are.
b Page 9.
c Yes, I can.
d I don't know. Let's ask Mr Lee.
e You're welcome.

► Box: Voc., p. 209

1.16 b) **Listen to the questions in a). Say the answers.**

c) Walk around **Practise the questions and answers in a) with different partners.**

9 b) 1 Page 9 • **2** Yes, I can. • **3** I don't know. Let's ask Mr Lee. • **4** Yes, here you are. • **5** You're welcome.

My task

10 My classroom questions and answers

10 a) Lösungsbsp. S. 267

a) **Use the questions and answers in 9a) and change the blue parts.**
Can you help me with ~~exercise 2~~? => the new words
Let's ask ~~Mr Lee~~. => Frau Keller

b) **°Practise with your partner.**

c) **Make two °groups in class. Ask and answer questions.**

► Workbook, p. 15

Digital quiz I can **understand and use classroom English.**

Ex 9 Einstieg:
- (SB zu) L gibt Anweisungen: L: *Open a window, please. Take a blue pen. Open your book. Close your book.* (S führen aus.) L: *Do you know more classroom phrases?*
- S geben mögliche Beispiele.
- L gibt lernschwächeren S den Tipp, auf S. 17 zu schauen.

Erarbeitung:
a) (SB auf) S lesen Fragen u. Antworten still in EA und notieren die Zahlen 1–5 in ihr Heft.
- Beim **1. Hören** schreiben S den Buchstaben der passenden Antwort ins Heft.
- **Ausw.:** ► Meldekette und TA

b) **2. Hören:** gemäß AA

c) Klären der AA
- L verteilt ► Swap cards.
- L demonstriert Bsp. (s. a. ► Market-place activity / ► Milling around).
- **Ausw.:** Wiederholen der Fragen u. Antworten im Plenum

My task Ex 10 Erarbeitung:
a) (SB auf) gemäß AA, Besprechen der Beispiele, Sammeln weiterer Beispiele an der Tafel

b) gemäß AA

c) L teilt die Klasse in zwei Hälften. Eine Hälfte stellt Fragen, die andere Hälfte antwortet.

- **Zusatz:** S gestalten ein Poster mit *classroom phrases*. Fragen und Antworten in Sprechblasen und Gestaltung mit Bildern (► English corner).

Topic 2 Inhalt

Lernschwerpunkt: Aussagen über Dinge und Personen in der Schule machen
Kompetenzen: Reading einen Dialog lesen und verstehen • Information zuordnen • Listening Aussprache der Wochentage • ein Lied zu den Wochentagen anhören • Writing über Personen in der eigenen Klasse schreiben
Strukturen: Personalpronomen • Verb *to be*
Redemittel: Personen beschreiben • Hobbys • Wochentage • Wortfeld *in the classroom*

Ex 1 Einstieg:
- (SB zu) L zeichnet Stundenplan an die Tafel u. nutzt ihn zur ► Semantisierung des Lernwortschatzes.

Erarbeitung:

a) (SB auf) **1. Lesen/Hören:** im ► Mitleseverfahren
- **2. Lesen:** L u. zwei gute S lesen vor.

b) gemäß AA, schriftl. in EA
- Ein Bsp. wird vorab im Plenum bearbeitet.
- **Ausw.:** S lesen Sätze und Lösungen laut vor.
- L schreibt die Sätze 1–4 und jeweils den dazugehörigen Satz A–D untereinander an die Tafel und hebt die Nomen und Personalpronomen mit zwei verschiedenen Farben hervor.
- Die Klasse liest im Plenum ► LF 4, S. 176.

c) gemäß AA
- **Ausw.:** im Plenum

Ex 2 Einstieg:
- (SB zu) Wdh. der Personalpronomen, z. B. mit ► Flashcards mit den Abb. von S. 176

Erarbeitung:
- (SB auf) gemäß AA
- S finden die Lösungen mithilfe des Dialogs und der Sätze von Ex 1.
- **Sich.:** als TA im Plenum
- S übertragen die Tabelle in den Merkteil (► English folder).
- s. a. ► LF 6, S. 177, Erklärfilm (UMA/App)
- Üben des Paradigmas: Chorsprechen mit passenden Handbewegungen

My timetable

1 The English lessons

1.17 a) Read the °conversation.

Mr Lee: 7C, please look at your timetable. Can you see the English lessons? They're in room 2.
Lily: Mr Lee, look at Tim. I think he's tired.
Mr Lee: You're right, Lily. And Emma – she's tired too. Emma and Tim, I know you're tired. We're all tired! But break is in five minutes.
Tim: I'm sorry, Mr Lee.

► Box: Voc., p. 209

b) Match the sentences A–D to 1–4.

1 The English lessons are in room 2.
2 Tim is tired.
3 Break is in five minutes.
4 Emma is tired too.

A She's tired too.
B They're in room 2.
C He's tired.
D It's in five minutes.

1 b) 1 B • 2 C • 3 D • 4 A

c) Complete the sentences with the words in the box.

He • She • It • They

1 ...'s our teacher.

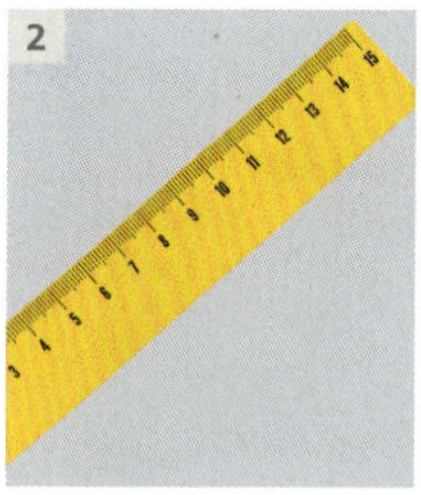
2 ...'s yellow.

3 ...'re in class 7C.

4 ...'s 11.

1 c) 1 He • 2 It • 3 They • 4 She

► More practice 5, p. 41 ► Language file 4, p. 176

2 Looking at language 'm / 're / 's

Erklärfilm

Look at 1 again.
°Copy and °complete the °table.

I'm
you're
he's / she's / it'...
we'...
you'...
they'...

2 *I'm*
you're
he's/she's/it's
we're
you're
they're

► Language file 6, p. 177
► Workbook, pages 15–16

Topic 2 Vorbereitung

Material: Ex 1 UMA/CD/App • Ex 2 von L vorbereitete Flashcards (Personalpronomen), UMA/App (Erklärfim) • Ex 4 Handpuppe Scout, ► KV Extra: Bus stop • Ex 5 Handpuppe Scout, UMA/CD/App
Zeitbedarf: ca. 2 Std.
Minimalversion: Ex 5b), c) bei Zeitmangel auslassen
Begleitmedien: WB (S. 15–17), App (Erklärfilm), INKL (S. 24–25)

3 Varndean students and teachers

3 a) 1 Mr Lee • 2 Zane • 3 Emma and Tim • 4 Lily • 5 Sunita and Noah

a) Match the correct name(s) to the °sentences.

Emma and Tim • Lily • Mr Lee • Sunita and Noah • Zane

1 I'm an English teacher.
2 He's a good swimmer.
3 We're tired.
4 She's in a parkour class.
5 They're a girl and a boy in 7C.

b) Say sentences about °people in your class. The class °guesses the °person.

She's in a football / ... ⁺team.
He can sing / make music / ...
She likes sandwiches / the colour blue / ...
He can draw.
They're good friends.
He's ... years old.

3 b) individuelle Lösungen

4 Messages

Complete the messages from Noah and °his mum with the words in the box.

► Parallel exercise, p. 42

They're • You're • it's • He's • It's • I'm

4 1 It's • 2 He's • 3 They're • 4 You're • 5 it's • 6 I'm

Hi, Mum! I like the classroom. (1) ... big. I like Mr Lee, my teacher, too. (2) ... cool. And I like my new friends. (3) ... nice. ☺

Great! (4) ... lucky, Noah! Varndean School is big, but (5) ... a good school. Sorry, (6) ... busy now. See you! ☺

► More practice 6, p. 42

5 Song Days of the week

5 a) 1 Monday • 2 Tuesday • 3 Wednesday • 4 Thursday • 5 Friday • 6 Saturday • 7 Sunday

1.18

a) Words Listen and put the days in the correct order. *1 Monday, 2 ...*

Thursday • Tuesday • Sunday • Friday • Monday • Wednesday • Saturday

b) Now sing the song. ► Box: Voc., p. 210

c) Complete the sentence: *My favourite day of the week is ...*

► Workbook, p. 17

Ex 3 Erarbeitung:
a) (SB auf) L liest die Sätze vor, S nennen die Antwort.
b) gemäß AA
- L gibt Bsp.: *He's in a football team. / She's from ...*
- S notieren eigene Sätze.
- **Ausw.:** ► Meldekette, die Klasse rät.

Ex 4 Einstieg:
- (SB zu) L/Scout: *Noah is new at school. Is he happy?*
- L holt Stimmungsbild ein (► Thumbs up).

Erarbeitung:
- (SB auf) gemäß AA (s. a. S. 42)
- ► Parallel ex, S. 42 auf leichterem Niveau
- L kann S individuell zuweisen.
- **Ausw.:** ► Partner check bzw. am ► Bus stop (Einsatz ► KV Extra)

Ex 5 Einstieg:
- (SB zu) ► Semantisierung des Lernwortschatzes, z. B.:
Scout: *What day is today?*
L: *Today is ...*
Scout: *What are the days of the week?*
L: *Monday, ...*

Erarbeitung:
a) gemäß AA
- **Sich.:** S schreiben die Wochentage als TA.

b) gemäß AA
- TA mit den Wochentagen als Hilfe (s. **Ex 5a**)

c) gemäß AA
- **Ausw.** ► Meldekette:
L: *What is your favourite day, Scout?*
Scout: *My favourite day is ...*
(Scout fragt S1, S2 etc.)

Topic 2 Inhalt

Lernschwerpunkt: Unterrichtsfächer kennenlernen und Stundenpläne lesen und erstellen
Kompetenzen: Listening Unterrichtsfächer verstehen und zuordnen • einem Dialog Informationen über einen Stundenplan entnehmen • ein Lied hören • Speaking sagen, welche Unterrichtsfächer man mag oder nicht mag • Writing den eigenen Stundenplan schreiben
Redemittel: Wortfelder *school subjects, days of the week*

Ex 6 Erarbeitung:
a) (SB auf) L zeigt den Stundenplan von S. 26 (UMA).
- gemeinsame ► Semantisierung gemäß AA
- **Sich.:** TA der *subjects* und dt. Entsprechungen (► Vokabeltafel)
- gemeinsame ► Lautschulung, ► Vokabelarbeit

b) In EA notieren S die Nrn. und ergänzen das *subject*.
- **1. Hören**, dann ► Partner check
- **Ausw.:** ► Meldekette:
  S1: *Number 1 is ...*
  S2: *Number 2 is ... etc.*

Ex 7 Einstieg:
- (SB zu) L verweist auf den Stundenplan im Raum oder HA-Heft:
  L: *Look at your timetable. What are your lessons today?*
  (S antworten in ► Meldekette):
  S1: *Lesson 1 is ....*
  S2: *Lesson 2 is ...*
  L: *Let's find out about Lily's timetable on Fridays.*

Erarbeitung:
- (SB auf) **1. Hören:** S notieren in EA Lilys Stundenplan an Freitagen.
- **2. Hören:** S überprüfen ihre Lösungen.
- **Ausw.:** L schreibt *lesson 1–6* untereinander an die Tafel:
  L: *What's lesson 1?*
- S schreiben die Lösung an.

- **Zusatz:** ► Info-gap activity zum Üben der *subjects*:
- Einsatz von ► KV 1.2 A + B: je ein Stundenplan pro S
- gemeinsames ► Klären der AA
- **Ausw.:** im Plenum (TA)

6 WORDS School subjects

6 a) individuelle Lösungen

a) Look at the timetable for 7C. German and °other languages can help you. Which words can you understand?

Lesson	Monday	Tuesday	Wednesday	Thursday	Friday
			°REGISTRATION AND ASSEMBLY		
1	English	art	French	computing	
2	English	maths	French	computing	
			BREAK		
3	history	English	science	geography	
4	geography[1]	music	science	history	
			LUNCH		
5	maths	science	design and technology[2]	PE	
6	maths	science	computing	PE	

► Digital help

1.19 b) Match the pictures to the subjects in the timetable. Then listen and check. *1 art, 2 ...*

1

2

3
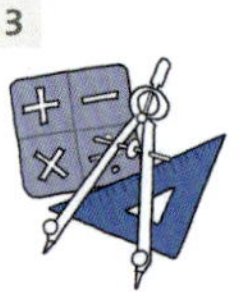
4

5

6

7

8

9

10

11

6 b) 1 art • **2** English • **3** maths • **4** music • **5** French • **6** science • **7** history • **8** geography • **9** design and technology • **10** computing • **11** PE

1.20 7 LISTENING 7C's timetable

Listen to Lily and Zane. Complete 7C's timetable for Friday in your exercise book.

Lesson 1: ...
Lesson 2: ...
...

7 *Lesson 1:* music • *Lesson 2:* maths • Lesson 3: English • Lesson 4: French • Lesson 5: art • Lesson 6: design and technology

► Workbook, pages 17–18

1 [dʒiˈɒgrəfi] 2 [tekˈnɒlədʒi]

Topic 2 Vorbereitung

Material: Ex 6 UMA, UMA/CD/App • Ex 7 UMA/CD/App, Stundenplan der Klasse, ▶ KV 1.2 A + B: My timetable (1/2 KV pro S) • Ex 8 UMA, UMA/CD/App, geeignete Aufnahmegeräte • Ex 9 Handpuppe Scout • Ex 10 vorbereiteter englischer Stundenplan der Klasse mit Lücken (als TA), weißes Papier (A4, Klassensatz)
Zeitbedarf: ca. 3 Std.
Minimalversion: Ex 7 oder Ex 8a) auslassen, Ex 10 als HA möglich
Begleitmedien: WB (S. 17–19), App (Digital help, Digital quiz), INKL (S. 26–27), DIFF (1.5)

1.21

8 Song The timetable song

a) Listen. Stand up when you °hear a school subject.

b) Listen again. Write the correct subject (a–e) for 1–5.

8 b) 1 history • 2 geography • 3 French • 4 PE • 5 maths

On Monday °morning I have (1) ...
The °next lesson is (2) ...
°After lunch we have °biology
And then °at three, °go home to play.

On Tuesdays I °study (3) ... at ten.
After break, (4) ... with Mr Wren[1].
°Finally, it's time for (5) ... and then
We do it all again °another day.

a French
b geography
c history
d maths
e PE

9 Speaking My subjects

a) Talk about your subjects. Say three sentences.

9 a) Lösungsbsp. S. 267

b) Speed dating Make two °lines. Tell your partner.

I like maths.
My favourite subject is PE.
I don't like history.

My task

10 My timetable

10 individuelle Lösungen

Write your timetable in English for an English friend. Put your timetable in your Dossier.

▶ Wordbank 5, p. 187

▶ Workbook, p. 19

Digital quiz I can write my timetable in English. 1 [ren]

Ex 8 Einstieg:
- (SB zu) Als Wdh. zeigt L die Bilder von Ex 6b), S. 26 (UMA):
  L: *What subject is it?*
  S: *It's ...*

Erarbeitung:
a) (SB zu) **1. Hören** gemäß AA

b) (SB auf) **2. Hören** gemäß AA

- **Zusatz:** Lied gemeinsam an den eigenen Stundenplan anpassen und ggf. aufnehmen.

Ex 9 Erarbeitung:
a) (SB auf) Vorbereitung aufs ▶ Speed dating gemäß AA: S bereiten je drei Sätze vor.
- Satzanfänge als TA, L führt mit S Bsp. vor.

b) gemäß AA
- **Ausw.:** im Plenum, L/Scout fragt freiwillige S: *What about you?*

My task Ex 10 Einstieg:
- (SB zu) engl. Stundenplan der Klasse mit Lücken als TA
  L: *Look, I have a problem with our timetable. Can you help me?*
  S: *Lesson 1 on Monday is ...*
- L klappt die Tafel dann zu.

Erarbeitung:
- (SB auf) gemäß AA, S schreiben und gestalten ihren Stundenplan auf Englisch (A4-Blatt).
- Lernschwächere S dürfen nach vorne kommen und den TA zu Hilfe nehmen.
- **Ausw.:** ▶ Gallery walk oder Präsentation, z. B. in der ▶ English corner
- **Sich.:** Ablage im ▶ Dossier

Topic 3 Inhalt

Lernschwerpunkt: Vorstellung von Schulräumen • eine E-Mail über die Schule lesen und schreiben
Kompetenzen: Reading ein Gespräch zwischen Zane, Lily, Sunita und Noah über das Schulgebäude lesen • Listening/Speaking Aussprache von Wörtern *(places at school)* üben • Writing eine E-Mail über die eigene Schule schreiben
Strukturen: Verb *to be* (Verneinung)
Redemittel: Wortfeld *places at school* • Adjektive

Ex 1 Einstieg:
- (SB zu) L zeigt die Bilder von S. 28 (UMA).
  L: *What places can you see in the pictures? Guess the names.*
  S: *I can see the ...*
  (L notiert die Vorschläge, TA.)

Erarbeitung:
a) (SB auf) gemäß AA, schriftl. in EA
- **Ausw.:** ► Partner check, dann im Plenum: Korrigieren des TA, s. **Einstieg**

b) S lesen den Dialog und hören mit (► Mitleseverfahren).
- ► Semantisierung des neuen WS

c) gemäß AA, S sprechen im Chor nach (► Lautschulung), ► Vokabelarbeit.
- ☒ Vier lernstärkere S lesen den Text in verteilten Rollen laut vor.

Ex 2 Erarbeitung:
- (SB auf) Gemeinsames Klären der AA, L gibt den Hinweis, dass S die Lösungen im Text von Ex 1b) finden können.
- L oder lernstarke/r S liest die Sätze nacheinander vor, Lösen im Plenum (mit TA).
- **Sich.:** S notieren die Sätze mit richtiger Verbform in ihr Heft.

It's a big school!

1 WORDS Places at school

a) Match the pictures A–E to the rooms 1–5.

1 a) 1 E • 2 B • 3 C • 4 A • 5 D

1 the art room
2 the canteen
3 the computer room
4 the English classroom
5 the sports hall

b) Read the conversation.

1.22

Zane Hi, Lily!
Lily Hi, Zane. This is Sunita and this is Noah.
Sunita Nice to meet you, Zane.
Noah I'm hungry. My sandwich isn't in my bag. Where's the canteen?
Sunita Is it here? ... No, this room isn't the canteen, it's the art room.
Zane This room is the computer room. And the toilets are here.
Lily Look at this map! We're in building 1. The canteen and the sports hall are in building 2. It's a big school!
Noah They aren't in this building. We aren't near the canteen!
Zane I have two sandwiches and I'm not hungry. Here, you can have one.
Noah You aren't hungry, Zane ... I'm always hungry! Thanks!
Zane You're welcome.

1.23 c) Listen and repeat the places.

1 c) 1 the English classroom • 2 the canteen • 3 the computer room • 4 the sports hall • 5 the art room

► More practice 7, p. 42

2 What's right?

2 1 I'm • 2 isn't • 3 is • 4 They aren't • 5 We aren't • 6 You aren't

Choose the correct words.

1 I'm / I'm not hungry.
2 My sandwich is / isn't in my bag.
3 This room is / isn't the computer room.
4 They're / They aren't in this building.
5 We're / We aren't near the canteen.
6 You're / You aren't hungry, Zane.

► Workbook, p. 19

Topic 3 Vorbereitung

Material: Ex 1 UMA, UMA/CD/App • Ex 3 UMA, UMA/App (Erklärfilm) • Ex 5 ausgedruckte E-Mail, ggf. UMA
Zeitbedarf: ca. 2 Std.
Minimalversion: Ex 4 bei sicherem Umgang mit den Verbformen als HA
Begleitmedien: WB (S. 19–20), App (Erklärfilm, Digital help, Digital quiz), INKL (S. 28–29), DIFF (1.6)

3 Looking at language *to be* (negative)

Erklär-film

3 Lösung S. 267

Look at exercise 2. Copy and complete the box with *isn't* (2x) and *aren't* (3x).

I'm	→	I'm not
you're	→	you ...
he's	→	he ...
she	→	she isn't
it's	→	it ...
we're	→	we ...
you're	→	you aren't
they're	→	they ...

Language file 7, p. 177

4 The new school

4 1 B • 2 A • 3 A • 4 A • 5 B • 6 A

Choose the correct picture (A or B) for each of the sentences 1–6.

1 The school isn't big.

2 We aren't scared!

3 The teacher is nice.

4 The food isn't bad.

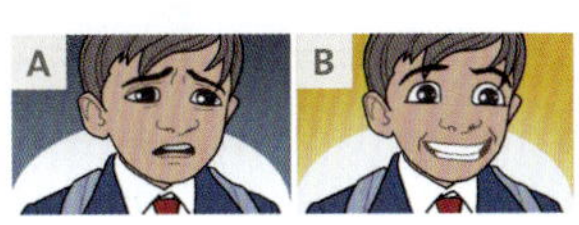

5 I'm happy at my school.

6 My new school is cool!

▶ More practice 8+9, p. 43

My task

5 My school

a) Read Lily's °email to °her grandma about her school.

b) Write to Scout about your school. You can use Lily's email and change the blue words. Put your text in your Dossier.

Hi, Grandma!
The name of my school is Varndean School. I'm in class 7C. My class teacher is Mr Lee. My favourite place at school is the art room. My favourite day is Tuesday because lesson 2 is art.
My school is great.
See you, Lily

5 b) individuelle Lösungen

▶ Digital help ▶ More help, p. 43 ▶ Wordbanks 5+6, pages 187–188

▶ Workbook, p. 20

Digital quiz I can describe my school.

Ex 3 Einstieg:
- (SB auf) L zeigt Ex 3 (UMA).
- L leitet die Lösungsfindung an: L: *Let's find the forms in exercise 2.*

Erarbeitung:
- gemeinsam im Plenum
- S nennen Formen von *to be*, L ergänzt die Übersicht (TA).
- **Sich.:** S schreiben den TA in ihren Merkteil ab (▶ English folder).
- ▶ LF 7, S. 177 gemeinsam lesen u. Erklärfilm (UMA/App) anschauen.

Ex 4 Einstieg: s. MP 8, S. 43

Erarbeitung:
- (SB auf) gemäß AA, mündl. od. schriftl.
- **Ausw.:** ▶ Five-minute teacher

My task Ex 5 Einstieg:
- (SB zu) L hält eine ausgedruckte E-Mail in der Hand: *Look, here's an email from Lily. It's for her grandma. Let's read it.*

Erarbeitung

a) (SB auf) stilles Lesen gemäß AA, ggf. Klären von Vokabelfragen

b) Klären der AA, zwei Sätze gemeinsam im Plenum (mit TA)
- S arbeiten schriftl. mit ▶ Wordbank 5 u. 6, S. 187–188 als Hilfe. Lilys E-Mail dient dabei als Wortgerüst (TA/UMA).
- Lernschwächere S nutzen zusätzlich ▶ More help, S. 43.
- **Ausw.:** Einzelne S lesen ihre E-Mail in der Klasse vor.
- Ablage im ▶ Dossier

Story Inhalt

Lernschwerpunkt: eine Bildgeschichte über einen Mobbing-Fall und solidarisches Verhalten verstehen
Kompetenzen: Speaking einen guten Freund beschreiben • Reading eine (bildgestützte) Geschichte lesen, dazu Fragen beantworten und Aussagen korrigieren
Redemittel: Adjektive zum Wortfeld *describe a friend*

Ex 1 Einstieg:
- (SB zu) L mit Scout:
  L: *What can you say about your new friend Leo?*
  Scout: *My friend is cool/...*

Erarbeitung:
- (SB auf) gemäß AA
- ► Semantisierung; ► Vokabelarbeit
- S schreiben Sätze auf.
- **Ausw.:** Satzanfänge als TA, L fordert S1 auf, ein Wort zu ergänzen, dann S2 etc.

Ex 2 Einstieg:
- (SB auf) L zeigt nacheinander die einzelnen Bilder der *Story* (UMA):
  L: *Look at picture 1/2/...*
  Who can you see?
- S beschreiben Personen und Tiere für jedes Bild.
- **Alternative:** Arbeitsteilige GA: Jede Gruppe bekommt ein Bild zugeteilt und bereitet die Beschreibung vor.
- S-Gruppen beschreiben anschließend nacheinander die einzelnen Bilder im Plenum.
- ☒ Lernstärkere S können zusätzliche Dinge beschreiben (Ort, Kleidung etc.).

Erarbeitung:
- Fragen im Plenum lesen.
- S stellen Vermutungen an, z. B. mithilfe der Bilder.
- L/S notieren sie (TA).
- **1. Lesen/Hören** im ► Mitleseverfahren
- ► Semantisierung des Lernwortschatzes; ► Vokabelarbeit
- **Ausw.:** gemeinsames Überprüfen des Globalverstehens durch Beantwortung der Fragen (z. B. ► Meldekette)

After school

1 *A good friend is* friendly • helpful • nice.
A good friend isn't horrible • mean.

1 Before you read A good friend

°Describe a good friend.

A good friend is ... *A good friend isn't ...*

friendly • helpful • horrible • mean • nice

2 1 Zane • 2 Kyle, Jade / those bullies • 3 Noah • 4 the seagulls • 5 Lily • 6 Buddy (Noah's dog)

2 Reading Who is ...?

Read the story. Answer the questions.

1 Who is busy?
2 Who is mean?
3 Who is sad?
4 Who is helpful?
5 Who is scared, then helpful?
6 Who is friendly?

1.24

Lily Hey, Zane! Let's go to the beach!
Zane Sorry, I'm busy! Bye!
Lily Zane is always busy.
Sunita You're right.

Kyle[1] You're too slow, Noah!
Jade[2] Noah is so weird.
Noah I'm not weird!
Lily Who are they?
Sunita They aren't from Varndean.
They're bullies.

Lily That's Noah from our class.
He's in trouble!
Sunita Can we help him?
Lily I don't know. I'm scared of bullies!

Noah Hello, seagull. You're nice.
But the bullies aren't nice.
They're mean!
I'm sad. They think I'm weird.
But I'm not weird.
I'm Noah and I'm ⁺clever!

1 [kaɪl] 2 [dʒeɪd]

Story Vorbereitung

Material: Ex 1 Handpuppe Scout • Ex 2 UMA, UMA/CD/App • Ex 3 UMA
Zeitbedarf: ca. 1–2 Std.
Begleitmedien: INKL (S. 30–31)

5

1.25

Lily Oh no! Noah is sad ...
Sunita Let's help him!

6

Jade Look! The weird boy's still here!
Sunita Stop! He's our friend.
Lily Go away!

7

Noah That's my friend, the seagull! And her friends too – they're very helpful!
Kyle °Ugh! Let's go!
Jade The seagulls are horrible!

8

Noah Thanks. You're good friends.
Sunita That seagull is very clever! You're good with animals, Noah.

9

Noah Hi, Dad. These are my friends.
Dad Hello! Nice to meet you. This is Noah's dog, Buddy. He's very friendly.
Lily He's cool.

▶ Box: Voc., p. 213

3 Reading What's wrong?

°Correct the sentences.
Change the words in blue.

1. Zane is free after school.
2. Kyle and Jade are nice to Noah.
3. Sunita and Lily aren't scared of the bullies at first.
4. Lily and Sunita aren't Noah's friends.
5. The seagulls are nice to Kyle and Jade.
6. Noah's dog is mean.

3 Lösung S. 267

Ex 3 Erarbeitung:

- (SB auf) L klärt AA im Plenum.
  L: *Read the sentences.*
- S lesen die Sätze laut vor.
  L: *What's wrong with sentence number 1? Can you tell me?*
  S: *Yes, I can. Zane isn't free after school.*
- L schreibt den ersten Satz als Beispiel an die Tafel.

- **Zusatz:** S finden im Text den Satz, der diese Aussage belegt (*"Sorry, I'm busy!"*). Ggf. präsentiert L die Geschichte über den UMA und zeigt oder markiert den entsprechenden Satz.

- S bearbeiten die Aufgabe (Sätze 2–6) schriftlich.
- **Ausw.:** ▶ Five-minute teacher

- ▶ Early finisher: Schnelle S bilden weitere „falsche" Sätze.
- **Ausw.:** gemeinsames Lösen im Plenum

- In schwächeren Klassen sollten alle Sätze (mit TA) gemeinsam im Plenum bearbeitet und anschließend ins Heft geschrieben werden.

Story Inhalt | Vorbereitung

Lernschwerpunkt: eine Geschichte nachspielen
Kompetenzen: Speaking eine Geschichte in verteilten Rollen aufführen • Personen beschreiben • Writing über den besten Freund oder die beste Freundin schreiben
Redemittel: Adjektive • Wortfeld *my friend*

Material: Ex 5 von L vorbereitete Karten mit Namen der Rollen • Ex 6 vorbereitete Wortkarten (z. B. ► KV 1.3: Swap cards) • Ex 7 persönliches Foto von L, weiße Blätter (A4, Klassensatz)
Zeitbedarf: ca. 2 Std.
Minimalversion: Ex 7 kann als HA erteilt werden
Begleitmedien: WB (S. 21), App (Digital quiz), INKL (S. 32), DIFF (1.7)

Ex 4 Erarbeitung:
- (SB auf) gemäß AA
- **Ausw.:** ► Five-minute teacher

Ex 5 Erarbeitung:
a) (SB auf) L verteilt vorbereitete Rollenkarten (je nach Leistungsvermögen der S, s. a. ► Gruppenbildung).
- Die Gruppen lesen/proben gemeinsam.
- **Alternative:** Jede Gruppe übt nur ein bis zwei Szenen.

b) S spielen die Geschichte nach (► Scenic play), ggf. nutzen sie Schulhof, Aula o. Ä.
- **Ausw.:** Gruppen spielen vor der Klasse (► Feedback).

Ex 6 Einstieg:
- (SB zu) Wdh. der *adjectives* (s. Reservoir) mithilfe von ► Swap cards (z. B. ► KV 1.3)
L: *Let's talk about the people in the story now.*

Erarbeitung:
- (SB auf) Freiwilliges S-Paar liest Bsp. aus dem SB vor, weitere Bearbeitung in PA.
- **Ausw.:** S präsentieren ihre Meinungen im Plenum.

Ex 7 Einstieg:
- (SB zu) L zeigt ein persönliches Foto: *Look, here is a picture of my best friend.*
- L beschreibt die fiktive Person analog zu Noahs Text.

Erarbeitung
- (SB auf) S liest Noahs Text vor.
- S nutzen Noahs Text als ► Scaffolding.
- S schreiben ihre Texte auf ein weißes Blatt und gestalten es.
- **Ausw.:** ► Gallery walk

4 WORDS **Opposites**

4 1 C • 2 A • 3 E • 4 D • 5 B

Match the phrases 1–5 to their opposites A–E.

1 I'm OK.	A I'm free.
2 I'm busy.	B He's sad.
3 You're right.	C I'm in trouble.
4 They're nice.	D They're mean.
5 He's happy.	E You're wrong.

5 SHOWTIME °Action!

a) Make groups of seven students: Noah, Lily, Sunita, Zane, Kyle, Jade and Noah's dad. Read the scenes.

b) Act out the °scenes for the class or another group. Use actions and °feelings.

5 individuelle Lösungen

6 SPEAKING **People in the story**

Talk about Noah, Lily, Sunita, Scout and Buddy.

I like Noah. He's good with animals. What about you?

I like Lily. She's helpful.

a good friend • clever • cool • friendly • good with people / animals • helpful • nice

6 Lösungsbsp. S. 268

7 LIFE SKILLS **Your best friend**

7 individuelle Lösungen

Read Noah's text.
Write three sentences or more about your best friend.

My best friend is my dog, Buddy.
He's always nice to me.
He's helpful when I'm sad.

► Workbook, p. 21

Digital quiz I can understand a story about friends.

Viewing Inhalt | Vorbereitung

Lernschwerpunkt: kleine Filmszenen über lustige Mutproben verstehen
Kompetenzen: Viewing Filmszenen verstehen • Speaking über Personen auf einem Foto sprechen • die eigene Meinung äußern
Redemittel: Adjektive zur Beschreibung von Personen und Tätigkeiten

Material: Ex 1 UMA • Ex 2 Realien: z. B. lustige Krawatte, UMA/DVD/App • Ex 3 UMA/DVD/App
Zeitbedarf: ca. 1 Std.
Begleitmedien: INKL (S. 33)

The Brighton dares[1]: School

1 Before you °watch The people in the video

Say who you can see in the picture.

a girl / a boy • British / German • friends • students • teachers

I can see ... I think they are / aren't ...

1 *I can see a girl and a boy. I think they are friends. They are students. / They aren't teachers. They're British. / They aren't German.*

2 Viewing What are the dares?

2 1 C • 2 A • 3 B

Watch the video. Match the pictures (A–C) to the dares.

1 Wear a beard[2]
2 Speak backwards[3]
3 Walk backwards

A

B

C

3 Who says what?

Match the people to the sentences.

1 "She has a maths test in lesson one. She needs her ruler."
2 "Old – years – eleven – am – I."
3 "Come see me after assembly."
4 "It's a really good book."

3 1 Mrs Collins • 2 Daisy • 3 Mr Campbell • 4 Emir

4 Lösungsbsp. S. 268

4 My opinion

Tell a partner your opinion.

I think ...

bad • clever • cool • friendly • good • great • horrible • mean • nice • OK • weird

1 the beard dare is ...
2 the backwards dare is ...
3 Mr Campbell is ...
4 Mrs Collins is ...
5 the film is ...
6 it's ... to say no to a dare.

[1] **dare** *die Mutprobe* [2] (to) **wear a beard** *einen Bart tragen* [3] **backwards** *rückwärts*

1 [eˈmɪə] 2 [ˈkæmbəl]

Ex 1 Einstieg:
- (SB zu) L zeigt das Foto von S. 33 oben (UMA) und fragt: *Who can you see in the picture?*
  S: *I can see a girl and a boy.*

Erarbeitung:
- (SB auf) gemäß AA
- **Sich.:** Lösungssätze als TA. S notieren die Sätze im Heft.

Ex 2 Einstieg:
- (SB zu) L trägt lustige Krawatte, Hut o. Ä.
  L: *There is a school dare today. Look at me. What can you see?*
  S: *You have a funny tie/hat/ ...*
- Erklärung des Begriffs *dare* im Plenum

Erarbeitung:
- (SB auf) L stimmt die S ein:
  L: *Let's watch a video and find out more about funny dares.*
- **1. Sehen:** S schauen das Video.
- S arbeiten in EA od. PA und notieren die Lösungen.
- **Ausw.:** im Plenum

Ex 3 Einstieg:
- (SB auf) Klären der AA
- **2. Sehen:** S notieren die Lösungen.
- ► Partner check
- **Ausw.:** im Plenum

Ex 4 Einstieg:
- (SB zu) spontanes Feedback im Plenum (► Thumbs up):
  L: *What do you think about the beard dare / the backwards dare?*

Erarbeitung:
- (SB auf) ► Partner talk gemäß AA
- **Ausw.:** ► Meldekette

Study skills Inhalt | Vorbereitung

Lernschwerpunkt: Techniken, um Wortschatz zu lernen
Kompetenzen: Writing eine Mindmap ergänzen • Study skills Vokabellerntechniken ausprobieren
Redemittel: Wortschatz der Unit 1

Material: Ex 1 Wörterbücher (nach Bedarf), ► KV 1.4: Learning vocabulary (Klassensatz) • Ex 3 Blanko-Spielkarten (ca. zehn pro S), UMA/App (Erklärfilm)
Zeitbedarf: ca. 1 Std.
Minimalversion: Ex 2 auslassen
Begleitmedien: WB (S. 22–23), App (Digital quiz, Erklärfilm), INKL (S. 34)

Ex 1 Erarbeitung:
- (SB zu) ► Brainstorming:
  L: *Can you tell me more words about school?* (*school* als TA)
- L erstellt die ► Mindmap aus dem SB als TA und ergänzt sie mit den Wörtern der S.
- (SB auf) S übertragen den TA auf die ► KV 1.4 und ergänzen ggf. eigene Wörter.
- Ablage der Mindmap im *Vocab file* (► Vokabelarbeit)
- ☒ Lernstärkere S erweitern die Mindmap durch zusätzliche Kategorien.
- **Ausw.:** L prüft die Ergebnisse z. B. durch Einsammeln.
- ► SF 2, S. 166–167 lesen.

Ex 2 Erarbeitung:
- (SB auf) Klären der AA, dann ein Beispiel im Plenum:
  L nennt eine Seite aus dem *Vocabulary* (S. 202–213).
  S schauen sich die Seite eine Minute lang an und schließen dann ihr Buch.
- L nennt ein deutsches Wort, S nennen die englische Vokabel.
- Fortsetzung in PA
- ☒ Lernstärkere S spielen mit Doppelseiten.
- **Ausw.:** L sammelt spontanes ► Feedback zum Test ein.

Ex 3 Erarbeitung:

a) (SB auf) Klären der AA
- L verteilt Blankokärtchen an die S. S wählen Vokabeln aus u. gestalten die Spielkarten.

b) S spielen in Gruppen.
- **Zusatz:** ► SF 1, S. 163–165 lesen: Welche anderen Lernmöglichkeiten gibt es? (► Vokabelarbeit)
- Erklärfilm (UMA/App)

Learning vocabulary

Erklärfilm

1 Mind maps

1 Lösungsbsp. S. 268

Copy and complete the mind map about school.

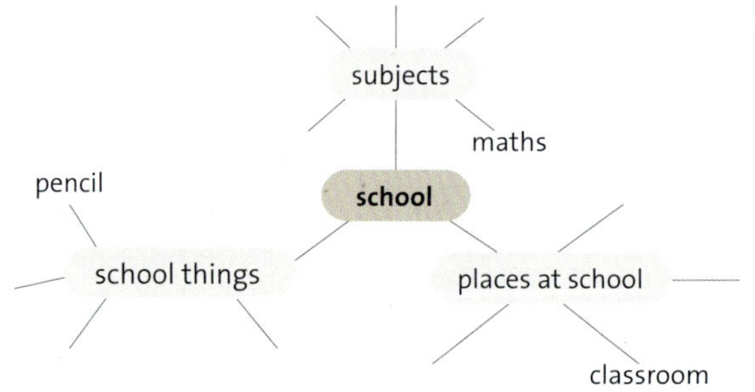

Make a VOCAB FILE *for new words. Use your computer, an* ⁺*app or an exercise book.*

► Skills file 2, pages 166–167

☒ You can ⁺add more topics and use a dictionary.

days: Monday, ...
uniform: tie, ...
classroom: desk, ...

2 ⁺Test your ⁺partner

2 individuelle Lösungen

Partner A: Close your book.
Partner B: Look at the *Vocabulary* on pages 202–213.
°Pick a °German word. Your partner says the English word. Take turns.

3 GAME New words

3 individuelle Lösungen

a) Make ten pairs of cards (or more).
Choose words from your VOCAB FILE.
Write a word in English on the back of one card, and the word in German on the back of another card.
°Mix the cards and put them on the °table.

b) Take turns and find pairs.

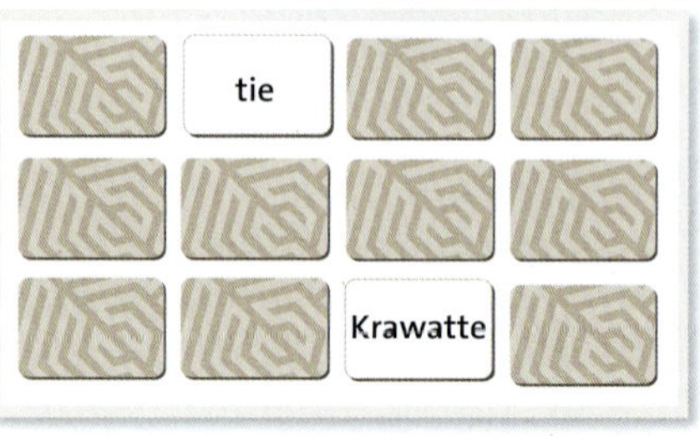

► Skills file 1, pages 163–165
► Workbook, pages 22–23

Digital quiz — I can learn vocabulary in different °ways.

Unit task Inhalt | Vorbereitung

Lernschwerpunkt: ein Poster über die eigene Schule gestalten
Kompetenzen: Study skills Vokabeln sammeln • Media skills Fotos machen, ein Poster erstellen • Writing Sätze über die eigene Schule schreiben • Speaking Feedback geben
Redemittel: Wortfelder *subjects, classes, places at school*

Material: evtl. Kameras, Papier für Poster (mögl. A3, pro Gruppe)
Zeitbedarf: ca. 2 Std.
Begleitmedien: App (Digital help, Digital quiz), INKL (S. 35)

Make a °poster about your school

Step 1

°Work in a group and make a poster about your school.
°Think about what you °want on your poster:
places at school, subjects, timetable, people, classroom phrases, …

Step 2

You know °a lot of °useful °phrases and sentences!
Look at your mind map on p. 34 and your *My task* answers on pages 23, 27 and 29.

Step 2 S nutzen ihre individuellen Ergebnisse.

Step 3

Take photos of your school.

Remember: Always ask people when you take a photo of them!

Step 4

Now make your poster. °Each student makes a different part.

► Digital help
► Wordbank 5, p. 187
► Wordbank 6, p. 188

My school

This is our English classroom. It isn't big, but it's new.

This is the canteen. The food is great!

	Monday	Tuesday	Wednesday	Thursday	Friday
1	German	maths	technology	music	maths
2	German	maths	home economics	music	maths
			BREAK		
3	English	English	science	science	PE
4	English	study time	study time	study time	PE
			BREAK		
5	science	RE	social studies	German	English
6	science	RE	social studies	German	
			LUNCH		
7	art		drama club	swimming	
8	art		drama club	swimming	

This is our timetable. My favourite subject is music.

Step 5

WALK AROUND Put your posters on the °wall.
Look at the posters. What's your favourite poster? Why?
Tell the group.

I like the photos.

The colours are nice.

Digital quiz I can make a poster about my school.

Step 1 Einstieg:
- (SB zu) L erklärt *Unit task*:
  L: *Each unit has a unit task – it can be a project. In Unit 1 you make a poster about our school.*

Erarbeitung:
- (SB auf) Klären der AA
- L notiert die genannten Themen (*places, subjects* etc.). an der Tafel u. sammelt weitere Ideen.
- S bilden Dreier-/Vierergruppen.
- Gruppen entscheiden sich für ein Thema.

Step 2 Erarbeitung:
- gemäß AA
- S lesen sich ihre Mindmap von S. 34 und ihre *My task*-Ergebnisse von S. 23, 27 u. 29 noch einmal durch und sammeln Ausdrücke und Wörter, die zum Gruppenthema passen.

Step 3 Erarbeitung:
- L erklärt AA.
- Belehrung zum Datenschutz
- evtl. Bereitstellung von Kameras

Step 4 Erarbeitung:
- gemäß AA
- L stellt Papier zur Verfügung.
- In GA entwerfen die S ihre Schulposter, verteilen Arbeitsaufträge etc.
- L greift strukturierend ein (z. B. Checkliste anbieten u. festlegen, wie viele Sätze pro Foto geschrieben werden).

Step 5 Erarbeitung:
- gemäß AA
- **Ausw.:** ► Gallery walk
- Die Klasse gibt ► Feedback.

Checkpoint Inhalt

Lernschwerpunkt: Kompetenzen und sprachliche Mittel üben, Lernfortschritte erkennen
Kompetenzen: Listening einen Dialog hören • Bilder zuordnen • Detailinformationen erfassen • Speaking Schulsachen und *classroom phrases* korrekt benennen • Writing eine E-Mail über eine Schule vervollständigen
Strukturen: Verb *to be* (Kurz- und Langformen, Verneinung)
Redemittel: Wortfelder *school, school things, classroom phrases*

Allgemeine Anmerkung:
Die Aufgaben auf den *Checkpoint*-Seiten dienen den S zum Überprüfen, ob sie die Lernziele (*I can …*) erreicht haben (s. Vorwort S. XVf.).
S schätzen ihr Können vor der Bearbeitung und nach der Besprechung der Lösungen ein. Bei Nutzung des *Digital checkpoint* (APP) arbeiten die S selbstständig. Die Lösungen werden im Programm überprüft.

Ex 1 Einstieg:
- (SB auf) S lesen das Lernziel zu diesem Abschnitt vor (*I can …*).
- S schätzen ihr Können zum Lernziel ein, z. B. mit ► Thumbs up, und notieren das Ergebnis.

Erarbeitung:
a) 1. Hören gemäß AA
- 2. Hören zur Überprüfung (EA)

b) S notieren die Tabelle ins Heft u. ergänzen sie beim **1. Hören**.
- **Ausw.:** ► Bus stop (► KV Extra): S vergleichen ihre Lösungen mithilfe von ► KV 1.5A.
- nach der Lösungskontrolle erneute Einschätzung des Könnens (wie im **Einstieg**)

Ex 2 + 3 Einstieg:
- s. Ex 1 (Selbsteinschätzung)
- (SB zu) ggf. Poster von Ex 9, **Zusatz**, S. 23 zur Aktivierung des Wortschatzes

Erarbeitung:
- gemäß AA
- **Ausw.:** ► Bus stop (► KV Extra): S vergleichen ihre Lösungen für Ex 2 + Ex 3 mithilfe von ► KV 1.5A.
- erneute Selbsteinschätzung

---

1 Checkpoint

Digital checkpoint

1 a) D • B • C • A

1 LISTENING At break

I can understand students at a British school.

1.26 a) Listen to the conversation. What places can you hear? Put the pictures in the correct order.

A

B

C

D

1.27 b) Listen to the next part of the conversation.
Copy and complete the table with the words in the box.

computing • geography • PE • cool • °fun • nice

	Favourite lesson today	°Why?
Zane	… geography	The teacher is … nice
Sunita	… computing	It's … cool
Lily	… PE	It's … fun

2 SPEAKING Mr Lee's desk

I can understand and use classroom English.

Say what you can see in the picture.

In the picture, I can see a white computer, …

2 … three (brown/orange) rulers, four green exercise books, five red glue sticks

3 WORDS In the classroom

The students talk to the teacher. Choose the correct word.

1 Can you help / say me, please?
2 Can I answer / open the window, please?
3 Sorry / Please I'm late, Ms Miller.
4 What's the answer to this question / ruler, please?

3 1 help • 2 open • 3 Sorry • 4 question

Check

Checkpoint Vorbereitung

Material: alle Aufgaben ▶ KV Extra: Bus stop, ▶ KV 1.5A: Checkpoint answers • Ex 1 UMA/CD/App • Ex 2/3 ggf. Poster mit *classroom phrases* (Ex 9, Zusatz, S. 23)
Zeitbedarf: ca. 2 Std.
Minimalversion: Auswahl der Aufgaben erfolgt aufgrund der zu überprüfenden Lernziele
Begleitmedien: App (Digital checkpoint), INKL (S. 36–37)

4 Language Sunita's email

I can write my timetable in English (*to be*).

Sunita and her friend Jasmine are at different schools. Complete Sunita's message with *'m / is / are.*

4 **1** are • **2** am • **3** is • **4** are • **5** are • **6** is

Hi, Jasmine!
How (1) ... you? I (2) ... now in class 7C at Varndean School. My timetable (3) ... great! English lessons (4) ... on Mondays, Tuesdays and Fridays. Science lessons (my favourite lessons) (5) ... on Tuesdays and Wednesdays. And PE (6) ... on Thursdays. Is your timetable OK? See you, Sunita.

5 Language Jasmine's school

I can describe my school (*to be – negative*).

Jasmine talks about her school. Look at the picture and complete Jasmine's sentences with *'m not / isn't / aren't.*

5 **1** aren't • **2** isn't • **3** aren't • **4** 'm not • **5** isn't

This is my school in Hove. The students (1) ... in the building because it's break. The uniform is nice – the tie (2) ... red, it's blue.
I like the canteen! The food is great. But the classrooms are in building 1 – they (3) ... near the canteen. That's horrible, (4) I... happy about that! The sports hall (5) ... in building 1 – it's near the canteen.

6 Writing Seb's school

Complete Seb's email to Lily with the words in the box.

are • big • class • is • It's • place

Hi, Lily!
My school ... Schiller School. ... in Bochum.
It's a ... school.
The students ... friendly.
Our ... teacher is Ms Lang.
My favourite ... is the sports hall.
See you,
Seb

6 *Hi Lily!*
My school is *Schiller School.* It's *in Bochum.*
It's a big *school.*
The students are *friendly.*
Our class *teacher* is *Ms Lang.*
My favourite place *is the sports hall.*
See you,
Seb

Check

Ex 4 Einstieg:
- s. Ex 1 (Selbsteinschätzung)

Erarbeitung:
- gemäß AA
- **Ausw.:** ▶ Bus stop (▶ KV Extra): S vergleichen ihre Lösungen mithilfe von ▶ KV 1.5A.
- erneute Selbsteinschätzung

Ex 5 + 6 Einstieg:
- s. Ex 1 (Selbsteinschätzung)

Ex 5 Erarbeitung:
- gemäß AA
- Ausw: ▶ Bus stop (▶ KV Extra): S vergleichen ihre Lösungen mithilfe der ▶ KV 1.5A.
- erneute Selbsteinschätzung

Ex 6 Erarbeitung:
- (SB auf) ggf. Klären der AA
- schriftl. Bearbeitung in EA
- **Ausw.:** ▶ Bus stop: S vergleichen ihre Lösungen mithilfe von ▶ KV 1.5A.
- **Alternative:** ▶ Partner check
- erneute Selbsteinschätzung
- **Zusatz:** Auswertung, wie gut sich S bei den Aufgaben dieser Doppelseite selbst eingeschätzt haben (▶ Thumbs up): Stimmt die Einschätzung vor der Aufgabe mit der Einschätzung nach der Aufgabe überein?

Checkpoint Inhalt

Lernschwerpunkt: Kompetenzen und sprachliche Mittel üben, Lernfortschritte erkennen
Kompetenzen: Reading eine szenische Geschichte verstehen, detaillierte Informationen entnehmen • Informationen und Bilder zuordnen • Study skills eine Mindmap erstellen
Redemittel: Wortfelder *school, hobbies, favourite things*

Ex 7 Einstieg:
- (SB auf) S lesen das Lernziel zu diesem Abschnitt vor (*I can ...*).
- S schätzen ihr Können zum Lernziel ein, z. B. mit ▶ Thumbs up, und notieren sich das Ergebnis.
- (SB zu) L zeigt die Bilder von S. 38 (UMA):
  L: *What can you see?*
- S beschreiben die Bilder.

Erarbeitung:
a) (SB auf) gemäß AA
- S lesen/hören still mit (▶ Mitleseverfahren).

b) + c) gemäß AA
- S notieren die Antworten im Heft.
- **Ausw.:** ▶ Bus stop (▶ KV Extra): S vergleichen ihre Lösungen mithilfe der ▶ KV 1.5B.
- **Alternative:** ▶ Meldekette
- erneute Selbsteinschätzung

- **Zusatz:** S können den Text mit verteilten Rollen lesen.
- Freiwillige Gruppen tragen ihren szenischen Text im Plenum vor (▶ Scenic play) oder nehmen sich mit geeignetem Aufnahmegerät/Smartphone auf.

1 Checkpoint

Digital checkpoint

7 Reading Zane's homework

I can understand a story about friends.

1.28 **a) Read the story.**

Mr King °So, class 7B. This is your °homework. Make a poster about your favourite band, with °facts and photos.

Zane Erm ... °Sir ... Can I ask a ...
Mr King Sorry Zane, I'm busy. Let's talk at break.

Sunita Why are you sad, Zane? You like music! And you're in a band!
Zane I want to make a great poster. But my computer is old and slow.
Sunita Where's your computer? I can help with that.

Zane Wow. You're good with computers. Thanks, Sunita!
Sunita You're welcome.

b) Complete the sentences with the words in the box.

busy • clever • happy • helpful • sad

1 Mr King is ...
2 Sunita is ... and ...
3 Zane is ... then ...

7 b) 1 busy • **2** helpful *and* clever • **3** sad, *then* happy

c) Choose the correct answer.

1 Mr King is the music teacher / maths teacher.
2 Mr King can talk now / at break.
3 Zane likes computers / music.
4 Zane's computer isn't new / old.
5 Sunita is good with computers / music.

7 c) 1 music teacher • **2** at break • **3** music • **4** new • **5** computers

Check

Checkpoint Vorbereitung

Material: alle Aufgaben ► KV Extra: Bus stop, ► KV 1.5B: Checkpoint answers • Ex 7 UMA/CD/App, UMA, geeignete Aufnahmegeräte • Ex 8 UMA
Zeitbedarf: ca. 2 Std.
Minimalversion: Auswahl der Aufgaben erfolgt aufgrund der zu überprüfenden Lernziele
Begleitmedien: App (Digital checkpoint)

8 Study skills All about Lily

I can learn vocabulary in different ways.

Copy the mind map about Lily.
Complete it with the words in the box.

drawing • friendly • nice • parkour • pencil • phone

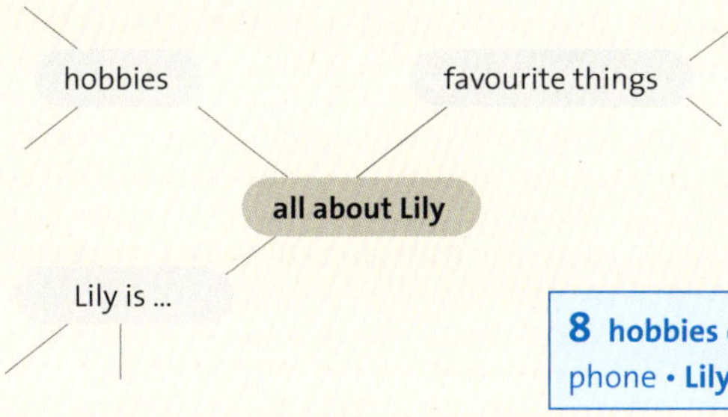

8 hobbies drawing, parkour • **favourite things** pencil, phone • **Lily is** friendly, nice

9 Reading and words Noah's poster

I can make a poster about my school.

a) Look at Noah's poster. Match the pictures A–D to the texts 1–4.

9 a) 1 C • **2** A • **3** D • **4** B

1 This is my timetable. My favourite ... is maths.

2 This is the art room. It's my favourite ...

Welcome to Varndean

3 This is my uniform. The ... is red.

4 This is Mr Lee. He's my class ... He's nice!

A

B

C

Lesson	Monday	Tuesday	Wednesday	Thursday	Friday
			REGISTRATION AND ASSEMBLY		
1	English	art	French	computing	music
2	English	maths	French	computing	maths
			BREAK		
3	history	English	science	geography	English
4	geography	music	science	history	French
			LUNCH		
5	maths	science	design and technology	PE	art
6	maths	science	computing	PE	design and technology

D
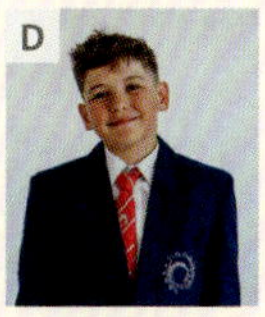

b) Complete the sentences in Noah's poster with the words in the box.

place • teacher • lesson • tie

9 b) 1 lesson • **2** place • **3** tie • **4** teacher

Check

Ex 8 Einstieg:
- s. Ex 7 (Selbsteinschätzung)
- ggf. ► Semantisierung des Wortschatzes

Erarbeitung:
- gemäß AA
- S übertragen die Mindmap in ihr Heft.
- **Ausw.:** ► Bus stop (► KV Extra): S vergleichen ihre Lösungen mithilfe der ► KV 1.5B.
- **Alternative:** S präsentieren Ergebnisse im Plenum über UMA/Tafel.
- erneute Selbsteinschätzung
- **Zusatz:** S gestalten eine Mindmap über sich selbst (z. B. als HA).

Ex 9 Einstieg:
- s. Ex 7 (Selbsteinschätzung)

Erarbeitung:
a) + b) Bearbeitung gemäß AA schriftl. in EA.
- **Ausw.:** ► Bus stop (► KV Extra): S vergleichen ihre Lösungen mithilfe von ► KV 1.5B.
- erneute Selbsteinschätzung
- **Zusatz:** Auswertung, wie gut sich S bei den Aufgaben dieser Doppelseite selbst eingeschätzt haben, mit ► Thumbs up: Stimmt die Einschätzung vor der Aufgabe mit der Einschätzung nach der Aufgabe überein?

Diff bank Inhalt

Lernschwerpunkt: zusätzliche Übungen, Differenzierungs- und Hilfsangebote
Kompetenzen: Listening einem Hörtext Informationen entnehmen • Speaking Austausch von Informationen • Schulsachen nennen und beschreiben • Writing den Inhalt eines Rucksacks beschreiben • Regeln im Klassenraum schreiben
Strukturen: unbestimmer Artikel *a/an* • Pluralbildung • Personalpronomen
Redemittel: Wortfeld *school*

Allgemeine Anmerkung:

- Die *Diff bank* bietet zusätzliche Übungen sowie Differenzierungs- und Hilfsangebote, s. Vorwort S. XIIIf.
- *Partner page* (ab Unit 3) enthält die Informationen für *Partner B* (► Info-gap activity). Die didaktischen Hinweise für diese Aufgaben befinden sich im vorderen Teil der Unit bei *Partner A*.

MP 1 Erarbeitung:

- (SB auf) S lesen die Auswahlmöglichkeiten in den Kästen still in EA.
- S hören und notieren Lösung.
- **Ausw.:** S kontrollieren selbstständig mithilfe der S. 18–19.
- Einsatz von ► KV 1.1 (Ex 1): S bilden Dreiergruppen.
- S teilen die Höraufträge in der Gruppe auf.

MP 2 Einstieg:

- (SB zu) L zeigt eine Tasche mit diversen *school things*:
  L: *What can you see?*
  S: *I can see …*

Erarbeitung:

- (SB auf) Aussprache von *rucksack* wdh. (► Lautschulung, s. Nachsprechen im Chor)
- S arbeiten schriftl. gemäß AA.
- **Ausw.** ► Partner check, anschl. Vergleich im Plenum

1 Diff bank

► Page 18

More practice 1 **Four students at Varndean school**

Listen again. Write *a*, *b* or *c* for the answers.

1 **Sunita** b • a • c **Noah** b • c • c **Zane** b • b • c **Lily** b • a • b

Name Sunita Chandra **How old?** a 10 b 11 c 12 **Hobby** a coding b drawing c reading **Sport** a badminton b dancing c yoga	**Name** Noah Williams **How old?** a 10 b 11 c 12 **Hobby** a listening to music b reading c taking photos **Sport** a basketball b football c walking
Name Zane Adebayo **How old?** a 10 b 11 c 12 **Hobby** a coding b cooking c listening to music **Sport** a basketball b football c swimming	**Name** Lily Hall **How old?** a 10 b 11 c 12 **Hobby** a drawing b listening to music c reading **Sport** a dancing b parkour c yoga

► Page 22

More practice 2 WORDS **Lily's things**

Write what's in Lily's rucksack.

In Lily's rucksack I can see one …
I can see two … and three …
I can see two keys with an …

2 *In Lily's rucksack I can see one* orange pencil case / blue cap / ruler / exercise book.
I can see two sandwiches *and three* books.
I can see two keys with an elephant.

Diff bank Vorbereitung

Material: MP 1 UMA/CD/App, ► KV 1.1: Four students (nach Bedarf) • MP 2 Schultasche mit Realien • MP 5 UMA
Zeitbedarf: abhängig davon, welche Aufgaben bearbeitet werden
Minimalversion: *More practice*-Aufgaben sind stets Zusatzaufgaben

More practice 3 SPEAKING Different desks

3 Lösungsbsp. S. 268

Partner A: Go to page 21 and look at Sunita's desk.
Partner B: Look at Noah's desk. Talk to partner A and find four different things.
Partner B: *In my picture, I can see two brown pencils.*
Partner A: *In my picture, I can see one brown pencil.*

More practice 4 Rules for class 7C

Complete the rules.
Use the words in the box.

Be • Listen • Put • Remember • Stand

1 ... your school things.
2 ... up when the teacher comes into the classroom.
3 ... to the teacher.
4 ... your hand up to speak.
5 ... nice to other students.

4 1 Remember • 2 Stand • 3 Listen • 4 Put • 5 Be

► Page 24

More practice 5 Help Scout

Complete the sentences with the words in the box.

I • you • ~~he~~ • she • it • we • you • they

1 Zane is a busy boy. He's always tired.
2 Noah and Sunita are good students. ...'re clever.
3 Lily is nice. ...'s always happy.
4 The kids and I are from Brighton. ...'re friends.
5 ...'re new here, *Blue Bird*. Welcome to Brighton!
6 Brighton is a nice place. ...'s on the sea.
7 ...'m hungry.
8 *Blue Bird* and *Black Bird*, I think ...'re hungry too. Let's find lunch!

5 1 *He* • 2 They • 3 She • 4 They • 5 You • 6 It • 7 I • 8 you

MP 3 Erarbeitung:
- (SB auf) ► Info-gap activity gemäß AA; *Partner A* arbeitet mit dem Bild von Ex 3a), S. 21, *Partner B* auf S. 41.
- ► Scaffolding als TA:
  In my picture I can see a/an ...
  In my picture I can see no ...
  In my picture I can see one / two ...
- **Ausw.:** S-Paare präsentieren ihre Ergebnisse im Plenum.

MP 4 Einstieg:
- (SB zu) Verben der Aufgabe als TA vorgeben u. aktivieren (u. a. ► Lautschulung)

Erarbeitung:
- (SB auf) L u. S erarbeiten ein od. zwei Beispiele im Plenum.
- S notieren die Sätze ins Heft.
- **Ausw.:** ► Meldekette

MP 5 Einstieg:
- (SB zu) L visualisiert das Reservoir mit den Personalpronomen als TA (od. UMA).
- S lesen vor (► Lautschulung).

Erarbeitung:
- (SB auf) gemäß AA, schriftl. in EA
- Ausw: ► Partner check und abschließend im Plenum

Diff bank **Inhalt**

Lernschwerpunkt: zusätzliche Übungen, Differenzierungs- und Hilfsangebote
Kompetenzen: Speaking/Writing Personen, Tiere und Gegenstände beschreiben • Räume in der Schule benennen
Strukturen: Verb *to be*
Redemittel: Wortfelder *describing people, places at school*

Parallel ex 4 s. S. 25
- Lernschwächere S erhalten hier mehr Vorgaben.

Erarbeitung:
- (SB auf) gemäß AA
- **Ausw.:** s. S. 25

MP 6 Einstieg:
- (SB zu) Zur Aktivierung schreibt L die Formen von *to be* an die Tafel und lässt einige Lücken.
  L: *What are the missing forms?*
- S ergänzen die fehlenden Formen an der Tafel.

Erarbeitung:
- (SB auf) S schreiben die Sätze in ihr Heft und ergänzen die korrekten Formen von *to be*.
- **Ausw.:** ▸ Five-minute teacher

MP 7 Erarbeitung:
a) (SB auf) Klären der AA: L/S löst ein Bsp. mündl. im Plenum.
- S arbeiten in EA und notieren die Begriffe im Heft.
- **Ausw.:** ▸ Five-minute teacher

b) gemäß AA
- **Ausw.:** S präsentieren Ergebnisse im Plenum.

1 **Diff bank**

▸ Page 25

Parallel exercise **4 Messages**

Complete the messages from Noah and his mum.

> **4** **1** It's • **2** He's • **3** They're • **4** You're • **5** it's • **6** I'm

Hi, Mum! I like the classroom. (1) It's / They're big. I like Mr Lee, my teacher, too. (2) She's / He's cool. And I like my new friends. (3) They're / We're nice. ☺

Great! (4) It's / You're lucky, Noah! Varndean School is big, but (5) she's / it's a good school. Sorry, (6) you're / I'm busy now. See you! ☺

More practice 6 **Scout's day**

> **6** **1** 'm • **2** 's • **3** 's • **4** 're • **5** 's

Complete the sentences.

1 I... tired!
2 This is my friend *Black Bird*. He... tired too.
3 And my new friend *Blue Bird*? She... tired too.
4 We... all tired!
5 Today is a nice day. But it... busy. What about you?

▸ Page 28

More practice 7 WORDS **Places at school**

a) Write the correct place.

1 You can use computers in this room.
2 You can draw pictures here.
3 You can go to different rooms from here.
4 You can do sport in this place.
5 You can eat lunch and snacks here.
6 You have lessons in this room.

b) Complete the sentence.

My favourite place at school is ...

> **7 a)** **1** the computer room • **2** the art room • **3** the hall • **4** the sports hall • **5** the canteen • **6** the classroom

> **7 b)** individuelle Lösungen

Diff bank Vorbereitung

Material: MP 9 passende Realien (z. B. altes Buch)
Zeitbedarf: abhängig davon, welche Aufgaben bearbeitet werden
Minimalversion: *More practice*-Aufgaben sind stets Zusatzaufgaben

▸ Page 29

More practice 8 It's all wrong!

8 **1** isn't • **2** aren't • **3** isn't • **4** isn't • **5** aren't • **6** aren't

Complete the sentences with *isn't* and *aren't*.

1 Varndean School ... in London. It's in Brighton.
2 The canteen and the sports hall ... in building 1. They're in building 2.
3 The school uniform ... green. It's blue.
4 Mr Lee ... a maths teacher. He's an English teacher.
5 English and geography ... on Tuesday. They're on Monday.
6 The English lessons ... in room 5. They're in room 2.

More practice 9 Describe the pictures

9 **1** *is* ... isn't • **2** are ... aren't • **3** isn't ... is • **4** are ... aren't • **5** is ... isn't • **6** isn't ... is

Complete the sentences with *is, isn't, are* or *aren't*.

1

The dog *is* big.
It ... small.

2

Lily and Noah ... nice.
They ... horrible.

3

The book ... new.
It ... old.

4

The sandwiches ... good.
They ... bad.

5
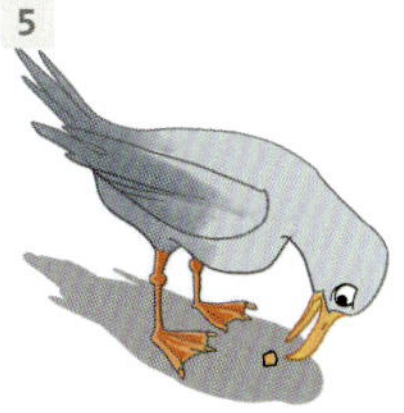
The seagull ... grey.
It ... black.

6

Zane ... tired.
He ... hungry.

More help 5 MY TASK My school

5 **b)** individuelle Lösungen

b) **Write to Scout about your school.**

The name of my school is ... I'm in class ... My class teacher is ...
My favourite place at school is *the art room / the canteen / the sports hall / ...*
My favourite lesson is *maths / English / PE / ...*
My school is *great / nice / cool / OK / ...*

MP 8 Einstieg:
- (SB zu) L macht Aussagen über Dinge oder Personen im Klassenzimmer, die offensichtlich falsch sind, z. B.: *The board is pink.*
- S widersprechen: *The board isn't pink. It's ...*

Erarbeitung:
- (SB auf) gemäß AA, mündl. od. schriftl.
- **Ausw.:** im Plenum

MP 9 Einstieg:
- (SB zu) L bringt einen Gegenstand mit, z. B. ein altes od. großes Buch und stimmt S ein: L: *What can you see? Can you describe it?* S: *I can see a book. It's old/ big/...*

Erarbeitung:
- (SB auf) Klären der AA: L/S bearbeiten mind. ein Beispiel (positiver und negativer Satz) gemeinsam im Plenum.
- S schreiben die Lösungen in ihr Heft.
- **Ausw.:** ▸ Five-minute teacher
- ▸ Early finisher: S schreiben zwei Sätze nach dem Muster von **a)** über einen Gegenstand in der Klasse.

MH 5 Erarbeitung: s. S. 29
- Diese Hilfe kann benutzt werden, um lernschwächeren S die Struktur des Modelltextes auf S. 29 zu verdeutlichen und ihnen das Befolgen dieser Struktur zu erleichtern. S erhalten hier außerdem in Blau weitere Auswahlmöglichkeiten zum Vervollständigen der Sätze.

Unit-Übersicht

Storyline: Die S erfahren mehr über Sunita und Lily, ihre Familien und Haustiere. Die vier Lehrwerkskinder beschreiben, wo sie wohnen. Es gibt eine Videotour durch Sunitas Haus und auch Lily stellt ihre Wohnung vor. Sunita beschreibt ihr Zimmer. In der *Story* beschweren sich Sunita und Nish über Bens Gesang. Die Familie versucht, das Problem konstruktiv zu lösen.
Strukturen: Fragen und Kurzantworten mit *to be* (S. 47) • *There's / There are* (S. 50)
Viewing: Tour durch Sunitas Haus (S. 50) • zwei neue Mutproben für Daisy und Emir, in denen die S Informationen über die Familie von Emir und von Mrs Collins erhalten (S. 59)
Unit task: ein Traumzimmer präsentieren

Unit 2 Einstieg:

- (SB zu) ► Five-finger brainstorming: S sammeln je fünf bekannte *family words* und nennen sie dann im Plenum.
- Lernschwächere S sammeln die Wörter in PA.
- L notiert die Wörter (TA Stammbaum, ► Vokabelarbeit).
- S tauschen sich im ► Partner talk über die Namen ihrer fünf Familienmitglieder aus.
  L: *Talk about one member of your family for each finger.*
  S: *My mother is Sandra. / My father is ...*
- TA: Vokabeln für Ex 1 im *Vocab file* sichern.

Ex 1 Einstieg:

- (SB zu) L zeigt die Bilder von S. 44 (UMA).
  L: *What or who can you see in the pictures?*
  S: *I can see Sunita and Lily / three photos / Sunita's family.*

Erarbeitung:

a) (SB auf) **1. Hören:** S zeigen im Buch auf die Personen.
- **Ausw.: 2. Hören:** L stoppt Aufnahme, ein/e S zeigt auf die jeweilige Person (UMA).

b) S lesen die Satzanfänge A–J. Kurze Wdh.: Bedeutung von *'s*.
- S lesen die Wörter im Reservoir u. erfragen die unbekannten (► Semantisierung).
- Ggf. im TA (s. Unit-Einstieg) neue Wörter ergänzen.
- **3. Hören:** S notieren die Lösungswörter.
- **4. Hören:** S überprüfen ihre Lösungen.
- ► Parallel ex, S. 70
- **Ausw.:** im Plenum, mit TA

Unit 2
My family and home

1 WORDS Sunita's family

1.29
a) Listen to Sunita and Lily. Point at the people in Sunita's family.
b) Listen again and complete the sentences with the words in the box.

► Parallel exercise, p. 70

A Meera is Sunita's ...
B Nish is Sunita's ...
C Ben is Meera's ...
D Ben is Willow's ...
E Priya is Sunita's ...
F Rahi is Sunita's ...
G and H Jay and Anika are Sunita's ...
I Grandma Chandra is Meera's ...
J Grandpa Chandra is Meera's ...

aunt • brother • cousins • mum (2x) • dad (2x) partner • uncle

1 b) A mum • B brother • C partner • D dad • E aunt • F uncle • G, H cousins • I mum • J dad

Lead-in Inhalt

Lernschwerpunkt: Familienverhältnisse verstehen (Sunita und Lily betrachten Familienfotos und einen *circle of important people*)
Kompetenzen: Listening Dialogen Informationen über Familienverhältnisse entnehmen • Speaking sich über Familie, Freunde und Nachbarn austauschen
Redemittel: Wortfeld *family words*

Vorbereitung

Material: Ex 1 UMA, UMA/CD/App • Ex 2 UMA/CD/App, von L vorbereiteter *circle of important people*, ▶ KV 2.1: My circle of important people (Klassensatz)
Zeitbedarf: ca. 2 Std.
Begleitmedien: WB (S. 26), App (Digital quiz), INKL (S. 48–49), DIFF (2.1), Unit plans (Unit 2)

Nach dieser Unit kann ich ...

- ○ über meine Familie und unsere Haustiere sprechen
- ○ mein Zuhause und mein Zimmer beschreiben
- ○ Wörter buchstabieren

Unit task

- ○ mein Traumzimmer präsentieren

2 a) *1 Chloe is Lily's sister.* • *2 Ron is Lily's* dad. • **3** Olga is Lily's mum. • **4** Alice is Lily's best friend. • **5** Mable is Lily's grandma. • **6** Li-Jun is Lily's neighbour.

2 b) individuelle Lösungen

2 LISTENING A circle of family, friends and neighbours

1.30 **a)** Look at Lily's circle. Listen and make six sentences.

1 Chloe is Lily's sister.
2 Ron is Lily's ...

b) SPEAKING Draw your circle of °important people and tell a partner about them.

Gabriela is my ...

▶ More practice 1, p. 70 ▶ Wordbank 7, p. 189

▶ Workbook, p. 26

Digital quiz — I can talk about my family.

1 [ˈkləʊiː] 2 [liː ˈdʒuːn]

Nach dieser Unit ...

- L bespricht mit S die Lernziele der Unit (s. links) und kündigt die *Unit task* an.
- Am Ende der Unit überprüfen die S das Erreichen der Ziele mithilfe des *Checkpoint* (S. 62–65) bzw. gemeinsam im Plenum.

Ex 2 Einstieg:

- (SB zu) L präsentiert vorbereiteten *circle* als TA (eigene Familie/Freunde).
  L: *This is my circle of important people. Let me tell you about them.*
- L führt dabei auch die neue Vokabel *neighbour* ein.

Erarbeitung:

a) (SB auf) *Pre-listening*: Vermutungen anstellen.
L: *Look at the picture. What are Lily and Sunita talking about? Who are the people in this circle?*
S: *I think Ron is Lily's dad. / ...*

- S schreiben die Namen (1–6) ins Heft.
- **1. Hören:** S notieren die Lösungen im Heft.
- **2. Hören:** S prüfen.
- **Ausw.:** im Plenum

b) S nutzen ▶ KV 2.1.

- ▶ Partner talk
- **Zusatz:** ▶ Double circle: S tauschen sich mit mind. fünf anderen S aus.
- **Ausw.:** Freiwillige S stellen ihren *circle* im Plenum vor.
- S heften ihren *circle* in ihr ▶ Dossier.
- **Zusatz:** S ergänzen ggf. als HA Fotos oder Zeichnungen der Personen im *circle*.

Topic 1 Inhalt

Lernschwerpunkt: einen Dialog über Haustiere verstehen
Kompetenzen: Reading einen Dialog über Haustiere lesen • Speaking Lautschulung Tierwörter • Fragen zum Thema Haustiere stellen und mit Kurzantworten beantworten
Strukturen: Fragen und Kurzantworten mit *to be*
Redemittel: Wortfeld *pets*

Ex 1 Einstieg:
- (SB zu) L zeigt das große Bild von S. 46 (UMA). TA: *In the picture I can see ...*
- S nennen die Tiere im großen Bild zuerst in PA, dann im Plenum.
- TA: L sammelt Tierwörter. S übersetzen sie (► Vokabelarbeit).

Erarbeitung:
a) (SB auf) AA gemeinsam lesen, Aufgabe im Plenum lösen.
- **Zusatz:** L: *Who or what can you see in the small picture on the right?* S beschreiben das kleine Bild.

b) Text leise lesen, unbekannte Wörter im Plenum klären (► Semantisierung).
- Wörter im *Vocabulary* (S. 214–215) nachschlagen lassen.
- L stellt Verständnisfragen, z. B.: *Who is George? / Is he OK? / Why not? / Where is his home? / ...*
  L: *So, what's George's problem?*
  S: *It's not quiet at home.*
- **Sich.:** TA der Lösung, S notieren den Satz.

Ex 2 Erarbeitung:
- (SB auf) gemäß AA
- **1. Hören:** L spielt im ► Mitleseverfahren die Wörter mit UMA/CD/App vor. S zeigen auf das Wort, das vorgelesen wird.
- **2. Hören:** S sprechen die Wörter nach (► Lautschulung).
- **Ausw.:** Freiwillige S sprechen die Wörter vor.
- **Zusatz:** Dialog von Ex 1b) hören und chorisch nachsprechen, dann in PA mit verteilten Rollen üben.

My pets

1 Reading A lot of animals!

a cat • a fish • a horse • a parrot • a rabbit • a snake • two +hamsters

a) Before you read One animal in the box isn't in the picture. Find the animal.

1 a) A fish *isn't in the picture.*

1.31 b) Read the dialogue. What's George's problem?

1 b) It's loud and messy in the house.

Scout	Hello, I'm Scout.
George	Hi, I'm George.
Scout	+Are you OK?
George	No, I'm not. It's not quiet at home!
Scout	Why?
George	Meera is a vet, and animals live in our house at weekends.
Scout	Oh, are they loud?
George	Yes, they are! And the house is so messy!
Scout	Is Meera Sunita's mum?
George	Yes, she is.
Scout	I know Sunita! Are you Sunita's pet?
George	Yes, I am. Are you and Sunita friends?
Scout	Yes, we are!

2 Words A cat, a fish, ...

1.32 Listen and repeat the words from the box in 1a).

2 a cat • a fish • a horse • a parrot • a rabbit • a snake • two hamsters

► Workbook, p. 27

Topic 1 Vorbereitung

Material: Ex 1 UMA • Ex 2 UMA/CD/App • Ex 3 UMA/App (Erklärfilm) • Ex 4 Handpuppe Scout
Zeitbedarf: ca. 2 Std.
Minimalversion: Ex 2 auslassen
Begleitmedien: WB (S. 27–28), App (Erklärfilm), INKL (S. 50–51)

3 Looking at language Questions and short answers

Erklär-film

a) Read the dialogue on p. 46 again. Match the questions and answers.

1 Are they loud?
2 Is Meera Sunita's mum?
3 Are you Sunita's pet?
4 Are you and Sunita friends?

A Yes, we are.
B Yes, they are.
C Yes, she is.
D Yes, I am.

3 a) 1 B • **2** C • **3** D • **4** A

3 b) 1 B • **2** C • **3** D • **4** A

b) Match the questions and answers.

1 Is Scout Meera's pet?
2 Are you OK?
3 Is it quiet in Sunita's house?
4 Are George and Scout rabbits?

A No, they aren't.
B No, she isn't.
C No, I'm not.
D No, it isn't.

It's not polite to answer only *yes* or *no*. Use short answers:
Are you OK? *Yes, I am.*
No, I'm not.

▸ Language file 8, p. 178

4 Scout's questions

a) Scout °has °some questions for you about animals. Complete the questions with *is* or *are*.

4 a) 1 Are • **2** Is • **3** Is • **4** Are • **5** Are

1 ... *you good with animals?*

2 ... *your favourite animal friendly?*

3 ... *it loud in your house?*

Scout

4 ... *you scared of snakes?*

5 ... *you and your family cat* ⁺*fans?*

b) Ask your partner the questions in a). Answer your partner's questions with short answers.

4 b) individuelle Lösungen

▸ More practice 2+3, p. 70

▸ Workbook, p. 28

Ex 3 Einstieg:
- (SB auf) Falls neue Stunde: Text von S. 46 mit verteilten Rollen lesen/spielen.

Erarbeitung:

a) Klären der AA, ein Bsp. im Plenum lösen.
- S suchen die Fragen im Dialog auf S. 46 und notieren die Lösungen im Heft.
- **Ausw.:** im Plenum, mit TA

b) ▸ Think-Pair-Share. S notieren die Lösungen im Heft.
- **Ausw.:** TA der Lösungen in der *Share-Phase*
- S beschreiben, wie man Kurzantworten bildet.
- s. a. ▸ LF 8, S. 178, Erklärfilm (UMA/App)
- Wdh. der Personalpronomen: ▸ LF 4, S. 176
- TA: Regel notieren.
- S übertragen die Regel in den Merkteil (▸ English folder).

Ex 4 Einstieg:
- (SB zu) L stellt Handpuppe Scout Fragen wie in Ex 3, Scout antwortet mit Kurzantworten. L: *Are you a parrot? / Is George your friend? / ...*

Erarbeitung:

a) (SB auf) gemäß AA
- **Ausw.:** im Plenum, L schreibt die kompletten Fragen an die Tafel.

b) S lesen im Plenum die fünf Fragen aus Ex 4a) einzeln vor u. beantworten sie mit einer Kurzantwort.
- TA der Kurzantworten
- S üben die Fragen u. Antworten in PA.
- **Ausw.:** ▸ Meldekette

Topic 1 Inhalt

Lernschwerpunkt: über Haustiere sprechen, Haustiere beschreiben
Kompetenzen: Listening einen Dialog über Haustiere hören und Fragen dazu beantworten • Reading Tierbeschreibungen verstehen • Speaking sich über Haustiere austauschen • Writing einen kurzen Text über ein (Wunsch-)Haustier schreiben
Redemittel: Wortfeld *pets* • Adjektive zum Beschreiben von Tieren

---

Ex 5 Einstieg:
- (SB zu) Zur Wiederholung der Tierwörter zeigt L Bilder von Tieren bzw. ▶ Flashcards. L: *Do you know which animal this is?*
- S antworten. L schreibt die Wörter nochmal an die Tafel.

Erarbeitung:
a) (SB auf) gemäß AA, im Plenum

b) 1. Hören gemäß AA
- **2. Hören:** S prüfen.
- **Ausw.:** im Plenum

c) S schreiben die Fragen ab und notieren die Antworten beim **3. Hören.**
- ☐ ▶ Parallel ex, S. 71: S ordnen die richtigen Kurzantworten zu.
- **Ausw.:** ▶ Meldekette

Ex 6 Erarbeitung:
a) (SB zu) L zeigt die drei Tiere aus Ex 6 (UMA). L: *Look at Rex, Axel and Maude. Which pet is your favourite?*
- S antworten in einer ▶ Meldekette.
- ☒ Lernstärkere S begründen ihre Wahl. S: *Rex is my favourite because he's friendly / …*

b) (SB auf) Texte und Lilys Aussage gemeinsam lesen.
- ▶ Semantisierung des neuen Wortschatzes, ▶ Vokabelarbeit

c) S beantworten die Frage im ▶ Think-Pair-Share.
- **Ausw.:** TA der Lösung in der *Share*-Phase

---

5 Listening Is that your pet?

5 a) 1 *I can see* **A** a dog • **B** three hamsters • **C** two fish • **D** (no pets)

a) Before you listen **What animals can you see?**

I can see …

A 
B 
C 
D 

1.33

b) **Listen to the dialogue about pets. Which picture (A–D) is correct for:**

1 Noah? 2 Zane? 3 Lily?

5 b) 1 A • **2** D • **3** C

c) **Listen again and write the answers.**

▶ Parallel exercise, p. 71

1 Are you OK, Sunita? – *No, I'm not.*
2 Is it hard to do your homework? – *Yes, …*
3 Is your dog Buddy loud? – *No, …*
4 Are you too busy for pets? – *Yes, …*
5 Are they your pets? – *No, …*

5 c)
1 *No, I'm not.*
2 *Yes,* it is.
3 *No,* he isn't.
4 *Yes,* I am.
5 *No,* they aren't.

6 Reading *FindAPet*

6 a) individuelle Lösungen

a) Before you read **Look at the pictures. Which pet is your favourite?**

b) **Now read about the pets. Read about Lily's dream pet too.**

My dream pet is interesting. It's not too big or too loud!

c) **Which pet is right for her? Say why.**

I think … is right for Lily because …

6 c) *I think Axel is right for Lily because* he's special, small and quiet.

Rex is a big and happy dog. He's very friendly, but he's very loud!

Axel is a special pet – he's a small, green lizard. He's quiet and very fast.

Maude is an old and slow cat. She's cute, but she isn't very friendly!

Topic 1 Vorbereitung

Material: Ex 5 UMA/CD/App, von L vorbereitete Bilder/Bildkarten mit Haustieren • Ex 6 UMA • Ex 8 ggf. Handpuppe Scout, von L recherchiertes Bild des Wunschhaustiers, weißes Papier (A4 oder A5, Klassensatz)
Zeitbedarf: ca. 2 Std.
Minimalversion: Ex 7 als HA möglich
Begleitmedien: WB (S. 29), App (Digital help, Digital quiz), INKL (S. 52–53), DIFF (2.2, 2.3)

7 Words Animals

Complete the sentences with the words in the box.

big • cute • clever • fast • friendly • loud • quiet • small

1

The rabbit is ...

2

The snake is ...

3

The dog is ...

4

The cat is ...

5
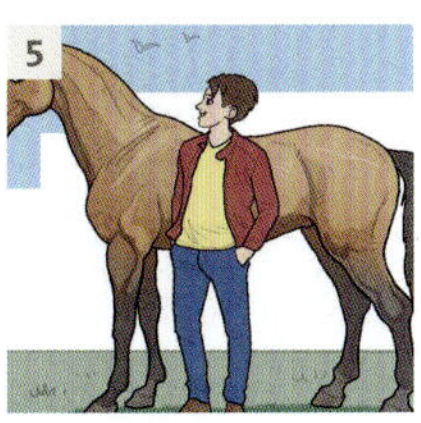
The horse is ...

6

The monkey is ...

7

The parrot is ...

8
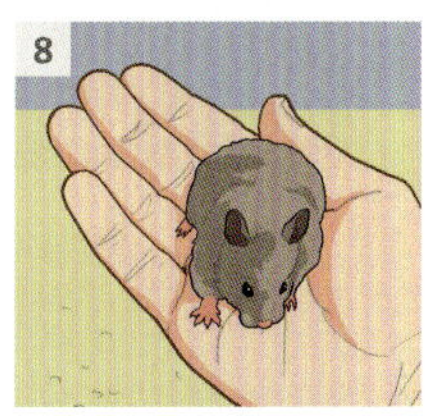
The mouse is ...

7 1 fast • 2 quiet • 3 friendly • 4 cute • 5 big • 6 clever • 7 loud • 8 small

My task

8 My pet or dream pet

8 individuelle Lösungen

a) **Write about your pet or dream pet.**

I have a ...	*My dream pet is a ...*
Her name is ...	*His name is ...*
She's ...	*He's ...*
She isn't ...	*He isn't...*

► Digital help ► More help, p. 71 ► Wordbank 8, p. 190

b) **Think of questions to ask your partner. You can use the words in exercise 7.**

Is your pet cute? Is your pet ...?

c) **°Interview your partner about their pet or dream pet.**

► Workbook, p. 29

Digital quiz I can talk about pets.

Ex 7 Einstieg:
- (SB zu) Wdh. der Adjektive aus dem Reservoir: L macht wahre u. falsche Aussagen über die Tiere aus Ex 6, S. 48, z. B.: *Maude is fast.*
- S stimmen zu oder widersprechen: *Maude isn't fast. She's slow.*

Erarbeitung:
- (SB auf) gemäß AA, schriftl. in EA
- **Ausw.:** im Plenum, mit TA

My task Ex 8 Einstieg:
- (SB zu) Handpuppe Scout oder L erzählt bildgestützt von ihrem Wunschhaustier u. nutzt dabei das Scaffolding aus Ex 8a).

Erarbeitung:

a) (SB auf) AA und Scaffolding gemeinsam lesen, ggf. Bedeutung von *her/his* klären.
- S schreiben in EA auf einem Blatt über ihr (Wunsch-) Haustier.
- ► More help, S. 71
- Lernstärkere S begründen zusätzlich, warum es ein passendes Tier für sie ist, vgl. Ex 6c), S. 48.

b) gemäß AA, Fragen im Plenum sammeln (mit TA).

c) gemäß AA, vorher mind. ein Bsp. im Plenum
- **Ausw.:** S-Paare stellen ihre Dialoge im Plenum vor.
- Präsentation der Texte aus a) in der ► English corner oder Ablage im ► Dossier

Topic 2 Inhalt

Lernschwerpunkt: Beschreibungen von unterschiedlichen Wohnsituationen
Kompetenzen: Listening ein Gespräch über Wohnsituationen verstehen und Bilder den Aussagen zuordnen • Viewing einer Videotour durch Sunitas Haus Informationen entnehmen • Writing eine kurze Nachricht über das eigene (Traum-)Zuhause verfassen
Strukturen: *There's / There are*
Redemittel: Wortfelder *rooms and things in a house*

Ex 1 Einstieg:
- (SB zu) L zeigt die Fotos von S. 50 (UMA), ► Semantisierung des neuen Wortschatzes.
- ► Vokabelarbeit

Erarbeitung:
a) (SB auf) gemäß AA, S antworten im Plenum.

b) S übertragen die Namen der vier Kinder ins Heft.
- **1. Hören:** S notieren die Lösungsbuchstaben.
- **2. Hören:** S prüfen.
- **Ausw.:** ► Five-minute teacher

Ex 2 Erarbeitung:
- (SB auf) AA und Sätze gemeinsam lesen.
- **3. Hören:** L stoppt jeweils die Aufnahme, S nennen die Lösung.
- **Sich.:** TA der ganzen Sätze
- S beschreiben die Regel zu *There's / There are.*
- S übertragen die Sätze und die Regel in den Merkteil (► English folder).
- s. a. ► LF 9, S. 178

Ex 3 Einstieg:
- (SB zu) L stimmt auf das Video ein: *Now, let's find out more about Sunita's home.*

Erarbeitung:
a) (SB auf) gemäß AA
- **Ausw.:** ► Meldekette
- ☒ Lernstärkere S nennen weitere Dinge, an die sich erinnern, z. B.: *There are a lot of animals. / It's messy. / ...* (s. S. 46).

b) **1. Sehen:** gemäß AA
- **Ausw.:** S antworten im Plenum.

Different homes

1 Listening Four homes

1 a) A house • B flat • C flat • D house

a) Before you listen Look at the photos. Is it a flat or a house? Guess.

1.34 b) Listen to Zane, Sunita, Lily and Noah. Write the °correct photo for °each person.

Zane: B, Sunita: ...

1 b) Zane B • Sunita A • Lily C • Noah D

2 About the homes

1.34

2 Zane There are • **Sunita** There's ... there are • **Lily** There are • **Noah** There's

Listen again. Choose the correct words.

Zane	There's / There are two flats.
Sunita	There's / There are a big garden and there's / there are a lot of trees.
Lily	There's / There are friendly neighbours.
Noah	There's / There are a small garden.

► More practice 4, p. 71 ► Language file 9, p. 178

3 Viewing A ⁺tour of Sunita's home

3 a) *It's a very big house. – Yes, and there's a big garden and there are lots of trees.*

a) Before you watch What can you remember from exercise 1 about Sunita's home?

It's a ... house. *Yes, and there's a ...*

b) Watch the tour of Sunita's house. Can you see Sunita's room?

3 b) Sunita's room is on the top floor. You can't see Sunita's room in the video.

Topic 2 Vorbereitung

Material: Ex 1 UMA, UMA/CD/App • Ex 2 UMA/CD/App • Ex 3 UMA/DVD/App • Ex 4 UMA/DVD/App, Handpuppe Scout, ggf. von L vorbereitete Bilder (*rooms*), *Right/wrong cards* (Klassensatz) • Ex 5 ► KV 2.2: Different homes (Klassensatz)
Zeitbedarf: ca. 2–3 Std.
Minimalversion: Ex 4b) auslassen
Begleitmedien: WB (S. 30–31), App (Digital help, Digital quiz), INKL (S. 54–55), DIFF (2.4)

4 a) 1 E • 2 A • 3 F • 4 C • 5 D • 6 B

4 b) hall (F) • kitchen (B) • dining area (C) • living room (D) • bathroom (E) • mum's bedroom (A)

4 WORDS Rooms

a) Match photos A–F to rooms 1–6.

1E, 2...

1 bathroom
2 mum's bedroom
3 hall
4 dining area
5 living room
6 kitchen

b) Watch the video again. In what order can you see the rooms?

c) Right or wrong?
1 The living room is on the ground floor.
2 Nish's room is on the ground floor.
3 Mum's bedroom is on the top floor.
4 There are three bathrooms.
5 Mum's office is in the living room.
6 Sunita's room is on the top floor.

4 c) 1 right • 2 wrong (first floor) • 3 wrong (first floor) • 4 wrong (one bathroom) • 5 wrong (in her bedroom) • 6 right

My task

5 a) 1 mum and dad • 2 flat • 3 Brighton • 4 small and nice • 5 a living room and two bedrooms • 6 your

5 My home

a) Read Lily's message to her new friend about her home. Complete her chat with the words in the box.

small and nice • mum and dad • your • Brighton • flat • a living room and two bedrooms

Lily

I live with my (1) ...
We live in a (2) ... in (3) ...
It's (4) ...
There's a kitchen,
a bathroom, (5) ...
Tell me about (6) ... home!

b) Write a chat message to a new friend about your home or dream home. Use Lily's chat.

► Digital help ► More help, p. 72

5 b) individuelle Lösungen

► Workbook, pages 30–31

Digital quiz I can describe my home or dream home.

Ex 4 Einstieg:
- (SB zu) ► Semantisierung des Wortschatzes *rooms in a house* mit Handpuppe Scout: Scout fragt L: *What rooms are there in your house/flat?* L: *There's / There are ...*
- L nennt die Räume und skizziert sie an der Tafel oder zeigt Bilder.
- TA an ► Vokabeltafel

Erarbeitung:
a) (SB auf) gemäß AA
- **Ausw.:** ► Partner check, dann Plenum

b) **2. Sehen:** S notieren die Lösungsbuchstaben in der richtigen Reihenfolge.
- **Ausw.:** im Plenum

c) Sätze nacheinander vorlesen.
- S antworten jeweils mit ► Right/wrong cards.
- **Ausw.:** Lösungen als TA, ggf. **3. Sehen** zur Kontrolle

My task Ex 5 Einstieg:
- (SB zu) L schreibt je ein Gegensatzpaar an zwei Tafelhälften, z. B. *small/big, old/new, noisy/quiet, ...*
- Eine/e S läuft zu dem zur eigenen Wohnsituation passenden Wort und bildet einen Satz: *My flat is ...*

Erarbeitung:
a) (SB auf) gemäß AA, S nutzen ► KV 2.2 (Ex 1).
- **Ausw.:** im Plenum

b) gemäß AA
- Lernschwächere S nutzen ► KV 2.2 (Ex 2) u. ► More help, S. 72.
- **Ausw.:** ► Gallery walk, ggf. Ablage im ► Dossier

Topic 3 Inhalt

Lernschwerpunkt: ein Zimmer beschreiben
Kompetenzen: Speaking Sunitas Zimmer beschreiben • Reading eine bildgestützte Zimmerbeschreibung verstehen
Redemittel: Wortfeld *things in a room* • Präpositionen zur Beschreibung des Ortes

Ex 1 Einstieg:
- (SB zu) L heftet die vergrößerten Wort- und Bildkarten der ► KV 2.3 durcheinander an die Tafel.
- Einzelne S kommen nach vorne und ordnen passende Karten zu.
- ► Vokabelarbeit und chorisches Sprechen
- ☐ In schwächeren Klassen den Wortschatz mit der ► KV 2.3 üben (PA).

Erarbeitung:
a) (SB auf) gemäß AA
- **Ausw.:** im Plenum

b) AA klären und die Sätze gemeinsam lesen.
- Zwei bis drei Beispiele im Plenum lösen, dann weitere Bearbeitung schriftl. in EA.
- ☐ ► Parallel ex, S. 72
- **Ausw.:** ► Five-minute teacher

Ex 2 Einstieg:
- (SB zu) L verteilt nur die Bildkarten der ► KV 2.3 (pro Gegenstand mind. zwei Bilder).
- ► Milling around: S fragen: *Do you have a …?* und suchen Partner/innen mit demselben Bild.

Erarbeitung:
- (SB auf) TA der Puzzleteile, ein Bsp. gemeinsam an der Tafel lösen, dann schriftl. in EA.
- **Ausw.:** Einzelne S schreiben je ein Lösungswort an die Tafel.
- **Zusatz:** ☒ Lernstärkere S können sich ein weiteres Wort-Puzzle ausdenken, das im Anschluss von der Klasse gelöst wird.

In my room

1 Speaking Sunita's room

1 a) Lösungsbsp. S. 269

a) **Look at the picture. What can you see?**

I can see … *There's a …* *There are two/three …*

b) **Right or wrong? Correct the wrong sentences.**

► Parallel exercise, p. 72

1 There are three red cushions on the bed.
2 There's a robot on the sofa.
3 There's a small table with a blue lamp.
4 There's a green chair.
5 There are two cushions on the sofa.
6 There's a computer on the desk.
7 There's a white wardrobe.

1 b) Lösung S. 269

2 Words Things in a room

Match the blue and red word parts and write the things.

clo | shel | cha | ro | ward | ta | cush

bot | ves | thes | ir | robe | ble | ion

► More practice 5, p. 72

2 clothes • robot • cushion • shelves • wardrobe • chair • table

► Workbook, p. 32

Topic 3 Vorbereitung

Material: Ex 1 vergrößerte Wort- und Bildkarten der ► KV 2.3: Things in a room, ggf. Magnete, ► KV 2.3 (Klassensatz) • Ex 2 vergrößerte Bildkarten der ► KV 2.3 • Ex 3 von L vorbereitete A4-Blätter mit der Aufschrift *very messy / quite messy / …*
Zeitbedarf: ca. 2 Std.
Minimalversion: Ex 2 oder Ex 3c) auslassen
Begleitmedien: WB (S. 32), INKL (S. 56–57)

3 Where is it?

3 a) The room in this picture is messy!

a) BEFORE YOU READ Look at the picture of Sunita's room.
What's different to the room in ex. 1 on p. 52? *The room in this picture is …*

Oh no! Look at my room! It's so messy!
The cushions are on the floor.
And the lamp is on the floor too, next to the bed.
And one book is on the desk, in front of the computer.
Who is in here? Who is that behind the door? Is it George?
And who is that under the bed? Is it Scout?
Where's Robbie the robot?
And where's my chocolate? It isn't on my desk.
Chocolate is Nish's favourite thing!
Hey Nish, where's my chocolate?

b) Read what Sunita °says. Look at her room and answer the questions with the words in the box.

1 Who is behind the door? … is behind the door.
2 Who is under the bed? … is under the bed.
3 Where are the cushions? The cushions are …
4 Who is Robbie? Robbie is Sunita's …
5 Where's Robbie? He's …

3 b) 1 George
2 Scout
3 on the floor
4 robot
5 on the chair

on the chair • Scout • robot • George • on the floor

c) °OPINION LINE Is your room messy or tidy? Stand in a line. Then °count the students.

very messy — messy — OK — tidy — very tidy

Talk about your °results.

Seven students have very messy rooms.

3 c) individuelle Lösungen

Ex 3 Einstieg:
- (SB zu) ► Five-finger brainstorming: L: *Name five things Sunita has in her room.*

Erarbeitung:

a) (SB auf) gemäß AA
- **Ausw.:** S beantworten die Frage im Plenum.

b) L: *Look at Sunita. Is she OK?*
S: *No, she's angry.*
- **1. Lesen:** L liest laut vor. S zeigen auf die Dinge, die im Text erwähnt werden.
- **2. Lesen** in Stillarbeit
- S beantworten die Fragen im Heft.
- ► Partner check
- **Ausw.:** TA der Antworten
- Präpositionen unterstreichen.
- Bedeutungen der Präpositionen auf E und D an ► Vokabeltafel schreiben und ggf. kleine Bildchen dazu zeichnen (► Vokabelarbeit).

c) gemäß AA
- **Alternative:** L legt Blätter mit den entsprechenden Wörtern auf den Fußboden und S ordnen sich zu. Anschließend wird die jeweilige S-Anzahl erfasst.

Topic 3 Inhalt

Lernschwerpunkt: sagen/fragen, wo sich Dinge befinden und wie ein Zimmer aussieht
Kompetenzen: Speaking sagen/fragen, wo sich etwas befindet • Fragen mit *who, where, what* stellen und beantworten • das eigene Zimmer beschreiben
Redemittel: Präpositionen zur Beschreibung des Ortes • Fragewörter *who, where, what* • Wortfeld *things in a room*

Ex 4 Einstieg:
- (SB zu) TA: *behind, on, under*
- L setzt Scout an verschiedene Orte. L: *Where are you, Scout?* Scout: *I'm on the table / under the ...*
- L fügt *next to, in* u. *in front of* im TA hinzu, ► Semantisierung u. Fortsetzung der ► Vokabelarbeit von Ex 3, S. 53.

Erarbeitung:
a) (SB auf) gemäß AA in PA, mind. ein Bsp. vorab im Plenum erarbeiten.
- **Ausw.:** im Plenum

b) gemäß AA, L stellt ggf. Abb. von Scout zum Ausschneiden zur Verfügung.
- **Ausw.:** Einige S zeigen ihre Bilder im Plenum. Die Klasse sagt, wo Scout ist.
- **Zusatz:** L sammelt die Bilder ein und nutzt sie in den folgenden Stunden als ► Swap cards.

Ex 5 Einstieg:
- (SB auf) L: *What can you see in the picture?*

Erarbeitung:
a) gemäß AA, ► Partner talk
- **Ausw.:** im Plenum

b) gemäß AA
- **Ausw.:** im Plenum
- TA: Fragewörter auf E und D an ► Vokabeltafel

Ex 6 Erarbeitung:
a) (SB auf) gemäß AA. S notieren die Lösungen im Heft.
- **Ausw.:** ► Meldekette

b) gemäß AA, ► Partner talk
- **Ausw.:** Fragen und Antworten im Plenum vortragen.

4 a) 1 under *the bed* • 2 on *the cushion* • 3 in *the wardrobe* • 4 next to *the sandwich* • 5 behind *the lamp* • 6 in front of *the computer*

4 Where's Scout?

a) **Partner A: Choose a picture. Tell your partner where Scout is. Use the words in the box.** *Scout is under the bed.*
Partner B: Say which picture it is. *That's picture ...*

behind • in • in front of • on • next to • under

1 
2 
3 
4 
5 
6 

4 b) individuelle Lösungen

b) WALK AROUND **Draw another picture with Scout. Walk around and °show your picture to different students. Look at the new pictures and say where Scout is.**

► More practice 6+7, p. 73

5 a) 1 George is a parrot. • 2 George is on a chair. • 3 George's favourite food is an apple.

5 Question words

a) **Look at the picture and answer the questions.**

WHO is George?
WHERE is George?
WHAT is George's favourite food?

b) **What are the three question words in German?**

5 b) 1 wer? • 2 wo? • 3 was?

6 a) 1 where • 2 who • 3 what • 4 where • 5 what • 6 who

6 Questions for you

a) **Your teacher has a °questionnaire for you. Choose the correct question word.**

b) **Ask and answer the questions with a partner.**

6 b) individuelle Lösungen

1 Who / Where is your home?
2 What / Who is your favourite person in your family?
3 Who / What is your favourite room in your home?
4 Where / Who is your room in your home?
5 Who / What is your favourite thing in your room?
6 Where / Who are your neighbours?

► Workbook, p. 33

Topic 3 Vorbereitung

Material: Ex 4 Handpuppe Scout, A4/A5-Blätter zum Zeichnen, ggf. von L vorbereitete Abb. von Scout zum Ausschneiden (Klasssensatz) • Ex 8 Handpuppe Scout, ► KV 2.4: My room (Klassensatz)
Zeitbedarf: ca. 2 Std.
Minimalversion: Ex 4b) auslassen, Ex 8 Einsatz von ► KV 2.4 spart viel Zeit
Begleitmedien: WB (S. 33–34), App (Digital help, Digital quiz), INKL (S. 58–59), DIFF (2.5, 2.6)

7 Where are my things?

7 a) 1 where • 2 who • 3 who • 4 where • 5 what • 6 where

a) Sunita can't find her things. Complete Sunita's questions with *who*, *where* or *what*.

1 ... are my sandwiches? – Nish: They're in your bag.
2 ... has my tie? – Mum: Not me! I think it's in the hall.
3 ... has my sweets? – Nish: +Not me! I like chocolate.
4 ... is my black shoe? – Nish: Is it under your bed?
5 ... animals are in the house today? – Mum: A dog, a cat and a snake.
6 ... is the snake? – Mum: It's in its +terrarium.

b) Look at the pictures. Which answer in a) (1–6) isn't right?

7 b) Answer 6 isn't right.

► More practice 8, p. 74

My task

8 My room

8 individuelle Lösungen

a) SPEAKING Ask your partner questions about their room.
Make °notes. You can ask more questions.

Questions	Answers
Is your room big or small?	It's big / small.
Is it your own room?	Yes, it's my own room. No, it's not my own room. It's my sister's room too.
What's in your room?	There are / There aren't a lot of things in my room. There's a bed and a wardrobe, a desk and ...
Are there pets in your room?	Yes, there are. I have a ... No, there aren't.

► Digital help ► Wordbank 9, p. 190

b) Use your notes.
Draw your partner's room.

c) °Swap pictures with your partner.
Are all your things in the picture?

► Workbook, p. 34

Digital quiz I can describe my room.

Ex 7 Einstieg:
- (SB zu) TA: *who, where, what.* L: *What do these words mean in German?* (S antworten.) L: *Who can make a question with one of these words?* (L sammelt Fragen an der Tafel.)

Erarbeitung:
a) (SB auf) gemäß AA, in EA
- S notieren die kompletten Fragen im Heft.
- **Ausw.:** ► Five-minute teacher
- **Alternative:** Aufgabe im Plenum gemeinsam lösen und gleichzeitig Verständnisfragen klären.

b) gemäß AA
- **Ausw.:** im Plenum

My task Ex 8 Einstieg:
- (SB zu) L mit Scout: Scout: *Some people have cool rooms. What about your room?*
- Scout stellt L die Fragen aus a), L antwortet.

Erarbeitung:
a) (SB auf) AA klären, Fragen u. Antworten gemeinsam lesen und üben (anfangs kann Scout einzelne S befragen).
- ► Partner talk, S machen sich Notizen.

b) gemäß AA

c) S zeigen sich in PA ihre Bilder und besprechen, ob alles richtig gezeichnet wurde.
- **Ausw.:** ► Gallery walk
- **Alternative:** ► KV 2.4: S schneiden die Gegenstände aus und ordnen sie im skizzierten Raum richtig an.

Story Inhalt

Lernschwerpunkt: eine Geschichte über einen Konflikt in der Familie lesen
Kompetenzen: Listening ein Lied über Bens Wohnung hören • Speaking Gefühle beschreiben • Reading eine Geschichte über einen Konflikt zu Hause verstehen
Redemittel: Wortfeld *feelings*

Ex 1 Einstieg:
- (SB zu) L zeigt Fotos von S. 44 (UMA) als Wdh.:
  L: *Who is Meera? Who is Ben? Who is Willow?*

Erarbeitung:
a) (SB auf) AA klären u. Antwortmöglichkeiten gemeinsam lesen.
- **1. Hören:** S notieren Lösung.
- **Ausw.:** im Plenum, dann **2. Hören**

b) gemäß AA, ► Meldekette

- **Zusatz:** ☒ ► More practice 9, S. 74: Songtext in die richtige Reihenfolge bringen

Ex 2 Einstieg:
- (SB zu) TA: *Feelings: angry, happy, sad, tired*
  L: *How do you feel at home? Do you sometimes feel angry or sad?* S antworten im Plenum.

Erarbeitung:
a) (SB auf) AA klären.
- L zeigt nacheinander die Bilder 1–3 (UMA).
- S sagen, wie sich die Personen fühlen. L notiert Antworten an der Tafel (ganze Sätze).

b) AA klären, **1. Lesen** in EA.
- L stellt Verständnisfragen, z. B.: *Where is Lily? Where are her parents? Is Lily happy?*
- S antworten im Plenum und prüfen so nacheinander die einzelnen Antworten in a) (TA).
- **Sich.:** Sätze aus dem TA im Heft notieren.
- **2. Lesen** im ► Mitleseverfahren
- ► Semantisierung des Lernwortschatzes; ► Vokabelarbeit
- Forts. s. S. 57

At home with Sunita

1 Song Ben's song

1.35 a) Listen to Ben's song. What is it about?

A Ben's pet B Ben's partner, Meera C Ben and Willow's flat

1 a) C

b) Talk about the song: *I like it. / I don't like it. / It's a nice song. / ...*

► More practice 9, p. 74

2 Reading Feelings

a) Before you read Talk about how the people in pictures 1–3 feel.

Sunita is ... *Nish is ...*
Lily is ... *Ben is ...*

angry • happy • sad • tired

2 a) *Sunita is* angry. • *Nish is* tired. • *Lily is* sad. • *Ben is* happy.

b) Read Sunita and Lily's messages. Check your answers to a).

1.36

Hi, Lily. Are you at home?

Hi, Sunita. Yes, I am. I'm alone and it's very quiet 😞. My parents are at work, of course.

It isn't quiet here! My mum is at work, but my brother is in his room. Willow is at her mum's house, but Ben is here.

Ben is nice, right?

Yes, he is. He's funny and he's a great cook! But he's always in the living room with his guitar. And his music is horrible! 😣

Tell him!

But he's so nice. And mum is a big fan of his music.

Sorry, Sunita. It's time for parkour. Speak later! Remember: Talk to Ben!

Story Vorbereitung

Material: Ex 1 UMA, UMA/CD/App • Ex 2 UMA, UMA/CD/App
Zeitbedarf: ca. 1–2 Std.
Minimalversion: Ex 1 auslassen
Begleitmedien: INKL (S. 60–61)

1.37 **c)** Now it's time for dinner. Look at the pictures and listen. What's Sunita's problem?

2 c) C

A Dinner is bad. B Nish is mean. C Ben's music is too loud.

d) Read the °end of the story. Is it a happy °ending?

1.38

2 d) Yes, Ben uses headphones and helps Sunita with the music for her viedeo game.

Hi, Sunita. I'm home.

Hi, Lily! Are you tired?

Yes, parkour is hard! Is there still a problem with Ben's music?

No, it's OK now. And not all Ben's music is bad. Listen to this ♫ – it's for my +video game.

That's great! ... Oh, mum is home now – time for dinner! 🙂 See you!

Bye, Lily. See you at school!

Ex 2 Forts. von S. 56

c) AA klären, Frage u. Antwortmöglichkeiten gemeinsam lesen.

- L zeigt nacheinander die Bilder 4–6 (UMA), S lesen die Sprechblasen u. stellen dann Vermutungen an, welche Antwort richtig ist.
  S: *I think A/B/C is right.*
- **1. Hören:** S notieren Lösung.
- **Ausw.:** im Plenum, TA: *What's Sunita's problem? Ben's music is too loud.*
- **2. Hören** zur Kontrolle
  L: *What can Ben do?*
  S: *He can use headphones.* (TA)
- **Sich.:** TA ins Heft notieren.
- ► Semantisierung des Lernwortschatzes und ► Vokabelarbeit

d) L zeigt die Bilder 7–10 (UMA).
L: *Look at the pictures. Do you think there's a happy ending?*

- S stellen Vermutungen an:
  S: *I think Sunita is happy.*
  L: *Let's read the ending and check.*
- **1. Lesen** in EA
- L stellt Fragen zum Text: *Is there still a problem with Ben's music? Is all his music bad? What's his new song for? So is there a happy ending?*
- **2. Lesen** im ► Mitleseverfahren

Story Inhalt | Vorbereitung

Lernschwerpunkt: eine Geschichte über einen Konflikt in der Familie lesen und verstehen
Kompetenzen: Reading einem Text detaillierte Informationen entnehmen • Speaking / Life skills über Probleme und mögliche Lösungen sprechen (*Role-play*)
Redemittel: Sätze/Ausdrücke, um über Probleme zu sprechen

Zeitbedarf: ca. 1–2 Std.
Minimalversion: Ex 5 auslassen
Begleitmedien: WB (S. 35), App (Digital quiz), INKL (S. 62), DIFF (2.7)

Ex 3 Einstieg:
- (SB auf) Falls neue Stunde: L: *Look at the pictures on page 56–57 again. What do you remember about the story?*
- TA mit ► Scaffolding: *Sunita isn't …* *Ben's music is …* *Ben can …* *Ben's new song is for …*

Erarbeitung:
- AA klären und Sätze gemeinsam lesen, dann EA.
- S schreiben die Lösungen ins Heft.
- **Ausw.:** ► Partner check
- Vergleich im Plenum

Ex 4 Erarbeitung:
- (SB auf) gemäß AA
- **Ausw.:** ► Five-minute teacher
- ☒ ► Three truths, two lies: S sagen einen wahren od. falschen Satz über die Geschichte, die Klasse rät.

Ex 5 Erarbeitung:
- (SB auf) gemäß AA
- **Ausw.:** im Plenum, mit TA

Ex 6 Einstieg:
- (SB zu) TA: Gerüst des Dialoges wie in der Aufgabe: L: *Let's make up a dialogue between Sunita (A) and Ben (B).*
- Dialog erarbeiten: A:… *play loud music.* B:… *be quiet.*
- Dialog chorisch nachsprechen.

Erarbeitung:
- (SB auf) L: *Now it's your turn. Read the problems. Then do the role-plays.*
- S üben die Dialoge in PA.
- **Ausw.:** Präsentation im Plenum

---

3 Reading The story

3 B • A • D • C

Put sentences A–D in the correct order.

A Ben plays his new song, but Nish and Sunita aren't happy.
B Sunita is on her phone with Lily: She isn't happy about the noise at home.
C Sunita and Lily listen to Ben's music for the video game. It's great!
D Ben has an idea: He can use headphones. Then he helps Sunita with her video game.

4 Who is it?

4 1 Lily • 2 Nish • 3 Ben • 4 Sunita • 5 Lily

Choose the correct names.

1 Sunita / Lily is alone at home.
2 Nish / Ben is in his room.
3 Meera / Ben is nice and a great cook.
4 Nish / Sunita can't code because it's loud.
5 Sunita / Lily is tired because parkour is hard.

5 Words Word snake

5 A messages • B guitar • C dinner • D headphones • E cook • F phone • (*You don't need* room, parkour, sofa)

Find the words and match them to the pictures. You don't °need three words.

guitarroomcookparkourheadphonessofamessagesdinnerphone

A 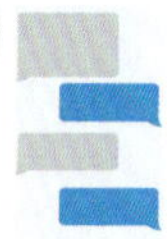
B 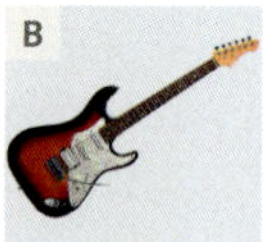
C 
D 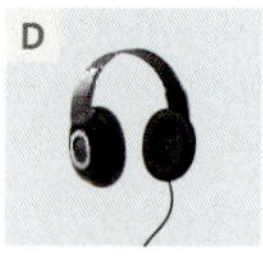
E 
F 

6 Life skills Talk about problems

6 Lösungsbsp. S. 269

Speaking **Do the °role-plays.**
Use the ideas in the table.
Take turns to be A and B.

A I have a problem when you …
B I'm sorry. I can …
A That's a good idea. Thanks.
B You're welcome.

Partner A	Partner B
play loud music	be quiet
are in the bathroom a long time	be fast
make the kitchen messy	be tidy
take my computer	ask you first

► Workbook, p. 35

Digital quiz I can understand a problem and talk about it.

Viewing Inhalt | Vorbereitung

Lernschwerpunkt: Filmszenen über Mutproben verstehen
Kompetenzen: Viewing / Intercultural competence Filmszenen Informationen entnehmen

Material: Ex 2 UMA/DVD/App
Zeitbedarf: ca. 1 Std.
Minimalversion: Ex 2c) auslassen
Begleitmedien: INKL (S. 63)

The Brighton dares: Family

1 Before you watch **Can you guess the dares?**

Look at the pictures and read the sentences.
Daisy and Emir do two new dares this week.
Can you guess them? Say the numbers.

1 individuelle Lösungen

1 Make a 3D family tree.
2 Hug a tree.
3 Hug a postbox.
4 Write a love letter to a student in your class.

(to) hug
umarmen

postbox
Briefkasten

letter
Brief

family tree
Familienstammbaum

2 Viewing **The story**

2 a) 1 hug a postbox • 2 make a 3D family tree

a) Watch the video and check your guesses in 1. Which dares are in the video?

b) Put the pictures in the correct order.

2 b) 4 • 3 • 1 • 5 • 6 • 2

c) Choose the correct answer.

2 c) 1 Luke's • 2 cousin • 3 at the park • 4 helps • 5 Robert Collins • 6 is

1 The postbox is in front of Luke's / Emir's house.
2 Mrs Collins wants to find her father / cousin.
3 Emir makes his family tree at the park / on the beach.
4 Gloria stops / helps Emir.
5 Mrs Collins and Mr Campbell / Robert Collins speak on the phone.
6 Emir's tree is / isn't very good.

Ex 1 Einstieg:
- (SB zu) TA: *Dare.* S erinnern sich, was *dare* heißt (vgl. S. 33).
  L: *Let's take a look at different dares.*

Erarbeitung:
- (SB auf) AA gemeinsam klären.
- S lesen in EA die *dares* u. erschließen die Bedeutung selbstständig mithilfe der Bilder.
- S nennen ihre Vermutungen.
- **Alternative:** L nennt die *dares* nacheinander u. sammelt die Vermutungen der S mit ► Thumbs up. Für jedes *dare* wird die S-Zahl an der Tafel notiert.
- **Ausw.:** s. Ex 2

Ex 2 Erarbeitung:

a) (SB auf) **1. Sehen:** S überprüfen ihre Lösungen aus Ex 1.
- **Ausw.:** L sichert die Ergebnisse im TA.

b) Bilder nacheinander im Plenum besprechen:
L: *Who can you see in the picture?*
S: *I can see …*
- **2. Sehen:** S notieren die Zahlen 1–6 in der richtigen Reihenfolge.
- **Ausw.:** ► Five-minute teacher, mit TA

c) S lesen die Sätze in EA od. PA und notieren sich die Lösungswörter.
- Überprüfen beim **3. Sehen**, L stoppt an den relevanten Stellen.
- **Sich.:** TA der Lösungen

Study skills Inhalt | Vorbereitung

Lernschwerpunkt: Wörter richtig buchstabieren
Kompetenzen: Listening das Alphabet kennenlernen • Namen, Adressen und Telefonnummern verstehen • Speaking/Writing buchstabieren • Rückfragen zur Schreibung stellen und beantworten
Redemittel: *numbers 0–9 • the alphabet • name, address, phone number*

Material: Ex 1 UMA/CD/App, Handpuppe Scout mit Formular • Ex 2 UMA, UMA/CD/App • Ex 3 ggf. Handpuppe Scout
Zeitbedarf: ca. 1 Std.
Minimalversion: Ex 1b) auslassen
Begleitmedien: App (Digital quiz), INKL (S. 64)

Ex 1 Einstieg:
- (SB zu) Handpuppe Scout mit Formular: *Hello! Can you help me? I need to spell my name.*

Erarbeitung:
a) (SB auf) **1. Hören:** S lesen leise mit, ggf. ► Lautschulung.
- **2. Hören:** S singen mit.

b) S singen/lesen die Zeilen des Liedes abwechselnd laut vor.
- ► Partner check
- **Ausw.:** im Teilchor

Ex 2 Einstieg:
- (SB zu) L zeigt das Formular von Ex 2 (UMA).
- Klären der Kategorien L: *Look at the address. What's different to a German address?*
- S erkennen, dass die Hausnummer vor der Straße genannt wird und dass der britische *post code* anders ist als der deutsche.

Erarbeitung:
- (SB auf) AA klären, ► Tippbox, S. 60 gemeinsam lesen.
- **1. Hören:** S notieren die Fehler.
- **2. Hören:** S prüfen.
- **Ausw.:** im Plenum, ggf. 3. Hören
- **Zusatz:** S diktieren sich ihre Telefonnummern in PA.

Ex 3 Einstieg:
- (SB zu) L od. Scout buchstabiert Tierwörter, die Klasse schreibt mit.

Erarbeitung:
a) (SB auf) gemäß AA in EA, ggf. *Vocabulary* S. 214–218 nutzen.

b) gemäß AA in PA
- **Ausw.:** ► Partner check
- s. a. ► SF 3, S. 168

Spelling

1 SONG The alphabet

1.39 a) Look at the alphabet song in the box and listen. Then listen again and sing.

b) Sing or say the alphabet in pairs.
Partner A: black lines.
Partner B: blue lines.

A B C D E
F G H I J
K L M N O
P Q R S T
U V W
X Y Z
That's the alphabet!

2 Name, address and phone number

1.40 Sunita is on the phone about a coding °course. There are three °mistakes. Listen and find them.

First name: Sunita
Family name: Chondra
Address: 22 Palmeira Road, Brighton, BN3 2JN
Phone number: 07700-900576

2 1 *Family name:* Chandra (not Chondra) 2 *Address:* Hove (not Brighton) 3 *Phone number* ...567 (not 576)

!
You say phone numbers in English like this: 07700 900638
oh–seven–seven–oh–oh
nine–oh–oh–six–three–eight

► More practice 10, p. 74

3 Spell, write and say

3 Lösungsbsp. S. 269

a) Write three long words from this unit in your exercise book. Don't show your partner!
bathroom, ...

b) **Partner A:** Spell a word for partner B.
Partner B: Write the word. Then say it and check the spelling. Take turns.

► Skills file 3, p. 168

Digital quiz I can spell words correctly.

Unit task Inhalt | Vorbereitung

Lernschwerpunkt: das eigene Traumzimmer präsentieren
Kompetenzen: Writing/Speaking ein Traumzimmer beschreiben • Study skills Wortschatz in einer Mindmap sammeln, die korrekte Schreibung überprüfen • Media skills Bilder aus dem Internet verwenden
Redemittel: Wortfelder *things in a room, colours, pets, adjectives* • Feedback geben

Material: Step 4 von L vorbereitete Präsentation ihres *dream room*, ggf. Handpuppe Scout
Zeitbedarf: ca. 1–2 Std.
Begleitmedien: App (Digital help, Digital quiz), INKL (S. 65)

Unit task: individuelle Lösungen

Present your dream room

Step 1

Step 1 Lösungsbsp. S. 269

a) °Collect words and phrases for your dream room. Use a mind map.

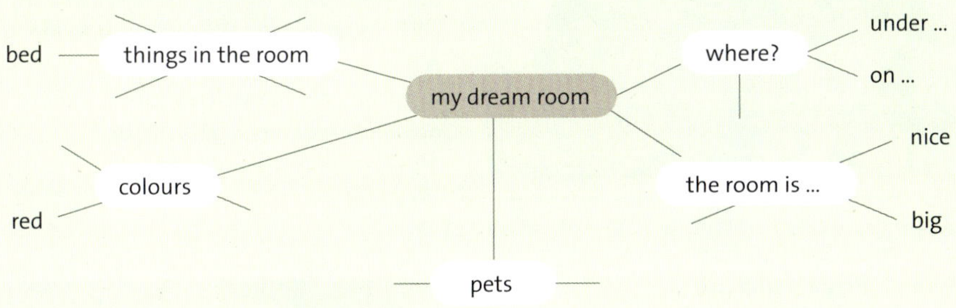

b) Check the spelling in the *E–G Dictionary* (pages 236–246). ▸ Digital help

Step 2

Think about your dream room. Draw it, find photos or make it on the computer.

Step 3

a) Write about your dream room (°at least five sentences).

There's a big red sofa. There's a dog on the bed. There are a lot of posters. It's quiet. ...

▸ Digital help ▸ More help, p. 75 ▸ Wordbank 9, p. 190

b) Read your partner's sentences and check the spelling.

c) Practise with your partner: Read your sentences and show your picture.

Look at my picture. This is my dream room. ...

Step 4

a) Present your dream room to your group. Read your °description and show your picture.

b) °Give other students feedback on their dream room.

Your dream room is cool.

I like the posters.

▸ Skills file 5, p. 171 ▸ Let's talk: Feedback geben, p. 200

Digital quiz I can present my dream room.

Unit task Einstieg:
- (SB auf) L bespricht mit S Ziel der *Unit task* und die Schritte zum Erreichen des Ziels.
- Step 2 sollte als vorbereitende HA aufgegeben werden.

Step 1 Erarbeitung:
a) S schreiben die Mindmap in ihr Heft ab.
- S ergänzen ihre Mindmap und vergleichen sie im ▸ Think-Pair-Share.
- **Ausw.:** im Plenum, Sammeln von Wortschatz an der Tafel

b) gemäß AA

Step 2 Vorbereitende HA, s. o.

Step 3 Erarbeitung:
a) gemäß AA. L weist auf Hilfen hin (ggf. ▸ More help, S. 75 gemeinsam lesen u. Beispielsätze bilden).

b) ▸ Peer correction der Sätze bezüglich Rechtschreibung

c) S üben die Präsentation in PA, ggf. ▸ Read-and-look-up.

Step 4 Einstieg:
- TA: passende Redemittel aus ▸ Let's talk: Feedback, S. 200, ggf. ▸ Semantisierung
- L oder Handpuppe Scout präsentiert ihren *dream room* und fordert S auf, Feedback zu geben.

Erarbeitung:
- S stellen sich ihre Räume in Kleingruppen vor und befolgen die Schritte a) u. b).
- **Ausw.:** Einige S präsentieren ihren Raum im Plenum.

- **Zusatz:** ▸ Gallery walk

Checkpoint Inhalt

Lernschwerpunkt: Kompetenzen und sprachliche Mittel üben, Lernfortschritte erkennen
Kompetenzen: Reading einen kurzen Text lesen und mit passenden Wörtern vervollständigen • Bilder einem Satz zuordnen • Speaking Fragen zum eigenen Zuhause und zu Haustieren stellen und beantworten • Writing mithilfe einer Mindmap einen Text über ein Zuhause verfassen • Listening Beschreibungen eines Zimmers Informationen entnehmen
Strukturen: Fragen und Kurzantworten mit *to be*
Redemittel: Wortfelder *family, pets, homes, rooms*

Allgemeine Anmerkung:
s. Unit 1, S. 36

Ex 1 + Ex 2 Einstieg:
- (SB auf) S lesen das Lernziel rechts oben auf der Seite vor (*I can ...*).
- S schätzen ihr Können zum Lernziel ein, z. B. mit ► Thumbs up, und notieren sich das Ergebnis.

Erarbeitung:
- gemäß AA, möglichst in EA
- **Ausw.:** ► Bus stop (► KV Extra): S vergleichen ihre Lösungen mithilfe der ► KV 2.6A.
- Nach der Lösungskontrolle erneute Einschätzung des Könnens (gleiche Methode wie im Einstieg).

Ex 3 Einstieg:
- (SB auf) Selbsteinschätzung s. Ex 1 + 2

Erarbeitung:
a) S schreiben die vollständigen Fragen und Antworten ins Heft ab.
- **Ausw.:** ► Bus stop (► KV Extra): S vergleichen ihre Lösungen mithilfe der ► KV 2.6A.

b) ► Partner talk
- **Ausw.:** Kontrolle im Plenum, dann erneute Selbsteinschätzung

2 Checkpoint

Digital checkpoint

1 Words Jay's favourite picture

I can talk about my family.

Jay is Sunita's cousin. Look at his picture and complete his sentences.

This is my favourite photo. It's my family at my flat. That's my (1) m..., Priya and my (2) d..., Rahi behind the sofa. Next to me is my (3) s..., Anika. She's nice! Then there's my (4) a..., Meera with my cousin, Sunita. Behind Sunita is her (5) b..., Nish. My (6) g... is on the sofa too.

1 1 mum • 2 dad • 3 sister • 4 aunt • 5 brother • 6 grandpa

2 Words Priya's pictures

Priya is Sunita's aunt. Look at her pictures. Choose A or B for each sentence.

1 That's me and Rahi. We're Jay and Anika's parents.
2 These are Jay's cousins, Sunita and Nish.
3 That's their parrot George.
4 That's Jay. He's 11.
5 That's my sister – she's Jay's aunt.
6 And that's Anika, she's Jay's sister.

A

B

2 1 A • 2 B • 3 B • 4 A • 5 B • 6 A

3 On the phone to *FindAPet*

I can talk about pets (questions and short answers).

a) Language **Lily is on the phone with Ms Taylor from *FindAPet*. Complete Ms Taylor's questions with *Is* or *Are*. Then complete Lily's answers with *am / 'm not / are / aren't / is / isn't*.**

1 ... you good with animals? – Yes, I ...
2 ... your flat big? – No, it ...
3 ... your home quiet? – Yes, it ...
4 ... you and your family cat fans? – No, we ...
5 ... your neighbours dog fans? – No, they ...
6 ... you scared of lizards? – No, I ...

b) Speaking **Ask your partner four questions from a). He/She answers. Take turns.**

3 a) 1 Are ... am. • 2 Is ...isn't. • 3 Is ...is. • 4 Are ... aren't. • 5 Are ... aren't. • 6 Are ... 'm not.

3 b) individuelle Lösungen

Check

Checkpoint Vorbereitung

Material: alle Aufgaben ► KV Extra: Bus stop, ► KV 2.6A: Checkpoint answers • Ex 5 UMA/CD/App
Zeitbedarf: ca. 2 Std.
Minimalversion: Auswahl der Aufgaben erfolgt aufgrund der zu überprüfenden Lernziele
Begleitmedien: App (Digital checkpoint), INKL (S. 66–67)

4 Writing Amira's email to Ben

I can describe my home or dream home.

Look at Amira's mind map about her home. Write her message to her new British friend.

my home
- *a small house*
- *tidy*
- *a kitchen, a living room, two bedrooms*
- *friendly neighbours*
- *my parents and my brother*

Start your sentences like this:
I live with …
We live in …
It's …
There's / There are …
Our neighbours are …

4 Lösungsbsp. S. 269

5 Listening Noah's room

1.41

I can describe my room.

a) **Listen to Noah. What's in his room? Write three letters.**

5 a) C • D • F

A

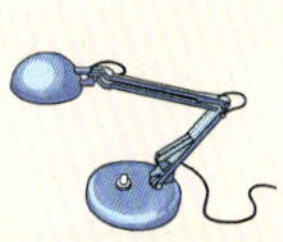

B

C

D

E

F

b) **Listen again. Choose the correct answer. Write A or B.**

1	Is Noah's room tidy?	A No, it isn't tidy.	B Yes, it's very tidy.
2	Where is Noah's desk?	A It's in front of the shelves.	B It's behind the shelves.
3	Where is Buddy?	A He's under the bed.	B He's behind the bed.
4	Is Noah's room quiet?	A No, it isn't quiet.	B Yes, it's always quiet.

5 b) 1 B • 2 A • 3 A • 4 B

Check

Ex 4 Einstieg:
- (SB auf) Selbsteinschätzung zum Lernziel mit ► Thumbs up. S notieren sich das Ergebnis.

Erarbeitung:
- S schreiben Amiras Nachricht in ihr Heft.
- **Ausw.:** ► Bus stop (► KV Extra): S vergleichen ihre Lösungen mithilfe der ► KV 2.6A.
- **Alternative:** Vergleich im Plenum (mit TA)
- erneute Selbsteinschätzung

Ex 5 a + b Einstieg:
- (SB auf) Selbsteinschätzung zum Lernziel mit ► Thumbs up

Erarbeitung:
- gemäß AA, S notieren Lösungen im Heft.
- **Ausw.:** ► Bus stop (► KV Extra): S vergleichen ihre Lösungen mithilfe der ► KV 2.6A.
- erneute Selbsteinschätzung

- **Zusatz:** Auswertung, wie gut sich S bei den Aufgaben dieser Doppelseite selbst eingeschätzt haben, mit ► Thumbs up: Stimmt die Einschätzung vor der Aufgabe mit der Einschätzung nach der Aufgabe überein?

Checkpoint Inhalt

Lernschwerpunkt: Kompetenzen und sprachliche Mittel üben, Lernfortschritte erkennen
Kompetenzen: Reading einem Text Informationen entnehmen und Bilder passend zum Text ordnen • Writing buchstabierte Wörter richtig schreiben • Listening einem Gespräch Informationen entnehmen und damit Steckbriefe ausfüllen • Speaking ein Zimmer beschreiben
Strukturen: Aussagen mit *to be, There's / There are*
Redemittel: Wortfelder *family, homes, rooms, pets* • Präpositionen

Ex 6 Einstieg:
- (SB auf) S lesen das Lernziel vor.
- S schätzen ihr Können zum Lernziel ein, z. B. mit ► Thumbs up. Sie notieren sich das Ergebnis.

Erarbeitung:

a) S lesen die Nachrichten und schlagen unbekannte Wörter möglichst selbstständig im *Dictionary* (S. 236–246) nach.

b) S ordnen die Bilder.

c) S notieren die richtige Antwort im Heft.
- **Ausw.:** ► Bus stop (► KV Extra): S vergleichen ihre Lösungen zu b) und c) mithilfe der ► KV 2.6B.
- nach der Korrektur erneute Selbsteinschätzung

2 Checkpoint

Digital checkpoint

6 READING Lily wants a new pet

I can understand a problem and talk about it.

a) Read the messages.

Friday, 16.00

NOAH
Hi, Lily. Buddy says "hello"! That's his favourite °ball.

LILY
Hi, Noah, hi, Buddy! You're so lucky. My pets don't play with me.

Saturday, 11.00

NOAH
We're near your flat. Are you at home?

LILY
That's great! Yes, I'm at home. You and Buddy can meet my two fish. And we can play with Buddy.

Saturday, 13.00

LILY
I'm very sorry, Mum. Noah and Buddy are in our flat, and now it's very messy.

MUM
Why is Buddy in the flat?

LILY
Mum, I REALLY like animals! I'm often alone in the flat. I'm sorry. Are you angry?

MUM
No, I'm not angry. Let's talk to Noah's parents. You can go to their house °sometimes.

Sunday, 10.30

LILY
Hi, Mum. This is me and Buddy in Noah's garden. See you!

b) Put the pictures in the correct order.

6 b) D • B • A • E • C

c) What's Lily's problem? Choose the right sentence. Write A or B.

6 c) B

A Lily's mum is angry because Buddy is in the flat.
B Lily is °often alone and °wants to play with a pet.

Check

Checkpoint Vorbereitung

Material: alle Aufgaben ► KV Extra: Bus stop, ► KV 2.6B: Checkpoint answers • Ex 8 UMA/CD/App
Zeitbedarf: ca. 2 Std.
Minimalversion: Auswahl der Aufgaben erfolgt aufgrund der zu überprüfenden Lernziele
Begleitmedien: App (Digital checkpoint)

7 STUDY SKILLS Sunita's messages

I can spell words correctly.

One word is wrong in each message. Write the correct word.

1 Ben's music is too DOUL – again!
2 Hi, Lily, the art EWORKHOM is hard – can you help me?
3 Coding is hard to NEARL, but it's fun!
4 Nish, thank you for the OLATECHOC!
5 I'm at home today. It's very quiet because I'm OALEN.
6 Mum, what's for NERDIN? I'm really hungry.
7 Hi, Zane. Do you know Noah's DRESSAD please?
8 Hi, Noah, it's time for homework. KASPE later.

7 1 loud • 2 homework • 3 learn • 4 chocolate • 5 alone • 6 dinner • 7 address • 8 speak

8 LISTENING At the vet

1.42

8 1 hamster – 4960162 • 2 parrot – Lui – 900835

There are two new animals at the vet. Copy the forms. Listen and complete them.

1
Pet's name: *Queenie*
Animal: ...
Family name: *Fruin*
Phone number: ...

2
Pet's name: *Hermes*
Animal: ...
Family name: ...
Phone number: *07700* ...

9 SPEAKING Zane's dream room

I can present my dream room.

Look at Zane's picture of his dream room. Talk about it. Say at least five sentences. You can use the words in the boxes.

bag • bed • cat • computer • cushions • desk • football posters • guitar • sofa

big • cool • great • green • messy • nice • quiet

This is Zane's dream room.
It's ... and ...
The ... is/are ...
There's/There are ...
The ... is on the ...

9 Lösungsbsp. S. 269

Check

Ex 7 Einstieg:
- (SB auf) Selbsteinschätzung s. Ex 6

Erarbeitung:
- S schreiben die korrigierten Wörter in ihr Heft.
- **Ausw.:** ► Bus stop (► KV Extra): S vergleichen ihre Lösungen mithilfe der ► KV 2.6B.
- **Alternative:** Auswertung im Plenum. S buchstabieren das falsch geschriebene Wort. Restliche S klopfen auf den Tisch, wenn sie einen Fehler hören.
  L: *Knock on the table if you hear a mistake.*

Ex 8 Erarbeitung:
- (SB auf) S schreiben die Steckbriefe in ihr Heft ab.
- **1. Hören:** S ergänzen die Steckbriefe.
- **2. Hören:** S prüfen.
- **Ausw.:** ► Bus stop (► KV Extra): S vergleichen ihre Lösungen mithilfe der ► KV 2.6B.
- **Alternative** : TA der Steckbriefe, gemeinsam ausfüllen.
- erneute Selbsteinschätzung

Ex 9 Einstieg:
- (SB auf) Selbsteinschätzung s. Ex 6

Erarbeitung:
- S sprechen über das Zimmer im ► Partner talk.
- **Ausw.:** ► Bus stop (► KV Extra): S vergleichen ihre Beschreibungen mithilfe der Musterlösung auf der ► KV 2.6B.
- **Alternative:** ► Partner check: Partner/in klopft, wenn er/sie einen Fehler hört.
- erneute Selbsteinschätzung

Text file Inhalt

Lernschwerpunkt: Texte zum Thema *pets, homes and families* lesen
Kompetenzen: Reading Gedichte über Haustiere lesen • einen informativen Text über ein Haustier lesen • Rätsel lösen • etwas nach einer Anleitung basteln
Redemittel: Wortfelder *pets, adjectives* • Präpositionen

Allgemeine Anmerkung:
Die Bearbeitung der *Text file*-Seiten ist optional. Die Seiten können zur Differenzierung und als Zusatzangebot genutzt werden, z. B. für ► Early finishers und lernstärkere S. Die Seiten dienen aber auch als Abwechslung für die gesamte Klasse. Die Aufgaben können wahlweise bearbeitet werden. S wählen selbst, an welchen Stellen sie sich produktiv einbringen können/wollen. Ggf. gibt L eine Minimalvorgabe für ein eingeführtes Portfolio (► Dossier).

Lucy's poems Erarbeitung:
- (SB auf) Lesen der Gedichte in PA
- S können versuchen, ein eigenes Gedicht zu schreiben. Die Zeilen müssen sich nicht unbedingt reimen.
- Falls Reime erwünscht sind, sammelt die Klasse vorab sich reimende Wörter und Namen an der Tafel (z. B. *cat – hat, Jack – black*) oder L gibt ein ► Scaffolding vor.

My pet Erarbeitung:
- (SB auf) S lesen den *model text*.
- S können einen ähnlichen Text über ein Tier ihrer Wahl schreiben.
- Ggf. recherchieren sie Informationen im Internet.

2
OPTIONAL
Text file

VARNDEAN Teen Zine

This month's topics: pets, homes and families

Our school magazine: by students for students

Lucy's Poems[1]

I love writing poems! Here are two poems about pets.

★

I have a dog
She has a blog
She's always fine
When she's online!

You can write a pet poem too!

★

I have a snake
His name is Jake
He's white and green
And very mean!

My pet by Max

I have a bearded dragon[2] or a 'beardie'. Here's a photo of him. Isn't he cute? His name is Drago and he's grey and yellow.

Beardies can swim and move fast. They can live for 10–12 years. Drago is four. He's active in the day and he's very funny.

Drago has a big terrarium with a lamp. It's nice and warm under the lamp.

I think Drago is great!

We like Drago too! What about you?
Is your pet great? Write to us and send a photo!

[1] **poem** *das Gedicht* [2] **bearded dragon** *Bartagame (Echsenart)*

Text file Vorbereitung

Material: Make a paper family ggf. weißes A4-Papier, Scheren
Zeitbedarf: abhängig davon, welche Texte bearbeitet werden; pro Text ca. 25 Minuten
Minimalversion: alle Texte sind optionale Zusatztexte
Begleitmedien: INKL (S. 68–69)

Puzzle time

What am I? Can you say the animal?

I have four legs[1], but I'm not a dog
I can run fast, but I'm not a lion
I like carrots, but I'm not a rabbit
You can ride me, but I'm not a camel
What am I?

Where do they live?
Emma, Zendaya, Leon and Danny all live in the same street[2]. What are their house numbers?

1 Emma's house number isn't 2 or 6.
2 Zendaya's house is between[3] Emma and Leon's houses.
3 Leon's house is next to Danny's house.

Make a paper family

You need:

- a piece of paper (DIN A4)
- a pencil
- scissors[4]
- coloured pens

1
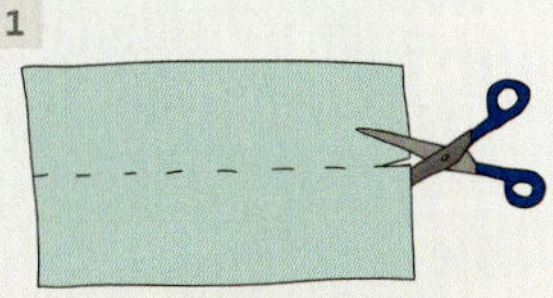
Fold[5] an A4 piece of paper in half. Cut[6] it in two.

2
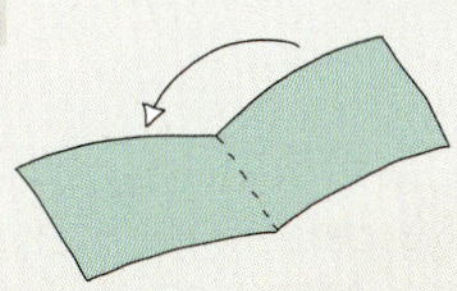
Take one piece. Fold it in half.

3
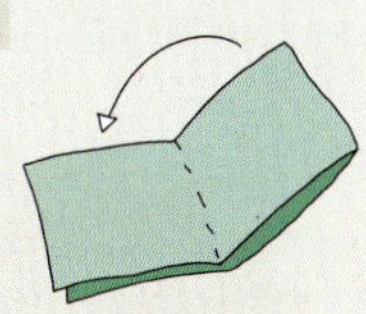
Fold it in half again.

4

Draw a person on one side of the folded paper.

5
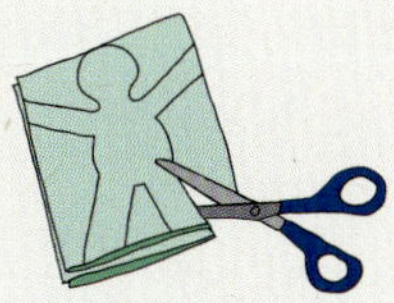
Cut out the person.

6

Open the paper. You can draw on the paper.

[1] **leg** *das Bein* [2] **street** *die Straße* [3] **between** *zwischen* [4] **scissors** *die Schere* [5] (to) **fold** *falten*
[6] (to) **cut** *schneiden*

Puzzle time **Erarbeitung:**
- (SB auf) S lesen die Rätsel und notieren ihre Lösungen.
- **Ausw.:** ► Partner talk

- **Zusatz:** S verfassen eigene Rätsel gemäß den Beispielen im SB über ein (Haus-)Tier, einen Gegenstand im Haus oder ein Zimmer.

Make a paper family
Erarbeitung:
- (SB auf) Handlungsorientierte Umsetzung eines Lesetextes: S basteln anhand der Anleitung ihre eigene *paper family*.
- Die entstandenen Papierfamilien können weiter farbig gestaltet werden.
- Ggf. können die entstandenen Familien auch verwendet werden, um die eigene Familie darzustellen.
- **Ausw.:** Die Familien sollten im Klassenraum ausgehängt werden (► Gallery walk).

Text file Inhalt

Lernschwerpunkt: Texte zum Thema *Festivals* (*Christmas, Chinese New Year*) lesen
Kompetenzen: Reading / Intercultural competence Texten Informationen über Weihnachten in Großbritannien und das chinesische Neujahrsfest entnehmen
Wortschatz: Wortfelder *Christmas, Chinese New Year*

Teen Zine Special: Festivals
- Die hier vorgestellten *holidays* können auch im Plenum behandelt werden, z. B. vor Weihnachten.

Einstieg:
- (SB zu) L zeigt das Bild von Lyle und Astra (UMA).
  L: *This is Lyle and his sister Astra.*
- L leitet über die Kleidung hin zum Thema *Christmas*:
  L: *When do you wear jumpers like this? What do you know about Christmas in the UK?*

Christmas Erarbeitung:
- (SB auf) Lesen des Texts. Im Plenum könnte eine Text-Bild-Zuordnung erfolgen.
  L: *What can you see in the photos?*
- Interkulturelles Lernen/ Mediation: Wiedergabe der wichtigsten Informationen zu Weihnachten in Großbritannien auf Deutsch im Plenum.
- **Ausw.:** S sagen, was sie Neues über Weihnachten in Großbritannien gelernt haben.

Is Christmas ... Erarbeitung:
- Im Anschluss schreiben/reden die S über die eigene Familientradition in der Weihnachtszeit.
- L bietet dazu ► Scaffolding an, z. B.: *We celebrate / make / eat / decorate / play / ...*

Teen Zine Special: Festivals

Christmas

I'm Lyle and this is my sister Astra. I want to tell you all about Christmas in my family:

Before Christmas

★ We write Christmas cards to family and friends.
★ We decorate[1] a Christmas tree.
★ My friends and I go to the neighbours' houses and sing Christmas songs.

1.43
*We wish[2] you a merry Christmas[3]
We wish you a merry Christmas
We wish you a merry Christmas
and a happy new year.*

Christmas Eve[4] (24th December)

★ We hang up[5] our stockings[6].
★ We make Christmas cookies[7].
★ We put cookies and milk under the tree for Father Christmas, and a carrot for reindeer[8] Rudolph.

Christmas Day (25th December)

★ We open our presents[9] in the morning.
★ My parents make the turkey[10] for dinner.
★ My grandparents and my aunt and uncle and cousins eat with us.
★ After dinner we play a game.

Is Christmas important for you? Tell us about your holidays!

[1] (to) **decorate** *schmücken* [2] (to) **wish** *wünschen* [3] **Merry Christmas** *frohe Weihnachten*
[4] **Christmas Eve** *der Heiligabend* [5] (to) **hang** sth. up *etwas aufhängen* [6] **stocking** *der Strumpf*
[7] **cookie** *der Keks, das Plätzchen* [8] **reindeer** *das Rentier* [9] **present** *das Geschenk* [10] **turkey** *der Truthahn*

Text file Vorbereitung

Material: Christmas UMA • Chinese New Year UMA
Zeitbedarf: abhängig davon, welche Texte bearbeitet werden; pro Text ca. 25 Minuten
Minimalversion: alle Texte sind optionale Zusatztexte
Begleitmedien: INKL (S. 70–71)

Chinese New Year

I'm Vivian and my family is Chinese. There are about 400,000 Chinese people in Britain and Chinese New Year is a very important festival for us. It can be in January or February. Brighton has a big party for Chinese New Year!

There are 15 days of the Chinese New Year. Here are my favourite days:

New Year's Eve: The day before Chinese New Year we see our families and eat a special dinner.

Day 1 It's New Year's Day! We have new clothes for this important day and go to our grandma and grandpa's house. They give[1] us money in red packets[2]. Red is a lucky colour.

Day 15 It's the Lantern[3] Festival! I like taking photos of the different lanterns. We always go to the parade. There are a lot of animals and people in it – dancing! The lion and the dragon[4] are my favourite animals. Happy New Year!

Kung Hey Fat Choi! Happy New Year!

Tell us about you and your family's New Year's traditions: the food you eat, the things you do ...

[1] (to) **give** *geben, schenken* [2] **packet** *das Päckchen* [3] **lantern** *die Laterne* [4] **dragon** *der Drache*

Chinese New Year Einstieg:
- (SB zu) L zeigt die Fotos der S. 73 (UMA). L: *Describe the photos. / This is the Chinese New Year.*

Erarbeitung:
- (SB auf) S lesen den Text.
- **Ausw.:** S sagen im ► Partner talk, welchen der beschriebenen drei Feiertage sie am besten finden.
- ► Scaffolding: TA: *I like __ best because ...*
- **Alternative:** Der Text kann auch im Plenum erarbeitet werden.
- ☒ **Zusatz:** S schreiben ► Three truths, two lies über den Text und stellen sie in PA oder im Plenum vor, z. B.: *The Chinese New Year is on 1st January. (wrong) / There are 13 days of the Chinese New Year. (wrong) / Day 15 is the Lantern Festival.. (right) ...*

Tell us about you ... Erarbeitung:
- S berichten über eigene Neujahrstraditionen und bekommen ggf. Zeit, ihre Sätze schriftlich zu formulieren.

Diff bank Inhalt

Lernschwerpunkt: zusätzliche Übungen, Differenzierungs- und Hilfsangebote
Kompetenzen: Speaking einen Dialog einüben und vorspielen • Listening einem Dialog Informationen entnehmen • Writing einen kurzen Text über das eigene (Wunsch-)Haustier schreiben • Reading die Beschreibung eines Hauses lesen und das Haus zeichnen
Strukturen: Fragen und Kurzantworten mit *to be, There's / There are*
Redemittel: Wortfelder *family, pets, houses* • Adjektive zum Beschreiben von Tieren

Allgemeine Anmerkung:
s. Unit 1, S. 40

Parallel ex 1 s. S. 44
- Lernschwächere S erhalten hier mehr Vorgaben.

Erarbeitung:
- (SB auf) gemäß AA
- **Ausw.:** s. S. 44

MP 1 Einstieg:
- (SB zu) L zeichnet die Tabelle an die Tafel und zeigt nacheinander auf die Symbole. L: *Give me a family word for a boy / for a girl / a word that can be both boy and girl.*
- L trägt je ein Beispiel in die Tabelle ein.

Erarbeitung:
- (SB auf) gemäß AA
- **Ausw.:** ▶ Five-minute teacher, mit TA

MP 2 Erarbeitung:
- (SB auf) gemäß AA, S schreiben die Fragen ins Heft.
- **Ausw.:** im Plenum

MP 3 Einstieg:
- (SB zu) L zeigt das Bild von Meera (UMA). L: *Who is this? What do you know about her?*

Erarbeitung:
a) (SB auf) gemäß AA in PA
- **Ausw.:** im Plenum mit TA

b) gemäß AA in PA
- **Ausw.:** im Plenum mit TA
- Fragen u. Antworten chorisch nachsprechen lassen.
- S üben den Dialog in PA.

2 Diff bank

▸ Page 44

> **1** **A** mum • **B** brother • **C** partner • **D** dad • **E** aunt • **F** uncle • **G** and **H** cousins • **I** mum • **J** dad

Parallel exercise **1** WORDS **Sunita's family**

1.29

Listen to Sunita and Lily. Choose the correct answer.

A Meera is Sunita's sister / mum.
B Nish is Sunita's brother / partner.
C Ben is Meera's partner / grandpa.
D Ben is Willow's partner / dad.
E Priya is Sunita's aunt / mum.
F Rahi is Sunita's brother / uncle.
G and H Jay and Anika are Sunita's uncles / cousins.
I Grandma Chandra is Meera's mum / aunt.
J Grandpa Chandra is Meera's uncle / dad.

▸ Page 45

More practice 1 WORDS **Family words**

Copy and complete the table.
Use the words from the box.

aunt • ~~brother~~ • cousin • dad • grandpa • grandma • mum • partner • sister • uncle

🚹	🚺	🚹 or 🚺
brother • dad • grandpa • uncle	aunt • grandma • mum • sister	cousin • partner

▸ Page 47

> **2** **1** *Is Sally Scout's cousin?* • **2** Are Scout's mum and dad from Brighton? • **3** Are Scout's brothers loud? • **4** Is she very friendly? • **5** Are we all Scout's friends?

More practice 2 **Scout's family and friends**

Read the sentences. Make questions.

1 Sally is Scout's cousin.
→ Is Sally Scout's cousin?
2 Scout's mum and dad are from Brighton.
3 Scout's brothers are loud.
4 She is very friendly.
5 We are all Scout's friends.

More practice 3 °HOT SEAT **Act out!**

a) **Find a partner. First write the questions together.**

1 you / a vet / are / ?
2 Sunita / is / your sister / ?
3 your house / this / is / ?
4 are / happy / you and Ben / ?
5 cats / your favourite animals / are / ?

Meera

b) **Now write short answers °together and act out the dialogue.**

> **3** **a)** **1** Are you a vet? • **2** Is Sunita your sister? • **3** Is this your house? • **4** Are you and Ben happy? • **5** Are cats your favourite animals?

Diff bank Vorbereitung

Material: Parallel ex 1 UMA/CD/App • MP 3 UMA • Parallel ex 5 UMA/CD/App
Zeitbedarf: abhängig davon, welche Aufgaben bearbeitet werden
Minimalversion: *More practice*-Aufgaben sind stets Zusatzaufgaben

▸ Page 48

Parallel exercise **5** LISTENING **Is that your pet?**

5 c) 1 c • **2** e • **3** d • **4** b • **5** a

1.33 **c) Listen again and match the answers to the questions.**

1 Are you OK, Sunita?
2 Is it hard to do your homework?
3 Is your dog Buddy loud?
4 Are you too busy for pets?
5 Are they your pets?

a No, they aren't.
b Yes, I am.
c No, I'm not.
d No, he isn't.
e Yes, it is.

▸ Page 49

More help **8** MY TASK **My pet or dream pet**

8 individuelle Lösungen

Read about Nish's dream pet and look at the box for more °ideas. Change the words in blue.

My dream pet is a horse.
He's brown and very big.
He's friendly.
He's not slow or loud.

big • black • brown • cute • fast • friendly • green • grey • happy • loud • old • quiet • slow • small • white

▸ Page 50

More practice 4 **A special house**

4 a) 1 There are • **2** There's • **3** There are • **4** There's • **5** There's

a) Zane's friend has a special house. Choose the correct words for Zane's sentences.

1 There's / There are eleven floors. The ground floor is white. The other floors are red, white, red, ...
2 There's / There are one room on each floor.
3 There's / There are eleven rooms. The top two floors are red.
4 There's / There are a red °lamp at the top of the building.
5 There's / There are °no garden.

b) Draw the house with a partner. Then °compare with the photo on p. 75.

4 b) individuelle Lösungen

Parallel ex 5 s. S. 48
- Diese Aufgabe eignet sich besonders für lernschwächere S und Hörbeeinträchtigte.

Erarbeitung:
- S schreiben die Fragen 1–5 in ihr Heft ab. Sie hören den Dialog und notieren zunächst nur den Buchstaben der richtigen Lösung. Dann ergänzen sie die jeweiligen Kurzantworten.
- **Ausw.:** s. S. 48

MH 8 s. S. 49
- Diese Hilfe bietet lernschwächeren S eine gute Struktur. Sie können das hier vorgegebene Muster verwenden und die blauen Wörter durch Wörter aus dem Kasten ersetzen.

Erarbeitung:
- (SB auf) gemäß AA, s. S. 49

MP 4 Einstieg:
- (SB zu) L sagt Sätze mit *There's / There are* über das Klassenzimmer. S stehen auf, wenn der Satz falsch ist.

Erarbeitung:
a) (SB auf) gemäß AA
- **Ausw.:** ▸ Five-minute teacher

b) gemäß AA
- **Ausw.:** S zeigen ihre Bilder, Vergleich mit Foto auf S. 75.

Diff bank Inhalt

Lernschwerpunkt: zusätzliche Übungen, Differenzierungs- und Hilfsangebote
Kompetenzen: Writing das eigene Zuhause beschreiben • Speaking beschreiben, wo Dinge in einem Zimmer sind • verschiedene Häuser beschreiben
Strukturen: *There's / There are*
Redemittel: Wortfelder *adjectives, rooms and houses, things in a house*

MH 5 s. S. 51
- Diese Hilfe bietet lernschwächeren S in der rechten Spalte Ideen bzw. Vokabelhilfen zum Vervollständigen der Sätze.

Erarbeitung:
- (SB auf) gemäß AA, s. S. 51

Parallel ex 1 s. S. 52
- Lernschwächere S erhalten hier mehr Vorgaben.

Erarbeitung:
- (SB auf) gemäß AA
- **Ausw.:** s. S. 52

MP 5
- Diese Aufgabe bietet eine weitere Gelegenheit zum Üben des Wortschatzes *things in a room*. Sie kann auch von lernschwächeren S gut eigenständig bearbeitet werden.

Erarbeitung:
- (SB auf) gemäß AA, schriftlich in EA
- **Ausw.:** ► Five-minute teacher

2 Diff bank

▸ Page 51

More help **5** My Task **My home**

5 individuelle Lösungen

b) **Write a chat message to a new friend about your home or dream home. You can add other things.**

I live with my	dad / mum / grandma / grandpa / brother / sister.
We live in a	house / flat in ...
It's	old / new / big / small / nice / quiet / loud.
There's a kitchen, a bathroom and	a living room / an office / a toilet / three bedrooms / a garden.
Tell me about your home!	

▸ Page 52

Parallel exercise **1** Speaking **Sunita's room**

1 b) 1 blue • **2** desk • **3** yellow • **4** green • **5** two • **6** desk • **7** brown

b) **Choose the correct answer.**

1 There are three red / blue cushions on the bed.
2 There's a robot on the sofa / desk.
3 There's a small table with a blue / yellow lamp.
4 There's a green / brown chair.
5 There are two / three cushions on the sofa.
6 There's a computer on the desk / bed.
7 There's a white / brown wardrobe.

5 1 red • **2** wardrobe • **3** clothes • **4** shoes • **5** desk • **6** chair • **7** shelves • **8** books • **9** picture/photo • **10** posters • **11** lamps

More practice 5 **Nish's room**

Help Nish. Complete his homework about his room. Write the words. °**Example:** *1 bed, 2 ...*

In my room there's a big (1) . There's a nice blue (2) 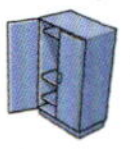 with my (3) 

and (4) . And there is a big (5)  and a (6) .

There are brown (7) 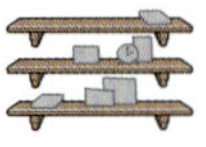 with (8)  and a (9) .

There are a lot of music (10) . There are two (11)  .

72 seventy-two

Diff bank Vorbereitung

Material: MP 7 ggf. UMA
Zeitbedarf: abhängig davon, welche Aufgaben bearbeitet werden
Minimalversion: *More practice*-Aufgaben sind stets Zusatzaufgaben

▸Page 54

More practice 6 Where is it?

6 Lösungsbsp. S. 269

Say where the things or animals are. Your partner says the thing or animal. Take turns.

I see a brown thing or animal under the desk.

It's a rabbit.

More practice 7 Different homes

7 Lösungsbsp. S. 270

a) **Partner A: Choose a picture – don't tell your partner! Talk about the home.**
In this picture there's ... / there are ...
Partner B: Guess the picture. *I think it's picture 2.*

small brown house • one big window • a red door • a big garden with trees

big grey house • very old • two old trees next to it

a new, big pink building • big windows • three trees in front

an old, pink house • small windows • a big garden • no trees

a brown house • a black door • two big windows • a lot of trees behind the house

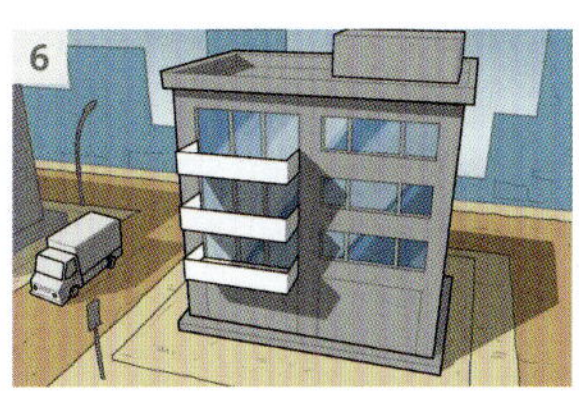

a new, grey building • no garden

b) **Swap roles.**

MP 6 Einstieg:
- (SB zu) TA: Präpositionen von S. 54
- ▶ Words in the air: PA: *Partner A* schreibt eine Präposition in die Luft. *Partner B* legt Federmäppchen, wie die Präposition es beschreibt, und sagt einen Satz. Bsp.: A schreibt *under* in die Luft. B legt Federmappe unter den Stuhl und sagt: *My pencil case is under the chair.*

Erarbeitung:
- (SB auf) gemäß AA, ▶ Partner talk
- **Ausw.:** im Plenum, ▶ Meldekette

MP 7 Einstieg:
- (SB auf) L wiederholt das Lernziel: „Ich kann mein Zuhause beschreiben." (s. S. 45: Nach dieser Unit kann ich ...)
- S schätzen sich selbst ein mit ▶ Thumbs up.
  L: *Let's practice more!*

Erarbeitung:

a) + b) Zwei bis drei freiwillige S beschreiben als Beispiel eins der abgebildeten Häuser im Plenum. Dabei nutzen sie das unter den Bildern angebotene ▶ Scaffolding. Die Klasse rät.
- ▶ Partner talk: S wechseln sich gemäß AA ab mit Beschreiben und Raten.
- ☒ In lernstärkeren Gruppen sollte *Partner B* den Text unter den Bildern abdecken oder L präsentiert die Bilder ohne Text (UMA).
- **Ausw.:** S schätzen sich erneut ein (wie im **Einstieg**).
- Unsichere S tragen ggf. ihre Beschreibung nochmal im Plenum vor.

Diff bank Inhalt

Lernschwerpunkt: zusätzliche Übungen, Differenzierungs- und Hilfsangebote
Kompetenzen: Listening ein Lied hören und den Text in die richtige Reihenfolge bringen • Speaking/Writing Namen, Adressen und Telefonnummern erfragen, buchstabieren und schreiben • Writing über ein Traumzimmer schreiben
Strukturen: *There's / There are*
Redemittel: Fragewörter *who, where, what* • *the alphabet* • *name, address, phone number* • Wortfeld *things in a room*

MP 8
- Diese Aufgabe bietet eine weitere Gelegenheit zum Üben der Fragewörter *who, where* und *what.*

Erarbeitung:
- (SB auf) gemäß AA, schriftlich in EA
- **Ausw.:** ► Partner check oder Plenum

MP 9
- Diese Aufgabe kann in lernstärkeren Klassen zusätzlich oder als Alternative zu Ex 1, S. 56 bearbeitet werden.

Erarbeitung:
a) (SB auf) S nutzen ► KV 2.5.
- Sie schneiden die Liedzeilen aus und bringen sie beim **1. Hören** in die richtige Reihenfolge.

b) **2. Hören:** S prüfen.
- **Sich.:** Liedzeilen in der richtigen Reihenfolge ins Heft kleben.

c) S ergänzen den Satz auf der ► KV 2.5 (Ex 1d).
- **Ausw.:** im Plenum
- ► Early finisher: S bearbeiten in PA ► KV 2.5 (Ex 1e).

MP 10
- Diese Aufgabe eignet sich als Ergänzung zu Ex 2, S. 60 und sollte direkt im Anschluss bearbeitet werden.

Erarbeitung:
- (SB auf) Fragen in den Sprechblasen und Buchstabieren des Namens im Plenum üben, dann Vorgehen gemäß AA.

2 Diff bank

► Page 55

More practice 8 Questions

8 1 What • 2 Where • 3 Who • 4 What • 5 What (*My name is* Nish.)

Complete the questions with *who, where* or *what.* Then write the name of the student.

1	... is the name of your school?	The name of my school is Varndean.
2	... is your home?	It's in Hove.
3	... is your sister?	My sister is Sunita.
4	... is your favourite thing?	It's chocolate.
5	... is your name?	My name is ...

► Page 56

9 a) 1 f • 2 c • 3 d • 4 b • 5 a • 6 e • 7 i • 8 g • 9 h

More practice 9 Ben's song

1.35

a) Listen to the song about Ben and Willow's flat. Put lines a–i in the correct order: *1f, 2c, 3...*

b) Listen again and check.

c) Describe the flat in one sentence. *It's ...*

9 c) *It's* small and messy.

My °little flat

a *And the living room is always very messy*
b *There are two small bedrooms, there aren't three*
c *And it is °n't new or °modern °at all*
d *There aren't °expensive pictures on the wall*
e *But my little flat is °perfect for me*
f *People ask, 'Is your flat big?' No, it's small*
g *There's my family, that's °enough*
h *My little flat is perfect for me*
i *Because there's music, there's love*

► Page 60

10 individuelle Lösungen

More practice 10 Name, address and phone number

Find a partner and copy the °form.

First name:
Family name:
Address:
Phone number:

Partner A: Ask partner B the questions in the yellow speech bubbles and complete the form.
Use the green speech bubbles to check.
Partner B: Answer the questions.

What's your family name? | *What's your address?* | *What's your phone number?*

Can you spell that, please? | *Can you say that again, please?* | *Is that right?*

Now change roles: Partner B asks the questions, and partner A answers.

► Numbers, p. 258

Diff bank Vorbereitung

Material: MP 9 UMA/CD/App, ► KV 2.5: Ben's song (Klassensatz)
Zeitbedarf: abhängig davon, welche Aufgaben bearbeitet werden
Minimalversion: *More practice*-Aufgaben sind stets Zusatzaufgaben

► Page 61

More help UNIT TASK Present your dream room

Step 3 individuelle Lösungen

a) Step 3 Write about your room. Write at least five sentences.

There's	a big red sofa. a dog on the bed / a parrot / ... a very big wardrobe for my clothes. a guitar.
There are	a lot of posters / photos / lamps / cushions / ... two cats / hamsters / ...
It's	big / small. quiet. tidy / messy.

► Page 71

More practice 4 A special house

4 individuelle Lösungen

°Compare your drawing with the photo.

MH Unit task s. S. 61
- Leistungsschwächere S bekommen hier sprachliche Hilfen, mit deren Unterstützung sie ihr Traumzimmer beschreiben können.

Erarbeitung:
- (SB auf) gemäß AA, s. S. 61

MP 4 s. S. 71
- S finden hier das Foto, mit dem sie ihre Zeichnung von MP 4, S. 71 vergleichen sollen.

Erarbeitung:
- (SB auf) gemäß AA, s. S. 71
- ☒ Lernstärkere S vergleichen das Haus, das sie gezeichnet haben, im ► Partner talk mit dem Foto.
- Mögliches ► Scaffolding:
  The house in our picture has a ...
  The house in the photo has no ...
  There's a .... in our picture / in the photo.
  There are ... in our picture / in the photo.
  There's no ... in our picture / in the photo.
  The house in our picture is ...
  The house in the photo isn't ...

Unit-Übersicht

Storyline: Die S erfahren, wie die Lehrwerkskinder zur Schule kommen, wie der britische Schulalltag aussieht und welche Aktivitäten an britischen Schulen angeboten werden. In der *Story* gewinnt Zane einen Wettbewerb, weil er besonders viel zu Hause hilft und seine kranke Mutter unterstützt.
Strukturen: *simple present* (bejahte Aussagesätze) (S. 80) • Adverbien der Häufigkeit (lexikalisch) (S. 83)
Viewing: Emir und Daisy stellen sich weitere herausfordernde Mutproben: Emir muss beim Fußballspielen eine Unterhose auf dem Kopf tragen und Daisy soll Straßenmusik machen, obwohl sie nicht musikalisch ist. (S. 91)
Unit task: in einem selbst gezeichneten Comic oder einem Video die Höhepunkte der eigenen Woche vorstellen

Unit 3 Einstieg:
- (SB zu) L hängt ► Flashcards mit Bildern von Verkehrsmitteln (*go by bus / go by car / go by bike / go by train* und *walk*, s. z. B. S. 99) verdeckt an die Tafel.
- Handpuppe Scout ggf. dem Wetter anpassen, zerzaust oder mit Schirm: *Sorry, I'm late. My journey to school was very hard today! It's raining and I fly to school. It isn't nice! How do you go to school?*
- L antwortet: *I go to school by* ... und deckt die entsprechende Karte auf.
- S antworten ebenfalls und erfragen ggf. die fehlenden Redemittel (*What is ... in English?*).
- L deckt nach und nach alle Redemittel auf und spricht sie vor, S sprechen nach.
- ► Vokabeltafel

Ex 1 Einstieg:
- (SB zu) L zeigt die Fotos der S. 76–77 (UMA) und liest den Text im Smartphone-Rahmen vor.
  L: *Who are the five students?*
- S nennen die bekannten Namen, L stellt Alice (*Lily's best friend*) in Bild E vor.

Erarbeitung:
a) (SB auf) gemäß AA

b) **1. Hören:** S prüfen ihre Lösungen aus a).
- Sätze in b) lesen, ggf. Fragen klären (s. a. ► LF 5, S. 176).
- S schreiben die Nummern 1–5 ins Heft.
- **2. Hören:** S notieren *T/F*.
- **Ausw.:** im Plenum

Unit 3
My day

1 LISTENING School journeys

1 a) 1 D • 2 C • 3 B • 4 E • 5 A

a) BEFORE YOU LISTEN °Guess: Who says what? Match sentences 1–5 to photos A–E.

1 I go to school by bike.
2 I go to school by car.
3 I go to school by bus.
4 I go to school by train.
5 I walk to school.

2.1 b) Listen to the students and check your answers from a). Then read sentences 1–5. °True or °false?

1 Zane's flat is near the school.
2 Sunita's school journey is short.
3 Noah goes to school by car with his mum.
4 Lily has a long journey to school.
5 Alice is alone on her school journey.

► Language file 5, p. 176

1 b) 1 true • 2 false ("It's a long journey.") • 3 false ("... with my dad.") • 4 true • 5 false ("... with my big brother.")

Lead-in Inhalt

Lernschwerpunkt: über den Schulweg sprechen
Kompetenzen: Listening Sprachnachrichten Informationen über den Schulweg entnehmen • Speaking sich über den Schulweg austauschen
Redemittel: Wortfeld *school journey*

Vorbereitung

Material: Unit-Einstieg von L vorbereitete Flashcards mit Verkehrsmitteln, Handpuppe Scout • Ex 1 UMA, UMA/CD/App • Ex 2 Flashcards (s. o.)
Zeitbedarf: 1–2 Std.
Begleitmedien: WB (S. 40), App (Digital quiz), INKL (S. 80–81), DIFF (3.1), Unit plans (Unit 3)

Nach dieser Unit kann Ich ...

- ○ über meinen Schulweg sprechen
- ○ meinen Alltag beschreiben
- ○ mich verabreden
- ○ neue Wörter nachschlagen und lernen

Unit task

- ○ die Höhepunkte meiner Woche vorstellen

2 SPEAKING My school journey

2 individuelle Lösungen

a) WALK AROUND Talk about your school journey. Find three students with the °same °transport.

I go to school by bus. What about you?

Me too.

I	go to school by	bike.
		bus.
		car.
		train.
	walk to school.	

b) Tell the class: *Anna, Erdem, Sami and I go to school by bus.*

▶ More practice 1, p. 99

▶ Workbook, p. 40

Digital quiz — I can talk about my school journey.

Nach dieser Unit ...

- L bespricht mit S die Lernziele der Unit (s. links) und kündigt die *Unit task* an.
- Am Ende der Unit überprüfen die S das Erreichen der Ziele mithilfe des *Checkpoint* (S. 94–97) bzw. gemeinsam im Plenum.

Ex 2 Einstieg:

- (SB auf) Wdh.: TA: *I go to school by ...*
- S antworten in einer ▶ Meldekette.
- L schreibt derweil das komplette ▶ Scaffolding aus Ex 2a) (rechts) an die Tafel.

Erarbeitung:

a) AA klären, Sätze in den Sprechblasen lesen u. üben.

- L spielt Beispiel mit zwei bis drei S vor.
- ▶ Milling around: S tauschen sich aus und finden drei S, die dasselbe Transportmittel benutzen.
- **Ausw.:** L legt die Flashcards aus Ex 1 im Raum aus. L: *Let's check. How do you go to school? Please go to the right picture.* S gehen in ihren Gruppen zu den Flashcards.

b) L: *So, tell me: How do you go to school?*

- Ein/e S aus jeder Gruppe antwortet gemäß AA.

Topic 1 Inhalt

Lernschwerpunkt: Zeitangaben und Tagesabläufe verstehen
Kompetenzen: Listening Hörtexten Zahlen und Uhrzeiten entnehmen • Speaking sagen, wie viel Uhr es ist • Reading einem Artikel Informationen über Zanes Tagesablauf entnehmen
Redemittel: Zahlen von 10 bis 60 • digitale Uhrzeiten • Wortfeld *daily routine*

Ex 1 Einstieg:
- (SB auf) L schreibt die Zahlwörter aus a) in gemischter Reihenfolge an die Tafel und liest sie laut vor. L: *Match the numbers from your book with the right words.*
- S ordnen die Zahlen den Wörtern zu.

Erarbeitung:
a) + b) gemäß AA
- **Sich.:** Zahlwörter ins *Vocab file* schreiben.

Ex 2 Einstieg:
- (SB zu) TA: *What's the time? It's ... o'clock.*
- L schreibt nacheinander einige Uhrzeiten an die Tafel (digital, volle Stunden) u. fragt nach der Uhrzeit, S antworten.

Erarbeitung:
a) + b) (SB auf) gemäß AA, *Partner B* öffnet das Buch auf S. 98.
- **Ausw.:** S vergleichen ihre Uhrzeiten mit denen im Buch.
- ► Good to know, S. 78 zur Bedeutung von *a.m.* und *p.m.* lesen und besprechen.
- ► Vokabelarbeit

Ex 3 Erarbeitung:
a) (SB auf) gemäß AA, ggf. Bedeutung von *oh* wiederholen (s. S. 60).
- **Ausw.:** ► Five-minute teacher

b) AA und Satzanfänge lesen.
- S schreiben die Zahlen 1–6 ins Heft.
- **1. Hören:** S notieren die Uhrzeiten.
- S prüfen ihre Lösungen im ► Partner check, dann **2. Hören.**
- **Ausw.:** im Plenum

A weekday

1 WORDS Big numbers
► Box: Voc., p. 220

2.2 a) Listen and repeat the numbers. Stand up for the blue numbers. Sit down for the black numbers.

10 15 20 25 30 35 40 45 50 55 60

2.3 b) Listen to the numbers. If the number is under 20, make °yourself small. If it's °over 20, make yourself big.

► Numbers, p. 258 ► More practice 2, p. 99

1 b) 15 – 37 – 52 – 12 – 49 – 18 – 60 – 1

2 SPEAKING +What's the time?

Partner B: Go to p. 98. Partner A:

a) Ask the time: *What's the time?* Listen to your partner and write the five times.

b) Look at the clocks. Tell your partner the time: *It's ... o'clock.*

A 9.00 | B 11.00 | C 3.00 | D 4.00 | E 8.00

Good to know
Britain uses the 12-hour clock with a.m. and p.m.

0.00 | 6.00 | 12.00 | 6.00 | 0.00
a.m. | p.m.

2 a) 1 06.00 • 2 12.00 • 3 02.00 • 4 05.00 • 5 10.00

► More practice 3, p. 99

3 LISTENING It's time for ...

3 a) 1 D • 2 E • 3 C • 4 F • 5 B • 6 A

a) BEFORE YOU LISTEN Match the times. *1D, 2...*

1 It's twelve forty-five.
2 It's one fifteen.
3 It's three oh five.
4 It's ten twenty.
5 It's one thirty.
6 It's twelve oh five.

A 12.05 | B 1.30 | C 3.05 | D 12.45 | E 1.15 | F 10.20

2.5 b) Listen to a school tour with a new student. Write the times.

1 The start of school is at ...
2 Assembly is at ...
3 Lesson 1 is at ...
4 Break is at ...
5 Lunch is at ...
6 The end of school is at ...

3 b) 1 8.45 a.m. • 2 8.50 • 3 9.05 • 4 10.45 • 5 12.45 – 1.25 p.m. • 6 3.05 p.m.

► Box: Voc., p. 220 ► More practice 4+5, p. 100 ► Wordbank 10, p. 191 ► Workbook, p. 41

Topic 1 Vorbereitung

Material: Ex 1 UMA/CD/App • Ex 3 UMA/CD/App • Ex 4 UMA, UMA/CD/App
Zeitbedarf: ca. 2 Std.
Begleitmedien: WB (S. 41), INKL (S. 82–83), DIFF (3.2)

4 READING Before and after school

4 a) 1 wrong (*that's Lili's sport*) • **2** true • **3** true

a) BEFORE YOU READ **What's true about Zane? Talk to a partner. Then check on the pages in Unit 1.**

1 His hobby is parkour. (U1, p. 19)
2 He's a swimmer. (U1, p. 19)
3 He's always busy. (U1, p. 30)

His hobby is parkour.

I think that's right / wrong. Let's check.

b) **Zane's family is in the °newspaper.**
Look at the picture, the °title and the first °paragraph. Choose the correct answer.

Who is Louise Adebayo? – She's Zane's teacher / mum.
Who can win the competition? – The best kid / pet.

4 b) 1 *She's Zane's* mum. • **2** *The best* kid.

2.7

My son is the best!

This text for our 'Best Kids Competition' is from Louise Adebayo. It's about her son Zane (11).

I use a wheelchair. My husband Eno has a cafe and he works long days. On weekdays, my son Zane helps me.

Zane gets up at 7 o'clock and has a shower. Eno makes breakfast for us and we all eat breakfast. Zane walks with his sister Holly to her school at 8.15 and then he goes to his school. Then I work on the computer. I write books.

Zane meets Holly at her school at 3.20 and they walk home. Then he does his homework. It takes an hour. Sometimes Zane helps me with dinner.

Or he talks to his friends or watches *TV. On Friday he goes swimming. ► Box: Voc., p. 221

Zane, you're a really good *kid. You're not in trouble at school and you always help me. You're the best!

c) **Zane's weekday**
Read about Zane's day. Put his activities in the correct order: *1E, 2...*

A Zane does his homework.
B He eats breakfast with his family.
C He walks with Holly to her school at 8.15.
D Zane talks to his friends or watches TV.
E He gets up at 7 o'clock and has a shower.
F Zane meets Holly at her school at 3.20.

4 c) 1 E • **2** B • **3** C • **4** F • **5** A • **6** D

Ex 4 Einstieg:
- (SB zu) L zeigt das Foto von S. 79 (UMA). L: *Who is this? Who is the woman?*
- S raten die Antwort auf die zweite Frage: *I think it's ...* L: *Let's see now what you know about Zane.*

Erarbeitung:

a) (SB auf) AA klären, ggf. ein Beispiel gemeinsam lösen.
- S bearbeiten die Aufgabe in PA.
- Lernschwächere S lesen die Sätze zunächst in EA und notieren sich ihre Lösung (*T/F*).
- **Ausw.:** ► Five-minute teacher

b) L: *Zane is always busy. Let's find out why! Read the title and the first paragraph of the article.*
- S lesen die Fragen und den ersten Absatz des Textes.
- Sie notieren die richtigen Lösungswörter.
- **Ausw.:** im Plenum

c) **1. Lesen:** S lesen den Text / hören mit (► Mitleseverfahren).
- L stellt Verständnisfragen zum Text, ► Semantisierung des neuen Wortschatzes.
- ► Vokabelarbeit: L sammelt neuen Wortschatz an der ► Vokabeltafel.
- **2. Lesen:** S lesen die Sätze A–F und bringen sie in die richtige Reihenfolge.
- Sie überprüfen ihre Antworten durch erneutes Lesen.
- **Ausw.:** ► Meldekette
- ► Early finisher: S schreiben je eine wahre und eine falsche Aussage zum Text und stellen sie im Anschluss der Klasse vor. Die Klasse ordnet die Sätze als *true* bzw. *false* ein.

Topic 1 Inhalt

Lernschwerpunkt: den eigenen Tagesablauf beschreiben
Kompetenzen: Listening Song zum Tagesablauf verstehen • Writing einen Post zum eigenen Tagesablauf schreiben
Strukturen: *simple present* (bejahte Aussagesätze)
Redemittel: Uhrzeiten, Wortfeld *daily routine*

Ex 5 Einstieg:
- (SB zu) L oder Handpuppe Scout: *What do you remember about Zane's and his family's weekdays? Let's check.*
- L/Scout macht wahre und falsche Aussagen, z. B.: *Zane gets up at 10 o'clock. / Zane and Holly walk to school. / …*
- S stehen auf, wenn die Aussage stimmt.

Erarbeitung:

a) (SB auf) S lesen die beiden Beispielsätze und die Regel gemeinsam im Plenum und sagen, ob A oder B zutrifft.
- **Sich.:** TA der Regel
- S ergänzen die Sätze 1–4.
- ► Early finishers kontrollieren ihre Lösungen selbstständig mithilfe des Textes auf S. 79.
- **Ausw.:** im Plenum, mit TA der ganzen Sätze

b) Vorgehen wie in a)
- Anschließend übertragen S beide Regeln mit Beispielen in den Merkteil (► English folder).
- s. a. ► LF 10, S. 179 und Erklärfilm (UMA/App)

Ex 6 Einstieg:
- (SB auf) L: *Describe the picture. What does Zane do on Saturday?*
- S beschreiben das Bild. L: *Let's find out more.*

Erarbeitung:
- S wählen die richtige Verbform und schreiben sie ins Heft.
- **Ausw.:** im Plenum, mit TA
- **Zusatz:** Üben der 3. Person Singular mit ► KV 3.1

5 Looking at language Simple present

Erklärfilm

a) Read these sentences from the text and find the rule.

I use a wheelchair.
We all eat breakfast.

Die Zeitform der Verben *use* und *eat* heißt *simple present*.
Was ist richtig? Wähle A oder B.
Mit dem *simple present* sagst du,
A was jeden Tag oder oft passiert.
B was schon passiert ist.

5 a) A
1 work • **2** write • **3** walk • **4** help

Now complete these sentences with the verbs in the box.

help • walk • work • write

1 I … on the computer.
2 I … books.
3 They … home.
4 You … me a lot.

b) Read these sentences from the text and find the rule.

Eno has a cafe.
He works a lot.

5 b) A
1 goes • **2** does • **3** takes • **4** talks

Wann verwendest du das Verb mit s? Wähle A oder B.
A mit *he, she, it*
B mit *I, you, we, they*

Now °complete these sentences with the verbs in the °box.

does • goes • takes • talks

1 He … to school.
2 He … his homework.
3 It … an hour.
4 He … with his friends.

► Language file 10, p. 179 ► More practice 6, p. 100

6 On Saturday

Zane's mum tells a friend about the family's weekend. °Choose the correct verb.

On Saturday Zane and Holly often (1) get up / gets up late. Eno (2) get up / gets up first and he (3) do / does the shopping. Then he (4) make / makes breakfast for us and we all (5) eat / eats. In the afternoon I (6) work / works. Eno and the kids (7) go / goes to the ⁺park or they (8) play / plays a game at home.

► Box: Voc., p. 221
► More practice 7, p. 100 ► More practice 8+9, p. 101

6 **1** get up • **2** gets up • **3** does • **4** makes • **5** eat • **6** work • **7** go • **8** play

► Workbook, pages 41–43

Topic 1 Vorbereitung

Material: Ex 5 ggf. Handpuppe Scout, UMA/App (Erklärfilm) • Ex 6 ► KV 3.1: Scout's day (Klassensatz) • Ex 7 UMA/CD/App • Ex 8 ► KV 3.2: My school day (Klassensatz)
Zeitbedarf: ca. 2 Std.
Minimalversion: Ex 7c) auslassen
Begleitmedien: WB (S. 41–43), App (Erklärfilm, Digital help, Digital quiz), INKL (S. 84–85), DIFF (3.3)

7 Song The morning song

7 a) 1 C • 2 E • 3 B • 4 F • 5 A • 6 D

a) Before you listen Match the °activities 1–6 to the photos A–F.

1 eat your breakfast
2 go to school
3 have a shower
4 get dressed
5 brush your teeth
6 get up

7 b) 1 D • 2 B • 3 C • 4 A • 5 E • (You don't need F)

2.8 b) Listen to the song. What °happens first? What happens °next? Put the pictures in the correct order. You don't need one picture.

2.9 c) Listen to °verse 6. Say how the song ends. The girl says: *Today is …*

► More help, p. 101

7 c) *Today is Saturday!*

My task

8 My school day

a) Read Zane's post and pick A or B: He wants to know about your
A class project B school day.

8 a) B

Zane

Hi, everybody!
My class has a project about the school day in other countries. Please tell us about your school day. Thanks.

b) Complete Leni's post with the words in the box.

ends • get up • live • play • starts • takes

Hi, Zane!
My name is Leni and I (1) … in Bochum. This is my day.
I (2) … at 6.30. I have a shower and eat breakfast.
I go to school by bus at 7.30. The journey (3) … 20 minutes.
School (4) … at 8 o'clock. I have lunch at school.
School (5) … at 3.15. In the afternoon I often (6) … football.
I go to bed at 8.45.
What about you?
Bye, Leni

8 b) 1 live • 2 get up • 3 takes • 4 starts • 5 ends • 6 play

c) Write to Zane about your day. You can use the text in b) for help. °Change the words in blue if °necessary. Put your text in your Dossier.

► Digital help ► Wordbank 10, p. 191

8 c) individuelle Lösungen

Digital quiz I can describe my °daily °routine.

Ex 7 Einstieg:
- (SB zu) L: *What do you do every day?*
- ► Meldekette: S: *I get up. / I have a shower. / I eat …*
- L sammelt Sätze an der Tafel.

Erarbeitung:
a) (SB auf) S lesen die Aktivitäten und ordnen sie den Fotos zu.
- ► Semantisierung von *get dressed* u. *brush your teeth*, ► Vokabeltafel
- L liest alle Aktivitäten laut vor, S sprechen nach (► Lautschulung).

b) 1. Hören: S notieren Lösungsbuchstaben in der richtigen Reihenfolge.
- **Ausw.:** im Plenum, dann 2. Hören zur Kontrolle

c) 1. Hören von Strophe 6
- S antworten im ► Think-Pair-Share.
- **Ausw.:** ► More help, S. 101
- **Zusatz:** S überlegen sich Bewegungen zum Song, hören noch einmal und machen mit (► TPR).

My task Ex 8 Erarbeitung:
a) (SB auf) AA klären.
- S lesen Zanes Nachricht und nennen die Lösung.

b) gemäß AA in EA, S nutzen ► KV 3.2 (Ex 1).
- **Ausw.:** im Plenum, mit TA

c) S schreiben eine Nachricht über ihren Tag u. verwenden dabei Lenis Text als Modell.
- Lernschwächere S nutzen ► KV 3.2 (Ex 2).
- **Ausw.:** S lesen Texte in der Klasse vor, dann Ablage im ► Dossier.

Topic 2 Inhalt

Lernschwerpunkt: über Hobbys und sportliche Aktivitäten sowie deren Häufigkeit sprechen
Kompetenzen: Listening/Intercultural competence einem Hörtext Informationen über AGs und Hobbys entnehmen • Speaking sich äußern, welche Aktivitäten man regelmäßig, oft oder nie macht
Strukturen: Adverbien der Häufigkeit (lexikalisch)
Redemittel: Wortfeld *sports and hobbies*

Ex 1 Einstieg:
- (SB zu) L: *What's your favourite sport or hobby? Are you in a club?* S antworten.

Erarbeitung:

a) (SB auf) AA klären, ► Scaffolding und die Vokabeln unter den Bildern lesen, ► Lautschulung.
- S bearbeiten die Aufgabe im ► Partner talk.
- **Ausw.:** S äußern sich in ► Meldekette zu je einem Hobby.

b) ► Good to know, S. 82 lesen und besprechen.
- L schreibt die Namen *Annie, Brahim, Rin, Liam* an die Tafel. L: *Now let's find out about the hobbies of these four kids.*
- S lesen die Sätze still in EA.
- **1. Hören:** S notieren Lösung.
- **2. Hören:** S prüfen.
- **Ausw.:** im Plenum
- **Zusatz:** Wortschatz mit ► KV 3.3 üben.

Ex 2 Einstieg:
- (SB zu) TA: ► Mindmap aus dem SB
  L: *What sports and hobbies do you know? Work in pairs.*

Erarbeitung:

a) (SB auf) S schreiben TA ab u. ergänzen die Mindmap in PA.
- ► Wordbank 4, S. 186 als Hilfe
- **Ausw.:** Begriffe an der Tafel sammeln.

b) AA klären, zwei Beispieldialoge im Plenum durchführen.
- ► Partner talk oder ► Double circle

School clubs

1 Listening Sports and hobbies

1 a) individuelle Lösungen

a) Before you listen **Talk about the sports and hobbies with a partner.**

+Table tennis is great/fun/OK/...
I don't know +cricket.

1 
table tennis

2 
cricket

3 
dancing

4 
singing

5 
running

6 
+windsurfing

7 
trampolining

8 
playing computer games

2.10
b) **Listen to some Varndean students.**
Read the sentences 1–5 and choose the correct answer.

1 Annie/Brahim[1] plays cricket.
2 Rin[2]/Annie is in the school +band.
3 Brahim/Annie doesn't like running.
4 Liam[3]/Rin does a sport in the sea.
5 Liam/Brahim likes trampolining.

Good to know
Most schools in Britain have school clubs. Students learn new hobbies and sports there.

1 b) 1 Annie • 2 Annie • 3 Brahim • 4 Rin • 5 Liam

2 What about you?

2 a) Lösungsbsp. S. 271

a) Collect all the sports and hobbies that you know.

b) Use your mind map and tell your partner °which sports and hobbies you like and don't like.

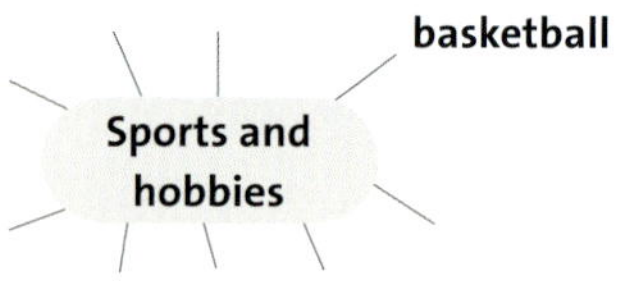

I like +basketball, but I don't like table tennis. What about you?

I like windsurfing and running.

► Wordbank 4, p. 186
► Workbook, p. 44

1 [brəˈhiːm] 2 [rɪn] 3 [ˈliːəm]

Topic 2 Vorbereitung

Material: Ex 1 UMA/CD/App, ► KV 3.3: GAME Sports and hobbies (Klassensatz) • Ex 3 UMA/CD/App, ggf. UMA/App (Erklärfilm), von L vorbereitete Wortkarten mit Häufigkeitsadverbien • Ex 4 UMA, Handpuppe Scout
Zeitbedarf: ca. 1–2 Std.
Minimalversion: Ex 2 auslassen
Begleitmedien: WB (S. 44–45), INKL (S. 86–87)

3 How often?

3 a) 1 often • **2** never • **3** sometimes • **4** always

2.10

a) **Listen again to the Varndean students. Choose the correct words.** ► Parallel exercise, p. 102

1 Annie sometimes / often / never plays cricket.
2 Brahim often / sometimes / never goes running.
3 Rin always / sometimes / never does dancing.
4 Liam always / never / sometimes does art.

b) **Match the blue words from 3a) with the correct symbol.** ► Box: Voc., p. 222

1 never | 2 ... | 3 ... | 4 ...

3 b) 1 *never* • **2** sometimes • **3** often • **4** always

► Language file 11, p. 179

4 SPEAKING Scout's °surfing sentences

a) **Look at the picture. Make sentences. Your partner checks your verbs.**

He sometimes ~~play~~ football. – No, that's wrong. He sometimes plays football.

°Swap roles with your partner.

b) **Use the words in the picture and say sentences about you.**

I often go cycling.

4 a), b) individuelle Lösungen

► More practice 10, p. 102

► Workbook, p. 45

Ex 3 Einstieg:
- (SB zu) L heftet Wortkarten mit Häufigkeitsadverbien (*never/rarely/sometimes/often/always*) an die Tafel (in ungeordneter Reihenfolge).
- ► Semantisierung

Erarbeitung:
a) (SB auf) S lesen die Sätze. Sie notieren die Zahlen 1–4 und ergänzen die Lösungen beim **3. Hören.**
- ► Parallel ex, S. 102
- **Ausw.:** ► Five-minute teacher oder Plenum

b) (SB zu) Die Wortkarten werden an der Tafel gemäß AA geordnet, anschließend übertragen S den TA in ihr Heft.
- s. a. ► LF 11, S. 179 (mit Erklärfilm)

Ex 4 Einstieg:
- (SB zu) L zeigt das Bild von S. 83 (UMA).
- L fragt Handpuppe Scout: *What's your hobby?* Scout: *I often go surfing.* L zur Klasse: *Scout often goes surfing.*
- L verweist auf das Bild: *Can you make more sentences?*
- S bilden einige Beispielsätze, L korrigiert ggf. die Verben.

Erarbeitung:
a) (SB auf) gemäß AA, in PA
- **Ausw.:** S bilden Sätze im Plenum.

b) gemäß AA, im ► Partner talk
- **Ausw.:** Sätze im Plenum vorstellen.
- Lernstärkere S präsentieren die Ergebnisse des Partners / der Partnerin.

Topic 2 Inhalt

Lernschwerpunkt: einen AG-Aushang verstehen • über die Freizeitgestaltung sprechen und schreiben
Kompetenzen: Mediation wesentliche Inhalte eines AG-Aushangs ins Deutsche vermitteln • Speaking sich zu den eigenen Aktivitäten äußern • Writing eine Nachricht über die eigene Freizeitgestaltung schreiben
Redemittel: Wortfeld *sports and hobbies* • Häufigkeitsadverbien

Ex 5 Einstieg:

- (SB zu) L zeigt zunächst nur die Bilder des Posters (UMA).
  L: *What can you see in the pictures?*
  S: *I can see students / kids / race cars / ...*
- L deckt ganzes Poster auf.
  L: *Look! It's a poster about the Formula 24 Club. Let's get some information about the club.*

Erarbeitung:

a) (SB auf) **1. Lesen**, dann Klären der AA und Hinweis auf die ► Tippbox, S. 84 (► Mediation)

b) Bearbeitung der Aufgabe in PA: *Partner A* stellt die Fragen, **2. Lesen** für *Partner B*, *Partner A* notiert Antworten im Heft (► Note-taking, s. Tipps).

c) Bearbeitung der Aufgabe in PA: *Partner B* stellt die Fragen, **2. Lesen** für *Partner A*, *Partner B* notiert Antworten im Heft.

- **Ausw.:** S-Paare präsentieren die Ergebnisse mithilfe ihrer Notizen im Plenum.

- **Alternative:** L bereitet Karten mit den Fragen aus dem SB vor (*Partner A/B*) und verteilt diese an die S-Paare.
- S notieren sich zunächst in EA Antworten zu den Fragen, dann PA gemäß **5b) + c)**.
- ☐/☒ Je nach Leistungsvermögen erhalten S weniger oder mehr als drei Karten mit Fragen.

5 Mediation A very special school club

a) Look at the poster from Varndean School and read the text.

b) Partner A: Ask partner B these questions in German:

1 Was baut man in dieser AG?
2 Wer nimmt am Rennen teil?
3 Wann findet die AG statt?

Partner B: Answer partner A's questions in °German.

c) Swap roles.
Partner B: Ask partner A these questions:

1 Welche Eigenschaften sollte man für die AG haben?
2 Wie lange dauert die AG?
3 Arbeiten die Schüler/innen allein oder haben sie Hilfe?

Partner A: Answer partner B's questions.

Du brauchst nicht jedes Wort zu übersetzen. Gib nur das Wichtigste wieder.

5 b) 1 elektrische Autos • **2** 700 Mannschaften • **3** Freitags um 15:30

5 c) 1 Man sollte aktiv und ein Teamplayer sein. Man sollte Freude an Mathe, Kunst und Werken haben • **2** 2 Stunden • **3** Mr Price und Ms Haffar helfen

°FORMULA 24 CLUB

Are you °active and good in a team?
Are maths, design and technology or art fun for you?
If you °want an interesting hobby, then °join the Formula 24 Club at Varndean!

We make °electric cars from old °materials.
Then we °race with 700 other teams from Britain and other countries.

We meet °every Friday afternoon at 3.30 for two hours. Mr Price and Ms Haffar sometimes help us, but we work hard too. It's always a lot of fun!

Topic 2 Vorbereitung

Material: Ex 5 UMA, von L vorbereitete Karten mit den Fragen der Aufgabe (Klassensatz) • Ex 6 *Right/wrong cards* (Klassensatz), ggf. Handpuppe Scout • Ex 7 UMA, weißes Papier (A4, Klassensatz)
Zeitbedarf: ca. 2 Std.
Minimalversion: Ex 6a) als HA vorbereiten lassen
Begleitmedien: WB (S. 46–47), App (Digital help, Digital quiz), INKL (S. 88–89), DIFF (3.4)

6 Speaking What's right?

6 individuelle Lösungen

a) Say three sentences about yourself. One sentence is right, two sentences are wrong. Use *always, often, sometimes* or *never*. Your partner guesses which sentence is right.

I never go swimming. – *Wrong!*

I sometimes eat chocolate. – *Wrong!*

I always play computer games. – *Right!*

b) Swap roles with your partner.

My task

7 My free time

Read about Annie and answer her °post.
You can use the sentences in ex. 6. Put your text in your Dossier.

Hi, I'm Annie from Varndean School.
I want a new +online friend!
Are you in a school club?
Tell me what activities you do.

Hi, Annie!
Nice to meet you.
My name is ...
I'm in the ... club at my school.
My hobbies are ...
I like ..., but I don't like ...
What about you?
Bye,
...

7 Lösungsbsp. S. 271

▶ Digital help ▶ Wordbank 4, p. 186

▶ Workbook, pages 46–47

Digital quiz I can talk about my free time.

Ex 6 Einstieg:
- (SB zu) L oder Handpuppe Scout macht wahre und falsche Aussagen über sich selbst analog zu den Beispielen aus Ex 6a).
- Klasse reagiert mit ▶ Right/wrong cards.

Erarbeitung:
a) + b) (SB auf) AA gemeinsam klären.
- TA: *always, often, sometimes, never*, ggf. mit den Symbolen von S. 83, **Ex 3**
- S bereiten drei Sätze in EA vor, dann PA gemäß AA.
- **Ausw.:** Einige S stellen ihre Sätze im Plenum vor, die Klasse rät.

My task Ex 7 Einstieg:
- (SB zu) L zeigt das Foto von S. 85 (UMA).
  L: *Look, this is Annie. What can you say about Annie?*
  S: *Annie is at home / on her bed / plays the guitar / ...*
- L präsentiert Annies Nachricht (UMA) oder das SB wird geöffnet, stilles Lesen.

Erarbeitung:
- (SB auf) Klären der AA, L verweist auf Ex 6 und ▶ Wordbank 4, S. 186, Bearbeitung der Aufgabe in EA.
- **Alternative:** S gestalten ein Blatt gemäß der Aufmachung im SB mit eigenem Foto o. Ä.
- **Ausw.:** ▶ English corner

Topic 3 Inhalt

Lernschwerpunkt: sich mit Freunden verabreden
Kompetenzen: Reading Chat-Nachrichten Details über eine Verabredung entnehmen • Listening eine Verabredung am Telefon verstehen • Speaking sich mit einem Freund / einer Freundin verabreden
Redemittel: Redewendungen für Verabredungen

Ex 1 Einstieg:
- (SB zu) L: *When do you meet your friends? What do you do?*
- TA: *I meet my friends on ... We ...*
- Drei bis vier freiwillige S antworten.
  L: *Lily wants to meet Zane. Let's read about it.*

Erarbeitung:
- (SB auf) **1. Lesen:** S lesen die Nachrichten und erfragen ggf. unbekannten Wortschatz.
- Klären der AA
- S schreiben die Zahlen 1–5 und die passenden Namen in EA ins Heft.
- **Ausw.:** ► Five-minute teacher
- **Zusatz: 2. Lesen:** L liest vor, S sprechen nach.

Ex 2 Einstieg:
- (SB zu) L mit Handpuppe Scout.
  L: *Scout! You look sad. What's wrong?*
  Scout: *I want to meet George but I don't know what to say.*
  L: *We can help you!*

Erarbeitung:
a) (SB auf) TA der Tabelle. Im Plenum drei Beispiele an der Tafel lösen.
- S schreiben in EA die Lösungen ins Heft oder auf ► KV 3.4 (Ex 1).
- **Ausw.:** TA im Plenum ergänzen.

b) + c) gemäß AA
- **Ausw.:** im Plenum
- **Zusatz:** L: *Can you help Scout now? What can she say?*
- S nennen Beispiele.

Meeting friends

1 Reading Are you busy?

Read the messages. Is it Lily or Zane?

1 wants to meet at the weekend
2 says sorry
3 is free on Saturday and Sunday
4 likes swimming
5 is very busy

1 **1** Lily • **2** Zane • **3** Lily • **4** Zane • **5** Zane

Hi, Zane! Are you free on Saturday?
Sorry, Lily. I'm busy on Saturday.
Oh, OK. Let's meet on Sunday.
Sorry, I can't. On Sunday I have a swimming competition.
Oh, OK. You're very busy, Zane!

2 Listening Let's meet

a) Before you listen **Copy and complete the table.**

~~Let's ...~~ • ~~I'd love to.~~ • Sorry, I'm busy. • Good idea! • Are you free on ...? • Sorry, I can't. • Yes, please! • Can we meet ...?

Ask to meet	Say *yes*	Say *no*
Let's ... ✓	I'd love to. ✓	Sorry, I'm busy. ✓
Are you free on ...? ✓	Good idea! ✓	Sorry, I can't. ✓
Can we meet ...? ✓	Yes, please!(-)	

2.11 b) **Now Lily asks to meet Noah. Listen and °tick the phrases from your table in 2a). One phrase is not in the °dialogue. Which phrase is it?**

c) **Say when Lily and Noah meet.**

2 b) Yes, please!

2 c) at 10.30 on Sunday

at 9 o'clock on Saturday
at the park on Sunday

► Workbook, p. 48

Topic 3 Vorbereitung

Material: Ex 2 UMA/CD/App, Handpuppe Scout, ▶ KV 3.4: Meeting friends (Klassensatz) • Ex 4 ▶ KV 3.4
Zeitbedarf: ca. 2 Std.
Begleitmedien: WB (S. 48), App (Digital quiz), INKL (S. 90–91), DIFF (3.5)

3 ROLE-PLAY Can we meet this weekend?

Go to p. 98 and act out Lily and Noah's °conversation.

3 individuelle Lösungen

My task

4 Are you free?

4 individuelle Lösungen

a) Copy the calendar.

	Saturday	Sunday
9.00	*activity:* *with:*	*activity:* *with:*
1.00	*activity:* *with:*	*activity:* *with:*

b) DOUBLE CIRCLE Stand in two circles.
Choose an activity from the box or your own idea.
Talk to a partner and make °plans.

go to the beach • go to the ⁺skatepark • go swimming • go cycling • play football • meet at my house / flat

Let's go to the beach.

Good idea!

Are you free on Saturday at 9 o'clock?

Sorry, I'm busy on Saturday. Can we meet on Sunday at 1 o'clock?

Yes, please!

c) One circle moves to the °right. Talk to a new partner. Complete your °calendar from a).

d) Tell the class about your plans. Change the words in blue.

On Sunday at 1 o'clock I want to go cycling with Lea.

Digital quiz   I can make plans to meet friends.

Ex 3 Einstieg:
- (SB zu) L: *Please walk around the room. Now look ...*
- L nennt verschiedene Adjektive und S spielen sie nach.
- mögliche Adjektive: *happy, sad, angry, tired, cold, hot, busy, stressed ...*

Erarbeitung:
- (SB auf) S spielen den Dialog auf S. 98 (▶ Role-play).
- weitere Hinweise s. S. 98

My task Ex 4 Einstieg:
- (SB zu) TA: leere Tabelle aus Ex 2
- Wdh.: gemeinsames Sammeln der Phrasen aus Ex 2 in den richtigen Spalten

Erarbeitung:

a) (SB auf) gemäß AA, L zeichnet die Tabelle an die Tafel, S übertragen sie ins Heft.
- Lernschwächere oder langsamere S nutzen die Tabelle auf ▶ KV 3.4 (Ex 2) und suchen sich zur Vorbereitung zwei Aktivitäten aus, die sie auf der KV unterstreichen bzw. eintragen.

b) L schreibt den Beispieldialog an die Tafel und lässt ihn im Chor od. Teilchor nachsprechen (▶ Lautschulung).
- L übt Beispieldialog mit mind. zwei S und zeigt an der Tafel das Eintragen der Aktivitäten.
- S stellen sich im ▶ Double circle auf und führen ersten Dialog durch.

c) gemäß AA

d) Ausw.: gemäß AA, Sprachhilfe s. ▶ KV 3.4 (Ex 3)

Story Inhalt

Lernschwerpunkt: eine Geschichte über einen Wettbewerb verstehen
Kompetenzen: Speaking Vermutungen über den Inhalt einer Geschichte äußern • Reading eine Geschichte verstehen und ihr Informationen zur Handlung und zu den Personen entnehmen

Ex 1 Einstieg:
- (SB zu) TA: *The competition*
- L zeigt noch einmal den Artikel von S. 79 (UMA) und fragt: *What do you remember about the competition?*
  S: *It's the 'Best Kids Competition'. / Zane's mum writes a text for the newspaper. / Zane helps his mum. / ...*
  L: *Do you think Zane wins the competition?*
- S reagieren mit ► Thumbs up.

Erarbeitung:

a) L zeigt die Bilder von S. 88–89 (UMA) oder verteilt ► KV 3.5 (Ex 1).
L: *Who or what can you see in the pictures? Talk to a partner.*
- S beschreiben nacheinander die Bilder in PA: *In picture 1/2/... I can see ...* (► Picture duet), dann Vergleich im Plenum.
- (SB auf) Bearbeitung gemäß AA, L erfasst die Anzahl der Antworten der S als TA (*... x A, ... x B, ... x C*).

b) L: *Let's read the story and find out the correct answer.*
- **1. Lesen** im ► Mitleseverfahren, anschließend Auswertung im Plenum mit Bezug auf TA aus a).
- S sagen, wo sie die Antwort im Text gefunden haben.
- Für Lernschwächere Vorentlastung des Wortschatzes: S nutzen Erschließungstechniken (► Semantisierung), L semantisiert übrigen Wortschatz.

The competition

1 Reading About the story

a) Before you read **Look at the title and the pictures. Choose A, B or C.**

1 a) B

A Zane isn't the winner of the competition.
B Zane is the winner. His friends are really happy for him.
C Zane wins the competition. His friends are angry at him.

2.12

b) **Read the story and check your ideas from 1a).**

"Look, Lily! It's Zane!" Lily's mum says.
Lily looks at the newspaper.
"What?" Lily is really surprised.
"Zane's mum is in a wheelchair?"
She takes a photo of the newspaper and tells Sunita and Noah.

After school, Lily, Sunita and Noah talk to Zane.
"Hi, Zane," Sunita says.
"We know about your mum. But why is it a secret?"
"I'm sad because it's hard for her," says Zane.
"So I often help at home. But I don't like to talk about it."

"Zane, you help your mum – that's cool," says Lily.
"But we're your friends. You can tell us."
"Don't be angry, Lily," says Zane.
"People see mum in her wheelchair and they are sorry for her. But please don't be sorry for her – she's great. And don't be sorry for me!"

Story Vorbereitung

Material: Ex 1 UMA, UMA/CD/App, ▶ KV 3.5: The competition (Klassensatz) • Ex 2 UMA, ▶ KV 3.5 • Ex 3 ggf. Requisiten für *Role-play*, UMA/CD/App
Zeitbedarf: ca. 1–2 Std.
Minimalversion: Ex 3 auslassen
Begleitmedien: INKL (S. 92–93)

2.13

Later at Zane's home, Zane's mum is on the phone.
"Hello, Louise Adebayo.
... Really? Thank you! Bye."
"Zane! You're the *Best Kids Competition* winner!"
His mum is happy.
"Thanks, Mum," says Zane. "I love you!"

Zane tells his friends. Everybody is happy!
But Zane's mum is tired and she is in bed for two days.
"The prize +show isn't a good idea, Mum."
"Why not? I can do it."
"OK, Mum!" Zane says.

▶ Box: Voc., p. 234

At the prize show ...
"Thank you! I'm so happy. Mum and Dad and Holly – you're the best! And thanks to my friends Lily, Sunita and Noah!
There's some prize money for the winner.
I'd like to ..."

2 Which part?

2 1 c • 2 b • 3 e • 4 f • 5 d • 6 a

Match sentences a–f to parts 1–6. *1c, 2...*

a Zane says *thank you* to his friends.
b Zane's friends tell him they know.
c Zane's friends read about his mum.
d Zane tells his friends he's the winner.
e Zane tells his friends about his feelings.
f Zane's mum is happy.

3 Who is it?

3 1 Lily's mum • 2 Lily • 3 Sunita • 4 Zane • 5 Zane's mum

Complete the sentences.

▶ Parallel exercise, p. 102

1 ... sees Zane in the newspaper first.
2 ... takes a photo of the newspaper.
3 ... asks Zane about his secret.
4 ... tells his friends about his mum.
5 ... tells Zane that he is the winner of the competition.

Ex 2 Einstieg:
- (SB zu) L: *Let's match some sentences to the paragraphs of the story.*
- L zeigt die Sätze aus Ex 2 (UMA). S lesen laut vor.

Erarbeitung:
- (SB auf) S ordnen beim **2. Lesen** die Überschriften den Abschnitten zu.
- S notieren die Lösungen im Heft oder nutzen ▶ KV 3.5 (Ex 2).
- **Ausw.:** ▶ Partner check: S vergleichen Ergebnisse, anschließend Präsentation im Plenum.
- **Sich.** von neuem Wortschatz durch ▶ Semantisierung und ▶ Lautschulung, S notieren Vokabeln in ihr *Vocab file* (▶ Vokabelarbeit).

Ex 3 Erarbeitung:
- (SB auf) L klärt AA im Plenum.
- ▶ Parallel ex, S. 102 auf leichterem Niveau
- L kann S individuell zuweisen.
- Ggf. **3. Lesen**, S notieren die Lösungen in ihr Heft.
- **Ausw.:** ▶ Five-minute teacher

- **Zusatz:** Geschichte nachspielen: S bilden Gruppen (▶ Gruppenbildung) und lesen/spielen jeweils eine Szene mit verteilten Rollen (Personen, die in der Szene vorkommen, und *narrator*) vor der Klasse vor (dabei auf Mimik und Gestik/Gefühle achten).
- L stellt ggf. die Aufnahme zum Üben der Aussprache zur Verfügung (UMA/CD bzw. App).

Story Inhalt | Vorbereitung

Lernschwerpunkt: Gefühle von Personen beschreiben
Kompetenzen: Speaking/Writing Gefühle der Charaktere beschreiben • über Zanes Pläne spekulieren • Listening gehörte Informationen mit eigenen Vermutungen vergleichen • Life skills überlegen, wem man einen Preis verleihen würde
Redemittel: Wortfeld *feelings*

Material: Ex 4 von L vorbereitete Flashcards (Smileys) • Ex 5 Realien (britisches Geld) oder Bilder, UMA/CD/App, ggf. Smartphones/Internetzugang
Zeitbedarf: ca. 1 Std.
Minimalversion: Ex 6) als HA vorbereiten
Begleitmedien: App (Digital quiz), INKL (S. 94), DIFF (3.6)

Ex 4 Einstieg:
- (SB zu) Wdh. *feelings*: Adjektive als TA, Smileys von S. 96 als ► Flashcards zeigen. L: *Match the smileys and the adjectives.*
- S ordnen die Karten den richtigen Wörtern zu.

Erarbeitung:
- (SB auf) Sätze lesen.
- S äußern sich zu jedem Satz spontan, L notiert Vorschläge an der Tafel. L: *Let's check now. Have a look at the story again.*
- S suchen die Lösungen in der Geschichte und notieren sie.
- **Ausw.:** im Plenum

Ex 5 Einstieg:
- (SB zu) L bringt britisches Geld mit oder zeigt Bilder. L: *Do you know the UK's money?*
- Unterrichtsgespräch zum Geld (► Good to know, S. 90), ggf. kurze Internetrecherche zum aktuellen Wechselkurs

Erarbeitung:

a) (SB auf) GA gemäß AA, jede Gruppe einigt sich auf zwei Ideen und schreibt diese auf.

b) **1. Hören:** S notieren Lösung.
- **2. Hören:** S prüfen.
- **Ausw.:** Gruppen präsentieren ihre Ergebnisse im Plenum.

Ex 6 Erarbeitung:

a) (SB auf) Klären der AA (► Think-Pair-Share)
- Zwei bis drei Beispielsätze im Plenum bilden, dann Bearbeitung gemäß AA in EA.

b) + c) gemäß AA

---

3 Topic 1 Topic 2 Topic 3 **Story** Viewing Study skills Unit task

4 Feelings

> **4** 1 surprised • 2 sad • 3 angry • 4 happy • 5 *everybody is* happy *and Zane's mum is* tired • 6 happy

Complete the sentences and say how people in the story feel.

1 In part 1, Lily is ...
2 In part 2, Zane is ...
3 In part 3, Lily is ...
4 In part 4, Zane's mum is ...
5 In part 5, everybody is ... and Zane's mum is ...
6 In part 6, Zane is ...

5 Zane's prize money

> **5 a)** individuelle Lösungen

a) Zane's prize money is £500. °Decide what Zane does with the money. You can use the ideas in the box or your ideas. Write two ideas in your exercise book.

I think he pays for a cleaner. And he pays for a big +party with family and friends.

Ideas
- *He gets a new +games console / ...*
- *He gets a new TV for his family.*
- *He gives some money to his mum and dad.*

Good to know
The money in Britain is the pound (£).
How much is £500 in euros?

2.14

b) Listen to Zane's ideas in his °speech. Are they °the same as your group's ideas?

Zane wants to ... Our idea is the same / different.

> **5 b)** Zane wants to pay for a big party with family and friends and to pay for a cleaner.

6 Life skills Be kind

> **6** individuelle Lösungen

a) Think Zane is kind because he helps his mum. You can choose one person for a prize. Who is kind in your group of friends, your family or where you live? Think about reasons why:

My	+trainer brother sister friend grandma grandpa ...	is kind because	he she	helps me with my homework / my computer / ... gives me sweets / books / ... sends me nice messages / funny pictures / ... shares his / her lunch with me. shares his / her good ideas with me. ...

Make sentences. Change the words in blue:

My teacher is really kind because she often helps me with problems.

b) Pair Tell a partner about the person. *My kind person is ...*

c) Share Tell the class your ideas.

Digital quiz I can understand feelings in a story.

Viewing Inhalt | Vorbereitung

Lernschwerpunkt: Filmszenen über Mutproben verstehen
Kompetenzen: Viewing Filmszenen Informationen entnehmen
Redemittel: Wortfeld *sports and hobbies*

Material: Ex 2 UMA/DVD/App
Zeitbedarf: ca. 1 Std.
Begleitmedien: WB (S. 49), INKL (S. 95)

The Brighton °dares: Sports and hobbies

1 BEFORE YOU WATCH Sports and hobbies

Can you find the German words for photos A–F?

°head

football °match

play °air guitar

°beanie

play °street music

°underpants

1 A der Kopf • B das Fußballspiel • C Luftgitarre spielen • D die Mütze • E Straßenmusik machen • F die Unterhose(n)

2 VIEWING What happens?

a) Watch the first scene. Look at the photos in 1. Complete the sentences about the dares.

Daisy: play ...
Emir: play in a ... with ... on his ...

2 a) Daisy *play* street music • Emir *play in a* football match *with* underpants *on his* head

b) Watch all the video. Look at the pictures and say where the kids are in the video.

1 They're at ...

2 Daisy is at Gloria's ...

3 They're at the ...

4 Daisy is in her ...

5 Emir is at his ... match.

6 They're in Emir's ...

2 b) 1 school • 2 house • 3 skate park • 4 room • 5 football • 6 room

► Workbook, p. 49

Ex 1 Einstieg:
- (SB zu) L stimmt S auf das Video ein:
  L: *Let's watch a video about two new dares. Here are some important words from the video first.*

Erarbeitung:
- (SB auf) S sehen sich die Fotos an und lesen die Begriffe darunter.
- Sie notieren in EA die deutsche Bedeutung.
- **Ausw.:** ► Five-minute teacher
- **Zusatz:** S stellen (ggf. auf Deutsch) Vermutungen an, um welche Mutproben es im Video gehen könnte.

Ex 2 Erarbeitung:

a) (SB auf) TA: *Daisy's dare, Emir's dare*
- S sehen sich die erste Filmszene an.
- Sie ergänzen die Sätze in Ex 2a) mithilfe der Fotos aus Ex 1.
- **Ausw.:** im Plenum, mit TA
- Im TA die Lösungswörter unterstreichen und noch einmal auf die dazugehörigen Bilder aus Ex 1 hinweisen.
  L: *What about photos C and D? Let's watch all the video.*

b) AA klären. S schreiben die Zahlen 1–6 in ihr Heft.
- Sie sehen sich das ganze Video an und notieren die Lösungen.
- **Ausw.:** ► Partner check, dann Vergleich im Plenum
- **Zusatz:** L: *So, what do Daisy and Emir do?*
- TA: *Daisy plays ...*
  Emir uses his underpants to make a ...
- S vervollständigen die Sätze.

Study skills Inhalt | Vorbereitung

Lernschwerpunkt: neuen Wortschatz nachschlagen und lernen
Kompetenzen: Study skills neuen Wortschatz alphabetisch ordnen, im *Dictionary* nachschlagen und im *Vocab file* systematisieren
Redemittel: Wortfeld *sports and hobbies*

Material: Ex 1 UMA/CD/App, Handpuppe Scout, evtl. Stricknadeln o. Ä. • Ex 4 Handpuppe Scout
Zeitbedarf: ca. 1 Std.
Minimalversion: Ex 3 kann als HA erarbeitet werden
Begleitmedien: App (Digital quiz), INKL (S. 96), DIFF (3.7)

Ex 1 Einstieg:
- (SB zu) Handpuppe Scout mit Stricknadeln:
  Scout: *Look, this is my favourite hobby. It's knitting.*
  L: *Can you spell it?*
  (Scout buchstabiert.)
  L: *What is it in German?*
  (S antworten.)
  L: *Let's learn some more free-time activities.*

Erarbeitung:
a) (SB auf) Klären der AA
- S notieren die Wörter untereinander.

b) gemäß AA

c) gemäß AA, S prüfen und wiederholen die neuen Wörter, dann ► Lautschulung.

Ex 2 Erarbeitung:
- (SB auf) gemäß AA
- **Ausw.:** ► Five-minute teacher

Ex 3 Einstieg:
- (SB zu) Liste der Wörter aus Ex 1 + 2 als TA, evtl. Wdh. der Aussprache

Erarbeitung:
- (SB auf) gemäß AA
- **Ausw.:** ► Partner check, dann Bsp. im Plenum

Ex 4 Einstieg:
- (SB zu) Handpuppe Scout: *Let's play a game.*
- Erklären von *Odd word out* mit Bsp. als TA

Erarbeitung:
- (SB auf) gemäß AA
- **Zusatz:** ☒ Lernstärkere S denken sich ein weiteres *Odd word out* aus und schreiben es an die Tafel. Die Klasse rät.

Look up and remember words

1 Look up free-time activities

A new English friend writes to you about free-time activities. You °need to look up the words in blue.

> *I do a lot of free-time activities! I like crafts. My favourite hobby is jewellery making. I like jigsaw puzzles too. I love collecting things with cats on them.*

a) First write the blue words in a °list in °alphabetical °order. For words with the same first letter, look at the second letter: collecting
crafts

1 collecting things – Sammeln • crafts – Basteln • jewellery making – Schmuck machen • jigsaw puzzles – Puzzlespiele

b) Look up the words in the *English-German Dictionary* on pages 236–246.

2.15 c) Listen and check your answers. Then listen and repeat the English words.

2 Find more free-time activities

2 1 baking • 2 boxing • 3 climbing • 4 doing nail art

Look at *Wordbank 4* on free time (p. 186). What are these activities in English?

1 Backen 2 Boxen 3 Klettern 4 Nageldesign

3 Write and remember

3 individuelle Lösungen

Choose five English words from 1 and 2. Write them in your Vocab file.

English	*Write a sentence or draw a picture*	*German + my other languages*
collecting	*I like collecting football cards.*	*Sammeln, toplamak*
jigsaw puzzles		*...*

4 °Odd word out

Find the three words in the same word group. Then say the odd word out.

1 running swimming cycling drawing
2 often cricket never sometimes
3 new angry sad happy
4 afternoon evening Sunday morning

4 1 drawing • 2 cricket • 3 new • 4 Sunday

► Skills file 4, pages 169–170

Digital quiz | I can look up and learn new words.

Unit task Inhalt | Vorbereitung

Lernschwerpunkt: die eigenen Highlights der Woche in einem Comic oder Video vorstellen
Kompetenzen: Writing über Höhepunkte der Woche schreiben • Speaking Höhepunkte der Woche vortragen • Feedback geben
Redemittel: Wortfelder *sports and hobbies, days of the week* • Feedback

Material: *Video:* Step 2 Smartphones, ggf. Requisiten • Step 3 Smartphones • Step 4 geeignete Abspielgeräte (*Comic:* s. S. 103)
Zeitbedarf: 2 Std.
Minimalversion: Step 2 kann als HA erarbeitet werden
Begleitmedien: App (Digital quiz), INKL (S. 97)

Share your *highlights of the week

Step 1 Unit task individuelle Lösungen

Think about what you do every week. Write sentences about the best things.
Choose 3–5 activities.

On Saturday I always get up at 10 o'clock.
My dad and I play video games.

► Wordbank 4, p. 186

YOU CHOOSE Step 2

Choose a task: A video recording or a *comic (on p. 103).

A video recording

Practise your sentences from step 1 before you record.
Can you find things to show in your video?
Record your sentences from step 1 on your phone.

Check that the light is good for your recording. Speak clearly.

Step 3

Play your video for a partner. Get feedback.

Step 4

Give other students feedback.

Your video is	funny. interesting. cool. ...
You	speak clearly. have good scenes. have good ideas.
I like	the start. the scene with ... the end.

► Feedback phrases, p. 200

Digital quiz I can share the highlights of my week.

Unit task Einstieg:
- L erklärt *Unit task* mit den notwendigen Schritten und verweist auf Wahlmöglichkeiten (Video oder Comic).

Step 1 Erarbeitung:
- (SB auf) S liest die beiden Beispielsätze vor.
  L: *Do you have more examples for highlights of the week?*
- S nennen Beispiele, L notiert sie als TA, anschließend Erarbeitung in EA gemäß AA.
- **Ausw.:** ► Peer correction oder Kontrolle durch L

Step 2 Einstieg:
- S entscheiden sich, ob sie ein Video oder einen Comic erstellen wollen.
- S, die ein Video erstellen, arbeiten mit S. 93.
- S, die einen Comic erstellen, arbeiten mit S. 103. Weitere Hinweise s. S. 103.

Erarbeitung:
- Klären der AA
- S üben ihre Sätze zunächst in PA und nehmen sie dann auf.

Step 3 Erarbeitung:
- gemäß AA in PA

Step 4 Erarbeitung:
- Sätze zum Feedback in der Tabelle gemeinsam lesen, ggf. ► Lautschulung.
- Präsentation der Ergebnisse und Feedback durch die Gruppe
- **Alternative: Step 4** im Plenum bearbeiten (gemeinsame Feedbackphase für Videos und Comics).

Checkpoint Inhalt

Lernschwerpunkt: Kompetenzen und sprachliche Mittel üben, Lernfortschritte erkennen
Kompetenzen: Reading eine E-Mail lesen und Fragen dazu beantworten • Speaking über den eigenen Schulweg sprechen • sich zu Freizeitaktivitäten äußern • Writing Sätze über einen Tagesablauf vervollständigen
Strukturen: *simple present*
Redemittel: Wortfelder *school journey* (Transportmittel), *daily routine, sports and hobbies*

Allgemeine Anmerkung:
s. Unit 1, S. 36

Ex 1 Einstieg:
- (SB auf) S lesen das Lernziel (*I can ...*) rechts oben auf der Seite vor.
- Sie schätzen ihr Können zum Lernziel ein, z. B. mit ► Thumbs up, und notieren sich das Ergebnis.

Erarbeitung:
a) S lesen den Text leise oder laut.
L: *What text is it?*
S: *It's an email.*
- E-Mail noch einmal in kleinen Abschnitten lesen.
- L stellt jeweils ein bis zwei Verständnisfragen, z. B.: *Does Zara like her teachers at the new school? / Is her house near the school? / ...*

b) gemäß AA in EA
- **Ausw.:** ► Five-minute teacher

c) L zeichnet grünen und roten Daumen (wie in der orangefarbenen Sprechblase neben dem Foto) an die Tafel und stellt Fragen gemäß SB, S halten Daumen entsprechend.
- anschließend schriftliche Bearbeitung in EA
- **Ausw.:** im Plenum
- **Alternative:** Ausw. von **b)** und **c)** am ► Bus stop (► KV Extra): S vergleichen ihre Lösungen mithilfe der ► KV 3.6A.

d) Klären der AA, Bearbeitung in PA
- **Ausw.:** im Plenum, grüner und roter Daumen siehe **c)**
- nach der Lösungskontrolle erneute Einschätzung des Könnens (gleiche Methode wie im Einstieg)

---

3 Checkpoint Digital checkpoint

1 READING Zara's[1] school journey

I can talk about my school journey.

a) Read the °email from Zane's friend Zara.

to Zane
from Zara

Hi, Zane!
°How are you? My new school in London is great. I have lots of friends now and I like most of the teachers. But I have a problem, and that's the journey to school. London is so big, and my house isn't near my school. Sometimes I go to school by car, with my mum, and that's good because it's fast. But most days I go by bus. I don't like the bus because the other people are really loud! It's slow too: The journey takes 45 minutes. Sometimes I'm late for school and my class teacher isn't happy! What about you? Is your school journey good or bad? Why?

See you later
Zara

b) Read the sentences. True or false?

1 Zara isn't happy at her school.
2 Her school journey is long.
3 Zara goes to a different school in Brighton.
4 The bus is often quiet.
5 She's sometimes in trouble with her teacher.

1 b) 1 false • 2 true • 3 false • 4 false • 5 true

c) Answer the questions.

1 Is Zara's car journey good or bad? – *Zara's car journey is ... because it's ...*
2 Is Zara's bus journey good or bad? – *Zara's bus journey is ... because the bus is ... and ...*

1 c) 1 *Zara's car journey is* good *because it's* fast. • 2 *Zara's bus journey is* bad / not good *because the bus is* slow / loud *and it's* loud / it is loud / it's slow / it is slow.

d) SPEAKING Talk about your school journey with a partner.

1 d) individuelle Lösungen

I go to school by ... / ... / ... / ....
I ... to school.
My school journey is ... / ... because it's long / short / loud / quiet / fast / slow.
That's ... / ... because ...

1 [ˈzɑːrə]

Check

Checkpoint Vorbereitung

Material: alle Aufgaben ► KV Extra: Bus stop, ► KV 3.6A: Checkpoint answers
Zeitbedarf: ca. 2 Std.
Minimalversion: Auswahl der Aufgaben erfolgt aufgrund der zu überprüfenden Lernziele
Begleitmedien: App (Digital checkpoint), INKL (S. 98–99)

Die Übungen kannst du auch digital machen

3

2 WORDS Sunita's morning

I can describe my daily routine (*simple present*).

Sunita talks about her morning routine. Complete her sentences with the words in the box.

brush my teeth • eat breakfast • get dressed • get up • go to school • have a shower

1 I ... at six fifteen.

2 At six thirty, I ...

3 And I ...

4 After that I ...

5 Then I ...

6 I ... at 8 o'clock.

2 1 get up • 2 have a shower • 3 brush my teeth • 4 get dressed • 5 eat breakfast • 6 go to school

3 LANGUAGE Sunita's evening

Complete Sunita's sentences with the verbs in the box.

does • eat • go • makes • read • takes • tidies • watch • do

I °come home from school at 4 o'clock.
Sometimes Nish (1) ... a ⁺snack for us – we're always hungry after school! Then I (2) ... my homework. That (3) ... thirty minutes. We (4) ... dinner at 7 o'clock, and then Ben (5) ... the kitchen. After dinner, I (6) ... TV and Nish (7) ... his homework on the computer. Mum and Ben often (8) ... the newspaper. On weekdays I (9) ... to bed at 9 o'clock.

3 1 makes • 2 do • 3 takes • 4 eat • 5 tidies • 6 watch • 7 does • 8 read • 9 go

4 SPEAKING A conversation with Ryan

I can talk about my free time.

Lily and Ryan talk about their free time. Look at Lily's °calendar and say her answers.

What's your hobby? — *My hobby is ...* — *What clubs are you in?* — *I'm in the ...*

Mon.	Tue.	Wed.	Thu.	Fri.	Sat.	Sun.
parkour	parkour	homework club	art club		parkour	

4 1 *My hobby is* parkour. • 2 *I'm in the* homework club and the art club.

Check

Ex 2 Einstieg:
- (SB auf) Selbsteinschätzung s. Ex 1
- **Zusatz:** L stellt zur Aktivierung des Wortschatzes Fragen zum Tagesablauf, z. B. *When do you get up?*, S antworten entsprechend.

Erarbeitung:
- gemäß AA
- **Ausw.:** ► Bus stop (► KV Extra): S vergleichen ihre Lösungen mithilfe der ► KV 3.6A.
- **Alternative:** ► Meldekette (mit TA)

Ex 3 Erarbeitung:
- (SB auf) Klären der AA
- S schreiben die Lösungswörter in ihr Heft.
- **Ausw.:** ► Bus stop (► KV Extra): S vergleichen ihre Lösungen mithilfe der ► KV 3.6A.
- **Alternative:** ► Partner check, anschließend im Plenum (mit TA)
- erneute Selbsteinschätzung zum o. g. Lernziel (s. Ex 2)

Ex 4 Einstieg:
- (SB auf) Selbsteinschätzung s. Ex 1

Erarbeitung:
- gemäß AA in PA
- **Ausw.:** ► Bus stop (► KV Extra): S vergleichen ihre Antworten mithilfe der Musterlösung auf der ► KV 3.6A.
- erneute Selbsteinschätzung

Checkpoint Inhalt

Lernschwerpunkt: Kompetenzen und sprachliche Mittel üben, Lernfortschritte erkennen
Kompetenzen: Listening Dialoge hören und Informationen zuordnen • Study skills Vokabeln im *Dictionary* nachschlagen und Gruppen zuordnen • Writing über die Höhepunkte einer Woche schreiben
Redemittel: Wortfelder *meeting friends, sports and hobbies, feelings and emotions*

Ex 5 Einstieg:
- (SB auf) S lesen das Lernziel (*I can ...*) vor.
- Sie schätzen ihr Können zum Lernziel ein, z. B. mit ► Thumbs up, und notieren sich das Ergebnis.

Erarbeitung:
- Gemeinsames Klären der AA, S schreiben die Sätze mit Ergänzung in ihr Heft.
- **Ausw.:** ► Bus stop (► KV Extra): S vergleichen ihre Lösungen mithilfe der ► KV 3.6B.
- erneute Selbsteinschätzung

- **Zusatz:** Dialog mit verteilten Rollen lesen und spielen.
- ☒ Lernstärkere S erarbeiten einen Dialog mit eigenen Informationen und spielen ihn in PA.

Ex 6 Einstieg:
- (SB auf) Selbsteinschätzung s. Ex 5

Erarbeitung:

a) Klären der AA
- S übertragen Tabelle in ihr Heft und ergänzen die Informationen beim **1. Hören**.

b) S notieren Satzanfänge und ergänzen Informationen beim **2. Hören**.
- **3. Hören** zum Überprüfen der Ergebnisse
- **Ausw.:** ► Bus stop (► KV Extra): S vergleichen ihre Lösungen mithilfe der ► KV 3.6B.
- erneute Selbsteinschätzung

---

3 **Checkpoint** Digital checkpoint

5 WORDS Next weekend

I can make plans to meet friends.

Lily and Alice talk about the weekend. Choose the correct ending for each sentence.
Copy the sentences into your exercise book.

Lily	Are you free on (1) ...	a	OK.
Alice	Sorry Lily, I'm (2) ...	b	11 o'clock.
Lily	Oh, (3) ...	c	cycling.
Alice	What about Sunday? Are you (4) ...	d	busy.
Lily	Yes, (5) ...	e	idea!
Alice	Great. Let's go (6) ...	f	I am.
Lily	Good (7) ...	g	free?
Alice	Let's meet at the park at (8) ...	h	Saturday?

5 1 h • 2 d • 3 a • 4 g • 5 f • 6 c • 7 e • 8 b

6 LISTENING Saturday plans

2.16

I can understand feelings in a story.

a) Listen to Noah's conversations.
What are the students' plans for Saturday?
Copy and complete the table.
Use the words in the box.

do my homework • free (3x) • see grandpa • go shopping • go swimming • do yoga

	Saturday morning	*Saturday afternoon*
1 Zane	see grandpa	go swimming
2 Lily	do my homework	go shopping
3 Noah	free	free
4 Sunita	do yoga	free

b) Listen again. Say how they feel. Write the correct ending.

1 Zane is ...
2 Lily is ...
3 Noah is ...
4 Sunita is ...

6 b) **1** *Zane* is sorry. • **2** *Lily* is tired. • **3** *Noah* is sad. • **4** *Sunita* is happy.

Check

96 ninety-six

Checkpoint Vorbereitung

Material: alle Aufgaben ► KV Extra: Bus stop, ► KV 3.6B: Checkpoint answers • Ex 6 UMA/CD/App • Ex 8 UMA
Zeitbedarf: ca. 2 Std.
Minimalversion: Auswahl der Aufgaben erfolgt aufgrund der zu überprüfenden Lernziele
Begleitmedien: App (Digital checkpoint)

7 b) classmates • memes • swap • useful

7 Study skills The Computer Club

I can look up and learn new words.

a) Read about the Computer Club on a British school's °website.

b) Look at the text again. Write the blue words in alphabetical order.

c) Look up the words in the *English – German Dictionary* (pages 236–246).

d) Write the blue words from b) in the right group.

Hi, we're the Computer Club! We swap ideas about technology. We love ⁺memes. We help our classmates with computer problems. We give them useful information. It's great. We meet on Wednesdays at 3.30 p.m. in the computer room.

emails	classmates	*good*	*give*
headphones	*friends*	*interesting*	*tell people*
memes	*students*	*great*	*share*
websites	*teachers*	useful	swap

7 c) die Mitschüler/-innen • die Memes • tauschen • nützlich, hilfreich

8 Writing Fabian's[1] week

I can share the highlights of my week.

Fabian shares the highlights of his week with his British friend Ali. Look at the pictures and write his sentences.

8 Lösung S. 271

1 On Monday afternoon I go cycling with my friend. ...

1 Monday afternoon – cycling

2 Tuesday – guitar lesson

3 Wednesday – grandpa's house

4 Thursday afternoon – school °drama club

5 Friday evening – computer games

6 Saturday and Sunday – big breakfast

1 [ˈfeɪbiən]

Check

Ex 7 Einstieg:
- (SB auf) Selbsteinschätzung s. Ex 5
- ☐ als Erinnerung:
  L: *Where can you look up new words in your textbook?*
  S: *On pages 236–246.*

Erarbeitung:

a) S lesen den Text möglichst selbstständig in EA.

b) + c) Klären der AA für beide Aufgaben, Bearbeitung gemäß AA

d) S übertragen Tabelle in ihr Heft und ergänzen gemäß AA.
- **Ausw.:** ► Bus stop (► KV Extra): S vergleichen ihre Lösungen mithilfe der ► KV 3.6B.
- erneute Selbsteinschätzung

Ex 8 Einstieg:
- (SB auf) Selbsteinschätzung s. Ex 5
- (SB zu) L erinnert evtl. an *Unit task* (s. S. 93):
  L: *Can you remember your highlights of the week?*
- Mögliche S-Antworten:
  Yes, I often play ... on ...
  L: *Now let's look at Fabian's highlights of his week.*

Erarbeitung:
- (SB auf) gemäß AA in EA, S notieren Sätze in ihr Heft.
- ☐ *Scaffolding* als TA oder über UMA zeigen.
- **Ausw.:** ► Bus stop (► KV Extra): S vergleichen ihre Sätze mithilfe der ► KV 3.6B.
- erneute Selbsteinschätzung

Partner page Inhalt

Lernschwerpunkt: zusätzliche Übungen, Differenzierungs- und Hilfsangebote
Kompetenzen: Speaking sagen, wie viel Uhr es ist • sich mit einem Freund / einer Freundin verabreden • sich über den Schulweg äußern • besondere Zahlen und deren Bedeutung erraten
Redemittel: Wortfelder *meeting friends, school journey*, Uhrzeit, Zahlen 10–60

Allgemeine Anmerkung:
s. Unit 1, S. 40

Ex 2 Erarbeitung: s. S. 78
a) + b) *Partner B* gemäß AA

Ex 3 Einstieg: s. S. 87

Erarbeitung:
a) (SB auf) S bekommen etwas Zeit, um den Dialog still in EA zu lesen.
- L liest den Dialog dann vor, S sprechen nach.
- S üben den Dialog in PA, L geht in der Klasse umher und greift bei Bedarf unterstützend ein.
- **Ausw.:** Ein bis zwei freiwillige S-Paare spielen den Dialog vor der Klasse.

b) S tauschen die Rollen u. üben ein weiteres Mal.
- **Ausw.:** wie bei a)

c) AA klären, ein Beispiel mündl. im Plenum erarbeiten.
- Die S-Paare üben jeweils einen neuen Dialog ein, bei dem sie die blauen Wörter durch Wörter aus den Kästen oder eigene Ideen ersetzen.
- Mit leistungsschwächeren Gruppen entwickelt L den neuen Dialog gemeinsam schriftlich an der Tafel (neu eingesetzte Wörter farbig markieren).
- **Ausw.:** wie bei a)

3 Partner page

Partner page

▸ Page 78

2 Speaking What's the time?

Partner B

a) Look at the clocks. Tell your partner the time.

It's ... o'clock.

1	2	3	4	5
06.00	12.00	02.00	05.00	10.00

b) Ask the time.
Listen and write the five times.

What's the time?

▸ Numbers, p. 258

▸ Page 87

2 b) A 9.00 • B 11.00 • C 3.00 • D 4.00 • E 8.00

3 Role-play Can we meet this weekend?

a) Read Lily's and Noah's conversation. Then act it out.

Lily Hi, Noah! Can we meet this weekend?
Noah I'd love to, Lily.
Lily Great! Let's go to the skatepark.
Noah Sorry, I can't go to the skatepark. It's too loud for me. What about the cafe?
Lily Good idea! Are you free on Saturday?
Noah Sorry, I'm busy on Saturday. But I'm free on Sunday.
Lily OK, let's meet at the cafe at 10.30 a.m.
Noah Let's ask Sunita too. See you on Sunday!

b) Swap roles and act out the conversation again.

c) Change the blue words and make a new conversation. Act it out for °another pair.

Places	Days
the park a cafe the skatepark my house your house the beach	Monday Tuesday Wednesday Thursday Friday this week

3 c) Lösungsbsp. S. 271

Diff bank Vorbereitung

Material: MP 2 Handpuppe Scout • MP 3 UMA/CD/App
Zeitbedarf: abhängig davon, welche Aufgaben bearbeitet werden
Minimalversion: *More practice*-Aufgaben sind stets Zusatzaufgaben

Diff bank

▸ Page 77

1 1 bike. • 2 by train. • 3 walk • 4 go to school by bus. • 5 go to school by car.

More practice 1 I go to school by ...

Say how these students go to school.
Complete their sentences.

1 Ahmed: I go to school by ...
2 Ruby: I go to school ...
3 Archie: I ... to school.
4 Zelal: I ...
5 Billy: I ...

▸ Page 78

More practice 2 Your special numbers

2 individuelle Lösungen

a) Write three special numbers for you. These ideas can help you:

Ideas
- *how old you are*
- *how old your pet is*
- *your favourite number*
- *your favourite football °shirt number*
- *your house number*
- *your lucky number*

b) Show your partner your numbers. He/She guesses what the number is.

2.4

More practice 3 The time

Look at the box with times.
Listen and clap the rhythm.
Say the times from 8 o'clock to 9 o'clock.

8.00 = eight o'clock
8.05 = eight oh five
8.10 = eight ten
8.15 = eight fifteen

MP 1
- Diese Aufgabe dient zur Festigung der Vokabeln aus dem Unit-Einstieg (s. S. 76–77).

Erarbeitung:
- (SB auf) S vervollständigen die Sätze.
- **Ausw.:** ▶ Five-minute teacher oder ▶ Partner check (falls nicht mit der ganzen Klasse durchgeführt)

MP 2 Einstieg:
- (SB auf) L und Handpuppe Scout spielen einen Dialog analog zu dem Beispiel aus MP 2 vor, z. B.:
  Scout: *What are your three special numbers?*
  L: *My numbers are 8, 23 and 32.*
  Scout: *Are you 8 years old?*
  L: *No, I'm not.*
  Scout: *Is your house number 8?*
  L: *Yes, it is.*
  Scout: ...

Erarbeitung:
a) AA klären, Ideenbox gemeinsam lesen.
- S notieren ihre drei Zahlen.

b) Beispieldialog gemeinsam lesen, ein weiteres Beispiel im Plenum durchführen (mit TA), dann PA gemäß AA.
- **Ausw.:** Freiwillige S-Paare stellen ihre Dialoge im Plenum vor.
- **Alternative:** Ein/e S nennt der Klasse seine/ihre drei *special numbers*, die Klasse stellt Fragen dazu.

MP 3 Erarbeitung:
- (SB auf) gemäß AA

Diff bank Inhalt

Lernschwerpunkt: zusätzliche Übungen, Differenzierungs- und Hilfsangebote
Kompetenzen: Listening kurzen Dialogen die Uhrzeit entnehmen • Reading einem Artikel Informationen entnehmen • Speaking lustige Sätze in der 3. Person Singular bilden • über den Tagesablauf sprechen
Strukturen: *simple present* • Häufigkeitsadverbien
Redemittel: Uhrzeit, Wortfelder *daily routine, free-time activities*

MP 4 Einstieg:
- (SB zu) L erfragt die aktuelle Uhrzeit. Ein/e S antwortet.

Erarbeitung:
a) (SB auf) gemäß AA

b) S vergleichen ihre Lösungen in PA (► Partner check).
- **Ausw.:** Vergleich im Plenum

MP 5 Erarbeitung:
- (SB auf) L teilt vorbereitete Blankokärtchen aus (z. B. kleine Karteikarten).
- S entwerfen drei bis vier Kartenpaare gemäß AA.
- Sie überprüfen die Karten eines Partners / einer Partnerin auf Richtigkeit.
- S spielen das Spiel in Vierer- oder Fünfergruppen.

- **Zusatz:** Karten einsammeln und in den nächsten Stunden im *Warm-up* entweder als ► Swap cards oder für ein ► Menschen-Memo einsetzen.

MP 6 Erarbeitung:
- (SB auf) S lesen die Sätze und notieren die Lösungen.
- S prüfen ihre Lösungen in PA mithilfe von S. 79.
- **Ausw.:** im Plenum

MP 7 Erarbeitung:
a) (SB auf) gemäß AA, S schreiben die richtigen Verbformen in ihr Heft.
- **Ausw.:** ► Five-minute teacher

b) gemäß AA, in PA
- **Ausw.:** ► Meldekette

► Page 78

More practice 4 Telling the time

2.6 **a)** Write the numbers 1 to 5 in your exercise book. Listen to five conversations. Write the times in numbers.

b) Check with a partner.

Number 1 is eight fifteen. — *Yes, that's right.* — *No, that's wrong. It's ...*

> **4 a)** **1** 8.50 • **2** 10.55 • **3** 12.40 • **4** 3.30 • **5** 4.20

More practice 5 GAME Is it a match?

- °Each student: Make 3–4 pairs of cards like these.
- Put all your cards on the table. °Mix them up.
- Take turns to °turn over two cards.
- Is it a match? Say "Match!"

► Numbers, p. 258

► Page 80

More practice 6 Who is it?

Who is it: Zane, Holly, Louise or Eno?

1 She uses a wheelchair.
2 He has a cafe.
3 He gets up at 7 o'clock.
4 He makes breakfast.
5 She goes to school with her brother.
6 She writes books.
7 Her lessons end at 3.20.
8 He sometimes helps with dinner.

> **6** **1** Louise • **2** Eno • **3** Zane • **4** Eno • **5** Holly • **6** Louise • **7** Holly • **8** Zane

More practice 7 Zane's swimming training

> **7 a)** **1** goes • **2** walks • **3** have • **4** work • **5** swims • **6** like • **7** loves

a) Complete the sentences. Find the correct form of the verb.

Zane (1 go) ... to swimming training every week. He (2 walk) ... to his ⁺swimming pool. Zane and the other swimmers (3 have) ... training for an hour. They always (4 work) ... really hard. Zane often (5 swim) ... in competitions. All the swimmers (6 like) ... to be the winner! But Zane is really good. He (7 love) ... swimming.

b) Tell your partner about a sport you do and a sport °somebody in your family does.

I often play ⁺handball / go swimming / ... My mum sometimes goes running.

> **7 b)** individuelle Lösungen

Diff bank Vorbereitung

Material: MP 4 UMA/CD/App • MP 5 Blankokarteikärtchen (6–8 pro S) • MP 8 UMA, Würfel (ein Würfel pro S-Paar/Gruppe) • MH 7 UMA/CD/App
Zeitbedarf: abhängig davon, welche Aufgaben bearbeitet werden
Minimalversion: *More practice*-Aufgaben sind stets Zusatzaufgaben

More practice 8 Funny sentences

Throw the dice and make funny sentences.
Make 5–8 different sentences.

8 individuelle Lösungen

Step 1	Step 2	Step 3
°Throw the °dice. Now you have a person.	Throw the dice again. Now you have an action.	Throw the dice again. Now you have a time or place.
1 Zane	1 go/to dancing lessons	1 at 5 a.m.
2 Holly	2 watch/horror films on TV	2 at school.
3 Mr and Mrs Adebayo	3 cook/ +spaghetti	3 in the car.
4 Sunita	4 draw/manga pictures	4 at °lunchtime.
5 Lily and Noah	5 listen/to loud music	5 at 10 p.m.
6 Scout	6 do/yoga	6 on the bus.

He, she, it, das **S** muss mit!

Sunita cooks spaghetti on the bus.

More practice 9 GAME Weekdays

Talk about your weekday like this:

Student 1	I get up at six thirty.
Student 2	She gets up at six thirty. I have a shower.
Student 3	He has a shower. I eat breakfast.
Student 4	...
Student 1	...

get dressed • go to school • listen to the teacher • meet friends at break • eat lunch • go home • do homework • watch TV • ...

9 individuelle Lösungen

▸ Page 81

2.9

More help 7 SONG The morning song

What?
(Today is Saturday!)
Is it? Well, then
It's eight o'clock, go °back to bed.
It's eight o'clock, go back to bed.
Who gets up at eight when you can
°sleep in °till late?
It's eight o'clock, go back to bed!

MP 8 Erarbeitung:
- (SB zu) L zeigt die Spieltabelle (UMA).
- Gemeinsames Klären der AA, L demonstriert ein bis zwei Beispiele mit einem/einer S vor der Klasse und weist auf die ▸ Tippbox, S. 101 hin.
- anschließend Bearbeitung in PA/GA gemäß AA
- **Ausw.:** Jede Gruppe bzw. jedes Paar liest ihren/seinen lustigsten Satz vor.
- **Zusatz:** Lernstärkere S überlegen sich selbst ein Raster, mit dem sie lustige Sätze bilden.

MP 9
- Dieses Spiel eignet sich zum Üben der 3. Person Singular.

Erarbeitung:
- (SB auf) AA gemeinsam klären, L demonstriert das Spiel mit drei lernstärkeren S.
- S spielen in Vierergruppen.
- **Zusatz:** S klatschen in die Hände, wenn ein Gruppenmitglied einen Fehler macht, und korrigieren.

MH 7 s. S. 81
- S finden hier zum Überprüfen ihrer Lösung die Strophe 6 des Songs von S. 81, Ex 7.

Diff bank Inhalt | Vorbereitung

Lernschwerpunkt: zusätzliche Übungen, Differenzierungs- und Hilfsangebote
Kompetenzen: Listening einem Hörtext entnehmen, wie oft jemand etwas tut • Writing anhand von Bildern Scouts Tagesablauf beschreiben
Strukturen: *simple present* • Häufigkeitsadverbien
Redemittel: Wortfelder *sports and hobbies, daily routine*

Material: Parallel ex 3 UMA/CD/App
Zeitbedarf: abhängig davon, welche Aufgaben bearbeitet werden
Minimalversion: *More practice*-Aufgaben sind stets Zusatzaufgaben

Parallel ex 3 s. S. 83
- Lernschwächere S erhalten hier mehr Hilfen.

Erarbeitung:
- (SB auf) gemäß AA
- **Ausw.:** s. S. 83

MP 10
- Diese Aufgabe bietet eine weitere Gelegenheit zum Üben der 3. Person Singular. Sie kann auch von lernschwächeren S gut eigenständig bearbeitet werden.

Erarbeitung:
- (SB auf) gemäß AA, schriftlich in EA
- **Ausw.:** ▶ Five-minute teacher oder im Plenum mit TA
- **Zusatz:** ☒ Lernstärkere S schreiben zusätzlich über den Tagesablauf ihres (Wunsch-) Haustiers.

Parallel ex 3 s. S. 89
- Lernschwächere S erhalten hier mehr Vorgaben.

Erarbeitung:
- (SB auf) gemäß AA
- **Ausw.:** s. S. 89

3

▸ Page 83

Parallel exercise **3 How often?**

3 1 often • 2 never • 3 sometimes • 4 always

2.10

Listen again. Choose the correct words.

1 Annie sometimes / often plays cricket.
2 Brahim never / often goes running.
3 Rin always / sometimes does dancing.
4 Liam always / never does art.

never
sometimes
often
always

More practice 10 **Scout's routine**

10 1 gets up • 2 walks • 3 swims • 4 watches • 5 eats • 6 meets

Write about Scout's routine.
Use the verbs in the box in the correct form.

eat • ~~get up~~ • walk • meet • swim • watch

1

°Every day Scout *gets up* at 9 o'clock.

2

She often ... to the beach.

3

She sometimes ... in the sea with *Black* °*Bird*.

4

Scout often ... people on the beach.

5

She sometimes ... a burger for lunch.

6

She often ... her friends.

▸ Page 89

3 1 Lily's mum • 2 Lily • 3 Sunita • 4 Zane • 5 Zane's mum

Parallel exercise **3 Who is it?**

Sunita • Lily • Zane • Zane's mum • Lily's mum

Complete the sentences with the words in the box.

1 ... sees Zane in the newspaper.
2 ... takes a photo of the newspaper.
3 ... asks Zane about his secret.
4 ... tells his friends about his mum.
5 ... tells Zane that he is the winner of the competition.

Unit task Inhalt | Vorbereitung

Lernschwerpunkt: die eigenen Highlights der Woche in einem Comic oder Video vorstellen
Kompetenzen: Writing über Höhepunkte der Woche schreiben • Speaking Höhepunkte der Woche vortragen • Feedback geben
Redemittel: Wortfelder *sports and hobbies, days of the week* • Feedback

Material: *Comic:* Step 2 weißes Papier (A4 od. A3), alte Zeitschriften (*Video:* s. S. 93)
Zeitbedarf: 2 Std.
Minimalversion: Step 2 kann als HA erarbeitet werden
Begleitmedien: App (Digital quiz), INKL (S. 97)

▸ Page 93

Unit task individuelle Lösungen

Share your highlights of the week

Step 1

Think about what you do every week. Write sentences about the best things. Choose 3–5 activities.

On Saturday I always get up at 10 o'clock. My dad and I play video games.

▸ Wordbank 4, p. 186

You Choose Step 2

Choose a task: A video recording (on p. 93) or a comic.

A comic

Draw some pictures or °cut them out of a °magazine.
Write your sentences from step 1 under the pictures.

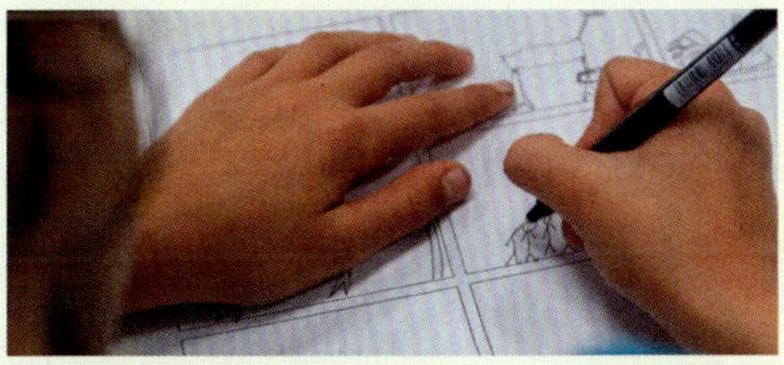

Draw simple pictures.

Step 3

Show your comic to a partner. Get °feedback.

Step 4

Give other students feedback.

Your comic is	funny. interesting. cool. great.
You have	good scenes. interesting highlights.
I like	your ideas. your pictures.

▸ Feedback phrases, p. 200

Digital quiz — I can share the highlights of my week.

Unit task Einstieg: s. S. 93

Step 1 s. S. 93

Step 2 Einstieg: s. S. 93

Erarbeitung:
- Klären der AA
- S zeichnen Bilder, um ihre Sätze aus Step 1 zu illustrieren.
- Alternativ schneiden sie passende Bilder aus Zeitschriften aus.
- Sie schreiben ihre Sätze aus Step 1 unter die Bilder.

Step 3 s. S. 93

Step 4 s. S. 93
- Die Comics können in einem ▸ Gallery walk präsentiert oder in der ▸ English corner ausgehängt werden.

Unit-Übersicht

Storyline: Die S lernen Brighton kennen und erfahren mehr über Lily, ihre Familie und ihre Wohngegend. In der *Story* organisiert Lily einen *Clean-up day*. Es werden Aktivitäten für Jugendliche in Brighton und Umgebung vorgestellt.
Strukturen: *simple present* (verneinte Aussagesätze) (S. 107) • *simple present* (Fragen und Kurzantworten) (S. 111) • *simple present* (Fragen mit Fragewörtern) (S. 114)
Viewing: Verschiedene Orte in Brighton werden vorgestellt. (S. 104–105) • Daisy und Emir stellen einander weitere Mutproben, dieses Mal *in town*. (S. 119)
Unit task: eine Präsentation über die besten drei Orte für Kids vorbereiten und halten

Unit 4 Einstieg:
- (SB zu) Handpuppe Scout mit Tablet:
  L: *Why do you have a tablet?*
  Scout: *Today I want to show you my city, Brighton. Look, I have some pictures for you.*
- L präsentiert nacheinander die Brighton-Fotos von S. 104–105 (UMA).
  L: *What can you see in picture 1/2/...?*
  S: *I can see a pier / a park / ...*
- S antworten und erfragen ggf. fehlende Redemittel:
  S: *What is ... in English?*
- L notiert den erfragten Wortschatz als Liste an die Tafel.
- L steuert, welcher Wortschatz ins *Vocab file* übertragen wird (► Vokabeltafel).

Ex 1 Erarbeitung:
a) (SB auf) AA klären. L zeigt wieder die Fotos von S. 104–105 (UMA) und führt einen Beispieldialog mit Scout vor.
  L: *I can see a beach and a pier. This place is nice.*
  Scout: *I think it's photo 1.*
- S arbeiten gemäß AA in PA.
- **Ausw.:** S präsentieren Beispiele im Plenum, die restliche Klasse rät, welches Bild gemeint ist.

b) AA und die Ortsbezeichnungen gemeinsam lesen u. ggf. Bedeutung klären.
- S notieren die Zahlen 1–7 in ihr Heft. Das Zuordnen findet beim **1. Sehen** statt.
- Lernschwächere Klassen schauen das Video vorab einmal ohne konkreten Arbeitsauftrag.
- **Ausw.:** im Plenum
- **2. Sehen** zum Vergleichen

Unit 4
Where I live

1 Viewing This is Brighton[1]

1 a) Lösungsbsp. S. 272

a) Before you watch **Choose a photo. Say what you can see. Your partner guesses the photo.**

I can see	a building / a cinema / a lot of boats / a marina / a +pier / shops / a skatepark / ...
This place is	nice / busy / cool / interesting / old / quiet / ...

b) **Watch the video. Match the letters of the places to the numbers of the photos.** *1b, 2...*

a Brighton beach · b ~~Brighton °Palace Pier~~ · c °Duke of York's cinema · d Hove[2] Skatepark · e Brighton Marina · f Pavilion[3] Gardens · g °North Laine

1 [ˈbraɪtn] 2 [həʊv] 3 [pəˈvɪliən]

1 b) 1 b • 2 f • 3 g • 4 d • 5 c • 6 a • 7 e

Lead-in Inhalt

Lernschwerpunkt: Informationen über Brighton verstehen
Kompetenzen: Speaking Fotos von Brighton beschreiben • Viewing Infos über Brighton verstehen und korrekt zuordnen
Redemittel: *sights in Brighton*

Vorbereitung

Material: Unit-Einstieg Handpuppe Scout, Tablet, UMA • Ex 1 Handpuppe Scout, UMA, UMA/DVD/App, von L vorbereitete Wortkarten mit der Aufschrift *photo 1 / photo 2 / ...*
Zeitbedarf: ca. 1–2 Std.
Begleitmedien: WB (S. 56), App (Digital quiz), INKL (S. 110–111), Unit plans (Unit 4)

Nach dieser Unit kann ich ...

- ○ Informationen über Brighton verstehen
- ○ meine Nachbarschaft beschreiben
- ○ über meine Stadt oder mein Dorf sprechen
- ○ über Sehenswürdigkeiten und das Wetter reden
- ○ Präsentationen halten

Unit task

- ○ die besten Orte in meiner Umgebung präsentieren

4

5

6

7

c) Read sentences a–g. Match them to photos 1–7. Watch the video again and check. *1e, 2...*

a There are a lot of cool shops and cafes here.
b This is a good place to have a picnic and listen to music.
c This is a very old cinema and you can watch old +films here.
d People love +skateboarding here.
e You can eat fish and chips and play games here.
f This is a good place for +bowling and great food.
g This place is very long. People like windsurfing here.

1 c) 1 e • 2 b • 3 a • 4 d • 5 c • 6 g • 7 f

► More practice 1, p. 129

► Workbook, p. 56

Digital quiz I can understand information about Brighton.

Nach dieser Unit ...

- L bespricht mit S die Lernziele der Unit (s. links) und kündigt die *Unit task* an.
- Am Ende der Unit überprüfen S das Erreichen der Ziele mithilfe des *Checkpoint* (S. 122–125) bzw. gemeinsam im Plenum.

Ex 1 Erarbeitung (Forts.)

c) L schreibt die Buchstaben a–g untereinander an die Tafel und heftet sieben Wortkarten mit der Aufschrift *photo 1 / photo 2 / ...* ungeordnet an die andere Tafelseite.

- S bekommen Zeit, um die Sätze a–g in EA still zu lesen.
- Ein/e freiwillige/r S liest Satz a vor, kommt nach vorne und heftet die passende Wortkarte neben den Buchstaben a.
  S: *I think it's photo 3.*
- Genauso wird für die Sätze b–g verfahren.
- In schwächeren Klassen liest L die Sätze nacheinander vor. Die Klasse rät im Plenum, welches Foto passt, und ein/e S heftet die passende Karte an die Tafel.
- S vergleichen beim **3. Sehen**.
- **Ausw.:** S korrigieren an der Tafel:
  S: *Sentence ... is right/wrong. The correct photo is ...*

Topic 1 Inhalt

Lernschwerpunkt: die Beschreibung einer Wohngegend verstehen
Kompetenzen: Listening erfassen, was jemand sieht und hört • Reading einem Text über Lilys Wohngegend Informationen entnehmen • Speaking sagen, was man an seiner Wohngegend (nicht) mag • Study skills sprachliche Regelmäßigkeiten entdecken
Strukturen: *simple present* (verneinte Aussagesätze)
Redemittel: *adjectives and their opposites • places*

Ex 1 Einstieg:
- (SB zu) L zeigt das Foto der S. 106 (UMA):
  L: *Who is this?* S: *This is Lily.*
  L: *Look at the photo again. Let's find out what Lily can see and hear.* (L semantisiert *hear.*)

Erarbeitung:
a) (SB auf) TA: Tabelle, S übertragen die Tabelle ins Heft.
- L bietet den Wortschatz von ► More help, S. 129 auf einzelnen Wortkarten an, liest diese nacheinander vor u. heftet sie ungeordnet an die Tafel.
- S notieren ihre Ergebnisse nach dem **1. Hören**.
- **2. Hören:** S prüfen.

b) gemäß AA, ► Partner check
- **Ausw.:** im Plenum

Ex 2 Einstieg:
- (SB zu) L: *What's the opposite of good?* S: *Bad.*
- TA: *good ≠ bad*, ggf. ein bis zwei weitere Beispiele (z. B. *small/big, happy/sad*)

Erarbeitung:
a) (SB auf) Adjektive im Reservoir gemeinsam lesen, neue Wörter klären, dann gemäß AA in EA.
- **Ausw.:** im Plenum, mit TA

b) nach **1. Lesen/Hören** gemäß AA in EA (► Mitleseverfahren)
- ► Parallel ex, S. 129
- **Ausw.:** im Plenum
- **2. Lesen** u. ► Vokabelarbeit

- **Alternative: Ex 2a) + b)** können mithilfe von ► KV 4.1 bearbeitet werden. S können auf der KV das Markieren von Wörtern üben.

My neighbourhood

1 From Lily's window

1 a) Lösungsbsp. S. 272

2.17
a) Look at the photo and listen. You're Lily. What can you see and hear?

I can see ...	I can hear ...
houses	*seagulls*
...	...

1 b) individuelle Lösungen

► More help, p. 129

b) Compare your answers. Take turns to say them. Add new ideas to your table.

2 a) 1 *clean – dirty* • big – small • friendly – unfriendly • great – horrible • loud – quiet

2 Reading Lily's homework

a) Before you read Make five pairs of opposites to describe a neighbourhood: *clean – dirty, ...*

> ~~clean~~ • big • ~~dirty~~ • friendly • great • loud • small • unfriendly • horrible • quiet

b) Read Lily's text. Say which words from the box in a) Lily uses for:

► Parallel exercise, p. 129

1 her neighbours: *friendly*
2 the shop: ...
3 activities at the youth centre: ...
4 the park: ...
5 some places on the estate: ...
6 the cars: ...

2 b) 1 *friendly* • 2 small • 3 great • 4 big • 5 dirty • 6 loud

2.18

My neighbourhood

I live on the Whitehawk[1] Estate with my mum and my dad. My sister doesn't live with us. She's 20 and has her own flat.

I like our neighbours, they're really friendly. There is one small shop in the neighbourhood, a youth centre and a sports centre. I like the youth centre because it has great activities. I like the sports centre too. It doesn't have parkour, but I like playing table tennis there.

And I like the big park near our home. I walk there with my dad. But we don't go very often because he doesn't have a lot of free days.

Some places here are dirty because some people are messy. They don't put their rubbish away. I don't like the rubbish – and I don't like all the cars, they're very loud.

But I really like my neighbourhood. I think it's nice!

1 ['waɪthɔːk]

► Workbook, p. 57

Topic 1 Vorbereitung

Material: Ex 1 UMA, UMA/CD/App, von L vorbereitete Wortkarten (s. Reservoir von ▸ More help, S. 129) • Ex 2 UMA/CD/App, ▸ KV 4.1: Lily's homework (Klassensatz) • Ex 3 ggf. Handpuppe Scout, *Right/wrong cards*, UMA/App (Erklärfilm)
Zeitbedarf: ca. 2 Std.
Minimalversion: Ex 4a) als HA vorbereiten
Begleitmedien: WB (S. 57–59), App (Erklärfilm), INKL (S. 112–113)

3 Looking at language Simple present: negative sentences

Read these sentences from Lily's text. Pick A or B and find the rules.

1 We don't go very often.
2 They don't put their rubbish away.
3 I don't like the rubbish.
4 My sister doesn't live with us.
5 It doesn't have parkour.
6 He doesn't have a lot of free days.

I don't like rain.

3 B • A • B

Mit *don't* oder *doesn't* sagst du, was normalerweise
A geschieht.
B nicht geschieht.

Mit *I, you, we, they* verwendest du:
A *don't* + Verb *(go, put, like, ...)*.
B *doesn't* + Verb.

Mit *he, she, it* verwendest du:
A don't + Verb.
B doesn't + Verb.

▸ Language file 12, p. 180

4 Speaking Your neighbourhood

4 individuelle Lösungen

a) **Think about what you like and don't like about your neighbourhood. Collect ideas on the board.**

I like ... I don't like ...	the animals • the cars • the flats • my friends • the gardens • the houses • the ice cream shop • my friendly / unfriendly neighbours • the park • my school • the sports centre • the +swimming pool • the trees • ...

b) Speed dating **Talk to different partners.**

Hi, Masoud[1]. I like the sports centre. What about you?

I like my friends. I don't like my neighbour's dog.

▸ More practice 2, p. 129 ▸ More practice 3, p. 130

1 [məˈsuːd]

▸ Workbook, pages 58–59

Ex 3 Einstieg:
(SB zu) L oder Handpuppe Scout: *What do you remember about Lily's neighbourhood? Let's check.*
- L/Scout macht wahre und falsche Aussagen, z. B.: *Lily likes her neighbours. / Lily doesn't like the youth centre. / Lily's sister lives in her own flat. / ...*
- S reagieren mit ▸ Right/wrong cards.

Erarbeitung:
- (SB auf) AA klären und Beispielsätze gemeinsam lesen.
- S lesen die Regeln in EA und notieren jeweils, ob A oder B zutrifft.
- **Ausw.:** im Plenum, TA der Regeln
- S lesen die Sätze 1–6 noch einmal nacheinander vor, L notiert sie unter der jeweils passenden Regel (*don't/ doesn't* farbig markieren).
- S übertragen die Regeln mit Beispielen in den Merkteil (▸ English folder).
- s. a. ▸ LF 12, S. 180 mit Erklärfilm (UMA/App)

Ex 4 Einstieg:
- (SB zu) ▸ Thumbs up: L: *Do you like your neighbourhood?*

Erarbeitung:
a) (SB auf) ▸ Meldekette, L sammelt die genannten Ideen an der Tafel.

b) AA klären, Beispiele in den Sprechblasen im Plenum lesen u. üben.
- ▸ Speed dating (s. a. SB, S. 27)

Topic 1 Inhalt

Lernschwerpunkt: die eigene Wohngegend beschreiben

Kompetenzen: Speaking über mögliche Aktivitäten im Wohnort sprechen • Reading Online-Posts verstehen • Writing einen Online-Post über die eigene Wohngegend schreiben

Redemittel: *places* • *adjectives*

Ex 5 Einstieg:
- (SB zu) L stimmt S ein:
  L: *What can you do in a youth centre?*
  S: *I can meet friends / play football / ...*
  L: *Let's find out more about Lily's youth centre.*

Erarbeitung:

a) (SB auf) Klären der AA: ein Bsp. im Plenum
- S arbeiten gemäß AA in EA und schriftl.
- **Ausw.:** ► Partner check, dann im Plenum

b) ► Scaffolding gemeinsam lesen.
- L führt Bsp. mit S vor.
- anschl. gemäß AA in PA
- **Zusatz:** Einsatz von ► KV 4.2: einem Würfelspiel, bei dem die S positive und negative Sätze im *simple present* bilden

Ex 6 Einstieg:
- (SB zu) zur Wdh.:
  L: *Do you know these places in your neighbourhood?*
- L zeigt vorbereitete ► Flashcards mit den fünf *places* von **Ex 6**.
- S nennen bekannte Vokabeln.

Erarbeitung:

a) (SB auf) gemäß AA in EA
- **Ausw.:** ► Meldekette

b) TA der Mindmap
- S nennen Orte u. Erklärungen aus Ex 6a), L erweitert die Mindmap entsprechend.
- S nennen vier weitere Orte von S. 104–108 mit Erklärung, L trägt auch diese in die Mindmap ein.
- **Sich.:** S übertragen die Mindmap in ihr *Vocab file*.
- **Alternative:** S erarbeiten die Mindmap in EA.

5 The youth centre

5 a) 1 doesn't • **2** don't • **3** don't • **4** doesn't • **5** doesn't • **6** don't • **7** don't

a) **Lily tells Sunita, Noah and Zane about the youth centre. Put in *don't* or *doesn't*.**

I go to the homework club on Wednesday. It (1) *doesn't* open on other days. There are a lot of activities: video games, table tennis, crafts and football. There's a girls' group on Tuesday, but I (2) ... go there, I (3) ... have time then. Sometimes I play football at the youth centre with my neighbour Niles. He (4) ... go to Varndean and his school (5) ... have a lot of clubs. We (6) ... pay for the activities – they're all free. A lot of people in our neighbourhood (7) ... have a lot of money.

► Box: Voc., p. 226

5 b) individuelle Lösungen

b) **Talk about the activities in a) with a partner.**

I go / I don't go	to a youth centre • to a homework club • ...
I like / I don't like	video games • table tennis • crafts • football • ...
I play / I don't play	video games • table tennis • football • ...

► More practice 4, p. 130

6 Words Places (1)

6 a) 1 e • **2** d • **3** a • **4** b • **5** c

In your Vocab file *you can explain words.*

a) **Match the explanations to the places.**

1 shop — a You swim here.
2 sports centre — b You watch films here.
3 pool — c You go walking here.
4 cinema — d You do lots of sports here.
5 park — e You buy things here.

b) **Start a mind map for places in your Vocab file.**
Add the places in a) plus four more places from pages 104–108.

6 b) Lösungsbsp. S. 272

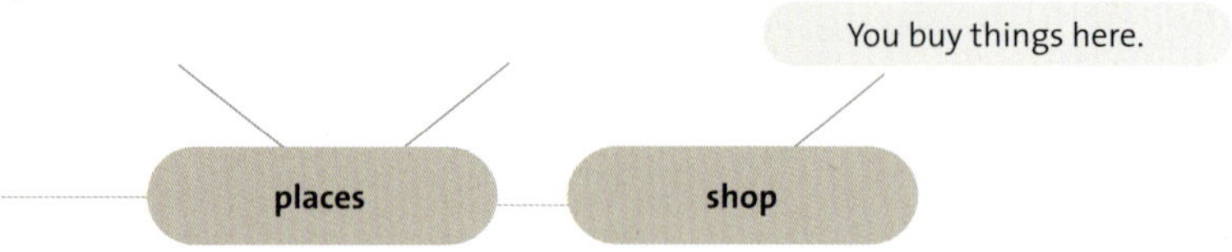

► More practice 5+6, p. 131 ► Wordbank 11, p. 192

► Workbook, p. 60

Topic 1 Vorbereitung

Material: Ex 5 ► KV 4.2: GAME Activity cards (pro Spielgruppe), ein Würfel (pro Spielgruppe) • Ex 6 von L vorbereitete Flashcards • Ex 8 Handpuppe Scout mit Tablet, ggf. Computerzugang (mit Schreibprogrammen)
Zeitbedarf: ca. 2 Std.
Minimalversion: Ex 6b) als HA
Begleitmedien: WB (S. 60), App (Digital help, Digital quiz), INKL (S. 114–115), DIFF (4.1, 4.2)

7 Reading My neighbourhood

7 Lösungsbsp. S. 272

Read the posts. Say what Jing[1] and Alexis[2] think about their neighbourhoods.

www.my-neighbourhood.example.net

Hi, everybody! Tell me about your neighbourhood.
I live in a big city. It's very loud in my neighbourhood. There are a lot of cars and people. Everybody is very busy. I don't like my neighbourhood. I want to live in a small town.
Jing, China

www.my-neighbourhood.example.net

I live in a village in the country. Our village doesn't have many fun places for kids. There's only one shop. It's not very interesting, but I like living here. Our neighbours are very friendly and there are a lot of other kids.
Alexis, °France

► Box: Voc., p. 226

Jing likes / doesn't like her neighbourhood because ...
Alexis likes / doesn't like his neighbourhood because ...

My task

8 individuelle Lösungen

8 A +post about my neighbourhood

Write a post like in ex. 7. Use the mind map on p. 108 and the ideas °below. Write at least five sentences. Put your post in your Dossier.

I live in	a village / a town / a city / the country.
My neighbourhood is / isn't	great / clean / dirty / horrible / interesting / loud / nice / quiet.
My neighbourhood has / doesn't have	a cinema / a park / shops / a swimming pool / a youth centre.
The neighbours are	friendly / loud / nice / quiet / unfriendly.
I like / I don't like	my neighbourhood.

► Digital help

1 [dʒɪŋ] 2 [ə'leksɪs]

Digital quiz I can describe my neighbourhood.

Ex 7 Einstieg:
- (SB auf) L stimmt S ein:
  L: *Let's read about Jing and Alexis, who write about their neighbourhoods.*

Erarbeitung:
- Klären der AA
- **1. Lesen:** S lesen die beiden Texte still in EA.
- L stellt Fragen: *Is it Jing or Alexis? He or she lives in a big city. / There's only one shop in the neighbourhood. / He or she wants to live in a small town. / ...*
- S antworten.
- **2. Lesen:** S lesen die Texte noch einmal und ergänzen dann die beiden Sätze schriftlich in EA.
- **Ausw.:** ► Partner check, anschl. im Plenum

My task Ex 8 Einstieg:
- (SB zu) Scout mit Tablet:
  Scout: *Look, I have a post from my friend Blue Bird. She wants to know about your neighbourhood.*
  L: *Let's answer your friend.*

Erarbeitung:
- (SB auf) gemäß AA mithilfe der Vorgaben
- S können ihre *posts* am Computer schreiben und ggf. ausdrucken.
- **Sich.:** im ► Dossier
- **Alternative:** Präsentation in der ► English corner

Topic 2 Inhalt

Lernschwerpunkt: über eine Stadt bzw. ein Dorf sprechen
Kompetenzen: Listening ein Lied über eine Kleinstadt verstehen • Speaking Lautschulung *places* • sich über den eigenen Wohnort austauschen • Study skills sprachliche Regelmäßigkeiten entdecken
Strukturen: *simple present* (Fragen und Kurzantworten)
Redemittel: *places in a town or a village*

Ex 1 Erarbeitung:

a) (SB zu) L zeigt die zehn *places* von S. 110 (UMA od. ► Flash-cards und Wortkarten an Tafel): L: *Do you know the places?*
- S ordnen die Wörter den Bildern zu.
- **Zusatz:** S erklären, was ihnen dabei geholfen hat, die Bedeutung der neuen Wörter zu verstehen (z. B. Ähnlichkeit zum Deutschen).

b) (SB auf) ► Lautschulung

c) gemäß AA, ggf. Erklärungen hinzufügen (wie bei Ex 6, S. 108).
- **Zusatz:** Festigung des neuen Wortschatzes mithilfe eines ► Word memory

Ex 2 Einstieg:
- (SB zu) ► Brainstorming: L: *What places does your town/village have?* S: *It has ...* L: *Let's listen to a song about Kasia's town. Kasia is Lily's friend.*

Erarbeitung:

a) **1. Hören** gemäß AA
- S können beim Zuhören den Kopf auf den Tisch legen.
- **Ausw.:** gemäß AA (► Thumbs up)

b) **2. Hören** gemäß AA, ggf. schriftl. mit ► KV 4.3 (Ex 1a)
- S können das Lied ein weiteres Mal hören und auf der ► KV 4.3 (Ex 1b) die fehlenden Wörter eintragen.
- **Zusatz:** S schreiben ihren eigenen Song, s. ► KV 4.3 (Ex 2).

My town or village

1 Words Places (2)

1 a) 1 b • **2** c • **3** a • **4** f • **5** e • **6** g • **7** d • **8** h • **9** j • **10** i

a) Match pictures a–j to places 1–10. *1b, 2...*

1 a hospital
2 an ice rink
3 a library
4 a supermarket
5 a museum
6 a park
7 a stadium
8 a train station
9 a shopping centre
10 a beach

2.19 **b)** Listen and repeat the places in a).

c) Add the places to your mind map from p. 108.

1 b) *Reihenfolge wie in 1 a)*

2 Song Kasia's[1] town

2.20 Lily's friend Kasia doesn't live in Brighton, she lives in a small town.

a) Close your °eyes and listen to Kasia's song. Is Kasia happy with her town or not? Give a 👍 or a 👎.

2 a) 👎

b) Listen again. What places do you hear? Collect them on the board.

2 b) 1 park • **2** beach • **3** stadium • **4** library

Kasia's town

I think that my town is °boring
And I don't like living here.
My town doesn't have a (1) ...
It doesn't have a (2) ... or pier
There is°n't anything for me
No (3) ..., no (4) ...
°The only thing here that is good
Are my friends in the neighbourhood!

1 [ˈkæʃə]

► Workbook, p. 60

Topic 2 Vorbereitung

Material: Ex 1 UMA od. von L vorbereitete Flashcards/Wortkarten, UMA/CD/App • Ex 2 UMA/CD/App, ► KV 4.3: Kasia's song (Klassensatz) • Ex 3 Handpuppe Scout • Ex 4 UMA/App (Erklärfilm) • Ex 5 UMA
Zeitbedarf: ca. 2 Std.
Minimalversion: Ex 2 auslassen
Begleitmedien: WB (S. 60–61), App (Erklärfilm), INKL (S. 116–117)

3 Speaking Different places

3 a) Pictures A and B: hospital, library, supermarket, ice rink
Picture A: museum and a train station
Picture B: stadium and a shopping centre

a) **Partner B:** Look at p. 128.
Partner A: Look at your picture.
Take turns to ask and answer questions about your town. You start.

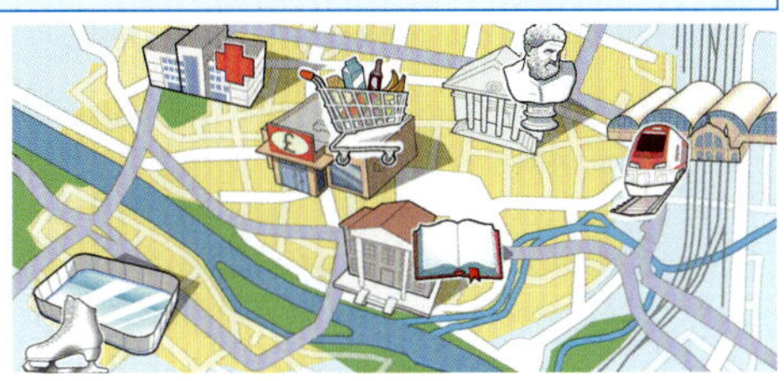

You *My town has a hospital.*
Does your town have a hospital too?
B *Yes, it does. / No, it doesn't. That's the same. / That's different. My town has a ...*

b) Now ask and answer questions about your town or village.

– *Do you like your town or village? – Yes, I do. / No, I don't.*
– *Do you have a favourite place? What is it? – Yes, I do. It's ...*

3 b) individuelle Lösungen

► Wordbank 11, p. 192

4 Looking at language Simple present: questions and short answers

Erklär-film

a) Read and pick A or B.

4 a) A • B

Fragen im *simple present* stellst du mit *Do* oder *Does*.
Mit *I, you, we, they* verwendest du:
A *Do* + Verb *(for example: go, put, like)*.
B *Does* + Verb.
Mit *he, she, it* verwendest du:
A *Do* + Verb.
B *Does* + Verb.

► Language file 13, p. 180

b) Complete these short answers with *do, does, don't* or *doesn't*.

1 *Yes, I ...* 2 *No, I ...* 3 *Yes, it ...* 4 *No, it ...*

► Language file 14, p. 181

4 b) 1 do • **2** don't • **3** does • **4** doesn't

5 In town with Kasia and Bella

Lily °interviews her friend Kasia for some homework. Kasia is °blind. Write Lily's questions.

1 Lily Does / with you / go everywhere / Bella / ?
Kasia Yes, she does. She comes to school too.
2 Lily you / Do / know / the town well / ?
Kasia Yes, I do. I have a map of it in my head.
3 Lily have problems / with Bella / you / in shops / Do / ?
Kasia No, I don't. Guide dogs can go everywhere.
4 Lily you and Bella / the bus / use / Do / ?
Kasia Yes, we do. Everybody on the bus knows Bella!

Kasia and her guide dog Bella

5 Lösung S. 273

► Workbook, pages 60–61

Ex 3 Einstieg:
- (SB zu) ► Scaffolding (TA): *Does your town have ...? – Yes, it does. / No, it doesn't.*
- L spielt einen Beispieldialog mit Scout vor und fragt dann die S.

Erarbeitung:
a) (SB auf) gemäß AA in PA:
► Partner B, S. 128
- kurze Wdh. der zehn *places* von **Ex 1a)**, ggf. als TA
- **Ausw.:** S-Paare präsentieren ihre Dialoge im Plenum.

b) gemäß AA weiterhin in PA
- Die S-Paare von a) bleiben bestehen.
- ► Wordbank 11, S. 192
- **Ausw.:** im Plenum

Ex 4 Erarbeitung:
a) (SB auf) gemäß AA
- **Sich.:** TA der Regel, mit Beispielen (z. B. aus Ex 3)

b) gemäß AA
- **Ausw.:** im Plenum, mit TA
- **Sich.:** S übertragen den kompletten TA in ihren Merkteil (► English folder).
- Erklärfilm (UMA/App), ► LF 13, S. 180, ► LF 14, S. 181

Ex 5 Einstieg:
- (SB zu) L zeigt das Bild (UMA). L: *What can you say about Kasia?* S: *She is blind.*
- ► Semantisierung von *guide dog*

Erarbeitung:
- (SB auf) AA klären u. ein Bsp. gemeinsam lösen (mit TA).
- S arbeiten schriftl. in EA.
- **Ausw.:** im Plenum, anschließend den Dialog mit verteilten Rollen lesen.

Topic 2 Inhalt

Lernschwerpunkt: über Orte und Sehenswürdigkeiten in einer Stadt oder einem Dorf sprechen
Kompetenzen: Listening Fragen über Brighton verstehen • Speaking Fragen zu Brighton stellen und beantworten • Orte durch Fragen erraten • Mediation Online-Informationen über Brighton ins Deutsche übertragen
Redemittel: *places in a town or a village*

Ex 6 Einstieg:
- (SB auf) L fragt Scout:
  L: *Do you visit other places in England?*
  Scout: *No, I don't. I love Brighton.*
  Scout fragt S: *Do you visit other places in Germany?*
  S: *Yes, I do. I visit ...*

Erarbeitung:
a) Ein Beispiel gemeinsam lösen, ggf. die Regeln wiederholen, dann schriftl. gemäß AA.

b) Ausw. von a): S vergleichen Lösungen beim **1. Hören**, ggf. **2. Hören**.

- **Zusatz:** Fragen im Plenum oder in einer ► Meldekette beantworten (s. ► More practice 7, S. 131).

Ex 7 Erarbeitung:
a) (SB auf) gemäß AA
- S notieren Ergebnisse beim **1. Hören**.
- L u. S klären vorab Inhalt der Bilder im Plenum:
  L: *What can you see in picture A? ...*

b) gemäß AA
- **Ausw.:** beim **2. Hören**

c) gemäß AA in PA (► Role-play), vorher die Sprechblase lesen und Bedeutung von *Excuse me* klären.
- vorab **3. Hören** der ersten zwei oder drei kurzen Dialoge und Nachsprechen im Chor oder Teilchor
- **Ausw.:** gemeinsam im Plenum

6 a) 1 Do • **2** Do • **3** Does • **4** Do • **5** Does

6 Towns and visitors

a) Complete the questions with *Do* or *Does*.

1 ... visitors ask you questions in English?
2 ... you have a favourite place in a different country?
3 ... your town or village have a lot of visitors?
4 ... you visit other places in Germany?
5 ... your town have a visitor information centre?

2.21 b) Listen and check the questions in a). ► Box: Voc., p. 227

► More practice 7, p. 131 ► More practice 8, p. 132

7 Listening Questions from visitors

7 a) 1 d • **2** e • **3** a • **4** c • **5** b • **6** f

2.22 a) Listen to dialogues 1–6 and match them to pictures a–f. *1d, 2...*

a

b

c

d

e

f

7 b) 1 ✓ • **2** ✓ • **3** × • **4** ✓ • **5** ✓ • **6** ×

b) Does Lily answer *yes* or *no*? Write 1–6, then listen again and °tick (✓) or °cross (×).

1 Does bus 12A go to the beach?
2 Do you know a good fish and chip shop?
3 Does the Brighton Museum open on Monday?
4 Do you have the time?
5 Does Brighton have a visitor information centre?
6 Does the sea get warm in summer?

c) Role-play Ask the questions in b) and give short answers.

Yes, I do. / No, I don't.
Yes, it does. / No, it doesn't.

7 c) individuelle Lösungen

Be polite. Use "Excuse me", "Thank you" and "You're welcome."

► Workbook, p. 62

Topic 2 Vorbereitung

Material: Ex 6 Handpuppe Scout, UMA/CD/App • Ex 7 UMA/CD/App • Ex 8 UMA • Ex 9 Handpuppe Scout
Zeitbedarf: ca. 2 Std.
Begleitmedien: WB (S. 62), App (Digital quiz, Digital help), INKL (S. 118–119), DIFF (4.3, 4.4)

8 MEDIATION Welcome to the pier!

8 Lösungsbsp. S. 273

Your family wants to go to Brighton. You find a good °website about the pier. Answer your family's questions about it.

1 Wann hat die Seebrücke auf?
2 Muss man dafür Eintritt zahlen?
3 Ich sehe eine Achterbahn und ein Karussell. Was gibt es außerdem?
4 Was kann man dort essen? Gibt es etwas Warmes zu essen?
5 Was sind die roten Stangen auf dem Bild?

www.brightonpier.example.com

We're open from 10 to 6 °every day. The pier is free!
There's so much to do! We have great °rides and fun trampolines. Play games and win prizes.
Are you hungry? There's so much to eat! You can °choose from fish and chips, hot dogs, pizza, crepes, salads and ice cream.
Do you like sweets? Don't °miss Brighton Rock! It's hard, it's red, it's sweet, it's bad for your teeth – but it's part of Brighton!

My task

9 Five questions about places

9 individuelle Lösungen

a) **Work in teams. Each team chooses a place from their mind map (p. 108, 6b).**

b) **Team 1 asks *yes/no*-questions to guess the place. Team 2 gives short answers.
Team 1 can ask five questions about the place. They get one °point for the correct place.**

– Does this place sell food? – Yes, it does.
– Is it the supermarket? – Yes, it is.

Does this place	sell	clothes / drinks / food / something / ...?
	have	books / films / football +matches / games / old things / table tennis / trains / trees / water / ...?
Is it the		beach / cinema / library / museum / park / shopping centre / sports centre / stadium / swimming pool / train station / youth club / ...?

c) **The teams swap roles.**

▶ Digital help

Digital quiz I can talk about my town or village.

Ex 8 Einstieg:
- (SB zu) L zeigt die Fotos von S. 113 (UMA).
  L: *What can you see? Where are the pictures from?*
- S beschreiben die Fotos und erkennen, dass diese Teil einer Website sind.

Erarbeitung:
- (SB auf) Klären der AA (▶ Mediation)
- schriftl. in EA, dann ▶ Partner check
- **Ausw.:** Präsentation der Ergebnisse im Plenum

My task Ex 9 Einstieg:
- (SB zu) L fordert S auf, Orte/Geschäfte in einer Stadt zu nennen (▶ Chain game):
  L: *My town has a shop.*
  S1: *My town has a shop and a cinema.*
  S2: *My town has a shop, a cinema and ...*

Erarbeitung:
a) (SB auf) gemäß AA in zwei Gruppen (▶ Gruppenbildung)

b) AA klären und das ▶ Scaffolding gemeinsam lesen.
- Einige Beispielfragen im Plenum erarbeiten und an der Tafel sammeln.
- Team 2 wählt den ersten Ort aus, Team 1 stellt Fragen.
- In schwächeren Klassen kann vorab eine Runde mit der Handpuppe Scout gespielt werden. Scout denkt sich einen Ort aus, die S stellen Fragen (oder umgekehrt).

c) gemäß AA

Topic 3 Inhalt

Lernschwerpunkt: über das Wetter und Sehenswürdigkeiten in Brighton sprechen
Kompetenzen: Listening einer Stadtführung Informationen über Brighton und das Wetter entnehmen • Reading einer Online-Bewertung Informationen entnehmen • Speaking Fragen über Aktivitäten bei jedem Wetter stellen und beantworten
Strukturen: *simple present* (Fragen mit Fragewörtern)
Redemittel: *weather words* • *sights in Brighton*

Ex 1 Einstieg:
- (SB zu) L mit Scout:
  L: *Today we are on a walking tour and we need these things.* (L zeigt Schirm u. Mütze.)
  Scout: *Why?*
  L: *Because it can be rainy and windy. Do you know other weather words?*
- L sammelt Beispiele als TA.

Erarbeitung:
a) (SB auf) gemäß AA
- L zeigt die Bilder von S. 114 (UMA).
- ► Semantisierung, ► Vokabeltafel
- **Ausw.:** ► Five-minute teacher, anschl. ► Lautschulung

b) S notieren die Ergebnisse beim **1. Hören.**
- **Ausw.:** ► Meldekette, ggf. **2. Hören**
- **Zusatz:** S hören noch einmal und nennen die fünf Stationen des Rundgangs (*Brighton Pavilion, a cafe, Brighton beach, the pier, the i360 Tower*).

Ex 2 Einstieg:
- (SB zu) ► Five-finger brainstorming: *question words*
- L sammelt Ergebnisse an der Tafel.

Erarbeitung:
a) (SB auf) S notieren die Lösungen im Heft.
- **Ausw.:** ► Meldekette

b) gemäß AA
- **Ausw.:** im Plenum
- **Sich.:** TA der fünf Fragewörter und je einer Beispielfrage. S übertragen den TA in ihren Merkteil.
- Erklärfilm (UMA/App), ► LF 15, S. 181

Brighton in all weathers

1 LISTENING A walking tour

1 a) 1 d • 2 a • 3 e • 4 b • 5 c

a) BEFORE YOU LISTEN Find the right picture.

1 It's rainy.
2 It's sunny.
3 It's snowy.
4 It's cloudy.
5 It's windy.

a

b

c

d

e

2.23

b) Lily's aunt and uncle from °Russia are in Brighton for a holiday and Lily is with them on a walking tour. Listen and put the weather pictures in the correct order.

1 b) e • d • a • c • b

► More practice 9+10, p. 132

2 LOOKING AT LANGUAGE Simple present: *wh*-questions

Erklärfilm

2 a) 1 c • 2 e • 3 b • 4 d • 5 a

a) Match the English question words 1–5 to German a–e.

1 What?	a Wie?
2 Where?	b Wann?
3 When?	c Was? Welche?
4 Why?	d Warum?
5 How?	e Wo? Wohin?

2 b) 1 d • 2 a • 3 f • 4 e • 5 c • 6 b

b) Some people on the tour have questions. Read questions 1–6 and match them to the guide's answers a–f. *1d, 2...*

1 When does the tour start?	a You can buy them from me.
2 How do I buy +tickets for the tour?	b I love Brighton Rock.
3 Why do you love Brighton?	c A ticket costs £15.
4 Where does the tour end?	d In 15 minutes.
5 How much does a ticket cost?	e At the i360 °Tower.
6 What food do you like to eat in Brighton?	f Because it's a great city!

► Language file 15, p. 181
► Workbook, p. 63

Topic 3 Vorbereitung

Material: Ex 1 Handpuppe Scout, Schirm, Mütze, UMA, UMA/CD/App • Ex 2 UMA/App (Erklärfilm) • Ex 3 UMA • Ex 4 Handpuppe Scout, drei vorbereitete Fragekärtchen, weißes A5-Papier (Klassensatz)
Zeitbedarf: ca. 2 Std.
Minimalversion: Ex 2b) als HA vorbereiten
Begleitmedien: WB (S. 63–64), App (Erklärfilm, Digital quiz, Digital help), INKL (S. 120–121), DIFF (4.5)

3 The Upside Down House

3 Lösung S. 273

Lily's aunt and uncle want to visit the Upside Down House.
Partner B: Look at p. 128.

a) **Partner A:** Look at the online °review. Answer partner B's questions.

www.upsidedown.example.com

We love this place! We come here to take really cool photos inside the house. It closes at 9 o'clock so we can also visit in the evening. And it's not too expensive – tickets cost £5.

b) **Partner A:** Ask partner B these questions.
Add *do* or *does*.

1 When … the Upside Down House open?
2 Where … I buy tickets?
3 How … we take funny photos?

► More practice 11, p. 133

My task

4 +Quiz-quiz-swap

4 Lösungsbsp. S. 273

a) Write one question about your town or village and weather on a card.
Use the notes in the table to help you.

What do you do Where do you go How do you travel	when it's	sunny / rainy / snowy / cloudy / windy / hot / cold / warm?

What do you do when it's snowy?

b) WALK AROUND Find a partner and ask your question.
Answer your partner's question about your town.

When it's sunny / rainy / snowy / windy / hot / cold,	I	have a picnic / stay at home / visit my friends / go skiing / go swimming / …
	I go to	the beach / the park / the shops / …
	I travel by …	bus / bike / car / train / …
	I walk.	

When it's hot, I go swimming.

c) Swap cards and walk around again. Find a new partner and ask your new question.

► Digital help
► Workbook, p. 64

Digital quiz I can talk about sights in Brighton and the weather.

Ex 3 Einstieg:
- (SB zu) L präsentiert das Bild von S. 115 (UMA):
- ► Semantisierung von *upside down*

Erarbeitung:
a) (SB auf) Klären der AA (*Partner B:* s. S. 128), ► Info-gap activity
- *Partner A* u. *B* lesen zunächst ihre jeweiligen Texte u. erfragen ggf. unbekanntes Vokabular.
- Lernschwächere S notieren die vollständigen Fragen vorab.

b) gemäß AA
- **Ausw.:** Vergleich im Plenum (► Meldekette)

My task Ex 4 Einstieg:
- (SB zu) Scout (mit drei vorbereiteten Fragekarten, Bspe. aus Ex 4a) verwenden): *I want to do a quiz. Look, here are some question cards.* (Scout stellt Fragen und L/S antwortet.) L: *Let's make more question cards.*

Erarbeitung:
a) (SB auf) AA u. ► Scaffolding gemeinsam lesen, einige Beispielfragen bilden u. an der Tafel sammeln.
- L teilt Papier (A5) aus.
- S notieren jeweils eine Frage.

b) + c) gemäß AA (► Swap cards, ► Milling around)
- vorab wieder einige Bspe. als TA
- **Ausw.:** S fragen/antworten im Plenum.

Story Inhalt

Lernschwerpunkt: eine Geschichte lesen und verstehen
Kompetenzen: Reading ein Poster verstehen • einer Geschichte Informationen entnehmen • Speaking Lilys Wohngegend beschreiben • Vermutungen anstellen, wie die Geschichte enden könnte
Redemittel: *my neighbourhood*

Ex 1 Einstieg:
- (SB zu) L zeigt Bilder von verschiedenen Wohngegenden (ruhig, mit vielen Autos, sauber, mit viel Müll usw.).
  L: *What can you see in the pictures? What do you think about the neighbourhoods?*
- S beschreiben die Bilder.
  TA (► Scaffolding): *I think this neighbourhood is nice/great/bad/dirty because …*

Erarbeitung:
a) (SB auf) TA: *Lily's neighbourhood*
- S lesen AA und das *Scaffolding*. Dann ergänzen sie die Sätze.
- **Ausw.:** im Plenum, mit TA

b) gemäß AA
- S lesen das Poster still in EA und notieren sich die Lösung.
- **Ausw.:** im Plenum
- **Zusatz:** S fassen den Inhalt des Posters auf Deutsch zusammen (► Mediation).

Ex 2 Einstieg:
- (SB zu) L zeigt das Bild von S. 116 (UMA) und stellt Fragen dazu.
  L: *Who can you see in the picture? Where are they? What do they want to do?*
- L stellt Chloe und Olga vor oder lässt S Vermutungen anstellen, wer sie sein könnten (*Who is the girl next to Lily? Who is the woman behind Zane?*).

Erarbeitung:
a) (SB auf) **1. Lesen:** S lesen/hören die *Story* leise in EA (► Mitleseverfahren).
- Fokus auf Leseauftrag
- Forts. s. S. 117

Lily's idea

1 Before you read Where Lily lives

1 a) Lösungsbsp. S. 273

a) **What can you remember about Lily's neighbourhood? Check on p. 106.**

She lives on Whitehawk Estate.
The neighbours are …
The neighbourhood is …
There's a lot of …

b) **Look at Lily's poster. What's her idea for her neighbourhood? Lily wants to:**

1 b) 2

1 have a party.
2 have a clean-up day.
3 swap things.

2 Reading Clean-up day

2 a) *Buddy finds* a dead mouse (l. 37) • an old shoe (l. 39) • a gold ring (l. 45)

a) **Now read the story. Say what Buddy finds in the ground.**

2.25

It's 9 o'clock on a Sunday morning and there's a big group in front of the youth centre.

"It's a great idea to have a clean-up day, Lily!" says her sister Chloe[1]. "Look at all these people!"

Mr Davies is there. He lives on the estate too.

He sees Lily and Chloe's mum, Olga, and speaks to her.

"Mrs Hall, who are these people?" asks Mr Davies. "They're too loud. It's Sunday! Today is a quiet day."

"Hello, Mr Davies. Today is the clean-up day. A lot of people are angry about the rubbish everywhere," says Olga. "They want to live on a clean estate."

"I'm angry about this noise! I want to live on a quiet estate," says Mr Davies. He walks away.

Olga looks at Chloe and Lily.
"It's OK, Mum. We can be quiet!" says Lily.
"°Yeah! No problem," says Zane.

1 ['kləʊi]

Story Vorbereitung

Material: Ex 1 von L recherchierte Bilder von verschiedenen Wohngegenden • Ex 2 UMA, UMA/CD/App • Ex 3 von L vorbereitete Liste mit Vokabeln der *Story* (Klassensatz)
Zeitbedarf: ca. 1 Std.
Minimalversion: Ex 3 auslassen
Begleitmedien: INKL (S. 122–123)

2.26

"OK, let's start! Hello, everybody. Welcome to clean-up day!" says Lily's mum. "We have a lot of big rubbish bags." "What about things for the Swap Place?" asks Lily's neighbour Liz. "Then other people can use them." "Ah, yes," says Olga. "Let's put good things over there. And let's meet here at 12 o'clock for lunch. Also, some neighbours want to have a quiet day today. Let's remember that." Lily, Chloe and Noah work together. Buddy wants to help too. First, he finds a dead mouse. "°Yuk," says Noah. Next, Buddy brings an old shoe to Lily. "Thanks, Buddy," says Lily. Then Buddy digs in the ground for a long time. He barks.

"What do you have now?" asks Noah. "°Wow! Good dog! Hey, Lily, look at this." It's a +gold +ring. "It has 'Jack and Maria'[1] in it," Lily finds out. "So Jack and Maria are married," says Chloe. "The ring looks old. But who are Jack and Maria? How do we find them?" The neighbours meet at the youth centre at 12 o'clock. They have over fifty bags of rubbish! They also have some old tables and chairs, a bike, shoes and a lot of other things for the Swap Place. They take them to the Swap Place. They eat lunch and Lily tells the others about the ring. "Why don't you put a note in the youth centre?" asks Zane. "Maybe somebody knows Jack and Maria." "Good idea, Zane," Lily answers. "I can put a note in our building too."

2.27 **b) What do you think – who are Jack and Maria? Listen to the end of the story.**

2 b) Lösungsbsp. S. 273

3 Why, what and how?

3 1 c • 2 e • 3 d • 4 a • 5 b

Match the questions and answers.

1 Why is Mr Davies angry?
2 When do the neighbours meet for lunch?
3 How many bags of rubbish do they collect?
4 How do the kids find Jack and Maria?
5 How does Mr Davies say "thank you"?

a They put a note in the youth centre.
b He gives money to the youth centre.
c It's too loud.
d Over fifty.
e At 12 o'clock.

1 [məˈriːə]

Ex 2a) (Forts.):
- **Ausw.:** TA: *What does Buddy find?*
- S/L schreiben die drei Dinge an die Tafel.
- ☒ S nennen die Zeilenangaben für die Dinge.
- **2. Lesen:** Text noch einmal absatzweise im Plenum lesen.
- L stellt zu jedem Abschnitt Verständnisfragen.
- ▸ Semantisierung des neuen Wortschatzes

b) AA klären. S stellen Vermutungen an, wer Jack und Maria sein könnten.
- L notiert die Vermutungen an der Tafel.
- **1. Hören:** S notieren die Lösung.
- **Ausw.:** im Plenum, Lösung mit TA vergleichen, ggf. **2. Hören**

Ex 3 Erarbeitung:
- (SB auf) schriftl. gemäß AA
- **Ausw.:** ▸ Five-minute teacher
- **Sich.** des Lernwortschatzes der *Story*: S erhalten vorbereitete Vokabellisten (Englisch oder Deutsch ist vorgegeben).
- In GA vervollständigen S die Listen.

Story Inhalt | Vorbereitung

Lernschwerpunkt: eine Geschichte lesen und verstehen
Kompetenzen: Reading einer Geschichte Informationen entnehmen • Writing / Life skills eine Tauschaktion planen und dafür ein Plakat erstellen
Redemittel: *my neighbourhood*

Material: Ex 5 von L recherchierte Bilder von *swap places* • Ex 6 ggf. Material für einen eigenen *swap place*, weißes A3-Papier für Poster (eins pro Gruppe), ggf. Sticker (drei pro S)
Zeitbedarf: ca. 1–2 Std.
Minimalversion: Ex 6 auslassen
Begleitmedien: WB (S. 65), App (Digital quiz), INKL (S. 124), DIFF (4.6)

Ex 4 Erarbeitung:
- (SB auf) Klären der AA: L erinnert daran, was die Zeilenangaben in Klammern bedeuten.
- S suchen das passende Wort und übertragen es in ihr *Vocab file*. Sie ergänzen die deutsche Bedeutung mit Bleistift.
- **Ausw.:** Vergleich im Plenum
- **Sich.:** ▶ Vokabeltafel

Ex 5 Einstieg:
- (SB zu) L zeigt Fotos von *swap places* in der Umgebung (z. B. Mitnehmbücherei).
  L: *What can you do at a swap place?*
  S: *I can bring old things to a swap place. / I can find interesting things at a swap place. / ...*

Erarbeitung:
- (SB auf) S arbeiten im Heft.
- **Ausw.:** Vergleich im Plenum (▶ Meldekette)
- Lernstärkere S korrigieren die falschen Sätze.

Ex 6 Erarbeitung:
a) (SB auf) Klären der AA
- Lernschwächere S arbeiten in PA.
- **Ausw.:** gemeinsam im Plenum

b) + c) gemäß AA
- **Ausw.:** ▶ Gallery walk
- S verteilen max. drei Smileys od. Sticker an die Poster, die ihnen am besten gefallen.

d) Durchführung eines *swap place* (z. B. als Schulprojekt)

4 Words in the story

4 **1** lunch • **2** together • **3** (to) dig • **4** (to) bark • **5** note

Find words in the story with these meanings.

1 the meal after breakfast (line 32)
2 the opposite of alone (line 35)
3 (to) find something in the ground (line 41)
4 when a dog "speaks" (line 42)
5 a paper or a card with information (line 58)

5 The Whitehawk Swap Place

5 **1** false (*Liz* asks about the Swap Place) • **2** true • **3** true • **4** false (they have *over 50 bags*) • **5** false (they find some old tables and chairs, a bike, shoes and *a lot of* other things)

True or false?

1 Olga asks about the Swap Place.
2 Things for the Swap Place are things that other people can use.
3 *(To) swap* means to give something to somebody and take a different thing.
4 The neighbours don't have many bags of rubbish.
5 They don't find many things for the Swap Place.

6 LIFE SKILLS Go green!

6 individuelle Lösungen

a) **You can °organize a Swap Place in your class or at your school. Think of ten things for a Swap Place. Then compare your ideas with the class.**

books, toys ...

b) **Make a poster for your Swap Place with information about it.**

c) **Choose the best poster.**

d) **Start to swap!**

▶ Workbook, p. 65

Digital quiz I can understand a story about green activities.

Viewing Inhalt | Vorbereitung

Lernschwerpunkt: Filmszenen verstehen
Kompetenzen: Viewing dem Film Informationen zu den Mutproben von Emir und Daisy entnehmen • Writing Wörter in Spiegelschrift schreiben und entziffern
Redemittel: *Brighton sights*

Material: Ex 2 UMA/DVD/App • Ex 3 ggf. Spiegel
Zeitbedarf: ca. 1 Std.
Minimalversion: Ex 3 auslassen oder als HA vorbereiten
Begleitmedien: INKL (S. 125)

The Brighton dares: In town

1 Before you watch **Places in Brighton**

1 Lösungsbsp. S. 273

Which places in Brighton are interesting for tourists?
How many places can you name?

2 Viewing **In town**

2 a) Daisy 2 • **Emir** 3

a) Watch the video. What are Daisy's and Emir's dares?

1 Go swimming at the beach with a tourist.
2 Give a free tour of Brighton to a tourist.
3 Change[1] the time on the Queen's Park Clock.
4 °Sleep in the Queen's Park Clock Tower[2].

2 b) 1 F • **2** B • **3** C • **4** A • **5** D • **6** E

b) Watch the video again. Match the people A–F to sentences 1–6.

1 It's always correct!
2 Yes, there's so much to see in Brighton!
3 Do you work here?
4 Does the tour go down to the beach?
5 Don't look at me. I don't know.
6 Sorry, Daisy. I °have to go now. °Good luck!

3 **Do Emir's °trick**

3 individuelle Lösungen

a) Write the name of a place in Brighton.
Look in a °mirror and copy it. Or use these mirror letters.

b) Read your partner's place!
Use the mirror letters.

ABCDEFGHIJKLM
NOPQRSTUVWXYZ

[1] (to) **change** *verändern* [2] **tower** *der Turm*

Ex 1 Erarbeitung:
- (SB zu) TA: *Interesting places for tourists in Brighton*
  L: *Which places in Brighton are interesting for tourists? How many places can you name?*
- S sammeln Ideen im ► Five-finger brainstorming.
- Lernschwächere S dürfen die S. 104–105 u. 113–115 zu Hilfe nehmen.
- **Ausw.:** TA der Ergebnisse
- **Alternative:** Sammeln der Ideen in GA als Wettbewerb
- Die Gruppen notieren ihre Ergebnisse auf einem Blatt.
- Zum Schluss wird gezählt, welche Gruppe die meisten Sehenswürdigkeiten gefunden hat.

Ex 2 Einstieg:
- (SB zu) L schreibt die vier *dares* aus Ex 2a) an die Tafel u. liest sie nacheinander vor.
- S stimmen mit ► Thumbs up für die zwei *dares*, die ihrer Meinung nach im Video vorkommen werden.

Erarbeitung:

a) (SB auf) **1. Sehen:** S notieren die Lösung im Heft.
- **Ausw.:** im Plenum

b) S lesen die Sätze und sagen, welche der Personen auf den Fotos sie schon kennen.
- S schreiben die Zahlen 1–6 ins Heft.
- **2. Sehen:** S ordnen die Fotos A–D zu.
- **Ausw.:** im Plenum

Ex 3 Erarbeitung:

a) (SB auf) gemäß AA

b) Entziffern der Wörter in PA

Study skills Inhalt | Vorbereitung

Lernschwerpunkt: Präsentationen selbst erstellen und halten
Kompetenzen: Speaking einen Kurzvortrag strukturieren, formulieren, üben und vortragen • Media skills/Writing Folien für eine Präsentation erstellen
Redemittel: *phrases for short talks*

Material: Ex 1 eigene Präsentation über den Lieblingsort zum Einstieg und als Best Practice • Ex 4/5 Zugang zu digitaler Präsentationsoftware, ▶ KV 4.4: Give a short talk (Klassensatz)
Zeitbedarf: ca. 1 Std.
Begleitmedien: App (Digital quiz), INKL (S. 126), DIFF (4.7)

Ex 1 Einstieg:
- (SB zu) L zeigt eine kurze Präsentation über den eigenen (od. einen fiktiven) *favourite place* (ca. 3 Folien). L: *Scout wants to give a presentation too. Let's help her!*
- Die L-Präsentation dient den S als Vorbild.

Erarbeitung:
- (SB auf) gemäß AA
- **Ausw.:** TA der Mindmap

Ex 2 Erarbeitung:
- (SB auf) S liest die AA und die ▶ Tippbox, S. 120 laut vor.
- S finden und benennen Scouts Fehler.
- **Ausw.:** TA der Fehler

Ex 3 Erarbeitung:
- (SB auf) gemäß AA
- **Ausw.:** im Plenum

Ex 4 Erarbeitung:
- (SB auf) S arbeiten gemäß AA (am Computer oder mit ▶ KV 4.4 (Ex 1)).
- **Ausw.:** L hat eine leere Folie (digital) vorbereitet.
- Im Plenum entsteht eine Folie für Scouts Vortrag.

Ex 5 Erarbeitung:
a) (SB auf) gemäß AA, S nutzen ▶ KV 4.4 (Ex 2).
- **Ausw.:** im Plenum
- **Zusatz:** Sätze gemeinsam üben (▶ Lautschulung), S unterstreichen die Sätze, die sie in ihrem Kurzvortrag verwenden möchten.

b) gemäß AA
- **Ausw.:** Einzelne S präsentieren ihren Vortrag im Plenum.
- s. a. ▶ SF 5, S. 171

Give a short talk

1 Lösungsbsp. S. 274

1 Collect ideas

Scout wants to give a short talk about her favourite place in Brighton: the beach. Collect ideas in a mind map or a table.

the beach — a lot of … / good … / watch … / meet …

2 There is no (big) title • Scout's notes are too long. • The picture isn't big.

2 Find photos and make slides

Read Scout's slide and the tips. °What's wrong with her slide?

My favourite place in Brighton is the beach because a lot of people come here and they often eat fish and chips or sandwiches. And I love fish and chips too!

Write a big title. Write only short notes. Choose big pictures.

3 Find a good structure

3 B • D • A • C

Look at Scout's talk. Put parts A–D in the correct order.

A Explain why it is my favourite place.
B Say hello and what the short talk is about.
C Ask for questions and say thank you.
D Say my favourite place.

4 Make notes

4 individuelle Lösungen

Use the information from 2 and 3 and make short notes on cards.

5 Practise your talk

5 Lösung S. 274

a) Use good phrases. Copy the table. Put the phrases in the correct place.

In this photo, you can see … • I want to talk about … • Finally … • Do you have any questions? • Let's look at this picture of … • My short talk is about … • Thank you for listening.

Start the talk	Talk about pictures	End the talk
I want to talk about …	…	…

b) Give Scout's short talk on her favourite place to your partner. Use your notes from 4 and talk freely. Don't °just read your text.

▶ Skills file 5, p. 171

Digital quiz I can plan and practise a short talk.

Unit task Inhalt | Vorbereitung

Lernschwerpunkt: eine Präsentation erstellen und halten
Kompetenzen: Speaking Themen für eine Präsentation diskutieren • eine Präsentation halten • Feedback geben • Medienkompetenz/Writing Folien für eine Präsentation erstellen
Redemittel: *discussion phrases* • *places for kids* • *phrases for presentations* • *feedback phrases*

Material: *Placemats* (für 5–6 Gruppen), digitale Endgeräte (z. B. Tablets oder Computer) zur Erstellung einer Bildschirmpräsentation, ▶ KV 4.5: Giving feedback (Klassensatz)
Zeitbedarf: ca. 2 Std.
Begleitmedien: App (Digital help, Digital quiz), INKL (S. 127)

Present your top three places for kids

Step 1

Unit task individuelle Lösungen

Use a placemat in a group.
First draw a placemat on a big piece of paper.
Everybody thinks of three places in your town or village and writes them in one part of the °placemat. Talk about the ideas. °Agree on three places and write them in the °middle of your placemat.

▶ Wordbank 11, p. 192

▶ Digital help

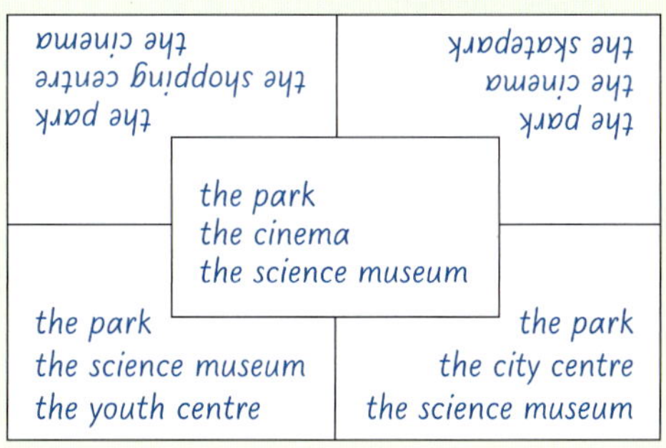

Step 2

Find your top three places on an online map. Make a slide: Show where your places are.

Step 3

Make a slide for each place. Add a photo. Write short notes:

park: play football, cycle
cinema: good on rainy days
science museum: fun, free

▶ Digital help

Step 4

Practise your group talk.
Use good phrases.
Then give feedback.

▶ Digital help

Please speak more loudly.

Please look at me.

Don't speak so fast, please.

Step 5

Give your talk to another group or the class.
Ask the other group 2–3 questions.
Give the other group feedback.

▶ Skills file 5, p. 171

Digital quiz — I can give a short talk to a group.

Step 1 Einstieg:
- (SB zu) L: *Let's find out about your favourite places!*
- TA: *Top places for kids*

Erarbeitung:
- (SB auf) L teilt vorbereitete ▶ Placemats aus (eine pro Kleingruppe).
- S sammeln Ideen auf der *Placemat* der Gruppe.
- Diskussion der besten Ideen und Sammlung in der Mitte der *Placemat*
- TA mit ▶ Scaffolding für die Diskussion der Ideen: *I like the … because … Sorry, I don't like … It isn't nice/interesting/…*

Step 2 Erarbeitung:
- gemäß AA
- L unterstützt beim Erstellen der ersten Folie am Computer.

Step 3 Erarbeitung:
- S erstellen *slides*, sie orientieren sich an Scouts Beispiel von S. 120.
- L führt in die Bildsuche ein.
- L zeigt, wie Fotos in *slides* eingefügt werden.
- S prüfen ihre *slides* zum Schluss mithilfe der oberen Checkliste auf ▶ KV 4.5.

Step 4 Erarbeitung:
- gemäß AA
- S geben sich in ihrer Gruppe Feedback (s. Sprechblasen).

Step 5 Erarbeitung:
- gemäß AA
- ▶ KV 4.5 mit *Feedback sheets* für die Präsentationen
- Mögliche Fragen im Plenum erarbeiten und auf der ▶ KV 4.5 notieren.

Checkpoint Inhalt

Lernschwerpunkt: Kompetenzen und sprachliche Mittel üben, Lernfortschritte erkennen
Kompetenzen: Mediation auf Deutsch Fragen zu einer englischen Textnachricht beantworten • Writing eine Nachricht über eine Wohngegend schreiben • Listening einem Hörtext Informationen zu Aktivitäten in einer Stadt entnehmen • Speaking ein Bild beschreiben
Strukturen: *simple present* (verneinte Aussagesätze) • *simple present* (Fragen und Kurzantworten) • *simple present* (Fragen mit Fragewörtern)
Redemittel: *neighbourhood* • *places and activities in town* • *sights in Brighton*

Allgemeine Anmerkung:
s. Unit 1, S. 36

Ex 1 Einstieg:
- (SB auf) S lesen das Lernziel zu diesem Abschnitt vor (*I can …*).
- S schätzen ihr Können zum Lernziel ein, z. B. mit ►Thumbs up, und notieren das Ergebnis.

Erarbeitung:
a) + b) gemäß AA
- S notieren Antworten in ihr Heft.
- **Ausw.:** ► Bus stop (Einsatz ► KV Extra): S vergleichen ihre Lösungen mithilfe von ► KV 4.6A.
- nach der Lösungskontrolle erneute Einschätzung des Könnens (gleiche Methode wie im **Einstieg**)

Ex 2 + 3 Einstieg:
- (SB auf) s. Ex 1 (Selbsteinschätzung)

Erarbeitung:
- schriftl. gemäß AA
- **Ausw.:** ► Bus stop (Einsatz ► KV Extra): S vergleichen ihre Lösungen mithilfe von ► KV 4.6A.
- **Alternative:** ► Five-minute teacher (Ex 2)
- ► Partner check, anschl. Präsentation der Ergebnisse im Plenum (Ex 3)
- erneute Selbsteinschätzung (s. Ex 1)

4 Checkpoint

Digital checkpoint

1 Mediation Jack's favourite place

I can understand information about Brighton.

a) **Read the message from your British friend Jack and tell your family about it. Choose the best description A, B or C.**

A Jack will, dass wir ihn und seine Familie in Brighton besuchen.
B Jacks Familie ist oft im Hove Skatepark.
C Jack meint, dass wir den Hove Skatepark in Brighton besuchen sollten.

Hi!
Your family wants to visit Brighton? Cool! You °must visit Hove Skatepark. It's my favourite place. I often go skateboarding there. It isn't in the town centre, but Portslade[1] train station and Wish Road South bus stop are near the park. And what's best: The park is next to the beach. It's free to get in and it's always open! Have fun!
Jack

1 a) C

b) **Answer your family's questions in German.**

1 b) Lösungsbsp. S. 274

1 Ist der Skatepark im Zentrum?
2 Wie kommt man dorthin?
3 Muss man Eintritt zahlen?
4 Bis wann ist der Skatepark geöffnet?

2 Language We live in Hove

I can describe my neighbourhood *(simple present: negative)*.

Read about Sunita's neighbourhood. Fill in the gaps. Use *don't* or *doesn't*.

I live with my family in Hove. Our neighbourhood has nice shops and parks, but it (1) … have a cinema. There's a great beach in Hove. Nish and I often go there after school, but we (2) … go there at the weekend because it's really busy. There's a museum too, but I (3) … go there very often. I (4) … like museums! I like my neighbourhood, but Nish (5) … like it. He wants to live in London, but my mum (6) … want to live there!

2 1 doesn't • 2 don't • 3 don't • 4 don't • 5 doesn't • 6 doesn't

3 Writing Lea's neighbourhood

3 Lösungsbsp. S. 274

Read Lea's notes about her neighbourhood. Then write Lea's message to Sunita.

Hi, Sunita! I live in a …

- *small village*
- *clean*
- *three shops, nice cinema* ☺
- *no youth centre* ☹
- *no stadium* ☹

1 [pɔːtˈsleɪd]

Check

Checkpoint Vorbereitung

Material: alle Aufgaben ► KV Extra: Bus stop, ► KV 4.6A + B: Checkpoint answers • Ex 4 UMA/CD/App
Zeitbedarf: ca. 2 Std.
Minimalversion: Auswahl der Aufgaben erfolgt aufgrund der zu überprüfenden Lernziele
Begleitmedien: App (Digital checkpoint), INKL (S. 128–129)

4 A tour of Chester

I can talk about my town or village *(simple present: questions and short answers).*

a) LANGUAGE Zane visits his cousin Sophie and asks questions about her town. Fill in the gaps with *do, does, don't* or *doesn't*.

Zane (1) ... you like your town?
Sophie Yes, I (2) ... It's a nice place.
Zane (3) ... your town have a good park?
Sophie Yes, it (4) ... I often go cycling there.
Zane (5) ... your town have a beach?
Sophie No, it (6) ... °It's a shame!

4 a) 1 Do • 2 do • 3 Does • 4 does • 5 Does • 6 doesn't

b) WORDS Write the names of the places a–f.

4 b) a stadium • b ice rink • c supermarket • d hospital • e train station • f library

2.28 c) LISTENING Listen to the tour. Where do Zane and Sophie go? Write the letters a–f from 4b) in the correct order.

1c, 2...

4 c) 1 c • 2 a • 3 e • 4 f • 5 d • 6 b

5 Photos of Brighton

I can talk about °sights in Brighton and the weather *(simple present: wh-questions).*

a) LANGUAGE Write the words in the correct order.

1 see / in the picture / what / you / can / ?
2 like / the weather / what's / ?
3 do / like / why / you / the picture / ?

5 a) 1 What can you see in the picture?
2 What's the weather like?
3 Why do you like the picture?

b) SPEAKING Choose your favourite photo (A or B). Your partner asks you the questions from 5a). Answer the questions. Then swap roles.

A

B

I can see ...
There's / There are ...
The weather is ...
I like picture A / B because ...

5 b) Lösungsbsp. S. 274

Check

Ex 4 Einstieg:
- (SB auf) s. Ex 1 (Selbsteinschätzung)

Erarbeitung:
a) gemäß AA

b) S notieren Vokabeln in ihr Heft.

c) S notieren die Lösungen beim **1. Hören**.
- S überprüfen die Lösungen beim **2. Hören**.
- **Ausw.:** ► Bus stop (Einsatz ► KV Extra): S vergleichen ihre Lösungen für a), b) u. c) mithilfe von ► KV 4.6A.
- **Alternative:** ► Meldekette im Plenum
- erneute Selbsteinschätzung

Ex 5 Einstieg:
- (SB auf) s. Ex 1 (Selbsteinschätzung)

Erarbeitung:
a) schriftlich gemäß AA
- **Ausw.:** gemeinsam im Plenum od. mithilfe von ► KV 4.6B
- **Alternative:** ► Five-minute teacher

b) gemäß AA in PA
- S-Paare wählen jeweils ein Bild.
- **Ausw.:** ► Bus stop (Einsatz ► KV Extra): S vergleichen ihre Lösungen mithilfe von ► KV 4.6B.
- erneute Selbsteinschätzung
- **Alternative:** Präsentieren der Dialoge im Plenum

Checkpoint Inhalt

Lernschwerpunkt: Kompetenzen und sprachliche Mittel üben, Lernfortschritte erkennen
Kompetenzen: Reading eine Geschichte lesen und verstehen • Study skills eine Präsentation planen und üben • Speaking eine Präsentation vortragen
Redemittel: *things at home* • *places in town*

Ex 6 Einstieg:
- (SB auf) S lesen das Lernziel zu diesem Abschnitt vor (*I can …*).
- S schätzen ihr Können zum Lernziel ein, z. B. mit ► Thumbs up, und notieren das Ergebnis.

Erarbeitung:
a) gemäß AA
- **Alternative:** (SB zu) L zeigt Titel und Bilder des Lesetextes (UMA).
- Ein/e S nennt die Lösung im Plenum.
- **Ausw.:** s. c)

b) S notieren Antworten in EA beim **1. Lesen** in ihr Heft.
- **Ausw.:** s. c)

c) (SB auf) S notieren Wörter in EA beim **2. Lesen** in ihr Heft.
- **Ausw.:** ► Bus stop (► KV Extra): S vergleichen ihre Lösungen mithilfe von ► KV 4.6B.
- **Alternative:** ► Five-minute teacher oder ► Meldekette
- nach der Lösungskontrolle erneute Einschätzung des Könnens (gleiche Methode wie im **Einstieg**)

6 Reading At the Swap Place

I can understand a story about green activities.

a) Before you read **Look at the title and the pictures. What's the story about? Choose the correct answer.**

6 a) C

The story is about A Zane's family B Zane's day at school C Zane's things.

2.29

At the Swap Place

It's Saturday morning and Zane wants to meet his friends at the park. "Dad, where's my °scooter?" asks Zane. "I can't find it. It's not in the flat and it's not outside."

"It's at the Swap Place, Zane," says Eno. "We have too many things. And you don't °need °those old toys."

"But Dad! It's my scooter and I still use it sometimes!" says Zane.

"Ah, I'm really sorry, Zane. Go to the Swap Place now. Maybe it's still there."

"Excuse me," says Zane when he gets there.
"I think my dad …"
The °woman in the Swap Place doesn't say hello. She looks sad.
"Are you OK? °What's wrong?" asks Zane.
"Oh yes, I'm OK," says the woman. "But we have so many things here. The place is really messy. I want to tidy it, but I don't know where to start."
"I can help you with that!"

Two hours later, Zane goes home.
"Hi, Dad. Sorry, I'm late. I don't have my scooter, but I have some other things! Two footballs, a console, a book and a jigsaw puzzle. The Swap Place is great."
"Hi, Zane. More things! That's … erm … great."

b) **Read the story: true or false?**

6 b) 1 true • 2 false (The scooter is *at the Swap Place*.) • 3 false (The Swap Place is really *messy*.) • 4 true • 5 true

1 Zane's scooter isn't in the flat.
2 Eno finds the scooter outside.
3 The Swap Place is very tidy.
4 Zane helps the woman in the Swap Place.
5 Zane finds a lot of things in the Swap Place.

c) **Find words in the story with these meanings.**

6 c) 1 Saturday • 2 toys • 3 messy • 4 home • 5 jigsaw puzzle

1 the day after Friday (line 1)
2 kids play with them (line 6)
3 not tidy (line 17)
4 where someone lives (line 20)
5 a game with a lot of parts (line 23)

Check

Checkpoint Vorbereitung

Material: alle Aufgaben ► KV Extra: Bus stop, ► KV 4.6B: Checkpoint answers • Ex 6 UMA • Ex 8 UMA
Zeitbedarf: ca. 2 Std.
Minimalversion: Auswahl der Aufgaben erfolgt aufgrund der zu überprüfenden Lernziele
Begleitmedien: App (Digital checkpoint)

7 Study skills Buddy's favourite places

I can plan and practise a short talk.

a) Look at Noah's slides. Which slide is the best? Why?

1 The first place is the Pavilion Gardens. It's a nice place for a picnic. I go there with my mum and dad.

2 **Brighton Beach**

we walk by the sea

3

Buddy loves our garden too, because all his toys are there.

Which slide has ...

– a big title?
– short notes?
– a big picture?

7 a) Slide number 2 is the best because it has a big title, short notes and one big picture.

b) Copy and complete Noah's sentences with words from the box.

listening • look • next • photo • short talk • questions

1 My ... is about Buddy's favourite places.
2 In this ... you can see the Pavilion Gardens.
3 In the ... photo, we have the beach.
4 Let's ... at these pictures of Buddy's toys in the garden.
5 Thank you for ...
6 Do you have any ...?

7 b) **1** short talk • **2** photo • **3** next • **4** look • **5** listening • **6** questions

8 Speaking Ideas for a rainy day

I can give a short talk to a group.

Look at Philipp's slides and give his short talk about places to go on a rainy day.

Ideas for a rainy day
– hello
– my presentation

the sports centre
– a lot of activities
– not expensive

the ice rink
– costs 10 euros
– fun

the cinema
– interesting films
– nice cafe

Questions?
– thank you
– any questions

8 Lösungsbsp. S. 274

Check

Ex 7 Einstieg:
- (SB auf) s. Ex 6 (Selbsteinschätzung)

Erarbeitung:

a) Klären der AA im Plenum
- S notieren die Lösung in ihr Heft.
- **Ausw.:** s. b)

b) schriftl. in EA gemäß AA
- **Ausw.:** ► Bus stop (► KV Extra): S vergleichen ihre Lösungen mithilfe von ► KV 4.6B.
- **Alternative:** ► Meldekette
- erneute Selbsteinschätzung (s. Ex 6)

Ex 8 Einstieg:
- (SB auf) s. Ex 6 (Selbsteinschätzung)

Erarbeitung:
- Klären der AA
- Ggf. präsentiert L das erste *slide* als Bsp. im Plenum (UMA).
- S bereiten die Präsentation in EA vor.
- **Ausw.:** ► Bus stop (► KV Extra): S vergleichen ihre Präsentationen mithilfe von ► KV 4.6B.
- **Alternative:** Einzelne S präsentieren ihre *slides* im Plenum (► Feedback im Plenum).
- erneute Selbsteinschätzung (s. Ex 6)

Text file Inhalt

Lernschwerpunkt: Texte aus einem *school magazine* lesen
Kompetenzen: Reading einen Text über ein Essensprojekt in Brighton lesen und verstehen • ein Rätsel lösen • eine Postkarte lesen • einen Text über einen besonderen Wettbewerb lesen
Redemittel: *food* • *shopping for young people*

Allgemeine Anmerkung:
s. Unit 2, S. 66

The Real Junk Food Project

Einstieg:

- (SB auf) TA: *junk food – waste food*
  L: *What's the difference? Give some examples.*
- Diskussion im Plenum (► Semantisierung bei Bedarf)

Erarbeitung:

- S lesen den Text, z. B. in einer ► Leseacht.
- **Ausw.:** S äußern ihre eigene Meinung frei od. mithilfe eines ► Scaffolding als TA: *I like / I don't like the project because ...*
- L erfasst die Ideen an der Tafel.

Joke time **Erarbeitung:**

- (SB auf) gemäß AA

VARNDEAN Teen Zine

This month's topic: Brighton

Our school magazine: by students for students

Questions and answers: The Real Junk Food Project

What is it?
It's a cafe in Brighton.

Why is it different?
The cafe uses waste[1] food and there are no prices[2].

Where does the food come from?
When shops in Brighton have too much food at the end of the day, they don't put it in the bin – they give it to the cafe!

How much do meals cost?
People pay what they can. People with more money pay more and homeless[3] people eat for free. And everybody sits together!

Joke time

What's orange and sounds like a parrot?

A carrot.

[1] **waste** *überschüssig; hier: Lebensmittel, die weggeworfen werden sollten* [2] **price** *Preis* [3] **homeless** *obdachlos*

Text file Vorbereitung

Material: What's your favourite shop? weißes Papier (Klassensatz) • The International Birdman competition ggf. technische Ausstattung für Internetrecherche, weißes Papier (A3/A4, Klassensatz)
Zeitbedarf: abhängig davon, welche Texte bearbeitet werden
Minimalversion: alle Beiträge sind optionale Zusatztexte
Begleitmedien: INKL (S. 130–131)

A postcard from Brighton

Dear Annie,
Brighton is great!
My favourite place here is Snooper's Paradise.
It's a really cool shop and it has ... everything[1]!
Hats, skateboards, photos, guitars, clocks, toys, books, posters ...
Leena xx

What's your favourite shop?

The International Birdman[2] competition

Each year in a small town near Brighton there's a special competition: People jump off[3] the pier and try to[4] fly!

They often wear funny clothes too. They get money for charity[5] and have great fun!

Don't try this at home!
But why not draw your own Birdman costume?
Or think of a cool competition for your school?

[1] **something** *etwas* [2] **birdman** *Vogelmensch* [3] **jump off sth.** *von etwas herunterspringen*
[4] **try to do sth.** *versuchen, etwas zu tun* [5] **charity** *wohltätige Organisation*

A postcard from Brighton

Einstieg:
- (SB zu) L: *What do young people usually buy?*
- S äußern spontan Ideen.

Erarbeitung:
- (SB auf) L stellt Leseauftrag: L: *Why do young people like the shop Snooper's Paradise in Brighton?*
- S lesen die Postkarte und antworten: S: *Young people like Snooper's Paradise because they can buy ...*

What's your favourite shop?

Erarbeitung:
- (SB auf) S gestalten eine Postkarte ihres Lieblingsladens.
- **Sich.:** Ausstellung in der ► English corner bzw. Ablage im ► Dossier

The International Birdman competition

- Der Lesetext wird handlungsorientiert umgesetzt.

Erarbeitung:
- (SB auf) S lesen den Text und recherchieren ggf. im Internet nach weiteren Informationen.
- Die Kostüme werden in EA oder PA auf weißem Papier gestaltet und über einen ► Gallery walk präsentiert.
- S geben Feedback (► Let's talk: Feedback, S. 200).
- Für einen Wettbewerb in der Schule ist die Unterstützung von L notwendig.

Partner page Inhalt

Lernschwerpunkt: zusätzliche Übungen, Differenzierungs- und Hilfsangebote
Kompetenzen: Speaking Informationen mit einem Partner / einer Partnerin austauschen • über Brighton sprechen • sagen, was jemand nicht mag • Listening erfassen, was jemand sieht und hört
Strukturen: *simple present* (Fragen und Kurzantworten) • *simple present* (verneinte Aussagesätze)
Redemittel: *places in town* • *sights in Brighton* • *neighbourhood*

Allgemeine Anmerkung:
s. Unit 1, S. 40

Ex 3 oben Erarbeitung: s. S. 111
a) *Partner B:* gemäß AA

Ex 3 unten Erarbeitung: s. S. 115
a) + b) *Partner B:* gemäß AA

Partner page

▸ Page 111

3 Speaking Different places

3 a) Picture A and B: hospital, library, supermarket, ice rink
Picture A: museum and a train station
Picture B: stadium and a shopping centre

Partner B

a) Look at your picture. Take turns to ask and answer questions about your town. Partner A starts.

Partner A — *My town has a hospital. Does your town have a hospital too?*
You — *Yes, it does. / No, it doesn't. That's the same. / That's different. My town has a ... Does your ...?*

▸ Page 115

3 The Upside Down House

Partner B

a) Ask partner A these questions. Add *do* or *does*.

1 What ... people do inside the house?
2 When ... the Upside Down House close?
3 How much ... the tickets cost?

b) Look at the online review. Answer partner A's questions.

www.upsidedown.example.com

The Upside Down house is great! It's good to be there at 10 o'clock when it opens because there aren't too many people. You can buy tickets online. Take funny photos at the house: First, put your hands up, next, turn the photo upside down!

3 Lösung S. 273

Diff bank Vorbereitung

Material: MP 1 UMA • MH 1 UMA/CD/App
Zeitbedarf: abhängig davon, welche Aufgaben bearbeitet werden
Minimalversion: *More practice*-Aufgaben sind stets Zusatzaufgaben

▸ Page 105

More practice 1 **I like Brighton**

1 individuelle Lösungen

Which places in Brighton do you like? Why?

I like	Brighton Marina Brighton Beach Brighton °Palace Pier the °Duke of York's Cinema the Hove Skatepark °North Laine the Pavilion Gardens	because	it's they're	nice / cool / different / old / ...
			there's there are	a skatepark / a lot of cafes / shops / music / an old cinema / ...
			you can	have a picnic / listen to music / watch films / go bowling / eat fish and chips / play games / ...

▸ Page 106

More help **1 From Lily's window**

1 a) Lösungsbsp. S. 272

2.17 a) **Look at the photo and listen. You're Lily. What can you see and hear?**

I can see ...
I can hear ...

°babies • bikes • buildings • buses • cars • dogs • flats • kids • loud / nice music • my neighbour's TV • roads • trees

Parallel exercise **2 Reading Lily's homework**

b) **Read Lily's text. Say which words Lily uses for:**

1 her neighbours: unfriendly / friendly
2 the shop: small / big
3 activities at the youth centre: great / horrible
4 the park: small / big
5 some places on the estate: dirty / clean
6 the cars: quiet / loud

2 b) 1 friendly • 2 small • 3 great • 4 big • 5 dirty • 6 loud

▸ Page 107

More practice 2 **I don't like ...**

2 individuelle Lösungen

a) **Draw something that you don't like.**

b) **Take turns to show your pictures. One student says what the picture shows.**

You don't like fish.

c) **Tell the class about your group.**

Otto doesn't like fish, Mariam doesn't like °pizza, ...

MP 1 Einstieg:
- (SB auf) Wdh.: L zeigt noch einmal die Fotos von S. 104–105 (UMA).
- S lesen die Orte aus MP 1 vor und ordnen die Fotos zu.

Erarbeitung:
- AA gemeinsam klären und einige Beispielsätze im Plenum bilden (mit TA).
- S bereiten je nach Leistungsvermögen ein bis drei Sätze schriftlich in EA vor.
- **Ausw.:** ▸ Meldekette

MH 1 s. S. 106
- S erhalten hier sprachliche Hilfen zur Bearbeitung von Ex 1.

Erarbeitung:
a) gemäß AA
- als Vorentlastung: ▸ Semantisierung u. ▸ Lautschulung des Wortschatzes im Reservoir

Parallel ex 2 s. S. 106
- Lernschwächere S erhalten hier mehr Vorgaben.

Erarbeitung:
b) (SB auf) gemäß AA
- **Ausw.:** s. S. 106

MP 2 Diese Aufgabe ermöglicht zusätzliches Üben zur Verneinung im *simple present*.

Erarbeitung:
a) (SB auf) gemäß AA in EA

b) S arbeiten in Kleingruppen (▸ Gruppenbildung) gemäß AA.
- L präsentiert ein Bsp.

c) **Ausw.:** gemäß AA im Plenum

Diff bank Inhalt

Lernschwerpunkt: zusätzliche Übungen, Differenzierungs- und Hilfsangebote
Kompetenzen: Writing schreiben, was man mag und nicht mag • Speaking Fragen beantworten
Strukturen: *simple present* (verneinte Aussagesätze) • *simple present* (Fragen und Kurzantworten)
Redemittel: *sports and hobbies* • *places* • *neighbourhood*

MP 3 Einstieg:
- (SB zu) L macht falsche Aussagen nach dem Muster von MP 3 über sich selbst oder die S, z. B.: *I live in Brighton. / Lea has ten brothers. / ...*
- S widersprechen: *That's wrong! You don't ...*

Erarbeitung:
- (SB auf) gemäß AA, schriftl. in EA
- **Ausw.:** ► Meldekette
- **Zusatz:** ☒ Lernstärkere S formulieren selbst falsche Aussagen und lesen sie im Anschluss im Plenum vor. Die Klasse widerspricht.

MP 4 Erarbeitung:

a) (SB auf) Klären der AA
- S schreiben vollständige Sätze in ihr Heft.
- **Ausw.:** ► Five-minute teacher

b) schriftl. gemäß AA
- **Ausw.:** S lesen ihre Sätze mehreren Mit-S vor (► Milling around).
- Anschl. im Plenum:
  L: *What does/doesn't ... (S-Name) like?*
  S: *He/She likes / doesn't like ...*
- S nutzen dabei die Info aus ► Milling around.

---

4 Diff bank

► Page 107

More practice 3 That's wrong!

Correct the sentences. Use *don't* or *doesn't*.

1 Noah likes loud music. *That's wrong! Noah doesn't ...*
2 Noah has a cat.
3 Noah walks to school.
4 Noah lives in a flat.
5 Noah and Zane live in London.
6 They go to King's School.
7 Zane has two brothers.
8 Zane's dad uses a wheelchair.

3 **1** That's wrong! Noah doesn't like loud music.
2 That's wrong! Noah doesn't have a cat.
3 That's wrong! Noah doesn't walk to school.
4 That's wrong! Noah doesn't live in a flat.
5 That's wrong! Noah and Zane don't live in London.
6 That's wrong! They don't go to King's School.
7 That's wrong! Zane doesn't have two brothers.
8 That's wrong! Zane's dad doesn't use a wheelchair.

► Page 108

More practice 4 New activities for the youth centre

a) The youth centre wants to °plan new activities. Look at the °questionnaire and Lily's answers. Then complete the sentences. Put in *likes* or *doesn't like*.

1 Lily ... singing.
Lily doesn't like singing.
2 She ... dancing.
3 She ... cricket.
4 She ... trampolining.
5 She ... jigsaw puzzles.
6 She ... reading.

Help us plan new activities!
Write ☺ or ☹ for each activity.
Name: *Lily Hall*
singing ☹
dancing ☹
cricket ☹
trampolining ☺
jigsaw puzzles ☹
reading ☺

4 a) **1** doesn't like • **2** doesn't like • **3** doesn't like • **4** likes • **5** doesn't like • **6** likes

b) What about you? Write your answers in your exercise book.

I like °acting. I don't like dancing.

4 b) individuelle Lösungen

Diff bank Vorbereitung

Zeitbedarf: abhängig davon, welche Aufgaben bearbeitet werden
Minimalversion: *More practice*-Aufgaben sind stets Zusatzaufgaben

5 1 shop • 2 cafe • 3 sports centre • 4 skatepark • 5 beach • 6 pier • 7 cinema

More practice 5 WORDS Great places in Brighton

Lily tells a new boy at the youth centre about her neighbourhood and Brighton. Complete her sentences with the correct places from the box.

beach • cafe • cinema • pier • ~~shop~~ • skatepark • sports centre

You can buy things at the (1) shop in the neighbourhood. There's a small (2) ... next to it. They have great hot chocolate! There's a (3) ... here too – you can play basketball or football there. But the best place to go skateboarding is at the (4) ... in Hove.
It's fun to go to the (5) ... My sister likes swimming in the water, but I think it's too cold! I like to go to the (6) ... because you can play games and eat fish and chips there. And I like to watch films at home, but there's a great (7) ... at Brighton Marina.

More practice 6 Places game

6 individuelle Lösungen

a) Make a table with nine places.

b) When the teacher explains a place:
Put up your hand and say the correct place. When you have three words ⇨ or ⇩ or ⇧ or ⬀ or ⬂ say "Here!"

shop	...	...
...	...	...
...	*pool*	...

▸Page 112

More practice 7 Towns and visitors

7 individuelle Lösungen

Take turns to ask the questions in 6a). Answer with short answers. Give °extra information.

MP 5 Erarbeitung:
- (SB auf) Klären der AA
- L/S führen ein Beispiel im Plenum vor.
- S notieren die Lösungen im Heft.
- **Ausw.:** ▶ Five-minute teacher

MP 6 Erarbeitung:

a) (SB auf) TA: leere Tabelle mit neun Kästchen
- S zeichnen die Tabelle ab und tragen in jedes Kästchen eine der Vokabeln aus der Mindmap von Ex 6, S. 108 ein.

b) L liest Erklärungen wie in Ex 6a), S. 108 vor, z. B.: *You swim here.*
- S, die das dazugehörige Wort (z. B. *pool*) in ihrer Tabelle haben, melden sich, nennen das Wort und streichen es in ihrer Tabelle durch.
- S, die drei Wörter in einer Reihe haben, rufen: *Here!*

MP 7
- Diese Aufgabe eignet sich für lernstärkere S und kann im Anschluss an Ex 6, S. 112 bearbeitet werden.

Erarbeitung:
- (SB auf) gemäß AA
- **Ausw.:** Plenum oder ▶ Meldekette

Diff bank Inhalt

Lernschwerpunkt: zusätzliche Übungen, Differenzierungs- und Hilfsangebote
Kompetenzen: Speaking Fragen stellen • Writing über das Wetter in Brighton schreiben • Listening einer Stadtführung Informationen entnehmen
Strukturen: *simple present* (Fragen mit Fragewörtern)
Redemittel: *places in Brighton • weather words • days of the week*

MP 8 Erarbeitung:
- (SB auf) schriftl. gemäß AA in EA
- S nummerieren ihre Lösungen im Heft.
- **Ausw.:** ► Five-minute teacher

- **Zusatz:** S lesen und spielen den Dialog mit verteilten Rollen (► Role-play).

MP 9 Erarbeitung:
- (SB auf) Klären der AA
- L erarbeitet den ersten Satz mündlich im Plenum, S arbeiten anschl. schriftl. in EA.
- **Ausw.:** ► Five-minute teacher

- **Zusatz:** S bilden ähnliche Sätze zum aktuellen (ggf. fiktiven) Wetter in ihrem Ort und ergänzen die entsprechenden Symbole.
- S gestalten einen individuellen Wetterbericht auf einem Blatt Papier (z. B. als HA).
- **Sich.:** Aushängen der fertigen Wetterberichte in der ► English corner
- ► Gallery walk mit möglichem Feedback

MP 10
- Diese Aufgabe kann im Anschluss an Ex 1, S. 114 bearbeitet werden. Sie bietet einen zusätzlichen Hörtext zum selben Thema.

Erarbeitung:
- (SB auf) S lesen die Sätze.
- **1. Hören:** S notieren die Lösungswörter.
- **2. Hören:** S prüfen.
- **Ausw.:** im Plenum

► Page 112

8 1 do you come • 2 Do you need • 3 Does your phone have • 4 Do you see • 5 Does the building have • 6 Does that help

More practice 8 A °lost visitor

A visitor asks Lily for help. Complete the questions in the conversation.

Visitor Excuse me, (1 you / come) ... from here?
Lily Yes, I do. (2 you / °need) ... help?
Visitor Yes, I do. I'm lost. I want to go to the visitor information centre. Is it in this road?
Lily Yes, it is. (3 your phone / have) ... a map?
Visitor No, it doesn't. I don't have internet now.
Lily OK, Let's look on my phone. (4 you / see) ... this place? We're here. And here's the visitor information centre in this building.
Visitor (5 the building / have) ... a name?
Lily Yes it does. It's the Brighton Centre. It's not far °down there, °on the right. (6 that / help) ...?
Visitor Yes, it does. Thank you very much.
Lily You're welcome.

► Page 114

9 1 warm *and* sunny • 2 cloudy *and* windy • 3 rainy • 4 cold *and* snowy

More practice 9 The weather in Brighton

Lily looks at the weather for next week on her phone. British weather °changes a lot! Complete the sentences with the words from the box. Use each word °once.

cloudy • cold • rainy • snowy • sunny • warm • windy

1 On Monday, it's ... and ...
2 On Tuesday, it's ... and ...
3 On Wednesday, it's ...
4 On Thursday, it's ... and ...

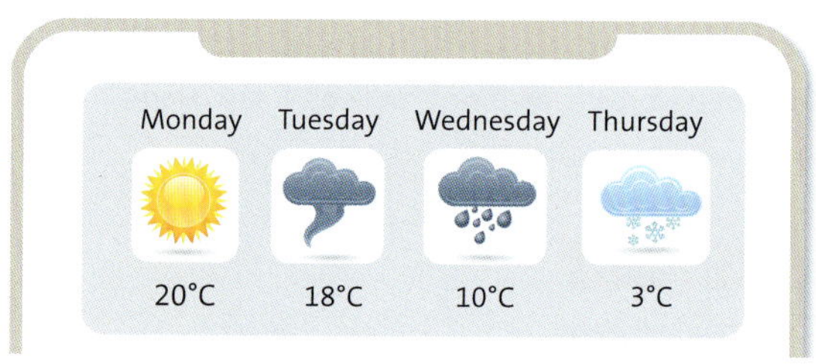

10 1 old • 2 picnic • 3 cold • 4 windy • 5 hat • 6 can

More practice 10 The next day

2.24

Listen to Eli's[1] tour from the next day. Choose the correct words.

1 Eli says the Pavilion is very new / old.
2 He says you can have a party / picnic outside the Pavilion.
3 Today on the beach it isn't cold / warm.
4 On the pier it's very sunny / windy.
5 The wind takes a person's hat / sandwich.
6 At the end the visitors can / can't visit the i360.

1 ['iːlaɪ]

Diff bank Vorbereitung

Material: MP 9 weißes Papier (Klassensatz) • MP 10 UMA/CD/App
Zeitbedarf: abhängig davon, welche Aufgaben bearbeitet werden
Minimalversion: *More practice*-Aufgaben sind stets Zusatzaufgaben

▸ Page 115

More practice 11 All about Scout

11 1 Where • 2 Why • 3 What • 4 How • 5 When

Read the questions and Scout's answers.
Put in the correct word from the box.

How • What • When • Where • Why

Scout

1 *... do you live?*

I live in Brighton. That's great!

2 *... do you like Brighton?*

Because I love the sea! And the food at the beach.

3 *... do you eat?*

I eat fish. A lot of fish.

4 *... do you find them?*

I see them swimming – and I'm fast.

5 *... do you °sleep?*

After I eat!

MP 11
- Diese Aufgabe eignet sich für lernstärkere S.

Erarbeitung:
- (SB auf) S lesen die Fragen und Antworten still in EA.
- Sie schreiben die vollständigen Fragen in ihr Heft.
- ▶ Partner check
- **Ausw.:** im Plenum

- **Zusatz:** S üben die Fragen und Antworten in PA.

Unit-Übersicht

Storyline: Noah plant seine Geburtstagsparty zum Thema Zirkus. Er schreibt die Einladung und erstellt mit seinem Vater eine Einkaufsliste. Seine Freunde überlegen, was sie ihm schenken können. Am Ende wird gefeiert – allerdings mit einigen Hindernissen und anders, als Zane es kennt.
Strukturen: *present progressive* (S. 138) • *much, many, a lot of* (S. 141)
Viewing: authentisches Koch-Video (S. 144) • Glorias Geburtstagsparty wird vorbereitet und gefeiert (einschließlich weiterer Mutproben). (S. 149)
Unit task: ein Rezeptbuch für die Klasse erstellen

Unit 5 Einstieg:
- (SB zu) ► Five-finger brainstorming: S sammeln je fünf bekannte *food words*. L notiert die Wörter (TA *food*, ► Vokabelarbeit) in einer ► Mindmap.

Ex 1 Einstieg:
- (SB auf) L: *Look at the pictures. Which foods from our brainstorming can you see?*

Erarbeitung:

a) S lesen in PA die beiden Texte und versuchen, die Bedeutung der blauen Wörter zu erschließen.
- **Ausw.:** L sammelt die Wörter an der ► Vokabeltafel mit deutscher Übersetzung. S erläutern ihre Strategien zur Erschließung.
- S übertragen den neuen Wortschatz in ihr *Vocab file*.

b) **1. Hören:** S wiederholen die Wörter.
- **2. Hören:** S wiederholen die Wörter und zeigen auf das entsprechende Wort im Text.

- **Zusatz:** S ergänzen die Mindmap aus dem Einstieg mit den neuen *food words*.
- S zeichnen kleine Bildchen des jeweiligen *food* in ihr *Vocab file* und ergänzen ggf. Begriffe aus anderen Sprachen.

Unit 5
Enjoy!

My favourite dessert is cake. My dad makes a great birthday cake. He puts fruit and cream in it. A lot of people make it with strawberries, but I'm allergic to strawberries.

► Box: Voc., p. 231

Noah

Noah's birthday dessert

1 Words Food

a) Look at Noah and Sunita's pages in 7C's class °recipe °book.
Which words in blue do you °understand?
Use the photos, words from German and other °languages.

I think 'fruit' is 'Obst'. It's like 'Frucht' in German and 'frukty' (фрукты) in °Russian.

2.30
b) Listen and repeat the food words in blue.

1 a) individuelle Lösungen

1 b) fruit • cream • strawberry • meat • cheese • pea • tomato sauce • spice • bread • rice • vegetable

► More practice 1, p. 157

Lead-in Inhalt

Lernschwerpunkt: Beschreibungen von Lieblingsgerichten verstehen und darüber sprechen
Kompetenzen: Reading / Intercultural competence Rezeptbuch-Einträge verstehen • Speaking sich über Lebensmittel und Gerichte austauschen
Redemittel: Wortfeld *food and drinks*

Vorbereitung

Material: Ex 1 UMA/CD/App • Ex 2 ggf. Handpuppe Scout
Zeitbedarf: ca. 1 Std.
Begleitmedien: WB (S. 70), App (Digital quiz), INKL (S. 140–141), DIFF (5.1), Unit plans (Unit 5)

Nach dieser Unit kann ich ...

- über Essen sprechen
- über Geburtstage und Feste sprechen
- mein Lieblingsgericht beschreiben
- über Unterschiede sprechen
- unbekannte Wörter erklären

Unit task

- ein Rezeptbuch erstellen

We eat a lot of °Indian food at home, but no meat because my family is vegetarian. This is my favourite dish – °mattar paneer[1]. It's Indian cheese and peas in a tomato +sauce with a lot of spices. We eat it with bread or rice. ► Box: Voc., p. 231

Sunita's favourite dish

2 Speaking Our food

a) Read Noah and Sunita's pages again. °Complete the sentences.

1 Noah always eats the cake on his ...
2 Noah is allergic to ...
3 Sunita doesn't eat ... She's a ...
4 You make mattar paneer with ...

b) What about you? Talk about the food on these pages.

I love ... *I don't like ...* *I often / never eat ... (because ...)* *I'm allergic to ...* ► Wordbank 12, p. 193

2 a) 1 birthday • 2 strawberries • 3 meat ... vegetarian • 4 cheese, peas, tomato sauce and spices

2 b) individuelle Lösungen

1 [mʌtr pʌˈnɪə] ► Workbook, p. 70

Digital quiz I can talk about food.

one hundred and thirty-five 135

Nach dieser Unit ...

- L bespricht mit S die Lernziele der Unit (s. links) und kündigt die *Unit task* an.
- Am Ende der Unit überprüfen die S das Erreichen der Ziele mithilfe des *Checkpoint* (S. 152–155) bzw. gemeinsam im Plenum.

Ex 2 Einstieg:

- (SB zu) L oder Handpuppe Scout stellt der Klasse Fragen mit den *food words* von S. 134–135.
  L/Scout: *Do you like cakes/ fruit/meat/...?*
- S antworten mit ► Thumbs up.

Erarbeitung:

a) (SB auf) S lesen die beiden Texte noch einmal still in EA und vervollständigen die Sätze.

- **Ausw.:** ► Five-minute teacher

b) AA und ► Scaffolding gemeinsam lesen und ein bis zwei Beispiele im Plenum erarbeiten.

- S tauschen sich dann im ► Milling around über die beiden Gerichte aus. Sie nutzen ihr Buch für das ► Scaffolding.
- **Alternative:** L schreibt das ► Scaffolding an die Tafel.
- **Ausw.:** L schreibt die Namen der beiden Gerichte auf je eine Tafelseite. S stellen sich zu ihrem Favoriten. Einige S begründen ihre Wahl kurz im Plenum.

Topic 1 Inhalt

Lernschwerpunkt: über Geburtstage und Partys sprechen
Kompetenzen: Reading einer Einladung Informationen entnehmen • Speaking sich über Geburtstage austauschen • Writing eine Einladung schreiben
Redemittel: Wortfelder *months and seasons, dates, ordinal numbers*

Ex 1 Einstieg:
- (SB zu) L zeigt ein Bild einer Geburtstagsparty, z. B. eins der Bilder von S. 156 (UMA), ► Gucklochmethode. S raten, was man sieht, bis der Begriff *birthday party* fällt.

Erarbeitung:
a) (SB auf) S lesen AA und ► Scaffolding, PA gemäß AA.
- L weist lernschwächere S auf ► More help, S. 157 hin.
- **Ausw.:** ► Meldekette

b) AA lesen, ► Semantisierung von *invitation*.
- **1. Lesen:** S lesen die Einladung. L: *What can you see in the picture?* S: *It's an invitation to Noah's birthday party.*
- **2. Lesen:** In EA lesen S die Fragen und schreiben die Antworten ins Heft.
- **Ausw.:** im Plenum (mit TA)

Ex 2 Einstieg:
- (SB zu) L heftet ► Flashcards mit Monaten an die Tafel. L: *Put these into the correct order, please.*
- S ordnen die Karten nach dem Jahresverlauf.

Erarbeitung:
a) gemäß AA

b) (SB auf) AA gemeinsam klären.
- S lesen ► Scaffolding.
- ► Milling around gemäß AA
- **Ausw.:** S nennen aus dem Gedächtnis so viele Geburtsmonate ihrer Mit-S wie möglich: *Lea's birthday is in April. Timo's ...*

Time for a party

1 a) individuelle Lösungen

1 Reading Noah's invitation

a) Before you read **What do you do on your birthday? Tell a partner.**

I have a birthday party.
We eat birthday cake.
We often go bowling.
– What about you?

b) **Read Noah's invitation. Answer the questions.**

1 How old is Noah on his birthday? – *He's ...*
2 What day of the week is his birthday party? – *It's on ...*
3 What time does the party start? – *It starts at ...*
4 Where's the party? – *It's at ...*
5 What activities are there? – *There are ...*
6 What food is there? – *There's ...*
7 How can Noah's friends answer the invitation? – *They can ... or ... him.*

Noah

► Box: Voc., p. 232

1 b) 1 12 years old • **2** Saturday • **3** 2 o'clock • **4** Hove Park • **5** fun circus party games • **6** great picnic food • **7** *They can* phone *or* text *him.*

► More practice 2, p. 157

2 Words Months ► Box: Voc., p. 232

2.31

a) Song **Listen and sing. Then listen again and stand up for your birthday month.**

b) Walk around **Talk to five people. Find out what their birthday month is and tell the class.**

January, February, March, April, May, June, July, August, September, October, November, December

When's your birthday?

It's in March. When's your birthday?

It's in December.

2 b) individuelle Lösungen

► Workbook, p. 71

Topic 1 Vorbereitung

Material: Ex 1 UMA • Ex 2 von L vorbereitete Flashcards mit Monatsnamen, UMA/CD/App • Ex 3 UMA/CD/App • Ex 5 ggf. weißes A5-Papier für Einladungen
Zeitbedarf: ca. 2 Std.
Minimalversion: Ex 2b) oder Ex 4 auslassen
Begleitmedien: WB (S. 71–72), INKL (S. 142–143), DIFF (5.2)

3 Birthday dates

3 a) Numbers S. 258

.32 a) Look at the °list of numbers on p. 258.
Listen and °repeat the numbers from 1st to 31st.

the first (1st), the second (2nd), the third (3rd), the fourth (4th), the fifth (5th), ...

.33 b) Look how Scout says and writes her birthday. Then listen to eight students. Write their birthdays.

1 Noah: 30th May
2 Lily: ... April
3 Zane: ... August
4 Sunita: ... March
5 Theo: ... February
6 Ivy: ... January
7 Tareq: ... July
8 Marta: ... October

3 b) 1 *30th* • 2 15th • 3 3rd • 4 2nd • 5 11th • 6 19th • 7 31st • 8 2nd

My birthday is on 1st April.

c) Check your answers with a partner.

Lily's birthday is on the ... of ... – That's right. / That's wrong. I think it's on ...

3 c) individuelle Lösungen

▸ Numbers, p. 258 ▸ More practice 3+4, p. 158

4 SPEAKING My birthday

a) Make two groups.
Make a line in your group °in order of your birthdays.
Which group is °quicker?

b) Check: Are you in the right place in the line?
Take turns: Say your birthday.

4 individuelle Lösungen

5 WRITING My birthday invitation

5 individuelle Lösungen

a) Look at Noah's invitation in 1 again. °Change the parts in blue and write an invitation to your birthday party. Use different colours and °add pictures to make it look good!

▸ More help, p. 158

b) °GALLERY WALK Look at all the invitations. What do you think? Make notes.

Which invitation ...
1 looks the best (colours, photos)?
2 has the best place?
3 has the best activity?
4 has the best food?

▸ Workbook, p. 72

Ex 3 Erarbeitung:
a) (SB auf, S. 258) **1. Hören:** gemäß AA
- **Sich.:** TA: Ordnungszahlen, Eintrag ins *Vocab file*.

b) Scouts Beispiel gemeinsam lesen und den Unterschied zwischen der mündl. u. schriftl. Version thematisieren.
- **1. Hören:** S notieren die Geburtsdaten.
- **2. Hören:** S prüfen.

c) ▸ Partner check gemäß AA
- **Ausw.:** im Plenum (mit TA)
- **Zusatz:** L/S schreibt Daten an die Tafel, z. B.: *10th April*.
- S lesen sie richtig vor: *the tenth of April*.

Ex 4 Einstieg:
- (SB zu) Wiederholung, wie man ein Datum schreibt und sagt.

Erarbeitung:
a) (SB auf) S lesen AA und ▸ Scaffolding, dann gemäß AA.

b) Ausw.: S der ersten Gruppe nennen nacheinander ihren Geburtstag. Die zweite Gruppe überprüft die Anordnung, dann umgekehrt.

Ex 5 Einstieg:
- (SB zu) ▸ Five-finger brainstorming: *good places for a birthday party* (TA)

Erarbeitung:
a) (SB auf) gemäß AA

b) ▸ Gallery walk: S notieren sich zu jeder Kategorie jeweils einen S-Namen.
- **Ausw.:** Im Plenum zu jeder Kategorie eine *Top 3* ermitteln.

Topic 1 Inhalt

Lernschwerpunkt: beschreiben, was jemand gerade macht
Kompetenzen: Speaking sagen, was jemand gerade macht • beschreiben, was gerade auf einem Bild geschieht • Reading ein Telefongespräch verstehen
Strukturen: *present progressive*
Redemittel: *party words*

Ex 6 Einstieg:
- (SB zu) L führt Dinge vor (sitzen, schreiben ...) und sagt dazu einen Satz im *present progressive*.
- S stehen auf, wenn der Satz wahr ist, und hocken sich hin, wenn er falsch ist.

Erarbeitung:
- (SB auf) S finden mit dem Bild die Lösungen für 1 und 2 (TA).
- S hören oder lesen den Text in EA.
- ► Semantisierung des neuen Wortschatzes u. ► Vokabelarbeit
- S hören den Text noch einmal und sprechen nach, dann Lesen mit verteilten Rollen.

Ex 7 Hinweis:
- direkter Anschluss an Ex 6

Erarbeitung:
a) (SB auf) TA der Tabelle
- **3. Lesen** des Textes von Ex 6
- S vervollständigen die Sätze.
- **Ausw.:** L ergänzt Sätze im TA, dabei sollten die *ing*-Form und die Form von *to be* farbig unterstrichen werden.

b) S lesen die Regel im Plenum (s. a. ► LF 16, S. 182), schauen ggf. Erklärfilm und beschreiben die Bildung des *present progressive* mithilfe des Regelkastens.

c) gemäß AA, S notieren die beiden richtigen Lösungsbuchstaben.
- **Ausw.:** im Plenum
- **Sich.:** S übertragen Regel in den Merkteil (► English folder).

6 Zane phones Noah

6 1 Noah is juggling. • 2 Buddy is watching Noah.

Look at the picture and read the dialogue.
What are Noah and Buddy doing?

1 Noah is playing with Buddy / juggling.
2 Buddy is sleeping / watching Noah.

2.34

Zane Hi, Noah! What are you doing?
Noah Hi, Zane. °Erm, I'm not telling you. I'm learning something new. It's a secret.
Zane Oh, interesting ... I'm phoning to ask: Do you need help with your party?
Noah Erm, thanks a lot, but no. What are you doing?
Zane I'm not busy. I'm listening to music at the moment.
Noah OK. Sorry, I must go, Zane! See you!

7 Looking at language Present progressive

Erklärfilm

7 a) Buddy is watching Noah. • What are you doing? • I'm not telling you. • I'm learning something new.

a) Complete the box. The sentences are all in ex. 6.

Buddy is	...	Noah.
What are you	...	?
I'm not	...	you.
I'm	...	something new.

I'm = I am
you're = you are
she's = she is
we're = we are
they're = they are

b) Read the box. Find the °missing part for the °question mark.

Du bildest das *present progressive* mit	I'm he's she's it's we're you're they're	+ Verb (play, learn, do, ...)	+ ?

7 b) -ing

c) Read and pick two correct answers.

7 c) A, C

Mit dem *present progressive* sagst du ...
A was in diesem Moment (*now, at the moment*) gerade geschieht.
B was gestern passiert ist.
C was auf Bildern gerade passiert.

► Language file 16, p. 182
► More practice 5, p. 158

Topic 1 Vorbereitung

Material: Ex 6 UMA/CD/App • Ex 7 UMA/App (Erklärfilm) • Ex 8 ► KV 5.1: Swap cards – Sam's birthday party • Ex 9 UMA
Zeitbedarf: ca. 2 Std.
Minimalversion: Ex 9 auslassen
Begleitmedien: WB (S. 73–74), App (Digital quiz, Digital help, Erklärfilm), INKL (S. 144–145), DIFF (5.3)

8 1 *eating* • 2 listening • 3 opening • 4 sitting • 5 taking • 6 playing • 7 drawing • 8 singing

8 A birthday photo

► Parallel exercise, p. 159

Zane is °showing his mum a photo of his friend's birthday party. Complete his sentences with the *ing*-form of the words in the box.

draw • ~~eat~~ • listen • open • play • sing • +sit • take

The spelling of some verbs with *-ing* is different:
sit – sitting
take – taking

1 I'm *eating* birthday cake. It's chocolate, my favourite!
2 Sunita and Ruby are ... to music.
3 This is Ju. She is ... her birthday presents.
4 Noah is ... on a chair with a cat.
5 He's ... photos with his phone.
6 Max and Albie have balloons. They're ... with them.
7 Lily is at the table. She's ... a picture.
8 Amina and Vicky are ... *Happy Birthday*.

► More practice 6, p. 159; More practice 7, p. 160

9 Speaking Find the differences

9 Lösungsbsp. S. 275

Partner B: Look at p. 156.
Partner A: Look at this picture.
°Take turns and find six differences.

In my picture, the dog is sleeping.

In my picture the dog isn't sleeping. It's ...
In my picture, a boy and a girl in blue +T-shirts are ...

In my picture, ...

My task

10 individuelle Lösungen / Lösungsbeispiel S. 275

10 My party photos

Show photos of parties to your partner. °Describe them. Or describe the photos on p. 156.

This is my birthday. It's the 26th of February. I'm wearing ... We're playing ...

► Digital help ► More help, p. 160

► Workbook, pages 73–74

Digital quiz I can talk about birthdays and parties.

Ex 8 Einstieg:
- (SB zu) S üben das *present progressive* mit den ► Swap cards von ► KV 5.1.

Erarbeitung:
- (SB auf) gemeinsames Lesen der ► Tippbox, S. 139.
- S schreiben die Sätze in ihr Heft ab und ergänzen die Verben.
- ► Partner check
- **Ausw.:** ► Five-minute teacher
- Lernschwächere S bearbeiten die ► Parallel ex, S. 159.

Ex 9 Einstieg:
- (SB zu) L zeigt noch einmal das Bild von S. 138 (UMA).
- L formuliert falsche Aussagen zum Bild, z.B.: *Noah is dancing.*
- S korrigieren: *Noah isn't dancing. He's juggling.*
- L achtet auf korrekte Verwendung der Verneinung.

Erarbeitung:
- (SB auf) S beschreiben die Bilder in PA gemäß AA (weitere Ideen s. Hinweise S. 156).
- **Ausw.:** S nennen die Unterschiede zwischen den Bildern, TA wie in Lösungen, S. 275.
- **Zusatz:** ► Three truths, two lies zum Bild formulieren lassen.

My task Ex 10 Erarbeitung:
- S bringen eigene Fotos mit und beschreiben sie in PA.
- S, die keine eigenen Bilder mitgebracht haben, beschreiben die von S. 156.
- S überprüfen, ob die *partners* das *present progressive* richtig bilden, und berichtigen sich ggf.
- ► More help, S. 160
- **Ausw.:** im Plenum

Topic 2 Inhalt

Lernschwerpunkt: sich auf ein Geburtstagsgeschenk einigen • Essen und Getränke für eine Party planen
Kompetenzen: Listening Dialogen Informationen entnehmen • Speaking Vorschläge für ein Geburtstagsgeschenk machen • ein Geschenk annehmen • Reading nach einem Dialog eine Einkaufsliste erstellen
Strukturen: *much, many, a lot of*
Redemittel: Wortfelder *presents, food and drinks* • *shopping list* • Vorschläge machen und darauf reagieren

Ex 1 Einstieg:
- (SB zu) L: *I need a present for a girl. She's twelve. Do you have ideas?* S: *You can buy …*
- TA: Liste mit Ideen

Erarbeitung:

a) (SB auf) L: *Let's find a present for Noah.*
- PA gemäß AA
- **Ausw.:** TA der Antworten

b) AA klären, Website anschauen und Geschenkideen gemeinsam lesen.
- **1. Hören:** S notieren Lösung.
- **Ausw.:** im Plenum
- ☒ Lernstärkere S nennen Begründung: *Sunita and Lily want to buy a … for Noah because … / They don't want to buy a … because …*

c) gemäß AA, dann **2. Hören**
- **Ausw.:** L legt an der Tafel eine Tabelle mit den beiden Smileys an u. sammelt die Sätze in der passenden Spalte.
- Dann Sätze lesen u. nachsprechen lassen (► Lautschulung).

Ex 2 Einstieg:
- (SB zu) L: *Think of five cool birthday presents.*
- ► Five-finger brainstorming

a) **Erarbeitung:**
L: *Let's collect your ideas.*
- TA: Liste mit den Geschenken (ggf. die Liste aus dem Einstieg von Ex 1 fortführen)

b) + c) (SB auf) ► Klären der AA, L führt einen Beispieldialog mit S.
- ► Buzz groups gemäß AA
- **Ausw.:** Dialoge im Plenum

Party shopping

1 Listening A present for Noah

> 1 a) Noah likes animals • 2 He likes circus tricks • 3 He doesn't like strawberries, he's allergic to strawberries.

a) Before you listen Can you remember – what does Noah like? *He likes … He doesn't like …*

1 animals (check on p. 32)
2 circus +tricks (check on p. 136, p. 138)
3 strawberries (check on p. 134)

2.36

b) Sunita and Lily are looking online for a birthday present for Noah. Look at the °website. Then listen. Say what they °choose.

> 1 b) They choose the magic set.

c) °Phrases 1–6 mean "It's a good idea" or "It's a bad idea". Write ☺ or ☹. Listen again and check.

1 That's perfect!
2 I'm not sure.
3 Noah already has bike lights.
4 It's a great present.
5 That's a good idea.
6 It's too expensive.

> 1 c) 1 ☺ • 2 ☹ • 3 ☹ • 4 ☺ • 5 ☺ • 6 ☹

2 Speaking Find a present

> 2 individuelle Lösungen

a) Collect a list of cool birthday presents in class.

b) Find a birthday present for °each student in your group. Use the presents above and the phrases from 1c). The "birthday kid" listens.

Let's find a present for Samir. – OK. Why don't we buy …

c) The "birthday kid" says thank you and °comments on the present.

Thanks for the … Thanks very much.	It's a great present. I really like it!	I'm learning to … … is my favourite sport / free time activity / game.

► Workbook, p. 75

Topic 2 Vorbereitung

Material: Ex 1 UMA/CD/App • Ex 3 Realien (für neuen Wortschatz), UMA/CD/App • Ex 4 Tasche, Geld, Einkaufszettel, UMA/CD/App • Ex 5 UMA/App (Erklärfilm)
Zeitbedarf: ca. 2 Std.
Minimalversion: Ex 2 auslassen
Begleitmedien: WB (S. 75–76), App (Erklärfilm), INKL (S. 146–147)

3 Listening Party food and drinks

3 a) It's a "circus games and picnic" party. • It's at Hove Park • It's a chocolate cake.

a) Before you listen Can you remember?

What kind of party is Noah's birthday party?
Where's the party?
What's his birthday dessert?

2.37 b) Look at Noah's party food. Listen to Noah and his parents. What two things are wrong?

3 b) No sausages. • No cola.

Noah's party food

Food
ham sandwiches, cheese and tomato sandwiches, sausages, +pasta salad, carrots, cake, melon

Drinks
+cola, lemonade

4 Reading The shopping list

4 a) Lösung S. 275

a) Read the dialogue. Write Noah's shopping list for the party.

2.38

Noah	I'm writing the shopping list. How much bread do we need?
Dad	For the sandwiches? A lot of bread! Two packets.
Noah	OK. And how many tomatoes?
Dad	Let's get six.
Noah	How much pasta?
Dad	A big bag of pasta.
Noah	And how many carrots do we need? One bag?
Dad	Yes, we don't need many. And one big melon.
Noah	OK. How many lemons do we need for the lemonade? And how much sugar?
Dad	Let's get twelve lemons. We already have sugar.

bread: 2 packets
tomatoes:
...

2.39 b) Compare your list with your partner. Then listen and check.

5 How much? How many?

Erklärfilm

Complete the table with food and drinks from 4a).

How much ...?	How many ...?
bread	tomatoes
pasta (sugar)	carrots melons lemons

► Language file 17, p. 183 ► More practice 8, p. 160 ► Workbook, p. 76

Ex 3 Einstieg:
- (SB zu) ► Semantisierung des Wortschatzes: L zeigt Realien, L/S nennt Vokabel (TA).
- Chorsprechen (► Lautschulung)
- Vokabeln üben, z. B. mit ► Word memory.

Erarbeitung:
a) (SB auf) gemäß AA
- **Ausw.:** ► Meldekette

b) Liste mit *food* und *drinks* lesen.
- **1. Hören:** S notieren, welche zwei Dinge nicht auf die Liste gehören.
- **2. Hören:** S prüfen.
- **Ausw.:** L schreibt die Liste an die Tafel, S haken genannte Lebensmittel ab u. streichen die falschen durch, ggf. 3. Hören.

Ex 4 Einstieg:
- (SB zu) L: *What do you need when you go shopping?* (L zeigt ggf. zur Unterstützung Realien.) S: *I need a bag, money and a shopping list.* L: *Let's make a shopping list.*

Erarbeitung:
a) (SB auf) S lesen und ergänzen in ihrem Heft die Einkaufsliste.

b) ► Partner check gemäß AA
- **Ausw.:** Prüfen beim Hören
- **Zusatz:** Lesen des Dialogs mit verteilten Rollen

Ex 5 Erarbeitung:
- (SB auf) gemäß AA (► LF 17, S. 183), Erklärfilm (UMA/App) zeigen.
- **Ausw.:** im Plenum
- **Sich.:** S schreiben Regel in den Merkteil (► English folder).

Topic 2 Inhalt

Lernschwerpunkt: ein Fest planen einschließlich Aktivitäten
Kompetenzen: Reading ein Rezept verstehen • Mediation Spielregeln auf Deutsch wiedergeben • Speaking ein Klassenfest planen
Redemittel: Wortfeld *food and drinks*

Ex 6 Einstieg:
- (SB zu) L mit Handpuppe Scout:
  L: *Do you like sandwiches, Scout?*
  Scout: *Yes, of course! Stupid question!*
  L: *What are your favourite sandwiches?*
  Scout: *I like ham sandwiches. What about you?*
- Scout fragt erst L, dann S.

Erarbeitung:
a) (SB auf) L zeigt den oberen Teil der Website mit den beiden Fotos (UMA).
- S lesen die AA und den ersten Satz der Website und beantworten die beiden Fragen im Plenum.

b) S lesen das ganze Rezept.
- Sie notieren die Nummern 1–6 in ihr Heft und ordnen die Fotos zu.
- **Ausw.:** ► Partner check, dann Plenum

- **Zusatz:** S bearbeiten ► KV 5.2.
  L: *Make your own sandwich at home and bring a photo.*

6 Reading A recipe

a) **Noah is looking at recipes online. Read the first part of the recipe and answer the questions:**

What does the sandwich look like?
Who likes to eat them?

6 a) The sandwich looks like a clown. • Everybody loves them.

www.recipes.example.com

Here is my recipe for +clown sandwiches! Everybody loves them because they're fun.
For the sandwiches:

- bread
- butter
- ham or (vegetarian) sausage
- cheese
- vegetables (You can use your favourite vegetables: salad, carrots tomatoes, and more!)

1 First clean and cut the vegetables.
2 Next put butter on the bread.
3 Add salad.
4 Put cheese, ham or sausage on the bread.
5 Make a clown with the vegetables. Put them on your sandwich.
6 Enjoy your sandwich!

b) **Match pictures A–E to steps 1–6.**

6 b) 1 D • 2 F • 3 B • 4 E • 5 A • 6 C

A

B

C

D

E

F

Topic 2 Vorbereitung

Material: Ex 6 Handpuppe Scout, UMA, ► KV 5.2: A ham and cheese sandwich (Klassensatz) • Ex 8 weißes A4-Papier (ein Blatt pro Gruppe), ggf. Handpuppe Scout
Zeitbedarf: ca. 1–2 Std.
Minimalversion: Ex 7 als HA
Begleitmedien: App (Digital quiz, Digital help), INKL (S. 148–149), DIFF (5.4)

7 Lösungsbsp. S. 275

7 MEDIATION A party game

It's your friend's birthday °soon. He sends you a message with a °link to a party game °description.
Write °back and tell him in German how the game works.

www.partygames.example.com

Ich habe hier ein Spiel für meine Geburtstags-party gefunden, aber ich verstehe nicht alles. Wie funktioniert es genau?

www.partygames.example.com

A guessing game ► Box: Voc., p. 234
Here's a great party game for your birthday! It's really easy to play and it's a lot of fun! You only need a ⁺playlist with a lot of popular songs.

To play:
Play a song. Everybody ⁺guesses the name of the song and the name of the singer. The first right answer gets 10 points. The first person with 70 points wins!

My task

8 Our party

8 individuelle Lösungen

a) °Plan a party for your class. Work in groups. In your group, decide on a kind of party (a dance / garden / film / °magic party, ...).

What about ...?

b) In your group, make notes about these things:

your party food
your party music / playlist
games and activities

► Digital help ► Wordbank 12, p. 193

c) Tell the class about your party. The class chooses the best party plan.

This is our party food: ...
This is our music playlist. First ... by ...
We want to watch a film / ...

Digital quiz I can talk about party food and activities.

Ex 7 Einstieg:
- (SB auf) Wdh., was man bei einer ► Mediation beachten muss (nicht Wort für Wort übersetzen, wichtige Informationen mit eigenen Worten wiedergeben, unwichtige Details weglassen).

Erarbeitung:
- S bearbeiten Text gemäß AA (ggf. gibt L Hinweise zur Textform).
- **Ausw.:** ► Partner check
- Einzelne S präsentieren Ergebnisse im Plenum.

My task Ex 8 Einstieg:
- (SB zu) L: *Now let's plan our own party. What things are important?*
- ► Five-finger brainstorming
- S besprechen Ideen in PA und dann im Plenum.

Erarbeitung:
a) (SB auf) ► Gruppenbildung, ein Blatt für jede Gruppe
- gemäß AA
- **Sich.:** L stellt sicher, dass sich jede Gruppe für eine Party entschieden hat.

b) L verweist auf ► Wordbank 12, S. 193.
- Gruppen machen sich Notizen.

c) gemäß AA
- L präsentiert ein Beispiel mit Handpuppe Scout.
- **Ausw.:** Gruppen präsentieren ihre Ergebnisse.
- ► Feedback von der Klasse
- ggf. *Scaffolding* als TA, z. B.:
  I like your party food.
  Your playlist is cool.
  You have good ideas.
  Your games are funny.

Topic 3 Inhalt

Lernschwerpunkt: eine Backanleitung verstehen • das eigene Lieblingsessen beschreiben
Kompetenzen: Viewing ein authentisches Koch-Video verstehen • Reading / Intercultural competence einen Blogeintrag zu einem nigerianischen Gericht verstehen • Writing einen Blogeintrag über das eigene Leibgericht schreiben
Redemittel: Wortfelder *cooking and baking, food and drinks*

Ex 1 Einstieg:
- (SB zu) ► Semantisierung der neuen Wörter
- L bringt Realien (auf S. 144 genannte Zutaten) oder ► Flashcards mit.
- Wortliste als TA und Übernahme ins *Vocab file*
- ► Lautschulung

Erarbeitung:
- (SB auf) S lesen die Nachricht und die Einkaufsliste.
- S beantworten die Frage in PA.
- **Ausw.:** im Plenum
- S begründen ihre Entscheidung.

Ex 2 Einstieg:
- (SB zu) L: *Who here bakes cakes? Where do you get your recipes?* S antworten. L: *Let's watch a cooking video.*

Erarbeitung:

a) (SB auf) S schauen sich die Fotos an und lesen die Sätze darunter, ggf. Klären von Verständnisfragen.
- **1. Sehen:** S notieren die richtige Reihenfolge der Fotos.
- In lernschwächeren Klassen sehen sich die S das Video vorab einmal ohne konkreten Arbeitsauftrag an. L stellt ein bis zwei allgemeine Fragen, z. B.: *What is the boy in the video baking?*

b) S prüfen ihre Lösung beim 2. Sehen.
- **Ausw.:** ► Meldekette

c) gemäß AA, in PA
- **Ausw.:** im Plenum
- **Zusatz:** Wer den Kuchen nachbacken möchte, findet das Rezept auf S. 161.

Let's cook!

1 BEFORE YOU WATCH **What are you cooking?**

1 *I think it's a* chocolate *cake.*

Read Zane's shopping list. What kind of cake is he making?

I think it's a … cake.

Hey, Zane! What are you doing?

Hi, Lily. I'm watching a cooking video. I want to make this for Noah's birthday party.

shopping list
- *chocolate*
- *eggs*
- *cocoa powder*
- *butter*

2 VIEWING **A cooking video**

2 a) 1 D • 2 B • 3 E • 4 A • 5 F • 6 C

a) Watch the video. Put the photos in the correct order.

b) Watch again and check.

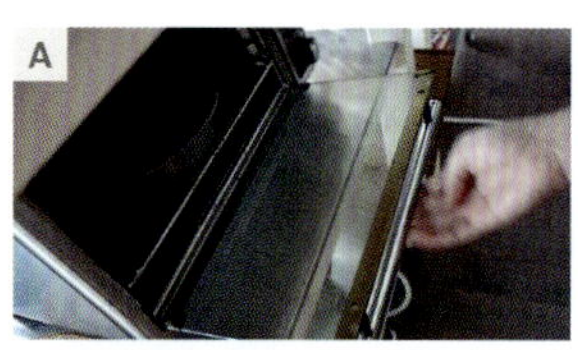

A He's putting the cake in the oven.

B He's adding the eggs.

C He's putting the icing on the cake.

D He's mixing the flour and the cocoa.

E He's adding the vanilla to the eggs.

F He's making the icing with butter and sugar.

c) Do you like chocolate cake? Do you want to make this recipe? Tell a partner.

I like chocolate cake. It's really good!

I think this recipe is too hard.

If you want to make this recipe, look on p. 161!

► More practice 9, p. 161

► Workbook, p. 77

2 c) individuelle Lösungen

Topic 3 Vorbereitung

Material: Ex 1 Realien (Zutaten) oder von L vorbereitete Flashcards • Ex 2 UMA/DVD/App • Ex 4 Handpuppe Scout (mit einem Sandwich), weiße A4-Blätter im Klassensatz
Zeitbedarf: ca. 2 Std.
Minimalversion: Ex 2c) auslassen, Ex 4 als HA beenden
Begleitmedien: WB (S. 77–78), App (Digital quiz, Digital help), INKL (S. 150–151), DIFF (5.5, 5.6)

3 READING Zane's favourite dish

3 1 F (from *Nigeria*) • 2 T • 3 F (there is *chicken* in it) • 4 F (with *plantain*) • 5 T • 6 F (he thinks *he* cooks it best)

Read Zane's blog post. Write if these sentences are true (T) or false (F).

1 Zane's favourite dish is from °India.
2 Jollof rice is a main course.
3 It's a vegetarian dish.
4 Zane's family eats jollof[1] rice with chips.
5 They eat it a lot.
6 Zane thinks that his dad cooks it best.

2.40

www.cooking-with-zane.example.net

This is my favourite dish.
It's called jollof rice and it's from Nigeria.
It's a main course.
You make it with rice, tomatoes, vegetables, chicken – and a lot of spices!
It's °delicious and I love it!

We eat it with °plantain[2] – it's a kind of banana. We fry it in a frying pan.
Everybody in my family likes this dish and my dad often cooks it on Sundays.
Sometimes I cook it – don't tell him, but I think I cook it best! 😊

My task

4 My favourite dish

4 individuelle Lösungen

Write about your favourite dish. Use Zane's blog post in 3 and these questions to help you.

- What kind of dish is it?
  A main course? A dessert? Is it sweet?
- What country does it come from?
- What's in the dish?
- When do you eat it? Who cooks it?
- Do you eat it with your family?
- What do you drink with it?

▶ Digital help • ▶ More help, p. 161 • ▶ Wordbank 12, p. 193

Good to know

Food and drinks in Britain

- Fish and chips is very British, but in Britain you can eat food from everywhere!

- A lot of people drink tea (often with milk and sugar), but a lot of people drink coffee too.

1 [ˈdʒɒlɒf] 2 [ˈplæntɪn], [ˈplænteɪn]

▶ Workbook, p. 78

Digital quiz — I can describe my favourite dish.

Ex 3 Einstieg:
- (SB zu) L: *Do you remember Noah's and Sunita's favourite dish?*
  S: *Noah's/Sunita's favourite dish is …*
  L: *Now let's read about Zane's favourite dish.*

Erarbeitung:
- (SB auf) L liest den Text vor und stellt zwei bis drei Verständnisfragen, z. B.: *What's the name of Zane's favourite dish? What's in it – only rice?*
- ▶ Semantisierung des neuen Wortschatzes
- S lesen dann die Sätze 1–6.
- Sie lesen Zanes Beschreibung noch einmal still in EA und notieren die Lösungen (*T/F*).
- Lernstärkere S korrigieren die falschen Sätze.
- **Ausw.:** TA der Ergebnisse

My task Ex 4 Einstieg:
- (SB zu) Handpuppe Scout hat ein Sandwich und stellt vor:
  Scout: *My favourite dish is a sandwich. What's your favourite dish?*
  S: *My favourite dish is …*
  (▶ Meldekette)

Erarbeitung:
- (SB auf) gemeinsames Lesen der AA und des ▶ Good to know, S. 145
- Fragen vorlesen lassen und gemeinsam klären.
- ▶ Wordbank 12, S. 193
- ▶ More help, S. 161
- S schreiben ihren Text auf ein weißes Blatt, das sie ausgestalten (ggf. als HA).
- **Ausw.:** ▶ Gallery walk
- Ablage im ▶ Dossier

Story Inhalt

Lernschwerpunkt: eine Geschichte über unterschiedliche Vorlieben lesen und verstehen
Kompetenzen: Reading eine Geschichte bildgestützt verstehen • Speaking über ein Bild sprechen
Redemittel: *party words* • *feelings*

Ex 1 Einstieg:
- (SB zu) TA: *Noah's birthday party*
  L: *What can you remember about Noah's party?*
- S sammeln, woran sie sich erinnern (Thema der Party, Ort und Essen).
- L sammelt Ideen an Tafel. Falls S sich nicht erinnern, dürfen sie das Buch zur Hilfe öffnen.

Erarbeitung:

a) (SB auf) L zeigt das erste Bild (UMA).
- S decken die *Story* ab und sehen nur Ex 1.
- gemäß AA im ► Partner talk
- **Ausw.:** ► Five-minute teacher
- ☒ Lernstärkere S bilden zu den verneinten Sätzen einen passenden positiven Satz, z. B.: *Zane isn't bringing a drink. He's bringing a cake.*

b) ► Klären der AA
- TA der unten stehenden Schritte (in Stichworten) und des passenden ► Scaffolding
- **1. Lesen:** S arbeiten in PA immer die folgenden vier Schritte ab:
  1) S betrachten erst das Bild und beschreiben TA mit Scaffolding:
  In picture 1/2/…, Noah/Zane/Lily/Sunita/…
  – is happy/sad/angry/ surprised/…
  – is sitting / is eating / is juggling /…
  2) S lesen leise den zum Bild gehörenden Abschnitt.
  3) S tauschen sich darüber aus, was sie in dem jeweiligen Absatz verstanden haben.

(Forts. s. S. 147)

A different kind of party

1 READING What's °happening in the story?

a) BEFORE YOU READ **Look at the first picture and choose the correct word.**

1 Lily, Zane and Sunita are / aren't meeting Noah.
2 Zane is / isn't bringing a drink.
3 Noah and his family are / aren't sitting in the park.
4 Buddy is / isn't running in the park.
5 It is / isn't raining.
6 The kids are / aren't wearing school uniforms.

1 a) 1 are • 2 isn't • 3 are • 4 isn't • 5 isn't • 6 aren't

b) **Read the story and find out: What's Noah's secret?**

1 b) Noah can do juggling tricks. He's good at juggling.

2.41

Lily This is the park and it's 2 o'clock …, but where are Noah and his family?
Zane Look, there they are! Noah's waving. Oh, and here's Sunita!
Sunita Hi! What are you bringing to the party, Zane?
Zane It's my special chocolate cake. It's for Noah's party.
Lily It looks really good!

Zane Happy birthday, Noah! Here's a dessert for you!
Noah Thanks! Mum and Dad, my friends are here.
Mum Hello! Nice to meet you.
Lily And here are some strawberries, Noah.
Noah Thanks, but I'm allergic to strawberries, remember?
Lily Oh no, I'm sorry …
Dad That's OK, Lily – it's very kind of you to bring them. And I love strawberries!

Story Vorbereitung

Material: Ex 1 UMA, UMA/CD/App
Zeitbedarf: ca. 2 Std.
Begleitmedien: INKL (S. 152–153)

2.42

Sunita Zane, are you OK? You're very quiet.
Zane °Erm, this is a very different kind of party. I mean, it's just us and Noah's family here. And we're just sitting and talking. There's no music, people aren't dancing ... It's not the kind of party I like!
Sunita It's different. But Noah doesn't like loud music or dancing. So I think this is the kind of party he likes.

Dad Do you want to open your presents now, Noah?
Noah No, let's eat my birthday cake first!
Dad OK, it's in my bag ... Oh no! Stop, Buddy!
Noah Is Buddy OK?
Mum Yes, he's OK. There's no chocolate in the cake. But we can't eat it now! I'm sorry, Noah.
Noah That's no problem. We can eat Zane's chocolate cake.

2.43

Lily It's a shame about your birthday cake, Noah. But you look happy. Are you having fun?
Noah Yes, I am. This is the best birthday party +ever! I'm having a picnic with my family and my best friends and my dog. It isn't too loud, so I'm feeling good. It's sunny, I have presents and we can eat Zane's chocolate cake. It's the perfect party for me!
Lily That's great! I'm happy for you.

Noah And now – my secret: Watch this!
Sunita Wow! Noah, that's amazing!
Zane You're really good at juggling!
Dad Well done, Noah! When you want to learn something, you work really hard.
Noah Ta-dah! This is a circus birthday party, right? Now it's your turn – I can show you how to juggle too!
Zane Wow, this is a great party! It's a new kind of party for me, but it's great fun. Thanks, Noah!

Forts. von S. 146:

4) S stellen sich gegenseitig Fragen, wenn sie etwas nicht verstanden haben (TA mit Scaffolding):
I don't understand this part/ sentence.
Can you help me?
What's ... in German?

- S beantworten nach dem **1. Lesen** der Geschichte die Frage aus Ex 1b).
- **Ausw.:** Vergleich der Antworten im Plenum
- **2. Lesen:** S lesen die Geschichte leise und suchen nach unbekannten Wörtern. S: *What does ... mean?*
- L semantisiert das Wort (► Semantisierung), beschreibt es kurz auf Englisch, führt passende Bewegungen aus oder Ähnliches und schreibt die deutsche und englische Bedeutung an die ► Vokabeltafel.
- S ergänzen ihr *Vocab file*.
- Text ggf. ein weiteres Mal lesen/hören (► Mitleseverfahren). L stellt Verständnisfragen.

- **Zusatz:** S üben, einen Teil des Textes vorzulesen. L stellt ihnen die Aufnahme des Textes zur Verfügung, damit sie gezielt die korrekte Aussprache trainieren.

Story Inhalt | Vorbereitung

Lernschwerpunkt: unterschiedliche Vorlieben verstehen und darüber sprechen
Kompetenzen: Reading eine Geschichte verstehen und ihr neuen Wortschatz entnehmen • Speaking / Life skills über kulturelle und persönliche Unterschiede sprechen
Redemittel: *party words* • *That's the same. / That's different.*

Zeitbedarf: ca. 1–2 Std.
Begleitmedien: App (Digital quiz), INKL (S. 154), DIFF (5.7)

Ex 2 Hinweis:
- idealerweise im direkten Anschluss an das Lesen der Geschichte

Erarbeitung:
- (SB auf) S lesen die Sätze und notieren die Namen im Heft.
- **Ausw.:** ▶ Meldekette

Ex 3 Einstieg
- (SB auf) Zur Auffrischung, falls erst in Folgestunde bearbeitet: L macht drei bis vier einfache *true/false*-Aussagen zur Geschichte, z. B.: *Zane is bringing a cake to the party.* S entscheiden, ob die Aussage wahr oder falsch ist, und suchen die dazugehörige Textzeile.

Erarbeitung:
- gemäß AA
- **Ausw.:** ▶ Five-minute teacher

Ex 4 Einstieg:
- (SB zu) L macht Aussagen. S stehen auf, wenn Aussage auf sie selbst zutrifft. Beispiele: *I like football/pizza/meat/...*

Erarbeitung:

a) (SB auf) gemäß AA, S schreiben Antworten ins Heft.

b) AA klären, mind. ein Beispiel im Plenum erarbeiten.
- S sollen in PA mind. eine Gemeinsamkeit und einen Unterschied finden.
- S notieren Ergebnisse im Heft.

c) Ausw.: Präsentation im Plenum gemäß AA

- ☒ **Zusatz:** Kurze Diskussion, warum es wichtig ist, dass wir Unterschiede akzeptieren.

2 Who is it?

2 1 Zane • 2 Noah • 3 Noah's dad • 4 Zane, Sunita • 5 Buddy • 6 Lily • 7 Zane

Complete the sentences with a name or names.

1 ... makes some food for the party.
2 ... can't eat strawberries.
3 ... loves eating strawberries.
4 ... and ... think the party is too quiet at first.
5 ... eats the birthday cake.
6 ... thinks the party is perfect.
7 ... thinks something different about the party at the end.

3 Words in the story

3 1 waving • 2 allergic • 3 picnic • 4 amazing • 5 juggling

Find the words in the story for the descriptions.

1 When you put your hand up to say hello. (line 6)
2 When you can't eat a kind of food. (line 21)
3 When you eat in the park with friends. (line 47)
4 When something is really great. (line 54)
5 When you do tricks with three or more +balls. (line 55)

4 Life Skills People are different

4 individuelle Lösungen

a) **Read the sentences about Noah and his friends. Write how you are the same or different.**

1 Noah likes quiet parties. *I like quiet parties too. / I don't like quiet parties.*
2 Zane likes loud music and dancing.
3 Noah's dad likes strawberries.
4 Sunita doesn't eat meat.

b) **Talk to your partner. What's the same and what's different?**

c) **Tell the class one thing that is the same for you and your partner. Then say one thing that's different.**

Digital quiz — I can **understand and talk about differences.**

Viewing Inhalt | Vorbereitung

Lernschwerpunkt: Filmszenen verstehen
Kompetenzen: Viewing / Intercultural competence Filmszenen zum Thema Geburtstagsparty verstehen • Speaking über die *Brighton dares* diskutieren
Redemittel: Wortfeld *birthday words* • *discussion phrases*

Material: Ex 2 UMA/DVD/App
Zeitbedarf: ca. 1 Std.
Minimalversion: Ex 3 auslassen
Begleitmedien: WB (S. 79), INKL (S. 155)

The Brighton dares: Birthday

1 Before you watch Birthday words

Daisy and Emir do two new dares this week. Can you guess them? Say the numbers.

1 Dance in a library
2 Sing in a supermarket
3 Take[1] your imaginary[2] friend to a party.
4 Tell a teacher about your imaginary friend.

1 individuelle Lösungen

2 Viewing The dares

2 a) 2, 3

a) **Watch the video and check your guesses in 1. Which dares are in the video?**

b) **Choose the correct answers A or B.**

2 b) 1 A • 2 B • 3 B • 4 A • 5 B • 6 A

1 Gloria's party is on ...	A Saturday.	B Wednesday.
2 Emir °has to do his dare ...	A at the party.	B in the supermarket.
3 For his dare, Emir has to ...	A juggle.	B sing.
4 People near him are are ...	A surprised but happy.	B angry.
5 The video is ...	A for the internet.	B a present for Gloria.
6 The toy dog is a present from ...	A Sota (Daisy's friend).	B Emir.

c) **Watch the video again and answer the questions.**

1 Which birthday things can you see in the video?
2 What's everybody doing when the video °finishes?

2 c) 1 Lösungsbsp. S. 275 • 2 dancing

3 All the dares

3 individuelle Lösungen

There are ten dares in this book. Talk about them with a partner.

I think	Daisy's Emir's	school family sports and hobbies town birthday	dare is	the best. cool. funny. great. horrible. interesting. mean. °stupid. weird.

[1] (to) **take somebody** *jemanden mitnehmen* [2] **imaginary** *Fantasie-, eingebildet*

► Workbook, p. 79

Ex 1 Einstieg:
- (SB zu) S spielen Galgenraten mit dem Begriff *birthday*.
- S teilen sich in zwei Gruppen auf (► Gruppenbildung) und spielen gegeneinander.

Erarbeitung:
- (SB auf) gemäß AA
- **Ausw.:** ► Meldekette: *I think it's number ... and number ...*

Ex 2 Erarbeitung:
a) (SB auf) **1. Sehen:** gemäß AA
- **Ausw.:** im Plenum

b) S lesen AA und die Sätze.
- Sie notieren die Lösungen.
- **Ausw.:** ► Partner check, dann Plenum, ggf. **2. Sehen** zur Kontrolle

c) S lesen die beiden Fragen.
- **2./3. Sehen:** S machen sich Notizen.
- Austausch im ► Partner talk
- **Ausw.:** im Plenum, TA der *birthday things*

Ex 3 Erarbeitung:
- (SB auf) S arbeiten gemäß AA in PA.
- **Ausw.:** S tragen ihre Antworten in einer ► Meldekette vor.
- ☒ Lernstärkere S nennen zusätzlich eine Begründung.
- **Zusatz:** S stimmen ab, welches *dare* sie am besten fanden.

Study skills Inhalt | Vorbereitung

Lernschwerpunkt: Wörter erklären
Kompetenzen: Speaking Wörter umschreiben und dafür Oberbegriffe, Adjektive usw. nutzen
Redemittel: Wortfeld *food and drinks* • Adjektive • *umbrella words*

Material: Ex 4 drei vorbereitete Beispielkarten für das Spiel (*food, drinks, dishes*) sowie Blankokarten (zwei pro S), ► KV 5.3: GAME Explain it! (nach Bedarf)
Zeitbedarf: ca. 1 Std.
Minimalversion: Ex 1b) auslassen
Begleitmedien: App (Digital quiz), INKL (S. 156), DIFF (5.8)

Ex 1 Einstieg:
- (SB zu) TA: *subjects – animals – clothes*
  L: *Please give examples for school subjects / animals / ...*
- S nennen Beispiele.
- L ergänzt TA.
- Erläuterung des Konzepts der *umbrella words* anhand der S-Beispiele (s.a. ►SF 6, S. 173)

Erarbeitung:
a) (SB auf) gemäß AA
- **Ausw.:** ► Five-minute teacher

b) Ein Beispiel vorab lösen, S schreiben Sätze ins Heft.
- **Ausw.:** ► Meldekette

Ex 2 Einstieg:
- (SB zu) L: *Ice cream is cold and sweet. What about cola/ coffee/...?* S: *It's ...*

Erarbeitung:
- (SB auf) schriftl. gemäß AA
- **Ausw.:** ► Five-minute teacher

Ex 3 Einstieg:
- (SB zu) L beschreibt drei bis vier *food and drinks*, S raten.

Erarbeitung:
- (SB auf) gemäß AA in EA
- **Ausw.:** S lesen eine Beschreibung vor, die Klasse rät.

Ex 4 Einstieg:
- L zeigt drei vorbereitete Karten und erklärt die Begriffe, S raten.

Erarbeitung:
- S bereiten Karten vor und verteilen sie gemäß AA.
- **Alternative:** S nutzen die Karten der ► KV 5.3.
- **Ausw.:** S spielen in Gruppen.

Explaining words

1 What kind is it?

1 a) 1 e • 2 c • 3 f • 4 b • 5 a • 6 d

a) Match sentences a–f to the food and drinks.

1e, 2 ...

~~1~~	~~melon~~	a	It's a kind of dessert.
2	chicken	b	It's a kind of British food.
3	tomato	c	It's a kind of meat.
4	fish and chips	d	It's a kind of drink.
5	cake	~~e~~	~~It's a kind of fruit.~~
6	milk	f	It's a kind of vegetable.

Chips are a kind of potato. Potatoes are a kind of vegetable. Vegetables are good for you. So chips are good for you, right?

b) Now describe these food and drinks with °umbrella words.

1 ham 2 banana 3 carrot 4 water 5 lemon 6 ice cream

1 b) 1 meat • **2** fruit • **3** vegetable • **4** drink • **5** fruit • **6** dessert

2 What's it like?

Match the food and drinks to the words in the box.

1 cola
2 carrot
3 pea
4 sugar
5 mattar paneer
6 orange

big • brown • cold • green • hot • long • orange • red • small • spicy • sweet • white

2 1 cold, brown, sweet • **2** orange, long • **3** green, small • **4** white, sweet • **5** red, hot, spicy • **6** orange, big, sweet

3 Now you

Describe these food and drinks. Can you add more information?

3 Lösungsbsp. S. 275

Example: tomato – It's a kind of vegetable. It's red. It can be big or small. You can eat it in a salad.

1 lemon
2 strawberry
3 lemonade
4 fish and chips
5 cake
6 ham

4 GAME Explain it!

4 individuelle Lösungen

Start in groups of three. Each student writes two words (foods, drinks, dishes) on a °piece of paper. Swap words with °another group, but don't show them. In each group, a student takes a piece of paper and explains the word. The group has one minute to guess it.

► Skills file 6, p. 173

Digital quiz I can explain words.

Unit task Inhalt | Vorbereitung

Lernschwerpunkt: ein Rezept für ein Sandwich schreiben
Kompetenzen: Writing ein Rezept schreiben, Feedback geben • Media skills im Internet recherchieren
Redemittel: Wortfelder *food, cooking things and activities* • Feedback geben

Material: Einstieg bebildertes Rezept als Beispiel, UMA • Step 1–3 ► KV 5.4: Write a recipe for a sandwich (Klassensatz) • Step 4 Blankozettel für das S-Feedback
Zeitbedarf: ca. 2 Std.
Begleitmedien: App (Digital quiz), INKL (S. 157)

Unit task: individuelle Lösungen

Write a recipe for a sandwich

Step 1

Do you have a favourite sandwich?
You can use your own recipe or find new ideas on the internet.
What food do you need?

sandwich
bread
vegetables (salad, tomatoes, ...)
cheese
butter

► Wordbank 12, p. 193

Step 2

Write the steps how to make your sandwich. You can use the words in the box.

first • next • clean • cut • put ... on the ... • add

► Wordbank 13, p. 194

Step 3

Add pictures to your recipe. Draw pictures or use photos of your sandwich.
You can also show how you make the sandwich or how you eat it.

Step 4

Collect all the recipes for a book.
Look at another student's recipe and write a note with your feedback. Put it on the page.

Your sandwich looks really good.

I want to make this!

Your recipe is easy to make.

► Skills file 5, p. 171

Digital quiz I can °research and write a recipe.

Unit task Einstieg:
- (SB zu) L zeigt ein bebildertes Rezept als Beispiel, z. B. S. 155 (UMA).
- L nennt Ziel der *Unit task* und bespricht mit S die Schritte zum Erreichen dieses Ziels.

Step 1 Erarbeitung:
- (SB auf) S überlegen sich ein Rezept für ihr Lieblingssandwich oder suchen im Internet nach Ideen, ggf. als vorbereitende HA.
- Sie schreiben die Zutatenliste auf, dazu können sie ► KV 5.4 (Ex 1) nutzen.
- s. a. ► Wordbank 12, S. 193

Step 2 Erarbeitung:
- S notieren die einzelnen Arbeitsschritte zunächst auf einem Notizblatt.
- s. a. ► Wordbank 13, S. 194
- In PA od. Kleingruppen stellen die S sich ihre Texte vor und korrigieren sich gegenseitig.
- L hilft lernschwächeren S bei der Korrektur.
- S tragen die überarbeiteten Texte auf der ► KV 5.4 (Ex 2) ein.

Step 3 Erarbeitung:
- S fügen Bilder hinzu.

Step 4 Erarbeitung:
- S geben im ► Gallery walk Feedback auf Zetteln.
- S überarbeiten ggf. ihr Rezept.
- L sammelt Rezepte als Buch.

Checkpoint Inhalt

Lernschwerpunkt: Kompetenzen und sprachliche Mittel üben, Lernfortschritte erkennen
Kompetenzen: Speaking sich über Essen und Getränke für einen Filmabend verständigen • Reading einem Text Informationen zu einer Geburtstagsparty entnehmen
Strukturen: *present progressive* • *much, many, a lot of*
Redemittel: Wortfeld *food and drinks* • *party words*

Allgemeine Anmerkung:
s. Unit 1, S. 36

Ex 1 Einstieg:
- (SB auf) Selbsteinschätzung zum Lernziel *(I can ...)*, ► Thumbs up

Erarbeitung:
a) gemäß AA
- **Ausw.:** ► Bus stop (► KV Extra): S vergleichen ihre Lösungen mithilfe von ► KV 5.5 A.
- **Alternative:** ► Partner check

b) S entscheiden im ► Partner talk, was sie kaufen.
- **Ausw.:** S stellen ihren Dialog im Plenum vor.
- erneute Selbsteinschätzung

Ex 2 Einstieg:
- (SB auf) Freiwillige/r S liest das angegebene Lernziel vor.
- s. Ex 1 (Selbsteinschätzung)

Erarbeitung:
- S schreiben die ergänzten Sätze ins Heft.
- **Ausw.:** ► Five-minute teacher
- **Alternative:** L stellt S ► KV 5.5 A zur Verfügung. S überprüfen sich selbst oder gegenseitig im ► Partner check (ggf. ► Bus stop und ► KV Extra).
- nach der Lösungskontrolle erneute Einschätzung des Könnens (gleiche Methode wie im **Einstieg**)
- ► Early finishers schreiben zwei wahre und drei falsche Sätze zum Bild (► Three truths, two lies). Zwei der Sätze sollten verneint sein.
- S stellen ihre Sätze vor. Klasse reagiert mit ► Right/wrong cards.

5 Checkpoint

Digital checkpoint

1 a) 1 carrots • 2 strawberries • 3 tomatoes • 4 bread • 5 sausages • 6 chocolate • 7 milk • 8 lemonade

1 A film °night

I can talk about food.

a) Words Look at the food and drinks. What things can you see? Write the correct word.

b) Speaking You and your partner are having a film night. You talk about what you want to buy for food and drinks. Choose three things from a).

1 b) Lösungsbsp. S. 276

Let's buy some ... / I want to buy ...
I love ... / I often eat / drink ...
Do you like ...?

Yes, that's a good idea. /
No, I don't want to buy ..., but let's buy ...
I don't like ... / I never eat / drink ... /
I'm allergic to ...

2 1 wearing • 2 putting • 3 sitting • 4 barking • 5 texting • 6 eating • 7 playing • 8 listening

2 Language A very bad picnic

I can talk about birthdays and parties *(present progressive)*.

Sunita shows her friends a photo of a bad family party. Complete her sentences with the *ing*-form of the words in the box.

bark • eat • listen • play • put • sit • text • wear

1. Willow's birthday is in August, so we're ... T-shirts, but it's cold and rainy.
2. Mum is ... balloons on a tree, but it's very windy.
3. We're ... on the °grass because there are no chairs.
4. A dog is ... because it wants our food.
5. Nish is on his phone. He's ... his friends.
6. A seagull is ... my sandwich.
7. Ben is ... the guitar.
8. But just one person is ... to Ben's music!

Check

Checkpoint Vorbereitung

Material: alle Aufgaben ► KV 5.5 A: Checkpoint answers, bei Bedarf ► KV Extra: Bus stop • Ex 2 von L vorbereitete *Right/wrong cards* (Klassensatz) • Ex 3 UMA/App (Erklärfilm von S. 183)
Zeitbedarf: ca. 1 Std.
Minimalversion: Auswahl der Aufgaben erfolgt entprechend der zu überprüfenden Lernziele
Begleitmedien: App (Digital checkpoint), INKL (S. 159)

3 1 isn't • 2 aren't • 3 a lot of • 4 sausages • 5 carrots

3 Language After the party

I can talk about party food *(much, many, a lot of)*.

Lily is at a family party. Her sister messages her about the food. Look at the picture and complete her answer with the words in the box.

How much food and drink is there?

a lot of • aren't • carrots • isn't • sausages

1 *There ... much lemonade.*
2 *There ... many sandwiches.*
3 *There's ... salad.*
4 *There are a lot of ...*
5 *There aren't many ...*

4 Reading Zane's dream party

4 a) Zane's dream party is in the stadium.

a) Look at the title of the website and the pictures. Where's Zane's dream party?

www.stadium-birthday-party.example.net

The stadium: The perfect place for your birthday party

Why?
- The stadium is a special and interesting place.

Party activities:
- A tour of the stadium.
- A football °skills lesson with our trainers.
- You and your friends play a football match.

When?
- Sunday mornings: 10 a. m. – 12 p. m.

What about food?
- Enjoy a °delicious lunch of sandwiches, fruit and birthday cake.

b) Read the website. Answer the questions. Write in sentences.

4 b) Lösung S. 276

1 Why is the stadium a good place for a party?
2 What activities are there?
3 What day of the week are the parties?
4 How long are the parties?
5 What food is there?

c) Where's your dream party? Why? You can use the ideas in the boxes.

4 c) Lösungsbsp. S. 276

cinema • ice rink • park • skatepark • °zoo

I like animals / films / skateboarding / °skating / sports.

Check

Ex 3 Einstieg:
- (SB auf) s. Ex 1 (Selbsteinschätzung)
- Sollten sich die S hier schon als schwach einschätzen, sehen sie sich vorab den Erklärfilm von ► LF 17, S. 183 noch einmal an.

Erarbeitung:
- gemäß AA
- S schreiben die vollständigen Sätze ins Heft.
- **Ausw.:** ► Bus stop (Einsatz ► KV Extra): S vergleichen ihre Lösungen mithilfe von ► KV 5.5 A.
- **Alternative:** ► Five-minute teacher

Ex 4 Erarbeitung:

a) gemäß AA in EA

b) **1. Lesen:** gemäß AA
- S notieren Antworten in ganzen Sätzen.
- ► Partner check
- **2. Lesen:** S berichtigen ihre Fehler.

c) S schreiben mithilfe des ► Scaffolding zwei Sätze über ihre *dream party*.
- **Ausw.:** S erhalten ► KV 5.5 A und überprüfen ihre Lösungen.

Checkpoint Inhalt

Lernschwerpunkt: Kompetenzen und sprachliche Mittel üben, Lernfortschritte erkennen
Kompetenzen: Mediation auf Deutsch Fragen zu einem Rezept beantworten • Listening einem Hörtext Informationen zu einem Abendessen entnehmen • Writing einen Blogeintrag mit einem Rezept schreiben • Study skills Wörter erklären
Redemittel: Wortfelder *food, cooking and baking*

Ex 5 Einstieg:
- (SB auf) Selbsteinschätzung zum Lernziel, ► Thumbs up

Erarbeitung:
- S lesen die AA und die Fragen.
- S lesen Text in EA und schreiben die Antworten auf die Fragen in ihr Heft.
- **Ausw.:** ► Bus stop (Einsatz ► KV Extra): S vergleichen ihre Lösungen mithilfe von ► KV 5.5 B.
- Ggf. erklären die S anschließend im Plenum, wie sie die Antworten gefunden haben.
- erneute Selbsteinschätzung

Ex 6 Einstieg:
- (SB auf) Selbsteinschätzung zum Lernziel, ► Thumbs up
- S beschreiben die Bilder, ► Scaffolding: *In picture A/B there's / there are ...*
  S: *In picture A there are three chairs. There's a table.*

Erarbeitung:

a) 1. Hören: gemäß AA
- **Ausw.:** S halten etwas Grünes für Bild A oder etwas Rotes für Bild B hoch (z. B. Farbstifte).
- S begründen ihre Entscheidung.
- Falls nötig, wird der Hörtext erneut gehört.

b) 2. Hören: gemäß AA
- Ggf. ist für diese Aufgabe ein **3. Hören** erforderlich.
- **Ausw.:** ► Bus stop (Einsatz ► KV Extra): S vergleichen ihre Lösungen mithilfe von ► KV 5.5 B.
- **Alternative:** ► Five-minute teacher
- erneute Selbsteinschätzung

5 Checkpoint

Digital checkpoint

5 MEDIATION My favourite dish

I can describe my favourite dish.

You want to tell your mum about your new favourite dish. You find the recipe on the internet and show it to her. Answer your mum's questions:

1 Isst man das zum Frühstück oder zu Abend?
2 Welche Zutaten braucht man dafür?
3 Wie lange wird es im Ofen gebacken?

5 Lösungsbsp. S. 276

www.delicious-dinners.example.net

°Toad in the °hole

Today I want to tell you about my favourite evening meal: toad in the hole.
I often eat it in winter. The name °sounds weird, but the °ingredients aren't weird!

You need:
- 3 eggs
- 300 °ml milk
- 8 sausages
- 175 °g flour
- °oil

How to make it:
1 Mix the eggs, milk and flour.
2 Cook the sausages in a frying pan with oil.
3 Put the sausages and the mixture in an oven dish.
4 Cook in the oven for 30 minutes.

6 LISTENING Dinner at Sunita's house

2.44

I can understand and talk about differences.

a) **Zane is at Sunita's house. Listen. Which picture is Sunita's dining room?**

A

B

6 a) B

b) **Listen again. Write 'Zane's family' or 'Sunita's family'.**

1 ... eats dinner in a big dining room.
2 ... has a small dining room.
3 ... eats dinner in the living room.
4 ... doesn't eat meat.
5 ... has no animals.

6 b) 1 Sunita's family • **2** Zane's family • **3** Zane's family • **4** Sunita's family • **5** Zane's family

Check

Checkpoint Vorbereitung

Material: alle Aufgaben ► KV 5.5 B: Checkpoint answers, bei Bedarf ► KV Extra: Bus stop • Ex 6 UMA/CD/App
Zeitbedarf: ca. 1 Std.
Minimalversion: Auswahl der Aufgaben erfolgt entprechend der zu überprüfenden Lernziele
Begleitmedien: App (Digital checkpoint), INKL (S. 159)

7 Study Skills Explaining new words

I can explain words.

a) Daniel is explaining some new words, but there are some °mistakes. Find the mistake in each sentence.

1 carrot: It's a kind of fruit.
2 chicken: It's a kind of cake.
3 dessert: It's the meal before dinner.
4 milk: It's a kind of food.
5 °cornflakes: You eat them with water.
6 tea: It's a cold drink.
7 shopping list: You need it at school.
8 vegetables: They're bad for you.

b) Write the correct sentences (1–8).

1 carrot: It's a kind of ...

7 a) Lösung S. 276

7 b) Lösung S. 276

8 Writing A banana and chocolate °crepe

I can research and write a recipe.

Luisa wants to write a blog post about her favourite dessert recipe: a banana and chocolate crepe. Look at the pictures and read her notes. Then complete her post with the words in the box.

add • fry • eggs • minutes • mix • pan

8 1 eggs • 2 pan • 3 mix • 4 fry • 5 minutes • 6 add

1

You make it with flour, sugar, milk, chocolate sauce, a banana and two ...

2

You also need a °spoon and a frying ...

3

First ... the flour, eggs, milk and sugar.

4

Then ... the mixture for two minutes.

5

Next turn over the crepe and fry it for two more ...

6

... chocolate sauce and the banana.

Check

Ex 7 Einstieg:
- (SB auf) Selbsteinschätzung zum Lernziel, ► Thumbs up

Erarbeitung:
a) gemäß AA

b) gemäß AA
- **Ausw.:** ► Bus stop (► KV Extra): S vergleichen ihre Lösungen mithilfe von ► KV 5.5 B.

Ex 8 Einstieg:
- (SB auf) Selbsteinschätzung zum Lernziel, ► Thumbs up

Erarbeitung:
- AA lesen und klären.
- S sehen sich die Bilder an und lesen die Beschreibungen.
- Sie notieren sich für jedes Bild das einzusetzende Wort aus dem Reservoir.
- ► Partner check
- S schreiben den vollständigen Blogbeitrag in EA ins Heft.
- **Ausw.:** ► Bus stop (Einsatz ► KV Extra): S vergleichen ihre Lösungen mithilfe von ► KV 5.5 B.
- erneute Selbsteinschätzung

- **Zusatz:** Auswertung, wie gut sich S bei den Aufgaben dieser Doppelseite selbst eingeschätzt haben, mit ► Thumbs up: Stimmen die Einschätzungen vor und nach der Aufgabe überein?

Partner page Inhalt

Lernschwerpunkt: zusätzliche Übungen, Differenzierungs- und Hilfsangebote
Kompetenzen: Speaking beschreiben, was gerade auf einem Bild geschieht • sich über Geburtstage austauschen • Reading einen Text in die richtige Reihenfolge bringen
Strukturen: *present progressive*
Redemittel: Wortfeld *food* • *birthday parties*

Allgemeine Anmerkung:
s. Unit 1, S. 40

Ex 9 Einstieg: s. S. 139

Erarbeitung:
- (SB auf) *Partner A* verwendet das Bild von S. 139, *Partner B* das Bild von S. 156.
- PA gemäß AA
- Lernschwächere S markieren sich die Unterschiede, indem sie eine Münze, ein Radiergummi oder Ähnliches an die entsprechende Stelle legen.
- TA mit den benötigten Verben: *sing – sleep – play – read – eat – talk – look at – take pictures – draw*
- **Ausw.:** s. S. 139

Ex 10 Erarbeitung:
- Diese Fotos sind für S gedacht, die keine eigenen Fotos für die *My task* von S. 139 mitgebracht haben.
- S beschreiben die Fotos mit dem *present progressive*.
- L stellt folgendes ► Scaffolding zur Verfügung: *The boy / the girl / the children / the man / the woman ... is / are ... smile / wear / play / look at / stand behind / sit / hold / dance*
- **Zusatz:** Die Bilder können außerdem für ein *Warm-up* genutzt werden. S können ► Three truths, two lies zu den Bildern erstellen und sie dann im Plenum vortragen.

5 Partner page

Partner page

► Page 139

9 Lösungsbsp. S. 275

9 Speaking Find the differences

Partner B: Look at this picture.
Take turns and find six differences:

In my picture, a boy and a girl in blue T-shirts are ...

In my picture they're talking.

In my picture, they aren't ... They're ...

10 My Task My party photos

10 Lösungsbsp. S. 275

°Describe these photos to your partner.

This is my birthday. It's the 26th July. We're wearing sunglasses. ... We're eating ... and drinking ...

156 one hundred and fifty-six

Diff bank Vorbereitung

Material: MP 1 Handpuppe Scout, ggf. geeignetes digitales Gerät zum Präsentieren • MP 2 ► KV Extra: Bus stop
Zeitbedarf: abhängig davon, welche Aufgaben bearbeitet werden
Minimalversion: *More practice*-Aufgaben sind stets Zusatzaufgaben
Begleitmedien: INKL (S. 160–161)

Diff bank

▸ Page 134

More practice 1 **Food words**

1 a) individuelle Lösungen

a) **Start a page in your VOCAB FILE. Make lists or a mind map for vegetables, fruit, meat and other food words. You can draw pictures and add words in other languages. Add more new words later in the unit.**

b) **What am I? Choose the correct word from the box.**

cream • pea • strawberry • tomato

1 I'm a very small, green vegetable.
2 People eat me in salads and on +burgers.
3 I'm a sweet red fruit.
4 People eat me with cake or fruit or in a dessert.

1 b) 1 pea • 2 tomato • 3 strawberry • 4 cream

▸ Page 136

More help **1** READING **Noah's invitation**

1 individuelle Lösungen

a) BEFORE YOU READ **What do you do on your birthday? Tell a partner.**

We often	go swimming. go to the cinema. watch a film at home. play party games. sing *Happy Birthday*. take photos. play games online.

We eat	burgers. ice cream. fruit. +kebabs. +pizza. sandwiches. sausages.

More practice 2 **Messages to Noah**

2 Sunita b – d – a – c • **Ryan** g – f – h – e

Sunita and Noah's cousin Ryan[1] write messages to Noah. Put Sunita's and Ryan's messages in the correct order. Start like this: *Sunita: b, ...*

a Bye – see you on Saturday!

b Hello, Noah! I'd love to come to your party – thanks!

c Love, Sunita xoxo

d I love picnics!

e Bye and happy birthday from Ryan!

f I'm sorry, but I can't come. I'm busy on Saturday.

g Hi, Noah. Thanks for the invitation.

h I have a basketball game.

1 ['raɪən]

MP 1 Einstieg:
- (SB zu) L mit Handpuppe Scout:
  Scout: *What am I? I'm not a vegetable, I'm not meat. I live in the sea.*
- S erraten den Begriff (*fish*).

Erarbeitung:

a) S nutzen die Mindmap aus dem **Einstieg** in die Unit (s. S. 134) und ergänzen sie (s. a. ► SF 2, S. 166–167).
- Sinnvolle *umbrella words: vegetables, fruit, cooked food, breakfast ...*
- Hier können noch einmal Lernstrategien für neue Vokabeln thematisiert werden.
- **Ausw.:** S präsentieren ihre Mindmap (ggf. über Tablet oder Dokumentenkamera).

b) S lesen die Definitionen und notieren die Lösungen.
- **Ausw.:** im Plenum

MH 1 s. S. 136
- Diese Hilfe ist für Lernende geeignet, die mehr Unterstützung benötigen. S unterschiedlicher Niveaus können zusammenarbeiten. S nutzen ihr Buch während der PA für das ► Scaffolding.

Erarbeitung:

a) gemäß AA
- **Ausw.:** s. S. 136

MP 2 Erarbeitung:
- S lesen die Textschnipsel und notieren die Buchstaben in der richtigen Reihenfolge.
- **Ausw.:** S finden einen Partner / eine Partnerin über den ► Bus stop (► KV Extra), ► Partner check.

Diff bank Inhalt

Lernschwerpunkt: zusätzliche Übungen, Differenzierungs- und Hilfsangebote
Kompetenzen: Speaking sich über Kalendertage und persönlich wichtige Daten austauschen • sich darüber austauschen, was man gerade macht • Writing eine Geburtstagseinladung schreiben • schreiben, was man selbst und Familienmitglieder gerade tun
Strukturen: *present progressive*
Redemittel: Wortfelder *months, dates, ordinal numbers*

MP 3 Erarbeitung:
- (SB auf) Ein Beispiel im Plenum erarbeiten, S arbeiten dann in PA gemäß AA.
- ► Early finishers bilden zwei bis drei eigene Fragen und notieren sie im Heft.
- **Ausw.:** ► Meldekette, ggf. ergänzt mit Fragen der *Early finishers*.

MP 4 Erarbeitung:
a) (SB auf) S sammeln Daten gemäß AA.
b) S tauschen sich über ihre Daten in PA oder im ► Milling around aus.
- L weist auf korrekte Aussprache hin.

MH 5 s. S. 137
- Lernschwächere S erhalten hier zusätzliche sprachliche Hilfen.

Erarbeitung:
- (SB auf) S nutzen die Hilfen und Ideen für ihre Einladung.
- **Ausw.:** s. S. 137

MP 5 Erarbeitung:
- (SB auf) AA und Beispiele im Kasten lesen, ein bis zwei Dialoge im Plenum erarbeiten.
- S üben den Dialog zuerst in PA und tauschen sich dann im ► Double circle aus.
- **Ausw.:** Einige Dialoge im Plenum vortragen.

---

5 **Diff bank**

► Page 137

More practice 3 A calendar quiz

3 **1** *It's* a Thursday. • **2** It's 10th July. • **3** It's 31st July. • **4** It's 19th July. • **5** *It's on* 1st July.

Look at the calendar. Take turns to ask and answer the questions.

1 What day of the week is 3rd July? – *It's …*
2 What date is the second Thursday in July?
3 What date is the fifth Thursday in July?
4 Today is 13th July. What date is the next Saturday?
5 What day and date is Ezra's birthday? (Look at the red circle.) – *It's on …*

JULY

Mon	Tue	Wed	Thur	Fri	Sat	Sun
	(1)	2	3	4	5	6
7	8	9	10	11	12	13
14	15	16	17	18	19	20
21	22	23	24	25	26	27
28	29	30	31			

More practice 4 Your favourite dates

4 Lösungsbsp. S. 276

a) **What dates do you always remember? Write five dates in your exercise book.**

13th December: my dog's birthday

b) **Tell your partner about your dates.** *My dog's birthday is on the thirteenth of December.*

More help WRITING 5 My birthday invitation

Where?	What?
the cinema • the pool • the skatepark • my house	watch a film • go swimming • go skateboarding • play music • play games • make pizzas • eat cake

► Page 138

More practice 5 DOUBLE CIRCLE What are you doing?

5 individuelle Lösungen

Talk to different partners. Choose from the ideas in the box.

A Hi, Anna. What are you doing?
B Hi, Deniz. I'm … What are you doing?
A I'm … OK – see you!

eating a kebab • playing with my pet snake • coding • cleaning my room • playing bingo • °standing on my head • °teaching my parrot to sing • writing a post • watching a film

Diff bank Vorbereitung

Zeitbedarf: abhängig davon, welche Aufgaben bearbeitet werden
Minimalversion: *More practice*-Aufgaben sind stets Zusatzaufgaben
Begleitmedien: INKL (S. 162–163)

▸ Page 139

8 1 eating • 2 listening • 3 opening • 4 sitting • 5 taking • 6 playing • 7 drawing • 8 singing

Parallel exercise 8 A birthday photo

Zane is showing his mum a photo of his friend's birthday party. Complete his sentences with the *ing*-form.

1 I'm (eat) ... birthday cake. It's chocolate, my favourite!
I'm eating birthday cake.
2 Sunita and Ruby are (listen) ... to music.
3 This is Ju. She's (open) ... her birthday presents.
4 Noah is (sit) ... on a chair with a cat.
5 He's (take) ... photos of the cat with his phone.
6 Max and Albie have balloons. They're (play) ... with them.
7 Lily is at the table. She's (draw) ... a picture.
8 Amina and Vicky are (sing) ... *Happy Birthday*.

The spelling of some verbs with *-ing* is different:
sit – sitting
take – taking

6 a) 1 sleeping • 2 getting up • 3 making • 4 cycling • 5 eating • 6 going

More practice 6 What are they doing?

a) **It's one o'clock in Germany. What are the people in the pictures doing now? Use the verbs in the box with the *ing*-form.**

go • make • sleep • get up • cycle • eat

The girl in Mexico is ...

The boy in New York is ...

In London they are ... lunch.

The boy in Berlin is ...

In Tokyo they are ... dinner.

In Sydney they are ... to bed.

b) **Write what you're doing now. Write what people in your family are doing now.**

I'm sitting in the classroom. I'm ...
My °little brother is playing at home. ...

6 b) Lösungsbsp. S. 276

Parallel ex 8 s. S. 139
- Diese Übung, in der die einzusetzenden Verben bereits zugeordnet sind, ist für lernschwächere S geeignet, die beim verstehenden Lesen Probleme haben.

Erarbeitung:
- (SB auf) gemeinsames Lesen der ▸ Tippbox, S. 159
- S schreiben die Sätze in ihr Heft und ergänzen die *ing*-Form.
- ▸ Partner check
- **Ausw.:** ▸ Five-minute teacher

MP 6 Erarbeitung:

a) (SB auf) Die S schreiben zu den Bildern passende Sätze in ihr Heft.
- **Ausw.:** im Plenum (mit TA)

b) S schreiben Sätze darüber, was sie und ihre Familie gerade tun.
- Für lernschwächere S schreibt L zusätzliche Beispielsätze an die Tafel (z. B. in einer Tabelle: linke Spalte: *I*, rechte Spalte: Familienmitglieder).
- **Ausw.:** ▸ Meldekette : Jede/r S liest einen Satz vor.

Diff bank Inhalt

Lernschwerpunkt: zusätzliche Übungen, Differenzierungs- und Hilfsangebote
Kompetenzen: Listening Geräusche hören und sagen, was gerade passiert • Speaking beschreiben, was gerade auf einem Bild geschieht • Reading ein Rezept lesen • Writing einen Blogeintrag über das eigene Leibgericht schreiben
Strukturen: *much, many, a lot of* • *present progressive*
Redemittel: Wortfelder *food, cooking and baking, party words*

MP 7 Erarbeitung:

a) (SB auf) AA klären und die Wörter im Reservoir lesen.
- **1. Hören:** S schreiben zu den Geräuschen passende Sätze im *present progressive*.
- Die ersten beiden Beispiele im Plenum lösen. Sätze an die Tafel schreiben.

b) ► Partner check

c) **2. Hören:** S prüfen.
- **Ausw.:** im Plenum (mit TA)

MH 10 Erarbeitung: s. S. 139
- (SB auf) S nutzen die Hilfe, um zu beschreiben, was sie und andere auf ihren Bildern tun. Die Hilfe sollte vor der Bearbeitung der Aufgabe schon einmal gelesen werden.

MP 8 Einstieg:
- (SB zu) L wiederholt *much/many/a lot of* mit ► Flashcards (*food and drinks*).

Erarbeitung:
- (SB auf) S lesen den Dialog in EA und notieren die Lösungswörter.
- ► Partner check
- **Ausw.:** im Plenum

- **Zusatz:** S lesen den Dialog in PA mit verteilten Rollen.

---

5 Diff bank

► Page 139

More practice 7 What's happening?

7 Lösungsbsp. S. 277

a) Listen to the °sounds. What's happening? Write a sentence. Choose words from the box.

2.35

°box • drink tea • eat • close a door • play table tennis • send a message

Somebody is … / Two people are …

b) Compare your ideas.

In number 1, I think somebody is …

c) Listen again and check.

More help 10 MY TASK My party photos

10 individuelle Lösungen

This is my birthday party.
This is my dad's / grandma's / little sister's / … party.
I'm with my mum and dad / my friends / …

I'm / We're wearing	a party hat / funny °glasses / new clothes / a blue °dress / new trainers / …
I'm / We're eating	birthday cake / ⁺cupcakes / pizza / …
I'm / We're playing	a party game / in the garden / with balloons / …

► Page 141

More practice 8 Making dinner

8 **1** tomatoes • **2** much • **3** two • **4** many • **5** pasta • **6** water • **7** hungry

Zane and his dad are making dinner. Complete the dialogue with the words in the box.

hungry • many • much • pasta • tomatoes • two • water

Dad Let's make dinner!
Zane How many (1) … do we need?
Dad Five or six.
Zane And how much meat?
Dad You can use all of it. There isn't (2) … meat in there.
Zane And how many carrots?
Dad Just, (3) … that's OK. They're big carrots, so you don't need (4) …
Zane How much water do I need for the (5) …?
Dad You need to cook it in a lot of (6) …
Zane And how much pasta do we need?
Dad A lot – we're all very (7) …!

What dish are they making?

spaghetti bolognese

Diff bank Vorbereitung

Material: MP 7 UMA/CD/App • MP 8 von L vorbereitete Flashcards (*food and drinks*)
Zeitbedarf: abhängig davon, welche Aufgaben bearbeitet werden
Minimalversion: *More practice*-Aufgaben sind stets Zusatzaufgaben
Begleitmedien: INKL (S. 164)

▸ Page 144

More practice 9 A recipe

Do you want to make the cake on p. 144? Here's the recipe:

For the cake:		For the icing:
250 g flour 120 g sugar 50 g cocoa powder 2 °teaspoons °baking powder ¼ teaspoon salt	2 eggs 60 ml oil 30 ml milk ½ teaspoon vanilla	200 g butter 100 g chocolate 400 g icing sugar

1 Mix the flour, sugar, cocoa powder, baking powder and salt in a °bowl.
2 Break the eggs °into a different bowl. Add the oil, vanilla and milk. Mix °everything a lot.
3 Add the flour mixture to the egg mixture. Be careful: Don't mix too much.
4 Put the mixture in the oven (180 °C for 50 minutes).
5 Mix the butter and icing sugar. Warm the chocolate and add it. Mix everything a lot.
6 Put the icing on the cake and enjoy!

▸ Page 145

More help 4 MY TASK My favourite dish

4 individuelle Lösungen

My favourite dish is	a dessert / a main course / a cake / a drink / ...
It's	cold / delicious / hot / spicy / sweet / ...
It comes from	my dad's / mum's / family's culture / ... °China / Germany / °India / °Italy / °Poland / °Turkey / ...
You make it with	cheese / chocolate / meat / pasta / rice / sugar / tomatoes / ...
I eat it My family eats it My dad / mum cooks it I cook it	°every day / every week / every Friday / at parties / ...

MP 9
- S, die den Kuchen aus dem Video von S. 144 nachbacken wollen, finden hier das Rezept.

Erarbeitung:
- (SB auf) S lesen das Rezept und klären Verständnisfragen.
- Wer möchte, backt den Kuchen zu Hause nach.

MH 4 s. S. 145
- Diese Aufgabe bietet sprachliche Mittel für Lernschwächere.

Erarbeitung:
- (SB auf) S nutzen das ▶ Scaffolding für ihren Blogeintrag.

Skills file – Übersicht

Auf den ***Skills file***-Seiten findest du Methoden und Tipps, die dir helfen, z. B. Wortschatz zu lernen, Informationen zu sammeln, Wörter zu umschreiben oder kleine Vorträge zu halten.

Inhalt

	Seite		Seite
SF 1 Wörter lernen	163	SF 4 Arbeit mit dem Wörterbuch	169
SF 2 Mindmaps	166	SF 5 Einen Kurzvortrag halten	171
SF 3 Buchstabieren	168	SF 6 Wörter umschreiben	173

MK Die mit diesem Symbol gekennzeichneten Abschnitte enthalten Hinweise und Tipps, die dir dabei helfen, elektronische Medien beim Englischlernen einzusetzen.

Erklärfilm Dieses Symbol zeigt dir, dass du einen Erklärfilm zu diesem Thema in der App findest.

Lösungen der Merkaufgaben:

SF 2, Merkaufgabe:
a) *Thema: animals • Oberbegriffe: farm animals, wild animals, pets • Unterbegriffe: chicken, snake, dog*

SF 3, Merkaufgabe:
- *Sea:* [es] – [iː] – [eɪ]
- *Lanes:* [el] – [eɪ] – [en] – [iː] – [es]
- *BN2 1PS:* [biː] – [en] – two – one – [piː] – [es]
- *Brighton:* [biː] – [ɑː] – [aɪ] – [ʤiː] – [eɪtʃ] – [tiː] – [əʊ] – [en]

SF 4, Merkaufgabe 1:
beach, because, bed

SF 4, Merkaufgabe 2:
a) *Haupteintrag: opinion*
b) *Haupteintrag: colour*
c) *Haupteintrag: shopping*

SF 4, Merkaufgabe 3:
a) *question: questions* **b)** *mouse: mice*
c) *potato: potatoes*

SF 4, Merkaufgabe 4:
a) *drink: 1. das Getränk; 2. trinken*
b) *love: 1. die Liebe; 2. lieben, sehr mögen*
c) *mean: 1. gemein, fies; 2. bedeuten; 3. meinen (sagen wollen)*

SF 5, Merkaufgabe 1:
a) *Karteikarte Nr. 3* **b)** *That's the end of my presentation. Thank you for listening. Do you have any questions?*

SF 5, Merkaufgabe 2:
b) *I like your presentation. Your pictures are very nice. Please don't speak so fast.*

SF 6, Merkaufgabe 1:
a) *room* **b)** *fruit*

SF 6, Merkaufgabe 2:
It's a place at school. You do sports there.

SF 1

Erklär-film

Wörter lernen leichtgemacht

▸ Unit 1 | p. 34

Alle neuen Wörter und Wendungen des Buches findest du im *Vocabulary*, S. 202–235. Alle fett gedruckten Wörter aus der linken und der rechten Spalte musst du lernen.

Wie kann ich Wörter lernen?

Es gibt viele Möglichkeiten, wie du Wörter lernen kannst.

Hier stellen wir dir einige vor. Probiere sie aus und finde heraus, welche Methoden am besten zu dir passen.

> Lerne immer nur fünf bis zehn Wörter auf einmal.

1 Wörter lernen mit dem *Vocabulary*

Auf S. 201 kannst du sehen, wie das *Vocabulary* aufgebaut ist und welche Symbole und Abkürzungen dort verwendet werden. Hier ist ein Beispiel von S. 205:

singing	das Singen	**I like singing.** = Ich singe gerne. (to) **sing** = singen **singer** = der Sänger, die Sängerin
hat	der Hut, die Mütze	 **hats**

- Lies dir zunächst das englische Wort laut vor.
- Lies dann die deutsche Übersetzung und die Beispiele und Hinweise in der rechten Spalte.
- Schreibe das englische Wort auf und präge dir so die Schreibweise ein.
- Wiederhole diese Schritte mehrfach hintereinander, um dir die Wörter gut zu merken. Wechsle dabei auch die Leserichtung: Beginne mit der deutschen Übersetzung, sage dann das englische Wort.
- Teste dich nun selbst: Decke die deutsche Übersetzung ab, lies das englische Wort. Weißt du noch, was es auf Deutsch bedeutet? Kannst du auch die englischen Beispiele nennen?
- Du kannst auch jemanden bitten dich abzufragen.

Merkaufgabe 1

Probiere das gleich einmal aus: Wähle fünf bis zehn Wörter aus deinem *Vocabulary* und lerne sie wie oben beschrieben. Lasse dich von deinem Partner oder deiner Partnerin abfragen.

163

2 Wörter lernen mit digitalen Medien

Vokabeln kannst du auch digital auf deinem Smartphone, Tablet oder PC üben.

Am Ende kannst du dich oft mit einem Quiz testen und bekommst ein Feedback zu deinem Lernergebnis.

Oft kannst du die Wörter auch anhören. So lernst du die richtige Aussprache gleich mit!

Denke daran, dass du mit deinen Eltern sprichst, bevor du eine kostenpflichtige App herunterlädst.

Wie kann ich mir Wörter besser merken?

Manche Wörter wollen einfach nicht im Gedächtnis bleiben! Dann können dir Merktechniken helfen:

- Schreibe das Wort auf einen Klebezettel und bringe ihn an einer Stelle an, wo du oft hinschaust.
- Male ein **Bild** zum Wort.
- Verbinde das Wort mit einer passenden **Geste** oder **Bewegung**.
- Suche passende **Reimwörter**: *house – mouse*
- Finde Wörter aus der gleichen **Wortfamilie**:
  dance → dancing
  swim → swimmer
- Erfinde **Bildwörter**.
- Verwende das Wort in einem Satz oder einer typischen **Redewendung**:
  how → How are you?
  ride → ride a bike
- Finde **Gegensatzpaare**:
  big – small
  sunny – rainy
- Finde **Oberbegriffe** *(umbrella words)*:
  football → sport
  monkey → animal

Das *Vocabulary* (S. 202–235) enthält in der dritten Spalte viele Merkhilfen, die du beim Lernen nutzen kannst.

ein Bild zum Wort

ein Bildwort

ein Gegensatzpaar

Merkaufgabe 2

Wähle aus deinem *Vocabulary* drei Wörter, die du dir bisher noch nicht merken konntest. Wende drei verschiedene Merktechniken an.

Wörter sammeln und ordnen in einem *Vocab file*

In einem Vokabelordner *(Vocab file)* kannst du Wörter sammeln und in Listen, Mindmaps und Tabellen ordnen.

Dadurch kannst du sie nicht nur besser lernen und behalten, sondern auch noch später nutzen, z. B. wenn du über ein Thema sprechen oder schreiben möchtest.

Zudem kannst du neue Wörter und Seiten an jeder Stelle beliebig ergänzen.

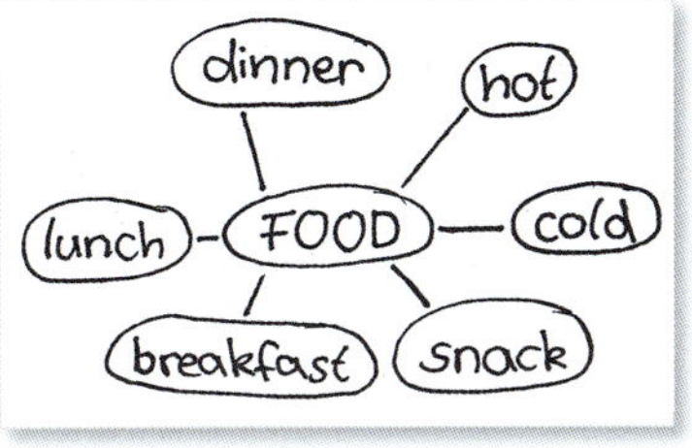

So gestaltest du die Seiten deines *Vocab files*:

- Lege Mindmaps zu bestimmten Themen an, wie z. B. zu *food*. Schreibe das Thema in die Mitte.
- Ergänze Oberbegriffe *(umbrella words)* und suche passende Wörter oder auch Unterbegriffe dazu (z. B. *lunch: fish and chips, sandwich, salad, ...*).
- Erstelle nach und nach weitere Listen, Mindmaps und Tabellen und hefte sie in deinen Ordner. Ergänze deine Listen, wenn du neue Wörter lernst.

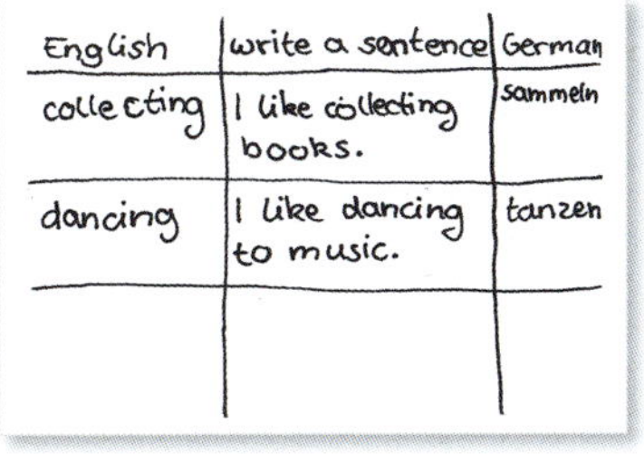

Wenn deine Sammlung umfangreicher wird, kannst du ein farbiges Register einfügen, um den Überblick zu behalten.

Merkaufgabe 3

Besorge dir einen Schnellhefter oder Ordner. Lege deine erste Wortliste an und suche im *Vocabulary* passende Wörter dazu, z. B.:

- Reimwörter *(rhyme words)*
- Gegensatzpaare *(opposites)*
- schwierige Wörter *(difficult words)*
- Lieblingswörter *(my favourite words)*

In den *Wordbanks* auf S. 184–194 findest du viele nützliche Wörter, Sätze und Ausdrücke zu bestimmten Themen wie z.B. Schule, Tiere oder Freizeitaktivitäten.

165

SF 2

Sammeln und ordnen – Mindmaps

▸ Unit 1 | p. 34

Wobei kann mir eine Mindmap helfen?

Eine Mindmap (englisch *mind map*) hilft dir beim Sammeln und Ordnen von Ideen. Du kannst sie bei der Planung von Projekten oder Präsentationen, beim Wörterlernen, bei der Strukturierung von eigenen Texten oder auch bei der Erarbeitung von Lesetexten verwenden.

Wie erstelle ich eine Mindmap?

1 Das Thema

Nimm dir ein leeres Blatt und schreibe das Thema in Großbuchstaben in die Mitte. Umrahme das Thema mit einem Kreis oder einer Wolke.

2 Oberbegriffe

Finde Oberbegriffe zu deinem Thema.
Verwende für jeden Oberbegriff eine neue Farbe.
Jetzt hat deine Mindmap Hauptäste.

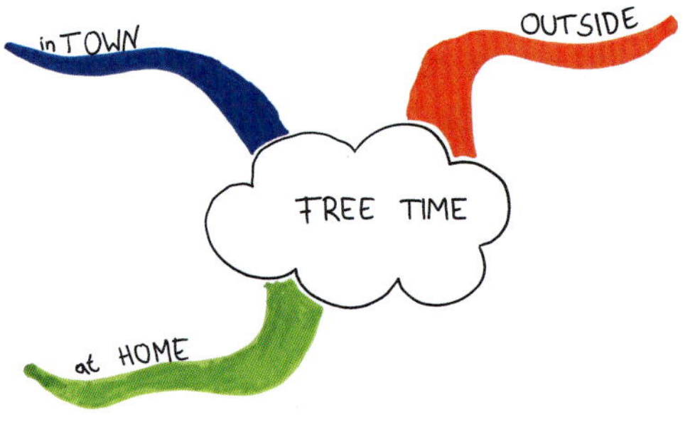

3 Unterbegriffe

Ergänze nun weitere Ideen zu den Oberbegriffen als Unterbegriffe. Verwende dieselbe Farbe wie für den Oberbegriff.

Deine Hauptäste haben nun Nebenäste. An diese kannst du noch weitere Ideen als Unteräste anhängen.

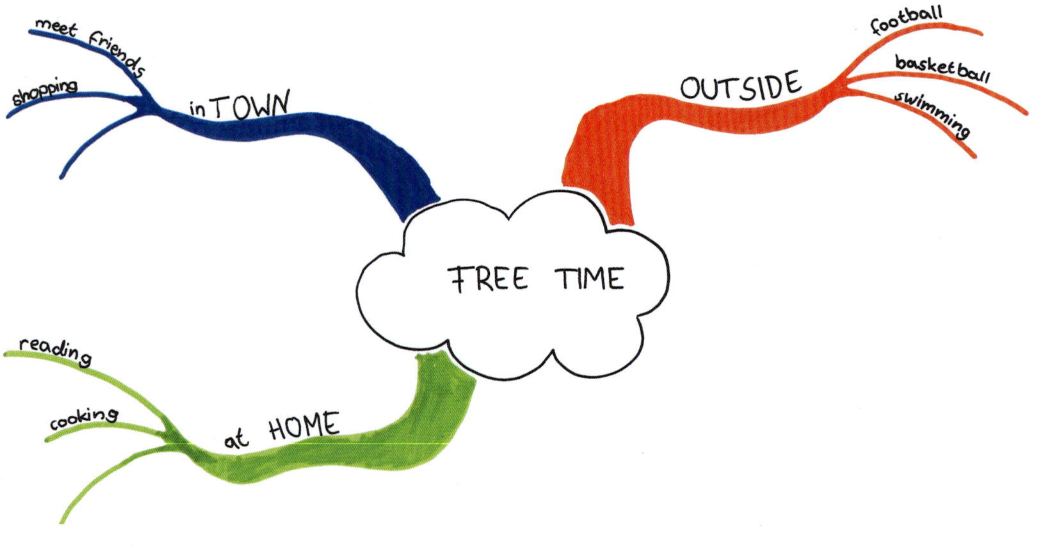

4 Überarbeiten

Gehe alles noch einmal durch und mache deine Mindmap noch anschaulicher: Lassen sich vielleicht Verbindungen zwischen den einzelnen Hauptästen oder den Nebenästen herstellen? Mit Zeichnungen und Symbolen kannst du die Ideen deiner Mindmap weiter verdeutlichen.

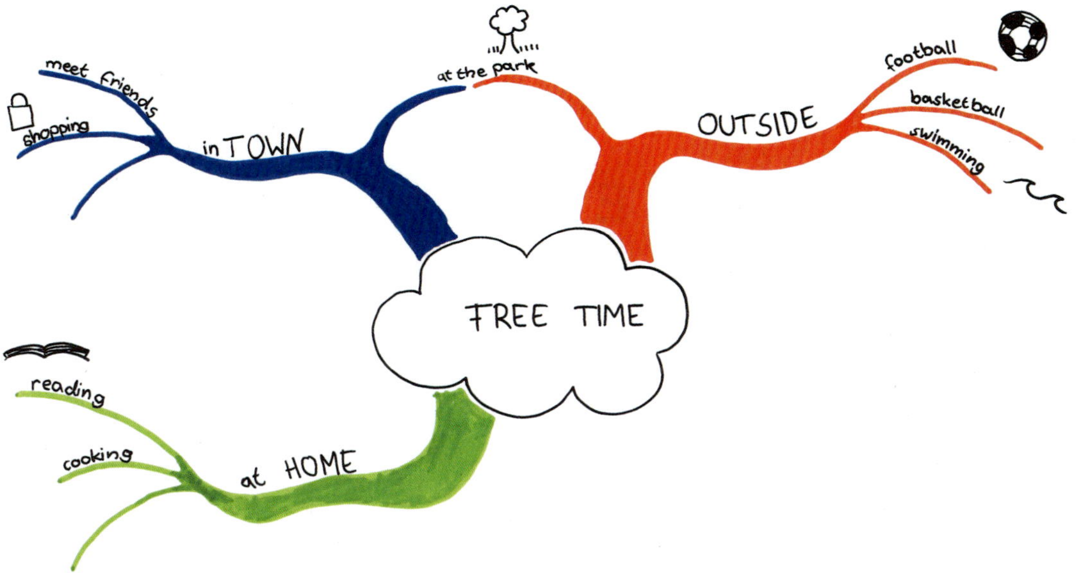

Merkaufgabe

a) Sortiere die folgenden Begriffe:

dog • farm animals • pets • wild animals • snake • animals • chicken

- Was ist das Thema?
- Was sind die Oberbegriffe?
- Welches sind mögliche Unterbegriffe?

(Die Lösung findest du auf S. 162.)

b) Erstelle eine Mindmap zu diesem Thema. Gehe wie oben beschrieben (1–4) vor.

SF 3

Buchstabieren

► Unit 2 | p. 60

Oft spricht man Wörter oder auch Namen auf Englisch ganz anders aus, als man sie schreibt. Um sie nicht falsch zu schreiben, bittet man darum, sie zu buchstabieren.

Dazu brauchst du das englische Alphabet:

A [eɪ]	B [biː]	C [siː]	D [diː]	E [iː]
F [ef]	G [dʒiː]	H [eɪtʃ]	I [aɪ]	J [dʒeɪ]
K [keɪ]	L [el]	M [em]	N [en]	O [əʊ]
P [piː]	Q [kjuː]	R [ɑː]	S [es]	T [tiː]
U [juː]	V [viː]	W ['dʌbəljuː]		
X [eks]	Y [waɪ]	Z [zed]		

Einige Laute haben in der Lautschrift besondere Zeichen, z. B.

- [ʃ] sprichst du wie „sch".
- [ʤ] sprichst du wie „dsch" (z. B. in „Dschungel").
- [:] Dieses Zeichen sieht wie ein Doppelpunkt aus. Es soll dir sagen, dass der Laut davor lang gesprochen wird.

► English sounds, p. 257

Wie übe ich buchstabieren auf Englisch?

- Höre dir das Alphabet in der App an und lies jeden Buchstaben laut mit, z. B. oben oder auf S. 257.
- Versuche danach, das Alphabet alleine zu sprechen. Die Lautschrift in eckigen Klammern kann dir helfen, dich an die Aussprache zu erinnern.

Merkaufgabe

Buchstabiere Scouts Adresse: *Sea Lanes, BN2 1PS, Brighton*

(Die Lösung findest du auf S. 162.)

Wenn dir jemand etwas buchstabiert, schreibe zuerst die einzelnen Buchstaben auf. Danach lies das ganze Wort oder den ganzen Namen.

SF 4

Arbeit mit dem Wörterbuch

▶ Unit 3 | p. 92

Wenn du die Bedeutung eines englischen Wortes nicht weißt, kannst du das *English-German Dictionary* deines Englischbuchs (S. 236–246) oder ein Online-Wörterbuch zu Hilfe nehmen.

Wie finde ich Wörter und Ausdrücke im *Dictionary*?

1 In deinem *English-German Dictionary* (und in anderen Wörterbüchern) sind die Wörter alphabetisch geordnet:

e kommt vor f
fa kommt vor fe
fac kommt vor fal

explanation [ekspləˈneɪʃn] die Erklärung 4 (108)
°**eye** [aɪ] das Auge

F

°**fact** [fækt] die Tatsache
°**false** [fɔːls] falsch, unrichtig
family [ˈfæməli] die Familie 2 (44/45)
fan [fæn] der Fan 2 (47)
°**far** [fɑː] weit (entfernt)
fast [fɑːst] schnell 2 (48)
favourite [ˈfeɪvərɪt]:
1. der Liebling, der Favorit, die Favoritin (14)
2. Lieblings- (14)
°**my favourite thing to do** das, was ich am liebsten tue
February [ˈfebruəri] der Februar 5 (136)
°**feed** [fiːd] füttern **Don't feed the seagulls.** Füttert / Füttern Sie nicht die Möwen.

Merkaufgabe 1

Schreibe die folgenden Wörter in der richtigen alphabetischen Reihenfolge untereinander auf:

1 *because* **2** *beach* **3** *bed*

Suche die Wörter anschließend in deinem *English-German Dictionary* (S. 236–246). Überprüfe, ob sie in der gleichen Reihenfolge erscheinen wie deine Wörter.

(Die Lösung findest du auch auf S. 162.)

2 Zusammengesetzte Wörter und längere Ausdrücke findest du bei einem Haupteintrag. Der Haupteintrag steht farbig oder **fett** am Anfang, Untereinträge kommen nach dem Haupteintrag. Schaue dir rechts den Eintrag für *name* an.

name [neɪm] der Name (10/11)
What's your name? Wie heißt du? (10/11)

Merkaufgabe 2

Finde den Haupteintrag zu folgenden Redewendungen:

a) *in my opinion* **b)** *What colour is ...?* **c)** *go shopping*

(Die Lösung findest du auf S. 162.)

Was erfahre ich alles aus dem *Dictionary?*

- Im *English-German Dictionary* findest du die deutsche Übersetzung zu den englischen Wörtern aus deinem Buch.
- Außerdem kannst du die richtige Schreibweise eines Wortes überprüfen.
- Du erfährst auch, wie das Wort ausgesprochen wird. Schaue dir dafür die Lautschrift hinter dem Wort an.
- Und du kannst herausfinden, ob ein Wort einen unregelmäßigen Plural hat. Ist die Pluralform regelmäßig, findest du keinen Zusatz.

share [ʃeə] teilen 3 (90)
sharpener [ˈʃɑːpnə] Anspitzer 1 (21)
she [ʃiː] sie *(weibliche Person)* 1 (24) **she's (= she is)** sie ist 1 (24)
shelf [ʃelf], *pl* **shelves** das Regal 2 (52)
shelves [ʃelvz] *Plural von* **shelf**
shoe [ʃuː] der Schuh 2 (52)
shop [ʃɒp] das Geschäft, der Laden 4 (104/105) **be at the shops** Einkäufe erledigen 4 (104/105)

Merkaufgabe 3

Finde den Plural von **a)** *question* **b)** *mouse* **c)** *potato*

(Die Lösung findest du auf S. 162.)

- An den Ziffern 1., 2., ... kannst du sehen, dass ein Wort mehrere Bedeutungen hat. Lies daher immer den ganzen Eintrag und entscheide dann, welche Bedeutung in deinem Fall die richtige ist.

text [tekst]:
1. der Text 3 (79)
2. die SMS 5 (136)
3. **text sb.** jm. eine SMS schicken 5 (136)

Merkaufgabe 4

Diese Wörter können unterschiedliche Bedeutungen haben:

a) *drink* **b)** *love* **c)** *mean*

Schlage im *English-German Dictionary* nach, was sie bedeuten.

(Die Lösung findest du auf S. 162.)

Wie finde ich Wörter in einem Online-Wörterbuch?

Es gibt sehr viele Online-Wörterbücher im Internet oder als App. Frage deine Lehrkraft, welches Online-Wörterbuch sie dir empfehlen kann. Mit einem Online-Wörterbuch kannst du Wörter sehr schnell finden. So gehst du vor:

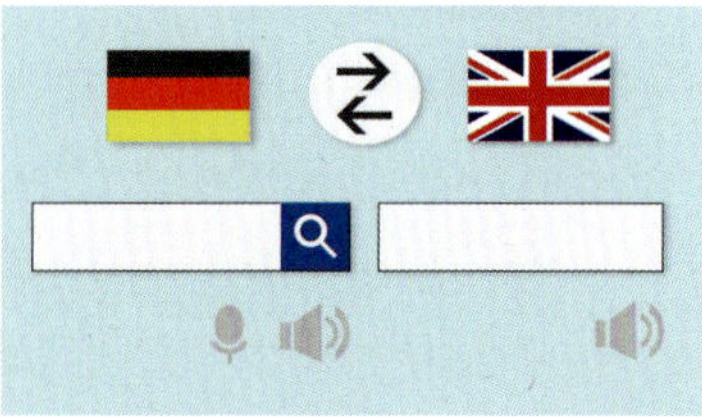

Zunächst musst du die Sprachen und die Suchrichtung eingeben (Englisch – Deutsch oder Deutsch – Englisch) und dann das Wort in das Suchfeld tippen. Gibt es ein Lautsprechersymbol, kannst du dir das gesuchte Wort auch anhören.

Manchmal kannst du das Wort direkt per Spracheingabe suchen. Vielleicht findest du dazu ein Mikrofonsymbol?

SF 5

Einen Kurzvortrag halten

▸ Unit 4 | p. 120

Ab und zu sollst du vor deiner Klasse etwas vortragen oder präsentieren. Hier erfährst du, wie du dich darauf gut vorbereiten kannst.

Wie bereite ich einen Kurzvortrag vor?

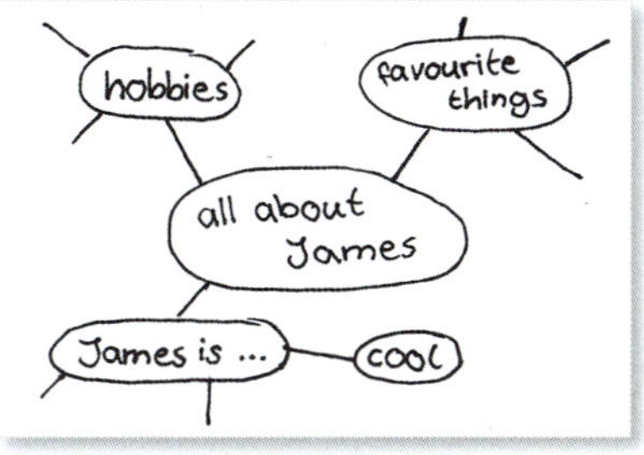

1 Sammeln und aufschreiben

Sammle Ideen und Informationen zu deinem Thema als Stichpunkte und ordne sie, z. B. mithilfe einer Mindmap (SF 2, S. 166–167) oder in einer Tabelle.

2 Veranschaulichen

Überlege, welche Bilder du zeigen kannst und wie du sie präsentieren möchtest, z. B. als Poster oder am Computer.

Bei einer Präsentation am Computer:

- Wähle ein einfaches Layout.
- Wähle eine gut lesbare Schrift und verwende eine Schriftgröße von mindestens 16 Punkt.
- Schreibe nur wenig Text.
- Wähle nur ein Bild pro Folie. Schreibe dazu, woher du dein Bild hast, z. B. den Namen der Internetseite.

3 Ordnen

Ein Kurzvortrag sollte folgendermaßen aufgebaut sein:

- **Einleitung:** Nenne das Thema.
- **Hauptteil:** Nenne deine Hauptpunkte. Erzähle dann mehr zu jedem Punkt.
- **Abschluss:** Bedanke dich fürs Zuhören. Erkundige dich, ob jemand eine Frage hat.

I'd like to talk about ...

First I'd like to talk about ...
Then I'd like to tell you about ...
I'd also like to talk about ...
This picture shows ...

That's the end of my presentation.
Thank you for listening.
Do you have any questions?

4 Notizen auf Karteikarten

Mache dir kurze Notizen auf Karteikarten. Du kannst dabei auch Symbole benutzen (z. B. „?“ bedeutet: *Do you have any questions?*).

Nummeriere die Karteikarten, damit du beim Vortragen den Überblick behältst.

Merkaufgabe 1

Schaue dir die drei Karteikarten rechts an.

a) Welche Nummer hat die Karte, deren Text du hier lesen kannst? 1, 2 oder 3?

b) Formuliere aus den Notizen vollständige Sätze.

(Die Lösungen findest du auf S. 162.)

5 Üben

Übe deinen Vortrag mithilfe deiner Notizen vor dem Spiegel oder mit einem Partner oder einer Partnerin. Du kannst dich auch selbst mit einem Smartphone aufnehmen. Achte auf die Zeit.

Worauf muss ich beim Vortragen achten?

Überprüfe zu Beginn, ob alles vorbereitet ist: Ist das Poster aufgehängt? Ist der Computer bereit? Liegen die Vortragskarten richtig sortiert? Dann beginne deinen Vortrag:

- Schaue dein Publikum an und warte, bis es ruhig ist.
- Sprich langsam, laut und deutlich.
- Zeige während deines Vortrags auf Bilder oder dein Poster.

Feedback

Hole dir eine Rückmeldung darüber, wie deine Präsentation bei anderen ankommt. Vielleicht ist ein guter Tipp dabei, wie du dich verbessern kannst.

Can you give me some feedback, please?

Bitten dich andere um ein Feedback, sei respektvoll:

- Nenne zuerst Gelungenes, denn Lob tut gut und spornt an! Sage, was dir besonders gefallen hat.
- Dann mache Verbesserungsvorschläge.

Merkaufgabe 2

Die Präsentation eines Mitschülers hat dir gut gefallen. Seine Zeichnungen sind besonders schön, aber er hat etwas zu schnell gesprochen. Welches Feedback ist besser?

a) *Please don't speak so fast. Your pictures are very nice.*

b) *I like your presentation. Your pictures are very nice. Please don't speak so fast.*

SF 6

Wörter umschreiben

▸ Unit 5 | p. 150

It's an umbrella, Scout!

Gerade beim Sprechen kommt es häufig vor, dass dir ein englisches Wort fehlt oder nicht einfällt. Dann kannst du versuchen, es zu umschreiben.

Wie umschreibe ich etwas?

1 Erkläre das Wort, indem du zunächst einen passenden Oberbegriff *(umbrella word)* auswählst. In dieser Tabelle findest du besonders häufige Oberbegriffe:

	umbrella words
Personen	boy • child • girl • man • person • woman • ...
Orte	building • country • place • room • ...
Dinge	drink • food • fruit • game • musical instrument • sport • thing • vegetable • ...

Hier ein Beispiel:
- gesuchtes Wort: *student*
- passende Oberbegriffe: *person, school*

Merkaufgabe 1

Finde unter den vier Wörtern den Oberbegriff *(umbrella word)*:

a) *kitchen • hall • room • bedroom*

b) *apple • orange • fruit • banana*

(Die Lösungen findest du auf S. 162.)

2 Nenne dann nähere Details:

It's a person. He or she is at school.

	umbrella word	Umschreibung
student	It's a <u>person</u>.	He or she is at school.
kitchen	It's a <u>room</u> in the house.	You make food there.
banana	It's a kind of <u>fruit</u>.	It's long and yellow.

Merkaufgabe 2

Finde eine passende Umschreibung für *sports hall.*

(Die Lösung findest du auf S. 162.)

Das sind Redewendungen, die du zum Umschreiben nutzen kannst:

It's a kind of ...
It's a person ...
It's a place ...
It's a thing ...

Language file

Auf den ***Language file***-Seiten findest du ...

Inhalt

		Seite
LF 1	Der *s*-Genitiv und die *of*-Fügung	174
LF 2	Der Artikel	175
LF 3	Der Plural der Nomen	175
LF 4	Die Personalpronomen	176
LF 5	Die Possessivbegleiter	176
LF 6	Das Verb *be* a) Bejahte Aussagesätze	177
LF 7	b) Verneinte Aussagesätze	177
LF 8	c) Fragen und Kurzantworten	178
LF 9	*There is ... / There are ...*	178
LF 10	Gegenwart – einfache Form: a) Bejahte Aussagesätze	179
LF 11	b) Die Wortstellung	179
LF 12	c) Verneinte Aussagesätze	180
LF 13	d) Fragen mit *do/does*	180
LF 14	e) Kurzantworten	181
LF 15	f) Fragen mit Fragewörtern	181
LF 16	Gegenwart – Verlaufsform	182
LF 17	*Much – many – a lot of*	183
	Grammatical terms	183

LF 1

Der *s*-Genitiv und die *of*-Fügung *(The possessive form and the of-phrase)*

▸ Hello! + Unit 1

Der *s*-Genitiv *(The possessive form)*

Noah's phone
Noahs Handy

Scout's hat
Scouts Hut

the dog's colour
die Farbe des Hundes

the girls' bikes
die Fahrräder der Mädchen

Die *of*-Fügung *(The of-phrase)*

the end of the game
das Ende des Spiels

a kilo of apples
ein Kilo Äpfel

Mit dem *s*-Genitiv drückst du aus, dass etwas jemandem oder zu jemandem gehört.

Anders als im Deutschen wird im Englischen **bei Personen und Tieren** im Singular das s mit einem Apostroph (') angehängt.

Im Plural enden viele Hauptwörter bereits auf s, dann hängst du kein zweites s, sondern nur einen Apostroph (') an.

Wenn zwei **Sachen** zusammengehören, verwendest du die ***of***-Fügung.
Man gebraucht sie auch bei Mengenbezeichnungen.

LF 2

Der Artikel *(The article)*

▸ Unit 1 | p. 21

Der unbestimmte Artikel *(The indefinite article)*

a bag
a girl

an apple
an elephant

an hour [ən ˈaʊə]
a uniform [eɪ ˈjuːnɪfɔːm]

Der unbestimmte Artikel (ein, eine) heißt im Englischen *a* oder *an*.
Du verwendest
- *a*, wenn das folgende Wort mit einem Konsonanten (b, c, d, ..., z) beginnt,
- *an*, wenn das folgende Wort mit einem Vokal (a, e, i, o, u) beginnt.

! Entscheidend ist die Aussprache des Wortes, nicht die Schreibung.

Der bestimmte Artikel *(The definite article)*

the [ðə] ruler
the [ðə] classroom

the [ði] elephant
the [ði] English book

Der bestimmte Artikel (der, die das) heißt im Englischen immer nur *the*.
Du sprichst
- [ðə], wenn das folgende Wort mit einem Konsonanten beginnt,
- [ði], wenn das folgende Wort mit einem Vokal beginnt.

LF 3

Der Plural der Nomen *(The plural of nouns)*

▸ Unit 1 | p. 22

a book	two books
a table	two tables

Bei den meisten Nomen wird im Plural die Endung *-s* angehängt.

a bus	two buses
a beach	two beaches
a story	two stories
a pony	three ponies

Nach *-s, -x, -ch* oder *-sh* wird *-es* angehängt.

Bei Nomen, die auf Konsonant + *y* enden, wird *y* zu *-ies*.

man	men
woman	women
child	children

Einige Pluralformen sind unregelmäßig. Diese musst du lernen.

jeans	Jeans
trousers	Hose
clothes	Kleidung

Einige Nomen haben keine Singularform und werden nur im Plural gebraucht:
The trousers are new. Die Hose ist neu.

LF 4

Die Personalpronomen *(The personal pronouns)*

▸ Unit 1 | p. 24

I *(ich)*

you *(du)*

he *(er)*

she *(sie)*

it *(er, sie, es)*

we *(wir)*

you *(ihr)*

they *(sie)*

Personalpronomen ersetzen Nomen *(table ⇨ it)* oder Eigennamen *(Ben ⇨ he)*.

Das Pronomen *I* (ich) wird im Englischen immer großgeschrieben.

Das Pronomen *it* steht für Dinge und Tiere und entspricht „er", „sie" oder „es":

 *It's short.* Er ist kurz.

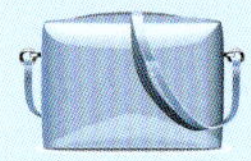 *It's blue.* Sie ist blau.

 *It's new.* Es ist neu.

Bei Tieren, die du nicht kennst, verwendest du *it*: *It's a dog.*
Über Haustiere, deren Namen du kennst, sprichst du mit *he* oder *she*: *She's my dog.*

LF 5

Die Possessivbegleiter *(The possessive determiners)*

▸ Units 1–2

Is this your book?
Ist das dein Buch?

I	my room	*mein Zimmer*
you	your bike	*dein Fahrrad*
he	his drink	*sein Getränk*
she	her ball	*ihr Ball*
it	its name	*sein/ihr Name*
we	our dog	*unser Hund*
you	your teacher	*euer Lehrer*
they	their class	*ihre Klasse*

Possessivbegleiter zeigen an, wem etwas gehört.

This is my favourite hat.

! Nicht verwechseln:
their = ihr/e
they're = sie sind

LF 6

Das Verb *be* (*The verb be*)

Erklär-
film

a) Bejahte Aussagesätze (*Positive statements*)

▸ Unit 1 | p. 24

Kurzform	Langform
I'm eleven.	I am eleven.
You're ten.	You are ten.
He's nice.	He is nice.
She's in my class.	She is in my class.
It's a dog.	It is a dog.
We're here.	We are here.
You're from London.	You are from London.
They're from Hove.	They are from Hove.

Es gibt Kurz- und Langformen. Bei den Kurzformen ist ein Buchstabe weggefallen. Dafür steht ein Apostroph (').

Kurzform	
I'm You're He's / She's / It's We're You're They're	from Brighton.

Kurzformen werden eher beim Sprechen und in persönlichen E-Mails oder Chats verwendet.
Sie stehen meist nach Pronomen (*I, you, he, she, it, we, you, they*).

Langform	
Zane is Sunita and Noah are	from Brighton.

Langformen benutzt du meist nach Eigennamen (*Zane, Sunita*) oder Nomen (*bike, teachers*). Man verwendet sie außerdem bei offiziellen Schreiben.

LF 7

Erklär-
film

b) Verneinte Aussagesätze (*Negative statements*)

▸ Unit 1 | p. 29

Kurzform	Langform
I'm not old.	I am not old.
You aren't old.	You are not old.
He isn't old.	He is not old.
She isn't old.	She is not old.
It isn't old.	It is not old.
We aren't old.	We are not old.
You aren't old.	You are not old.
They aren't old.	They are not old.

Bei der Verneinung benutzt du fast immer die Kurzformen.

177

LF 8

Das Verb *be* (*The verb be*)

Erklär-film

c) Fragen und Kurzantworten *(Questions and short answers)*

▸ Unit 2 | p. 47

Are you eleven? — Yes, I am. / No, I'm not.
Bist du elf? — Ja. / Nein.

Is your room OK? — Yes, it is. / No, it isn't.
Ist dein Zimmer OK? — Ja. / Nein.

Fragen	Kurzantworten
Are you here, Ali?	Yes, I am. No, I'm not.
Are you all OK?	Yes, we are. No, we aren't.
Is Timo at home?	Yes, he is. No, he isn't.
Is Mum tired?	Yes, she is. No, she isn't.
Is your room nice?	Yes, it is. No, it isn't.
Are the cats here?	Yes, they are. No, they aren't.

Antworte auf eine Frage im Englischen nicht einfach mit *yes* oder *no*. Das klingt meist unhöflich. Verwende Kurzantworten.

LF 9

There is … / There are …

▸ Unit 2 | p. 50

There's a beach in Brighton.
Es gibt einen Strand in Brighton.

There are two girls in the pool.
Da sind zwei Mädchen im Pool.

There's	a man. a bike.
There are	two boys. three dogs.

Mit *there is* (= *there's*) oder *there are* sagst du, dass etwas vorhanden ist.

Im Deutschen heißt es meist:
Es gibt …
Da sind …
Es stehen …
Da liegen …

LF 10

Die einfache Form der Gegenwart *(The simple present)*

Erklär-film

a) Bejahte Aussagesätze *(Positive statements)*

▸ Unit 3 | p. 80

I often get up at 7 o'clock.
Ich stehe oft um 7 Uhr auf.

Dad always makes breakfast.
Papa macht immer das Frühstück.

I You We They	start.

He She It	starts.

Mit dem *simple present* sagst du, was oft oder jeden Tag passiert oder auch selten oder nie geschieht.

Diese Signalwörter findest du oft in Sätzen im *simple present*:
always, often, sometimes, rarely, never.

Mit *he, she* und *it* musst du immer ein *-s* ans Verb anhängen.

He, she, it – ein *-s* muss mit!

! Achte auf diese Formen:
have – has
do [duː] – *does* [dʌz]
go – goes
watch [wɒtʃ] – *watches* [wɒtʃɪz]
wash – washes
tidy – tidies

LF 11

Erklär-film

b) Die Wortstellung *(Word order)*

▸ Unit 3 | p. 83

s	v	o
Deniz	loves	old cars.

s	a	v	o
Mia	*always*	walks	to school.
Yusuf	*sometimes*	goes	by bike.

In Aussagesätzen ist die Wortstellung wie im Deutschen: ***subject*** – ***verb*** – ***object***.

Mit Häufigkeitsadverbien *(always, often, sometimes, rarely, never)* kannst du sagen, wie oft etwas geschieht.

Anders als im Deutschen stehen sie im Englischen meist direkt vor dem Hauptverb.

Dad always *makes* breakfast.

Papa *macht* immer das Frühstück.

LF 12

Die einfache Form der Gegenwart *(The simple present)*

Erklärfilm

c) Verneinte Aussagesätze *(Negative statements)*

▸ Unit 4 | p. 107

We don't live in town.
Wir wohnen nicht in der Stadt.

My dad doesn't like snakes.
Mein Papa mag keine Schlangen.

I You We They	don't start.

He She It	doesn't start.

Aussagen im *simple present* kannst du mit *don't* oder *doesn't* verneinen.

Bei *I, you, we, they* verwendest du *don't*.

Bei *he, she, it* verwendest du *doesn't*.

LF 13

d) Fragen mit *do / does (Do / Does-questions)*

▸ Unit 4 | p. 111

Do you like this game?
Magst du dieses Spiel?

Does your sister play football?
Spielt deine Schwester Fußball?

Fragen		
Do	I you we they your parents	like music?
Does	he / your dad she / Lily it	like music?

Fragen, auf die man mit „ja" oder „nein" antworten kann, heißen Entscheidungsfragen. Sie beginnen mit *Do* oder *Does*.

Mit *I, you, we, they* verwendest du *Do*.
Mit *he, she, it* verwendest du *Does*.

LF 14

Die einfache Form der Gegenwart *(The simple present)*

Erklär-film

e) Kurzantworten *(Short answers)*

▶ Unit 4 | p. 111

Kurzantworten	
Yes, I do.	No, I don't.
Yes, he does.	No, he doesn't.
Yes, she does.	No, she doesn't.
Yes, it does.	No, it doesn't.
Yes, you do.	No, you don't.
Yes, we do.	No, we don't.
Yes, they do.	No, they don't.

Es ist unhöflich, auf Entscheidungsfragen nur mit *yes* oder *no* zu antworten. Besser ist eine Kurzantwort.

LF 15

Erklär-film

f) Fragen mit Fragewörtern *(Questions with question words)*

▶ Unit 4 | p. 114

Where does your pet sleep?
Wo schläft dein Haustier?

What do snakes eat?
Was fressen Schlangen?

Auch Fragen mit Fragewörtern stellst du mit *do* oder *does*. Das Fragewort steht wie im Deutschen am Anfang.

How? Wie?
What? Was?
When? Wann?
Why? Warum?

Who cooks lunch?
Wer kocht das Mittagessen?

What makes you sad?
Was macht dich traurig?

Wenn mit *Who* oder *What* nach dem Subjekt des Satzes gefragt wird, bildest du die Frage ohne *do* oder *does*.

LF 16

Die Verlaufsform der Gegenwart *(The present progressive)*

Erklär-film

▶ Unit 5 | p. 138

I'm reading a comic.
Ich lese gerade einen Comic.

Dad is cooking dinner.
Papa macht gerade das Abendessen.

What are you doing at the moment?
Was machst du jetzt gerade?

Aussagesätze	Yes
I'm You're He's She's It's We're They're	working.

verneinte Sätze	No
I'm not You aren't He isn't She isn't It isn't We aren't They aren't	working.

Fragen	?
Am I Are you Is he Is she Is it Are we Are they	working?

Mit dem *present progressive* sagst du, was jemand jetzt gerade tut. Damit beschreibst du auch, was auf Bildern passiert.

Diese Zeitangaben findest du oft in Sätzen im *present progressive:*
now, at the moment, today.

Das *present progressive* besteht aus zwei Teilen:

'm oder 're oder 's	+	Verb + *-ing*

Bei Verben, die auf *-e* enden, fällt das *-e* bei der *ing*-Form weg:

have – having
make – making
ride – riding

Bei einigen Verben wird der letzte Buchstabe verdoppelt:

plan – planning
stop – stopping
sit – sitting

LF 17

Much – many – a lot of

Erklär-
film

▸ Unit 5 | p. 141

zählbar

nicht zählbar

Bejahte Aussagesätze
We've got a lot of apples. I eat a lot of fruit.

Verneinte Aussagesätze
My dad doesn't watch many films. I don't like much sugar in my tea.

Fragen
How many apples do we need? How much money do you have?

Mit *much*, *many* oder *a lot of* kannst du über unbestimmte, größere Mengen sprechen.

Dabei ist es wichtig, ob es sich um zählbare oder nicht zählbare Nomen handelt.

Zählbare Nomen haben eine Pluralform: *one apple – two apples*.

Nicht zählbare Nomen kannst du nicht in die Mehrzahl setzen: *cheese*, *fruit*, *music*, *love*.

In bejahten Sätzen verwende *a lot of* – bei zählbaren und nicht zählbaren Nomen.

In verneinten Sätzen und Fragen verwendest du
- *many* bei zählbaren Nomen (viele),
- *much* bei nicht zählbaren Nomen (viel).

Lassen sich die Nomen zählen, musst du eher *many* wählen.

Grammatical terms *(Grammatische Fachbegriffe in diesem Buch)*

adjective	das Adjektiv: *good, old*
adverb (of frequency)	das (Häufigkeits-)Adverb: *often, always*
article	der Artikel: ***a / the** book*
form	die Form
long form	die Langform: *I **am**, do **not**, you **are***
negative	die negative Form: ***don't** go*
noun	das Nomen/Substantiv: *friend, car*
object	das Objekt: *I like **cats**.*
personal pronoun	Personalpronomen: *I, you*
plural	Plural, Mehrzahlform: *books*

positive	die positive Form: *do, can*
possessive determiner	Possessivbegleiter: *my, your, his, her*
present progressive	die Verlaufsform der Gegenwart: *I'**m** speak**ing***
short answer	die Kurzantwort: *Yes, I do. / No, I'm not.*
short form	die Kurzform: *I'**m**, don'**t***
simple present	die einfache Gegenwart: *I **speak** English, he **likes** it*
statement	Aussage(satz)
subject	das Subjekt: ***They** eat dinner.*
verb	das Verb: *(to) go, (to) do*
wh-question	die Frage mit Fragewort: *What's this? Who are you?*

Wordbank 1: Numbers

► Hello! | p. 10

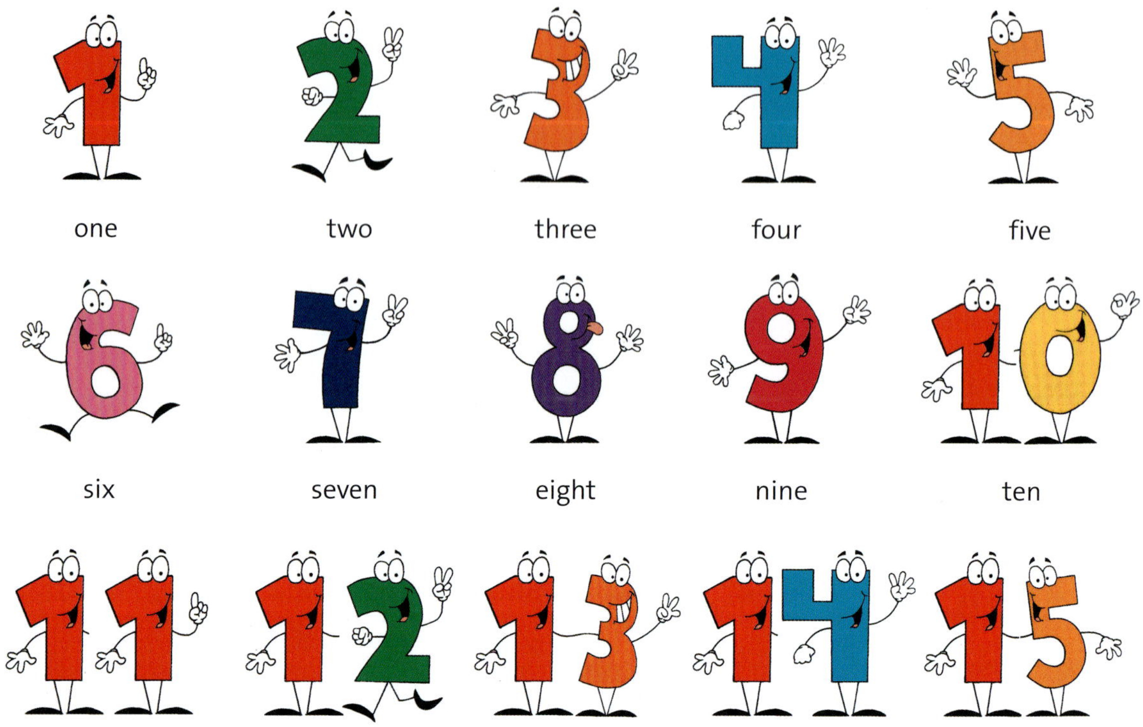

one, two, three, four, five

six, seven, eight, nine, ten

eleven, twelve, thirteen, fourteen, fifteen

Wordbank 2: Colours

► Hello! | p. 12

Wordbank 3: Animals

▸ Hello! | p. 14

cat, dog, elephant, fish, horse, lion, monkey, parrot, seagull, snake, ...

a bear

a butterfly

a crocodile

a dolphin

a duck

a llama

a meerkat[1]

My favourite animal is ...

an owl

a panda

a penguin

a rhino

a spider

a tiger

a whale

---

1 **meerkat** *das Erdmännchen*

185

Wordbank 4: Free time

▶ Hello! | p. 15

dancing, drawing, football, listening to music, taking photos, swimming, ...

baking

basketball

boxing

climbing

coding

cycling

nail art

My favourite hobby is ...
My favourite sport is ...
I like ...
I love ...
I don't like ...

gaming

gymnastics

hanging out with friends

judo

kayaking

horse riding

reading

186

Wordbank 5: School subjects

▸ Unit 1 | p. 27

art, computing, design and technology, English, French, maths, music, PE, …

German *(Deutsch)*

media studies *(Medienkompetenz)*

school club *(AG)*

business and employment studies: technology, economics, home economics *(Arbeitslehre: Technik, Wirtschaft, Hauswirtschaft)*

science: biology, chemistry, physics *(Naturwissenschaften: Biologie, Chemie, Physik)*

social studies: history, geography, politics *(Gesellschaftswissenschaften: Geschichte, Geografie, Politik)*

ethics *(Ethik)*

RE: religious education *(Religionslehre)*

philosophy *(Philosophie)*

special needs support *(Förderunterricht)*

study time *(Arbeitsstunde, Eigenarbeit, Hausaufgaben)*

tutor time *(Klassenlehrkraft-stunde/Verfügungsstunde)*

Wordbank 6: Places at school

► Unit 1 | p. 29

art room, canteen, classroom, computer room, corridor, sports hall, ...

cinema

dance studio

drama room

games room

library

music room

office

playground

science lab

sports field

staff room

swimming pool

Wordbank 7: Family

▸ Unit 2 | p. 45

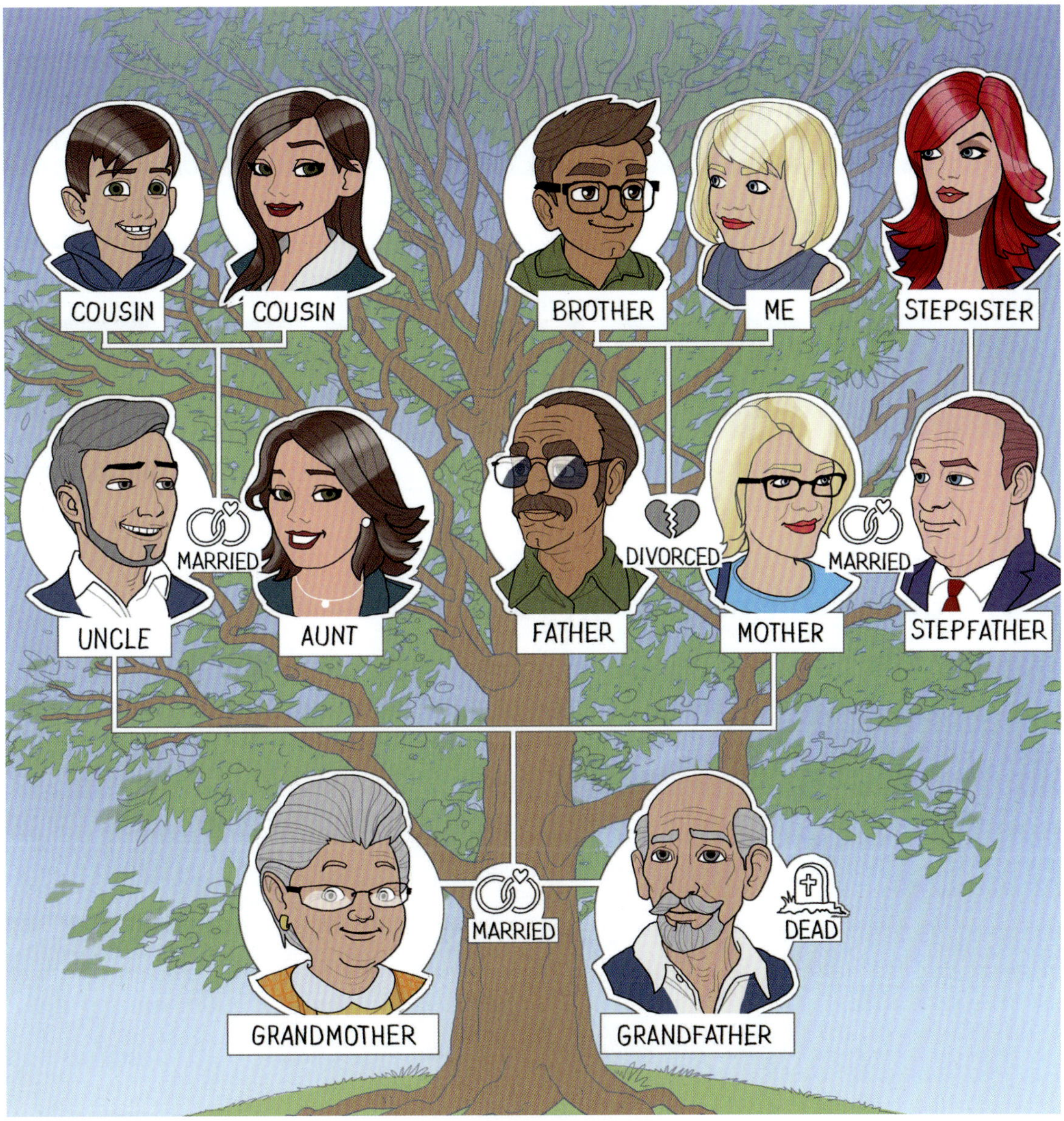

parents / grandparents	die Eltern / die Großeltern
child / children	das Kind / die Kinder
son / daughter	der Sohn / die Tochter
grandson / granddaughter	der Enkel / die Enkelin
blended family	die Patchworkfamilie
separated	getrennt
husband / wife	der Ehemann / die Ehefrau
single	alleinstehend
niece / nephew	die Nichte / der Neffe

Wordbank 8: Pets

▸ Unit 2 | p. 49

cat, dog, fish, hamster, horse, parrot, rabbit, snake

budgie *(der Wellensittich)*

chicken *(das Huhn)*

ferret *(das Frettchen)*

guinea pig *(das Meer-schweinchen)*

kitten *(das Kätzchen)*

lizard *(die Echse)*

mouse *(die Maus)*

puppy *(der Welpe)*

rabbit *(das Kaninchen)*

rat *(die Ratte)*

Wordbank 9: Things in my room

▸ Unit 2 | p. 55+61

Wordbank 10: The times of the day

▸ Unit 3 | p. 81

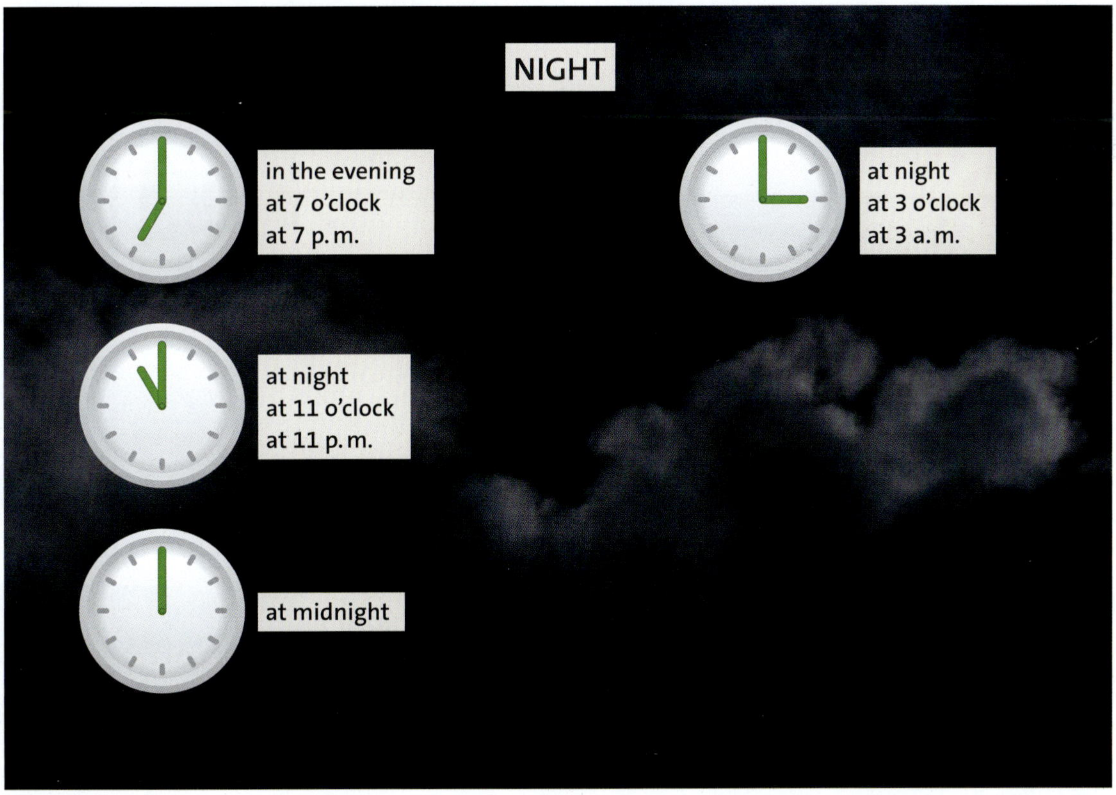

Wordbank 11: Places in my town or village

▶ Unit 4 | p. 111

places

shopping

bakery

supermarket

- shopping centre
- market

sports

ice rink

- sports centre
- stadium
- skatepark

fun

- cinema
- youth centre

theme park

learning

- museum
- library
- school

transport

bus stop

- train station

rental bikes / scooters / cars

car park

other

mosque

synagogue

church

- park
- hospital

temple

Wordbank 12: Food

▸ Unit 5 | p. 143

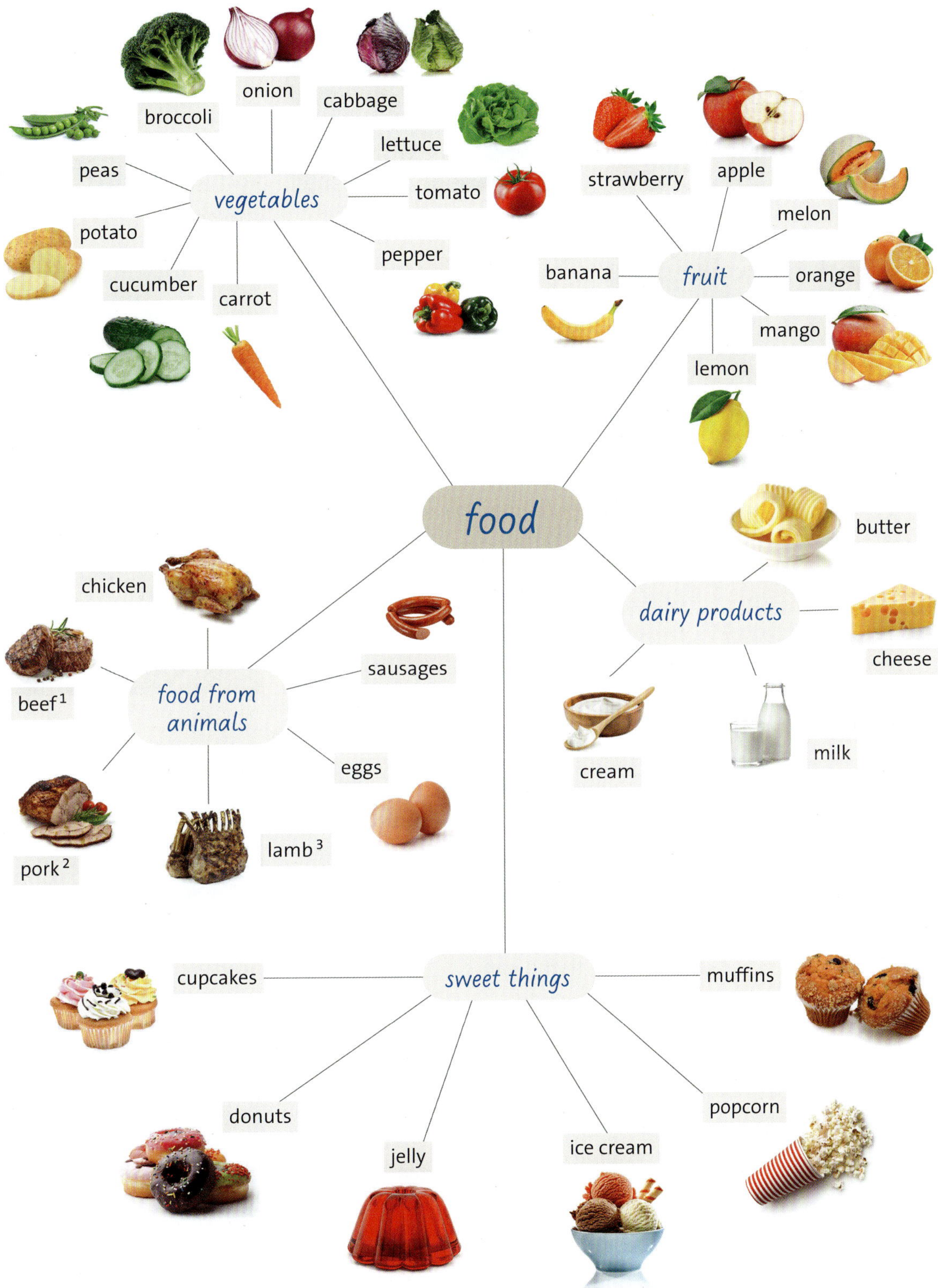

[1] **beef** *Rindfleisch* [2] **pork** *Schweinefleisch* [3] **lamb** *Lammfleisch*

Wordbank 13: Cooking

▶ Unit 5 | p. 144

(to) add

(to) bake

(to) boil

(to) cut

(to) fry

(to) mix

(to) pour

(to) roll out

(to) stir

saucepan

frying pan

oven

plate

bowl

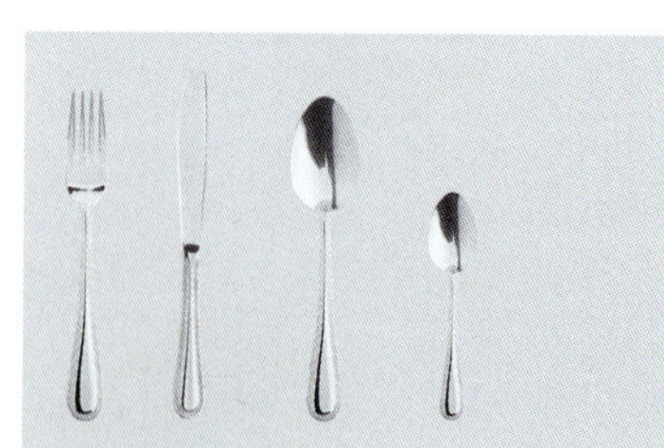
fork knife spoon tablespoon

Hier findest du englische Sätze mit ihrer deutschen Übersetzung. Höre sie dir in der App an. Da jede Sprache anders funktioniert, ist eine wortwörtliche Übersetzung oft nicht möglich: Achte daher auf die kleinen Unterschiede.

1 Sich und andere vorstellen

Über den Namen und das Alter sprechen

Hello!	Hello, I'm … / Hi! I'm …	Hallo, ich bin …
	What's your name?	Wie heißt du?
Unit 1	Sunita is 12 years old.	Sunita ist 12 Jahre alt.
	I'm 12 too.	Ich bin auch 12.
Unit 5	When's your birthday?	Wann hast du Geburtstag?
	My birthday is on the first of May.	Mein Geburtstag ist am ersten Mai.

Sich begrüßen und verabschieden

Hello!	Hi! / Hello!	Hi! / Hallo!
	Bye!	Tschüs!
	Goodbye.	Auf Wiedersehen. / Tschüs.
	Nice to meet you.	Freut mich, dich / euch / Sie kennenzulernen.
	Nice to meet you too.	Freut mich auch.
Unit 1	See you.	Bis dann. / Tschüs.
Unit 2	Speak later.	Tschüs. / Bis später.
Unit 3	Hello, everybody!	Hallo allerseits!
	See you later.	Bis später.

Über die Familie und Freunde sprechen ► Wordbank 7, p. 189

Unit 1	This is my best friend.	Das ist meine beste Freundin / mein bester Freund.
	We are / aren't friends.	Wir sind / sind keine Freunde.
	These are my new friends.	Das sind meine neuen Freunde.
	A good friend is helpful.	Ein guter Freund ist hilfsbereit.
Unit 2	That's me.	Das bin ich.
	That's my family.	Das ist meine Familie.
	That's me and my sister.	Das bin ich mit meiner Schwester.
	Next to me is my brother.	Neben mir ist mein Bruder.
	These are my parents.	Das sind meine Eltern.
	Grandma and grandpa live in the neighbourhood.	Oma und Opa wohnen in der Nachbarschaft.
	My uncle and my aunt are from Russia.	Mein Onkel und meine Tante sind aus Russland.
	I have three cousins.	Ich habe drei Cousinen und Cousins.

Let's talk

Unit 3	My dad often works long days.	Mein Papa arbeitet oft lange.
	I have a lot of friends now.	Ich habe jetzt viele Freunde.
	My sister doesn't live with us.	Meine Schwester lebt nicht bei uns.

Über Hobbys, Vorlieben und Abneigungen sprechen

► Wordbank 4, p. 186

Hello!	I like sandwiches.	Ich mag Sandwiches.
	My favourite animal is a fish.	Meine Lieblingstiere sind Fische.
	What's your favourite ...?	Was ist dein Lieblings...?
	My favourite hobby is ... What about you?	Mein Lieblingshobby ist ... Und deins?
	I like dancing.	Ich mag Tanzen.
	I don't like football.	Ich mag Fußball nicht. / Ich mag keinen Fußball.
Unit 1	Let's go to the beach!	Lass uns / Lasst uns an den Strand gehen!
Unit 2	My dream pet is a dog.	Mein Traum-Haustier ist ein Hund.
Unit 3	I often go cycling.	Ich fahre oft Fahrrad.
	I never go swimming.	Ich gehe nie schwimmen.
Unit 4	Which places / things do you like?	Welche Orte / Dinge magst du?
	I like the sports centre.	Ich mag das Sportzentrum.
	I don't like the rubbish.	Ich mag den Müll nicht.
	We love this place!	Wir lieben diesen Ort!
	I like living here.	Ich lebe gern hier.

Das eigene Zuhause beschreiben

► Wordbank 9, p. 190

Unit 2	This is my home.	Das ist mein Zuhause.
	I live in a flat / house.	Ich wohne in einer Wohnung / in einem Haus.
	Our house has a garden / balcony.	Unser Haus hat einen Garten / Balkon.
	Where is your room?	Wo ist dein Zimmer?
	It's on the second floor.	Es ist im zweiten Stock.
	What's in your room?	Was ist / gibt es in deinem Zimmer?
	There's a bed and there are two chairs.	Da ist / Es gibt ein Bett und da sind zwei Stühle.
	I have my own room.	Ich habe ein eigenes Zimmer.
	Is your room messy or tidy?	Ist dein Zimmer unordentlich oder aufgeräumt?
	Are you at home?	Bist du zu Hause?
	I'm at home.	Ich bin zu Hause.
	My room is small, but it's perfect for me.	Mein Zimmer ist klein, aber es ist perfekt für mich.
	I live with my parents and my brother.	Ich lebe zusammen mit meinen Eltern und meinem Bruder.
	We live in a small house near Bremen.	Wir leben in einem kleinen Haus bei Bremen.
	There's a kitchen, a living room, two bedrooms and a bathroom.	Es gibt eine Küche, ein Wohnzimmer, zwei Schlafzimmer und ein Bad.

Unit 5	Do you often clean your room?	Machst du dein Zimmer oft sauber?
	Yes, I do – but it's always messy.	Ja – aber es ist immer unordentlich.

Über den Wohnort und die Nachbarschaft sprechen

Hello!	Where are you from?	Wo kommst du her?
	I'm from ...	Ich bin / komme aus ...
Unit 2	I live in ...	Ich wohne in ...
	I live with my mum and dad.	Ich wohne zusammen mit meiner Mutter und meinem Vater.
	We live in a flat / a house in ...	Wir wohnen in einer Wohnung / einem Haus in ...
	Tell me about your home!	Erzähl mir was über dein Zuhause.
	Where's your home?	Wo bist du zu Hause?
	Who are your neighbours?	Wer sind eure Nachbarn?
Unit 3	Where's your house?	Wo ist dein / euer Haus?
	Our house isn't near my school.	Unser Haus ist nicht in der Nähe meiner Schule.
Unit 4	Where do you live?	Wo wohnst du?
	I live in a village / town / city / in the country.	Ich wohne in einem Dorf / einer Stadt / einer Großstadt / auf dem Land.
	What's your neighbourhood like?	Wie sieht deine Nachbarschaft aus?
	It's busy, but nice.	Es ist ziemlich viel los, aber es ist nett.
	I like our neighbours, they're really friendly.	Ich mag unsere Nachbarn. Sie sind wirklich freundlich.
	My neighbourhood has some problems.	Es gibt einige Probleme in meiner Nachbarschaft.

2 Über Gefühle, Wünsche und Empfindungen sprechen

Unit 1	I'm happy / sad.	Ich bin glücklich / traurig.
	I'm in trouble.	Ich bin in Schwierigkeiten.
	That's horrible.	Das ist schrecklich.
	I'm not happy about that.	Darüber bin ich nicht froh.
Unit 2	Are you OK?	Bist du in Ordnung?
	Are you scared of snakes?	Hast du Angst vor Schlangen?
	I'm alone.	Ich bin allein.
	That's great.	Das ist großartig.
Unit 3	I love you.	Ich liebe dich.
	I'm really surprised.	Ich bin echt überrascht.
	Don't be sorry for her.	Sie muss euch nicht leidtun.
Unit 4	I don't like the rubbish.	Ich mag den Müll nicht.
	I'm angry about this noise.	Ich ärgere mich über diesen Lärm.
Unit 5	I feel sad / great.	Ich bin traurig / Ich fühle mich toll.

3 Über den Schulalltag sprechen

► Wordbanks 5+6, pages 187–188

Unit 1	We're in the same class.	Wir sind in der gleichen Klasse.
	Mr Lee is my class teacher and English teacher.	Herr Lee ist mein Klassenlehrer und Englischlehrer.
	I'm at a new school.	Ich bin an einer neuen Schule.
	What about your new school?	Wie ist es an der neuen Schule?
	I'm lucky. The students in my class are really nice.	Ich habe Glück. Die Schülerinnen / Schüler in meiner Klasse sind echt nett.
	Where are your English lessons?	Wo finden deine / eure Englischstunden statt?
	They're in room 2.	Die sind in Raum 2.
	On Monday morning I have maths.	Montagmorgen habe ich Mathematik.
	The next lesson is ...	Die nächste Stunde ist ...
	I'm in class 7B.	Ich bin in Klasse 7b.
	Where's the canteen?	Wo ist die Kantine?
	The name of my school is ...	Meine Schule heißt ...
	I'm at ... school.	Ich bin auf der ... Schule.
	My timetable is great.	Mein Stundenplan ist super.
	The classrooms aren't near the canteen.	Die Klassenräume sind nicht in der Nähe der Kantine.
Unit 2	Is it hard to do your homework?	Fällt es dir schwer deine Hausaufgaben zu machen?
	Then he does his homework.	Dann macht er seine Hausaufgaben.
Unit 3	Lesson 1 is at ...	Die erste Stunde fängt um ... an.
	I go to school by bus / bike / car / train.	Ich fahre mit dem Bus / Rad / Auto / Zug zur Schule.
	Me too.	Ich auch.
	I walk to school.	Ich gehe zu Fuß zur Schule.
	My school journey is short.	Mein Schulweg ist kurz.
	School starts at 9 o'clock.	Die Schule fängt um 9 Uhr an.
	I come home from school at 4 o'clock.	Ich komme um 4 Uhr von der Schule nach Hause.
	My homework takes 30 minutes.	Ich brauche 30 Minuten für die Hausaufgaben.
Unit 5	Are you good at ...?	Bist du gut in ...?

4 Über den Tagesablauf sprechen, sich verabreden

Unit 3	My parents work long days.	Meine Eltern arbeiten sehr lang.
	In the morning I get up at 7 o'clock, have a shower and get dressed.	Morgens stehe ich um 7 Uhr auf, dusche und ziehe mich an.
	Sometimes I meet my friends in the afternoon.	Am Nachmittag treffe ich mich manchmal mit meinen Freunden.
	We meet every Friday afternoon at 3.30.	Wir treffen uns jeden Freitagnachmittag um halb vier.
	In the evening I often play computer games.	Abends spiele ich oft Computerspiele.

	On weekdays I always go to bed at 9 o'clock.	An Wochentagen gehe ich immer um 9 Uhr ins Bett.
	Are you free on Saturday?	Hast du am Samstag Zeit?
	Sorry, I'm busy on Saturday.	Tut mir leid, am Samstag bin ich beschäftigt.
	Let's meet in the afternoon.	Lass uns nachmittags / am Nachmittag treffen.
	Let's meet on Sunday!	Lass uns am Sonntag treffen!
	I'd love to. / Yes, please!	Sehr gern!
	Good idea!	Gute Idee!
	Sorry, I can't.	Tut mit leid, ich kann nicht.
	Can we meet on Sunday at 3 o'clock?	Können wir uns am Sonntag um 3 Uhr treffen?
Unit 4	I practise the guitar every day.	Ich übe jeden Tag (auf der) Gitarre.
	On Saturday mornings I always look after my little sister.	Samstagvormittags passe ich immer auf meine kleine Schwester auf.
Unit 5	What are you doing?	Was machst du gerade?
	What do you usually do at the weekend?	Was machst du / macht ihr normalerweise am Wochenende?
	We usually stay at home.	Normalerweise bleiben wir zu Hause.
	Where's the party?	Wo findet die Party statt?
	Thanks for the invitation.	Danke für die Einladung.
	Send me a message if you can come or not.	Sende mir eine Nachricht, ob du kommen kannst oder nicht.

5 Seine Meinung äußern und diskutieren

Unit 1	Can you say that again, please?	Kannst du das bitte noch einmal sagen?
	Listen, please.	Bitte hör zu.
	You're welcome.	Bitte, gern geschehen. / Nichts zu danken.
	I think ...	Ich denke / glaube ...
	I don't know.	Das weiß ich nicht.
Unit 2	Good / Great / Clever idea!	Gute / Tolle / Schlaue Idee!
	We can talk about problems.	Wir können über Probleme reden.
Unit 3	Yes, that's right.	Ja, das stimmt.
	No, that's wrong.	Nein, das ist falsch.
	I think you're right / wrong.	Ich glaube, da hast du recht / unrecht.
Unit 4	Do you think it's interesting?	Denkst du, es ist interessant?
	Why do you think it's interesting?	Warum denkst du, es ist interessant?
	Do you have any questions?	Hast du / Habt ihr Fragen?
Unit 5	What do you think?	Was denkst du?
	What do you mean?	Was meinst du?

6 Über Essen und Lebensmittel sprechen

▸ Wordbank 12, p. 193

Unit 1	I'm really hungry.	Ich habe echt Hunger. / Ich bin echt hungrig.
	We're always hungry.	Wir haben immer Hunger.
Unit 4	Try the pizza.	Probier mal die Pizza.
	No, I'm not hungry.	Nein, ich habe keinen Hunger.
	Where do you buy your food?	Wo kaufst du / kauft ihr Essen / Lebensmittel ein?
	We buy our food in the supermarket / at the market.	Wir kaufen unser Essen im Supermarkt / auf dem Markt.
Unit 5	What food do you eat?	Was isst du so?
	We eat a lot of fruit and vegetables.	Wir essen viel Obst und Gemüse.
	I'm not vegan, but I eat vegan food sometimes.	Ich bin kein Veganer / keine Veganerin, aber ich esse manchmal vegan.
	I like vegetarian food because it's healthy.	Ich mag vegetarisches Essen, weil es gesund ist.
	Eating too much meat is not healthy.	Zu viel Fleisch ist ungesund.
	My favourite dish is pizza.	Mein Lieblingsgericht ist Pizza.
	I'm allergic to ...	Ich bin allergisch gegen ...
	It's a main course / dessert.	Es ist ein Hauptgericht / Dessert.
	It's a kind of meat / vegetable / fruit.	Es ist eine Art Fleisch / Gemüse / Obst.
	It's sweet / spicy / ...	Es ist süß / würzig / ...
	Enjoy your food.	Guten Appetit. / Lass es dir schmecken.

7 Feedback geben

Unit 1	I like the photos.	Ich mag die Fotos.
	The colours are nice.	Die Farben sind schön.
Unit 2	Your short talk is cool / very nice.	Dein Kurzvortrag ist cool / sehr schön.
	I like the posters.	Ich mag die Poster.
Unit 3	Your video is funny / interesting / cool / ...	Dein Video ist witzig / interessant / cool / ...
	You speak clearly.	Du sprichst deutlich.
	You have good ideas / scenes.	Du hast gute Ideen / Szenen.
	I like the start / the scene with ... / the end.	Ich mag den Anfang / die Szene mit ... / das Ende.
	Well done!	Gut gemacht!
Unit 4	That was useful information.	Das waren nützliche Informationen.
	Please check that again.	Überprüfe das bitte noch einmal.
	Remember to make notes.	Denk daran, Notizen zu machen.
	Your notes are helpful.	Deine Notizen sind hilfreich.
Unit 5	I'd like to see more pictures.	Ich würde gerne mehr Bilder sehen.
	The instructions are very clear.	Die Anweisungen sind sehr klar.

Vocabulary

Im ***Vocabulary*** findest du alle neuen Wörter und Wendungen, die du lernen musst. Sie stehen in der Reihenfolge, in der sie im Buch zum ersten Mal vorkommen. Höre dir in der App jedes Wort beim Lernen genau an und sprich es nach.

Symbole und Abkürzungen

► p. 12 ► pp. 18/19	Die Seitenzahl in der linken Spalte zeigt dir, wo das Wort zum ersten Mal in diesem Buch vorkommt (*p.* = *page*, Seite; *pp.* = *pages*, Seiten).
►► Hello	Die doppelten Pfeile weisen auf ein Wort mit gleicher Bedeutung hin, das du gelernt hast. Blaue Wörter kennst du aus der Grundschule.
(to) **close** ◄ ► (to) **open**	Das „Gegenteil"-Zeichen bedeutet: *(to) close* ist das Gegenteil von *(to) open*.
! *English:* I'm **at** school. *German:* Ich bin **In** der Schule.	Das ! zeigt: Vorsicht, hier keinen Fehler machen!
a – an **a d**og — **an e**lephant **a n**ice picture — **an o**ld picture	In den Merkboxen findest du wichtige Hinweise zu den neuen Wörtern und Wendungen.
sb.	*somebody* (jemand)
sth.	*something* (etwas)
infml.	*informal* (informell, umgangssprachlich)
pl.	*plural* (Plural, Mehrzahlform)

Hinweise

Tipps zum Vokabellernen findest du im **Skills file** auf S. 163–165.
Die **Wordbanks** (S. 184–194) bieten dir nach wichtigen Themen gesammelte Stichwörter.
Let's talk (S. 195–200) enthält Wendungen für wichtige Situationen, z.B.: seine Meinung äußern und diskutieren.
Im **English-German Dictionary** (S. 236–246) kannst du englische Wörter nachschlagen. Wenn du wissen möchtest, was ein deutsches Wort auf Englisch heißt, dann kannst du im **German-English Dictionary** (S. 247–256) suchen.

Hello!

► pp. 10/11

Hello.	Hallo. / Servus.	
Nice to meet you.	Freut mich, dich/euch/Sie kennenzulernen.	
nice	nett, schön	
(to) **meet**	kennenlernen; (sich) treffen	
you	du; dich; dir; ihr; euch; Sie; Ihnen	
I	ich	! „I" wird immer großgeschrieben – auch wenn es nicht am Satzanfang steht.
I'm (= I am)	ich bin	
hungry	hungrig	**I'm hungry.** = Ich habe Hunger.
careful	vorsichtig	**Careful,** Leo! = Vorsicht, Leo! (*wörtlich*: (Sei) vorsichtig!)
seagull	die Möwe	a **seagull** – **seagulls** 
a seagull	eine Möwe	**a** computer – **ein** Computer **a** show – **eine** Show **a** baby – **ein** Baby
it's (= it is)	es ist *(bei Dingen und Tieren auch)* er ist; sie ist	**it** = es *(bei Sachen und Tieren auch: er; sie)* **is** = ist
the	der, die, das	**the** computer – **der** Computer **the** show – **die** Show **the** baby – **das** Baby
What's your name?	Wie heißt du? (*wörtlich:* Was ist dein Name?)	
What ...?	Was ...?	
your	dein/e; euer/eure; Ihr/e	
you / **your**	du, dir *(Dativ)*, dich *(Akkusativ)* / dein, deine	ihr, euch *(Dativ)*, euch *(Akkusativ)* / euer, eure
name	der Name	
Hi.	Hallo.	►► Hello.
too	auch	! *English:* I'm hungry **too**. *German:* Ich habe **auch** Hunger.
(to) **like**	mögen	
What about you?	Und du? / Was ist mit dir?	
football	der Fußball	
thank you, thanks	danke (schön)	
colour	die Farbe	! *English:* What colour **is** ...? *German:* Welche Farbe **hat** ...?

colours

black schwarz	**blue** blau	**brown** braun	**green** grun	**grey** grau	**pink** pink, rosa
purple violett, lila	**orange** orange; die Orange		**red** rot	**yellow** gelb	**white** weiß

and	und	
right	richtig	
wrong	falsch	**right** ◄ ► **wrong**
class	die Klasse; der Unterricht; der Kurs	! one **class** – two **classes**

Goodbye, holidays

► p. 12 **Goodbye.**	Auf Wiedersehen! / Servus.	**Hello.** ◄ ► **Goodbye.**
holiday(s)	der Urlaub; die Ferien; Urlaubs-	! on holiday = im/in den Urlaub
in the picture	auf dem Bild	**picture** = Bild **in** = in; auf
mum	die Mama, die Mutti	
dad	der Papa, der Vati	
Leo's mum	die Mama / die Mutti von Leo	
number	die Zahl, die Ziffer, die Nummer	

1 one	**2** two	**3** three	**4** four	**5** five	**6** six	**7** seven
8 eight	**9** nine	**10** ten	**11** eleven	**12** twelve	**13** thirteen	**14** fourteen

► **Numbers, p. 258**

drink	das Getränk	noun: **drink** – verb: (to) **drink** (trinken)
animal	das Tier	
thing	das Ding, die Sache	
(to) **eat**	essen; fressen	
things **to** eat	Dinge zum Essen	**to** = (um) zu Nice **to** meet you! = Schön, dich/euch/Sie kennen**zu**lernen!
here	hier; hierher	**Here's** (= **Here is**) Scout.
can	können	
can't (= cannot)	nicht können	
I can see ...	ich kann ... sehen	

I can see Scout. What about you?

(to) **see** = sehen

(to) **remember**	sich erinnern an; daran denken, nicht vergessen	Can you **remember** my name? (dich erinnern an) **Remember**, seagulls like sandwiches too! (Denk dran!)
dog	der Hund	

About me

▸ p. 14	**about me/you/...**	über mich/dich/...	**me** = **1.** mir; **2.** mich; **3.** *(in bestimmten Wendungen)* ich mich; mir 
	my	mein/e	**my** name (**mein** Name) **my** class (**meine** Klasse)
	favourite animal	das Lieblingstier	adjective: **favourite** – noun: **favourite** (der Liebling, der Favorit, die Favoritin)
	cat	die Katze	
	an elephant	ein Elefant	**a – an** **a d**og — **an e**lephant **a n**ice picture — **an o**ld picture 
	horse	das Pferd	
	lion	der Löwe	
	monkey	der Affe	
	parrot	der Papagei	
	snake	die Schlange	
	fish, ***pl*** **fish**	der Fisch, die Fische	**!**  one **fish** – two **fish**  
▸ p. 15	**hobby**	das Hobby	**!** *English:* one **hobby** – two, three **hobbies** *German:* ein **Hobby** – zwei, drei **Hobbys**
	sport	der Sport; die Sportart	
	dancing	das Tanzen	verb: (to) **dance** (tanzen) – noun: **dance** (der Tanz, die Tanzveranstaltung)
	drawing	das Zeichnen	verb: (to) **draw** (zeichnen) – noun: **drawing** (die Zeichnung; das Zeichnen)
	listening to music	Musik (an)hören	(to) **listen (to)** = (sich etwas) anhören; zuhören **Listen,** Scout! — Hör zu, Scout! **Listen to** Leo. — Hör(t) Leo zu. **Listen to** the song. — Hört euch das Lied an.
	music	die Musik	**!** Betonung auf der 1. Silbe: **music**
	swimming	das Schwimmen	(to) **swim** = schwimmen **swimmer** = der Schwimmer, die Schwimmerin
	photo	das Foto	**in the photo** = auf dem Foto

	taking photos	das Fotografieren (*Hobby*)	! *English:* Can you **take** a **photo** of us? *German:* ... ein **Foto** von uns **machen**?
	(to) **love**	lieben, sehr mögen	verb: (to) **love** – noun: **love** (die Liebe)
	I don't like football.	Ich mag Fußball nicht. / Ich mag keinen Fußball	
	cap	die (Schirm-)Mütze, die Kappe	cap 
	rucksack	der Rucksack	
	phone	das Telefon	noun: **phone** – verb: (to) **phone** (anrufen; telefonieren) **phone number** = die Telefonnummer ! "Handy" klingt zwar englisch, aber für das (Mobil-)Telefon heißt es auf Englisch immer **phone**.
	bike	das Fahrrad	 bike
	big	groß	
	this	dies; diese(r, s)	**This** is Scout. – Hello, Scout! Nice to meet you.
	with	mit; bei	! **1.** Is Max the kid **with** the red bike? (mit) **2.** Where's Scout? – Scout is **with** Leo. (bei)
	(to) **put**	*(etwas wohin)* tun, legen, stellen, stecken	**Put** your books in your rucksack.
► p. 16	the **top** five hobbies	die fünf besten/ beliebtesten Hobbys	**top** = die Spitze, das obere Ende **at the top (of** sth.**)** = oben; am oberen Ende (von etwas); an der Spitze (von etwas)
	singing	das Singen	**I like singing.** = Ich singe gerne. (to) **sing** = singen **singer** = der Sänger, die Sängerin
	hat	der Hut, die Mütze	 hats

Ready for school

► p. 17	**ready**	fertig, bereit	Here's my cap and my rucksack – I'm **ready**!
	for	für	Scout, here's a sandwich **for** you!
	school	die Schule	This is my new **school**, and I'm in class 5C.
	please	bitte	Sing a song for me, **please**.
	(to) **open**	öffnen; aufschlagen *(Buch)*	Please **open** your books. verb: (to) **open** – adjective: **open** (offen, geöffnet)
	book	das Buch	

(to) **sit down**	sich hinsetzen	
(to) **put your hand up**	sich melden, aufzeigen	**hand** = die Hand 
(to) **look at** sth.	sich etwas anschauen	(to) **look** = sehen, schauen
board	die Tafel	Please look at the **board**.
(to) **stand up**	aufstehen	(to) **stand up** ◄ ► (to) **sit down**
new	neu	I like my **new** school.
English	Englisch; englisch	adjective: **English** – noun/country: **England** ! Ländernamen, -adjektive und Sprachen werden im Englischen immer großgeschrieben: England, English
in English	auf Englisch	

Unit 1: My new school

► pp. 18/19	**old**	alt	**old** ◄ ► **new**
	How old?	Wie alt?	**How** ...? = Wie ...?
	coding	das Programmieren (*Computer*)	(to) **code** = programmieren (*Computer*); kodieren
	walking	das Wandern	verb: (to) **walk** ((zu Fuß) gehen, wandern) – noun: **walk** (der Spaziergang)
	cooking	das Kochen	verb: (to) **cook** (kochen) – noun: **cook** (der Koch, die Köchin)
	student	der Schüler, die Schülerin; der Student, die Studentin	! Betonung auf der 1. Silbe: student
	at	an; in; bei; auf	**at school = in** der Schule **at this school = auf/an** dieser Schule
	year	das Jahr; der Jahrgang	Scout the seagull is three **years** old.

Topic 1

► p. 20	**time**	die Zeit; die Uhrzeit	I'm hungry! Is it **time** to eat?
	(to) **be busy**	beschäftigt sein, (viel) zu tun haben	**busy** = (viel)beschäftigt (to) **be** = sein
	tired	müde	Are you two **tired**? 

	tie	die Krawatte	
	(school) uniform	die (Schul-)Uniform	
	they're (= they are) **they aren't**	sie sind sie sind nicht	**they** = sie (*Plural*) **you are** = = du bist / ihr seid
	good	gut	I like my new school. It's a **good** school!
	(to) **know**	wissen; kennen	I have two cats and a parrot. – I **know**! **good to know** = gut zu wissen
	British	britisch	adjective: **British** – noun/country: **(Great) Britain**
	(to) **have**	haben	Are you hungry? You can **have** my sandwich!
	horrible	schrecklich	I don't like this film. It's **horrible**!
	It's not	Es ist nicht	I'm **not** ten. And I'm **not** a seagull. Ich bin **nicht** zehn. Und ich bin **keine** Möwe.
	great	großartig, toll	**great** ◄ ► **horrible**
► p. 21	**desk**	der Schreibtisch	
	glue stick	der Klebestift	**glue** = der Kleber, der Klebstoff 
	an exercise book	ein Schulheft, ein Übungsheft	**exercise** = die Übung, die Aufgabe
	pencil case	das Federmäppchen	**case** = das Etui, der Behälter, der Kasten
	pencil	der Bleistift	
	pen	der Kugelschreiber, der Stift; der Füller	
	rubber	das Radiergummi	
	pencil sharpener	der Bleistift(an)spitzer	
	ruler	das Lineal	
	an apple	ein Apfel	
► p. 22	**Mr** Lee	Herr Lee	❗ **Ms** = allgemeine Anrede für Frauen **Mrs** = Anrede für verheiratete Frauen
	teacher	der Lehrer, die Lehrerin	**class teacher** = Klassenlehrer/in

I'm late.	Ich habe mich verspätet.	**late** = (zu) spät
window	das Fenster	
yes	ja	**yes ◄ ► no** (nein)
now	nun, jetzt	Ah, great! I love sport. And **now** I'm hungry!
(to) **take**	(mit)nehmen; bringen	Please **take** your book and read exercise 10. Remember: **Take** your sandwiches with you! Can you **take** the new kids to the toilet?
Let's ..., Let us ...	Lass uns .../ Lasst uns ...	Please listen – **let us** start now.
us	uns	Please look at **us** and listen to **us**.
(to) **start**	beginnen, anfangen (mit)	verb: (to) **start** – noun: **start** (der Anfang, der Start)
first	erste(r, s)	! **first = 1.** erste/r/s; **2.** zuerst, als Erstes **at first** = zuerst, am Anfang
of	von	• the colour **of** my bike (... meines Rades) • the names **of** the animals (... der Tiere)
► p. 23 **in class**	im Unterricht	Please don't eat your sandwiches **in class**.
What page ...?	Welche Seite ...?	! **what? = 1.** welche(r, s)?; **2.** was?
page (= p.)	die (Buch-/Heft-)Seite	**on page 15 / on p. 15** = auf Seite 15 / auf S. 15 *but* Please open your books **at page** 10. (... auf Seite 10.)
(to) **help**	helfen	verb: (to) **help** – noun: **help** (die Hilfe)
answer	die Antwort	noun: **answer** – verb: (to) **answer** (antworten (auf), beantworten)
the answer **to the question**	die Antwort auf die Frage	! **to =** **1.** auf: the answer **to** the question; **2.** (um) zu: things **to** eat
question	die Frage	**answer ◄ ► question**
(to) **use**	benutzen, verwenden	**user** = der (Be-)Nutzer, die (Be-)Nutzerin
Here you are.	Bitte schön. / Hier, bitte.	
(to) **ask**	fragen	What page is it? – Don't **ask** me. I don't know. ! *English:* Can I **ask** you a **question?** *German:* Kann ich dir eine **Frage stellen?**
You're welcome.	Bitte, gern geschehen. / Nichts zu danken.	! **welcome:** **1.** You're **welcome**. (Bitte, gern geschehen. / Nichts zu danken.) **2. Welcome (to ...)!** = Willkommen (in/an ...)!

208

"bitte"		
• in Aufforderungen und Bitten:	**please**	Open your book, **please.** / What's this in English, **please?** Schlag dein Buch auf, bitte. / Was ist dies auf Englisch, bitte?)
• wenn du jemandem etwas gibst:	**Here you are.**	Can I use your pen, please? – Yes, **here you are.** (Kann ich deinen Stift benutzen? – Hier, bitte)
• wenn sich jemand bedankt hat:	**You're welcome.**	I can help you. – Thanks. – **You're welcome.** (Ich kann dir helfen. – Danke. – Bitte, gern geschehen.)

classroom	das Klassenzimmer	
word	das Wort	What's the English **word** for "Handy"? – The right **word** is "phone".

Topic 2

► p. 24	**timetable**	der Stundenplan	Look at **timetable**, please. Can you see your English **lessons**?
	lesson	die (Unterrichts-)Stunde	**lessons** *(pl)* = Unterricht(sstunden)
	room	der Raum, das Zimmer	The English lessons are in **room** number 201.
	(to) **think**	denken, meinen, glauben	**I think ...** = Ich denke/meine/glaube/finde, ...
	he's (= he is) **he isn't (= is not)**	er ist er ist nicht	**he** = er
	(to) **be right**	Recht haben	**You're right.** = Du hast Recht. (to) **be right** ◄► (to) **be wrong** (Unrecht haben)
	she's (= she is)	sie ist	**she** = sie (*weibliche Person*)

's (is) (= ist)			
he**'s** (he is)	He**'s** my dad.	it**'s** (it is) / that**'s** (that is)	It**'s**/That**'s** nice.
she**'s** (she is)	She**'s** my mum.	what**'s** (what is)	What**'s** your name?

	we're (= we are)	wir sind	you**'re** (you are) – du **bist**; ihr **seid** we**'re** (we are) – wir **sind** they**'re** (they are) – sie **sind**
	all	alle(s)	Are **all** your school things in your rucksack?
	but	aber	I like cooking, **but** I like parkour too.
	break	die Pause	My favourite time at school is the **break**!
	minute	die Minute	! Betonung auf der 1. Silbe: <u>min</u>ute
► p. 25	**girl**	das Mädchen	
	boy	der Junge	

(to) **make**	machen, herstellen	Let's **make** music! We can sing a song.
friend	der Freund, die Freundin	Scout the seagull is Leo's **friend**.

1 Vocabulary

message	die Nachricht, die Mitteilung	Look at Zane's **message** on my phone: "My new school uniform is great!"
(to) **be lucky**	Glück haben	**You're lucky.** = Du hast Glück. **lucky** (number) = Glücks-(zahl) my **lucky** colour = meine Glücksfarbe ! Sie **hat Glück.** = She's **lucky.** Sie **ist glücklich.** = Sie's **happy.**
See you.	Bis dann. / Tschüs.	**See you soon.** = Bis bald!
day	der Tag	
week	die Woche	School starts this **week**. (diese Woche) **the days of the week** (*pl*) = die Wochentage
on Monday	am Montag	**on Sundays** = an jedem Sonntag, sonntags ! **on** = **1.** an/am: We don't go to school **on** Sunday.; **2.** auf: My books are **on** my desk.

Monday (der) Montag **Tuesday** (der) Dienstag **Wednesday** (der) Mittwoch
Thursday (der) Donnerstag **Friday** (der) Freitag **Saturday** (der) Samstag
Sunday (der) Sonntag

! Die Wochentage werden immer großgeschrieben.

► p. 26	**subject**	das (Schul-)Fach	What's your favourite **subject** at school?
	assembly	die Schulversammlung	All my days at school start with **assembly**.
	history	die Geschichte (*vergangene Zeiten*)	
	geography	die Geografie, die Erdkunde	! Betonung auf der 2. Silbe: ge<u>o</u>graphy
	lunch	das Mittagessen	What's **for lunch**? (Was gibt es zum Mittagessen?)
	maths	die Mathe(matik)	a **maths** exercise 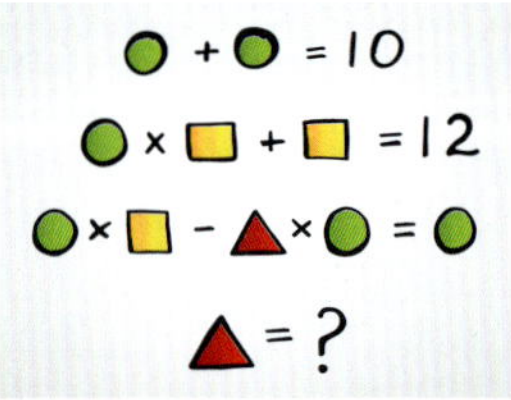
	art	die Kunst	I like drawing pictures. I love **art** lessons!
	science	die Naturwissenschaft	a **science** lesson 
	French	Französisch; französisch	
	design and technology	das Werken, der Werkunterricht	**design** = Gestaltung, Design **technology** = Technik(unterricht); Technologie
	computing	die Informatik	
	PE (= physical education)	der (Schul-)Sport	

210

Topic 3

▸ p. 28	**place**	der Ort, der Platz	Put it here. This is the right **place**.
	canteen	die Kantine, die (Schul-)Mensa	Time for lunch! Where's the **canteen**?
	hall	die Halle, der Saal	**sports hall** = Sporthalle ! **hall = 1.** die Halle, der Saal; **2.** der Flur, die Diele
	bag	die Tasche	
	where?	wo? / wohin?	Scout, **where's** (= **where is**) my sandwich?
	toilet	die Toilette	
	map	die Landkarte, der Stadtplan	
	building	das Gebäude	What's this **building**, Mum? – My old school!
	near	nahe (bei), in der Nähe von	Hove is **near** Brighton.
	always	immer	You're a great friend. You're **always** so nice!
▸ p. 29	(to) **be scared (of)**	Angst haben (vor)	Scout, you're my friend! I'm not **scared of** you.
	food	das Essen, das Lebensmittel; das Futter	►► things to eat
	bad	schlecht; schlimm	**bad ◄► good**
	grandma	die Oma	 
	because	weil	I'm happy **because** now we have PE.

Story

▸ p. 30	**after** lesson 1 / **after** school	nach der ersten Unterrichtsstunde / nach der Schule	preposition (+ noun): **after** school (**nach** der Schule) conjunction (+ sentence): **after** you read (**nachdem** du liest)
	friendly	freundlich, nett	Don't be scared. They're **friendly** dogs. 
	helpful	hilfsbereit; hilfreich, nützlich	You always help me. You're so **helpful**! (hilfsbereit) Here are **helpful** tips for this exercise. (hilfreiche/nützliche Tipps)
	mean	gemein, fies	►► not very nice **mean ◄► friendly**

who	wer	**how?** wie? **where?** wo? **what?** was? **who?** wer?
sad	traurig	**sad** ◄► **happy**
then	dann, danach	Now it's assembly time, **then** we have maths.
(to) **go**	gehen; fahren	Can I **go** to the toilet, please? (gehen) Let's **go** to Plymouth. (fahren)
to	zu, nach	! **to** = **1.** (um) zu: things **to** eat; **2.** zu, nach: I go **to** school.; **3.** an (jn.) (*z. B. schreiben an jn., eine E-Mail an jn.*): an email **to** my friend
beach	der Strand	Let's go **to the beach**. (= zum Strand, an den Strand) ! **on** the beach = **am** Strand
Bye.	Tschüs.	**Hello.** ◄► **Bye.** / **Goodbye.**
slow	langsam	This animal is very **slow**. 
too slow	zu langsam	Let's go to the beach. – Sorry, I'm **too** busy.
so weird	so seltsam, so komisch	I have a cat now. I'm **so** happy! **weird** = seltsam, komisch
from	von, aus	Scout is **from** Hove, not **from** Brighton. (Scout kommt aus ...)
bully	der Mobber, die Mobberin; der Tyrann, die Tyrannin	noun: **bully** – verb: (to) **bully** (tyrannisieren, mobben)
that	das (dort)	**that's** (= **that is**) = das (da) ist **Is that** a seagull? – Yes, **that's** Scout.
our	unser/e	**our** poster (**unser** Poster) **our** class (**unsere** Klasse)
trouble	der Ärger, die Schwierigkeiten	He is **in trouble**. (Er hat Ärger. / Er ist in Schwierigkeiten.)
him	ihm, ihn	That's Tom. I know **him** from school. (ihn) I'm in the football team with **him**. (ihm)
► p. 31 **still**	(immer) noch	It's 4.30 and Joe **still** isn't here.
(to) **stop**	(an)halten; stoppen; aufhören (mit)	(to) **start** ◄► **(to) stop** This is a nice place. Let's **stop** here, sit down and eat our sandwiches. (stoppen, anhalten) Please **stop** singing and listen! (aufhören mit) verb: (to) **stop** – noun: **stop** (der Halt, der Haltepunkt; die Unterbrechung) to = zu, nach
away	weg, fort	(to) **walk/go away** = weggehen
her friends	ihre Freunde/Freundinnen	**I** – **my** **we** – **our** **she** – **her** **you** – **your**

	These are my friends.	Das hier sind meine Freunde/ Freundinnen.	

this, that – these, those

- Wenn etwas naher beim Sprecher / bei der Sprecherin ist, verwendet man eher **this** und **these.** — This **dog** is so nice, and I love these **cats.**
- Wenn etwas weiter entfernt ist, verwendet man eher **that** und **those.** — **That** snake and **those** seagulls ... no, I'm scared.

	very friendly	sehr freundlich, sehr nett	Don't be scared. Our dog is **very** friendly.
	free	frei; kostenlos	**free time** = Freizeit, freie Zeit **Are you free** after school? = Hast du nach der Schule Zeit?
► p. 32	**opposite**	das Gegenteil	The **opposite** of 'new' is 'old'.
	people (*pl*)	die Leute, die Menschen	four **people** 
	best	beste(r, s); am besten	You're my **best** friend!
	when	wenn (*zeitlich*)	I eat a sandwich **when** I'm hungry.

Study skills

► p. 34	(to) **learn**	lernen	How can I **learn** all these new words?
	vocabulary, *infml auch* **vocab**	der Wortschatz, das Vokabular; das Vokabelverzeichnis	Listening to English songs is good for your **vocabulary**. (Wortschatz) Learn the new words on these **vocabulary** pages. (Vokabeln, Vokabelverzeichnis)
	mind map	die Gedankenkarte, das Wörternetz, die Mindmap	
	file	die Datei; der Ordner, die Liste	I have a **file** on my computer with all the new words from my French lessons.
	or	oder; sonst	Do you like cats **or** dogs? – I love cats!

Unit task

► p. 35	**step**	die Stufe; der Schritt	Let's sit down on the **steps** and look at the map. 
	them	sie, ihnen	**I – me** / **he – him** **we – us** / **they – them**

213

Unit 2: My family and home

► pp. 44/45	**family**	die Familie	! Betonung auf der 1. Silbe: <u>fam</u>ily
	home	das Heim, das Zuhause	(to) **go home** = nach Hause gehen **at home** = zu Hause
	aunt	die Tante	**aunt ◄ ► uncle**
	uncle	der Onkel	
	brother	der Bruder	**brother ◄ ► sister**
	sister	die Schwester	
	cousin	der Cousin, die Cousine	! Betonung auf der 1. Silbe: <u>cou</u>sin
	circle	der Kreis	drawing a **circle** 
	neighbour	der Nachbar, die Nachbarin	**neighbourhood** = die Nachbarschaft, die Gegend, das Viertel There's a bike shop in my **neighbourhood.**

Topic 1

► p. 46	**pet**	das (Haus-)Tier	Are seagulls good **pets?** – No, they aren't!
	a lot (of) **lots (of)**	viel/e; sehr viel/e	I have **a lot of** books in my room. (viele) I like the breaks at school **a lot.** (sehr)
	rabbit	das Kaninchen	
	quiet	ruhig, still, leise	It's **quiet** and I can listen to music. Super!
	why	warum	**what?** was? **where?** wo(hin)? **who?** wer? **when** wann? **why?** warum? **how?** wie?
	vet	der Tierarzt, die Tierärztin	a **vet** with a dog 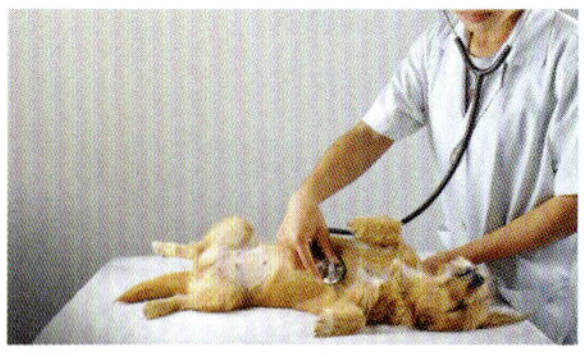
	(to) **live**	leben, wohnen	Leo **lives** in Hove.
	house	das Haus	

	weekend	das Wochenende	**at the weekend** = am Wochenende **at weekends** = (immer) an den Wochenenden
	loud	laut	Quiet, please. You're too **loud.**
	messy	unordentlich	adjective: **messy** – noun: **mess** (das Chaos, die Unordnung)
► p. 47	**polite**	höflich	
	only	nur, bloß; erst	I **only** have one pet. (nur) My sister is **only** two. (erst)
► p. 48	**hard**	schwer, schwierig; hart	This exercise is so **hard.** Help me, please!
	homework	die Hausaufgabe(n)	What's for **homework?** = Was haben wir als Hausaufgabe(n) auf? ! *English:* (to) do **your homework** *German:* **(deine) Hausaufgaben** machen **homework** hat keinen Plural: **Homework** is horrible. **Hausaufgaben** **sind** schrecklich.
	(to) **find**	finden	I can't **find** my bag. Where is it?
	special	besondere(r, s)	**... is special** = ... ist etwas Besonderes What's **special** about this place? = Was ist das Besondere **an** diesem Ort?
	small	klein	**small** ◄► **big**
	lizard	die Eidechse	
	fast	schnell	I like my bike, but it isn't very **fast.**
	cute	niedlich, süß	Our rabbit is still very small and he's so **cute!**
	dream	der Traum	I'm a vet. It's my **dream** job. I love it. noun: **dream** – verb: (to) **dream (of/about sth.)** (träumen (von etwas))
	interesting	interessant	Books about animals are very **interesting.**
► p. 49	**mouse,** *pl* **mice**	die Maus	two **mice** 
	his room	sein Zimmer *(zu „he")*	Lily and **her** friends ◄► Noah and **his** friends

Topic 2

► p. 50	**different**	verschieden; anders (als)	six **different** colours 

215

	tree	der Baum	
	garden	der Garten	
	ground floor	das Erdgeschoss	**ground** = der (Erd-)Boden **floor = 1.** die Etage, das Stock(werk); **2.** der Fußboden
	there's (= there is) **there are**	es ist ... / es gibt ... es sind ... / es gibt ...	**there** = da, dort; dahin, dorthin
	flat	die Wohnung	**flats** 
► p. 51	**bathroom**	das Bad(ezimmer)	
	bedroom	das Schlafzimmer	
	dining area	der Essbereich, die Essecke	
	area	der Bereich, die Gegend, die Fläche	
	living room	das Wohnzimmer	
	kitchen	die Küche	
	office	das Büro	
	(to) **tell**	erzählen, sagen	**Tell** the class about your hobbies. Please **tell** me how I can help you.

Topic 3

► p. 52	**bed**	das Bett	(to) **go to bed** = ins Bett gehen
	cushion	das Kissen	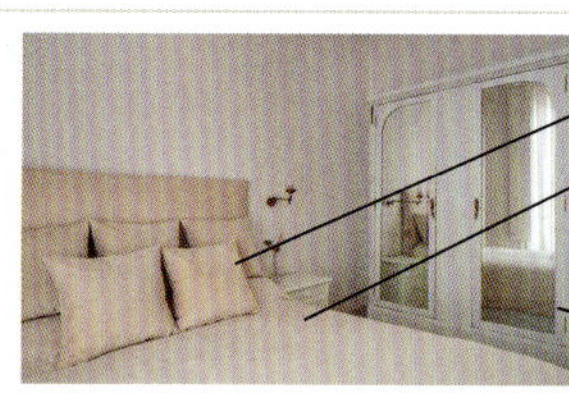
	wardrobe	der Kleiderschrank	
	clothes *(pl)*	die Kleidung, die Kleidungsstücke	**!** *English:* **All** her **clothes are** black. *German:* Ihre gesamte **Kleidung ist** schwarz.
	lamp	die Lampe	
	shelf, *pl* **shelves**	das Regal	**!** one **shelf** – two **shelves**
	robot	der Roboter	Hello, **robot!** 

216

	chocolate	die Schokolade	! Betonung auf der 1. Silbe: **choc**olate
	table	der Tisch	 a **table**  a **desk**
	shoe	der Schuh	
	chair	der Stuhl	
► p. 53	**next to**	neben	
	in front of	vor	There are trees **in front of** the house. = It's a nice house with trees **in front.** (... mit Bäumen davor.)
	behind	Hinter	
	door	die Tür	
	under	unter	**on** the desk ◄ ► **under** the desk
	tidy	ordentlich	**tidy** ◄ ► **messy** • adjective: **tidy** My room is always very **tidy.** • verb: (to) **tidy** (aufräumen) I always **tidy** my room.
► p. 54	**person**	die Person	! Nur selten wird der Plural **persons** benutzt. Normalerweise: one **person** – five **people**
► p. 55	he/she/it **has**	er/sie/es hat	I **have** / you **have** / we **have** / they **have** he **has** / she **has** / it **has**
	sweets ***(pl)***	die Bonbons, die Süßigkeiten	noun: **sweets** – adjective: **sweet** (süß)
	today	heute	What's our first lesson **today?** – French.
	its terrarium	sein Terrarium / ihr Terrarium	! I have a pet. It's (= **It is**) a cute hamster. Its name is Joe. (= the name of the hamster)
	your **own** room	dein/ein eigenes Zimmer	! *English:* Do you have your **own** room? *German:* Hast du ein **eigenes** Zimmer?

Story

► p. 56	**feeling**	das Gefühl	• noun: **feeling** It's hard for me to talk about my **feelings**. • verb: (to) **feel** (fühlen; sich fühlen) It's hard for me to talk about how I **feel**.
	angry	wütend	Scout has my sandwich. I'm so **angry**!
	alone	allein	I often walk **alone** and think.

	parents *(pl)*	die Eltern	►► your mum and dad
	work	die Arbeit	• noun: **work – at work = bei** der Arbeit, **am** Arbeitsplatz • verb: (to) **work** = **1.** arbeiten – **Work** with a partner. **2.** funktionieren – It's not a great computer, but it **works.**
	of course	natürlich, selbstverständlich	Where's my phone? Oh, in my bag, **of course!**
	funny	witzig, lustig; seltsam	• All these animals in the house – it's not **funny!** (witzig, lustig) • What's so **funny** about a horse in the living room? (Was ist so lustig **an** ...?) • That's **funny** ... my phone isn't in my bag ... where is it? (seltsam)
	guitar	die Gitarre	! Beachte die Schreibweise: **guitar**
	(to) **speak (to)**	sprechen (mit)	I can **speak** English. Can I **speak to** you after the lesson, Mr Lee? **speaking** = das Sprechen
	later	später	**Speak later.** = Tschüs. / Bis später.
	(to) **talk (to)**	sprechen, reden (mit)	**Talk to** your friends **about** your hobbies.
► p. 57	**dinner**	das Abendessen	I'm hungry! **What's for** dinner, dad? (Was gibt es zum Abendessen?) for **lunch** / for **dinner** = **zum** Mittagessen / **zum** Abendessen
	(to) **play**	spielen	! *English:* (to) **play the guitar** *German:* **Gitarre spielen** **player** = der Spieler, die Spielerin
	really	wirklich	Our teachers are **really** nice.
	headphones *(pl)*	der Kopfhörer	! *English:* These are my new **headphones.** *German:* Dies ist mein neuer **Kopfhörer.** 
	problem	das Problem	! Betonung auf der 1. Silbe: **prob**lem
	game	das Spiel	Let's meet at Jo's and play some nice **games.**
► p. 58	**on the phone**	am Telefon	! **on** = **1.** auf: **on** the desk **2.** an/am: **on** Monday, **on** the phone
	idea	die Idee	Let's play badminton in the park. – Great **idea.**
	long	lang	**(for) a long time** = lange, (für) eine lange Zeit Sorry, I can't talk to you **for a long time.** Twelve pages? That's a **long** story!

Study skills

► p. 60	(to) **spell**	buchstabieren	verb: (to) **spell** – noun: **spelling** (die Schreibweise, die Rechtschreibung)
	alphabet	das Alphabet	! Betonung auf der 1. Silbe: <u>al</u>phabet
	address	die Adresse	Where do you live? What's your **address?** ! Beachte die Schreibweise: **address**
	road	die Straße *(in oder zwischen Orten)*	Our house is on a quiet **road.**
	(to) **say**	sagen	Be quiet! – Listen, it's nice to **say** "please".
	like this	so, auf diese Art	►► (in) this way Look, it's not hard if you do it **like this.** ! **1.** it's always **like this** (so) **2.** a story **like this** (so/solch eine Geschichte)
	oh	Null *(im gesprochenen Englisch)*	
	(to) **write (to)**	schreiben (an)	**Write to** your friends and tell them about your holidays.
	again	wieder, noch einmal	Stand up.... Thanks, you can sit down **again now.**

Unit task

► p. 61	(to) **present** sth. **(to** sb.**)**	(jm.) etwas präsentieren, vorstellen	• verb: (to) **present** sth. **to** sb. – • noun: **presentation** (das Referat, die Präsentation) (to) **give a presentation** = ein Referat halten ! *English:* **Present** your idea **<u>to</u>** your friends. *German:* Stelle deinen Freunden deine Idee vor. (*nicht:* ~~Present them your idea~~.)

Unit 3: My day

► pp. 76/77	**their**	ihr/e *(Plural)*	**I** – **my** name **you** – **your** name **he** – **his** name **she** – **her** name **it** – **its** name **we** – **our** names **you** – **your** names **they** – **their** names
	journey	die Reise, die Fahrt; der Weg	It's not a long **journey** from here to Hove. You can walk or take the bus.
	by bike/bus/...	mit dem Fahrrad/Bus/...	Let's not walk there, let's go **by** bus.
	car	das Auto	
	bus	der Bus	! *English:* on **the bus** *German:* im **Bus**
	train	der Zug, die Eisenbahn	! *English:* on **the train** *German:* im **Zug**
	short	kurz; klein *(Person; Körpergröße)*	**short** ◄► **long** It's a **short** walk. (= not a long walk) My brother is only 5. He's still **short.** (klein *(Körpergröße)*)

Topic 1

► p. 78	**weekday**	der Werktag, der Wochentag	Monday, Tuesday, Wednesday, Thursday and Friday are **weekdays.** **weekdays ►► weekend**
	hour	die Stunde	! Das "h" wird nicht gesprochen. Das Wort klingt genau wie "our"
	clock	die (Wand-, Stand-, Turm-)Uhr	
	4 a.m.	4 Uhr (früh)morgens	**9 a.m.** = 9 Uhr vormittags
	4 p.m.	4 Uhr nachmittags, 16 Uhr	**9 p.m.** = 9 Uhr abends, 21 Uhr
	at 8 o'clock	um 8 Uhr	It's **1 o'clock** now. 

15 fifteen	**21 twenty-one**	**40 forty**	**100 a/one hundred**
16 sixteen	**22 twenty-two**	**50 fifty**	**101 a/one hundred and one**
17 seventeen	(...)	**60 sixty**	**102 a/one hundred and two**
18 eighteen	**30 thirty**	**70 seventy**	**103 a/one hundred and three**
19 nineteen	**31 thirty-one**	**80 eighty**	(...)
20 twenty	(...)	**90 ninety**	**► Numbers, p. 258**

	end	das Ende, der Schluss	noun: **end** - verb: (to) **end** (enden; beenden)
	in **the end** at **the end (of)**	schließlich; zum Schluss am Ende (von)	Walk or take the bus? **In the end** I often go by bus. **At the end of** a long school day I'm always tired.
► p. 79	**before (school / the lesson)**	vor (der Schule / der Unterrichtsstunde)	**before** the lesson ◄► **after** the lesson

	before		◄►	**after**	
plus noun:	**before** school	(vor der Schule)	◄►	**after** school	(nach der Schule)
plus sentence:	**before** you read	(bevor du liest)	◄►	**after** you read	(nachdem du liest)

(to) **win**	gewinnen	I feel good when my football team **wins.** verb: (to) **win** – noun: **winner** (der Gewinner, die Gewinnerin / der Sieger, die Siegerin)
competition	der Wettbewerb	One of my photos is in an art **competition.**
son	der Sohn	Louise Adebayo has a **son,** Zane.
wheelchair	der Rollstuhl	a **wheelchair** 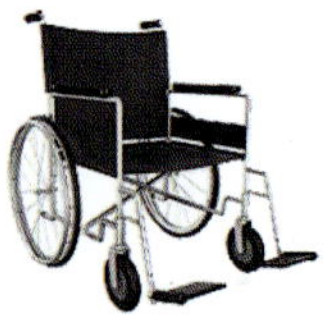
husband	der Ehemann	Zoe and Carl are our parents. Carl is Zoe's **husband.**
(to) **get up**	aufstehen	On weekdays I **get up** at 7 a.m.

	shower	die Dusche	(to) **have a shower** = (sich) duschen 
	breakfast	das Frühstück	
	(to) **take**	dauern, *(Zeit)* brauchen, in Anspruch nehmen	The journey from London to Brighton **takes** an hour by train. ! (to) **take** = **1.** dauern, *(Zeit)* brauchen, in Anspruch nehmen; **2.** (to) **take photos** = Fotos machen
	sometimes	manchmal	Do you always walk to school? – No, **sometimes** I go by bus.
	(to) **watch** (sth.)	(sich etwas) anschauen; (etwas) beobachten	(to) **look** • (to) **see** • (to) **watch** • **Look** at the picture. ((an)schauen) • Can you **see** me? (sehen) • Can I **watch** the football game? (anschauen) Let's **watch** the dogs. (beobachten)
► p. 80	**often**	oft	I love cooking. I **often** cook nice things to eat.
	shopping	das Einkaufen; die Einkäufe	(to) **do the shopping** = die Einkäufe erledigen, einkaufen gehen (to) **go shopping** = einkaufen gehen
	afternoon	der Nachmittag	
	evening	der Abend	

• **in** the morning	morgens, am Morgen	• **on** Monday	am Montag
in the afternoon	nachmittags, am Nachmittag	**on** Tuesdays	dienstags, an Dienstagen
in the evening	abends, am Abend	**on** Friday morning	freitagmorgens, am Freitagmorgen

► p. 81	**morning**	der Morgen	! *English:* in the morning *German:* morgens, am Morgen
	(to) **get dressed**	sich anziehen	You're late! **Get dressed!** Where are your clothes?
	(to) **brush**	bürsten	verb: (to) **brush** – noun: **brush** (die Bürste)
	tooth, *pl* **teeth**	der Zahn	(to) **brush your teeth** = (sich) die Zähne putzen
	project	das Projekt	! Betonung auf der 1. Silbe: **pro**ject
	everybody	jeder; alle	**Hello everybody!** = Hallo/Servus allerseits! Mr Lee is really nice. **Everybody** likes him.
	other	andere(r, s)	the **others** = die anderen
	country	das Land, *(auch:)* die ländliche Gegend	! *English:* in **the country** *German:* auf dem Land

Topic 2

► p. 82	**(school) club**	die AG *(in der Schule)*	**club** = **1.** der Klub, der Verein; **2. school club** = die AG
	(to) **be fun**	Spaß machen; lustig sein	• **fun** = Spaß • Swimming is **fun.** = ... macht Spaß. • (to) **have fun** = Spaß haben • That's a **funny** story! = Das ist eine lustige Geschichte!
	(to) **run**	rennen, laufen	**running** = das Laufen *(Sport)*
	trampolining	das Trampolinspringen/-turnen	**trampoline** = das Trampolin
	most schools	die meisten Schulen	**Most** students in my class go to school clubs.
	sea	das Meer, die See	! *English:* by **the sea** *German:* am Meer, an der See
► p. 83	**never**	nie, niemals	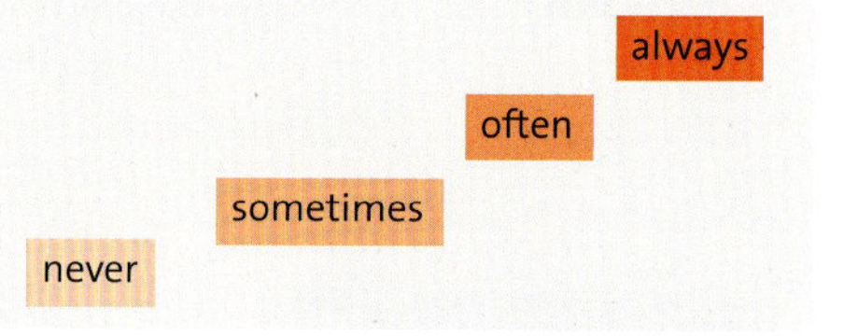
	(to) **cycle**	Rad fahren	**cycling =** das Radfahren 
► p. 85	(to) **want**	wollen	! • (to) **want** = etwas (haben) wollen I **want** a new computer. • (to) **want to do sth.** = etwas tun wollen I **want to have** it now.
	activity	die Aktivität, die Tätigkeit	! Betonung auf der 2. Silbe: ac<u>tiv</u>ity

Topic 3

► p. 86	(to) **ask** sb. **to do** sth.	jn. bitten, etwas zu tun	Can I **ask** you **to help** me? = Can I **ask** you **for** some help? ! (to) **ask = 1.** fragen; **2.** (to) **ask** sb. **for** sth. = jn. **um** etwas bitten
	I'd love to. **(= I would love to.)**	Sehr gerne. / Das würde ich sehr gerne.	**Would you like** a drink? – Oh yes, please, **I'd love** a cola! • **I'd like/love ...** (= **I would like/love ...**) = Ich hätte (liebend) gern ... / Ich möchte (liebend gern). • **I'd love/like to meet** Zane. = Ich würde mich (liebend) gern mit Zane treffen.

Story

► p. 88	**newspaper** (*kurz auch:* **paper**)	die (Tages-)Zeitung	**paper =** **1.** die (Tages-)Zeitung I read the **paper / newspaper** in the morning. **2.** das Papier I can draw an elephant. Do you have a pen and **paper**?
	surprised	überrascht	This bike for only £150? I'm really **surprised.**
	(to) **read**	Lesen	**reader** = der Leser, die Leserin
	secret	geheim; das Geheimnis	This is a **secret** message. (geheim) It's our **secret.** (Geheimnis)
	(to) **be/feel sorry for** sb.	Mitleid haben mit jm.	**I'm** / I **feel sorry for** him. = Ich habe Mitleid mit ihm. / Er tut mir leid.
	her	sie; ihr	**!** **her = 1.** sie; ihr: I can see **her.** (sie) / I can help **her.** (ihr) **2.** ihr/e *(wessen?)*: **her** dog, **her** room
► p. 89	**prize**	der Preis, der Gewinn	The **prize** for the winner of this competition is a weekend in Paris. **prize show** = die Preisverleihung *(Zeremonie)* **show** = die Show, die Aufführung; die Ausstellung
	Well done.	Gut gemacht!	**well** = gut *(Adverb)* • adjective: **good** Your English is very **good.** • adverb: **well** You speak English very **well.**
	news	Nachrichten	**news** hat keinen Plural: **That is** good **news.** **Das sind** gute **Nachrichten.**
	some	einige, ein paar; etwas, ein wenig	There are **some** books in my bag. (einige) I speak **some** French. (etwas, ein wenig)
	money	das Geld	Nice bike ... how much **money** do I have?
	part (of)	der Teil (von)	What **part of** England are you from? (Aus welchem Teil Englands ...?) A pet is always **part of** the family.
	Which part **...?**	Welcher Teil ...?	**Which** school club do you like?
► p. 90	(to) **pay (for** sth.)	(etwas be)zahlen	**!** *English:* Let me **pay** for the pizzas. *German:* Lass mich die Pizzas **bezahlen.**
	cleaner	die Reinigungskraft	
	(to) **get**	*(sich etwas)* holen/besorgen; bekommen	Where can I **get** help? (bekommen) Let's **get** some sandwiches. (holen/besorgen)

(to) **give**	geben	Can you **give** me that book, please? 
pound (£)	das Pfund *(britische Währung)*	**!** you write: **£ 5** – you say: five **pounds**
much	viel; sehr	**How much** time do we have? (viel) I like Zane so **much.** (so sehr) **Thank you very much.** = Vielen Dank. / Danke vielmals.
euro, *pl* **euros**	der Euro	
kind	nett, freundlich	►► friendly
(to) **send**	senden, schicken	I'd like to **send** my sister a message. = I'd like to **send** a message **to** my sister.
(to) **share**	teilen	I **share** a room **with** my brother. = My brother and I **share** a room. (Wir teilen uns ein Zimmer.)

Study skills

► p. 92 (to) **look** sth. **up**	etwas nachschlagen, nachschauen	What's "Möwe" in English? – Sorry, I don't know. Let's **look** it **up.**
jigsaw (puzzle)	das Puzzle	**puzzle** = das Rätsel
(to) **collect**	(ein)sammeln	My friend Jamie **collects** old clocks.
card	die Karte	playing **cards** = die Spielkarten 
group	die Gruppe	Please work in **groups** of 3 or 4 students.

Unit task

► p. 93 **recording**	die Aufnahme	noun: **recording** – verb: (to) **record** (aufnehmen, aufzeichnen)
light	das Licht; die Lampe	I have good **lights** on my bike. I want to see where I'm going in the evening! **car light** = der Autoscheinwerfer
(to) **speak clearly**	deutlich sprechen	
scene	die Szene	
simple	einfach	These exercises are very **simple.** (= they're not very hard)

Unit 4: Where I live

► pp. 104/105	**cinema**	das Kino	at **the cinema** = **im** Kino
	boat	das Boot; das Schiff	 **boats** in the **marina**
	marina	der Jachthafen	
	shop	das Geschäft, der Laden	(to) **be at the shops** = Einkäufe erledigen
	picnic	das Picknick	(to) **have a picnic** = ein Picknick machen
	chips *(pl)*	die Pommes frites	**fish and chips** = Fisch mit Pommes Frites

Topic 1

► p. 106	(to) **hear**	hören	! (to) **hear** = hören (können) (to) **listen** (to) = zuhören, horchen **Listen!** Can you **hear** the wind?
	clean	sauber	adjective: **clean** – verb: (to) **clean** (sauber machen, putzen)
	dirty	schmutzig	**dirty** ◄ ► **clean**
	youth centre	das Jugendzentrum	**youth** = die Jugend; der Jugendliche **centre** = das Zentrum; die Mitte
	estate	die Wohnsiedlung; das Gewerbegebiet	on **our estate** = **in** unserer (Wohn-)Siedlung
	rubbish	der (Haus-)Müll, der Abfall	This is the right place for your **rubbish**! 
► p. 107	**rain**	der Regen	It's a **rainy** day. = It's **raining.** adjective: **rainy** – noun: **rain** (der Regen) – verb: (to) **rain** (regnen) 
	ice cream	das (Speise-)Eis	**Ice cream** on a warm day – great! 
► p. 108	**crafts** *(pl)*	das Kunsthandwerk, das Basteln	I'm in the **crafts** club at school because I like making things.

225

	a girls' class	ein Mädchenkurs, ein Kurs für Mädchen	

Apostroph + *s*: Etwas gehört (zu) jemandem. Aber beachte die **Stellung des** Apostrophs!

Singular + Apostroph + *s*: **eine** Person

the **girl's** dog
der Hund **des Mädchens**

Plural-*s* + Apostroph: **mehrere** Personen

the **girls'** dogs
die Hunde
der Mädchen

	(to) **explain** sth. **to** sb.	jm. etwas erklären	! *English:* Please **explain** it **to me**. *German:* **Erkläre** es **mir** bitte. verb: (to) **explain** – noun: **explanation** (die Erklärung)
	(to) **buy**	kaufen	►► (to) get sth. I'm hungry. Let's **buy** some sandwiches.
► p. 109	**town**	die Stadt	**in town** = in der Stadt **town centre** = das Stadtzentrum
	village	das Dorf	a very small town in the country
	many	viele	You have **many** fish in your aquarium! **How many** are there?

much („viel") – **many** („viele")

How much time do we have?
Wie viel Zeit ...?

We do**n't** have **much** time, but we have **a lot of** / **lots of** work.
nicht viel Zeit — **viel** Arbeit

How many shops are in your village?
Wie viele Geschäfte ...?

There are**n't many** shops, but there are **a lot of** / **lots of** trees.
nicht viele Geschäfte — **viele** Bäume

Topic 2

► p. 110	**hospital**	das Krankenhaus	I have a problem with my hand. I'm going **to hospital** on Tuesday. (ins Krankenhaus) Is he still **in hospital**? (im Krankenhaus)
	ice rink	die Schlittschuhbahn	
	library	die Bücherei, die Bibliothek	I don't always buy books, I often get them from the **library.** **at the library** = **in** der Bücherei/Bibliothek
	supermarket	der Supermarkt	I buy my food **at the supermarket** (**im** Supermarkt) or **at the market** (**auf** dem Markt). **market** = der Markt
	museum	das Museum	**at the museum** = **im** Museum
	stadium	das Stadion	I love football and often watch a game **at the stadium**. (**im** Stadion)
	(train) station	der Bahnhof	! Betonung auf der 1. Silbe: **sta**tion
► p. 111	**the same**	gleich; derselbe/dieselbe/dasselbe; dieselben	Sunita and Noah are in **the same** class.
	everywhere	überall	There's rubbish **everywhere** here in the park

	(to) **come**	(mit)kommen	**Come** to our disco on Saturday! (kommen) Your friends can **come,** too! (mitkommen)
	guide dog	der Blindenhund	I have a **guide dog** because I can't see very well, and my dog helps me. noun: **(tour) guide** (der Reiseleiter, die Reiseleiterin / der Fremdenführer, die Fremdenführerin) – verb: (to) **guide** (führen, leiten)
	head	der Kopf	a snake with three **heads** 
► p. 112	**visitor**	der Besucher, die Besucherin; der Gast	nouns: **visitor** / **visit** (der Besuch) – verb: (to) **visit** (besuchen) Can we **visit** grandpa on Sunday? He loves having **visitors.**
	Germany	Deutschland	noun/country: **Germany** – adjective/language: **German**
	information	die Information(en)	**visitor information centre** = die Touristeninformation, das Fremdenverkehrsbüro **information** hat keinen Plural: **That is** interesting **information.** **Das sind** interessante **Informationen.**
	warm	warm	(to) **get warm** = warm werden
	summer	der Sommer	**summer** ◄► **winter** (der Winter)
	Excuse me, …	Entschuldigung, … / Entschuldigen Sie, …	**Excuse me,** please. Where's the train station?
► p. 113	(to) **sell**	verkaufen	(to) **sell** sth. ◄► (to) **buy** sth.
	something	etwas	Can I ask you **something**? I'm hungry! Can I have **something** to eat?
	water	das Wasser	

Topic 3

► p. 114	**weather**	das Wetter, die Witterung	What's the **weather** like? Can we go to the beach?
	sunny	sonnig	 **It's sunny.** = Die Sonne scheint. adjective: **sunny** – noun: **sun** (die Sonne)
	snowy	schneebedeckt; verschneit	adjective: **snowy** – noun: **snow** (der Schnee) – verb: (to) **snow** (schneien)
	cloudy	wolkig, bewölkt	adjective: **cloudy** – noun: **cloud** (die Wolke)

227

	windy	windig	It's **windy.** adjective: **windy** – noun: **wind** (der Wind) 
	(to) **cost**	kosten	How much does this phone **cost?** verb: (to) **cost** – noun: **cost** (die Kosten; der Preis)
▶ p. 115	**upside down**	verkehrt herum, auf dem Kopf	the **upside down house** = das Haus, das auf dem Kopf steht
	inside the house	im Haus	**inside** the house ◀ ▶ **outside** the house (außerhalb des Hauses)
	(to) **close**	schließen, zumachen	(to) **close** ◀ ▶ (to) **open**
	so	also, daher	It's Sunday, **so** we don't go to school. **!** **so** = **1. so** big/cold/... = so groß/kalt/... **2.** also, daher
	also	auch	I like music, and I **also** like dancing. = I like music and I like dancing, too.
	expensive	teuer	£5 for this comic? That's very **expensive!** (= it costs a lot of money)
	Next ...	Als Nächstes ...	**Next** I'd like to look at some photos with you. **!** **next** = **1.** der/die/das nächste; **2.** als Nächstes
	(to) **turn** sth. **(over)**	etwas umdrehen	**Turn** it upside down. = Dreh/Stell es auf den Kopf. (to) **turn** = (sich) umdrehen
	swap	der Tausch	• noun: **swap** My friends and I like to have **clothes swaps.** (der Kleidertausch, die Kleidertauschparty) – • verb: (to) **swap** (tauschen) I **swap** clothes with my friends.

Verben und Nomen, die dieselbe Form haben

answer	**1.** (be)antworten	**2.** die Antwort	**phone**	**1.** anrufen	**2.** das Telefon
cook	**1.** kochen	**2.** der Koch, die Köchin	**rain**	**1.** regnen	**2.** der Regen
dance	**1.** tanzen	**2.** der Tanz	**snow**	**1.** schneien	**2.** der Schnee
drink	**1.** trinken	**2.** das Getränk	**swap**	**1.** tauschen	**2.** der Tausch
help	**1.** helfen	**2.** die Hilfe	**walk**	**1.** (zu Fuß) gehen	**2.** der Spaziergang
love	**1.** lieben	**2.** die Liebe	**work**	**1.** arbeiten	**2.** die Arbeit

(to) **travel**	reisen, fahren	verb: (to) **travel** – noun: **travel** (das Reisen)
hot	heiß, warm	**hot chocolate** = der Kakao, die heiße (Trink-)Schokolade
cold	kalt	**cold – warm – hot** adjective: **cold** – noun: **cold** (die Kälte; die Erkältung) (to) **be cold** = frieren (to) **have a cold** = erkältet sein

	(to) **stay**	bleiben; übernachten	Why can't I **stay** in bed? (bleiben) Come to London and **stay** at my flat! (übernachten) verb: (to) **stay** – noun: **stay** (der Aufenthalt)
	(to) **ski**	Ski laufen, Ski fahren	verb: (to) **ski** – noun: **ski** (der Ski) (to) **go skiing** = (zum) Skilaufen gehen 

Story

► p. 116	(to) **clean** sth. **up**	etwas aufräumen, sauber machen	verb: (to) **clean up** – noun: **clean-up** (die Säuberung) **clean-up day** = der Dreck-weg-Tag *(Aktionstag zum Müllsammeln)*
	noise	das Geräusch; der Lärm	Listen! What's that **noise?** (Geräusch) All that **noise!** I can't do my homework. (Lärm) noun: **noise** – adjective: **noisy**
► p. 117	**over there**	da drüben, dort drüben	**over here** ◄ ► **over there**
	together	zusammen	Work in groups and find answers to these questions **together.**
	dead	tot	Fish and chips? No, I don't eat **dead** animals.
	(to) **bring**	bringen, mitbringen	Daisy, **bring** me the shoe! 
	(to) **dig**	graben	My dog likes **digging** in the sand.
	(to) **bark (at** sb.**)**	(jn. an)bellen	My dog never **barks at** you: he knows you!
	(to) **find out (about)**	herausfinden; sich informieren (über)	Let's **find out** when the show starts. (herausfinden) **Find out about** the cricket club at our school and tell your friends. (sich informieren über)
	married (to)	verheiratet (mit)	Jack is **married to** Jill. = Jack is Jill's husband.
	(to) **look**	aussehen	What does it **look** like? (Wie sieht es aus?)

Look at the pictures.
Sieh dir die Bilder an.

Look, Noah. There's a seagull.
Schau mal, Noah. Da ist eine Möwe.

Your school uniform **looks** great.
Deine Schuluniform sieht toll aus.

over 50	über / mehr als 50	Seagulls can fly **over** the sea. (über *(räumlich)*) It's a school with **over** 1000 students. (mehr als)
note	die Notiz; der kurze Brief	(to) **make notes** = (sich) Notizen machen *(zur Vorbereitung)*
maybe	vielleicht	Let me think – **maybe** this is the answer: ...

	somebody **someone**	jemand	! **somebody** *or* **someone** = jemand **everybody** *or* **everyone** = jeder; alle There's **someone / somebody** at the door.
▶ p. 118	**meal**	die Mahlzeit, das Essen	Do you eat a hot **meal** at lunchtime? (warme Mahlzeit)
	line	die Zeile; die Reihe	a **line** of houses 
	things **that** people can use	Dinge, die Menschen gebrauchen/ benutzen können	Let's take things **that** people can still use to the swap place.
	(to) **mean**	bedeuten; meinen *(sagen wollen)*	What does this word **mean?** (bedeuten) What do you **mean?** (meinen) verb: (to) **mean** – noun: **meaning** (die Bedeutung)
	(to) **go green**	grün/umweltfreundlich werden	(to) **go red** = erröten, rot werden
	toy	das Spielzeug	Little Emma likes to play with **toy** cars.

Study skills

▶ p. 120	**slide**	das Dia; die Folie *(Präsentations-software)*	
	title	der Titel, die Überschrift	I like the band and their music, but some of their song **titles** are really weird.
	structure	die Struktur	! Betonung auf der 1. Silbe: **struc**ture noun: **structure** – verb: (to) **structure** sth. (etwas strukturieren, aufbauen)
	finally	schließlich, endlich	►► in the end
	Do you have any questions?	Habt ihr / Hast du (irgendwelche) Fragen?	**Are there any** cats in your photo? – No, **there aren't any** cats in my photo. There aren't **any** .... / I don't have **any** .... = Es gibt/sind kein/e ... / Ich habe kein/e ....

Unit task

▶ p. 121	(to) **speak more loudly**	lauter sprechen

Ähnliche Wörter im Englischen und Deutschen
Viele englische Wörter ähneln deutschen Wörtern.
Beachte aber: 1) Nomen werden im Deutschen großgeschrieben, im Englischen in der Regel klein.
2) Oft unterscheiden sich die Aussprache und die Schreibweise.

allergic	**cola**	**perfect**	**tomato**
ball	**melon**	**playlist**	**trick**
banana	**milk**	**salad**	**T-shirt**
butter	**mini**	**sauce**	**vanilla**
circus	**moment**	**smart**	**vegetarian**
coffee	**pasta**	**sweatshirt**	

Auch die Monatsnamen sind ähnlich:

January	**July**
February	**August**
March	**September**
April	**October**
May	**November**
June	**December**

Unit 5: Enjoy!

pp. 134/135

(to) **enjoy**	genießen	**enjoy doing sth.** = genießen, etwas zu tun **Enjoy!** = Viel Vergnügen!/Guten Appetit!
dessert	die Nachspeise, das Dessert	**for dessert** = **zum/als** Nachtisch **!** weiches 's' in der Wortmitte: **dessert**
cake	der Kuchen, die Torte	a chocolate **cake** 
birthday	der Geburtstag	**on** my birthday = **an** meinem Geburtstag
Happy **birthday**! Herzlichen Glückwunsch zum Geburtstag.	When's your **birthday**? Wann hast du Geburtstag?	My **birthday** is in April. Ich habe im April Geburtstag.
fruit	das Obst	
cream	die Sahne	**strawberries** and **cream** 
strawberry	die Erdbeere	
allergic (to)	allergisch (gegen)	It's sad, but I can't eat strawberries. I'm **allergic to** them.
no	kein, keine; verboten	I have **no** brothers or sisters. Sorry, **no** dogs! (Hunde verboten!) **!** **no** = **1.** kein/e; verboten; **2.** nein
meat	das Fleisch	I don't eat **meat.**
vegetarian, *infml auch:* **veggie**	vegetarisch; der/die Vegetarier/in	I'm a **vegetarian.** I really like **vegetables.** (das Gemüse)
dish	das Gericht *(die Mahlzeit)*	This is my favourite Indian **dish.** ►► meal **!** **dish** = **1.** das Gericht *(die Mahlzeit)*; **2.** die Schüssel, die Schale
cheese	der Käse	
pea	die Erbse	**peas** 
tomato, *pl* **tomatoes**	die Tomate	**tomato sauce** (die Tomatensoße)  **tomato**
spice	das Gewürz	noun: **spice** – adjective: **spicy** (würzig)

noun + -y → adjective

cloud	→ cloudy	***but:***			
mess	→ messy	fun	→	funny	
rain	→ rainy	sun	→	sunny	
snow	→ snowy	spice	→	spicy	

	bread	das Brot	**white bread**  **black bread** 
	rice	der Reis	**rice** with vegetables 

Topic 1

► p. 136	**invitation (to)**	die Einladung (zu, nach)	I have an **invitation to** Jill's party. noun: **invitation** – verb: (to) **invite** (einladen)
	twelfth (12th) birthday	der zwölfte Geburtstag	

1st	2nd	3rd	4th	5th	8th	9th	12th
first erste(r, s)	**second** zweite(r, s)	**third** dritte(r, s)	**fourth** vierte(r, s)	**fifth** fünfte(r, s)	**eighth** achte(r, s)	**ninth** neunte(r, s)	**twelfth** zwölfte(r, s)

► **Numbers, p. 258**

The **months** (die Monate)

1 January der Januar	**4 April** der April	**7 July** der Juli	**10 October** der Oktober
2 February der Februar	**5 May** der Mai	**8 August** der August	**11 November** der November
3 March der März	**6 June** der Juni	**9 September** der September	**12 December** der Dezember

	(from) 2 o'clock **to** 5 o'clock	(von) 2 Uhr / 14 Uhr bis 5 Uhr / 17 Uhr	We go to school **from** Monday **to** Friday. ! **to** = **1.** bis: from Monday **to** Friday; **2.** (um) zu: things **to** eat; **3.** zu, nach: I go **to** school.; **4.** auf: the answer **to** your question
	circus	der Zirkus	
	(to) **text** sb.	jm. eine SMS schicken	**Text** me when you're back from London, OK? ! **text** = **1.** Text; **2.** SMS; **3.** (to) **text** sb. = jm. eine SMS schicken
	if	ob	! **if** = **1.** ob: I don't know **if** this is the right answer. **2.** falls: **If** you see our missing cat, please phone us. **What if ...?** = Was wäre, wenn ...?
► p. 137	**date**	das Datum	**birthday date** = das Datum des Geburtstags
	the first of April (1st April)	der erste April	
► p. 138	(to) **juggle**	jonglieren	He's **juggling** with **balls.** 
	(to) **sleep**	schlafen	verb: (to) **sleep** – noun: **sleep** (der Schlaf)

	(to) **need** sth. (to) **need to do** sth.	etwas brauchen etwas tun müssen	I **need** money. I **need to buy** a new bike.
	moment	der Moment	! Betonung auf der 1. Silbe: **mo**ment **at the moment** = **im** Moment, zurzeit
	must	müssen	**I must go.** = Ich muss Schluss machen. *(am Telefon/ Briefschluss)* ! kein ***-s*** bei *he/she/it:* Noah **must** go.
► p. 139	**balloon**	der Ballon	
	difference	der Unterschied	noun: **difference** – adjective: **different**
	(to) **wear**	tragen, anhaben *(Kleidung)*	At English schools students **wear** uniforms.
	sunglasses *(pl)*	die Sonnenbrille	**sunglasses** ist ein Pluralwort: Where **are** my **sunglasses?** I can't find **them**.

Topic 2

► p. 140	**present**	das Geschenk	a **present** 
	perfect	perfekt	! Betonung auf der 1. Silbe: **per**fect
	sure	sicher	The next lesson is art. – Are you **sure**? Can you help me? – **Sure.** (Sicher! / Na klar!)
	already	schon	Get up! It's 7 o'clock **already**! – Go away! It's Sunday! ! Wortstellung: Noah already has bike lights. – Noah hat schon Fahrradleuchten.
► p. 141	**kind (of)**	die Art (von), die Sorte (von)	**What kind of** food do you eat for lunch? all **kinds of** things (lauter Dinge, alles mögliche)
	ham	der Schinken	
	sausage	das (Brat-, Bock-)Würstchen, die Wurst	
	salad	der Salat *(als Gericht oder Beilage)*	a **salad** with **ham** 
	carrot	die Möhre, die Karotte	
	melon	die Melone	! Betonung auf der 1. Silbe: **me**lon
	lemonade	die Limonade	**Lemonade** is a sweet cold drink.
	shopping list	die Einkaufsliste	What do we need to buy at the supermarket? Let's make a **shopping list**. noun: **list** (die Liste) – verb: **(to) list** ((auf)listen)
	packet	die Packung, das Päckchen	a **packet of bread** (eine Packung Brot) 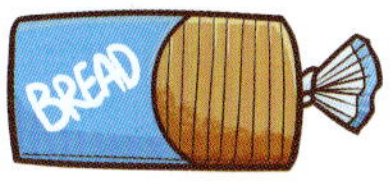

	lemon	die Zitrone	
	sugar	der Zucker	There's a lot of **sugar** in these sweets.
► p. 142	**recipe**	das (Koch-)Rezept	**recipe book** = das Kochbuch
	butter	die Butter	You need milk to make **butter** or cream.
	more	mehr, weitere	Please find **three more** words for the mind map. (noch drei Wörter, drei weitere Wörter)
	(to) **cut**	schneiden	verb: (to) **cut** – noun: **cut** (der Schnitt)
	(to) **add**	hinzufügen; addieren	When you **add** blue to yellow, you get green.
► p. 143	(to) **guess**	(er)raten	**Guess** how old I am. – 15? – No, I'm 14. a **guessing game** = ein Ratespiel verb: (to) **guess** – noun: **guess** (die Vermutung)

„Stumme" Buchstaben
Manche Buchstaben, die in Wörtern geschrieben werden, sind „stumm" – du sprichst sie nicht aus:

Stummes d	**Stummes gh**	**Stummes h**	**Stummes k**	**Stummes u**	**Stummes w**
sandwich	**eight**	**hour**	**know**	**guess**	**answer**
Wednesday	**neighbour**	**what**		**guide**	**write**
	right	**when**		**guitar**	**wrong**
		where			

easy	einfach, leicht	**easy** ◄► **hard**
popular	beliebt, populär	Many people love this film. It's very **popular.**
point	der Punkt	You get one **point** for every right answer.

Topic 3

► p. 144	**egg**	das Ei	
	cocoa	der Kakao	! Beachte Aussprache und Schreibung! • Betonung auf der 1. Silbe: cocoa • *English:* **cocoa** – *German:* Kakao
	powder	das Pulver	
	oven	der Backofen	Put the cake in the **oven** for 45 minutes.
	icing	die Glasur, der Zuckerguss	**icing sugar** = der Puderzucker
	(to) **mix**	(ver)mischen	verb: (to) **mix** – noun: **mixture** (die Mischung)
	flour	das Mehl	
	vanilla	die Vanille	I like this dessert with custard or **vanilla** sauce.
► p. 145	**main course**	das Hauptgericht	►► **main dish** **main** = Haupt-, wichtigste(r, s)
	(to) **be called**	heißen	Our dog **is called** Fido. (= Its name is Fido.)
	chicken	das Huhn; das (Brat-)Hähnchen	I'm a vegetarian, so I don't eat **chicken**.
	banana	die Banane	I love fruit like **bananas,** strawberries or melons.

	(to) **fry** **pan**	braten; frittieren die Pfanne	**Fry** the vegetables in a **pan** and eat them with a tomato sauce – a great meal! **frying pan** = die Bratpfanne
	tea	der Tee	
	milk	die Milch	**eggs, milk, flour, sugar** 
	coffee	der Kaffee	Let's make **tea** or **coffee,** sit down and talk.

Story

▸ p. 146	(to) **wave (to** sb.**)**	(jm. zu)winken	Oh, there they are, but they don't see us! **Wave to** them!
▸ p. 147	**just**	nur, bloß; einfach	It's **just us.** = Es sind nur wir. **Just** listen to me for five minutes, please. Don't **just** sit there! Get up and help me.
	a shame	schade; eine Schande	You're not free this afternoon? **That's a shame!** (Das ist schade!) **What a shame!** (Wie schade!)
	amazing	erstaunlich; großartig	24000000 people live in Shanghai? **Amazing**! (erstaunlich) This museum is so great – really **amazing.** (großartig)
	(to) **be good at** sth. **/ at doing** sth.	etwas gut können; gut in etwas sein	You speak French, English and Russian? You're **good at** learning languages!
	it is sb.**'s turn (to do** sth.**)**	jd. ist dran / an der Reihe (etwas zu tun)	(to) **take turns** (**to do** sth.) = sich abwechseln; sich dabei abwechseln, etwas zu tun
	how to do sth.	wie man etwas tut / tun kann / tun soll	I don't know ... **... what to do / what to say.** **... how to answer.** **... where to go.**
▸ p. 148	**pork**	das Schweinefleisch	**Pork** is the meat from **pigs**. **pig** = das Schwein

Study skills

▸ p. 150	**potato,** *pl* **potatoes**	die Kartoffel	

Dictionary

English – German

Im *English-German Dictionary* kannst du nachschlagen, was ein englisches Wort bedeutet oder wie es ausgesprochen wird.

Es werden folgende **Abkürzungen und Symbole** verwendet:

infml = *informal* (umgangssprachlich)
pl = *plural* (Mehrzahl)
sb. = *somebody* (jemand)
sth. = *something* (etwas)
jd. = jemand
jm. = jemandem
jn. = jemanden

° Mit diesem Kringel sind Wörter markiert, die nicht zum Lernwortschatz gehören.

Die **Fundstellenangaben** zeigen, wo ein Wort zum ersten Mal vorkommt. Die Ziffern in Klammern bezeichnen Seitenzahlen.

1 (26) = Unit 1, Seite 26

A

a [ə] ein, eine (10/11)

about [ə'baʊt]: **about me/you/...** über mich/dich/... (14) **What about ... ?** Wie wäre es mit ... ? 5 (143) **What about you?** Und du? / Was ist mit dir? (10/11)

°above [ə'bʌv] oben; über, oberhalb (von)

°act [ækt] aufführen, spielen **act out** vorspielen, aufführen

action ['ækʃn] die Aktion, die (spannende) Handlung 1 (32)

°active ['æktɪv] aktiv

activity [æk'tɪvəti] die Aktivität, die Tätigkeit 3 (85)

add [æd] hinzufügen; addieren 5 (142)

address [ə'dres] die Adresse 2 (60)

after ['ɑ:ftə]:
1. **after (school)** nach (der Schule) 1 (30)
2. **after (you read)** nachdem (du liest) 1 (30)

afternoon [ɑ:ftə'nu:n] der Nachmittag 3 (80) **in the afternoon** nachmittags, am Nachmittag 3 (80)

again [ə'gen] wieder, noch einmal 2 (60)

°agree on [ə'gri: ɑn] sich einigen auf

all [ɔ:l] alle(s) 1 (24) **°all your things** all deine Sachen **°(not) at all** überhaupt (nicht)

allergic (to) [ə'lɜ:dʒɪk] allergisch (gegen) 5 (134/135)

alone [ə'ləʊn] allein 2 (56)

alphabet ['ælfəbet] das Alphabet 2 (60)

°alphabetical [ælfə'betɪkl] alphabetisch

already [ɔ:l'redi] schon 5 (140)

also ['ɔ:lsəʊ] auch 4 (115)

always ['ɔ:lweɪz] immer 1 (28)

am [æm]: **I'm (= I am)** ich bin (10/11)

a.m. [eɪ'em]: **4 a.m.** 4 Uhr (früh)morgens 3 (78) **9 a.m.** 9 Uhr vormittags 3 (78)

amazing [ə'meɪzɪŋ] erstaunlich; großartig 5 (147)

an [ən] ein/e *(vor Vokalen)* (14)

and [ænd], [ənd] und (10/11)

angry ['æŋgri] wütend 2 (56)

animal ['ænɪml] das Tier (12)

°another [ə'nʌðə] ein/e andere/r/s; noch ein/e

answer ['ɑ:nsə]:
1. die Antwort 1 (23)
2. (be)antworten 1 (23)

any ['eni]: **Do you have any questions?** Habt ihr / Hast du (irgendwelche) Fragen? 4 (120) **there aren't any ...** es gibt keine ... 4 (120)

°anything ['eniθɪŋ]: **not (...) anything** nichts

app [æp] die App 1 (34)

apple ['æpl] der Apfel 1 (21)

April ['eɪprəl] der April 4 (116)

are [ɑ:]: **they are** sie sind 1 (20) **they aren't** sie sind nicht 1 (20) **you are** du bist / ihr seid 1 (20)

area ['eəriə] der Bereich, die Gegend, die Fläche 2 (51)

art [ɑ:t] die Kunst 1 (26)

°as [æz], [əz]: **the same as ...** der-/die/dasselbe, das gleiche wie ...

ask [ɑ:sk]:
1. fragen 1 (23) **ask a question** eine Frage stellen 1 (23)
2. **ask sb. for sth.** jn. um etwas bitten 3 (86) **ask sb. to do sth.** jn. bitten, etwas zu tun 3 (86)

assembly [ə'sembli] die Schulversammlung 1 (26)

at [æt], [ət] an; in; bei; auf 1 (18/19) **at 8 o'clock** um 8 Uhr 3 (78) **at the cinema** im Kino 4 (104/105) **at the top (of)** oben, am oberen Ende (von); an der Spitze (von) (16) **at work** bei der Arbeit, am Arbeitsplatz 2 (56) **be good at sth. / at doing sth.** etwas gut können; gut in etwas sein 5 (147) **Open your books at page 10.** Schlagt eure Bücher auf Seite 10 auf. 1 (23) **°at least** wenigstens, zumindest

August ['ɔ:gəst] der August 5 (136)

aunt [ɑ:nt] die Tante 2 (44/45)

away [ə'weɪ] weg, fort 1 (31)

B

°back [bæk] zurück **at the back** hinten **on the back of the card** auf der Rückseite der Karte

bad [bæd] schlecht; schlimm 1 (29)

bag [bæg] die Tasche 1 (28)

°baking powder ['beɪkɪŋ paʊdə] das Backpulver

ball [bɔ:l] der Ball 5 (148)

balloon [bə'lu:n] der Ballon 5 (139)

banana [bə'nɑ:nə] die Banane 5 (145)

band [bænd] die Band, die Musikgruppe 3 (82)

bark (at sb.) [bɑ:k] (jn. an)bellen 4 (117)

basketball ['bɑ:skɪtbɔ:l] der Basketball 3 (82)

bathroom ['bɑ:θru:m] das Bad(ezimmer) 2 (51)

be [bi:] sein 1 (20)

beach [bi:tʃ] der Strand 1 (30) **on the beach** am Strand 1 (30) **to the beach** zum Strand, an den Strand 1 (30)

because [bɪ'kɒz] weil 1 (29)

bed [bed] das Bett 2 (52) **go to bed** ins Bett gehen 2 (52)

bedroom ['bedru:m] das Schlafzimmer 2 (51)

before [bɪ'fɔ:]:
1. **before (school / the lesson)** vor (der Schule / der Unterrichtsstunde) 3 (79)
2. **before (you read)** bevor (du liest) 3 (79)

behind [bɪ'haɪnd] hinter 2 (53)

°below [bɪ'ləʊ] unten; unter(halb von)

best [best] beste(r, s); am besten 1 (32)

big [bɪg] groß (15)

bike [baɪk] das Fahrrad (15)

°biology [baɪ'ɒlədʒi] die Biologie

°bird [bɜ:d] der Vogel

birthday ['bɜ:θdeɪ] der Geburtstag 5 (134/135) **Happy birthday!** Herzlichen Glückwunsch zum Geburtstag! 5 (134/135) **My birthday is in April.** Ich habe im April Geburtstag. 5 (134/135) **on my birthday** an meinem Geburtstag 5 (134/135) **When's your birthday?** Wann hast du Geburtstag? 5 (134/135)

236

black [blæk] schwarz (10/11)
blue [bluː] blau (10/11)
board [bɔːd] die Tafel (17)
boat [bəʊt] das Boot; das Schiff 4 (104/105)
book [bʊk] das Buch (17)
°boring [ˈbɔːrɪŋ] langweilig
°bowl [bəʊl] die Schüssel, die Schale
bowling [ˈbəʊlɪŋ] das Bowling, das Kegeln 4 (104/105)
°box [bɒks] die Box, der Kasten
boy [bɔɪ] der Junge 1 (25)
bread [bred] das Brot 5 (134/135)
break [breɪk] die Pause 1 (24)
°break sth. [breɪk] etwas zerbrechen
breakfast [ˈbrekfəst] das Frühstück 3 (79)
bring [brɪŋ] bringen, mitbringen 4 (117)
Britain [ˈbrɪtn] Großbritannien 1 (20)
British [ˈbrɪtɪʃ] britisch 1 (20)
°bro [brəʊ] *(infml für* **brother**) der Bruder, der Kumpel
brother [ˈbrʌðə] der Bruder 2 (44/45)
brown [braʊn] braun (10/11)
brush [brʌʃ]**:**
1. bürsten 3 (81) **brush your teeth** (sich) die Zähne putzen 3 (81)
2. die Bürste 3 (81)
building [ˈbɪldɪŋ] das Gebäude 1 (28)
bully [ˈbʊli]**:**
1. der Mobber, die Mobberin; der Tyrann, die Tyrannin 1 (30)
2. tyrannisieren, mobben 1 (30)
bus [bʌs] der Bus 3 (76/77) **by bus** mit dem Bus 3 (76/77) **on the bus** im Bus 3 (76/77)
busy [ˈbɪzi] (viel)beschäftigt 1 (20) **be busy** beschäftigt sein, (viel) zu tun haben 1 (20)
but [bʌt], [bət] aber 1 (24)
butter [ˈbʌtə] die Butter 5 (142)
buy [baɪ] kaufen 4 (108)
by [baɪ]**: by bus** mit dem Bus 3 (76/77) **by the sea** am Meer, an der See 3 (82)
Bye. [baɪ] Tschüs. 1 (30)

C

cafe [ˈkæfeɪ] das Café 3 (79)
cake [keɪk] der Kuchen, die Torte 5 (134/135)
°calendar [ˈkælɪndə] der Kalender
called [kɔːld]**: be called** heißen 5 (145)
can [kæn], [kən] können (12) **I can't (= cannot)** ich kann nicht (12)
canteen [kænˈtiːn] die Kantine, die (Schul-)Mensa 1 (28)
cap [kæp] die (Schirm-)Mütze, die Kappe (15)
car [kɑː] das Auto 3 (76/77)
card [kɑːd] die Karte 3 (92) **playing card** die Spielkarte 3 (92)
careful [ˈkeəfl] vorsichtig (10/11)
carrot [ˈkærət] die Möhre, die Karotte 5 (141)
case [keɪs] das Etui, der Behälter, der Kasten 1 (21)
cat [kæt] die Katze (14)
°Celsius [ˈselsiəs]**: degree Celsius (°C)** der Grad Celsius
centre [ˈsentə] das Zentrum; die Mitte 4 (106)
chair [tʃeə] der Stuhl 2 (52)
°change [tʃeɪndʒ] (sich) (ver)ändern; wechseln
check [tʃek]**:**
1. (über)prüfen, kontrollieren 3 (79)
2. die (Über-)Prüfung, die Kontrolle 3 (79)
°checkpoint [ˈtʃekpɔɪnt] der Kontrollpunkt
cheese [tʃiːz] der Käse 5 (134/135)
chicken [ˈtʃɪkɪn] das Huhn; das (Brat-)Hähnchen 5 (145)
°China [ˈtʃaɪnə] China
chips *(pl)* [tʃɪps] die Pommes frites 4 (104/105) **fish and chips** der Fisch mit Pommes frites 4 (104/105)
chocolate [ˈtʃɒklət] die Schokolade 2 (52) **hot chocolate** der Kakao, die heiße (Trink-)Schokolade 4 (115)
°choose [tʃuːz] (aus)wählen
cinema [ˈsɪnəmə] das Kino 4 (104/105) **at the cinema** im Kino 4 (104/105)
circle [ˈsɜːkl] der Kreis 2 (44/45)
circus [ˈsɜːkəs] der Zirkus 5 (136)
city [ˈsɪti] die (Groß-)Stadt 4 (104/105)
°clap [klæp] klatschen
class [klɑːs] die Klasse; der Unterricht; der Kurs (10/11) **in class** im Unterricht 1 (23)
class teacher [ˈklɑːs tiːtʃə] der Klassenlehrer, die Klassenlehrerin 1 (22)
°classmate [ˈklɑːsmeɪt] der Mitschüler, die Mitschülerin
classroom [ˈklɑːsruːm] das Klassenzimmer 1 (23)
°classroom phrase [ˈklɑːsruːm freɪz] der Satz, den man im Klassenraum braucht
clean [kliːn]**:**
1. sauber 4 (106)
2. sauber machen, putzen 4 (106) **clean sth. up** etwas aufräumen, sauber machen 4 (116)
clean-up [ˈkliːn ʌp] das Säubern, das Saubermachen 4 (116)
clean-up day [ˈkliːn ʌp deɪ] der Dreck-weg-Tag *(Aktionstag zum Müllsammeln)* 4 (116)
cleaner [ˈkliːnə] die Reinigungskraft 3 (90)
clearly [ˈklɪəli]**: speak clearly** deutlich sprechen 3 (93)
clever [ˈklevə] schlau, klug 1 (30)
clock [klɒk] die (Wand-, Stand-, Turm-)Uhr 3 (78)
close [kləʊz] schließen, zumachen 4 (115)
closed [kləʊzd] geschlossen (17)
clothes *(pl)* [kləʊðz] die Kleidung, die Kleidungsstücke 2 (52)
clothes swap [ˈkləʊðz swɒp] der Kleidertausch, die Kleidertauschparty 4 (115)
cloud [klaʊd] die Wolke 4 (114)
cloudy [ˈklaʊdi] wolkig, bewölkt 4 (114)
clown [klaʊn] der Clown 5 (142)
club [klʌb] der Klub, der Verein 3 (82) **school club** die AG *(in der Schule)* 3 (82) **°join a club** in einen Klub eintreten
cocoa [ˈkəʊkəʊ] der Kakao 5 (144)
code [kəʊd] programmieren *(Computer)*; kodieren 1 (18/19)
coding [ˈkəʊdɪŋ] das Programmieren *(Computer)* 1 (18/19)
coffee [ˈkɒfi] der Kaffee 5 (145)
cola [ˈkəʊlə] die Cola 5 (141)
cold [kəʊld]**:**
1. kalt 4 (115) **be cold** frieren 4 (115)
2. die Kälte 4 (115)
3. die Erkältung 4 (115) **have a cold** erkältet sein 4 (115)
collect [kəˈlekt] (ein)sammeln 3 (92)
colour [ˈkʌlə] die Farbe (10/11) **What colour is ...?** Welche Farbe hat ...? (10/11)
come [kʌm] (mit)kommen 4 (111)
comic [ˈkɒmɪk] der Comic 3 (93)
°comment on sth. [ˈkɒment] etwas kommentieren
°compare [kəmˈpeə] vergleichen
competition [kɒmpəˈtɪʃn] der Wettbewerb 3 (79)
°complete [kəmˈpliːt] vervollständigen
computer [kəmˈpjuːtə] der Computer 1 (28)
computing [kəmˈpjuːtɪŋ] die Informatik 1 (26)
console [kənˈsəʊl] die Konsole 3 (90)
°conversation [kɒnvəˈseɪʃn] das Gespräch
cook [kʊk]**:**
1. der Koch, die Köchin 1 (18/19)
2. kochen 1 (18/19)
cooking [ˈkʊkɪŋ] das Kochen 1 (18/19)
cool [kuːl] cool (10/11)
°copy [ˈkɒpi] kopieren, abschreiben
°correct [kəˈrekt]**:**
1. korrekt
2. korrigieren
°correctly [kəˈrektli] korrekt *(Adv.)*
cost [kɒst]**:**
1. die Kosten; der Preis 4 (114)
2. kosten 4 (114)
°count [kaʊnt] zählen
country [ˈkʌntri] das Land, *(auch:)* die ländliche Gegend 3 (81)
course [kɔːs]**:**
1. **main course** das Hauptgericht 5 (145)
°2. der Kurs(us)
cousin [ˈkʌzn] der Cousin, die Cousine 2 (44/45)
crafts *(pl)* [krɑːfts] das Kunsthandwerk, das Basteln 4 (108)

cream [kriːm] die Sahne 5 (134/135)
cricket [ˈkrɪkɪt] das Kricket *(Mannschaftssportart)* 3 (82)
°**cross** [krɒs] mit einem Kreuz versehen
°**culture** [ˈkʌltʃə] die Kultur
cushion [ˈkʊʃn] das Kissen 2 (52)
cut [kʌt]:
1. der Schnitt 5 (142)
2. schneiden 5 (142)
°**cut sth. out** etwas ausschneiden
cute [kjuːt] niedlich, süß 2 (48)
cycle [ˈsaɪkl] Rad fahren 3 (83)
cycling [ˈsaɪklɪŋ] das Radfahren 3 (83)

D

dad [dæd] der Papa, der Vati (12)
°**daily** [ˈdeɪli] täglich
dance [dɑːns]:
1. tanzen (15)
2. der Tanz (15)
dancer [ˈdɑːnsə] der Tänzer, die Tänzerin (15)
dancing [ˈdɑːnsɪŋ] das Tanzen (15)
date [deɪt] das Datum 5 (137) **birthday date** das Datum des Geburtstags 5 (137)
day [deɪ] der Tag 1 (25) **the days of the week** *(pl)* die Wochentage 1 (25) **work long days** lange arbeiten, lange Arbeitstage haben 3 (79)
dead [ded] tot 4 (117)
December [dɪˈsembə] der Dezember 5 (136)
°**decide** [dɪˈsaɪd] beschließen, sich entscheiden
°**degree Celsius (°C)** [dɪgriː ˈselsiəs] der Grad Celsius
°**delicious** [dɪˈlɪʃəs] köstlich, lecker
°**describe** [dɪˈskraɪb] beschreiben
°**description** [dɪˈskrɪpʃn] die Beschreibung
design [dɪˈzaɪn] die Gestaltung, das Design 1 (26)
design and technology [dɪzaɪn ən tekˈnɒlədʒi] das Werken, der Werkunterricht 1 (26)
desk [desk] der Schreibtisch 1 (21)
dessert [dɪˈzɜːt] die Nachspeise, das Dessert 5 (134/135) **for dessert** zum/als Nachtisch 5 (134/135)
°**dialogue** [ˈdaɪəlɒg] Dialog
°**dice** [daɪs], *pl* **dice** der Würfel **throw the dice** würfeln
°**dictionary** [ˈdɪkʃənri] das Wörterbuch, das *(alphabetische)* Wörterverzeichnis
°**diff bank** [ˈdɪf bæŋk] *die Aufgaben zur Differenzierung*
difference [ˈdɪfrəns] der Unterschied 5 (139)
different (to) [ˈdɪfrənt] verschieden; anders (als) 2 (50)
dig [dɪg] graben 4 (117)
°**digital** [ˈdɪdʒɪtl] digital
dining area [ˈdaɪnɪŋ eəriə] der Essbereich, die Essecke 2 (51)
dining room [ˈdaɪnɪŋ ruːm] das Esszimmer 2 (51)
dinner [ˈdɪnə] das Abendessen 2 (57) **for dinner** zum Abendessen 2 (57)
dirty [ˈdɜːti] schmutzig 4 (106)
dish [dɪʃ]:
1. die Schüssel, die Schale 5 (134/135)
2. das Gericht *(die Mahlzeit)* 5 (134/135) **main dish** das Hauptgericht 5 (145)
do [duː] machen, tun 2 (48) **do your homework** Hausaufgaben machen 2 (48) °**my favourite thing to do** das, was ich am liebsten tue
dog [dɒg] der Hund (12)
done [dʌn]: **Well done.** Gut gemacht! 3 (89)
door [dɔː] die Tür 2 (53)
°**double** [ˈdʌbl] doppelt, Doppel-
°**down there** [daʊn ˈðeə] dort runter, dort hinunter; dort unten
°**drama club** [ˈdrɑːmə klʌb] die Theater-AG
draw [drɔː] zeichnen (15)
drawing [ˈdrɔːɪŋ]:
1. die Zeichnung (15)
2 das Zeichnen (15)
dream [driːm]:
1. der Traum 2 (48)
2. **dream (of/about sth.)** träumen (von etwas) 2 (48)
°**dress** [dres]:
1. das Kleid
2. **dress up (as)** sich schick anziehen; sich verkleiden (als)
dressed [drest]: **get dressed** sich anziehen 3 (81)
drink [drɪŋk]:
1. das Getränk (12)
2. trinken (12)
drone [drəʊn] die Drohne 5 (140)
°**duke** [djuːk] der Herzog

E

°**each** [iːtʃ] jede(r, s) (einzelne), jeweils
easy [ˈiːzi] einfach, leicht 5 (143)
eat [iːt] essen; fressen (12)
egg [eg] das Ei 5 (144)
eight [eɪt] acht (12)
eighteen [eɪˈtiːn] achtzehn 3 (78)
eighty [ˈeɪti] achtzig 3 (78)
°**electric** [ɪˈlektrɪk] elektrisch, Elektro-
elephant [ˈelɪfənt] der Elefant (14)
eleven [ɪˈlevən] elf (12)
end [end]:
1. enden; beenden 3 (78)
2. das Ende, der Schluss 3 (78) **at the end (of)** am Ende (von) 3 (78) **in the end** schließlich; zum Schluss 3 (78)
°**ending** [ˈendɪŋ] die Endung; das Ende *(Text, Geschichte)*
England [ˈɪŋglənd] England (17)
English [ˈɪŋglɪʃ] Englisch; englisch (17)
enjoy [ɪnˈdʒɔɪ] genießen 5 (134/135) **enjoy doing sth.** es genießen, etwas zu tun 5 (134/135)
enjoy [ɪnˈdʒɔɪ] genießen 5 (134/135) **enjoy doing sth.** es genießen, etwas
zu tun 5 (134/135) **Enjoy!** Viel Vergnügen! / Guten Appetit! 5 (134/135)
°**enough** [ɪˈnʌf] genug
°**erm** [ɜːm] äh *(Verlegenheitslaut)*
estate [ɪˈsteɪt] die Wohnsiedlung; das Gewerbegebiet 4 (106)
euro [ˈjʊərəʊ], *pl* **euros** Euro 3 (90)
ever [ˈevə]: **the best party ever** die beste Party überhaupt / die beste Party, die man sich wünschen kann 5 (147)
°**every** [ˈevri] jede(r, s)
everybody [ˈevribɒdi] jeder; alle 3 (81) **Hello everybody!** Hallo/ Servus allerseits! 3 (81)
everyone [ˈevriwʌn] jeder; alle (4) 117
°**everything** [ˈevriθɪŋ] alles
everywhere [ˈevriweə] überall 4 (111)
°**example** [ɪgˈzɑːmpl] das Beispiel **for example** zum Beispiel
Excuse me, ... [ɪksˈkjuːz miː] Entschuldigung, ... / Entschuldigen Sie, ... 4 (112)
exercise [ˈeksəsaɪz] die Übung, die Aufgabe 1 (21)
exercise book [ˈeksəsaɪz bʊk] das Schulheft, das Übungsheft 1 (21)
expensive [ɪkˈspensɪv] teuer 4 (115)
explain sth. to sb. [ɪkˈspleɪn] jm. etwas erklären 4 (108)
explanation [ekspləˈneɪʃn] die Erklärung 4 (108)
°**eye** [aɪ] das Auge

F

°**fact** [fækt] die Tatsache
°**false** [fɔːls] falsch, unrichtig
family [ˈfæməli] die Familie 2 (44/45)
fan [fæn] der Fan 2 (47)
°**far** [fɑː] weit (entfernt)
fast [fɑːst] schnell 2 (48)
favourite [ˈfeɪvərɪt]:
1. der Liebling, der Favorit, die Favoritin (14)
2. Lieblings- (14)
°**my favourite thing to do** das, was ich am liebsten tue
February [ˈfebruəri] der Februar 5 (136)
°**feed** [fiːd] füttern **Don't feed the seagulls.** Füttert / Füttern Sie nicht die Möwen.
°**feedback** *(no pl)* [ˈfiːdbæk] das Feedback *(die Rückmeldung)*
feel [fiːl] fühlen; sich fühlen 2 (56) **feel sorry for sb.** Mitleid haben mit jm. 3 (88)
feeling [ˈfiːlɪŋ] das Gefühl 2 (56)
fifteen [fɪfˈtiːn] fünfzehn 3 (78)
fifty [ˈfɪfti] fünfzig 3 (78)
file [faɪl] die Datei; der Ordner, die Liste 1 (34)
°**fill in** [fɪl ˈɪn] einsetzen; ausfüllen
film [fɪlm] der Film 4 (104/105)
finally [ˈfaɪnəli] schließlich, endlich 4 (120)
find [faɪnd] finden 2 (48) **find out (about)** herausfinden; sich informieren (über) 4 (117)

°**fine** [faɪn]: **I'm fine. / Leo is fine.** Mir/Leo geht es gut.
first [fɜːst]:
1. erste(r, s) 1 (22)
2. zuerst, als Erstes 1 (22)
at first zuerst, am Anfang 1 (22)
fish [fɪʃ], *pl* **fish** der Fisch (14)
fish and chips [fɪʃ ən ˈtʃɪps] Fisch mit Pommes frites 4 (104/105)
five [faɪv] fünf (12)
flat [flæt] die Wohnung 2 (50)
floor [flɔː]:
1. der Fußboden 2 (50)
2. die Etage, der Stock, das Stockwerk 2 (50)
top floor die oberste Etage, der oberste Stock, das oberste Stockwerk 2 (50)
flour [ˈflaʊə] das Mehl 5 (144)
°**fly** [flaɪ] fliegen
food [fuːd] das Essen, das Lebensmittel; das Futter 1 (29)
football [ˈfʊtbɔːl] der Fußball (10/11)
for [fɔː] für (17) **What's for homework?** Was haben wir als Hausaufgabe(n) auf? 2 (48) °**for 30 seconds** für 30 Sekunden, 30 Sekunden lang
°**forget** [fəˈget] vergessen **Don't forget.** Vergiss (es) nicht.
°**form** [fɔːm] das Formular
°**formula** [ˈfɔːmjələ] die Formel
forty [ˈfɔːti] vierzig 3 (78)
four [fɔː] vier (12)
fourteen [fɔːˈtiːn] vierzehn (12)
°**France** [frɑːns] Frankreich
free [friː]:
1. frei 1 (31)
free time die Freizeit, die freie Zeit 1 (31) **Are you free after school?** Hast du nach der Schule Zeit? 1 (31)
2. kostenlos 1 (31)
Friday [ˈfraɪdeɪ], [ˈfraɪdi] der Freitag 1 (25)
fried [fraɪd] frittiert, gebraten 5 (145)
friend [frend] der Freund, die Freundin 1 (25)
friendly [ˈfrendli] freundlich, nett 1 (30)
from [frɒm] von, aus 1 (30)
front: a house with trees in front ein Haus mit Bäumen davor 2 (53) **in front of** vor 2 (53) **in front of** vor 2 (53)
fruit [fruːt] das Obst 5 (134/135)
fry [fraɪ] braten; frittieren 5 (145)
frying pan [ˈfraɪɪŋ pæn] die Bratpfanne 5 (145)
fun [fʌn]: **be fun** Spaß machen; lustig sein 3 (82) **have fun** Spaß haben 3 (82) °**Have fun!** Viel Spaß!
funny [ˈfʌni] witzig, komisch 2 (56)

G

°**gallery** [ˈgæləri] die Galerie
game [geɪm] das Spiel 2 (57)
°**gap** [gæp] die Lücke
garden [ˈgɑːdn] der Garten 2 (50)
geography [dʒiˈɒgrəfi] die Geografie, die Erdkunde 1 (26)
German [ˈdʒɜːmən] deutsch; Deutsch; Deutsche/r 4 (112)
Germany [ˈdʒɜːməni] Deutschland 4 (112)
get [get]:
1. bekommen 3 (90)
get sth. sich etwas holen/besorgen 3 (90)
2. werden 4 (112)
get warm warm werden 4 (112)
3. **get up** aufstehen 3 (79)
girl [gɜːl] das Mädchen 1 (25)
give [gɪv] geben 3 (90)
°**glasses** *(pl)* [ˈglɑːsɪz] die Brille
glue [gluː] der Kleber, der Klebstoff 1 (21)
glue stick [ˈgluː stɪk] der Klebestift 1 (21)
go [gəʊ]:
1. gehen; fahren 1 (30)
°**I must go.** Ich muss Schluss machen. *(am Telefon/Briefschluss)*
2. werden 4 (118)
go red erröten, rot werden 4 (118) **go green** grün/umweltfreundlich werden 4 (118)
gold [gəʊld]:
1. das Gold 4 (117)
2. goldfarben 4 (117)
good [gʊd] gut 1 (20) **be good at sth.** etwas gut können; gut in etwas sein 5 (147) **be good with ...** gut umgehen können mit ... 1 (31)
Goodbye. [gʊdˈbaɪ] Auf Wiedersehen! / Servus. (12)
°**gram (g)** [græm] das Gramm
grandma [ˈgrænmɑː] die Oma 1 (29)
grandpa [ˈgrænpɑː] der Opa 1 (29)
°**grass** [grɑːs] das Gras; der Rasen
great [greɪt] großartig, toll 1 (20)
Great Britain [greɪt ˈbrɪtn] Großbritannien 1 (20)
green [griːn]:
1. grün (10/11)
2. umweltbewusst 4 (118)
go green grün/umweltfreundlich werden 4 (118)
grey [greɪ] grau (10/11)
ground [graʊnd] der (Erd-)Boden 2 (50)
ground floor [graʊnd ˈflɔː] das Erdgeschoss 2 (50)
group [gruːp] die Gruppe 3 (92)
guess [ges]:
1. die Vermutung 5 (143)
2. (er)raten 5 (143)
guessing game das Ratespiel 5 (143)
3. glauben, annehmen 5 (143)
I guess ich glaube, ich nehme an 5 (143)
guide [gaɪd]:
1. führen, leiten 4 (111)
2. *(= tour guide)* der Reiseleiter, die Reiseleiterin / der Fremdenführer, die Fremdenführerin 4 (111)
guide dog [ˈgaɪd dɒg] der Blindenhund 4 (111)
guitar [gɪˈtɑː] die Gitarre 2 (56)

H

hall [hɔːl]:
1. der Flur, die Diele 1 (28)
2. die Halle, der Saal 1 (28)
sports hall die Sporthalle 1 (28)
ham [hæm] der Schinken 5 (141)
hamster [ˈhæmstə] der Hamster 2 (46)
hand [hænd] die Hand (17) **put your hand up** sich melden, aufzeigen (17)
°**happen (to sb.)** [ˈhæpən] (jm.) geschehen, passieren
happy [ˈhæpi] glücklich, froh 1 (20) **Happy birthday!** Herzlichen Glückwunsch zum Geburtstag! 5 (134/135)
hard [hɑːd] schwer, schwierig; hart 2 (48)
has [hæz], [həz]: **he/she/it has** er/sie/es hat 2 (55)
hat [hæt] der Hut, die Mütze (16)
have [hæv] haben 1 (20)
he [hiː] er 1 (24) **he's (= he is)** er ist 1 (24)
head [hed] der Kopf 4 (111)
headphones *(pl)* [ˈhedfəʊnz] der Kopfhörer 2 (57)
hear [hɪə] hören 4 (106)
Hello. [həˈləʊ] Hallo. / Servus. (10/11) **Hello everybody!** Hallo/Servus allerseits! 3 (81) °**Say hello to ....** Begrüße .... / Begrüßt ....
help [help]:
1. helfen 1 (23)
2. die Hilfe 1 (23)
helpful [ˈhelpfl] hilfsbereit; hilfreich, nützlich 1 (30)
her [hɜː], [hə]:
1. sie; ihr 3 (88)
2. **her friends** ihre Freunde/Freundinnen 1 (31)
here [hɪə] hier; hierher (12) **Here you are.** Bitte schön. / Hier, bitte. 1 (23)
Hi. [haɪ] Hallo. (10/11)
°**high** [haɪ] hoch
highlight [ˈhaɪlaɪt]:
1. der Höhepunkt, das Schlaglicht 3 (93)
2. hervorheben, markieren, unterstreichen 3 (93)
him [hɪm] ihm, ihn 1 (30)
his room [hɪz] sein Zimmer *(zu „he")* 2 (49)
history [ˈhɪstri] die Geschichte *(vergangene Zeiten)* 1 (26)
hobby [ˈhɒbi] das Hobby (15)
hockey [ˈhɒki] das Hockey 3 (83)
°**hole** [həʊl] das Loch
holiday [ˈhɒlədeɪ] Urlaub (12) **holidays** Ferien (12) **on holiday** im/in den Urlaub (12)

home [həʊm]:
1. das Heim, das Zuhause 2 (44/45)
at home zu Hause 2 (44/45)
2. nach Hause 2 (44/45)
go home nach Hause gehen 2 (44/45)
homework ['həʊmwɜːk] die Hausaufgabe(n) 2 (48) **do your homework** Hausaufgaben machen 2 (48) **What's for homework?** Was haben wir als Hausaufgabe(n) auf? 2 (48)
horrible ['hɒrəbl] schrecklich 1 (20)
horse [hɔːs] das Pferd (14)
hospital ['hɒspɪtl] das Krankenhaus 4 (110)
hot [hɒt] heiß, warm 4 (115)
hot chocolate [hɒt 'tʃɒklət] der Kakao, die heiße (Trink-)Schokolade 4 (115)
hot meal [hɒt 'miːl] die warme Mahlzeit 4 (118)
°hot seat [hɒt 'siːt] der heiße Stuhl *(der Platz im Zentrum der Aufmerksamkeit)*
hour ['aʊə] die Stunde 3 (78)
house [haʊs] das Haus 2 (46)
how [haʊ] wie 1 (18/19) **how to do sth.** wie man etwas tut / tun kann / tun soll 5 (147) **°How are you?** Wie geht's? / Wie geht es dir/euch/Ihnen?
hundred ['hʌndrəd]: **a/one hundred** (ein)hundert 3 (78)
hungry ['hʌŋgri] hungrig (10/11) **I'm hungry.** Ich habe Hunger. (10/11)
husband ['hʌzbənd] der Ehemann 3 (79)

I

I [aɪ] ich (10/11) **I'm (= I am)** ich bin (10/11)
ice cream [aɪs 'kriːm] das (Speise-)Eis 4 (107)
ice rink ['aɪs rɪŋk] die Schlittschuhbahn 4 (110)
icing ['aɪsɪŋ] die Glasur, der Zuckerguss 5 (144)
icing sugar ['aɪsɪŋ ʃʊgə] der Puderzucker 5 (144)
idea [aɪ'dɪə] die Idee 2 (58)
if [ɪf]:
1. wenn, falls 5 (136)
What if? Was wäre, wenn? 5 (136)
2. ob 5 (136)
°important (for/to sb.) [ɪm'pɔːtnt] wichtig (für jn.)
in [ɪn] in; auf (12) **in English** auf Englisch (17) **in the afternoon** nachmittags, am Nachmittag 3 (81) **in the country** auf dem Land 3 (81) **in the morning** morgens, am Morgen 3 (81) **in the photo** auf dem Foto (15) **in the picture** auf dem Bild (12) **in town** in der Stadt 4 (109) **°in the sky** am Himmel
°India ['ɪndiə] Indien
°Indian ['ɪndiən] indisch; der Inder, die Inderin
information [ɪnfə'meɪʃn] die Information(en) 4 (112) **visitor information centre** die Touristeninformation, das Fremdenverkehrsbüro 4 (112)
°ingredient [ɪn'griːdiənt] die Zutat
inside [ɪn'saɪd] innerhalb (von) 4 (115) **inside the house** im Haus 4 (115)
interesting ['ɪntrəstɪŋ] interessant 2 (48)
internet ['ɪntənet] das Internet 2 (61)
°interview ['ɪntəvjuː] befragen, interviewen
°into ['ɪntu], ['ɪntə]: **into the classroom** ins Klassenzimmer (hinein)
°introduce myself [ɪntrədjuːs maɪ'self] mich vorstellen
invitation (to) [ɪnvɪ'teɪʃn] die Einladung (zu, nach) 5 (136)
invite (to) [ɪn'vaɪt] einladen (zu, nach) 5 (136)
is [ɪz] *(er/sie/es)* ist (10/11) **he isn't (= is not)** er ist nicht 1 (24)
it [ɪt] es *(bei Sachen und Tieren auch:* er; sie*)* (10/11)
°Italy ['ɪtəli] Italien
its [ɪts] sein/seine, ihr/ihre *(besitzanzeigend: Dinge und Tiere)* 2 (55)

J

January ['dʒænjuəri] der Januar 5 (136)
°jewellery making ['dʒuːəlri] Schmuck herstellen *(als Hobby)*
jigsaw (puzzle) ['dʒɪgsɔː] das Puzzle 3 (92)
°join a club [dʒɔɪn] in einen Klub eintreten
journey ['dʒɜːni] die Reise, die Fahrt; der Weg 3 (76/77)
juggle ['dʒʌgl] jonglieren 5 (138)
July [dʒu'laɪ] der Juli 5 (136)
June [dʒuːn] der Juni 5 (136)
just [dʒʌst] nur, bloß; einfach 5 (147) **It's just us.** Es sind nur wir. 5 (147)

K

°kangaroo [kæŋgə'ruː] das Känguru
°key [kiː] der Schlüssel; Schlüssel-
kid [kɪd] das Kind, der/die Jugendliche 3 (79)
kind [kaɪnd] nett, freundlich 3 (90)
kind (of) [kaɪnd] die Art (von), die Sorte (von) 5 (141)
kitchen ['kɪtʃɪn] die Küche 2 (51)
know [nəʊ] wissen; kennen 1 (20)

L

lamp [læmp] die Lampe 2 (52)
°language ['læŋgwɪdʒ] die Sprache
°language file ['læŋgwɪdʒ faɪl] der Grammatikanhang
late [leɪt] (zu) spät 1 (22) **I'm late.** Ich habe mich verspätet. 1 (22)
later ['leɪtə] später 2 (56) **Speak later.** Tschüs. / Bis später. 2 (56)
learn [lɜːn] lernen 1 (34)
°least [liːst]: **at least** wenigstens, zumindest
lemon ['lemən] die Zitrone 5 (141)
lemonade [lemə'neɪd] die Limonade 5 (141)
lesson ['lesn] die (Unterrichts-)Stunde 1 (24)
let's (= let us) [lets] lass(t) uns 1 (22)
°letter ['letə] der Buchstabe
library ['laɪbrəri] die Bücherei, die Bibliothek 4 (110)
°life [laɪf], *pl* **lives** das Leben
°life skills *(pl)* ['laɪf skɪlz] die Alltagskompetenzen, die lebenswichtigen Fertigkeiten
light [laɪt] das Licht; die Lampe 3 (93)
like [laɪk] mögen (10/11) **I like singing.** Ich singe gerne. (10/11) **I'd (= I would) like ...** Ich hätte gern ... / Ich möchte ... 3 (86) **I'd (= I would) like to meet ....** Ich würde mich gerne mit ... treffen. 3 (86)
like [laɪk]: **like this** so, auf diese Art 2 (60) **a story like this** so/solch eine Geschichte 2 (60) **What's ... like?** Wie ist ...? / Wie sieht ... aus? 4 (114)
line [laɪn]:
1. die Reihe 4 (118)
2. die Zeile 4 (118)
lion ['laɪən] der Löwe (14)
list [lɪst]:
1. die Liste 5 (141)
2. (auf)listen 5 (141)
listen (to) ['lɪsn] (sich etwas) anhören; zuhören (15) **listening to music** Musik (an)hören (15)
°little ['lɪtl] klein
live [lɪv] leben, wohnen 2 (46)
°lives [laɪvz] *Plural von* **life**
living room ['lɪvɪŋ ruːm] das Wohnzimmer 2 (51)
lizard ['lɪzəd] die Eidechse 2 (48)
long [lɒŋ] lang 2 (58) **work long days** lange arbeiten, lange Arbeitstage haben 3 (79)
look [lʊk]:
1. aussehen 4 (117)
2. sehen, schauen (17)
look at sth. sich etwas anschauen (17)
look sth. up etwas nachschlagen 3 (92) **°Look out!** Vorsicht! / Pass(t) auf!
°lost [lɒst]: **a lost visitor** ein Besucher / eine Besucherin, der/die sich verlaufen hat **I'm lost.** Ich habe mich verlaufen/verirrt.
lot [lɒt]: **a lot (of) / lots (of)** viel/e 2 (46) **a lot** sehr 2 (46)
loud [laʊd] laut 2 (46)
loudly ['laʊdli]: **speak more loudly** lauter sprechen 4 (121)
love [lʌv]:
1. die Liebe (15)

2. lieben, sehr mögen (15)
I'd (= I would) love ... Ich hätte liebend gern ... / Ich möchte liebend gern... 3 (86) **I'd (= I would) love to meet ....** Ich würde mich liebend gerne mit ... treffen. 3 (86)
lucky [ˈlʌki]: **be lucky** Glück haben 1 (25)
lunch [lʌntʃ] das Mittagessen 1 (26) **What's for lunch?** Was gibt es zum Mittagessen? 1 (26)
°lunchtime [ˈlʌntʃtaɪm] die Mittagszeit **at lunchtime** zur Mittagszeit

M

°magazine [mægəˈziːn] die Zeitschrift
°magic [ˈmædʒɪk]:
1. magisch, Zauber-
2. die Zauberei
do magic zaubern
°magic set [ˈmædʒɪk set] der Zauberkasten
°magic trick [ˈmædʒɪk trɪk] der Zaubertrick
main [meɪn] Haupt-, wichtigste(r, s) 5 (145)
main course [meɪn ˈkɔːs] das Hauptgericht 5 (145)
main dish [meɪn ˈdɪʃ] das Hauptgericht 5 (145)
make [meɪk] machen, herstellen 1 (25) **°make sb./sth. do sth.** jn./etwas dazu bringen, etwas zu tun
many [ˈmæni] viele 4 (109) **how many?** wie viele? 4 (109)
map [mæp] die Landkarte, der Stadtplan 1 (28)
March [mɑːtʃ] der März 5 (136)
marina [məˈriːnə] der Jachthafen 4 (104/105)
market [ˈmɑːkɪt] der Markt 4 (110)
married (to) [ˈmærid] verheiratet (mit) 4 (117)
°match [mætʃ]:
1. das Gegenstück, das (zusammenpassende) Paar
2. (passend) zusammenfügen
match to zuordnen
match [mætʃ] das Spiel, der Wettkampf 4 (113)
°material [məˈtɪəriəl] das Material; der Stoff
maths [mæθs] die Mathe(matik) 1 (26)
°mattar paneer [mʌtr pʌˈnɪə] das Mattar Paneer *(nordindisches Gericht)*
May [meɪ] der Mai 5 (136)
maybe [ˈmeɪbi] vielleicht 4 (117)
me [miː]:
1. mich (14)
2. mir (14)
3. *(in bestimmten Wendungen)* ich (14) **It's me.** Ich bin's. (14) **Not me!** Ich nicht! *(= Ich bin/war/habe/... es/das nicht!)* 2 (55)
meal [miːl] die Mahlzeit, das Essen 4 (118) **hot meal** die warme Mahlzeit 4 (118)
mean [miːn]:
1. gemein, fies 1 (30)
2. bedeuten 4 (118)
3. meinen *(sagen wollen)* 4 (118)
meaning [ˈmiːnɪŋ] die Bedeutung 4 (118)
meat [miːt] das Fleisch 5 (134/135)
°mediation [miːdiˈeɪʃn] die Vermittlung, die Sprachmittlung
meet [miːt] kennenlernen; (sich) treffen (10/11) **Nice to meet you.** Freut mich, dich/euch/Sie kennenzulernen. (10/11)
melon [ˈmelən] die Melone 5 (141)
mess [mes] das Chaos, die Unordnung 2 (46)
message [ˈmesɪdʒ] die Nachricht, die Mitteilung 1 (25)
messy [ˈmesi] unordentlich 2 (46)
mice [maɪs] *Plural von* **mouse**
°middle [ˈmɪdl] die Mitte **in the middle (of)** in der Mitte (von)
milk [mɪlk] die Milch 5 (145)
°millilitre (ml) [ˈmɪliliːtə] der Milliliter
°mime [maɪm] vorspielen, pantomimisch darstellen
mind map [ˈmaɪnd mæp] Gedankenkarte, Wörternetz, Mindmap 1 (34)
mini [ˈmɪni] Mini- 5 (140)
mini-drone [mɪnɪ ˈdrəʊn] die Minidrohne 5 (140)
minute [ˈmɪnɪt] die Minute 1 (24)
°miss [mɪs] verpassen, versäumen, auslassen
°mistake [mɪˈsteɪk] der Fehler
mix [mɪks] (ver)mischen 5 (144)
°mix sth. up etwas (durcheinander) mischen
mixture [ˈmɪkstʃə] die Mischung 5 (144)
°modern [ˈmɒdn] modern
moment [ˈməʊmənt] der Moment 5 (138) **at the moment** im Moment, zurzeit 5 (138)
Monday [ˈmʌndeɪ], [ˈmʌndi] der Montag 1 (25)
money [ˈmʌni] das Geld 3 (89)
monkey [ˈmʌŋki] der Affe (14)
month [mʌnθ] der Monat 5 (136)
more [mɔː] mehr, weitere 5 (142) **speak more loudly** lauter sprechen 4 (121) **three more** noch drei, drei weitere 5 (142)
morning [ˈmɔːnɪŋ] der Morgen 3 (81) **in the morning** morgens, am Morgen 3 (81)
most schools [məʊst] die meisten Schulen 3 (82)
mouse [maʊs], pl **mice** die Maus 2 (49)
°move [muːv] (sich) bewegen
Mr Lee [ˈmɪstə] Herr Lee 1 (22)
Mrs Lee [ˈmɪsɪz] Frau Lee *(Anrede für verheiratete Frauen)* 1 (22)
Ms Lee [mɪz] Frau Lee *(allgemeine Anrede f. Frauen)* 1 (22)
much [mʌtʃ] viel; sehr 3 (90) **Thank you very much.** Vielen Dank. / Danke vielmals. 3 (90)
mum [mʌm] die Mama, die Mutti (12)
museum [mjuˈziːəm] das Museum 4 (110)
music [ˈmjuːzɪk] die Musik (15)
must [mʌst] müssen 5 (138) **°I must go.** Ich muss Schluss machen. *(am Telefon/Briefschluss)*
my [maɪ] mein/e (14)
°myself [maɪˈself]: **introduce myself** mich vorstellen

N

name [neɪm] der Name (10/11)
What's your name? Wie heißt du? (10/11)
near [nɪə] nahe (bei), in der Nähe von 1 (28)
°necessary [ˈnesəsəri] notwendig, nötig, erforderlich
need [niːd] brauchen 5 (138) **need to do sth.** etwas tun müssen 5 (138)
neighbour [ˈneɪbə] der Nachbar, die Nachbarin 2 (44/45)
neighbourhood [ˈneɪbəhʊd] die Nachbarschaft, die Gegend, das Viertel 2 (44/45)
never [ˈnevə] nie, niemals 3 (83)
new [njuː] neu (17)
news [njuːz] die Nachrichten 3 (89)
newspaper [ˈnjuːspeɪpə] die (Tages-) Zeitung 3 (88)
next [nekst]:
1. nächste(r, s) 4 (115)
the next day am nächsten Tag 4 (115)
2. **Next ...** Als Nächstes ... 4 (115)
next to [ˈnekst tə] neben 2 (53)
nice [naɪs] nett, schön (10/11)
°Nigeria [naɪˈdʒɪəriə] Nigeria
°Nigerian [naɪˈdʒɪəriən] nigerianisch; der Nigerianer, die Nigerianerin
°night [naɪt] die Nacht
nine [naɪn] neun (12)
nineteen [naɪnˈtiːn] neunzehn 3 (78)
ninety [ˈnaɪnti] neunzig 3 (78)
no [nəʊ]:
1. nein 1 (22)
2. kein/e; verboten 5 (134/135)
No dogs! Hunde verboten! 5 (134/135)
noise [nɔɪz] das Geräusch; der Lärm 4 (116)
noisy [ˈnɔɪzi] laut, voller Lärm; lärmend 4 (116)
°north [nɔːθ] der Norden; nördlich; Nord-
not [nɒt] nicht 1 (20) **I'm not a boy.** Ich bin kein Junge. 1 (20)
note [nəʊt] die Notiz; der kurze Brief 4 (117) **make notes** (sich) Notizen machen *(zur Vorbereitung)* 4 (117)

November [nəʊˈvembə] der November 5 (136)
now [naʊ] nun, jetzt 1 (22)
number [ˈnʌmbə] die Zahl, die Ziffer, die Nummer (12)

O

o'clock [əˈklɒk]: **at 8 o'clock** um 8 Uhr 3 (78)
October [ɒkˈtəʊbə] der Oktober 5 (136)
°odd word out [ɒd wɜːd ˈaʊt] das Wort, das nicht zu den anderen passt
of [ɒv], [əv] von 1 (22) **bags of rubbish** Tüten/Säcke mit/voller Müll 4 (117) **the days of the week** *(pl)* die Wochentage 1 (25)
of course [əv ˈkɔːs] natürlich, selbstverständlich 2 (56)
office [ˈɒfɪs] das Büro 2 (51)
often [ˈɒfn], [ˈɒftən] oft 3 (80)
oh [əʊ] Null *(im gesprochenen Englisch)* 2 (60)
°oil [ɔɪl] das Öl
OK [əʊˈkeɪ] okay, in Ordnung 1 (20) **Are you OK?** Geht es dir gut? / Bist du okay? 2 (46) **I'm OK.** Es geht mir gut. 2 (46)
old [əʊld] alt 1 (18/19)
on [ɒn] auf 1 (25) **on holiday** im/in den Urlaub (12) **on Monday** am Montag 1 (25) **on Mondays** an jedem Montag, montags 1 (25) **on my birthday** an meinem Geburtstag 5 (134/135) **on the beach** am Strand 1 (30) **on the bus** im Bus 3 (76/77)
°once [wʌns] einmal
one [wʌn] eins (12)
online [ɒnˈlaɪn] online, Online- 3 (85)
only [ˈəʊnli]:
1. nur, bloß; erst 2 (47)
2. **the only thing(s)** die einzige Sache / die einzigen Dinge
open [ˈəʊpən]:
1. öffnen; aufschlagen *(Buch)* (17)
2. offen, geöffnet (17)
°opinion [əˈpɪnjən] die Meinung **in my opinion** meiner Meinung nach
opposite [ˈɒpəzɪt] das Gegenteil 1 (32)
or [ɔː] oder; sonst 1 (34)
orange [ˈɒrɪndʒ]:
1. orange(farben) (10/11)
2. die Orange, die Apfelsine (10/11)
°order [ˈɔːdə] Reihenfolge **put in the right order** in die richtige Reihenfolge bringen
°organize [ˈɔːgənaɪz] organisieren
other [ˈʌðə] andere(r, s) 3 (81) **the others** die anderen 3 (81)
our [ˈaʊə] unser/e 1 (30)
outside [aʊtˈsaɪd] außerhalb (von) 4 (115) **outside the house** außerhalb des Hauses 4 (115)
oven [ˈʌvn] der Backofen 5 (144)
over [ˈəʊvə]: **over 50** über / mehr als 50 4 (117) **over here** hier herüber; hier drüben 4 (117) **over there** da drüben, dort drüben 4 (117) **°over the sea** über dem Meer
own [əʊn]: **my/your own room** mein/dein/ein eigenes Zimmer 2 (55)

P

packet [ˈpækɪt] die Packung, das Päckchen 5 (141)
page (= p.) [peɪdʒ] die (Buch-/Heft-) Seite 1 (23) **Open your books at page 10.** Schlagt eure Bücher auf Seite 10 auf. 1 (23)
°pair [peə] das Paar
°palace [ˈpæləs] der Palast, das Schloss
pan [pæn] die Pfanne 5 (145)
paper [ˈpeɪpə]:
1. die (Tages-)Zeitung 3 (88)
2. das Papier 3 (88)
°piece of paper das Stück Papier, der Zettel
°paragraph [ˈpærəgrɑːf] der (Text-)Abschnitt
°parallel [ˈpærəlel] parallel, Parallel-
parents *(pl)* [ˈpeərənts] die Eltern 2 (56)
park [pɑːk] der Park 3 (80)
parkour [pɑːˈkʊə] der Parkour *(akrobatischer Hindernislauf in der Stadt)* 1 (18/19)
parrot [ˈpærət] der Papagei (14)
part (of) [pɑːt] der Teil (von) 3 (89)
partner [ˈpɑːtnə] der Partner, die Partnerin 1 (34)
party [ˈpɑːti] die Party 3 (90)
pasta [ˈpæstə] die Pasta *(italienische Bezeichnung für Teigwaren)* 5 (141)
pay (for sth.) [peɪ] zahlen; (etwas) bezahlen 3 (90)
PE (= physical education) [piː ˈiː] der (Schul-)Sport 1 (26)
pea [piː] die Erbse 5 (134/135)
pen [pen] der Kugelschreiber, der Stift; der Füller 1 (21)
pencil [ˈpensl] der Bleistift 1 (21)
pencil case [ˈpensl keɪs] das Federmäppchen 1 (21)
pencil sharpener [ˈpensl ʃɑːpnə] der Bleistift(an)spitzer 1 (21)
people *(pl)* [ˈpiːpl] die Leute, die Menschen 1 (32)
perfect [ˈpɜːfɪkt] perfekt 5 (140)
perfectly (still) [ˈpɜːfɪktli] ganz/völlig (still) 5 (140)
person [ˈpɜːsn] die Person 2 (54)
pet [pet] das (Haus-)Tier 2 (46)
phone [fəʊn]:
1. anrufen; telefonieren (15)
2. das Telefon (15)
on the phone am Telefon 2 (58)
phone number [ˈfəʊn nʌmbə] die Telefonnummer (15)
photo [ˈfəʊtəʊ] das Foto (15) **in the photo** auf dem Foto (15) **take photos** Fotos machen (15) **taking photos** das Fotografieren *(Hobby)* (15)
°phrase [freɪz] die Ausdruck, die (Rede-)Wendung
physical education (PE) [fɪzɪkl edʒuˈkeɪʃn] der (Schul-)Sport 1 (26)
°pick [pɪk] (aus)wählen, aussuchen
picnic [ˈpɪknɪk] das Picknick 4 (104/105) **have a picnic** ein Picknick machen 4 (104/105)
picture [ˈpɪktʃə] Bild (12)
°piece [piːs] das Stück, das Teil
°piece of paper [piːs əv ˈpeɪpə] das Stück Papier, der Zettel
pier [pɪə] der Pier, die Seebrücke 4 (104/105)
pig [pɪg] das Schwein 5 (148)
pink [pɪŋk] rosa (10/11)
place [pleɪs] der Ort, der Platz 1 (28)
°placemat [ˈpleɪsmæt] das Platzdeckchen
°plan [plæn]:
1. der Plan
2. planen
°plantain [ˈplæntɪn] die Kochbanane
play [pleɪ] spielen 2 (57)
player [ˈpleɪə] der Spieler, die Spielerin 2 (57)
playing card [ˈpleɪɪŋ kɑːd] die Spielkarte 3 (92)
playlist [ˈpleɪlɪst] die Playlist 5 (143)
please [pliːz] bitte (17)
p.m. [piːˈem]: **4 p.m.** 4 Uhr nachmittags, 16 Uhr 3 (78) **9 p.m.** 9 Uhr abends, 21 Uhr 3 (78)
point [pɔɪnt] der Punkt 5 (143)
°point (at/to) [pɔɪnt] zeigen, deuten (auf)
°Poland [ˈpəʊlənd] Polen
polite [pəˈlaɪt] höflich 2 (47)
pool [puːl] *(kurz für swimming pool)* das Schwimmbad 4 (107)
popular [ˈpɒpjələ] beliebt, populär 5 (143)
pork [pɔːk] das Schweinefleisch 5 (148)
post [pəʊst]:
1. der Post *(Teil eines Blogs)* 4 (109)
2. posten *(im Internet veröffentlichen)* 4 (109)
poster [ˈpəʊstə] das Poster 1 (35)
potato [pəˈteɪtəʊ], *pl* **potatoes** die Kartoffel 5 (150)
pound (£) [paʊnd] das Pfund *(britische Währung)* 3 (90)
powder [ˈpaʊdə] das Pulver 5 (144)
°practice [ˈpræktɪs] die Übung(en)
°practise [ˈpræktɪs] üben
present [ˈpreznt] das Geschenk 5 (140)
present sth. (to sb.) [prɪˈzent] (jm.) etwas präsentieren, vorstellen 2 (61)
presentation [preznˈteɪʃn] das Referat, die Präsentation 2 (61)
prize [praɪz] der Preis, der Gewinn 3 (89)
prize show [ˈpraɪz ʃəʊ] die Preisverleihung *(Zeremonie)* 3 (89)
problem [ˈprɒbləm] das Problem 2 (57)
project [ˈprɒdʒekt] das Projekt 3 (81)
purple [ˈpɜːpl] violett, lila (10/11)

put [pʊt] *(etwas wohin)* tun, legen, stellen, stecken (15) **put your hand up** sich melden, aufzeigen (17) °**put in the right order** in die richtige Reihenfolge bringen
puzzle ['pʌzl] das Rätsel 3 (92)

Q

question ['kwestʃən] die Frage 1 (23) **ask a question** eine Frage stellen 1 (23)
°**question mark** ['kwestʃən mɑːk] das Fragezeichen
°**questionnaire** [kwestʃə'neə] der Fragebogen
°**quick** [kwɪk] schnell
°**quicker** ['kwɪkə] schneller
quiet ['kwaɪət] ruhig, still, leise 2 (46)
quiz [kwɪz], *pl* **quizzes** das Quiz, das Ratespiel; der Test 4 (115) **do a quiz** ein Quiz / ein Ratespiel / einen Test machen 4 (115)
quizzes ['kwɪzɪz] *Plural von* **quiz**

R

rabbit ['ræbɪt] das Kaninchen 2 (46)
°**race** [reɪs] Rennen fahren; um die Wette laufen/reiten/...
rain [reɪn]:
1. der Regen 4 (107)
2. regnen 4 (107)
rainy ['reɪni] regnerisch 4 (107)
read [riːd] lesen 3 (88)
reader ['riːdə] der Leser, die Leserin 3 (88)
ready ['redi] fertig, bereit (17)
really ['riːəli], ['rɪəli] wirklich 2 (57)
°**reason** ['riːzn] der Grund, die Begründung
recipe ['resəpi] das (Koch-) Rezept 5 (142)
recipe book ['resəpi bʊk] das Kochbuch 5 (142)
record [rɪ'kɔːd] aufnehmen, aufzeichnen 3 (93)
recording [rɪ'kɔːdɪŋ] die Aufnahme 3 (93)
red [red] rot (10/11) **go red** erröten, rot werden 4 (118)
°**registration** [redʒɪ'streɪʃn] *die Anwesenheitskontrolle und Ankündigung aktueller Ereignisse vor dem Unterricht*
remember [rɪ'membə]:
1. daran denken, nicht vergessen (12) **remember to do sth.** daran denken, etwas zu tun (12)
2. sich erinnern an (12) **remember doing sth.** sich daran erinnern, etwas getan zu haben (12)
°**repeat** [rɪ'piːt] wiederholen
°**research** [rɪ'sɜːtʃ] erforschen, untersuchen, recherchieren
°**result** [rɪ'zʌlt] das Ergebnis
°**review** [rɪ'vjuː] der Bericht, die Rezension *(kritische Besprechung)*
°**rhythm** ['rɪðəm] der Rhythmus
rice [raɪs] der Reis 5 (134/135)
°**ride** [raɪd] die Fahrt; das Fahrgeschäft *(auf Volksfesten, in Vergnügungsparks)*
right [raɪt]:
1. richtig (10/11)
be right Recht haben 1 (24)
°2. **right by the sea** direkt an der See, direkt am Meer
°3. **on the right** rechts, auf der rechten Seite
°**to the right** nach rechts
ring [rɪŋ] der Ring 4 (117)
road [rəʊd] die Straße *(in oder zwischen Orten)* 2 (60)
robot ['rəʊbɒt] der Roboter 2 (52)
°**rock** [rɒk] die Zuckerstange
°**role** [rəʊl] die Rolle *(Film, Theater)*
°**role-play** ['rəʊlpleɪ] das Rollenspiel
room [ruːm] der Raum, das Zimmer 1 (24)
°**routine** [ruː'tiːn] die Routine, der (Tages-/Übungs-)Ablauf
rubber ['rʌbə] das Radiergummi 1 (21)
rubbish ['rʌbɪʃ] der (Haus-)Müll, der Abfall 4 (106)
rucksack ['rʌksæk] der Rucksack (15)
°**rule** [ruːl] die Regel
ruler ['ruːlə] das Lineal 1 (21)
run [rʌn] rennen, laufen 3 (82)
running ['rʌnɪŋ] das Laufen *(Sport)* 3 (82)
°**Russia** ['rʌʃə] Russland
°**Russian** ['rʌʃn] russisch, Russisch; der Russe, die Russin

S

sad [sæd] traurig 1 (30)
salad ['sæləd] der Salat *(als Gericht oder Beilage)* 5 (141)
°**salt** [sɔːlt] das Salz
same [seɪm]: **the same** gleich; derselbe/dieselbe/dasselbe; dieselben 4 (111)
sandwich ['sænwɪtʃ], ['sænwɪdʒ] das Sandwich (10/11)
Saturday ['sætədeɪ], ['sætədi] der Samstag 1 (25)
sauce [sɔːs] die Soße 5 (134/135)
sausage ['sɒsɪdʒ] das (Brat-, Bock-) Würstchen, die Wurst 5 (141)
say [seɪ] sagen 2 (60)
scared [skeəd]: **be scared (of)** Angst haben (vor) 1 (29)
scene [siːn] die Szene 3 (93)
school [skuːl] die Schule (17) **at school** in der Schule 1 (18/19)
school club ['skuːl klʌb] die AG *(in der Schule)* 3 (82)
school uniform [skuːl 'juːnɪfɔːm] Schuluniform 1 (20)
science ['saɪəns] die Naturwissenschaft 1 (26)
°**scooter** ['skuːtə] der (Tret-)Roller
sea [siː] das Meer, die See 3 (82) **by the sea** am Meer, an der See 3 (82)
seagull ['siːgʌl] die Möwe (10/11)
°**second** ['sekənd] die Sekunde **for 30 seconds** für 30 Sekunden, 30 Sekunden lang
second (2nd) ['sekənd] zweite(r, s) 5 (136)
°**secondary school** ['sekəndri skuːl] die weiterführende Schule
secret ['siːkrət]:
1. geheim 3 (88)
2. das Geheimnis 3 (88)
see [siː] sehen (12) **See you soon.** Bis bald! 1 (25) **See you.** Bis dann. / Tschüs. 1 (25)
sell [sel] verkaufen 4 (113)
send [send] senden, schicken 3 (90)
°**sentence** ['sentəns] der Satz
September [sep'tembə] der September 5 (136)
seven ['sevn] sieben (12)
seventeen [sevn'tiːn] siebzehn 3 (78)
seventy ['sevnti] siebzig 3 (78)
shame [ʃeɪm]: **a shame** schade; eine Schande 5 (147) **That's / It's a shame!** Das/Es ist schade! 5 (147) **What a shame!** Wie schade! 5 (147)
share [ʃeə] teilen 3 (90)
sharpener ['ʃɑːpnə] Anspitzer 1 (21)
she [ʃiː] sie *(weibliche Person)* 1 (24) **she's (= she is)** sie ist 1 (24)
shelf [ʃelf], *pl* **shelves** das Regal 2 (52)
shelves [ʃelvz] *Plural von* **shelf**
shoe [ʃuː] der Schuh 2 (52)
shop [ʃɒp] das Geschäft, der Laden 4 (104/105) **be at the shops** Einkäufe erledigen 4 (104/105)
shopping ['ʃɒpɪŋ] das Einkaufen; die Einkäufe 3 (80) **do the shopping** die Einkäufe erledigen, einkaufen gehen 3 (80) **go shopping** einkaufen gehen 3 (80)
shopping list ['ʃɒpɪŋ lɪst] die Einkaufsliste 5 (141)
short [ʃɔːt] kurz; klein *(Person; Körpergröße)* 3 (76/77)
show [ʃəʊ]:
1. die Show, die Aufführung; die Ausstellung 3 (89)
prize show die Preisverleihung *(Zeremonie)* 3 (89)
°2. zeigen
shower ['ʃaʊə] die Dusche 3 (79) **have a shower** (sich) duschen 3 (79)
°**sight** [saɪt] die Sehenswürdigkeit
simple ['sɪmpl] einfach 3 (93)
sing [sɪŋ] singen (16)
singer ['sɪŋə] der Sänger, die Sängerin (16)
singing ['sɪŋɪŋ] das Singen (16)
°**Sir** [sɜː] Anrede für einen Lehrer (GB)
sister ['sɪstə] die Schwester 2 (44/45)
sit [sɪt] sitzen; sich setzen 5 (139) **sit down** sich hinsetzen (17)
six [sɪks] sechs (12)
sixteen [sɪks'tiːn] sechzehn 3 (78)
sixty ['sɪksti] sechzig 3 (78)
skateboard ['skeɪtbɔːd]:
1. das Skateboard 4 (104/105)
2. Skateboard fahren 4 (104/105)
skateboarding ['skeɪtbɔːdɪŋ] das Skateboardfahren 4 (104/105)

skatepark [ˈskeɪt pɑːk] der Skatepark 3 (87)
°**skating** [ˈskeɪtɪŋ] das Skateboarden; das (Inline-)Skaten
ski [skiː]:
1. der Ski 4 (115)
2. Ski laufen, Ski fahren 4 (115)
go skiing (zum) Skilaufen gehen 4 (115)
°**skill** [skɪl]:
1. die Fähigkeit, die Fertigkeit
2. die Lern- und Arbeitstechnik
°**sky** [skaɪ] der Himmel **in the sky** am Himmel
sleep [sliːp]:
1. der Schlaf 5 (138)
2. schlafen 5 (138)
°**sleep in** ausschlafen
slide [slaɪd] das Dia; die Folie *(Präsentationssoftware)* 4 (120)
slow [sləʊ] langsam 1 (30)
small [smɔːl] klein 2 (48)
smart [smɑːt]:
1. schick 5 (140)
2. intelligent, clever 5 (140)
snake [sneɪk] die Schlange (14)
snow [snəʊ]:
1. der Schnee 4 (114)
2. schneien 4 (114)
snowy [ˈsnəʊi] schneebedeckt; verschneit 4 (114)
so [səʊ]:
1. so 1 (30)
so weird so seltsam, so komisch 1 (30)
2. also, daher 4 (115)
°3. **and so are we** und (das sind) wir auch
sofa [ˈsəʊfə] das Sofa 2 (52)
some [sʌm], [səm] einige, ein paar; etwas, ein wenig 3 (89)
somebody [ˈsʌmbədi] jemand 4 (117)
someone [ˈsʌmwʌn] jemand 4 (117)
something [ˈsʌmθɪŋ] etwas 4 (113)
sometimes [ˈsʌmtaɪmz] manchmal 3 (79)
son [sʌn] der Sohn 3 (79)
song [sɒŋ] das Lied (13)
°**soon** [suːn] bald
sorry [ˈsɒri]: **Sorry. / I'm sorry.** Tut mir leid. / Entschuldigung. 1 (22) **be/feel sorry for sb.** Mitleid haben mit jm. 3 (88) **I'm / I feel sorry for him.** Ich habe Mitleid mit ihm. / Er tut mir leid. 3 (88)
°**sound** [saʊnd]:
1. das Geräusch; der Klang, der Laut
2. klingen *(sich ... anhören)*
°**south** [saʊθ] der Süden; südlich; Süd-
speak (to) [spiːk] sprechen (mit) 2 (56) **Speak later.** Tschüs. / Bis später. 2 (56)
speaking [ˈspiːkɪŋ] das Sprechen 2 (56)
special [ˈspeʃl] besondere(r, s) 2 (48) **... is special** ... ist etwas Besonderes 2 (48) **What's special about this place?** Was ist das Besondere an diesem Ort? 2 (48)
°**speech** [spiːtʃ] die Rede, die Ansprache
°**speech bubble** [ˈspiːtʃ bʌbl] die Sprechblase
spell [spel] buchstabieren 2 (60)
spelling [ˈspelɪŋ] die Schreibweise, die Rechtschreibung 2 (60)
spice [spaɪs] das Gewürz 5 (134/135)
spicy [ˈspaɪsi] würzig 5 (134/135)
°**spoon** [spuːn] der Löffel
sport [spɔːt] der Sport; die Sportart (15)
sports hall [ˈspɔːts hɔːl] die Sporthalle 1 (28)
stadium [ˈsteɪdiəm] das Stadion 4 (110)
°**stand** [stænd] stehen; sich (hin)stellen
stand up [stænd ˈʌp] aufstehen (17)
start [stɑːt]:
1. der Anfang, der Start 1 (22)
2. beginnen, anfangen (mit) 1 (22)
station [ˈsteɪʃn] der Bahnhof 4 (110)
stay [steɪ]:
1. bleiben; übernachten 4 (115)
2. der Aufenthalt 4 (115)
step [step] die Stufe; der Schritt 1 (35)
still [stɪl]:
1. (immer) noch 1 (31)
2. trotzdem 1 (31)
stop [stɒp]:
1. (an)halten; stoppen; aufhören (mit) 1 (31)
2. der Halt, der Haltepunkt; die Unterbrechung 1 (31)
story [ˈstɔːri] die Geschichte *(Erzählung)* 1 (30)
strawberry [ˈstrɔːbəri] die Erdbeere 5 (134/135)
structure [ˈstrʌktʃə]:
1. strukturieren, aufbauen 4 (120)
2. die Struktur 4 (120)
student [ˈstjuːdnt] der Schüler, die Schülerin / der Student, die Studentin 1 (18/19)
°**study** [ˈstʌdi] lernen *(auch z.B. für Prüfungen)*
°**study skills** *(pl)* [ˈstʌdi skɪlz] die Lerntechniken
subject [ˈsʌbdʒɪkt] das (Schul-) Fach 1 (26)
sugar [ˈʃʊgə] der Zucker 5 (141)
summer [ˈsʌmə] der Sommer 4 (112)
sun [sʌn] die Sonne 4 (114)
Sunday [ˈsʌndeɪ], [ˈsʌndi] der Sonntag 1 (25)
sunglasses *(pl)* [ˈsʌnglɑːsɪz] die Sonnenbrille 5 (139)
sunny [ˈsʌni] sonnig 4 (114) **It's sunny.** Die Sonne scheint. 4 (114)
supermarket [ˈsuːpəmɑːkɪt] der Supermarkt 4 (110)
sure [ʃʊə], [ʃɔː] sicher 5 (140)
surfing [ˈsɜːfɪŋ] das Surfing 3 (83)
surprised [səˈpraɪzd] überrascht 3 (88)
swap [swɒp]:
1. tauschen 4 (115)
2. der Tausch 4 (115)
clothes swap der Kleidertausch, die Kleidertauschparty 4 (115)
sweatshirt [ˈswetʃɜːt] das Sweatshirt 5 (140)
sweet [swiːt]:
1. süß 2 (55)
2. das Bonbon 2 (55)
sweets *(pl)* [swiːts] die Süßigkeiten 2 (55)
swim [swɪm] schwimmen (15)
swimmer [ˈswɪmə] der Schwimmer, die Schwimmerin (15)
swimming [ˈswɪmɪŋ] das Schwimmen (15)
swimming pool [ˈswɪmɪŋ puːl] das Schwimmbad 4 (107)
°**symbol** [ˈsɪmbl] das Symbol

T

T-shirt [ˈtiː ʃɜːt] das T-Shirt 5 (139)
°**Ta-dah!** [tʌˈdɑː] Tada! / Siehe da!
table [ˈteɪbl]:
1. der Tisch 2 (52)
°2. die Tabelle
table tennis [ˈteɪbl tenɪs] das Tischtennis 3 (82)
take [teɪk]:
1. (mit)nehmen; bringen 1 (22)
take photos Fotos machen (15)
2. dauern, *(Zeit)* brauchen, in Anspruch nehmen 3 (79)
talk [tɔːk]:
1. **talk (to)** sprechen, reden (mit) 2 (56)
talk about sprechen, reden über 2 (56)
2. das Gespräch; die Rede, der Vortrag 2 (56)
°**task** [tɑːsk] die Aufgabe
tea [tiː] der Tee 5 (145)
°**teach** [tiːtʃ] lehren, unterrichten **teach sb. to do sth.** jm. beibringen, etwas zu tun
teacher [ˈtiːtʃə] der Lehrer, die Lehrerin 1 (22)
team [tiːm] das Team, die Mannschaft 1 (25)
°**teaspoon** [ˈtiːspuːn] der Teelöffel
tech [tek] *(infml) siehe* **technology**
technology [tekˈnɒlədʒi], *infml auch*: **tech** die Technik, der Technikunterricht; die Technologie 1 (26)
teeth [tiːθ] *Plural von* **tooth brush your teeth** (sich) die Zähne putzen 3 (81)
tell [tel] erzählen, sagen 2 (51)
ten [ten] zehn (12)
tennis [ˈtenɪs] Tennis 3 (82)
terrarium [teˈreəriəm] das Terrarium 2 (55)
test [test]:
1. der Test; die Klassenarbeit 1 (34)
2. testen 1 (34)

text [tekst]:
1. der Text 3 (79)
2. die SMS 5 (136)
3. **text sb.** jm. eine SMS schicken 5 (136)

thank you [ˈθæŋk juː] danke (schön) (10/11) **Thank you very much.** Vielen Dank. / Danke vielmals. 3 (90)
thanks [θæŋks] danke (schön) (10/11)
that [ðæt]:
1. das (dort) 1 (30) **that's (= that is)** das (da) ist 1 (30)
2. der, die, das *(Relativpronomen)* 4 (118) **things that people can use** Dinge, die Menschen gebrauchen/benutzen können 4 (118)

the [ðə] der, die, das (10/11)
their [ðeə] ihr/e *(Plural)* 3 (76/77)
them [ðem], [ðəm] sie, ihnen 1 (35)
then [ðen] dann, danach 1 (30)
there [ðeə] da, dort; dahin, dorthin 2 (50) **there are** es sind ... / es gibt ... 2 (50) **there's (= there is)** es ist ... / es gibt ... 2 (50)
these [ðiːz] diese (hier) 1 (31) **These are my friends.** Das hier sind meine Freunde/Freundinnen. 1 (31)
they [ðeɪ] sie *(Plural)* 1 (20) **they're (= they are)** sie sind 1 (20)
thing [θɪŋ] das Ding, die Sache (12)
think [θɪŋk] denken, meinen, glauben 1 (24) **I think ...** Ich denke/meine/glaube/finde, ... 1 (24) °**think about** nachdenken über °**think of sth.** sich etwas überlegen, ausdenken
third (3rd) [θɜːd] dritte(r, s) 5 (136)
thirteen [θɜːˈtiːn] dreizehn (12)
thirty [ˈθɜːti] dreißig 3 (78)
this [ðɪs] dies; diese(r, s) (15)
°**those** [ðəʊz] die dort, jene (dort)
three [θriː] drei (12)
°**throw** [θrəʊ] werfen
Thursday [ˈθɜːzdeɪ], [ˈθɜːzdi] der Donnerstag 1 (25)
°**tick** [tɪk] ankreuzen, abhaken
ticket [ˈtɪkɪt] die Eintrittskarte, die Fahrkarte, das Ticket 4 (114)
tidy [ˈtaɪdi]:
1. ordentlich 2 (53)
2. aufräumen 2 (53)

tie [taɪ] die Krawatte 1 (20)
°**till** [tɪl] bis
time [taɪm] die Zeit; die Uhrzeit 1 (20) **What's the time?** Wie spät ist es? 3 (78)
timetable [ˈtaɪmteɪbl] der Stundenplan 1 (24)
tired [ˈtaɪəd] müde 1 (20)
title [ˈtaɪtl] der Titel, die Überschrift 4 (120)
to [tu], [tə]:
1. zu, nach 1 (30) **to sb.** an jn. *(z.B. schreiben an jn., eine E-Mail an jn.)* 1 (30) **the answer to the question** die Antwort auf die Frage 1 (23) °**Say hello to ....** Begrüße .... / Begrüßt ....
2. bis 5 (136) **(from) 2 o'clock to 5 o'clock** (von) 2 Uhr / 14 Uhr bis 5 Uhr / 17 Uhr 5 (136)
3. (um) zu (12) **how to do sth.** wie man etwas tut / tun kann / tun soll 5 (147) **things to eat** Dinge zum Essen (12) °**my favourite thing to do** das, was ich am liebsten tue

°**toad** [təʊd] die Kröte
today [təˈdeɪ] heute 2 (55)
together [təˈgeðə] zusammen 4 (117)
toilet [ˈtɔɪlət] die Toilette 1 (28)
tomato [təˈmɑːtəʊ], *pl* **tomatoes** die Tomate 5 (134/135)
tomato sauce [təˈmɑːtəʊ sɔːs] die Tomatensoße 5 (134/135)
too [tuː]:
1. auch (10/11) **from Berlin too** auch aus Berlin (10/11)
2. **too slow** zu langsam 1 (30)

tooth [tuːθ], *pl* **teeth** Zahn 3 (81)
top [tɒp] die Spitze, das obere Ende (16) **top floor** die oberste Etage, der oberste Stock, das oberste Stockwerk 2 (50) **at the top (of)** oben, am oberen Ende (von); an der Spitze (von) (16) **the top five hobbies** die fünf besten/beliebtesten Hobbys (16)
°**topic** [ˈtɒpɪk] das Thema
tour (of) [tʊə] Tour, Reise, Rundgang/Rundfahrt 2 (50)
tour guide [ˈtʊə gaɪd] der Reiseleiter, die Reiseleiterin / der Fremdenführer, die Fremdenführerin 4 (111)
tourist [ˈtʊərɪst] der Tourist, die Touristin 4 (112)
°**tower** [ˈtaʊə] der Turm
town [taʊn] die Stadt 4 (109)
town centre [taʊn ˈsentə] das Stadtzentrum 4 (109)
toy [tɔɪ] das Spielzeug 4 (118)
train [treɪn] der Zug, die Eisenbahn 3 (76/77)
train station [ˈtreɪn steɪʃn] der Bahnhof 4 (110)
trainer [ˈtreɪnə] der Trainer, die Trainerin 3 (90)
trampoline [ˈtræmpəliːn] das Trampolin 3 (82)
trampolining [ˈtræmpəliːnɪŋ] das Trampolinspringen/-turnen 3 (82)
°**transport** *(no pl)* [ˈtrænspɔːt] das Fortbewegungsmittel; die Beförderung
travel [ˈtrævl]:
1. das Reisen 4 (115)
2. reisen, fahren 4 (115)

tree [triː] der Baum 2 (50)
trick [trɪk] der Trick, das Kunststück 5 (140)
trouble [ˈtrʌbl] der Ärger, Schwierigkeiten 1 (30) **be in trouble** Ärger haben, in Schwierigkeiten sein 1 (30)
°**true** [truː] wahr, richtig
Tuesday [ˈtjuːzdeɪ], [ˈtjuːzdi] der Dienstag 1 (25)
°**Turkey** [ˈtɜːki] die Türkei
turn [tɜːn] (sich) (um)drehen 4 (115) **Turn it upside down.** Dreh/Stell es auf den Kopf. 4 (115) **turn sth. (over)** etwas umdrehen 4 (115)
turn [tɜːn]: **it is sb.'s turn (to do sth.)** jd. ist dran / an der Reihe (etwas zu tun) 5 (147) **take turns (to do sth.)** sich abwechseln; sich dabei abwechseln, etwas zu tun 5 (147)
TV [tiːˈviː] der Fernseher; das Fernsehen 3 (79)
twelfth (12th) [twelfθ] zwölfte(r, s) 5 (136)
twelve [twelv] zwölf (12)
twenty [ˈtwenti] zwanzig 3 (78)
two [tuː] zwei (12)

U

°**Ugh!** [ɜː] Bah!
uncle [ˈʌŋkl] der Onkel 2 (44/45)
under [ˈʌndə] unter 2 (53)
°**understand** [ʌndəˈstænd] verstehen
unfriendly [ʌnˈfrendli] unfreundlich 4 (106)
uniform [ˈjuːnɪfɔːm] Uniform 1 (20) **(school) uniform** die (Schul-)Uniform 1 (20)
unit [ˈjuːnɪt] die Unit *(die Lerneinheit)* 1 (18/19)
upside down [ʌpsaɪd ˈdaʊn] verkehrt herum, auf dem Kopf 4 (115)
us [ʌs], [əs] uns 1 (22) **It's just us.** Es sind nur wir. 5 (147)
use [juːz] benutzen, verwenden 1 (23)
°**useful** [ˈjuːsfl] nützlich, hilfreich
user [ˈjuːzə] der (Be-)Nutzer, die (Be-)Nutzerin 1 (23)

V

vanilla [vəˈnɪlə] die Vanille 5 (144)
vegetables *(pl)* [ˈvedʒtəblz] das/die Gemüse 5 (134/135)
vegetarian [vedʒəˈteəriən], *infml auch* **veggie**:
1. der/die Vegetarier/in 5 (134/135)
2. vegetarisch 5 (134/135)

veggie [ˈvedʒi] *siehe* **vegetarian**
°**verse** [vɜːs] der Vers, die Strophe *(Lied)*
very [ˈveri] sehr 1 (31)
vet [vet] der Tierarzt, die Tierärztin 2 (46)
video [ˈvɪdiəʊ] das Video; Video- 2 (57)
video game [ˈvɪdiəʊ geɪm] das Videospiel 2 (57)
°**viewing** [ˈvjuːɪŋ] das Fernsehen, das Betrachten *(von DVDs, Filmen usw.)*
village [ˈvɪlɪdʒ] das Dorf 4 (109)

visit [ˈvɪzɪt]:
1. der Besuch 4 (112)
2. besuchen 4 (112)

visitor [ˈvɪzɪtə] der Besucher, die Besucherin; der Gast 4 (112)
visitor information centre [vɪzɪtə ɪnfəˈmeɪʃn sentə] die Touristeninformation, das Fremdenverkehrsbüro 4 (112)
vocab [ˈvəʊkæb] *siehe* **vocabulary**
vocabulary [vəˈkæbjələri], *infml auch* **vocab** der Wortschatz, das Vokabular; das Vokabelverzeichnis 1 (34)

W

walk [wɔːk]:
1. der Spaziergang 1 (18/19)
2. (zu Fuß) gehen, wandern 1 (18/19) °**walk around** umhergehen

walking [ˈwɔːkɪŋ] das Wandern 1 (18/19)
°**wall** [wɔːl] die Wand, die Mauer **on the wall** an die Wand; an der Wand
want [wɒnt] wollen 3 (85) **want to do sth.** etwas tun wollen 3 (85)
wardrobe [ˈwɔːdrəʊb] der Kleiderschrank 2 (52)
warm [wɔːm] warm 4 (112)
watch (sth.) [wɒtʃ] (sich etwas) anschauen; (etwas) beobachten 3 (79)
water [ˈwɔːtə] das Wasser 4 (113)
wave (to sb.) [weɪv] (jm. zu)winken 5 (146)
°**way** [weɪ] die Art (und Weise) **in different ways** unterschiedlich *(Adv.)*
we [wiː] wir 1 (24) **we're (= we are)** wir sind 1 (24)
wear [weə] tragen, anhaben *(Kleidung)* 5 (139)
weather [ˈweðə] das Wetter, die Witterung 4 (114)
Wednesday [ˈwenzdeɪ], [ˈwenzdi] der Mittwoch 1 (25)
week [wiːk] die Woche 1 (25) **the days of the week** *(pl)* die Wochentage 1 (25)
weekday [ˈwiːkdeɪ] der Werktag, der Wochentag 3 (78)
weekend [wiːkˈend] das Wochenende 2 (46) **at the weekend** am Wochenende 2 (46) **at weekends** an den Wochenenden *(= an vielen/allen Wochenenden)* 2 (46)
weird [wɪəd] seltsam, komisch 1 (30)
welcome [ˈwelkəm]: **Welcome (to ...)!** Willkommen (in/an ...)! 1 (23) **You're welcome.** Bitte, gern geschehen. / Nichts zu danken. 1 (23)
well [wel]:
1. gut *(Adv.)* 3 (89) **Well done.** Gut gemacht! 3 (89)
°2. **Well, ...** Nun, .../ Also, .../ Na ja, ...

what [wɒt]:
1. was (10/11)
2. welche(r, s) 1 (23) **What about a ... ?** Wie wäre es mit einer/einem ... ? 5 (143) **What about you?** Und du? / Was ist mit dir? (10/11) **What's your name?** Wie heißt du? (10/11)

wheelchair [ˈwiːltʃeə] der Rollstuhl 3 (79)
when [wen]:
1. wann 2 (46)
2. wenn *(zeitlich)* 1 (32)

where [weə] wo; wohin 1 (28)
which [wɪtʃ] welche(r, s) 3 (89) **Which part(s) ...?** Welcher Teil ...? / Welche Teile ...? 3 (89)
white [waɪt] weiß (10/11)
who [huː] wer 1 (30)
why [waɪ] warum 2 (46)
win [wɪn] gewinnen 3 (79)
wind [wɪnd] der Wind 4 (114)
window [ˈwɪndəʊ] das Fenster 1 (22)
windsurfing [wɪndsɜːfɪŋ] das Windsurfing 3 (82)
windy [ˈwɪndi] windig 4 (114)
winner [ˈwɪnə] der Gewinner, die Gewinnerin / der Sieger, die Siegerin 3 (79)
winter [ˈwɪntə] der Winter 4 (112)
with [wɪð] mit; bei (15)
°**woman** [ˈwʊmən], *pl* **women** die Frau
°**women** [ˈwɪmɪn] *Plural von* **woman**
word [wɜːd] das Wort 1 (23)
°**wordbank** [ˈwɜːdbæŋk] die Wortbank *(die Sammlung von Wörtern zu einem Thema)*
work [wɜːk]:
1. arbeiten; funktionieren 2 (56) **work long days** lange arbeiten, lange Arbeitstage haben 3 (79)
2. die Arbeit 2 (56) **at work** bei der Arbeit, am Arbeitsplatz 2 (56)

°**workbook** [ˈwɜːkbʊk] das Arbeitsheft
would [wʊd]: **I'd (= I would) like/love ...** Ich hätte (liebend) gern ... / Ich möchte (liebend gern)... 3 (86) **I'd love/like to meet ....** Ich würde mich (liebend) gerne mit ... treffen. 3 (86)
°**Wow!** [waʊ] Wow! / Mensch!
write [raɪt] schreiben 2 (60)
wrong [rɒŋ] falsch (10/11) **be wrong** Unrecht haben 1 (24) °**What's wrong with ...?** Was stimmt nicht mit ...? / Was ist an ... falsch?

Y

°**yeah** [jeə] *(infml)* ja
year [jɪə] das Jahr; der Jahrgang 1 (18/19)
yellow [ˈjeləʊ] gelb (10/11)
yes [jes] ja 1 (22)
yoga [ˈjəʊgə] das Yoga 1 (18/19)
you [juː] du; dich; dir; ihr; euch; Sie; Ihnen (10/11)
your [jɔː], [jə] dein/e; euer/eure; Ihr/e (10/11)
°**yourself** [jəˈself] du/dir/dich (selbst)
youth [juːθ] die Jugend; der Jugendliche 4 (106)
youth centre [ˈjuːθ sentə] das Jugendzentrum 4 (106)
°**Yuck!** [jʌk] Igitt!
°**yum** [jʌm] *(infml)* lecker

Z

°**zoo** [zuː] der Zoo

Das *German-English Dictionary* enthält den **Lernwortschatz** deines Schulbuchs. Es kann dir eine erste Hilfe sein, wenn du vergessen hast, wie etwas auf Englisch heißt.
Wenn du wissen möchtest, wo das englische Wort zum ersten Mal in deinem Schulbuch vorkommt, dann kannst du im *English-German Dictionary* (Seiten 236–246) nachschlagen.

Es werden folgende **Abkürzungen und Symbole** verwendet:

infml = *informal* (umgangssprachlich)
sb. = *somebody* (jemand)
jd. = jemand   jm. = jemandem
pl = *plural* (Mehrzahl)
sth. = *something* (etwas)
jn. = jemanden

A

Abend evening [ˈiːvnɪŋ] **am Abend** in the evening
Abendessen dinner [ˈdɪnə] **zum Abendessen** for dinner
abends in the evening [ˈiːvnɪŋ] **9 Uhr abends** *(21 Uhr)* 9 p.m. [piːˈem]
aber but [bʌt], [bət]
A bis Z: (von) A bis Z (from) A to Z [eɪ tu zed]
Abfall rubbish [ˈrʌbɪʃ]
abwechseln: sich abwechseln take turns [tɜːn] **sich dabei abwechseln, etwas zu tun** take it in turns (to do sth.)
acht eight [eɪt]
achtzehn eighteen [eɪˈtiːn]
achtzig eighty [ˈeɪti]
addieren add [æd]
Adresse address [əˈdres]
Affe monkey [ˈmʌŋki]
AG *(in der Schule)* school club [skuːl klʌb]
aktiv active [ˈæktɪv]
Aktivität activity [ækˈtɪvəti]
albern stupid [ˈstjuːpɪd]
alle(s) all [ɔːl] **alle 30 Minuten** every 30 minutes [ˈevri]
allein alone [əˈləʊn]
allergisch (gegen) allergic (to) [əˈlɜːdʒɪk]
Alphabet alphabet [ˈælfəbet]
also so [səʊ] **Also, …** Well, … [wel]
alt old [əʊld] **Wie alt bist du?** How old are you?
am: am Anfang at first [æt], [ət] **am Arbeitsplatz** at work **am besten** best [best] **am Ende (von)** at the end (of) **am größten** biggest [ˈbɪgɪst] **am Meer** by the sea [baɪ] **am Montag** on Monday [ɒn] **am Morgen** in the morning [ɪn] **am Nachmittag** in the afternoon **am nächsten Tag** the next day **am oberen Ende (von)** at the top (of) **am Strand** on the beach **am Telefon** on the phone **am Wochenende** at the weekend
an at [æt], [ət]
anbraten: *(Gemüse- oder Fleischstücke)* **unter Rühren scharf anbraten** stir-fry [ˈstɜː fraɪ]
andere(r, s) other [ˈʌðə] **die anderen** the other **ein/e andere(r, s)** another [əˈnʌðə]
anders different [ˈdɪfrənt]
Anfang start [stɑːt] **am Anfang** at first [æt], [ət]
anfangen (mit) start [stɑːt]
Angst: Angst haben be scared (of) [skeəd]
anhaben *(Kleidung)* wear [weə]
anhalten stop [stɒp]
anhören: sich etwas anhören listen to sth. [ˈlɪsn]
anlächeln: jn. anlächeln smile at sb. [smaɪl]
Anruf (phone) call [ˈfəʊn kɔːl]
anrufen call [kɔːl]; phone [fəʊn]
anschauen: etwas/jn. anschauen look at sth./sb. [lʊk] **sich etwas anschauen** watch sth. [wɒtʃ]
Anspitzer sharpener [ˈʃɑːpnə]
Anteil share [ʃeə]
Antwort answer [ˈɑːnsə] **Antwort auf die Frage** the answer to the question
antworten answer [ˈɑːnsə]
Anweisung instruction [ɪnˈstrʌkʃn]
anziehen: sich anziehen get dressed [drest]
App app [æp]
Appetit: Guten Appetit! Enjoy! [ɪnˈdʒɔɪ]
April April [ˈeɪprəl]
Arbeit work [wɜːk] **bei der Arbeit, am Arbeitsplatz** at work
arbeiten work [wɜːk] **lange arbeiten** work long days [lɒŋ]
Ärger trouble [ˈtrʌbl] **Ärger kriegen** be in trouble
Art way [weɪ] **auf diese Art** (in) this way, like this [laɪk] **auf unterschiedliche Art** in different ways **eine Art (von) …** a kind (of) … [kaɪnd], sort (of) [sɔːt]
Artikel article [ˈɑːtɪkl]
auch also [ˈɔːlsəʊ]; too [tuː] **auch aus Berlin** from Berlin too
auf at [æt], [ət]; in [ɪn]; on [ɒn] **auf dem Bild, auf dem Foto** in the picture **auf dem Kopf** upside down [ʌpsaɪd ˈdaʊn] **auf dem Land** in the country **auf der Weide** in the field **auf Englisch** in English **Auf Wiedersehen!** Goodbye. [gʊdˈbaɪ]
Aufführung show [ʃəʊ]
Aufgabe exercise [ˈeksəsaɪz]
aufhören (mit) stop [stɒp]
auflisten list [lɪst]
aufpassen auf look after [lʊk]
aufräumen tidy [ˈtaɪdi] **etwas aufräumen** clean sth. up [kliːn]
aufschlagen *(Buch)* open [ˈəʊpən] **Schlagt eure Bücher auf Seite 10 auf.** Open your books at page 10.
aufstehen *(aus dem Bett)* get up [get ˈʌp]; *(sich hinstellen)* stand up [stænd ˈʌp]
August August [ɔːˈgʌst]
aus from [frɒm]
Ausdruck phrase [freɪz]
ausruhen: sich ausruhen relax [rɪˈlæks]
aussehen look [lʊk]
außerhalb (von) outside [ˌaʊtˈsaɪd]
Ausstellung show [ʃəʊ]
auswählen choose [tʃuːz]
Auto car [kɑː]
Autoscheinwerfer car light [ˈkɑː laɪt]

B

backen bake [beɪk]
Backofen oven [ˈʌvn]
Backpulver baking powder [ˈbeɪkɪŋ paʊdə]
Bad(ezimmer) bathroom [ˈbɑːθruːm]
Badminton badminton [ˈbædmɪntən]
Bahnhof (train) station [ˈtreɪn steɪʃn]
bald soon [suːn]
Balkon balcony [ˈbælkəni]
Ball ball [bɔːl]
Ballon balloon [bəˈluːn]
Banane banana [bəˈnɑːnə]
Band band [bænd]
Basketball basketball [ˈbɑːskɪtbɔːl]
Basteln crafts *(pl)* [krɑːfts]
Baum tree [triː]
beantworten answer [ˈɑːnsə]
bedeuten mean [miːn]
Bedeutung meaning [ˈmiːnɪŋ]
beenden end [end]
beginnen start [stɑːt]
Behälter case [keɪs]
bei at [æt], [ət]; with [wɪð] **bei der Arbeit** at work **bei ihrer Mutter (zu Hause/daheim)** at her mum's (house)
beibringen: jm. beibringen, etwas zu tun teach sb. to do sth. [tiːtʃ]
Beispiel example [ɪgˈzɑːmpl] **zum Beispiel** for example **wie zum Beispiel** like [laɪk]
bekommen get [get]
belebt busy [ˈbɪzi]
bellen: (jn. an)bellen bark (at sb.) [bɑːk]

benutzen use [juːz]
Benutzer/in user ['juːzə]
beobachten: (etwas) beobachten watch (sth.) [wɒtʃ]
bereit ready ['redi]
beschäftigt: (viel) beschäftigt busy ['bɪzi] **du bist beschäftigt** you're busy
beschreiben describe [dɪ'skraɪb]
Beschreibung description [dɪ'skrɪpʃn]
besondere(r, s) special ['speʃl]
besorgen: (sich etwas) besorgen get sth. [get]
beste(r, s) best [best] **der beste Sohn überhaupt / der beste Sohn, den man sich wünschen kann** the best son ever ['evə]
Besuch visit ['vɪzɪt]
besuchen visit ['vɪzɪt]
Besucher/in visitor ['vɪzɪtə]
Bett bed [bed] **ins Bett gehen** go to bed
bevor before [bɪ'fɔː] **bevor du liest** before you read
bewegen: sich bewegen move [muːv]
bewölkt cloudy ['klaʊdi]
Bibliothek library ['laɪbrəri]
Bild picture ['pɪktʃə] **auf dem Bild** in the picture [ɪn]
Bildschirmpräsentation slide show ['slaɪd ʃəʊ]
Biologie biology [baɪ'ɒlədʒi]
bis to [tu], [tə] **Bis bald!** See you soon. ['siː ju], ['siː jə] **Bis dann.** See you. **Bis später.** Speak later. ['leɪtə]
bisschen: ein bisschen a little ['lɪtl]
bitte please [pliːz] **Bitte schön. / Hier, bitte.** Here you are. [hɪə ju 'ɑː] **Bitte, gern geschehen.** You're welcome. ['welkəm]
bitten: jn. bitten, etwas zu tun ask sb. to do sth. [ɑːsk] **jn. um etwas bitten** ask sb. for sth.
blau blue [bluː]
Blazer *(das Jackett, oft Teil der Schuluniform)* blazer ['bleɪzə]
Bleistift pencil ['pensl]
Bleistift(an)spitzer pencil sharpener ['pensl ʃɑːpnə]
Blindenhund guide dog ['gaɪd dɒg]
blöd stupid ['stjuːpɪd]
bloß just [dʒʌst]; only ['əʊnli]
Bockwurst sausage ['sɒsɪdʒ]
Boden ground [graʊnd]
Bonbon sweet [swiːt]
Bowling bowling ['bəʊlɪŋ]
Boxen boxing ['bɒksɪŋ]
boxen box [bɒks]
braten fry [fraɪ] **gebraten** fried [fraɪd]
Brathähnchen chicken ['tʃɪkɪn]
Bratwurst sausage ['sɒsɪdʒ]
brauchen need [niːd]; *(Zeit)* take [teɪk]
braun brown [braʊn]
brav good [gʊd]
Brief letter ['letə] **der kurze Brief** note [nəʊt]
bringen bring [brɪŋ]; take [teɪk]
britisch British ['brɪtɪʃ]
Brot bread [bred]
Browser *(Computerprogramm zum Finden und Lesen von Websites)* browser ['braʊzə]
Bruder brother ['brʌðə]
Buch book [bʊk]
Buchseite page (p.) [peɪdʒ]
Bücherei library ['laɪbrəri]
Buchstabe letter ['letə]
buchstabieren spell [spel]
Bürste brush [brʌʃ]
bürsten brush [brʌʃ]
Bus bus [bʌs] **im Bus** on the bus **mit dem Bus** by bus
Bushaltestelle bus stop ['bʌs stɒp]
Butter butter ['bʌtə]

C

Café cafe ['kæfeɪ]
Cent cent [sent]
Chaos mess [mes]
clever smart [smɑːt]
Code code [kəʊd]
codieren code [kəʊd]
Cola cola ['kəʊlə]
Comic comic ['kɒmɪk]
Computer computer [kəm'pjuːtə]
cool cool [kuːl]
Cousin/e cousin ['kʌzn]
Cricket *(Mannschaftssportart)* cricket ['krɪkɪt]
Curry *(Gewürz und auch Gericht)* curry ['kʌri]
Custard *(Vanillesoße)* custard ['kʌstəd]

D

da there [ðeə] **da drüben** over there
Dachgeschoss top floor [tɒp 'flɔː]
daher so [səʊ]
dahin there [ðeə]
damit so that [səʊ ðæt]
danach then [ðen]
Dank: Vielen Dank. Thank you very much. ['θæŋk juː]
Danke(schön). Thank you. ['θæŋk juː]; thanks [θæŋks] **Danke vielmals.** Thank you very much. [mʌtʃ]
danken: Nichts zu danken. You're welcome. ['welkʌm]
dann then [ðen]
das
 1. *(Artikel)* the [ðə]
 2. *(Relativpronomen)* that [ðæt]
das (dort) that [ðæt] **das (da)** that's (= that is)
dasselbe the same [seɪm]
Datei file [faɪl]
Datum date [deɪt] **Datum des Geburtstags** birthday date ['bɜːθdeɪ]
dauern take [teɪk]
dein/e your [jɔː], [jə]
dekorieren decorate ['dekəreɪt]
denken think [θɪŋk] **daran denken (etwas zu tun)** remember (to do sth.) [rɪ'membə] **Ich denke, ...** I think ...
der
 1. *(Artikel)* the [ðə]
 2. *(Relativpronomen)* that [ðæt]
derselbe the same [seɪm]
Design design [dɪ'zaɪn]
Dessert dessert [dɪ'zɜːt]
deutlich clear [klɪə] **deutlich sprechen** speak clearly [spiːk 'klɪəli]
Deutsch; deutsch German ['dʒɜːmən]
Deutsche German ['dʒɜːmən]
Deutschland Germany ['dʒɜːməni]
Dezember December [dɪ'sembə]
die
 1. *(Artikel)* the [ðə]
 2. *(Relativpronomen)* that [ðæt]
die dort those [ðəʊz]
Diele hall [hɔːl]
Dienstag Tuesday ['tjuːzdeɪ]
diese (hier) these [ðiːz]
diese(r, s) this [ðɪs]
dieselbe(n) the same [seɪm]
Ding: Dinge, die Menschen gebrauchen/benutzen können things that people can use [θɪŋ] **Dinge zum Essen** things to eat
Donnerstag Thursday ['θɜːzdeɪ]
Dorf village ['vɪlɪdʒ]
dort there [ðeə] **dort drüben** over there ['əʊvə]
dorthin there [ðeə]
dran: jd. ist dran it is sb.'s turn [tɜːn] **Wann bin ich dran (etwas zu tun)?** When is (it) my turn (to do sth.)?
draußen; nach draußen outside [aʊt'saɪd]
Dreck-weg-Tag *(Aktionstag zum Müllsammeln)* clean-up day ['kliːn ʌp deɪ]
drehen turn [tɜːn] **Dreh etwas auf den Kopf.** Turn it upside down. [ʌpsaɪd 'daʊn] **etwas umdrehen** turn sth. (over)
drei three [θriː]
dreißig thirty ['θɜːti]
dreizehn thirteen [θɜː'tiːn]
drinnen; nach drinnen inside [ɪn'saɪd]
dritte(r, s) third (3rd) [θɜːd]
Drohne drone [drəʊn]
du you [juː] **du bist** you're (= you are) [jɔː] **du bist beschäftigt** you're busy ['bɪzi]
dumm stupid ['stjuːpɪd]
Dusche shower ['ʃaʊə]
duschen: (sich) duschen have a shower ['ʃaʊə]

E

Ehemann husband ['hʌzbənd]
Ei egg [eg]
Eidechse lizard ['lɪzəd]
eigene(r, s): mein/ein eigenes Zimmer my own room [əʊn]

248

Eimer *(Mülleimer)* bin [bɪn]
ein(e) *(Artikel)* a [ə]; *(vor Vokalen)* an [ən] **ein paar** some [sʌm], [səm] **ein wenig** some; a little [ˈlɪtl] **noch ein(e)** another [əˈnʌðə]
einfach just [dʒʌst]
Einführung introduction [ɪntrəˈdʌkʃn]
einige some [sʌm], [səm]
Einkäufe shopping [ˈʃɒpɪŋ] **Einkäufe erledigen** do the shopping, be at the shops [ʃɒp]
Einkaufen shopping [ˈʃɒpɪŋ]
einkaufen gehen do the shopping [ˈʃɒpɪŋ]; go shopping
Einkaufsliste shopping list [ˈʃɒpɪŋ lɪst]
Einkaufszentrum shopping centre [ˈʃɒpɪŋ sentə]
Einladung (zu, nach) invitation (to) [ˌɪnvɪˈteɪʃn]
Einleitung introduction [ɪntrəˈdʌkʃn]
einmal: noch einmal again [əˈgen]
eins one [wʌn]
einsammeln collect [kəˈlekt]
Eintrittskarte ticket [ˈtɪkɪt]
Eisenbahn train [treɪn]
Elefant elephant [ˈelɪfənt]
elektrisch, Elektro- electric [ɪˈlektrɪk]
elf eleven [ɪˈlevən]
Eltern parents *(pl)* [ˈpeərənts]
Ende end [end] **das obere Ende** top [tɒp] **am oberen Ende** at the top (of)
enden end [end]
England England [ˈɪŋglənd]
Englisch; englisch English [ˈɪŋglɪʃ] **auf Englisch** in English [ɪn]
Enkel grandson [ˈgrænsʌn]
Enkelin granddaughter [ˈgrændɔːtə]
Entschuldigung. Sorry / I'm sorry. [ˈsɒri] **Entschuldigung, ... / Entschuldigen Sie, ...** Excuse me, ... [ɪkˈskjuːz miː]
entspannen: sich entspannen relax [rɪˈlæks]
er he [hiː] **er ist** he's (= he is) **er ist nicht** he isn't (= is not)
Erbse pea [piː]
Erdbeere strawberry [ˈstrɔːbəri]
Erdboden ground [graʊnd]
Erdgeschoss ground floor [graʊnd ˈflɔː]
Erdkunde geography [dʒiˈɒgrəfi]
erforschen research [rɪˈsɜːtʃ]
Erholung rest [rest]
erinnern: sich erinnern an remember [rɪˈmembə] **sich daran erinnern, etwas getan zu haben** remember doing sth.
erklären: jm. etwas erklären explain sth. to sb. [ɪkˈspleɪn]
erst only [ˈəʊnli]
erstaunlich amazing [əˈmeɪzɪŋ]
erste(r, s) first [fɜːst] **als Erstes** first
erzählen tell [tel]
es it [ɪt] **es ist** *(bei Sachen und Tieren auch: er ist; sie ist)* it's (= it is) **es ist ... / es gibt ...** there's [ðeəz] **es sind ... / es gibt ...** there are [ˈðeər ɑː]
Essen cooking [ˈkʊkɪŋ]; food [fuːd]; meal [miːl]
essen eat [iːt] **Dinge zum Essen** things to eat
Esslöffel tablespoon [ˈteɪblspuːn]
Esszimmer dining room [ˈdaɪnɪŋ ruːm]
Etage floor [flɔː] **die oberste Etage** top floor [tɒp ˈflɔː]
Etui case [keɪs]
etwas some [sʌm], [səm]; something [ˈsʌmθɪŋ]
euer/eure your [jɔː], [jə]
Euro euro, *pl* euros [ˈjʊərəʊ]

F

Fach subject [ˈsʌbdʒɪkt]
Fähigkeit skill [skɪl]
fahren go [gəʊ]; travel [ˈtrævl] **mit dem Fahrrad fahren** ride a bike [raɪd] **Rad fahren** cycle [ˈsaɪkl] **Skateboard fahren** skateboard [ˈskeɪtbɔːd]
Fahrkarte ticket [ˈtɪkɪt]
Fahrrad bike [baɪk]
Fahrt journey [ˈdʒɜːni]
Fakt fact [fækt]
falls if [ɪf]
falsch wrong [rɒŋ]
Familie family [ˈfæməli]
Familienname family name [ˈfæməli neɪm]
Fan fan [fæn]
Farbe colour [ˈkʌlə] **Welche Farbe hat ...?** What colour is ...?
Favorit/in favourite [ˈfeɪvərɪt]
Februar February [ˈfebruəri]
Federball badminton [ˈbædmɪntən]
Federmäppchen pencil case [ˈpensl keɪs]
Feedback *(Rückmeldung)* feedback *(no pl)* [ˈfiːdbæk]
Feier ceremony [ˈserəməni]
Feld field [fiːld]
Fenster window [ˈwɪndəʊ]
Ferien holidays *(pl)* [ˈhɒlədeɪz]
Fernsehen, Fernseher TV [ˌtiːˈviː]
fertig ready [ˈredi]
Fertigkeit skill [skɪl]
fies mean [miːn]
Film film [fɪlm] **die sechs besten Filme** the top six films [tɒp]
Filmstar star [stɑː]
finden find [faɪnd] **Ich finde, ...** I think ... [θɪŋk]
Finger finger [ˈfɪŋgə]
Fisch fish, *pl* fish [fɪʃ] **Fisch mit Pommes frites** fish and chips [fɪʃ ən ˈtʃɪps] **Imbissstube, die Fisch mit Pommes frites verkauft** fish and chip shop [ʃɒp]
Fleisch meat [miːt]
fliegen fly [flaɪ]
Flur hall [hɔːl]
Forschungen research [rɪˈsɜːtʃ]
fort away [əˈweɪ]
fortfahren continue [kənˈtɪnjuː] **etwas fortfahren** continue to do sth. [duː]
fortsetzen: (sich) fortsetzen continue [kənˈtɪnjuː]
Foto photo [ˈfəʊtəʊ] **auf dem Foto** in the photo **ein Foto machen** take a photo
Fotograf/in photographer [fəˈtɒgrəfə]
Frage question [kwestʃən] **Antwort auf die Frage** the answer to the question [ˈɑːnsə] **eine Frage stellen** ask a question **Habt ihr / Hast du (irgendwelche) Fragen?** Do you have any questions?
fragen ask [ɑːsk]
Frau woman, *pl* women [ˈwʊmən], [ˈwɪmɪn] **Frau Lee** *(Anrede für verheiratete Frauen)* Mrs Lee [ˈmɪsɪz] *(allgemeine Anrede für Frauen)* Ms Lee [mɪz]
frech rude [ruːd]
frei free [friː] **freie Zeit** free time [taɪm]
Freitag Friday [ˈfraɪdeɪ], [ˈfraɪdi]
Freizeit free time [ˈfriː taɪm]
Fremdenverkehrsbüro tourist information centre [tʊərɪst ɪnfəˈmeɪʃn sentə]
fressen eat [iːt]
freuen: Freut mich, dich/euch/ Sie kennenzulernen. Nice to meet you. [naɪs]
Freund/in friend [ˈfrend] **Das hier sind meine Freunde/Freundinnen.** These are my friends. [ðiːz] **ihre Freunde/Freundinnen** her friends [hɜː], [hə] **seine Freunde/ Freundinnen** his friends [hɪz]
freundlich friendly [ˈfrendli]; kind [kaɪnd]
frieren be cold [kəʊld]
frittieren fry [fraɪ] **frittiert** fried [fraɪd]
froh happy [ˈhæpi]
Frühling spring [sprɪŋ]
Frühstück breakfast [ˈbrekfəst]
fühlen: sich fühlen feel [fiːl]
Füller pen [pen]
für for [fɔː] **für 30 Sekunden** for 30 seconds
fünf five [faɪv]
fünfzehn fifteen [fɪfˈtiːn]
fünfzig fifty [ˈfɪfti]
Fußball football [ˈfʊtbɔːl]
Fußboden floor [flɔː]
Futter food [fuːd]

G

ganz quite [kwaɪt] **ganz (still)** perfectly (still) [ˈpɜːfɪktli]
Garage garage [ˈgærɑːʒ]
Garten garden [ˈgɑːdn]
Gast visitor [ˈvɪzɪtə]
Gebäude building [ˈbɪldɪŋ]
geben give [gɪv] **es gibt ...** there's (= there is) ... [ðeəz]; there are ... [ˈðeər ɑː] **es gibt keine ...** there aren't any ... [ˈeni] **Was gibt es zum Mittagessen?** What's for lunch? [lʌntʃ]

Geburtstag birthday [ˈbɜːθdeɪ] **an meinem Geburtstag** on my birthday **Datum des Geburtstags** birthday date [deɪt] **Herzlichen Glückwunsch zum Geburtstag!** Happy birthday! [ˈhæpi] **Ich habe im April Geburtstag.** My birthday is in April. **Wann hast du Geburtstag?** When's your birthday?
Gedankenkarte mind map [ˈmaɪnd mæp]
Gegend: ländliche Gegend country [ˈkʌntri]
geheim secret [ˈsiːkrət]
Geheimnis secret [ˈsiːkrət]
gehen go [gəʊ] **ins Bett gehen** go to bed [bed] **nach Hause gehen** go home [həʊm] **Wie geht's? / Wie geht es dir / euch / Ihnen?** How are you? [haʊ] **(zu Fuß) gehen** walk [wɔːk]
gelb yellow [ˈjeləʊ]
Geld money [ˈmʌni]
Gelee jelly [ˈdʒeli]
gemein mean [miːn]
Gemüse vegetables *(pl)* [ˈvedʒtəblz]
genießen enjoy [ɪnˈdʒɔɪ] **es genießen, etwas zu tun** enjoy doing sth.
Geografie geography [dʒiˈɒgrəfi]
Geräusch noise [nɔɪz]
Gericht *(Mahlzeit)* dish [dɪʃ] *das Gericht aus unter Rühren kurz angebratenen Zutaten, z. B. kleine Stücke Fleisch, Fisch und/oder Gemüse* stir-fry [ˈstɜː fraɪ]
gern: ich hätte gern ... I'd (= I would like ... [laɪk] **Ich hätte liebend gern ... / Ich möchte liebend gern...** I'd (= I would) love ... [lʌv] **Ich würde mich (liebend) gerne mit ... treffen.** I'd (= I would) like/love to meet ...
Geruch smell [smel]
Geschäft shop [ʃɒp]
geschehen: (jm.) geschehen happen (to sb.) [ˈhæpən] **Bitte, gern geschehen.** You're welcome. [ˈwelkʌm]
Geschenk present [ˈpreznt]
Geschichte *(Erzählung)* story [ˈstɔːri]; *(vergangene Zeiten)* history [ˈhɪstri] **so/solch eine Geschichte** a story like this [laɪk]
Gespräch talk [tɔːk]
Gestaltung design [dɪˈzaɪn]
Gestank smell [smel]
gesund healthy [ˈhelθi]
Gesundheit health [helθ]
Getränk drink [drɪŋk]
Gewerbegebiet estate [ɪˈsteɪt]
Gewinn prize [praɪz]
gewinnen win [wɪn]
Gewinner/in winner [ˈwɪnə] **als Gewinner/in** as the winner
Gewürz spice [spaɪs]
Gitarre guitar [gɪˈtɑː]
Glasur icing [ˈaɪsɪŋ]
glauben think [θɪŋk] **Ich glaube, ...** I think ...
gleich the same [seɪm]
Glück: Glücks-, lucky [ˈlʌki] **Glück haben** be lucky
glücklich happy [ˈhæpi]; lucky [ˈlʌki]
Glückszahl lucky number [lʌki ˈnʌmbə]
Gold gold [gəʊld]
goldfarben gold [gəʊld]
graben dig [dɪg]
Gramm gram (g) [græm]
Grad degree [dɪˈgriː]
grau grey [greɪ]
Grillen barbecue [ˈbɑːbɪkjuː]
Grillfest barbecue [ˈbɑːbɪkjuː]
groß big [bɪg] **der/die/das größte, am größten** biggest
großartig amazing [əˈmeɪzɪŋ]; great [greɪt]
Großbritannien (Great) Britain [ˈbrɪtn]
Großeltern grandparents *(pl)* [ˈgrænpeərənts]
Großstadt city [ˈsɪti]
grün green [griːn] **grün/umweltfreundlich werden** go green [gəʊ]
Gruppe group [gruːp]
gut good [gʊd]; *(Adv.)* well [wel] **Es geht mir gut.** I'm OK. [əʊˈkeɪ] **etwas gut können; gut in etwas sein** be good at sth. / at doing sth. **Guten Appetit!** Enjoy! [ɪnˈdʒɔɪ] **Gut gemacht.** Well done. [dʌn] **gut umgehen können mit ...** be good with ... **Mir geht es gut.** I'm fine. [faɪn] **so gut** so good [səʊ]

H

haben have [hæv] **er/sie/es hat** he/she/it has [hæz], [həz]
Hähnchen chicken [ˈtʃɪkɪn]
Halle hall [hɔːl]
Hallo. Hello. [həˈləʊ]; Hi. [haɪ] **Hallo allerseits!** Hello everybody! [ˈevribɒdi]
halten stop [stɒp]
Hamburger *(Frikadelle)* burger [ˈbɜːgə]
Hamster hamster [ˈhæmstə]
Hand hand [hænd] **Hand / Hände hochstrecken** put your hand / hands up [pʊt]
Handy phone [fəʊn]
hart hard [hɑːd]
Hass hate [heɪt]
hassen hate [heɪt]
Haupt- main [meɪn]
Hauptgericht main course [ˈkɔːs]; main dish [dɪʃ]
Haus house [haʊs] **nach Hause gehen** go home [həʊm] **im Haus** inside the house [ɪnˈsaɪd] **wieder zu Hause** back at home [bæk] **zu Hause** at home
Hausaufgabe(n) homework [ˈhəʊmwɜːk] **Hausaufgaben machen** do your homework **Was haben wir als Hausaufgabe(n) auf?** What's for homework? [wɒts fɔː]
Hausmüll rubbish [ˈrʌbɪʃ]
Haustier pet [pet]
heben lift [lɪft]
Heftseite page (p.) [peɪdʒ]
Heim home [həʊm]
heiß hot [hɒt] **heiße (Trink-) Schokolode** hot chocolate [ˈtʃɒklət]
heißen: Wie heißt du? What's your name? [wɒts jɔː ˈneɪm]
hektisch busy [ˈbɪzi]
helfen help [help]
herausfinden find out (about) [ˌfaɪnd ˈaʊt]
Herbst autumn [ˈɔːtəm]
Herr Lee Mr Lee [ˈmɪstə]
herstellen make [meɪk]
herunter down [daʊn]
hervorheben highlight [ˈhaɪlaɪt]
Herzog duke [djuːk]
heute today [təˈdeɪ]
hier here [hɪə] **Hier, bitte.** Here you are. **hier herüber; hier drüben** over here [ˈəʊvə]
hierher here [hɪə]
Highlight *(Höhepunkt)* highlight [ˈhaɪlaɪt]
Hilfe help [help]
hilfreich helpful [ˈhelpfl]; useful [ˈjuːsfl]
hilfsbereit helpful [ˈhelpfl]
hinauf up [ʌp]
hinsetzen: sich hinsetzen sit down [sɪt ˈdaʊn]
hinter behind [bɪˈhaɪnd]
hinunter down [daʊn]
hinzufügen add [æd]
Hobby hobby [ˈhɒbi]
hoch up [ʌp]
Hockey hockey [ˈhɒki]
höflich polite [pəˈlaɪt]
holen: (sich etwas) holen get sth. [get]
Honig honey [ˈhʌni]
hören hear [hɪə]
Hotdog *(heißes Würstchen in einem Brötchen)* hot dog [ˈhɒt dɒg]
Huhn chicken [ˈtʃɪkɪn]
Hund dog [dɒg]
Hunger: Ich habe Hunger. I'm hungry. [ˈhʌŋgri]
hungrig hungry [ˈhʌŋgri]
Hut hat [hæt]

I

ich I [aɪ] **Ich bin** I'm (= I am) [æm] **Ich bin's.** It's me. **Ich nicht!** *(= Ich bin/war/habe/... es/das nicht!)* Not me! [nɒt]
Idee idea [aɪˈdɪə]
ihm, ihn him [hɪm]
Ihnen *(höfliche Anrede)* you [juː]
ihnen them [ðem], [ðəm]
ihr *(Plural von „du")* you [juː] **ihr seid** you're (= you are) [ɑː]
Ihr/e ... *(besitzanzeigend zur höflichen Anrede „Sie")* your [jɔː], [jə]

ihr/e ... *(vor Nomen; besitzanzeigend)*
1. (zu „she") her ... [hɜː, hə]
2. *(zu „it")* its ... [ɪts]
3. (zu „they") their ... [ðeə]
immer always [ˈɔːlweɪz]
immer noch still [stɪl]
in at [æt], [ət]; in [ɪn] **in den Urlaub** on holiday [ˈhɒlədeɪ] **in der Nähe von** near [nɪə] **in der Schule** at school [skuːl] **in der Stadt** in town [taʊn]
Indien India [ˈɪndiə]
Informatik computing [kəmˈpjuːtɪŋ]
Information information [ˌɪnfəˈmeɪʃn]
informieren: sich informieren (über) find out (about) [ˌfaɪnd ˈaʊt]
innen; nach innen inside [ɪnˈsaɪd]
innerhalb (von) inside [ˌɪnˈsaɪd]
intelligent smart [smɑːt]
interessant interesting [ˈɪntrəstɪŋ]
Internet internet [ˈɪntənet]

J

Ja. Yes. [jes] **Na ja, ...** Well, ... [wel]
Jachthafen marina [məˈriːnə]
Jahr year [jɪə] **Ich bin elf Jahre alt.** I'm eleven years old. [jɪəz]
Jahreszeit season [ˈsiːzn]
Jahrgang year [jɪə]
Januar January [ˈdʒænjuəri]
jede(r, s) every [ˈevri] **jede(r, s) einzelne** each [iːtʃ]
jeder everybody [ˈevribɒdi]
jemand somebody [ˈsʌmbədi]; someone [ˈsʌmwʌn]
jene (dort) those [ðəʊz]
jetzt now [naʊ]
jeweils each [iːtʃ]
jonglieren juggle [ˈdʒʌgl]
Jugend youth [juːθ]
Jugendliche kid [kɪd]; youth [juːθ]
Jugendzentrum youth centre [ˈjuːθ sentə]
Juli July [dʒuˈlaɪ]
Junge boy [bɔɪ] **Ich bin kein Junge.** I'm not a boy. [nɒt]
Juni June [dʒuːn]

K

Kaffee coffee [ˈkɒfi]
Kakao cocoa [ˈkəʊkəʊ]; hot chocolate [hɒt ˈtʃɒklət]
kalt cold [kəʊld] **kalt werden** get cold [get]
Kälte cold [kəʊld]
Kaninchen rabbit [ˈræbɪt]
Kantine canteen [kænˈtiːn]
Kappe cap [kæp]
Karaoke karaoke [kæriˈəʊki]
Karotte carrot [ˈkærət]
Karte card [kɑːd]
Kartoffel potato, *pl* potatoes [pəˈteɪtəʊ]
Käse cheese [tʃiːz]
Kasten case [keɪs]
Katze cat [kæt]
kaufen buy [baɪ]
Kebab kebab [kɪˈbæb]
Kegeln bowling [ˈbəʊlɪŋ]
kein/e no [nəʊ] **es gibt keine ...** there aren't any [ˈeni]
kennen know [nəʊ]
kennenlernen meet [miːt] **Freut mich, dich/euch/Sie kennenzulernen.** Nice to meet you. [naɪs]
Kette chain [tʃeɪn]
Kilometer kilometre (km) [ˈkɪləmiːtə]
Kind kid [kɪd]
Kino cinema [ˈsɪnəmə] **im Kino** at the cinema
Kiosk kiosk [ˈkiːɒsk]
Kissen cushion [ˈkʊʃn]
klar clear [klɪə]
Klasse class [klɑːs]
Klassenarbeit test [test]
Klassenlehrer/in class teacher [ˈklɑːs tiːtʃə]
Klassenzimmer classroom [ˈklɑːsruːm]
Kleber glue [gluː]
Klebestift glue stick [ˈgluː stɪk]
Klebstoff glue [gluː]
Kleiderschrank wardrobe [ˈwɔːdrəʊb]
Kleidertausch(party) clothes swap [ˈkləʊðz swɒp]
Kleidung clothes *(pl)* [kləʊðz]
Kleidungsstücke clothes *(pl)* [kləʊðz]
klein little [ˈlɪtl]; short [ʃɔːt]; small [smɔːl] **kleine Mahlzeit** snack [snæk]
Klub club [klʌb]
klug clever [ˈklevə]
Koch, Köchin cook [kʊk]
Kochbuch recipe book [ˈresəpi]
kochen cook [kʊk]; *(in Wasser)* boil [bɔɪl]
Kochen cooking [ˈkʊkɪŋ]
Kochrezept recipe [ˈresəpi]
komisch weird [wɪəd]
Komma *(Dezimalzeichen)* point [pɔɪnt] **1,6 (eins Komma sechs)** 1.6 (one point six)
kommen come [kʌm] **Wo kommst du her?** Where are you from?
können can [kæn], [kən] **etwas gut können** be good at sth. / at doing sth. [æt], [ət] **gut umgehen können mit ...** be good at ... [gʊd] **Ich kann ... sehen.** I can see ... **Ich kann ... nicht sehen.** I can't (= cannot) see ... [kɑːnt]
Konsole console [kənˈsəʊl]
Kontrolle check [tʃek]
kontrollieren check [tʃek]
Kopf head [hed] **Dreh/Stell es auf den Kopf.** Turn it upside down. [ʌpsaɪd ˈdaʊn]
Kopfhörer headphones *(pl)* [ˈhedfəʊnz]
Korridor corridor [ˈkɒrɪdɔː]
Kosten cost [kɒst]
kosten cost [kɒst]
kostenlos free [friː]
köstlich delicious [dɪˈlɪʃəs]
krank ill [ɪl]
Krankenhaus hospital [ˈhɒspɪtl]
Krankheit illness [ˈɪlnəs]
Krawatte tie [taɪ]
Kreis circle [ˈsɜːkl]
Küche kitchen [ˈkɪtʃɪn]
Kuchen cake [keɪk]
Kugelschreiber pen [pen]
Kultur culture [ˈkʌltʃə]
kümmern: sich kümmern um look after [lʊk]
Kunst art [ɑːt] **darstellende Kunst** drama [ˈdrɑːmə]
Kunsthandwerk crafts *(pl)* [krɑːfts]
Kunststück trick [trɪk]
Kurs class [klɑːs]
kurz short [ʃɔːt]

L

Lächeln smile [smaɪl]
lächeln smile [smaɪl]
Laden shop [ʃɒp]
Lampe lamp [læmp]; light [laɪt]
Land country [ˈkʌntri] **auf dem Land** in the country
Landkarte map [mæp]
lang(e) long [lɒŋ] **30 Sekunden lang** for 30 seconds [fɔː] **(für) eine lange Zeit** (for) a long time [taɪm] **lange arbeiten, lange Arbeitstage haben** work long days [wɜːk]
langsam slow [sləʊ] **zu langsam** too slow [tuː]
langweilig boring [ˈbɔːrɪŋ]
Lärm noise [nɔɪz]
lassen: lass(t) uns let's (= let us) [lets]
Laufen *(Sport)* running [ˈrʌnɪŋ]
laut loud [laʊd] **lauter sprechen** speak more loudly [mɔː]
leben live [lɪv]
Lebensmittel food [fuːd]
lecker delicious [dɪˈlɪʃəs]
legen: (etwas wohin) legen put [pʊt]
lehren teach [tiːtʃ]
Lehrer/in teacher [ˈtiːtʃə]
leidtun: Er tut mir leid. I'm / I feel sorry for him. [ˈsɒri]
leise quiet [ˈkwaɪət]
lernen learn [lɜːn]
lesen read [riːd]
Leser/in reader [ˈriːdə]
Leute people *(pl)* [ˈpiːpl]; *(Anrede)* guys *(pl)* [gaɪz]
Licht light [laɪt]
Liebe love [lʌv]
Liebe/r ... Dear ... [dɪə]
lieben love [lʌv] **Ich hätte liebend gern ... / Ich möchte liebend gern ...** I'd (= I would) love ... **Ich würde mich liebend gerne mit ... treffen.** I'd (= I would) love to meet ... [miːt]
Liebling favourite [ˈfeɪvərɪt]; love [lʌv]
Lieblings- favourite [ˈfeɪvərɪt]
Lied song [sɒŋ]
liegen lie [laɪ]
lila purple [ˈpɜːpl]
Limonade lemonade [leməˈneɪd]
Lineal ruler [ˈruːlə]
Liste file [faɪl]; list [lɪst]

listen list [lɪst]
Löffel spoon [spuːn]
Löwe lion [ˈlaɪən]
lustig (be) funny [ˈfʌni] **Was ist lustig an ...?** What's funny about ...?

M

machen do [duː]; make [meɪk]
Mädchen girl [gɜːl]
magisch magical [ˈmædʒɪkl]
Mahlzeit meal [miːl] **kleine Mahlzeit** snack [snæk] **warme Mahlzeit** hot meal [hɒt]
Mai May [meɪ]
Mama mum [mʌm]
manchmal sometimes [ˈsʌmtaɪmz]
markieren highlight [ˈhaɪlaɪt]
Markt market [ˈmɑːkɪt]
März March [mɑːtʃ]
Mathe(matik) maths [mæθs]
Mauer wall [wɔːl]
Maus mouse, *pl* mice [maʊs], [maɪs]
Meer sea [siː] **am Meer** by the sea
Mehl flour [ˈflaʊə]
mehr more [mɔː] **mehr als 50** over 50 [ˈəʊvə]
Meile *(ca. 1,6 km)* mile [maɪl] **mit 30 Meilen pro Stunde** at 30 miles per hour [pər ˈaʊə] **Meilen pro Stunde** miles per hour (mph)
mein/e my [maɪ]
meinen *(sagen wollen)* mean [miːn]; *(denken, glauben)* think [θɪŋk] **Ich meine, ...** I think ...
meiste(r, s): die meisten Schulen most schools [məʊst]
meistens usually [ˈjuːʒuəli]
Melone melon [ˈmelən]
Mensa canteen [kænˈtiːn]
Menschen people *(pl)* [ˈpiːpl]
Messer knife, *pl* knives [naɪf], [naɪvz]
Meinung opinion [əˈpɪnjən] **meiner Meinung nach** in my opinion
Meter metre [ˈmiːtə]
mich me [miː]
Milch milk [mɪlk]
Millimeter millilitre (ml) [ˈmɪliliːtə]
Mindmap mind map [ˈmaɪnd mæp]
Mini- mini [ˈmɪni]
Minidrohne mini-drone [mɪnɪ ˈdrəʊn]
Minute minute [ˈmɪnɪt]
mir me [miː]
mischen mix [mɪks]
Mischung mixture [ˈmɪkstʃə]
mit with [wɪð]
mitbringen bring [brɪŋ]
mitkommen come [kʌm]
Mitleid: Mitleid haben mit jm. be/feel sorry for sb. [ˈsɒri]
mitnehmen take [teɪk]
Mittagessen lunch [lʌntʃ] **Was gibt es zum Mittagessen?** What's for lunch?
Mittagszeit lunchtime [ˈlʌntʃtaɪm] **zur Mittagszeit** at lunchtime
Mitte centre [ˈsentə]
Mitteilung message [ˈmesɪdʒ]
Mittwoch Wednesday [ˈwenzdeɪ], [ˈwenzdi]
mobben bully [ˈbʊli]
Mobber/in bully [ˈbʊli]
möchten: Ich möchte ... I'd (= I would) like ... [laɪk]
modern modern [ˈmɒdn]
mögen like [laɪk] **sehr mögen** love [lʌv]
Möhre carrot [ˈkærət]
Moment moment [ˈməʊmənt] **in diesem Moment** at the moment
Monat month [mʌnθ]
Montag Monday [ˈmʌndeɪ], [ˈmʌndi] **an jedem Montag** on Mondays
montags on Mondays [ˈmʌndeɪ], [ˈmʌndi]
Morgen morning [ˈmɔːnɪŋ] **am Morgen** in the morning
morgens in the morning [ˈmɔːnɪŋ] **4 Uhr (früh) morgens** 4 a.m. [eɪˈem]
Möwe seagull [ˈsiːgʌl]
müde tired [ˈtaɪəd]
Museum museum [mjuˈziːəm]
Musik music [ˈmjuːzɪk]
Musikgruppe band [bænd]
müssen must [mʌst] **etwas tun müssen** need to do sth. [niːd] **Ich muss Schluss machen.** *(am Telefon/ Briefschluss)* I must go.
Müll rubbish [ˈrʌbɪʃ] **Tüten/Säcke voller Müll** bags of rubbish [bægz]
Mülleimer bin [bɪn]
mutig brave [breɪv]
Mutti mum [mʌm]
Mütze cap [kæp]; hat [hæt]

N

na: Na ja, ... Well, ... [wel]
nach
1. *(örtlich)* to [tu], [tə] **nach draußen** outside [ˌaʊtˈsaɪd] **nach (dr)innen** inside [ˌɪnˈsaɪd]
2. *(zeitlich)* after [ˈɑːftə] **nach der Schule** after school

Nachbar/in neighbour [ˈneɪbə]
nachdem: nachdem du liest after you read [ˈɑːftə]
Nachmittag afternoon [ˌɑːftəˈnuːn] **am Nachmittag** in the afternoon
nachmittags in the afternoon [ɑːftəˈnuːn] **4 Uhr nachmittags** *(16 Uhr)* 4 p.m. [piːˈem]
Nachname family name [ˈfæməli neɪm]
Nachricht message [ˈmesɪdʒ]
Nachrichten news [njuːz]
nachschauen look sth. up [lʊk ˈʌp]
nachschlagen: etwas nachschlagen look sth. up [lʊk ˈʌp]
nächste(r, s) next [nekst] **Als nächstes ...** Next ...
Nachtisch dessert [dɪˈzɜːt] **zum/als Nachtisch** for dessert
nahe (bei) near [nɪə]
Nähe: in der Nähe von near [nɪə]
Name name [neɪm]
natürlich of course [əv ˈkɔːs]
Naturwissenschaft science [ˈsaɪəns]
neben next to [ˈnekst tə]
nehmen, in Anspruch nehmen take [teɪk]
nein no [nəʊ]
nennen call [kɔːl]
nett friendly [ˈfrendli]; kind [kaɪnd]; nice [naɪs]
neu new [njuː]
neun nine [naɪn]
neunzehn nineteen [naɪnˈtiːn]
neunzig ninety [ˈnaɪnti]
nicht not [nɒt]
nie never [ˈnevə]
niedlich cute [kjuːt]
niemals never [ˈnevə]
noch: (immer) noch still [stɪl] **noch drei** three more [mɔː] **noch ein/e** another [əˈnʌðə] **noch einmal** again [əˈgen]
Norden north [nɔːθ]
nördlich; Nord- north [nɔːθ]
Nordosten; nordöstlich north-east [nɔːθˈiːst]
Nordwesten; nordwestlich northwest [nɔːθˈwest]
normalerweise usually [ˈjuːʒuəli]
Notiz note [nəʊt]
Notizen: (sich) Notizen machen *(zur Vorbereitung)* make notes
November November [nəʊˈvembə]
Nudeln noodles *(pl)* [nuːdlz]
Null *(im gesprochenen Englisch)* oh [əʊ]
Nummer number [ˈnʌmbə]
nun now [naʊ] **Nun, ...** Well, ... [wel]
nur just [dʒʌst]; only [ˈəʊnli] **Es sind nur wir.** It's just us.
Nutzer/in user [ˈjuːzə]
nützlich helpful [ˈhelpfl]; useful [ˈjuːsfl]

O

ob if [ɪf]
oben at the top (of) [tɒp]
Obergeschoss top floor [tɒp ˈflɔː]
Obst fruit [fruːt]
oder or [ɔː]
öffnen open [ˈəʊpən]
oft often [ˈɒfn], [ˈɒftən]
Oktober October [ɒkˈtəʊbə]
Öl oil [ɔɪl]
Oma grandma [ˈgrænmɑː]
Onkel uncle [ˈʌŋkl]
online; Online- online [ˌɒnˈlaɪn]
Opa grandpa [ˈgrænpɑː]
orange orange [ˈɒrɪndʒ]
Orange orange [ˈɒrɪndʒ]
ordentlich tidy [ˈtaɪdi]
Ordner file [faɪl]
Ort place [pleɪs]

P

paar: ein paar some [sʌm], [səm]
Päckchen packet [ˈpækɪt]
Packung packet [ˈpækɪt]
Palast palace [ˈpæləs]

252

Papa dad [dæd]
Papagei parrot [ˈpærət]
Papier paper [ˈpeɪpə] **Stück Papier** piece of paper [piːs]
Paprika pepper [ˈpepə]
Park park [pɑːk]
Parkour *(akrobatischer Hindernislauf in der Stadt)* parkour [pɑːˈkʊə]
Partner/in partner [ˈpɑːtnə]
Party party [ˈpɑːti]
passieren happen (to sb.) [ˈhæpən]
passiv passive [ˈpæsɪv]
Pasta *(italienische Bezeichnung für Teigwaren)* pasta [ˈpæstə]
Pause break [breɪk]; rest [rest] **Pause machen** take a rest [teɪk]
Penny *(kleinste britische Münze)* penny (p), *pl* pence [ˈpeni], [pens]
Peperoni pepper [ˈpepə]
perfekt perfect [ˈpɜːfɪkt]
Person person [ˈpɜːsn]
Pfeffer pepper [ˈpepə]
Pferd horse [hɔːs]
Pfund *(britische Währung)* pound (£) [paʊnd]
Picknick picnic [ˈpɪknɪk] **ein Picknich machen** have a picnic [hæv]
Pier pier [pɪə]
Plan plan [plæn]
planen plan [plæn] **planen, etwas zu tun** plan to do sth. [duː]
Platz place [pleɪs]
Playlist playlist [ˈpleɪlɪst]
Pommes frites chips *(pl)* [tʃɪps] **Fisch mit Pommes frites** fish and chips [fɪʃ ən ˈtʃɪps] **Imbissstube, die Fisch mit Pommes frites verkauft** fish and chip shop [ʃɒp]
Pool(billiard) pool [puːl]
Popcorn popcorn [ˈpɒpkɔːn]
Popstar star [stɑː]
Post *(Teil eines Blogs)* post [pəʊst]
posten *(im Internet veröffentlichen)* post [pəʊst]
Poster poster [ˈpəʊstə]
Präsentation presentation [preznˈteɪʃn]
präsentieren: (jm.) etwas präsentieren present sth. (to sb.) [prɪˈzent]
Preis *(Kosten)* cost [kɒst]; *(Gewinn)* prize [praɪz]
Preisverleihung prize ceremony [ˈpraɪz serəməni]
pro per [pɜː], [pə] **Meilen pro Stunde** miles per hour (mph) [maɪlz] **pro Stunde** per hour [ˈaʊə]
Problem problem [ˈprɒbləm]
Programmieren coding [ˈkəʊdɪŋ]
programmieren *(Computer)* code [kəʊd]
Projekt project [ˈprɒdʒekt]
prüfen check [tʃek]
Prüfung check [tʃek]
Puderzucker icing sugar [ˈaɪsɪŋ ʃʊgə]
Pulver powder [ˈpaʊdə]
putzen clean [kliːn] **(sich) die/deine Zähne putzen** brush your teeth [brʌʃ]
Puzzle jigsaw (puzzle) [ˈdʒɪgsɔː]

Q

Quiz quiz, *pl* quizzes [kwɪz], [ˈkwɪzɪz] **ein Quiz machen** do a quiz [duː]

R

Rad: Rad fahren cycle [ˈsaɪkl]
Radfahren cycling [ˈsaɪklɪŋ]
Radiergummi rubber [ˈrʌbə]
Ratespiel quiz, *pl* quizzes [kwɪz], [ˈkwɪzɪz] **Ratespiel machen** do a quiz [duː]
Rätsel puzzle [ˈpʌzl]
Raum room [ruːm]
Recherche(n) research [rɪˈsɜːtʃ]
recherchieren (do) research [rɪˈsɜːtʃ]
Recht: Recht haben be right [raɪt]
Rechtschreibung spelling [ˈspelɪŋ]
Rede talk [tɔːk]
reden (mit) talk (to) [tɔːk] **reden über** talk about [əˈbaʊt]
Redewendung phrase [freɪz]
Referat presentation [preznˈteɪʃn] **ein Referat halten** give a presentation [gɪv]
Regal shelf, *pl* shelves [ʃelf], [ʃelvz]
Regen rain [reɪn]
regen rain [reɪn]
regnerisch rainy [ˈreɪni]
Reihe line [laɪn]; turn [tɜːn] **Wann bin ich an der Reihe (etwas zu tun)?** When is (it) my turn (to do sth.)?
Reinigungskraft cleaner [ˈkliːnə]
Reis rice [raɪs]
Reise journey [ˈdʒɜːni]; tour [tʊə]
Reisen travel [ˈtrævl]
reisen travel [ˈtrævl]
Restaurant restaurant [ˈrestrɒnt]
Rezept recipe [ˈresəpi]
richtig right [raɪt]; true [truː]
riechen; schlecht riechen smell [smel]
Ring ring [rɪŋ]
Roboter robot [ˈrəʊbɒt]
Roller scooter [ˈskuːtə]
Rollstuhl wheelchair [ˈwiːltʃeə]
rosa pink [pɪŋk]
Rucksack rucksack [ˈrʌksæk]
Ruf call [kɔːl]
Ruhe rest [rest]
ruhen rest [rest]
ruhig quiet [ˈkwaɪət]
rühren stir [stɜː]
Rundfahrt (durch) tour (of) [tʊə]
Rundgang (durch) tour (of) [tʊə]

S

Saal hall [hɔːl]
Sack: Säcke voller Müll bags of rubbish [bægz]
sagen say [seɪ]; tell [tel]
Saison season [ˈsiːzn]
Salat *(als Gericht oder Beilage)* salad [ˈsæləd]
Salz salt [sɔːlt]
sammeln collect [kəˈlekt]
Samstag Saturday [ˈsætədeɪ], [ˈsætədi]
Sandwich sandwich [ˈsænwɪtʃ], [ˈsænwɪdʒ]
Sänger/in singer [ˈsɪŋə]
Satz sentence [ˈsentəns]
sauber clean [kliːn]
sauber machen clean (sth. up) [kliːn]
Saubermachen clean-up [ˈkliːn ʌp]
Säubern clean-up [ˈkliːn ʌp]
schade a shame [ʃeɪm]
Schande a shame [ʃeɪm]
schauen look [lʊk]
Schauspiel drama [ˈdrɑːmə]
schick smart [smɑːt]
schicken send [send]
Schinken ham [hæm]
Schirmmütze cap [kæp]
Schlaf sleep [sliːp]
schlafen be asleep [əˈsliːp]; sleep [sliːp]
Schlafzimmer bedroom [ˈbedruːm]
Schlange snake [sneɪk]
schlau clever [ˈklevə]
schlecht bad [bæd]
schließen close [kləʊz]
schließlich in the end [end]
schlimm bad [bæd]
Schlittschuhbahn ice rink [ˈaɪs rɪŋk]
Schloss palace [ˈpæləs]
Schluss end [end] **Ich muss Schluss machen.** *(am Telefon/ Briefschluss)* I must go. [mʌst gəʊ] **zum Schluss** in the end
schmücken decorate [ˈdekəreɪt]
schmutzig dirty [ˈdɜːti]
Schnee snow [snəʊ]
schneebedeckt snowy [ˈsnəʊi]
schneien snow [snəʊ]
Schokolade chocolate [ˈtʃɒklət] **heiße (Trink-)Schokolade** hot chocolate [hɒt]
schon already [ɔːlˈredi]
schön nice [naɪs]
schrecklich horrible [ˈhɒrəbl]
schreiben write [raɪt]
Schreibtisch desk [desk]
Schreibweise spelling [ˈspelɪŋ]
Schritt step [step]
Schuh shoe [ʃuː]
Schule school [skuːl] **Hast du nach der Schule Zeit?** Are you free after school? **in der Schule** at school **nach der Schule** after school **weiterführende Schule** secondary school [ˈsekəndri]
Schüler/in student [ˈstjuːdnt]
Schulfach subject [ˈsʌbdʒɪkt]
Schulheft exercise book [ˈeksəsaɪz bʊk]
Schulmensa canteen [kænˈtiːn]
Schulsport PE (= physical education) [piːˈiː], [fɪzɪkl edʒuˈkeɪʃn]
Schuluniform school uniform [skuːl ˈjuːnɪfɔːm]
Schulversammlung assembly [əˈsembli]
schwarz black [blæk]
schwer difficult [ˈdɪfɪkəlt]; hard [hɑːd]
Schwester sister [ˈsɪstə]

schwierig difficult [ˈdɪfɪkəlt]; hard [hɑːd]
Schwierigkeiten trouble [ˈtrʌbl] **in Schwierigkeiten sein** be in trouble
Schwimmen swimming [ˈswɪmɪŋ]
schwimmen swim [swɪm]
Schwimmer/in swimmer [ˈswɪmə]
sechs six [sɪks]
sechzehn sixteen [sɪksˈtiːn]
sechzig sixty [ˈsɪksti]
See *(Meer)* sea [siː] **an der See** by the sea [baɪ]
Seebrücke pier [pɪə]
sehen look [lʊk]; see [siː]
sehr lot [lɒt]; much [mʌtʃ]; very [ˈveri]
sein be [biː] **bist, sind, seid** are [ɑː] *(er/sie/es)* **ist** is [ɪz]
sein/e its [ɪts]
Seite page (p.) [peɪdʒ]
Sekunde second [ˈsekənd] **für 30 Sekunden** for 30 seconds [fɔː]
selbstverständlich of course [əv ˈkɔːs]
selten *(Adj.)* rare [reə]; *(Adv.)* rarely [ˈreəli]
seltsam funny [ˈfʌni]; weird [wɪəd]
senden send [send]
September September [sepˈtembə]
Servus. Goodbye. [gʊdˈbaɪ]; Hello. [həˈləʊ] **Servus allerseits.** Hello everybody. [ˈevribɒdi]
Show show [ʃəʊ]
sicher sure [ʃʊə], [ʃɔː]
Sie *(höfliche Anrede)* you [juː] **Sie sind** you're (= you are)
sie
1. *(weibliche Person)* her [hɜː], [hə]; she [ʃiː] **sie ist** she's (= she is)
2. *(bei Dingen und Tieren)* it [ɪt]
3. *(Plural)* them [ðem], [ðəm]; they [ðeɪ] **sie sind** they're (= they are) **sie sind nicht** they aren't

sieben seven [ˈsevn]
siebzehn seventeen [sevnˈtiːn]
siebzig seventy [ˈsevnti]
sieden boil [bɔɪl]
Sieger/in winner [ˈwɪnə]
Silber silver [ˈsɪlvə]
silberfarben silver [ˈsɪlvə]
Singen singing [ˈsɪŋɪŋ]
singen sing [sɪŋ]
sitzen sit [sɪt]
Skateboard (fahren) skateboard [ˈskeɪtbɔːd]
Skateboardfahren skateboarding [ˈskeɪtbɔːdɪŋ]
Skatepark skatepark [ˈskeɪtpɑːk]
Slideshow slide show [ˈslaɪd ʃəʊ]
SMS text [tekst] **jm. eine SMS schicken** text sb.
Snack snack [snæk]
so like this [laɪk]; so [səʊ]
sodass so that [səʊ ðæt]
Sofa sofa [ˈsəʊfə]
Software software [ˈsɒftweə]
Sohn son [sʌn]
Sommer summer [ˈsʌmə]
Sonne sun [sʌn] **Die Sonne scheint.** It's sunny. [ˈsʌni]
sonnig sunny [ˈsʌni]
Sonntag Sunday [ˈsʌndeɪ], [ˈsʌndi]
sonst or [ɔː]
Sorte (von) kind (of) [kaɪnd]
Soße sauce [sɔːs]
Spaghetti spaghetti [spəˈgeti]
Spaß fun [fʌn] **Spaß haben** have fun [hæv] **Spaß machen** be fun [biː]
spät: (zu) spät late [leɪt]
später later [ˈleɪtə]
Spaziergang walk [wɔːk]
Speisekarte menu [ˈmenjuː]
Spiegel mirror [ˈmɪrə]
Spiel game [geɪm]; match [mætʃ]
spielen play [pleɪ]
Spieler/in player [ˈpleɪə]
Spielkarte playing card [ˈpleɪɪŋ kɑːd]
Spielzeug toy [tɔɪ]
Spitze top [tɒp] **an der Spitze (von)** at the top (of) [æt], [ət]
Sport sport [spɔːt]; *(Schulsport)* PE (= physical education) [piː ˈiː], [fɪzɪkl edʒuˈkeɪʃn]
Sportart sport [spɔːt]
Sporthalle sports hall [ˈspɔːts hɔːl]
Sprechen speaking [ˈspiːkɪŋ]
sprechen (mit) speak (to) [spiːk] **deutlich sprechen** speak clearly [ˈklɪəli] **lauter sprechen** speak more loudly [mɔː] **sprechen über** speak about [əˈbaʊt]
Stadion stadium [ˈsteɪdiəm]
Stadt city [ˈsɪti]; town [taʊn]
Stadtplan map [mæp]
Stadtzentrum town centre [taʊn ˈsentə]
Standuhr clock [klɒk]
Star star [stɑː]
Start start [stɑːt]
stecken: (etwas wohin) stecken put [pʊt]
stehen stand [stænd]
stellen: (etwas wohin) stellen put [pʊt]; **sich (hin)stellen** stand [stænd]
Stiefbruder stepbrother [ˈstepbrʌðə]
Stiefmutter stepmother [ˈstepmʌðə]; stepmum [ˈstepmʌm]
Stiefschwester stepsister [ˈstepsɪstə]
Stiefsohn stepson [ˈstepsʌn]
Stieftochter stepdaughter [ˈstepdɔːtə]
Stiefvater stepdad [ˈstepdæd]; stepfather [ˈstepfɑːðə]
Stift pen [pen]
still quiet [ˈkwaɪət]
Stock(werk) floor [flɔː] **das oberste Stockwerk** top floor [tɒp ˈflɔː]
Strand beach [biːtʃ] **an den/zum Strand** to the beach [tu], [tə]
Straße *(in Ortschaften)* street [striːt]
Straßenmusik street music [ˈstriːt mjuːzɪk]
Streetdance *(Tanzstil)* street dance [ˈstriːt dɑːns]
Stück piece [piːs] **Stück Papier** piece of paper [ˈpeɪpə]
Student/in student [ˈstjuːdnt]
Stufe step [step]
Stuhl chair [tʃeə]
Stunde hour [ˈaʊə]; *(Unterrichtsstunde)* lesson [ˈlesn] **pro Stunde** per hour [pɜː], [pə]
Stundenplan timetable [ˈtaɪmteɪbl]
Superheld/in superhero, *pl* superheroes [ˈsuːpəhɪərəʊ]
Supermarkt supermarket [ˈsuːpəmɑːkɪt]
Surfing surfing [ˈsɜːfɪŋ]
süß cute [kjuːt]; sweet [swiːt]
Süßigkeiten sweets *(pl)* [swiːts]
Sweatshirt sweatshirt [ˈswetʃɜːt]

T

Tag day [deɪ]
Tageszeitung newspaper [ˈnjuːspeɪpə]; paper [ˈpeɪpə]
Tante aunt [ɑːnt]
Tanz dance [dɑːns]
Tanzen dancing [ˈdɑːnsɪŋ]
tanzen dance [dɑːns]
Tänzer/in dancer [ˈdɑːnsə]
Tasche bag [bæg]
Tätigkeit activity [ækˈtɪvəti]
Tausch swap [swɒp]
tauschen swap [swɒp]
Technik technology [tekˈnɒlədʒi], *infml auch* tech
Technikunterricht technology [tekˈnɒlədʒi], *infml auch* tech
Technologie technology [tekˈnɒlədʒi], *infml auch* tech
Tee tea [tiː]
Teelöffel teaspoon [ˈtiːspuːn]
Teil part (of) [pɑːt]; piece [piːs]; share [ʃeə]
teilen share [ʃeə]
Telefon phone [fəʊn] **am Telefon** on the phone [ɒn]
Telefonanruf (phone) call [ˈfəʊn kɔːl]
telefonieren phone [fəʊn]
Telefonnummer phone number [ˈfəʊn nʌmbə]
Tennis tennis [ˈtenɪs]
Terrarium terrarium [teˈreəriəm]
Test test [test]; quiz, *pl* quizzes [kwɪz], [ˈkwɪzɪz] **Test machen** do a quiz [duː]
testen test [test]
teuer expensive [ɪkˈspensɪv]
Text text [tekst]
Thema topic [ˈtɒpɪk]
Ticket ticket [ˈtɪkɪt]
Tier animal [ˈænɪml]; pet [pet]
Tierarzt/Tierärztin vet [vet]
Tipp tip [tɪp]
Tisch table [ˈteɪbl]
Tischtennis table tennis [ˈteɪbl tenɪs]
Titel title [ˈtaɪtl]
Tochter daughter [ˈdɔːtə]
Toilette toilet [ˈtɔɪlət]
toll great [greɪt]
Tomate tomato, *pl* tomatoes [təˈmɑːtəʊ]

Tomatensauce tomato sauce [tə'mɑ:təʊ sɔ:s]
Torte cake [keɪk]
tot dead [ded]
Tour tour [tʊə]
Tourist/in tourist ['tʊərɪst]
Touristeninformation tourist information centre [tʊərɪst ɪnfə'meɪʃn sentə]
Tradition tradition [trə'dɪʃn]
traditionell traditional [trə'dɪʃənl]
tragen wear [weə]
Trainer/in trainer ['treɪnə]
Training training ['treɪnɪŋ]
Trampolin trampoline ['træmpəli:n]
Trampolinspringen/-turnen trampolining ['træmpəli:nɪŋ]
Traum dream [dri:m]
träumen (von etwas) dream (of/about sth.) [dri:m]
traurig sad [sæd]
treffen: (sich) treffen meet [mi:t]
Tretroller scooter ['sku:tə]
Trick trick [trɪk]
Trifle *(englischer Nachtisch)* trifle ['traɪfl]
trinken drink [drɪŋk]
trotzdem still [stɪl]
Tschüs. Bye. [baɪ]; See you. [si:]; Speak later. [spi:k 'leɪtə]
T-Shirt T-shirt ['ti: ʃɜ:t]
tun do [du:]; **(etwas wohin) tun** put [pʊt] **du hast (viel) zu tun** you're busy ['bɪzi] **es genießen, etwas zu tun** enjoy doing sth. [ɪn'dʒɔɪ] **etwas weiterhin tun** continue to do sth. [kən'tɪnju:] **wie man etwas tut / tun kann / tun soll** how to do sth. [haʊ]
Tür door [dɔ:]
Turmuhr clock [klɒk]
Tüte: Tüten voller Müll bags of rubbish [bægz]
Tyrann/in bully ['bʊli]
tyrannisieren bully ['bʊli]

U

üben practice ['præktɪs]
über
1. *(räumlich)* over ['əʊvə]
2. *(mehr als)* **über 50** over 50
3. about [ə'baʊt] **über mich/dich/...** about me/you/...

überall everywhere ['evriweə]
überprüfen check [tʃek]
Überprüfung check [tʃek]
überrascht surprised [sə'praɪzd]
Überschrift heading ['hedɪŋ]; title ['taɪtl]
Übung(en) exercise ['eksəsaɪz]; practice ['præktɪs]
Übungsheft exercise book ['eksəsaɪz bʊk]
Uhr clock [klɒk]
Uhrzeit time [taɪm]
um: um 8 Uhr at 8 o'clock [æt], [ət]
umdrehen turn [tɜ:n]
umrühren stir [stɜ:]
umweltbewusst green [gri:n]
umweltfreundlich werden go green [gəʊ gri:n]
und and [ænd], [ənd] **Und du?** What about you? [ə'baʊt]
unfreundlich unfriendly [ʌn'frendli]
unhöflich rude [ru:d]
Uniform uniform ['ju:nɪfɔ:m]
unordentlich messy ['mesi]
Unordnung mess [mes]
Unrecht: Unrecht haben be wrong [rɒŋ]
uns us [ʌs], [əs]
unser/e our ['aʊə]
unter under ['ʌndə]
Unterricht class [klɑ:s] **im Unterricht** in class
unterrichten teach [ti:tʃ]
Unterrichtsstunde lesson ['lesn]
Unterschied difference ['dɪfrəns]
unterstreichen highlight ['haɪlaɪt]
untersuchen research [rɪ'sɜ:tʃ]
Urlaub holiday ['hɒlədeɪ] **im/in den Urlaub** on holiday

V

Vanille vanilla [və'nɪlə]
Vati dad [dæd]
vegan vegan ['vi:gən]
Veganer/in vegan ['vi:gən]
Vegetarier/in vegetarian [vedʒə'teəriən], *infml auch* veggie ['vedʒi]
vegetarisch vegetarian [vedʒə'teəriən], *infml auch* veggie ['vedʒi]
verboten no [nəʊ]
Verein club [klʌb]
Vereinigtes Königreich the United Kingdom (the UK) [junaɪtɪd 'kɪŋdəm], [ju: 'keɪ]
vergessen: nicht vergessen remember [rɪ'membə]
verirren: Hast du dich verirrt? Are you lost? [lɒst]
Verkaufsbude kiosk ['ki:ɒsk]
Verkaufsstand kiosk ['ki:ɒsk]
verkehrt herum upside down [ʌpsaɪd 'daʊn]
verlaufen: Hast du dich verlaufen? Are you lost? [lɒst]
vermischen mix [mɪks]
vermisst missing ['mɪsɪŋ]
verschieden different ['dɪfrənt]
verschneit snowy ['snəʊi]
verspäten: Ich habe mich verspätet. I'm late. [leɪt] **Verspäte dich nicht.** Don't be late.
verstehen understand [ʌndə'stænd]
verwenden use [ju:z]
Video; Video- video ['vɪdiəʊ]
viel/e a lot of [ə 'lɒt əv], lots of ['lɒts əv]; many ['mæni]; much [mʌtʃ] **wie viele?** how many? [haʊ]
vielleicht maybe ['meɪbi]
vier four [fɔ:]
vierzehn fourteen [fɔ:'ti:n]
vierzig forty ['fɔ:ti]
violett purple ['pɜ:pl]
Vokabelverzeichnis vocabulary [və'kæbjələri], *infml auch* vocab ['vəʊkæb]
Vokabular vocabulary [və'kæbjələri], *infml auch* vocab ['vəʊkæb]
völlig (still) perfectly (still) ['pɜ:fɪktli]
von from [frɒm]; of [ɒv], [əv]
vor
1. *(zeitlich)* before [bɪ'fɔ:] **vor der Schule / der Unterrichtsstunde** before school / the lesson [sku:l], ['lesn]
2. *(räumlich)* in front of [ɪn 'frʌnt əv]

vormittags: 9 Uhr vormittags 9 a.m. [eɪ'em]
Vorname first name ['fɜ:st neɪm]
vorsichtig careful ['keəfl]
vorstellen: (jm.) etwas vorstellen present sth. (to sb.) [prɪ'zent]
Vortrag talk [tɔ:k]
Vorwahl(nummer) code [kəʊd]

W

Wackelpudding jelly ['dʒeli]
wählen choose [tʃu:z]
wahr true [tru:]
Wand wall [wɔ:l] **an der/die Wand** on the wall [ɒn]
Wandern hiking ['haɪkɪŋ]; walking ['wɔ:kɪŋ]
wandern hike [haɪk]; walk [wɔ:k]
Wanduhr clock [klɒk]
wann when [wen]
warm hot [hɒt]; warm [wɔ:m] **warm werden** get warm [get]
warum why [waɪ]
was what [wɒt] **Was ist mit dir?** What about you? [ə'baʊt]
Wasser water ['wɔ:tə]
Wassermelone water melon ['melən]
Website website ['websaɪt]
Weg journey ['dʒɜ:ni]; way [weɪ]
weg away [ə'weɪ]
Weide field [fi:ld] **auf der Weide** in the field
Weihnachten Christmas ['krɪsməs]
Weihnachtstag Christmas Day [krɪsməs 'deɪ]
weil because [bɪ'kɒz]
Weise: Art und Weise way [weɪ] **auf diese Weise** (in) this way **auf unterschiedliche Weise** in different ways ['dɪfrənt]
weiß white [waɪt]
weitere more [mɔ:] **drei weitere** three more [θri:]
weitermachen continue [kən'tɪnju:] **(mit) etwas weitermachen** continue to do sth. [du:]
welche(r, s) which? [wɪtʃ]; what [wɒt] **Welche AGs ...?** Which clubs ...? [klʌb]
Wendung phrase [freɪz]
wenn
1. *(falls)* if [ɪf] **Was wäre, wenn?** What if? [wɒt]
2. *(zeitlich)* when [wen]

wer who [hu:]
werden get [get]
Werken design and technology [dɪzaɪn ən tek'nɒlədʒi]
Werktag weekday ['wi:kdeɪ]
Werkunterricht design and technology [dɪzaɪn ən tek'nɒlədʒi]
Wetter weather ['weðə]
Wettkampf competition [kɒmpə'tɪʃn]; match [mætʃ]
wichtig important [ɪm'pɔ:tnt]
wichtigste(r, s) main [meɪn]
wie *(ähnlich/so wie)* like [laɪk]
wie how [haʊ] **Wie alt bist du?** How old are you? **Wie geht es dir/euch/ Ihnen?** How are you? **Wie heißt du?** What's your name? [wɒts] **Wie ist ...? / Wie sieht ... aus?** What's ... like? **wie viele?** how many? **Wie wäre es mit einer/einem ... ?** What about a ... ?
Willkommen in/an ... Welcome to ... ['welkəm]
Wind wind [wɪnd]
windig windy ['wɪndi]
Windsurfen windsurfing [wɪndsɜ:fɪŋ]
winken: (jm. zu-)winken wave (to sb.) [weɪv]
Winter winter ['wɪntə]
wir we [wi:] **Es sind nur wir.** It's just us. [ʌs], [əs] **wir sind** we're (= we are) **wir sind nicht** we aren't
wirklich really ['ri:əli], ['rɪəli]
wissen know [nəʊ]
Witterung weather ['weðə]
witzig funny ['fʌni]
wo where [weə] **Wo kommst du her?** Where are you from?
Woche week [wi:k]
Wochenende weekend [wi:k'end] **am Wochenende** at the weekend
Wochentag weekday ['wi:kdeɪ]
wohnen live [lɪv]
Wohnsiedlung estate [ɪ'steɪt]
Wohnung flat [flæt]
Wohnzimmer living room ['lɪvɪŋ ru:m]
Wok *(chinesischer Kochtopf)* wok [wɒk]
Wolke cloud [klaʊd]
wolkig cloudy ['klaʊdi]
wollen want [wɒnt] **etwas tun wollen** want to do sth. [du:]
Wort word [wɜ:d]
Wörternetz mind map ['maɪnd mæp]
Wortschatz vocabulary [və'kæbjələri], *infml auch* vocab ['vəʊkæb]
Wurst, Würstchen sausage ['sɒsɪdʒ]
würzig spicy ['spaɪsi]
wütend angry ['æŋgri]

Y

Yoga yoga ['jəʊgə]

Z

Zahl number ['nʌmbə]
zahlen: (etwas be-)zahlen pay (for sth.) [peɪ]
Zahn tooth, *pl* teeth [tu:θ], [ti:θ]
Zauberei magic ['mædʒɪk]
Zauberkasten magic set ['mædʒɪk set]
zaubern do magic [du: 'mædʒɪk]
Zaubertrick magic trick ['mædʒɪk trɪk]
zehn ten [ten]
zeichnen draw [drɔ:]
Zeichnen drawing ['drɔ:ɪŋ]
zeigen show [ʃəʊ]
Zeile line [laɪn]
Zeit time [taɪm] **(für) eine lange Zeit** (for) a long time [lɒŋ]
Zeitung newspaper ['nju:speɪpə]; paper ['peɪpə]
Zentrum centre ['sentə]
zerbrechen: etwas zerbrechen break sth. [breɪk]
Zeremonie ceremony ['serəməni]
Zettel piece of paper [pi:s ɒv 'peɪpə]
ziemlich quite [kwaɪt]
Ziffer number ['nʌmbə]
Zimmer room [ru:m]
Zirkus circus ['sɜ:kəs]
Zitrone lemon ['lemən]
Zoo zoo [zu:]
zu; um zu to [tu], [tə]
Zucker sugar ['ʃʊgə]
Zuckerguss icing ['aɪsɪŋ]
zuerst (at) first [fɜ:st]
Zug train [treɪn]
Zuhause home [həʊm]
zuhören listen ['lɪsn]
zumachen close [kləʊz]
zurück back [bæk]
zurzeit at the moment ['məʊmənt]
zusammen together [tə'geðə]
zwanzig twenty ['twenti]
zwei two [tu:]
zweite(r, s) second (2nd) ['sekənd]
Zwiebel onion ['ʌnjən]
zwölf twelve [twelv]
zwölfte(r, s) twelfth (12th) [twelfθ]

The English alphabet

a [eɪ]	h [eɪtʃ]	o [əʊ]	v [viː]
b [biː]	i [aɪ]	p [piː]	w ['dʌbljuː]
c [siː]	j [dʒeɪ]	q [kjuː]	x [eks]
d [diː]	k [keɪ]	r [ɑː]	y [waɪ]
e [iː]	l [el]	s [es]	z [zed]
f [ef]	m [em]	t [tiː]	
g [dʒiː]	n [en]	u [juː]	

English sounds

	[iː]	green, he, sea		[b]	bike, table, verb
	[ɑː]	ask, class, car, park		[p]	pen, paper, shop
!	[ɔː]	or, ball, door, four, morning		[d]	day, window, good
	[uː]	ruler, blue, too, two, you		[t]	ten, letter, at
	[ɜː]	her, girl, work, T-shirt		[g]	go, again, bag
	[ɪ]	in, big, expensive		[k]	kitchen, car, back
	[e]	yes, bed, again, breakfast		[m]	man, remember, mum
	[æ]	animal, apple, black, cat		[n]	no, one, ten
	[ʌ]	mum, bus, colour	!	[ŋ]	wrong, young, uncle, thanks
	[ɒ]	song, on, dog, what		[l]	like, old, small
	[ʊ]	book, good, put, bully		[r]	ruler, friend, sorry
	[ə]	again, today, a sister	!	[w]	we, where, one
	[i]	happy, monkey		[j]	yes, you, uniform
	[u]	museum, you, to		[f]	family, after
			!	[v]	very, seven, have
	[eɪ]	name, eight, play, great		[s]	six, poster, yes
	[aɪ]	I, time, right, my	!	[z]	zoo, quiz, his, music, please
	[ɔɪ]	boy, toilet, noise		[ʃ]	she, station, English
	[əʊ]	old, no, road, yellow		[tʃ]	teacher, watch
	[aʊ]	now, house		[dʒ]	job, German, project, orange
	[eə]	where, pair, share, their	!	[θ]	thing, three, bathroom, north
	[ɪə]	here, material, really, year	!	[ð]	the, weather, with
	[ʊə]	tour	!	[h]	house, who, behind

Die Lautschrift zeigt dir die Aussprache von Wörtern und Lauten *(sounds)*.

!

Übe mit Hilfe der App besonders die Aussprache dieser Laute, denn sie kommen im Deutschen nicht vor oder werden anders geschrieben.

English numbers

0 oh, zero, nil [əʊ, 'zɪərəʊ, nɪl]
1 one [wʌn]
2 two [tu:]
3 three [θri:]
4 four [fɔ:]
5 five [faɪv]
6 six [sɪks]
7 seven ['sevn]
8 eight [eɪt]
9 nine [naɪn]
10 ten [ten]

11 eleven [ɪ'levn]
12 twelve [twelv]
13 thirteen [θɜ:'ti:n]
14 fourteen [fɔ:'ti:n]
15 fifteen [fɪf'ti:n]
16 sixteen [sɪks'ti:n]
17 seventeen [sevn'ti:n]
18 eighteen [eɪ'ti:n]
19 nineteen [naɪn'ti:n]
20 twenty ['twenti]

21 twenty-one [twenti'wʌn]
22 twenty-two [twenti'tu:]
23 twenty-three [twenti'θri:]
...

30 thirty ['θɜ:ti]
40 forty ['fɔ:ti]
50 fifty ['fɪfti]
60 sixty ['sɪksti]
70 seventy ['sevnti]
80 eighty ['eɪti]
90 ninety ['naɪnti]
100 a / one hundred [ə/wʌn 'hʌndrəd]

101 one hundred and one
102 one hundred and two
...

1st first [fɜ:st]
2nd second ['sekənd]
3rd third [θɜ:d]
4th fourth [fɔ:θ]
5th fifth [fɪfθ]
6th sixth [sɪksθ]
7th seventh ['sevnθ]
8th eighth [eɪtθ]
9th ninth [naɪnθ]
10th tenth [tenθ]

11th eleventh [ɪ'levnθ]
12th twelfth [twelfθ]
13th thirteenth [θɜ:'ti:nθ]
14th fourteenth [fɔ:'ti:nθ]
15th fifteenth [fɪf'ti:nθ]
16th sixteenth [sɪks'ti:nθ]
17th seventeenth [sevn'ti:nθ]
18th eighteenth [eɪ'ti:nθ]
19th nineteenth [naɪn'ti:nθ]
20th twentieth ['twentiəθ]

21st twenty-first [twenti'fɜ:st]
22nd twenty-second [twenti'sekənd]
23rd twenty-third [twenti'θɜ:d]
...

30th thirtieth ['θɜ:tiəθ]
40th fortieth ['fɔ:tiəθ]
50th fiftieth ['fɪftiəθ]
60th sixtieth ['sɪkstiəθ]
70th seventieth ['sevntiəθ]
80th eightieth ['eɪtiəθ]
90th ninetieth ['naɪntiəθ]
100th hundredth ['hʌndrədθ]

101st one hundred and first
102nd one hundred and second
...

Titelbild
Cornelsen/Personen: Anja Poehlmann, Brighton Pier: mauritius images/Steve Vidler

Illustrationen
Cornelsen/**Harald Ardeias:** (S. 4 un.re.; S. 17 1 A–F; S. 21; S. 26; S. 27 9b; S. 29 alle außer Möwen; S. 30–31; S. 33 2A, 2B, 2C; S. 36–38; S. 40; S. 41 ob.; S. 43; S. 46 ob.; S. 49 1–8; S. 52–53; S. 54 Mi.re.; S. 55 7b; S. 56 1–3; S.57; S. 62 o.m., 63–65 un.re.; S. 70; S. 72–73; S. 78; S. 80 un.re.; S. 87 un.re.; S. 88–89; S. 95; S. 99 1–5; S. 100–101;S.110–111; S. 112 mi.; S. 114; S. 116; S. 117; S.123 mi. a–f; S.124; S. 128 ob.re.; S. 137 mi.re.; S. 138 ob.re.; S. 139 mi.re.; S.140; S. 141 ob.re.; S. 145 ob.li.; S. 146 – 148; S. 152 un.re.; S. 153 ob.re., S. 154 un.li.+un.re.; S. 155; S. 156 ob.re.; S. 159 un. 1–6; S. 176 ob.li.; S. 189; S. 190). Cornelsen/Inhouse/**Josephine Bienert-Köhler:** (S. 67 1 bis 6; S. 97 1 bis 6; S. 165; S. 168 li.; S. 170 zweite v. un.re; S. 171 Mi.re. (M) siehe unten; S. 172 alle). Cornelsen/**Klara Luise Frankenberg:** (S. 164; S. 165 Mi + un.; S. 166; S. 167; S. 171 ob.re). Cornelsen/**Irina Zinner:** (Möwenbilder S. 1; S. 4 ob.li.; S. 5–14; S. 15 1 bis 6; S. 16; S. 17 3 A–G; S. 23; S. 27 (Möwen); S. 29 (Möwen); S. 32; S. 34–35; S. 41–42 (Möwenbilder); S. 46 un.re.; S. 47; S. 49 re.Mi.; S. 51; S. 54 1–6; S. 55 (Möwe); S. 60–61; S. 80; S. 81; S. 83; S. 85 mi.re. ; S. 86 un.li. ; S. 87 ob.re. ; S. 90; S. 92–93; S. 102 1–6; S. 103 ob.re., un.re.; S.104 ob.re.; S.107, S.108 un.re, S.109, S.111, S. 112 ob.re, un.li.; S. 113 mi.re.; S. 118; S.121; S. 133; S. 137 ob.re.; S. 138 mi.re.; S. 139 ob.re.+un.re.; S. 143 un.re.; S. 145 mi.re.; S.150–151, S. 159 ob.re.; S. 162; S. 168 re.; S.169; S. 173–174; S. 175 ob.li.; S. 176 un.re. S. 177–182; S. 195–201; S.202 ob.re.; S. 236; S.264; Möwe auf Umschlagseite hinten (U3)).

Abbildungen
Umschlagseite vorne (U2): s. S. 18, 20 und 30; **S. 1** s. S. 34, 35, 36; **S. 4–8:** Cornelsen/Anja Poehlmann; **S. 12:** un.re. Shutterstock.com/New Africa; un.li. Shutterstock.com/Pete Pahham, un.Mi. Shutterstock.com/Djomas; **S. 14:** 1 stock.adobe.com/Arija, 2 Panther Media GmbH/Gertrud Böttcher, 3 Shutterstock.com/Dmitrijs Mihejevs, 4 Shutterstock.com/Iakov Filimonov, 5 Shutterstock.com/Eric Isselee, 6 Shutterstock.com/Alex Staroseltsev, 7 Shutterstock.com/bluedog studio, 8 Shutterstock.com/Susan Schmitz; **S. 15:** phone Shutterstock.com/ Denis Semenchenko, Emojis Shutterstock.com/Chaim Devine, football Shutterstock.com/R-O-M-A, rucksack Shutterstock.com/AmaPhoto, bike Shutterstock.com/Gilang Prihardono, cap Shutterstock.com/Pixfiction; **S. 16:** Shutterstock.com/Eric Isselee; **S. 18–19:** alle Cornelsen/Anja Poehlmann; **S. 20:** ob. Cornelsen/Anja Poehlmann, un.li. Shutterstock.com/AnnaStills, un.re. Shutterstock.com/Golden Pixels LLC; **S. 21:** Shutterstock.com/Monkey Business Images; **S. 22:** ob.Mi. Shutterstock.com/Pavlo S, ob.re. Shutterstock.com/Photo Melon, 7a Cornelsen/Anja Poehlmann; **S. 23:** Shutterstock.com/AnnaStills; **S. 24:** alle außer Bild 2: Cornelsen/Anja Poehlmann, 2 Shutterstock.com/Vova_31; **S. 25:** ob.re. + 4 ob. Cornelsen/Anja Poehlmann; 4 un. Shutterstock.com/antoniodiaz; **S. 26** Tintenflecke: mauritius images/alamy stock photo/Daniil Chaban; **S. 28:** A+C+E Cornelsen/Anja Poehlmann, B mauritius images/alamy stock photo/Greg Balfour Evans, D mauritius images/alamy stock photo/James Winspear-VIEW; **S. 32:** Cornelsen/Anja Poehlmann; **S. 33:** Filmstills ob.re. + 3: Cornelsen/ Grasshopper Films; **S. 35:** un.re. Shutterstock.com/Monkey Business Images; **S. 36:** A Shutterstock.com/file404, B Shutterstock.com/Quinn Martin, C Shutterstock.com/Monkey Business Images, D Shutterstock.com/guig120; **S. 39:** alle Cornelsen/Anja Poehlmann; **S. 42:** li. 1.v.ob. Cornelsen/Anja Poehlmann, li. 2.v.ob. Shutterstock.com/ antoniodiaz; **S. 44:** Bild oben li. Montage: Cornelsen/li. (Sunita): Cornelsen/Anja Poehlmann, Mitte: Shutterstock.com/insta_photos, re.: Shutterstock.com/V.S.Anandhakrishna, C: Shutterstock.com/Txema Gerardo, D: Shutterstock.com/JacquiMoore, unten li.: Cornelsen/Anja Poehlmann, unten re. (family): Shutterstock.com/StockImage-Factory.com; **S. 45:** Cornelsen/Anja Poehlmann; **S. 47:** Shutterstock.com/all_about_people; **S. 48:** A Shutterstock.com/Volodymyr Plysiuk, B mauritius images/alamy stock photo/Maximilian Weinzierl, C Shutterstock.com/cbpix, Rex: Shutterstock.com/Ga_photo, Axel: Shutterstock.com/FlavoredPixels, Maude: Shutterstock.com/D.Bond, un. li. Cornelsen/Anja Poehlmann; **S. 49:** un.re. Shutterstock.com/Monkey Business Images; **S. 50:** A mauritius images/alamy stock photo/Natalie Jezzard,, B mauritius images/Novarc Images, C mauritius images/alamy stock photo/Edward Simons, D mauritius images/alamy stock photo/Paul Thompson Images; **S. 51:** Filmstills A–F: Cornelsen/Grasshopper Films, un.Mi. Cornelsen/Anja Poehlmann; **S. 52:** 2 Shutterstock.com/Tokarchuk Andrii; **S. 53:** Cornelsen/Anja Poehlmann; **S. 55:** un. Mi. Shutterstock.com/Aluna1; **S. 56+57:** Emoticons Shutterstock.com/Chaim Devine; **S. 58:** A Shutterstock.com/Reservoir Dots, B Shutterstock.com/Mircea Pavel, C Shutterstock.com/Aleksandra Duda, D Shutterstock.com/maximmmmum, E Shutterstock.com/ESB Professional, F Shutterstock.com/blackzheep, LOOK-foto/Rainer Martini; **S. 59:** Filmstills ob.re. + 1–6: Cornelsen/Grasshopper Films, hug Shutterstock.com/fizkes, postbox Shutterstock.com/nimon, letter Shutterstock.com/Bborriss.67, tree stock.adobe.com/Cienpies Design; **S. 60:** Shutterstock.com/Syda Productions; **S. 62:** un.re. Cornelsen/Anja Poehlmann, un.Mi. Shutterstock.com/Nenad Aksic; **S. 65:** 1 Shutterstock.com/Johannes Menge, 2 Shutterstock.com/HRP_ Photography; **S. 66:** Emoticon Shutterstock.com/Chaim Devine, Mi.li. stock.adobe.com/Fly_dragonfly, Mi.re. Shutterstock.com/Robles Designery, un.re. Shutterstock.com/Moravian; **S. 67:** Mi.re. stock.adobe.com/Renat, Türen Shutterstock.com/Bibadash; **S. 68:** ob.re. stock.adobe.com/Pixel-Shot, cookies Shutterstock.com/Vladimir Kruglove, turkey stock.adobe.com/Brent Hofacker, socks stock.adobe.com/gertrudda, Mi.li. Shutterstock.com/ hvatkosha; **S. 69:** ob.li. ClipDealer GmbH/szefei, Mi.re. Shutterstock.com/Pichaya Pureesrisak, un.li. stock.adobe.

com/themorningglory; **S. 75:** Shutterstock.com/T-Vision; **S. 76:** A+B Cornelsen/Anja Poehlmann, Emoticon Shutterstock.com/Chaim Devine, Herz Shutterstock.com/pink.mousy; **S. 77:** C–E (M) Cornelsen/Anja Poehlmann, E Hintergrund mauritius images/alamy stock photo/PDMPhotos; **S. 78:** Sonne/Mond Shutterstock.com/BesticonPark; **S. 79** (M): Junge Cornelsen/Anja Poehlmann, Mädchen und Hintergrund Shutterstock.com/Michael-puche; **S. 81:** A Shutterstock.com/Jovanovic Dejan, B Shutterstock.com/SJ Travel Photo and Video, C Shutterstock.com/DUSAN ZIDAR, D Shutterstock.com/Ju PhotoStocker, E Shutterstock.com/Africa Studio, F Shutterstock.com/Leah-Anne Thompson, Mi. (Zane): Cornelsen/Anja Poehlmann; **S. 82:** 1 Shutterstock.com/CHARAN RATTANA-SUPPHASIRI, 2 Shutterstock.com/wavebreakmedia, 3 Shutterstock.com/BearFotos, 4 Shutterstock.com/Speed-Kingz, 5 Shutterstock.com/Manny DaCunha, 6 Shutterstock.com/YanLev, 7 Shutterstock.com/mariakray, 8 Shutterstock.com/sakkmesterke; **S. 83:** 3b Shutterstock.com/valeryvoronessa; **S. 84:** 1.v.ob. Shutterstock.com/Ten03, 2.v.ob. Shutterstock.com/Brian McEntire, 3.v.ob. Shutterstock.com/TunedIn by Westend61; **S. 85:** ob.re. Shutterstock.com/Pressmaster, un.li. Shutterstock.com/Daisy Daisy,; **S. 86:** un.re. Cornelsen/Anja Poehlmann; **S. 91:** A Shutterstock.com/Krakenimages.com, B Shutterstock.com/matimix, C Shutterstock.com/Image Source Collection, D Shutterstock.com/Dentan, E Shutterstock.com/altan can, F Shutterstock.com/Purple Clouds, ob.re. + 1–6 Cornelsen/Grasshopper Films; **S. 93:** Shutterstock.com/SpeedKingz; **S. 94:** Daumen(rot+grün) Shutterstock.com/Azizunnahar Sadeq, un.re. (außer Daumen) Shutterstock.com/Panuwach, Daumen(gelb) Shutterstock.com/Cosmic_Design, un.li. Shutterstock.com/Asier Romero, Emoticons Shutterstock.com/Chaim Devine; **S. 96:** alle Shutterstock.com/Chaim Devine; **S. 97:** ob.re. Shutterstock.com/Monkey Business Images; **S. 99:** un.re. Shutter-stock.com/LightField Studios; **S. 101:** Würfel Shutterstock.com/art-sonik; **S. 102:** ob.re. Shutterstock.com/valeryvoronessa; **S. 103:** mi.li. Shutterstock.com/Elena Yakusheva; **S. 104:** 1 Shutterstock.com/Gill Copeland, 2 mauritius images/alamy stock photo/Simon Dack News, 3 mauritius images/alamy stock photo/Chris Harris; **S. 105:** 4 Cornelsen/Grasshopper Films, 5 mauritius images/alamy stock photo/Peter Moulton, 6 mauritius images/alamy stock photo/Life's Like That, 7 Shutterstock.com/Marius_Comanescu; **S.106** ob.li. Cornelsen/Mädchen: Anja Poehlmann, Fensterrahmen: Shutterstock.com/Dawid Galecki, Ausblick: mauritius images/alamy stock photo/Nigel Bowles, Auge + Ohr: stock.adobe.com/nikolae; **S. 108** ob.re. Shutterstock.com/Nirat.pix; **S. 113** Seebrücke mauritius images/alamy stock photo/Steve Vidler, Achterbahn mauritius images/alamy stock photo/Amongstthemiddlin, rote Stange Shutterstock.com/CKP1001, Schaukel mauritius images/alamy stock photo/K I Photography; **S. 115** mauritius images/alamy stock photo/Eye Ubiquitous; **S.119** ob.re. + A–F Cornelsen/Grasshopper Films, un.re. stock.adobe.com/gibustudio; **S. 120** Shutterstock.com/Nataliya Dorokhina; **S. 122** Shutterstock.com/cktravels.com; **S. 123** un.li. A mauritius images/alamy stock photo/Simon Dack, B mauritius images/alamy stock photo/Nick Hawkes; **S. 125** 1 mauritius images/alamy stock photo/Simon Dack, 2 Shutter-stock.com/Gill Copeland, 3 Seil: Shutterstock.com/DenisNata, Ball Shutterstock.com/VikiVector, Schirm Shutter-stock.com/Romolo Tavani, Tischtennis Shutterstock.com/Rawpixel.com, Jugendliche Shutterstock.com/Rawpixel.com, Kinosaal Shutterstock.com/Mr.Music, Fragezeichen Shutterstock.com/4zevar; **S. 126** Cornelsen/Anja Poehlmann; **S 127** ob.re. mauritius images/alamy stock photo/Simon Dack, Briefmarke Shutterstock.com/andromina, un.li. stock.adobe.com/carballo; **S. 128** mi.re. mauritius images/alamy stock photo/Eye Ubiquitous; **S. 131** Cornelsen/Anja Poehlmann; **S. 132** Shutterstock.com/Laenz; **S. 134** Torte: Shutterstock.com/AS Food studio, Noah: Cornelsen/Anja Poehlmann; **S. 135** Essen: Shutterstock.com/vm2002, Sunita: Cornelsen/Anja Poehlmann; **S. 136** Poster: Shutterstock.com/aurielaki, Junge: Cornelsen/Anja Poehlmann; **S. 141** mi.re. Junge: Cornelsen/Anja Poehlmann, Mann: Shutterstock.com/stockfour; **S. 142** ob.mi. Shutterstock.com/Nastya22, ob.re. Shutterstock.com/kuvona, A–F; **S. 143** mi.re. Shutterstock.com/Cienpies Design; **S. 144** Digital Learning Associates Ltd; **S. 145** Emoticons: Shutterstock.com/Chaim Devine, mi.re. stock.adobe.com/uckyo, Fish & Chips: Shutterstock.com/MaraZe, Kafee: Shutterstock.com/nw10photography; **S. 149** Cornelsen/Grasshopper Films; **S. 152** 1 Shutterstock.com/Nattika, 2 Shutterstock.com/Maks Narodenko, 3 Shutterstock.com/PixaHub, 4 Shutterstock.com/V.S.Anandhakrishna, 5 Shutterstock.com/DenisMArt, 6 Shutterstock.com/baibaz, 7 Shutterstock.com/studiovin, 8 Shutterstock.com/Shnycel; **S. 153** Stadion: Shutterstock.com/ktsdesign, Torte: Shutterstock.com/Natalia Ruedisueli; **S.154** mi.li. Shutterstock.com/nelea33; **S. 156** mi.li. Shutterstock.com/Syda Productions, mi.re. +un.re. Shutterstock.com/Monkey Business Images, un.li. Shutterstock.com/LightField Studios; **S. 163:** Shutter-stock.com/MicroOne; **S. 171:** Mi.re. (M): Cornelsen/Josephine Bienert-Köhler/Möwe: mauritius images/Nature in Stock, Bildschirm: Shutterstock.com/Passatic; **S. 173:** Schirm Shutterstock.com/chuyuss; **S. 175:** Pferde Shutter-stock.com/YIK2007, Personen Shutterstock.com/hisa_nishiya, Bücher Shutterstock.com/robuart, Hose Shutter-stock.com/DenisProduction.com; **S. 176:** Fahrrad Shutterstock.com/stockphoto-graf, Stift Shutterstock.com/OrangeVector, Tasche Shutterstock.com/dashadima; **S. 183:** Shutterstock.com/owatta; **S. 184:** Zahlen Shutter-stock.com/HitToon, un. Shutterstock.com/Africa Studio; **S. 185:** 1.R. li. stock.adobe.com/perpis, 1.R. Mi. ClipDealer GmbH/yuliang11, 1.R. re. stock.adobe.com/katrin sauerwein/EyeEm, 2.R. li. stock.adobe.com/slowmotiongli, 2.R. Mi. Shutterstock.com/Luka Hercigonja, 2.R. re. stock.adobe.com/Daniel Prudek, 3.R. li. Shutterstock.com/Mrinal Pal, 3.R. re. stock.adobe.com/martinkubik, 4.R. li. stock.adobe.com/leungchopan, 4.R. Mi. stock.adobe.com/www.dgwildlife.com/giedriius, 4.R. re. Shutterstock.com/Stu Porter, 5.R. li. ClipDealer GmbH/Vitolef, 5.R. Mi. stock.adobe.com/bertie10, 5.R. re. stock.adobe.com/© Seal Photographs/Craig Lambert Photo; **S. 186:** 1.R.li. stock.

adobe.com/DragonImages, 1.R. Mi. stock.adobe.com/Viacheslav Lakobchuk, 1.R. re. Shutterstock.com/LightField Studios, 2.R. li. stock.adobe.com/zhukovvvlad, 2.R. Mi. stock.adobe.com/DragonImages, 2.R. re. Shutterstock.com/Jacek Chabraszewski, 3.R. li. Shutterstock.com/Lapina, 3.R. re. mauritius images/Masterfile RM, 4.R. li. Shutterstock.com/Aleksey Mnogosmyslov, 4.R. Mi. stock.adobe.com/Jacob Lund, 4.R. re. Shutterstock.com/Kaderov Andrii, 5.R. li. Shutterstock.com/CroMary, 5.R. Mi. Shutterstock.com/Fotokostic, 5.R.≈re. Shutterstock.com/LightField Studios; **S. 187:** 1.R. li. Shutterstock.com/buabunya, 1.R. Mi. Shutterstock.com/Draftfolio, 1.R. re. Shutterstock.com/Lorelyn Medina, 2.R. li. Shutterstock.com/SpicyTruffel, 2.R. Mi. Shutterstock.com/mentalmind, 2.R. re. Shutterstock.com/ekler, 3.R. li. Shutterstock.com/Tasha Vector, 3.R. Mi. Shutterstock.com/Peter Hermes Furian, 3.R. re. Shutterstock.com/Olga Krichevtseva, 4.R. li. Shutterstock.com/Merfin, 4.R. Mi. Shutterstock.com/Glinskaja Olga, 4.R. re. Shutterstock.com/ProStockStudio; **S. 188:** 1.R. li. stock.adobe.com/Mr. Music/Mr., 1.R. Mi. Shutterstock.com/vipman, 1.R. re. stock.adobe.com/Daisy Daisy, 2.R. li. stock.adobe.com/Ivan, 2.R. Mi. Shutterstock.com/wavebreakmedia, 2.R. re. stock.adobe.com/Monkey Business, 3.R. li. Shutterstock.com/goodluz, 3.R. Mi. stock.adobe.com/S ROBIN/OceanProd, 3.R. re. Shutterstock.com/Rawpixel.com, 4.R. li. Shutterstock.com/Rawpixel.com, 4.R. Mi. Shutterstock.com/DGLimages, 4.R. re. Panther Media GmbH/Benis Arapovic; **S. 190:** budgie stock.adobe.com/dieter76, chicken Shutterstock.com/Moonborne, ferret Shutterstock.com/Couperfield, guniea pig Shutterstock.com/Tettania, kitten Shutterstock.com/Nils Jacobi, lizard Shutterstock.com/Michaelpuche, mouse Shutterstock.com/Ziga Camernik, puppy stock.adobe.com/arezin.com/Aleksey, rabbit Shutterstock.com/Victoria Paladiy, rat Shutterstock.com/George Dolgikh; **S. 191:** Uhren Shutterstock.com/Skocko, Himmel Shutterstock.com/Apple_Mac; **S. 192:** bakery Shutterstock.com/milanzeremski, supermarket Shutterstock.com/Lizardflms, ice rink Shutterstock.com/begalphoto, theme park Shutterstock.com/SIHASAKPRACHUM, bus stop stock.adobe.com/Kay Ransom, mosque Shutterstock.com/Victor Moussa, synagogue mauritius images/alamy stock photo/Peter Llewellyn, church Shutterstock.com/Jono Photography, scooters Shutterstock.com/Bohdan Malitskiy, car park stock.adobe.com/© Sai Chan/Zoe, temple mauritius images/alamy stock photo/Edward Herdwick; **S. 193:** lettuce Shutterstock.com/PotaeRin, cucumber Shutterstock.com/Maks Narodenko, banana Shutterstock.com/bergamont, butter Shutterstock.com/bigacis, cupcakes Shutterstock.com/Wealthylady, tomato Shutterstock.com/Tim UR, ice cream Shutterstock.com/stockcreations, potato Shutterstock.com/Anna Kucherova, peas Shutterstock.com/WIPHARAT CHAINUPAPHA, cream Shutterstock.com/grey_and, apple Shutterstock.com/Roman Samokhin, cabbage Shutterstock.com/JIANG HONGYAN, eggs Shutterstock.com/Nattika, sausages Shutterstock.com/Einsteinstudio, melon Shutterstock.com/Boonchuay1970, cheese Shutterstock.com/Tanya Sid, orange Shutterstock.com/Valentyn Volkov, popcorn Shutterstock.com/Jiri Hera, beef Shutterstock.com/MaraZe, carrot Shutterstock.com/Valentina Razumova, onion Shutterstock.com/Yeti studio, pepper Shutterstock.com/DronG, lemon Shutterstock.com/Maks Narodenko, strawberry Shutterstock.com/Tim UR, mango Shutterstock.com/Valentyn Volkov, chicken Shutterstock.com/JIANG HONGYAN, jelly Shutterstock.com/cigdem, donuts Shutterstock.com/Sergey Skleznev, muffins Shutterstock.com/Binh Thanh Bui, broccoli Shutterstock.com/smspsy, pork Shutterstock.com/GSDesign, lamb Shutterstock.com/TheBusinessMan, milk Shutterstock.com/New Africa; **S. 194:** add Shutterstock.com/Nitr, bake Shutterstock.com/IC Production, boil Shutterstock.com/Gorlov-KV, cut Shutterstock.com/husjur02, fry Shutterstock.com/fotopai, mix stock.adobe.com/Africa Studio, pour Shutterstock.com/Deer worawut, roll out Shutterstock.com/Igor Zvencom, stir Shutterstock.com/Nebojsa Markovic, saucepan Shutterstock.com/Lipskiy, frying pan Shutterstock.com/grey_and, oven Shutterstock.com/taist2, plate Shutterstock.com/Suradech Prapairat, bowl Shutterstock.com/Khumthong, fork/knife/spoon/tablespoon Shutterstock.com/grey_and; **S. 202:** small seagulls Mi.re. Shutterstock.com/s_oleg; **S. 203:** Shutterstock.com/wee dezign; **S. 204:** Junge Shutterstock.com/karelnoppe, Frau Shutterstock.com/Andresr, Fische Shutterstock.com/Tatyana Vyc, Elefant Shutterstock.com/Teguh Mujiono, Schlange Shutterstock.com/Teguh Mujiono; **S. 205:** ob.re. Shutterstock.com/Le_Mon, Mi.re. Shutterstock.com/OneLineStock.com, un.re. Shutterstock.com/MicroOne; **S. 206:** ob.re. Shutterstock.com/Adam Gregor, un.re. Shutterstock.com/Lapina; **S. 207:** alle außer ob.re.+un.re. Shutterstock.com/jottaonni, ob.re. Shutterstock.com/miniwide, un.re. Shutterstock.com/jakkapan; **S. 208:** Shutterstock.com/EugeneEdge; **S. 209:** Shutterstock.com/bsd; **S. 210:** maths Shutterstock.com/Lyudmyla Ishchenko, science Shutterstock.com/Monkey Business Images; **S. 211:** grandma Shutterstock.com/Oguz Aral, dogs Shutterstock.com/Pixel-Shot, bags Shutterstock.com/Anna Tyukhmeneva; **S. 212:** Shutterstock.com/Outsider321; **S. 213:** ob.re. Shutterstock.com/Rawpixel.com, un.re. Shutterstock.com/4 PM production; S. 214 Kreis Shutterstock.com/ChristianChan, Kanninchen Shutterstock.com/Pavel L Photo and Video, Tierarzt Shutterstock.com/Noi1990, Haus Shutterstock.com/Studio Harmony; **S. 215** Eidechse Shutterstock.com/krolya25, Maus Shutterstock.com/Utekhina Anna, Socken Shutterstock.com/Paleka; **S. 216** Garten Shutterstock.com/brgfx, Wohnblock Shutterstock.com/dedi57, Kleiderschrank Shutterstock.com/Pavel Adashkevich, Roboter Shutterstock.com/Lecter; **S. 217** Tisch Shutterstock.com/Lecter, Schreibtisch Shutterstock.com/donatas1205, Schuhe Shutterstock.com/pikepicture, Stühle Shutterstock.com/photka; **S. 218** Shutterstock.com/dantess; **S. 220** Uhr Shutterstock.com/Gemenacom, Rollstuhl Shutterstock.com/Nerthuz; **S. 221** Shutterstock.com/Sashkin; **S. 222** Shutterstock.com/Ljupco Smokovski; **S. 224** ob.re. Shutterstock.com/pjcross, mi.li. Shutterstock.com/Michael D Brown; **S. 225** Boote Shutterstock.com/AlyoshinE, Abfall Shutter-

261

stock.com/siam.pukkato, Regen Shutterstock.com/Helga Khorimarko, Eis Shutterstock.com/Funny Solution Studio; **S. 226** ob.li. Shutterstock.com/Zhiganova Dariaa, ob.re. Shutterstock.com/ONYXprj; **S. 227** mi.re. Shutterstock.com/NextMarsMedia, un.li. Shutterstock.com/Helga Khorimarko; **S. 228** Shutterstock.com/Helga Khorimarko; **S. 229** ob.re. Shutterstock.com/Nadya_Art, mi.re. Shutterstock.com/Tienuskin; **S. 230** Shutterstock.com/Alastair Wallace; **S. 231** Torte Shutterstock.com/Pete Saloutos, Erdbeere Shutterstock.com/Tanya Sid, Erbsen Shutterstock.com/valzan, Tomate Shutterstock.com/Indigo Photo Club; **S. 232** Weißbrot Shutterstock.com/Dan Kosmayer, Schwarzbrot Shutterstock.com/de2marco, Reis Shutterstock.com/Anna Shepulova, jonglieren Shutterstock.com/dompr; **S. 233** Geschenk Shutterstock.com/Rustle, Wurst Shutterstock.com/stockcreations, Salat Shutterstock.com/kochabamba, Packung Brot Shutterstock.com/JocularityArt; **S. 235** ob.re. Shutterstock.com/paulista, un.re. Shutterstock.com/Nataly Studio; **S. 257** Shutterstock.com/Laurie Barr; **S .258** Shutterstock.com/HitToon; **Umschlagseite hinten (U3):** Karte: stock.adobe.com/lesniewski

Quellenverzeichnis der Lehrkräftefassung Plus

Legende, S. II (Sunita): Cornelsen/Anja Poehlmann

So funktioniert die Lehrkräftefassung Plus, S. III: Sunita + Lily: Cornelsen/Anja Poehlmann, A: Shutterstock.com/insta_photos, B: Shutterstock.com/V.S.Anandhakrishna, C: Shutterstock.com/Txema Gerardo, D: Shutterstock.com/JacquiMoore, E-J: Shutterstock.com/StockImageFactory.com; **S. IV:** Sunita + Lily: Cornelsen/Anja Poehlmann

Vorwort, S. VIII: Lily: Cornelsen/Anja Poehlmann, Rex: Shutterstock.com/Ga_photo, Axel: Shutterstock.com/FlavoredPixels, Maude: Shutterstock.com/D.Bond; **S. X** oben: (Collage): Cornelsen/Mädchen und Hintergrund: Shutterstock.com/Michaelpuche, Junge(M): Anja Poehlmann; **S. XII** Möwe: Cornelsen/Irina Zinner, Favourite subjects: Cornelsen/Harald Ardeias; **S. XIV** Möwe: Cornelsen/Irina Zinner, unten re.: Shutterstock.com/SpeedKingz; **S. XXIV** oben: Cornelsen/Harald Ardeias, unten (A–F): Cornelsen/Grasshopper Films

262

Typical tasks	Häufige Arbeitsanweisungen
Act out the conversation / song / story.	Führt das Gespräch / das Lied / die Geschichte vor.
Answer the questions / partner B's questions.	Beantworte die Fragen / Partner Bs Fragen.
Before you read / listen / watch	Bevor du liest / (zu-)hörst / anschaust ...
Check the spelling / your answers / ideas (with a partner).	Überprüfe deine Rechtschreibung / Antworten / Ideen (mit einem/r Partner/in).
Choose the correct answer / word.	Wähle die richtige Antwort / das richtige Wort aus.
Compare the pictures / your answers / ... with a partner.	Vergleiche die Bilder / deine Antworten / ... mit einem/r Partner/in.
Complete the table / list / sentences / ...	Vervollständige die Tabelle / Liste / Sätze / ...
Copy the table / list / notes.	Schreibe die Tabelle / die Liste / Notizen ab.
Correct the false / wrong sentences / answers.	Berichtige die falschen Sätze / Antworten.
Describe the picture / your room / ...	Beschreibe das Bild / dein Zimmer / ...
Draw pictures.	Male / Zeichne Bilder.
Find the answers / the correct / right / wrong words.	Finde die Antworten / die richtigen / falschen Wörter.
Finish the sentences.	Vervollständige die Sätze.
Give feedback.	Gib Feedback / eine Einschätzung.
Interview your partner.	Stelle deinem/r Partner/in Fragen.
Look at the board / at page ...	Schaue an die Tafel / auf Seite ...
Look at the photos / pictures /map / title.	Sieh dir die Fotos / Bilder / Karte / die Überschrift an.
Listen and check / practise / repeat / guess.	Höre zu und überprüfe / übe / wiederhole / rate.
Listen again.	Höre nochmals zu.
Listen to the story / conversation / dialogue.	Höre dir die Geschichte / das Gespräch / den Dialog an.
Make groups (of six / ... students).	Bildet Gruppen (zu je sechs / ... Schüler/innen).
Make sentences / notes / lists / a mind map.	Fertige Sätze / Notizen / Listen / eine Mindmap an.
Match the sentence parts / what the friends say.	Verbinde die Satzhälften / das, was die Freunde sagen.
Practise with a partner.	Übe mit einem/r Partner/in.
Put it in you DOSSIER.	Hefte es in deinem DOSSIER ab.
Put the sentences / dialogue in the correct order.	Bringe die Sätze / den Dialog in die richtige Reihenfolge.
Read about ...	Lies über ...
Read the conversation / text / story / article.	Lies den Dialog / Text / die Geschichte / den Artikel.
Stand up when you hear ...	Wenn du ... hörst, stehe auf.
Swap (cards) with a partner.	Tausche (die Karten) mit einem/r Partner/in.
Take turns.	Wechselt euch ab.
Talk about ...	Sprich / Sprecht über ...
Talk to a partner.	Sprich mit einem/r Partner/in.
Tell your partner / the class.	Erzähle / Sage es deinem/r Partner/in / der Klasse.
True or false? / True, false or not in the text?	Wahr oder falsch? / Wahr, falsch oder nicht im Text?
Say the four / ... sentences.	Sage die vier / ... Sätze.
Use your notes / the words in a).	Benutze deine Notizen / die Wörter aus Aufgabe a).
Walk around.	Gehe (im Raum) herum.
Watch part / scene 1 / all the film.	Sieh dir Teil / Szene 1 / den ganzen Film an.
Watch again.	Sieh es / sie / ihn nochmals an.
Work alone / with a partner / in groups.	Arbeite allein / mit einem/r Partner/in / in Gruppen.
Write the correct answers / sentences / words.	Schreibe die richtigen Antworten / Sätze / Wörter (auf).
Write (more) about ...	Schreibe (mehr) über ...

Classroom English

You and your teacher	Du und deine Lehrerin / dein Lehrer
Good morning, Mr / Mrs / Ms ... (bis 12 Uhr)	Guten Morgen, Herr / Frau ...
Good afternoon, Mr / Mrs / Ms ... (ab 12 Uhr)	Guten Tag, Herr / Frau ...
Sorry, I'm late.	Entschuldigung, dass ich zu spät komme.
Can I open / close the window, please?	Kann ich bitte das Fenster öffnen / zumachen?
Can I go to the toilet, please?	Kann ich bitte zur Toilette gehen?

Homework and exercises	Hausaufgaben und Übungen
Sorry, I have no exercise book.	Es tut mir leid, ich habe mein Schulheft nicht dabei.
I don't understand this exercise.	Ich verstehe diese Übung nicht.
I can't do number 3.	Ich kann Nummer 3 nicht lösen.
Sorry, I haven't finished.	Entschuldigung, ich bin noch nicht fertig.
I have ... Is that right?	Ich habe ... Ist das richtig?
Sorry, I don't know.	Es tut mir leid, das weiß ich nicht.
What's for homework?	Was haben wir (als Hausaufgabe) auf?

You need help	Du brauchst Hilfe
Can you help me, please?	Können Sie / Kannst du mir bitte helfen?
What page is it, please?	Auf welcher Seite sind wir / steht das?
What's ... in English / German?	Was heißt ... auf Englisch / Deutsch?
Can you write it on the board, please?	Können Sie das bitte an die Tafel schreiben?
Can I say it in German?	Kann ich das auf Deutsch sagen?
Can you speak louder, please?	Können Sie / Kannst du bitte lauter sprechen?
Can you say / play that again, please?	Können Sie das bitte noch einmal sagen / abspielen?

Work with a partner	Partnerarbeit
Can I work with Julian?	Kann ich mit Julian arbeiten?
Can I use your (pen), please?	Kann ich deinen (Stift) benutzen?
Yes, here you are.	Hier, bitte.
It's my / your turn.	Ich bin / Du bist dran.
Let's make / draw a ...	Lass uns ein ... machen / zeichnen.
Let's act out the story / dialogue.	Lass uns die Geschichte / den Dialog spielen.

What your teacher says	Was deine Lehrerin / dein Lehrer sagt
Let's go.	Lasst uns anfangen. / Los geht's.
Listen, please. / Quiet, please.	Hört bitte zu. / Ruhe bitte.
Open your books at page 24, please.	Schlagt bitte Seite 24 auf.
Do exercise 5 for homework, please.	Macht bitte Übung 5 als Hausaufgabe.
Write the correct words.	Schreibt die richtigen Wörter (hin).
Correct the false sentences.	Korrigiert die falschen Sätze.
Where's your book, David?	Wo ist dein Buch, David?
Try again!	Versuche es noch einmal!
That's all for today. You can go.	Das ist alles für heute. Ihr könnt gehen.

Anhänge zur Lehrkräftefassung Plus

- Lösungsbeispiele
- Methodisch-didaktisches Glossar
- Kopiervorlagen

Hinweis
Lösungen zu geschlossenen Aufgaben finden Sie auf den Unitseiten, direkt bei den Aufgaben.
Auf sehr umfangreiche Lösungen sowie auf Lösungsbeispiele zu halboffenen Aufgaben wird von der Unitseite hier in den Anhang verwiesen. Zu komplett individuellen Lösungen gibt es keine Muster.

Unit 1 My new school

► 18, Ex 1 a)
Lösungsbeispiel
Hello, I'm *Marie*. I'm *10* years old. My favourite hobby is *drawing*. My favourite sport is *horse-riding*. What about you?

► 19, Ex 1 c)
Lösungsbeispiel
Sunita is *eleven* years old. *I'm ten years old.*
Sunita's favourite hobby is *coding*. My favourite hobby is *drawing*.
Sunita's favourite sport is *yoga*. My favourite sport is *handball*.

► 20, Ex 2
Lösungsbeispiel
- The uniform is nice. I like the colour.
- The uniform is not cool. I don't like ties.

► 23, Ex 10 a)
Lösungsbeispiel
1 What page is it?
2 Can you help me with *the new words*?
3 What's the answer to *question 4*?
4 Can I use your *ruler*?
5 Thanks.

► 27, Ex 9 a)
Lösungsbeispiel
1 My favourite subject is PE.
2 I don't like maths.
3 I like geography.

► 29, Ex 3
Lösung

I'm	→	I'm not
you're	→	you aren't
he's	→	he isn't
she's	→	she isn't
it's	→	it isn't
we're	→	we aren't
you're	→	you aren't
they're	→	they aren't

► 31, Ex 3
Lösung
1 Zane *isn't* free after school.
2 Kyle and Jade *aren't* nice to Noah.
3 Sunita and Lily *are* scared of the bullies at first.
4 Lily and Sunita *are* Noah's friends.
5 The seagulls *aren't* nice to Kyle and Jade.
6 Noah's dog *isn't* mean.

► 32, Ex 6

Lösungsbeispiel

– *I like Noah. He's good with animals. What about you?*
– *I like Lily. She's helpful* and nice.
– I like Sunita. She's clever and a good friend.
– I like Buddy. He's a friendly dog.

► 33, Ex 4

Lösungsbeispiel

1 *I think the beard dare is* weird.
2 *I think the backwards dare is* clever.
3 *I think Mr Campbell is* cool.
4 *I think Mrs Collins is* friendly.
5 *I think the film is* great.
6 *I think it's* OK *to say no to a dare.*

► 34, Ex 1

Lösungsbeispiel

school things: glue stick, pen, pencil, pencil case, rubber, pencil sharpener, exercise book, ...
subjects: history, geography, maths, science, French, design and technology, computing, PE, ...
places at school: classroom, art room, computer room, canteen, sports hall
more topics:
days: Monday, Tuesday, Wednesday, Thursday, Friday, Saturday, Sunday, *(weekday)**
uniform: tie, *(shoes, trousers, skirt, blazer, blouse, shirt)**
classroom: desk, timetable, *(chair, board)**
**noch nicht gelernte* Wörter

► 41, MP 3

Lösungsbeispiel

Partner B:	In my picture, I can see two brown pencils.
Partner A:	In my picture, I can see one yellow pencil.
Partner B:	In my picture, I can see two grey exercise books.
Partner A:	In my picture, I can see one grey exercise book.
Partner B:	In my picture, I can see one green English book.
Partner A:	In my picture, I can see one green English book too.

[...]
A: an orange ruler – **B**: a red ruler
B: a black pencil case – **A**: a blue pencil case
A: a red pencil sharpener – **B**: a blue pencil sharpener
B: a green pen – **A**: a pink pen
A: an apple / an orange – **B**: I can't see an apple / an orange

Unit 2 My family and home

▶ 52, Ex 1 a) **Lösungsbeispiel**

I can see a bed. There are three cushions on the bed. There are two blue shoes. I can see clothes in a wardrobe. There's a chair and a desk with a computer. I can see chocolate on the desk. There's a sofa with two cushions. I can see a robot.

▶ 52, Ex 1 b) **Lösung**

1 wrong (There are three *blue* cushions.) • **2** wrong (There's a robot on the *desk*.) • **3** wrong (There's a small table with a *yellow* lamp.) • **4** right • **5** right • **6** right • **7** right • **8** wrong (There's a brown wardrobe.)

▶ 58, Ex 6 **Lösungsbeispiele**

A I have a problem when you *play loud music.*
B I'm sorry. I can *be quiet.*
A That's a good idea. Thanks.
B You're welcome.
[...]
A I have a problem when you *make the kitchen messy.*
B I'm sorry. I can *be tidy.*
A That's a good idea. Thanks.
B You're welcome.

▶ 60, Ex 3 a) **Lösungsbeispiele**

neighbour • homework • interesting • wardrobe • chocolate • headphones

▶ 61, Step 1 **Lösungsbeispiel**

things in the room: bed, table, wardrobe, chairs, sofa, shelves, computer, lamp, cushions, ...
where: on, under, next to, in front of, behind, in, near
colours: black, blue, red, green, yellow, brown, grey, orange, pink, white, purple, ...
pets: dog, cat, hamster, parrot, fish, rabbit, lizard, ...
the room is: big, old, small, messy, tidy, nice, cool, ...

▶ 63, Ex 4 **Lösungsbeispiel**

I live with my parents and my brother. We live in a small house. It's always tidy. There is a kitchen, a living room and two bedrooms. Our neighbours are friendly.

▶ 65, Ex 9 **Lösungsbeispiel**

This is Zane's dream room. It's very big and quite messy. There are football posters on the walls. There's a cat on the bed. There's a guitar on the sofa. There's a desk with a computer. There's a green lamp on the desk.

▶ 73, MP 6 **Lösungsbeispiele**

I see a brown animal under the desk. – It's a rabbit.
I see two white things under the desk / in front of the rabbit. – They're shoes.
I see an orange thing next to the desk. – It's a rucksack.
I see a black thing on the desk. – It's a lamp.
I see a grey thing under the desk. – It's a computer.
I see a white animal on the bed/on the book. – It's a cat.
I see a green thing under the cat. – It's a book.
I see a black animal next to the bed / on the floor. – It's a dog.
I see two red things on the bed. – They're cushions.
I see two animals on the small table next to the bed. – They're fish.
I see a blue thing in front of the desk. – It's a chair.
I see a brown thing next to the bed. – It's a small table.

▸ 73, MP 7

Lösungsbeispiele

1 In this picture there's a small, brown house in a big garden with trees. The house is in the tree. There's one big window and a red door.
2 In this picture there's a very old house. It's big, grey and brown. There are two old trees next to it.
3 In this picture there's a new pink building with big windows. There are three trees in front of the building.
4 In this picture there's an old, pink house with small windows. There's a big garden, but no trees.
5 In this picture there's a brown house with a black door, two big windows. There are a lot of trees behind the house.
6 In this picture there's a new, grey building. There's no garden.

Unit 3 My day

▸ 82, Ex 2 a)
Lösungsbeispiel

Sports and hobbies *basketball*, playing computer games, cricket, dancing, football, guitar, handball, music, reading, running, singing, table tennis, trampolining, windsurfing

▸ 85, Ex 7
Lösungsbeispiel

Hi, Annie!
Nice to meet you.
My name is Jasmin.
I'm in the drama *club at my school.*
My hobbies are dancing and singing.
I like sports, *but I don't like* running.
What about you?
Bye,
Jasmin

▸ 97, Ex 8
Lösung

1 *On Monday afternoon I go cycling with my friend.*
2 On Turesday I have a guitar lesson.
3 On Wednesday I go to my grandpa's house.
4 On Thursday afternoon I go to the school drama club..
5 On Friday evening I play computer games.
6 On Saturday and Sunday I eat a big breakfast.

▸ 98, Ex 3 c)
Lösungsbeispiel

A *Hi, B! Can we meet* this week?
B *I'd love to, A.*
A *Great! Let's go to* the beach.
B *Sorry, I can't go to* the beach. *It's too loud for me. What about* your house?
A *Good idea! Are you free* on Monday?
B *Sorry, I'm busy* on Monday. *But I'm free* on Thursday.
A *OK, let's meet at my house at* 5 p. m.
B *Let's ask C too. See you* on Thursday!

Unit 4 Where I live

► 104, Ex 1 a)

Lösungsbeispiele

1 *I can see* a pier and a beach. *The place is* old and nice.
2 ... a park and a building. There are a lot of people. *The place is* busy.
3 ... shops and a lot of people. *The place is* busy.
4 ... a skatepark. *The place is* cool.
5 ... a building. *The place is* old.
6 ... a beach. *The place is* nice.
7 ... a marina and a lot of boats. *The place is* interesting.

► 106, Ex 1 a)
► 129, Ex 1 a)

Lösungsbeispiel

I can see ...	I can hear ...
houses	*seagulls*
buildings	babies
flats	loud/nice music
trees	kids
roads	bikes
cars	cars
buses	dogs
...	my neighbour's TV
	...

► 108, Ex 6 b)

Lösungsbeispiel

places:

shop – You buy things here.
sports centre – You do lots of sports here.
pool – You swim here.
cinema – You watch films here.
park – You go walking here.

more places:

beach – You swim here.
marina – You see the boats here.
pier – You eat fish and chips and play games here.
park – You meet your friends here.
skatepark – You do skating here.
café – You eat breakfast here.
gardens – You hear street music here.
estate – There are houses, you live here.
town centre – You go shopping here.
youth centre – You do a lot of activities here like cooking, boxing, girls' group ...

► 109, Ex 7

Lösungsbeispiel

Jing doesn't like her neighbourhood because it's very loud. There are a lot of cars and people. Everybody is very busy.
Alexis likes his neighbourhood because the neighbours are very friendly. There are a lot of kids.

►111, Ex 5

Lösung

1 Does Bella go everywhere with you?
2 Do you know the town well?
3 Do you have problems with Bella in shops?
4 Do you and Bella use the bus?

►113, Ex 8

Lösungsbeispiel

1 Zwischen 10 und 18 Uhr.
2 Nein, der Eintritt auf die Seebrücke ist umsonst.
3 Es gibt Trampolins und Spiele, bei denen man Preise gewinnen kann.
4 Ja, es gibt Fish and Chips, Hotdogs, Pizza und Crêpes.
5 Das ist „Brighton Rock“ (Zuckerstangen).

►115, Ex 3 a)
►128, Ex 3 a)

Lösung

Partner B's questions	Partner A's answers
1 What *do* people do inside the house?	1 People take really cool photos inside the house.
2 When *does* the Upside Down House close?	2 It closes at 9 o'clock (in the evening).
3 How much *do* the tickets cost?	3 Tickets cost £5.

►115, Ex 3 b)
►128, Ex 3 b)

Lösung

Partner A's questions	Partner B's answers
1 When *does* the Upside Down House open?	1 It opens at 10 o'clock.
2 Where *do* I buy tickets?	2 You can buy tickets online.
3 How *do* we take funny photos?	3 First, put your hands up, next, turn the photo upside-down.

►115, Ex 4

Lösungsbeispiele

What do you do when it's cold? – When it's cold, I stay at home.
Where do you go when it's sunny? – When it's sunny, I go to the beach.
How do you travel when it's sunny? – When it's sunny, I travel by bike.
How do you travel when it's snowy? – When it's snowy, I walk.

►116, Ex 1 a)

Lösungsbeispiel

She lives on Whitehawk Estate.
The neighbours are really friendly.
The neighbourhood is dirty.
There's a lot of rubbish.
But she likes her neighbourhood!

►117, Ex 2 b)

Lösungsbeispiel

Jack is Mr Davies. Maria is his wife. (The ring is Maria's ring. Maria is dead.)

►119, Ex 1

Lösungsbeispiel

the beach, the Pavilion Gardens, the museum, the town centre, the park, the stadium ...

▶ 120, Ex 1 **Lösungsbeispiel**
the beach a lot of animals, watch people, good food, meet other seagulls ...

▶ 120, Ex 5 **Lösung**

Start the talk	Talk about pictures	End the talk
I want to talk about ... My short talk is about ...	In this photo, you can see ... Let's look at this picture of ...	Finally ... Do you have any questions? Thank you for listening.

▶ 122, Ex 1 b) **Lösungsbeispiel**
1 Nein, er ist nicht im Zentrum.
2 Neben dem Skatepark gibt es den Bahnhof Portslade und die Bushaltestelle Wish Road South.
3 Nein, man muss keinen Eintritt zahlen.
4 Der Skatepark ist immer offen.

▶ 122, Ex 3 **Lösungsbeispiel**
Hi, Sunita! I live in a small village. My neighbourhood is clean. My neighbourhood has three shops and a nice cinema. It doesn't have a youth centre and it doesn't have a stadium.

▶ 123, Ex 5 b) **Lösungsbeispiel**
Picture A: I can see a big park. There are some trees and there are a lot of children. The weather is cold and snowy. I like the picture because I love the snow.
Picture B: I can see the beach and the sea. There is the pier and there are many people. The weather is warm and sunny. I like the picture because I like the beach.

▶ 125, Ex 8 **Lösungsbeispiel**
Hello. My presentation is about ideas for a rainy day.
When it's rainy, I like to go to the sports centre. It has lots of activities and it's not expensive.
Next, we have the ice rink. It costs ten euros but it's really fun!
The cinema is great too. It has interesting films and a nice cafe.
Thank you for listening. Do you have any questions?

Unit 5 Enjoy!

▶ 139, Ex 9
▶ 156, Ex 9

Lösungsbeispiel

A *In my picture, a dog is sleeping.* – **B** *In my picture it isn't sleeping. It's* sitting and looking at a girl.

B *In my picture, a boy and a girl in blue T-shirts are* talking. – **A** *In my picture* they aren't talking. They're singing karaoke.

A In my picture, a boy in a white T-shirt is reading a comic. – **B** In my picture he isn't reading a comic. He's drawing a picture.

B In my picture, two girls are eating popcorn. – **A** In my picture they aren't eating popcorn. They're talking.

A In my picture, a girl in a red T-shirt is looking at her phone. – **B** In my picture she isn't looking at her phone. She's taking a photo.

B In my picture, two boys are eating apples. – **A** In my picture they aren't eating apples. They're eating strawberries.

▶ 139, Ex 10
▶ 156, Ex 10

Lösungsbeispiele

1. This is my birthday. It's the 26th of July. We're sitting in the garden/a park. We're wearing sunglasses. We're eating cakes and drinking lemonade. It's a hot day. On the table you can see two presents and food and drinks. There are balloons too.
2. This is my birthday. It's the 23rd of January. We're at our house and dancing. We're wearing party hats. We're having fun.
3. This is my birthday. It's the 15th of March We're sitting on a sofa in the living room. We're wearing party hats. We're looking at our phones and playing games.
4. This is my grandpa's birthday. It's the 3rd of June. We're in the garden. Grandpa is opening a birthday present. We're watching him. On the table there's a birthday cake, drinks and food.

▶ 141, Ex 4 a)

Lösung

bread: 2 packets
tomatoes: 6
pasta: 1 big bag
carrots: 1 bag
melon: 1 big melon
lemons: 12

▶ 143, Ex 7

Lösungsbeispiel

Man braucht nur eine Playlist von vielen beliebten Songs. Man spielt den Song und jeder muss den Titel und den Sänger oder die Sängerin erraten. Die erste Person, die es errät, bekommt 10 Punkte. Die erste Person, die 70 Punkte hat, gewinnt.

▶ 149, Ex 2 c)

Lösungsbeispiel

party hats • presents • candles • balloons • napkins • party decorations • happy birthday banner • music • dancing • friends • guests • party food • birthday cake • chocolate

▶ 150, Ex 3

Lösungsbeispiel

1. lemon: It's a kind of fruit. It's yellow. You can make lemonade with it.
2. strawberry: It's a kind of fruit. It's red, small and sweet. You eat it in summer.
3. lemonade: It's a kind of drink. You need lemons to make it. It's cold and sweet.
4. fish and chips: It's a kind of British food. It's a main dish. It's hot. It's not vegetarian.
5. cake: It's a kind of dessert. It's sweet. You make it with chocolate of fruit.
6. ham: It's a kind of meat. It's cold and you put it on sandwiches.

►152, Ex 1 b) **Lösungsbeispiele**

Let's buy some chocolate. – Yes, that's a good idea.
I love strawberries. Do you like strawberries? – I'm allergic to strawberries.
Let's buy some bread. – Yes, let's buy some bread and some tomatoes. – No, I don't want to buy tomatoes.
Do you like carrots? – Yes, let's buy some carrots.

►153, Ex 4 b) **Lösung**

1 It's a special and interesting place.
2 There's a tour of the stadium, a football skills lesson and a football match.
3 They are on Sunday mornings.
4 They are two hours long.
5 There are sandwiches, there's fruit and there's cake.

►153, Ex 4 c) **Lösungsbeispiel**

I want to have my dream party at the skatepark. I like skateboarding and it's fun.

►154, Ex 5 **Lösungsbeispiel**

1 Man isst dieses Gericht zu Abend.
2 Man braucht dafür Eier, Milch, Würstchen, Mehl und Öl.
3 Man backt es für 30 Minuten im Backofen.

►155, Ex 7 a) **Lösung**

1 carrot: It's a kind of ~~fruit~~.
2 chicken: It's a kind of ~~cake~~.
3 dessert: It's the meal ~~before~~ dinner.
4 milk: It's a kind of ~~food~~.
5 cornflakes: You eat them with ~~water~~.
6 tea: It's a ~~cold~~ drink.
7 shopping list: You need it at ~~school~~.
8 vegetables: They're ~~bad~~ for you.

►155, Ex 7 b) **Lösung**

1 carrot: It's a kind of *vegetable*.
2 chicken: It's a kind of *meat*.
3 dessert: It's the meal *after* dinner.
4 milk: It's a kind of *drink*.
5 cornflakes: You eat them with *milk*.
6 tea: It's a *hot* drink.
7 shopping list: You need it at *the supermarket*.
8 vegetables: They're *good* for you.

►158, MP 4 **Lösungsbeispiel**

18th April: It's my mum's birthday.
1st June: It's my grandpa's birthday.
28th September: It's my sister's birthday.
9th November: It's my dad's birthday.
25th December: It's Christmas!

►159, MP 6 b) **Lösungsbeispiel**

I'm sitting in the classroom. I'm writing sentences. My teacher is talking. My friend is asking a question.
My little brother is playing at home. My mum is working. My dog is eating. My cat is sleeping.

▸ 160, MP 7

Lösungsbeispiel

1 *Somebody is* eating.
2 *Two people are* playing table tennis.
3 Somebody is closing a (car) door.
4 Somebody is sending a message.
5 Two people are drinking tea.
6 Somebody is boxing.

Methodisch-didaktisches Glossar

***Acrostic* (Akrostichon)**

Das Akrostichon (griechisch *akros*: Spitze, *stichos*: Vers) ist eine Versform, bei der die Zeilenanfänge hintereinander gelesen einen Sinn, z. B. einen Namen oder einen Satz, ergeben. Dies können Buchstaben bei reinen Wortfolgen oder Worte bei Versfolgen sein.

Im Unterricht wird meist folgende vereinfachte Form eingesetzt: Die Buchstaben eines Wortes werden senkrecht untereinandergeschrieben. Jeder Buchstabe kommt auch in einem anderen Wort vor (häufig als Anfangsbuchstabe), diese Wörter werden waagerecht um das senkrechte Startwort angeordnet.

Alphabet game

Die S spielen das *Alphabet game* in Kleingruppen à 4–5 S. Ein/e S schreibt das Alphabet auf einen Zettel. Allen Gruppen wird das Thema genannt, dann beginnen sie gleichzeitig, zu jedem Buchstaben ein zum Thema passendes Wort aufzuschreiben.

Variante 1: L stoppt die Gruppen nach einer vorgegebenen Zeit (z. B. 2 Minuten).

Variante 2: Die Gruppe, die als Erstes zu jedem Buchstaben ein Wort gefunden hat, ruft Stopp.
Da es besonders schwer ist, Begriffe mit den Buchstaben k, q und x zu finden, sollten diese besonders für Variante 2 ausgeklammert werden. Es kann aber vereinbart werden, dass diese Extrapunkte liefern.

Auswertung: Die Vokabeln können gemeinsam, z. B. an der Tafel, gesammelt werden, um eine Vokabelliste zu einem Thema zu erstellen. Alternativ kann eine Gruppe ihre Liste kurz vorstellen und die anderen ergänzen diese. Um den Wettbewerbsfaktor und die Aufmerksamkeit beim Vergleichen zu erhöhen, kann außerdem die Regel aufgestellt werden, dass Gruppen nur dann einen Punkt für ein Wort erhalten, wenn keine andere Gruppe dieses Wort benutzt hat.

Antwortkärtchen

▸ Right/wrong cards

Appointments

Die kooperative Lernform *Appointments* ist eine gesteuerte Form von wechselnder PA in vier Phasen:
1. Die S schreiben drei vorgegebene Uhrzeiten in eine Tabelle. Dann gehen sie zu drei Mit-S, bitten jeweils um ein *Appointment* (*Can we meet at 1/2/3 o'clock?*) und tragen die Namen der Mit-S bei der entsprechenden Uhrzeit in ihrer Tabelle ein.
2. Im zweiten Schritt bearbeiten die S die Aufgabenstellung zunächst für sich und halten ihre Antwort in der Tabelle fest.
3. Auf das Signal von L (*It's 1/2/3 o'clock.*) gehen die S zum jeweiligen *Appointment* mit ihrem Mit-S, befragen ihn und notieren die Antwort in der Tabelle.
4. In der letzten Phase berichten die S im Plenum über ihre Umfrageergebnisse.

Thema	Me: __________	1 o'clock Name: __________	2 o'clock Name: __________	3 o'clock Name: __________
Frage 1				
Frage 2				
Frage 3				

Arbeitsanweisung, Aufgabenstellung

▸ Klären der Arbeitsanweisung (AA)

Bewegtes Lernen

Insbesondere die Ausweitung von Ganztagsschulen führt dazu, dass S länger im Unterricht sitzen und sich weniger bewegen. Neben gesundheitlichen Auswirkungen ist dies auch aus lernpsychologischer Sicht nicht förderlich für den Lernprozess. Der Faktor Bewegung verhilft S u. a. durch die Verknüpfung beider Hirnhälften, ihre Aufnahme- und Konzentrationsfähigkeit zu erhalten bzw. wiederherzustellen.

Im Sinne eines effektiven Fremdsprachenlernens sollten Bewegungselemente daher ein integrativer Bestandteil des Unterrichts sein. Dazu zählen neben dem Prinzip der ▸ Total Physical Response, bei dem

Formulierungen in der Zielsprache mit passenden Bewegungen assoziiert werden, auch kooperative Lernformen (z. B. ► Bus stop), bei denen dem Aspekt Bewegung in einem inhaltlichen Kontext Rechnung getragen wird.

Binnendifferenziertes Arbeiten Heterogene Lerngruppen erfordern einen individualisierten Unterricht, in dem differenziert auf lernstärkere sowie lernschwächere S eingegangen wird. Das Potenzial lernstärkerer S kann z. B. genutzt werden, indem diese aufstehen, sobald sie eine Aufgabe fertig bearbeitet haben. S, die sich mit der Aufgabe schwertun, können sich melden und von den stehenden S Unterstützung holen (*students as experts*). Dieses Vorgehen gewährleistet einen weitestgehend ruhigen Arbeitsablauf.

Da es in vielen Situationen nicht nötig ist, allen S der Lerngruppe Differenzierungshilfen zu geben, bietet es sich oftmals an, diese verdeckt zu geben (► Optional help). Je nach Gegebenheiten im Unterrichtsraum können Hilfen z. B. auf ein verdecktes Flipchart geschrieben oder kopiert in Briefumschläge gelegt werden, die sich die S an ihren Tisch holen und nach Gebrauch wieder zurücklegen.

Blitzlichtrunde Die Methode der Blitzlichtrunde ermöglicht es allen S, eine kurze, persönliche Stellungnahme zu einem bestimmten Impuls (z. B. Fragen, Themen, Zitate) mündlich abzugeben. Dabei strukturieren die S ihre Gedanken in jeweils nur einem Satz und äußern diesen einer nach dem anderen (meist im Sitzkreis). Die Beiträge der S werden nicht gewertet oder kommentiert. Die Einsatzmöglichkeiten der Methode umfassen den Einstieg in ein neues Thema, als Ritual für die Stundeneröffnung (z. B. Rückmeldungen oder Austausch zum letzten Lernstoff) oder für Evaluationen (z. B. als Reflexion für Gruppenarbeiten oder zu Aufgabenstellungen).

Brainstorming Brainstorming ist eine Methode, bei der durch freies Assoziieren möglichst viele – auch ungewöhnliche und zunächst scheinbar abwegige – Ideen und/oder Lösungsmöglichkeiten zu einem bestimmten Thema gefunden werden sollen. In der ersten Phase werden Ideen gesammelt, erweitert, kombiniert und schriftlich festgehalten. In der zweiten Phase stehen das Kommentieren und die Bewertung der einzelnen Ideen im Mittelpunkt, um zu einer Entscheidung zu gelangen. Verschiedene Techniken können beim Brainstorming zum Einsatz kommen:

- Listensystem: Alle Ideen werden untereinander aufgelistet; dabei bekommt jede Idee eine eigene Zeile. Wichtige Ideen werden dann unterstrichen und ggf. nach Wichtigkeit nummeriert, unwichtige gestrichen.
- Mindmap: Das Thema wird in der Mitte des Blattes festgehalten. Dann werden Oberbegriffe, die zu diesem Thema passen, mithilfe von Hauptästen hinzugefügt. Schließlich kommen Ideen, die zu den Oberbegriffen passen, auf Nebenäste. Die Mindmap erfordert bereits bei der Erstellung eine Strukturierung.
- *Wh*-Fragen: *Who? What? When? Where? Why?* Diese Fragewörter werden in eine Tabelle geschrieben. Die Ideen zur jeweiligen Frage werden darunter festgehalten.

Buddy book Das *Buddy book* ist ein kleines Buch mit 8 bzw. 16 Seiten. Die S können es selbst herstellen, denn es kann in wenigen Schritten aus einem DIN-A4-Blatt gebastelt werden. Als kompakter selbstgemachter Lernbegleiter wird es unter anderem eingesetzt als Notizbuch zu einem Thema, ähnlich wie Karteikarten zum Vokabellernen, sowie als Gedankenstütze für einen Vortrag oder auch als Medium zur Reflexion von Lernfortschritten. Bastelanleitungen finden sich leicht online.

***Bus stop* (Lerntempoduett)** Die Methode des Lerntempoduetts ermöglicht es den S, gemäß ihrer individuellen Arbeitsgeschwindigkeit zu arbeiten und ihre Arbeitsergebnisse eigenverantwortlich in PA zu kontrollieren. S, die eine Aufgabe fertig bearbeitet haben, stehen auf. Sobald ein zweiter S aufsteht, kontrollieren sie die Aufgabe im ► Partner check.

Vorteil: Es arbeiten nicht immer dieselben S (Freunde, Tischnachbarn) zusammen und schnellere S müssen nicht warten, bis alle Mit-S die Aufgabe gelöst haben und diese im Plenum ausgewertet wird.

In gestuften Übungsarrangements bietet sich auch die erweiterte Form *Bus stop* an. Dabei ist es nicht das Ziel, alle Aufgaben zeitlich zu schaffen, sondern je nach individuellem Lernstand das eigene Pensum zu erledigen (Ermöglichen zieldifferenten Arbeitens). Um jederzeit auf diese kooperative Lernform zurückgreifen zu können, empfiehlt es sich, dass L im Klassenraum – z. B. in den vier Raumecken –

Schilder mit dem Symbol einer Bushaltestelle anbringt, die entsprechend durchnummeriert sind (A–D oder 1–4). Hierfür kann L die ▸ KV Extra: Bus stop nutzen. Die Schilder können für alle Fächer genutzt werden. Ablauf:

1. Die S bearbeiten die erste Aufgabe ihrer Wahl in EA.
2. Wenn ein/e S fertig ist, begibt er/sie sich zum jeweiligen *Bus stop* im Klassenraum und wartet auf eine/n Mit-S, der/die die gleiche Aufgabe bearbeitet hat. Um evtl. Wartezeiten zu überbrücken, kann L dort kleinere (spielerische) Aufgaben mit hohem Aufforderungscharakter bereitlegen. Die S besprechen ihre Ergebnisse in PA. Um zu gewährleisten, dass der Austausch auf Englisch stattfindet, kann L im Vorfeld Redemittel zur Verfügung stellen. Alternativ (z. B. wenn keine Schilder zur Verfügung stehen) kann die Methode auch durchgeführt werden, indem S, die fertig sind, aufstehen und durch vorher vereinbarte Handzeichen, z. B. das Hochhalten von Fingern (1 Finger: Aufgabe 1 usw.) eine/n Mit-S finden, der/die die gleiche Aufgabe bearbeitet hat und für die PA bereit ist.
3. Nach erfolgtem Lösungsvergleich begeben sich die S wieder an ihre Plätze und arbeiten an der nächsten Aufgabe weiter. Die Kontrolle erfolgt am nächsten *Bus stop*, i. d. R. mit einem/einer anderen Mit-S, der/die ebenfalls die Aufgabe schon bearbeitet hat. Eine abschließende Kontrolle aller Aufgaben im Zusammenhang kann schließlich im Plenum oder mithilfe eines Lösungsblattes erfolgen und durch eine Reflexion der Methode ergänzt werden.

Buzz group (Murmelgruppe)

Die *Buzz group* ist eine variabel einsetzbare Methodik, um S zu eigenen Stellungnahmen anzuregen oder auch Verständnisfragen zu klären.

1. L bittet S, mit den Nachbarn spontane Kleingruppen zu bilden und sich in den nächsten (z. B. 2) Minuten leise über die Frage / das Thema zu unterhalten.
2. L sorgt wieder für Ruhe (akustisches Signal) und animiert einige Gruppen dazu, die Klasse kurz über die Inhalte ihres Gesprächs zu informieren.

Tipp: Bei schwierigeren Themen ist es sinnvoll, Moderationskarten bereitzustellen, um offene Fragen an Pinnwänden auszuhängen und damit weiterzuarbeiten.

Buzz reading (Lesegemurmel)

Das *Buzz reading* dient dazu, den Redeanteil aller S zu erhöhen und Sprachhemmungen abzubauen. Alle S lesen einen bekannten Text gleichzeitig und leise murmelnd vor sich hin. Die Methode kann flexibel im Unterricht eingesetzt werden. Es empfiehlt sich, diese Phase kurz zu halten und sie z. B. zur Vorbereitung auf einen Lesevortrag einzusetzen. In Kombination mit dem ▸ Mitleseverfahren trägt diese Methode besonders zur Festigung von Aussprache und Intonation bei.

Chain game

Den meisten S ist das *Chain game* sicher als „Ich packe meinen Koffer ..." bekannt. Bei diesem einfachen Spiel fügt jede/r S der „Kette" ein neues Glied hinzu. Die Regeln lassen sich dabei variieren, sodass der Schwierigkeitsgrad an die Leistungsstärke der S angepasst werden kann. So kann z. B. festgelegt werden, ob das zuvor Genannte komplett wiederholt werden muss oder ob der letzte Teil ausreicht. Das *Chain game* kann unterschiedlich eingesetzt werden; es lässt sich als Buchstabierspiel, Wort- oder Satzkette und auch als *Story chain* spielen. Häufig wird das *Chain game* zum Festigen oder Wiederholen von Vokabular verwendet.

Beispiel: Ein/e S oder L beginnt mit dem Einstiegssatz *My town has a shop* ... Der/Die nächste S wiederholt den Satz und fügt hinzu: *My town has a shop and a library* ... Der/Die wiederum nächste S wiederholt erneut den kompletten Satz und ergänzt ihn: *My town has a shop, a library and an ice rink* ... So wird das Spiel entsprechend fortgesetzt. Die Klasse passt auf, ob alles richtig gemacht wird. Sagt ein/e S etwas Falsches oder kommt nicht weiter, gibt er/sie z. B. ein Pfand ab.

Continue my story

Nach Vorgabe eines spannenden/interessanten Einstiegssatzes erstellen die S mündlich eine fortlaufende Geschichte, wobei die S nacheinander einen semantisch passenden Satz zur Geschichte ergänzen.

Correcting circle (Schreibkonferenz)

Bei der Methode *Correcting circle* (auch *Peer correction*) handelt es sich um die gegenseitige Textkorrektur und Hilfe der S untereinander. Diese Form des Feedbacks ist für manche S weniger einschüchternd als die Fehlerkorrektur durch L. Die Methode eignet sich besonders für die Arbeit in Kleingruppen. Es sollte ein Kriterienkatalog für die Textkorrektur vorliegen, der vorher gemeinsam erarbeitet werden kann. Ablauf:

1. Jede/r S erhält ein spezielles Gebiet (z. B. *content, structure, spelling, tenses, word order*).
2. Die S geben ihre Texte reihum weiter und nehmen Korrekturen zu ihrem Gebiet vor, bis der Text wieder bei seinem Verfasser / seiner Verfasserin angekommen ist.
3. Zum Abschluss fertigen die S eine Reinschrift des eigenen Textes an.

L sammelt nach dem Zufallsprinzip einige Ergebnisse zur Bewertung ein. Im Sinne des selbstständigen Lernens kann vereinbart werden, dass S eine DOs-and-DON'Ts-Liste anlegen, die in der Klassenarbeit verwendet werden darf. Dies hilft S bei der Selbstkorrektur und motiviert, an den eigenen Fehlern zu arbeiten.

Cue cards *Cue cards* sind Kärtchen, die S als Impuls bzw. als Gedankenstütze während des freien Sprechens nutzen können. Sie bieten die Möglichkeit, die Sprechfertigkeit der S gelenkt zu trainieren und so das längere freie Sprechen einzuüben. Zudem kann L sie lernschwächeren S als Hilfsmittel für *speaking activities* zur Verfügung stellen. *Cue cards* können sowohl Arbeitsaufträge als auch Redemittel oder kleine Zeichnungen abbilden. Sie eigenen sich für das dialogische Sprechen ebenso wie für das Üben von Prüfungssituationen oder von Präsentationen. Eine Möglichkeit *Cue cards* dafür einzusetzen, ist die folgende:

Um sich Notizen für Präsentationen zu machen, hilft es besonders schwachen S, sich vorher ihren Text zu überlegen. Die S knicken von einem Blatt ca. 1/3 des Rands ab. Dann schreiben sie den Text für ihre Präsentation o. ä. auf die breitere Seite und schreiben schließlich die wichtigsten Stichwörter aus ihrem Text auf den Rand. Bei der Präsentation sollten die S nach Möglichkeit die Seite mit den Stichwörtern benutzen. Wenn sie jedoch ihren Text vergessen, können sie die Seite mit dem ausgeschriebenen Text kurz zu Hilfe nehmen.

Daumenabfrage ► Thumbs up

Democratic vote Davon ausgehend, dass bei Gruppenarbeiten häufig die Frage aufkommt, welches Gruppenmitglied das Ergebnis präsentiert, stellt die *Democratic vote* ein Zufallsprinzip zur Auswahl eines/einer S aus einer Gruppe dar. Um möglichst alle S in den Arbeitsprozess einzubinden, sollte erst am Ende der Arbeitsphase ein/e S bestimmt werden, der/die das Ergebnis vorstellt. Dazu stellen sich alle Gruppenmitglieder in einem Kreis auf und zeigen auf ein Signal hin auf eine/n S der Gruppe. Auf den die meisten oder die wenigsten Finger zeigen, trägt das Ergebnis vor. Damit sich jedoch die S nicht schon vorher eine/n Mit-S aussuchen, sollte regelmäßig zwischen beiden Varianten gewechselt werden.

Didaktische Folge Für den effektiven Spracherwerb ist es bei der Einführung von neuem Wortschatz wichtig, die didaktische Folge zu beachten. Dabei ist die Reihenfolge der Fertigkeiten, die im Zusammenhang mit einem neuen Lexem gefordert sind, genau festgelegt:

1. Hören: Die S hören ein neues Wort mehrfach (Sprachvorbild L oder Audio).
2. Sprechen: Die S sprechen das neue Wort mehrfach nach (► Lautschulung).
3. Lesen: Die S sehen das Schriftbild und lesen das neue Lexem.
4. Schreiben: Erst in diesem Schritt produzieren die S das neue Wort schriftlich.

Mit zunehmendem Lernstand können S in verstärktem Maße, vor allem in der Textarbeit, auf erworbene Erschließungstechniken zurückgreifen.

Discussion tickets Die S erhalten vor einer *Speaking activity* (z. B. *discussion, role play*) jeweils 3 bis 4 *discussion tickets*, mit denen sie während der Diskussion für jede Äußerung bezahlen. Dadurch müssen alle S mindestens drei- bis viermal reden, dürfen aber auch nicht mehr beitragen, sodass die Diskussion gleichmäßig von allen getragen wird.

Variante: Die *Discussion tickets* können auch bestimmte Redemittel enthalten, die von den S an passenden Stellen in der *Speaking activity* verwendet werden müssen. Sie können auch Angaben für den Diskussionsprozess enthalten, die im Laufe der Diskussion befolgt werden müssen (z. B. *In the course of the discussion ask one of the students in your group for his/her opinion. / In the course of the discussion use the following phrase: I see what you mean but ...*).

Dossier Die S sammeln ihre kreativen Beiträge, wie z. B. illustrierte Texte, selbst verfasste Gedichte oder Poster, in einem Dossier. Zusammen mit ihren Selbsteinschätzungsbögen kann daraus zum Schuljahresende eine Präsentationsmappe erstellt werden, die ein umfangreiches Bild der Sprachkompetenz der S bietet.

Double circle (Doppelter Stuhlkreis, Kugellager) Die kooperative Lernform *Double circle* ist eine Form von wechselnder PA, die sich zum Üben von Diskussionsstrategien eignet. Sie ermöglicht einen hohen Sprachumsatz bei niedriger Hemmschwelle zur aktiven Teilnahme. Ablauf:

1. Die S sitzen (oder stehen) sich in einem Innen- und einem Außenkreis gegenüber. Sie diskutieren ein vorgegebenes Thema oder eine Fragestellung mit ihrem Gegenüber und machen sich ggf. Notizen.
2. Auf ein (akustisches) Signal von L hin bewegen sich entweder die S im Innen- oder im Außenkreis um einige Plätze weiter, damit neue Paarungen entstehen. L bestimmt sowohl die Länge der Gesprächszeit als auch die Anzahl der weiterzurückenden Plätze.
3. In einem zweiten Durchgang berichten sich die S über das Gehörte, wobei die Partner/innen jeweils korrigieren und ergänzen. So sind die S zum aktiven Zuhören gezwungen.

Als Variante bietet es sich an, Innen- und Außenkreis verschiedene Themen oder Fragestellungen zu geben, die sich die S gegenseitig erklären oder beantworten.

Early finisher *Early finisher*-Aufgaben sind für besonders lernstarke S, die schneller als andere S die im Unterricht gestellten Aufgaben fertigstellen. Diese S können zur Zeitüberbrückung zusätzliche Aufgaben bearbeiten, die zur ► Binnendifferenzierung und Kreativität beitragen.

English corner Die *English corner* ist eine Pinnwand bzw. ein Teil einer Pinnwand im Klassenzimmer, die ganz dem Fach Englisch vorbehalten ist. In der *English corner* werden z. B. Unterrichtsergebnisse (Texte, Poster etc.) ausgestellt. Der Bereich wird von den S grafisch-visuell gestaltet, sodass er leicht erkennbar ist. Zum einen ergibt sich hierdurch die Möglichkeit, z. B. an Elternabenden oder sonstigen Schulveranstaltungen die Unterrichtsprodukte zu veröffentlichen. Zum anderen können in der *English corner* weitere Lernangebote für ► Early finishers dargeboten werden.

Im Sinne des ► Binnendifferenzierten Arbeitens können zudem lernstärkere S die ausgestellten Produkte korrigieren bzw. den Mit-S nach vorgegebenen Kriterien ► Feedback geben.

English folder Für den Englischunterricht eignen sich am besten schmale Ringordner. So können die S die Blätter in den verschiedenen Teilen einheften, ohne dabei alle Seiten herausnehmen zu müssen.
Eine mögliche Unterteilung ist:
- *Exercises* (für alle Übungen zur Festigung der Kompetenzen)
- *Looking at language* (der Merkteil für sprachliche Strukturen)
- *Vocab file* (für Wortschatz)
- *My tasks* (für eigene Texte, Geschichten, ... ► Dossier)

***English-only*-Karte** Die *English-only*-Karte ist ein nützliches Hilfsmittel, um S einen Anreiz zu geben, Hemmungen zu überwinden und auch in GA mit den Mit-S Englisch zu sprechen. Zu Beginn einer einsprachigen Arbeitsphase wird ein Symbol (z. B. eine Karte mit *Union Jack*) an Tafel oder (Pinn-)Wand geheftet. Die *English-only*-Karte fungiert dann wie ein „Schwarzer Peter": Wer Deutsch spricht, erhält diese Karte und darf sie erst abgeben, wenn ein/e andere/r S Deutsch spricht. Wer bei Beendigung der Arbeitsphase die Karte besitzt, muss eine kleine Pflicht erfüllen, wie z. B. einen Zungenbrecher oder Limerick vortragen oder einen spontanen Kurzvortrag (z. B. *My life as a chair*) halten.

Evaluationszielscheibe Die Evaluationszielscheibe ist für nahezu alle Feedback-Themen einsetzbar. Zum Zwecke der Rückmeldung über Unterricht, Präsentationen u. Ä. erhält jede/r S von L eine vorbereitete Zielscheibe. Vor dem Ausfüllen wird die Form der vorzunehmenden Markierung auf der Zielscheibe (innen = trifft voll zu, außen = trifft nicht zu) besprochen. Die Markierung kann mit Filzstiften oder Klebepunkten erfolgen. Die Zielscheibe kann in mehrere Bereiche (empfohlen: Quadranten), die wiederum bestimmten thematisch-inhaltlichen Schwerpunkten entsprechen, aufgeteilt werden.

Die Auswertung der Zielscheiben sollte unmittelbar erfolgen. Die S lesen ihre Ergebnisse vor. Diese werden auf eine große Zielscheibe übertragen. Dadurch entstehen reichlich Anlässe zur Diskussion/Auseinandersetzung mit dem Thema.

Alternative: L stellt eine große Zielscheibe zur Verfügung, die von allen S markiert wird. Nachteil: S neigen dazu, sich an Eintragungen ihrer Vorgänger zu orientieren.

Feedback Die Durchführung von Feedback-Phasen ist von grundlegender Bedeutung für die Entwicklung von methodischen Kompetenzen wie beispielsweise Vortragstechniken. Als Grundlage werden im Vorfeld klare Kriterien definiert, an denen sich das Feedback orientiert. Folgende Regeln sollten dabei beachtet werden:

1. Das Feedback wird so konkret wie möglich formuliert. Dabei werden immer zuerst positive Dinge genannt, bevor in einer zweiten Runde optimierungswürdige Aspekte angeführt werden – am besten mit Handlungsalternativen.
2. Zunächst hat der Präsentierende Gelegenheit, sich zu äußern, danach die übrigen S und zuletzt ergänzt L.
3. Wer ein Feedback gibt, sollte versuchen, das Gesehene zu beschreiben, anstatt zu bewerten. Dabei redet man den Angesprochenen am besten direkt an (also 2. Person, nicht 3.), wobei Meinungen in der Ich-Form vorgetragen werden sollten.

Die Person, die das Feedback erhält, sollte zuhören und es vermeiden, sich zu verteidigen. Letztlich geht es darum, sich selbst durch die Kritik der anderen zu verbessern. Hierzu ist es auch sinnvoll die Rückmeldungen in einer Art DOs-and-DON'Ts-Liste zu notieren.

Film dice Den Zahlen 1–6 eines Würfels werden Satzanfänge zugeordnet, mit deren Hilfe die S den Film oder Filmausschnitt kommentieren. Alternativ basteln die S einen Würfel, auf dem die Satzanfänge stehen. Die Methode ist in PA oder in Vierergruppen möglich. Falls ein/e S einen Satzanfang ein zweites Mal würfelt, muss der Wurf wiederholt werden.

Fishbowl discussion Bei der *Fishbowl discussion* handelt es sich um eine dynamische Diskussionsform, die eine Mischung aus Podiumsdiskussion und Diskussion im Plenum darstellt. In einem Innenkreis sitzend tauschen fünf S ihre Argumente aus, während die übrigen S im Außenkreis sitzend oder stehend die Diskussion beobachten. Ein Stuhl im Innenkreis ist frei. Auf diesen kann sich jederzeit ein Beobachter aus dem Außenkreis setzen, um selbst aktiv an der Diskussion teilzunehmen. Nach seinem Beitrag kehrt dieser S wieder in den Außenkreis zurück und der nächste Beobachter kann teilnehmen. Auf diese Weise können auch stillere S ihre Sprechhemmungen abbauen, da sie sich zunächst als Beobachter in die Diskussion einfinden können, bevor sie selbst aktiv werden. Gleichzeitig haben sie die Sicherheit, dass sie jederzeit wieder in ihre Beobachterrolle im Außenkreis zurückkehren können.

Vor Beginn der Diskussion sollte bestimmt werden, welche Positionen (Ansichten) die fünf S im Innenkreis in der Diskussion einnehmen. Ggf. werden Rollenkarten verteilt. Die S im Außenkreis beobachten den inhaltlichen und formalen Verlauf. Über gezielte und differenzierte Beobachtungsaufträge (z. B. Verwendung von Redemitteln, Beitragshäufigkeit, Gesprächsverhalten, Argumentationstiefe, Sprechlautstärke) kann anschließend der Diskussionsverlauf reflektiert werden.

Five-finger brainstorming Das *Five-finger brainstorming* intendiert eine begrenzte Sammlung von Informationen zu einem Thema bzw. Sachverhalt. Die S zeichnen dazu ihre eigene Hand auf ein Blatt Papier und notieren in jedem Finger einen Aspekt zur vorgegebenen Frage- oder Themenstellung. Einsatzort ist insbesondere die Einstiegsphase zur Reaktivierung oder zur Sammlung des Wortschatzes als Grundlage für den weiteren Ablauf der Unterrichtsstunde (z. B. die Sammlung von Vor- und Nachteilen für eine sich anschließende Diskussion oder die Sammlung von eigenen Interessen für eine folgende kurze Mini-Präsentation).

Five-minute teacher Bei dieser Methode übernimmt ein/e S für eine kurze Zeit die Rolle von L. Sie eignet sich besonders für das Vergleichen geschlossener Aufgaben oder für immer wiederkehrende Situationen, wie z. B. die Begrüßung und mögliche Stundenrituale. Der *Five-minute teacher* nimmt selbstständig Mit-S dran, vergleicht deren Lösungen und gibt eine Rückmeldung dazu.

Die S sollten besonders zu Beginn dieser Methode das notwendige ▸ Scaffolding bekommen, welches am besten als Poster im Klassenraum angebracht wird. Für das Vergleichen von Aufgaben bietet sich als ▸ Scaffolding an: *Who wants to do the next task? / I think that is right. / I think that is wrong.*

Flashcards Flashcards sind Bildkarten, die den S helfen, das Laut- bzw. Schriftbild eines Wortes nachhaltig mit seiner Bedeutung zu verknüpfen. Sie nutzen den auditiven und visuellen Lernkanal parallel (*Dual Code Theory*), wenn ihnen ein Wort mit dem entsprechenden Bild präsentiert wird und damit im Gehirn verknüpft werden kann. Als Applikationen an der Tafel eignen sich Flashcards auch zur schüleraktivierenden Wortschatzarbeit, z. B. indem in einer Reorganisationsphase die Bilder den entsprechenden Wörtern zugeordnet werden.

Four corners Die vier Ecken des Klassenzimmers werden einer bestimmten Position zu einem Thema zugeordnet und es werden dort Symbole oder gut lesbare schriftliche Statements aufgehängt. Dann trägt L die Frage oder das Problem vor. Nach einer kurzen Nachdenkphase ruft L *Corner!*, woraufhin die S sich einer der vier Positionen zuordnen. Die S in den einzelnen Ecken sollen Ihre Meinungen oder Begründungen in kleinen Gruppen oder zu zweit zusammentragen. Zum Schluss werden die Meinungen auch im Plenum vorgestellt.

Variante: Die vier Ecken werden mit den Buchstaben A, B, C und D (oder 1, 2, 3, 4) versehen. L liest jeweils vier verschiedene Optionen vor, für die die S sich durch Zuordnung zu einer Ecke entscheiden müssen. Da diese Aufgabe auch Hörverstehen und Konzentration fordert, sollten die Optionen zweimal vorgelesen werden, ehe L *Corner!* ruft und eine Entscheidung erforderlich ist. Nach jedem Durchgang erfragt L Begründungen oder Details von einzelnen S.

Beispiel: *What type of holiday would you choose?* (A) *Camping at the seaside*, (B) *a luxury hotel in the mountains*, (C) *a cycling tour staying in B&Bs*, (D) *a city-trip staying in a youth hostel?*

Freeze-frame **(Standbildmethode)** Die S erfassen Facetten von textlichen Figurenkonstellationen auf darstellerische Weise. In Gruppen tauschen sich die S zunächst über die darzustellende Situation aus, dann werden Rollen verteilt. Der „Baumeister" bringt die „Modelle" in ein zuvor abgesprochenes Standbild und schöpft körperlich-räumliche Ausdrucksmöglichkeiten aus: Abstände zueinander, Körperhaltung, Gestik und Mimik spiegeln die Situation im Text auf intensive Weise wider. Beim Ausruf *Freeze!* verharren die Modelle regungslos. Jetzt können zusätzliche Fotos aus verschiedenen Perspektiven gemacht werden.

Als Auswertung bietet sich eine kurze Erläuterung der jeweiligen Gruppe an, es erscheint jedoch oft didaktisch sinnvoller, wenn die anderen Gruppen den *Freeze frame* zunächst mithilfe von Leitfragen interpretieren: *How are the characters presented? What can we tell about their relationships?* Ein Abgleich mit den Intentionen der präsentierenden Gruppe ist ratsam, um herauszuarbeiten, an welchen Stellen Ideen der Gruppe nicht verständlich waren. Diese kreative und körperbezogene Methode bringt Abwechslung in die oftmals einseitig kognitive Interpretationsarbeit.

Fruit salad Die S sitzen im Stuhlkreis, ein/e S steht in der Mitte. L nennt jedem/jeder S eine Obstsorte, wobei jede Obstsorte mehrfach genannt werden sollte. Wenn nun der/die S in der Mitte eine Obstsorte nennt, tauschen alle S, die diese Sorte haben, schnell die Plätze. Wenn *Fruit salad!* gerufen wird, tauschen alle S schnell die Plätze. Der/Die S in der Mitte versucht nun auch, einen Platz zu bekommen. Der/Die S ohne Sitzplatz bleibt nun in der Mitte und das Spiel beginnt erneut.

Das Spiel kann thematisch verändert werden, indem z. B. *hobbies, subjects* etc. genannt werden.

Gallery walk **(Galeriespaziergang)**

Die kooperative Lernform *Gallery walk* bietet eine gute Möglichkeit, Arbeitsergebnisse zu präsentieren und zu diskutieren. Ablauf:

- Die S sind in EA oder GA zu einem Arbeitsergebnis gelangt (z. B. Text, Bild, Poster), das im Raum ausgestellt wird.
- Die S gehen einzeln oder in Gruppen im Uhrzeigersinn von Station zu Station und schauen sich die Ergebnisse der anderen an.

Wenn alle S alle Arbeitsergebnisse gesehen haben, präsentieren sie entweder nacheinander ihre Eindrücke oder besprechen sie gemeinsam in der Klasse.

Als Variante der GA bietet es sich an, die S neu aufzuteilen. In jeder neuen Gruppe sollte jeweils ein/e S aus den ursprünglichen Gruppen sein. Wer aus der neuen Gruppe an dem ausliegenden Produkt mitgewirkt hat, präsentiert es den anderen. Die Gruppen wechseln im Uhrzeigersinn so lange die Tische, bis jede/r S jedes Gruppenergebnis einmal erklärt bekommen hat und das eigene Gruppenprodukt einmal erklären musste.

Gruppenbildung

Eine Einteilung der S in Gruppen kann mithilfe folgender Methoden erfolgen:

1. Methoden mit gelenktem Zufall: L bereitet Elemente vor, die zusammen ein Ganzes ergeben. Dies können z. B. Puzzleteile sein, die ein Bild ergeben, oder Wortkarten, die einem Oberbegriff zugeordnet werden können. Die S ziehen ein solches Element und finden sich in den jeweils entsprechenden Gruppen zusammen.
2. Gruppen können durch Auszählen, Würfeln oder nach dem *Line-up*-Verfahren gebildet werden. Bei diesem stellen sich S in der aufsteigenden Reihenfolge ihrer Geburtstage oder Hausnummern auf. L zählt dann die benötigten Gruppen ab, z. B. die ersten drei S, die gemeinsam eine Gruppe bilden, usw.
3. L teilt Gruppen ein und gibt die Namen der Gruppenmitglieder bekannt. Dabei sollten Leistungsniveau, Arbeitstempo und Sozialverhalten der S berücksichtigt werden.

Gucklochmethode

Bei dieser Methode der Bildpräsentation schneidet L aus einem Blatt Papier ein Loch aus und legt das Blatt auf eine Abbildung (Foto, Stadtplan etc.) die L z. B. per Dokumentenkamera präsentiert. Anschließend fährt L mit dem Blatt über die Abbildung, sodass die S immer einen anderen kleinen Ausschnitt mit Details des Bildes sehen. L fragt, worum es sich bei der Abbildung handeln könnte. Die S spekulieren, bis L schließlich das ganze Bild präsentiert.

Die Methode lässt sich auch digital mithilfe von Präsentationsprogrammen anwenden, wobei über das Bild eine halbtransparente Folie bzw. Füllung gelegt wird, aus der mithilfe eines Zeichentools ein Guckloch eingefügt wird.

Herringbone technique

Diese Technik fungiert als *graphic organizer* und ermöglicht es den S, Informationen aus einem Text (in der Regel zu den fünf *wh*-Fragen und *how*) in übersichtlicher Form zusammenzufassen. Zu diesem Zweck zeichnen die S eine schematische Fischgräte mit sechs Abzweigungen für die Fragewörter in ihr Heft und notieren dazu die entsprechenden Informationen.

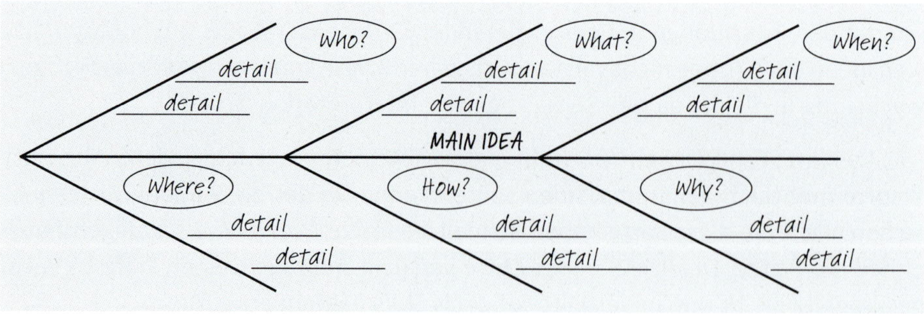

Hot seat

Hot seat ist eine Methode, bei der ein/e S von den Mit-S auf einem *hot seat* befragt wird oder diese ihre (kontroverse) Meinung wiedergeben. Auf diese Weise können zuvor erarbeitete Unterrichtsinhalte zur Diskussion gestellt bzw. genutzt werden.

Variante: L stellt fünf Stühle vor der Klasse auf. Vier Stühle werden von S besetzt. Jeweils zwei vertreten den gleichen Standpunkt (z. B. *We like the film because ... / We don't like it because ...*). Der freie Stuhl kann von Mit-S, die die Diskussion verfolgen, belegt werden, um fehlende Gesichtspunkte zu ergänzen.

Info-gap activity

Bei der *Info-gap activity* handelt es sich um eine kooperative Lernform, die den aktiven Umsatz der Fremdsprache erfordert und schult. Den S fehlen Informationen zum Lösen einer Aufgabe, die ihren Partnern/Partnerinnen vorliegen und die sie durch gegenseitiges Befragen herausfinden. Es empfiehlt sich PA in einem festen Team (*Partner A, Partner B*).

Für die Durchführung müssen den S die Informationen und die zu füllenden Lücken vorliegen (Kopiervorlage, Arbeitsblatt, Tabelle im SB etc.). Es ist sinnvoll, den S eine Zeitvorgabe für die Bearbeitung zu geben. Eine Auswertung der Ergebnisse kann zunächst mit einem anderen S-Paar und anschließend im Plenum erfolgen.

***Jigsaw* (Gruppenpuzzle)**

Als *Jigsaw* wird eine arbeitsteilige Gruppenarbeit in zwei Phasen bezeichnet.

Phase 1: Die S bilden Expertengruppen (Gruppe A, B, C etc.), innerhalb derer jedem Gruppenmitglied eine Nummer zugeteilt wird (1, 2, 3 etc.). Alle S einer Expertengruppe (A1, A2, A3 etc.) bearbeiten innerhalb einer vorgegebenen Zeitspanne die gleiche Aufgabe in EA. Anschließend diskutieren die S ihre Arbeitsergebnisse und halten die wichtigsten Informationen fest. Bei Abschluss der 1. Phase verfügen somit alle Mitglieder der Expertengruppe über die gleichen Informationen.

Phase 2: Es werden nun Querschnittsgruppen gebildet, in denen alle S mit der gleichen Nummer zu einer neuen Gruppe zusammenkommen (A1, B1, C1 etc.). Die S berichten den neuen Gruppenmitgliedern über die Ergebnisse ihrer Expertenrunde und beantworten Fragen. Alle S machen sich hierbei Notizen, sodass sie abschließend in der Lage sind, die Ergebnisse sowohl in ihrer Stammgruppe als auch ggf. im Plenum zu präsentieren.

Klären der Arbeitsanweisung (AA)

Für das Klären von Arbeitsanweisungen (AA) gibt es unterschiedliche Möglichkeiten. Im Hinblick auf selbstständiges Arbeiten sollten S möglichst früh dazu befähigt werden, AA ohne Hilfe von L zu erschließen. Damit S sich aktiv mit der AA auseinandersetzen, empfiehlt sich folgendes Vorgehen:

1. Stilles Lesen der AA
2. Verständnisklärung in PA
3. Erklärung der AA durch eine/n S im Klassenverband
4. Bestätigung und oder Korrektur durch L

Andere Möglichkeiten sind:
5. L demonstriert die Vorgehensweise (ggf. mit einem/r S) anhand von Gesten, einem Produkt oder Beispielen.
6. Die AA wird gemeinsam im Plenum gelesen und erläutert.

Kugellager

► Double circle

Lautschulung

Für die Lautschulung bieten sich verschiedene Techniken an:
1. **Chorsprechen:** Es bietet besonders zurückhaltenden S eine gute Übungsmöglichkeit. Hoher Sprachumsatz, da alle S gleichzeitig sprechen. L spricht jeweils vor und gibt dann ein Zeichen (z. B. Gestik: Hand ans Ohr halten), auf das hin die S nachsprechen.
2. **Nachsprechen im Teilchor:** L teilt Gruppen ein (z. B. Tischgruppen, Sitzreihen, Jungen/Mädchen), die auf das Signal hin nachsprechen. Diese Methode dient dazu, Fehler genauer zu lokalisieren.
3. **Einzelsprechen:** Dies bietet die Möglichkeit, eine individuelle Korrektur durchführen zu können.

Nachsprechen sollte generell abwechslungsreich gestaltet werden – durch Lautstärke, Geschwindigkeit, verstellte Stimme (*like a parrot, like a computer*). Neben der Lautschulung von einzelnen Wörtern können auch ganze Sätze nachgesprochen werden, um das Intonationsmuster der Fremdsprache zu üben.

Lernen an Stationen Bei dieser Form des offenen Unterrichts wird der Lernstoff auf mehrere Stationen aufgeteilt, die die S eigenständig in ihrem Tempo nach ihren Interessen bearbeiten. Normalerweise gibt es Pflichtstationen und Wahlstationen, die zu einem übergeordneten Thema gehören, aber unterschiedliche Schwerpunkte setzen. Sie sprechen durch verschiedene Materialien, Medien, Sozialformen und Aufgabenarten möglichst alle Lerntypen an. Diese handlungsorientierte Methode bietet sich zur differenzierten Vertiefung von Wissen oder auch im fächerübergreifenden Unterricht besonders an.

Lerntempoduett ► Bus stop

Leseacht Die Methode Leseacht ermöglicht den S ein kooperatives Erschließen eines Sachtextes, indem sie sich den Text absatzweise abwechselnd vorlesen und sich beim Erfassen des Textinhaltes gegenseitig unterstützen können. Dabei werden zwei Stühle so aufgestellt, dass die S in entgegengesetzte Richtungen blicken. Mit der „20-cm-Stimme" klappt der verbale Austausch untereinander ohne Mit-S zu stören.

Lesegemurmel ► Buzz reading

Lesetechniken Die Leseintention legt fest, wie tief die S in einen Text eindringen müssen, um die gewünschten Informationen zu erhalten. Die S müssen lernen, dass die Tiefe des Textverständnisses eng an die gestellten Aufgaben gebunden ist, und abhängig davon eine passende Lesetechnik auswählen und anwenden. Für L bedeutet dies sorgfältig zu prüfen, welche Intention die Aufgaben zum Leseverstehen haben und welche Leseleistungen die S zur Lösung jeweils erbringen müssen.

Die folgenden Lesetechniken eignen sich für unterschiedliche Aufgabenstellungen. Als überfliegende Lesetechniken stehen sie dem vollständigen Lesen eines Textes, dem *Reading for detail*, gegenüber:

Skimming: Das *Skimming* stellt eine erste, oberflächliche Beschäftigung mit dem Text dar. S überfliegen Überschriften, Fotos/Zeichnungen oder die Aufmachung des Textes. Dies gibt ihnen z. B. Aufschluss über das Thema oder den möglichen Inhalt und zeigt, ob der Text für sie interessant ist oder ihnen zum Lösen einer Aufgabe nützt.

Speed reading: Beim *Speed reading* geht es darum, einen Text zu überfliegen, einen groben Eindruck zu gewinnen und nach *key words* zu suchen. *Speed reading* bedeutet, mit einem Blick mehr Wörter zu erfassen als gewöhnlich, um eine höhere Lesegeschwindigkeit zu erreichen (siehe auch ausführlicher Eintrag zum ► Speed Reading).

Scanning: Das *Scanning* ist eine suchende Lesetechnik, die auf Schlüsselwörter und -gedanken ausgerichtet ist. Dabei gehen die S von einer Frage oder Aufgabe aus und überfliegen den Text, bis sie die gesuchte Information gefunden haben. Auch hier ist es nicht das Ziel, den Inhalt des gesamten Textes oder jedes unbekannte Wort zu verstehen.

Weitere Lesetechniken: *Reading between* und *Reading beyond the lines* beziehen sich auf Verstehensprozesse beim Lesen von Texten, die über die reine Informationsentnahme hinausgehen.

Unter *Reading between the lines* versteht man die Fähigkeit des Lesers, die gegebenen Informationen zu interpretieren und so Antworten auf Fragen zu finden. Beispiele hierfür sind das Antizipieren des Ausgangs oder das Ziehen von Schlüssen. Mögliche Fragen des *Reading between the lines* sind z. B.: *Why did ...? • What do you think about ...? • Can you explain ...? • How was this similar to ...?*

Beim *Reading beyond the lines* stellt der Leser Zusammenhänge zwischen dem Gelesenen und seinem Vorwissen her, um Antworten auf Fragen zu finden. Um dieses vertiefte Verständnis zu erreichen, muss der Leser in der Lage sein, zu vergleichen, zu generalisieren, zu beurteilen oder das Gelesene weiterzuentwickeln. Beispiele für Fragen auf dieser Ebene sind: *How would you ...? • Do you agree ...? • What would have happened if ...? • How might ...? • What effect does ...? • If you were ... what would you ...?*

***Line-up*-Verfahren** ► Gruppenbildung

Market-place activity **(Marktplatz)**

Bei der kooperativen Lernform *Market-place activity* sprechen die S mit verschiedenen Partnern/Partnerinnen über ein vorgegebenes Thema. Ablauf:

1. Die S bewegen sich frei im Klassenraum. L stellt eine Aufgabe, die S in einem vorgegebenen Zeitrahmen bearbeiten. Dieser kann durch ein akustisches Signal wie z. B. das Abspielen und Anhalten von Musik begrenzt werden.
2. Auf das vereinbarte Signal hin bleiben die S stehen und tun sich mit dem/der vor ihnen stehenden zusammen. Die Partner/innen tauschen sich über das Thema bzw. die Aufgabe aus. Je nach Aufgabenart machen sich die S Notizen.
3. Auf das erneute Signal durch L wechseln die S ihren Partner / ihre Partnerin, sodass sie in einem begrenzten Zeitraum mit möglichst vielen S sprechen.
4. Die Ergebnisse können in einem anschließenden Unterrichtsgespräch ausgewertet werden.

Die *Market-place activity* ist eine Form des ▸ Milling around.

Mediation **(Sprachmittlung)**

Vermittlungsstrategie zwischen Gesprächspartnern, die sich nicht direkt sprachlich verständigen können. Im Englischunterricht bedeutet dies die zusammenfassende, paraphrasierende Wiedergabe eines Hör- oder Lesetextes in der jeweils anderen Sprache. Bei der *Mediation* werden von dem/der Sprachmittelnden sowohl rezeptive Kompetenzen (einen Ausgangstext zu verstehen) als auch produktive Kompetenzen (einen Ausgangstext in der anderen Sprache wiederzugeben) und häufig auch interkulturelle Kenntnisse verlangt.

L kann den S zur Unterstützung folgende Leitregeln geben:
- Keine Wort-für-Wort-Übersetzung!
- Freie Wiedergabe der wichtigsten Informationen!
- Nicht alle Details wiedergeben!

Meinungsbarometer

Im Gruppenraum wird eine Linie gezogen, die beiden Eckpunkte werden mit 0 % und 100 % markiert, alternativ mit der Farbe rot für Ablehnung und grün für Zustimmung. L erläutert, dass die beiden Eckpunkte für *I fully agree* bzw. *I totally disagree* stehen, dass aber auch Zwischenpositionen möglich sind. L (oder S) liest dann *statements*, Meinungen oder Ideen vor, die S positionieren sich entlang der Linie je nach Grad der Zustimmung. Wenn alle Position bezogen haben, kann L Begründungen von einzelnen S erfragen. Danach kann noch ein weiterer Durchgang erfolgen, um festzustellen, ob S aufgrund der Äußerungen ihre Meinung geändert haben. Diese Möglichkeit sorgt außerdem für mehr Aufmerksamkeit während der Besprechung.

Variante 1: Statt den Grad der Zustimmung zu zeigen, ordnen die S sich einem von drei Bereichen im Klassenzimmer zu, die für *agree*, *disagree* und *unsure* stehen.
Variante 2: Ebenso können in den vier Ecken des Klassenzimmers Schilder mit *strongly agree*, *agree*, *disagree*, *strongly disagree* aufgehängt werden und die S beziehen dort jeweils Stellung.
Variante 3: Der Raum kann auch einfach in zwei Hälften für *yes* und *no* eingeteilt werden.

Egal in welcher Variante sollten die S ihre Meinungen im Anschluss begründen.

Meldekette

Die Meldekette dient der Förderung der S-Interaktion. Sie ist in Plenumsphasen universell einsetzbar, z. B. zur Auswertung von Ergebnissen oder zur Besprechung von Aufgaben. Die S rufen sich gegenseitig auf, wobei jede/r S einen Satz oder eine Antwort nennt. L greift nur bei Bedarf korrigierend ein.

Menschen-Domino

Das Menschen-Domino ist eine gute Methode für ein *Warm-up* zu Stundenbeginn, bei dem z. B. Zeitformen wiederholt und geübt werden können. Jede/r S erhält eine Dominokarte mit Motiven bzw. Informationen. Dazu schreibt L ein oder zwei passende Fragen an, die die zu übende Zeitform vorgeben. Beispiel für Aktivitäten im *simple present*: *What do you usually do on Saturdays?* Die S versuchen dann, im ▸ Milling around ihren Partner / ihre Partnerin zu finden, indem sie sich gegenseitig die Fragen stellen und sie mit den Motiven ihrer Karte beantworten, z. B. S1: *What do you usually do on Saturdays?* S2: *I usually do arts and drama. And you?* S1: *I usually go running and trampolining.* S2: *We aren't partners. Good bye.* Wenn sich Partner/innen finden, laufen sie zusammen herum, bis sie weitere Partner/innen finden (jede/r S hat je zwei). Am Ende sollte eine Schlange entstehen.

Menschen-Memo L legt ein Oberthema fest, z. B. Verben, Tiere, Körperteile, etc. Es ist für die S einfacher, wenn ihnen die Begriffe vorgegeben werden und sie sich keine ausdenken müssen. Dazu können die Wörter auch auf Karteikarten ausgeteilt werden.

Zwei S werden ausgewählt und verlassen den Raum, um anschließend die einzelnen Paare zu erraten. Während die zwei S draußen warten, suchen sich die anderen S eine/n Partner/in und überlegen sich eine passende Bewegung. Anschließend kommen die zwei „Ratekinder" wieder herein. Die zwei ratenden S spielen nun gegeneinander und suchen jeweils zwei S aus, die ihr Wort nennen und die Bewegung vormachen. Wurde ein Paar zusammen „aufgedeckt", stellt es sich hinter dem „Ratekind" auf, welches dann noch einmal raten darf. Wurden alle Paare erraten, ist das Spiel vorbei.

Differenzierungsmöglichkeiten:
- Es wird nur eine bestimmte Zeit gespielt und nicht bis alle Paare gefunden wurden.
- Es können Beispielbegriffe genutzt werden.
- Es kann in Teams geraten werden.

Metakognition Metakognition bedeutet, dass S über ihr Lernen nachdenken, Strategien und Methoden reflektieren und daraus die für sie geeigneten Lernstrategien ableiten. Bereits zu Beginn des Sprachenlernens ist es wichtig, dass S hinterfragen, warum sie in einer Lernsituation so vorgehen, wie sie es tun. Die Erkenntnis dieses Prozesses soll den S helfen, das Sprachenlernen bewusst zu erlernen.

Milling around Bei dieser Methode bewegen die S sich innerhalb einer vorgegebenen Zeitspanne frei im Klassenraum und begeben sich wieder auf ihren Platz, sobald sie die relevanten Informationen erfragt haben. Auswertung im Plenum. ▸ Market-place activity

Mindmap Eine Mindmap dient den S als „Gedankenkarte". Sie ordnen darin ihre Ideen übersichtlich an, wobei Zusammengehöriges beieinandersteht, alle Ideen vernetzt werden können und Farben sowie Zeichnungen Wichtiges hervorheben. Mindmaps können individuell und in der Gruppe erstellt werden und eignen sich als Anregung für mündliche und schriftliche Äußerungen. Mögliches Vorgehen:

1. Die Ideen werden zuerst ungeordnet gesammelt (z. B. auf Kärtchen).
2. Im zweiten Schritt werden Oberbegriffe für die Ideen gefunden (z. B. auf farbigen Kärtchen).
3. Im letzten Schritt visualisieren die S diese Grundlagen systematisch in einer Mindmap.

Mini saga Die S schreiben zu einem bestimmten Thema eine Geschichte, wobei die exakte Wortzahl von 50 erreicht werden muss. Aufgrund der begrenzten Wortzahl setzen sich die S lexikalisch, textlich und inhaltlich aktiv mit der Geschichte auseinander (z. B. *Write a mini saga about your best school day so far.*).

Mitleseverfahren Beim Mitleseverfahren hören die S während des Lesens eines neuen Textes diesen zugleich. Die Aktivierung des visuellen und des auditiven Kanals (Mehrkanallernen) ermöglicht eine enge Verknüpfung von Laut- und Schriftbild, sodass unbekannte Lexeme nachhaltiger verarbeitet werden können. Das Mitleseverfahren ist didaktisch dem Leseverstehen zugeordnet, da die primäre Sprachaufnahme über die Textvorlage erfolgt. Das laute Lesen dient der Ausspracheschulung und nicht dem Leseverstehen, da durch die Konzentration auf die phonologische Oberfläche das Erfassen des Textinhalts erschwert wird. Als Faustregel gilt: Das laute Lesen sollte immer erst eingesetzt werden, nachdem ein Text bereits inhaltlich erarbeitet worden und unbekannter Wortschatz erschlossen worden ist.

Mnemotechniken Unter dem Begriff Mnemotechniken werden verschiedene Methoden des Gedächtnistrainings zusammengefasst. Im Fremdsprachenunterricht eingesetzt, helfen sie S, sich Worte und Informationen über die Schritte des Rekodierens, Assoziierens und schließlich des Abrufens besser einprägen zu können. Häufig verwendete Mnemotechniken sind das ▸ Akrostichon, das Finden von Ersatzwörtern, das Einprägen von Merkversen, die Assoziation von Begriffen/Schriftbild und Bildkarten (▸ Flashcards) und das Memo-Spiel.

Mothering *Mothering* beschreibt ein Korrekturverhalten von L, das mit dem Korrekturverhalten der Mutter bzw. der Eltern beim Mutterspracherwerb vergleichbar ist. Fehlerhafte Aussagen der S werden dabei z. B. durch Wiederholung, übertriebene Intonation oder übertrieben langsames Sprechtempo korrigiert.

Note-making Das Anfertigen von Notizen ist eine Methodenkompetenz, die auch im Alltag bedeutsam ist. Das *Note-making* ist für die S eine wichtige Fertigkeit zum Generieren und Organisieren von Informationen und Ideen. Die dazu notwendigen Arbeitsschritte reichen vom Sammeln, Sichten und Ordnen der Notizen bis zum Überarbeiten und Anwenden von Stichwörtern, Themen etc. Für das Ordnen von Notizen eignet sich auch eine ► Mindmap.

Note-taking Das *Note-taking* ist eine Strategie des Hörverstehens. Wenn möglich, versuchen die S zunächst aus Titel oder Überschrift und ggf. aus Fotos, Bildern oder Grafiken erste Informationen über den Hörtext abzuleiten. Sie stellen sich darauf ein und bauen inhaltliche Erwartungen auf. Während des Hörens machen sie sich Notizen. Diese dienen ihnen dazu, wichtige *key words* oder Ideen aus dem Hörtext festzuhalten. Grundlegendes in Form von Stichpunkten aufzuschreiben, ermöglicht nicht nur einen besseren Zugang zu einem Text, sondern den Zugriff auf das Notierte an späterer Stelle. Insgesamt wird dadurch das Lernen effektiver.

L kann folgende Tipps geben:
- Höre auf das, was gesagt wird und wie es gesagt wird.
- Halte einen Stift bereit und schreibe mit. Nicht jedes Wort ist wichtig.
- Nutze Abkürzungen und Symbole beim Notieren (z. B. Sternchen, Ausrufezeichen, Fragezeichen).

Achte auf Schlüsselwörter und -sätze, besonders solche, die wiederholt werden.

Numbered heads together Diese kooperative Lernform ermöglicht eine hohe Schüleraktivierung, da die S, die das Gruppenergebnis präsentieren, per Zufallsprinzip ausgewählt werden und somit jede/r S Verantwortung für das Gruppenergebnis übernehmen muss. Zunächst bildet L Gruppen (► Gruppenbildung). Innerhalb dieser Gruppen erhält jede/r S eine Zahl (abhängig von der Gruppengröße). L (oder auch eine der Gruppen) stellt nun eine Aufgabe, die die Gruppen gemeinsam bewältigen. Das Startsignal für die Beratungsphase ist *Numbered heads together*! Nach Ablauf einer zuvor festgelegten Zeit beendet L die Beratung und wählt durch Nennung einer Zahl die Person aus, die aufsteht und für die Gruppe antwortet. Pro richtige Antwort erhält die Gruppe einen Punkt.

Die einzelnen Gruppen können unterschiedliche, aber auch gleiche Aufgaben bearbeiten. Um bei gleichen Aufgaben zu verhindern, dass die ausgewählten S mit der gleichen Zahl die Antworten der anderen Gruppe mithören, verlassen sie zunächst den Klassenraum.

One-minute presentation Eine *One-minute presentation* ist ein Mini-Referat, in dem einzelne S die Klasse über ein zuvor besprochenes/gewähltes Thema informieren. Der Vortrag erfolgt möglichst frei. Der Zeitrahmen von ca. einer Minute dient zur Beschränkung auf wesentliche Punkte (kann aber bei Bedarf beliebig variiert und z. B. auch auf zwei Minuten ausgeweitet werden: ► Two-minute talk). Gleichzeitig ermöglicht die Zeitbeschränkung das Halten von mehreren Vorträgen, ohne dass es für die zuhörenden S langweilig wird.

In fortgeschritteneren Lerngruppen achten die S auf eine kurze Anmoderation und geeignete Überleitungen zwischen den vorgetragenen Aspekten.

Optional help Bei der *Optional help* handelt es sich um eine Form der Differenzierung (► Binnendifferenziertes Arbeiten), bei der die S individuell bei Bedarf eine zusätzliche Lernhilfe verwenden können. Dies kann z. B. ein Hilfsblatt sein, das auf dem Pult bereitliegt und dort eingesehen oder mitgenommen werden kann. Es kann zudem eine zusätzliche Hilfe auf den Arbeitsmaterialien sein. Ideal ist es, wenn die *Optional help* zunächst nicht für S sichtbar ist (z. B. als umgeknickter Wort-/Lösungspool am unteren Blattrand) und sie nur dann darauf zurückgreifen, wenn sie Hilfe benötigen.

Partner check Die Methode des *Partner check* ist eine Form der ► Peer correction. Sie fördert einerseits die Eigenverantwortung der S für ihre Lernergebnisse und ermöglicht andererseits eine breite Aktivierung der S und einen hohen Sprachumsatz. Auch kann damit in gestuften Aufgabenstellungen den unterschiedlichen Lerntempi der S Rechnung getragen werden, z. B. mithilfe der Methode ► Bus stop. Beim *Partner check* tauschen sich die S nach Bearbeitung einer Aufgabe bzw. eines Aufgabenteils mündlich zu den Ergebnissen aus und korrigieren mögliche Fehler. Dieses Vorgehen gibt besonders lernschwächeren S zusätzliche Sicherheit für die anschließende Auswertung im Plenum und ist schnell und flexibel einsetzbar.

Partner talk Die Methode des *Partner talk* ist eine einfache Methode, die sich an vielen Stellen des Lernprozesses einsetzen lässt und die dazu dient, Schüleraktivität und Sprechzeit der Lernenden zu erhöhen. S tauschen sich dabei kurz (oft sind ein bis zwei Minuten ausreichend) zu zweit über einen vorgegebenen Sprechanlass (bestimmte Fragestellung, Vorerfahrungen etc.) aus. Die Fragestellungen sollten – wenn nicht im SB enthalten – an der Tafel oder auf Folie festgehalten werden, damit S darauf zurückgreifen können. In lernschwächeren Gruppen sollte L zusätzlich einige situationsbezogene Redemittel anbieten.

Partnerpuzzle Das Partnerpuzzle ist eine Variante des ▶ Jigsaw mit dem Unterschied, dass bei dieser Aktivität insgesamt vier S (A, B, C, D) in unterschiedlichen Schritten kooperativ miteinander arbeiten. So erhalten die S-Paare A+B sowie C+D jeweils eine andere Aufgabe, die zunächst von allen S alleine bearbeitet wird. Anschließend tauschen sich die S-Paare A+B sowie C+D, die die identische Aufgabe hatten, untereinander aus. In der letzten Phase informieren sich S-Paare A+C und B+D gegenseitig über die Inhalte ihrer Aufgaben und nehmen so nach der Rolle des Lernenden, die des Lehrenden ein.

Peer correction ▶ Correcting circle

Phasen des Schreibprozesses Zur nachhaltigen Schreibförderung sollten S bei der Textproduktion grundsätzlich folgende drei Phasen durchlaufen:

1. Entwerfen (▶ Brainstorming): Die S sammeln Ideen, z. B. in einer Mindmap oder bei einem ▶ stummen Schreibgespräch
2. Schreiben: Die S verfassen auf dieser Grundlage einen ersten Entwurf. Dieser sollte entweder von L oder in höheren Klassenstufen durch Mit-S, z. B. in Form eines ▶ Correcting circle, korrigiert werden.
3. Überarbeiten: Auf der Grundlage der Korrekturanmerkungen fertigen die S eine Reinschrift an. Im Sinne einer Differenzierung (▶ Binnendifferenziertes Arbeiten) ist es oftmals hilfreich oder sogar notwendig, entsprechende Schreibhilfen oder Sprachmuster bereitzustellen.

Picture dictation Die S malen bzw. zeichnen nach den genauen Anweisungen von L ein Bild (z. B. *In the middle of the picture there is a big house …*). Alternativ kann auch ein/e S die Rolle von L übernehmen und Bildanweisungen geben.

Picture duet Bei einem *Picture duet* beschreiben die S einander in PA ein vorgegebenes Bild, indem sie jeweils abwechselnd einen Satz dazu formulieren. (L kann eine Mindestzahl an Sätzen pro Bild und S vorgeben.)

Placemat Bei einer *Placemat activity* sitzen vier oder fünf S um ein Blatt Papier (DIN A3 oder DIN A4), welches in einen Schreibbereich pro S sowie einen zusätzlichen Bereich für die Gruppe in der Blattmitte eingeteilt ist.

1. *Placemat* in Gruppen à vier S:

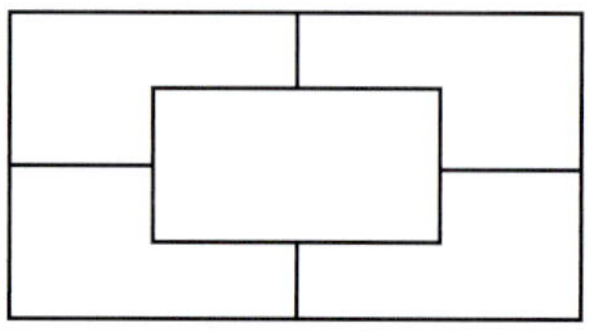

2. *Placemat* in Gruppen à fünf S:

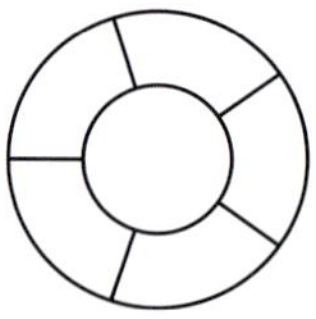

Zu Beginn der Gruppenarbeit schreibt jede/r S zunächst seine Ideen in den eigenen Schreibbereich. Anschließend wird die *Placemat* so lange gedreht, bis jedes Gruppenmitglied die Ideen der anderen S kommentieren und zudem die Kommentare der anderen zu den eigenen Ideen lesen konnte. Um zu verdeutlichen, wer welche Kommentare verfasst hat, sollten die S verschiedenfarbige Stifte verwenden. Im nächsten Schritt diskutiert die Gruppe die notierten Gedanken und schreibt die wichtigsten Punkte oder Argumente in die Mitte der *Placemat*. Auch kontroverse Positionen sollten dabei aufgenommen werden. Abschließend werden die Ergebnisse im Plenum ausgewertet.

Der Zeitbedarf variiert je nach Komplexität des Themas von zehn bis 30 Minuten. Die Vorgabe eines Zeitlimits für die einzelnen Phasen kann sinnvoll sein.

Pro-und-Kontra-Debatte

Eine Debatte ist eine genau geregelte Diskussion. Ziel einer Debatte ist es, zu einer Entscheidung in einer Streitfrage / bei einer Problemstellung zu kommen. Dabei stehen sich klar abgegrenzte Pro- und Kontra-Positionen gegenüber, denen sich die S zuordnen. Zur Untermauerung ihrer jeweiligen Positionen suchen die S in ihren Gruppen nach Gründen, Argumenten und Beispielen, um diese zu belegen. Falls gewünscht kann L die jeweiligen Gruppen auf eine Größe von 3–5 S beschränken.

Ein Moderator (*chairperson*) leitet die Debatte, überwacht die Einhaltung der Reihenfolge, ruft ggf. zur Ordnung und überwacht die festgelegte Redezeit für die einzelnen Gruppen (diese Rolle kann ggf. auch von L übernommen werden). Die an der Debatte nicht direkt beteiligten S agieren als Beobachter. Sie erhalten Beobachtungsaufgaben, stellen Fragen an die beiden Gruppen und stimmen am Ende darüber ab, welche Gruppe überzeugender argumentiert hat. Die Sitzordnung muss ggf. umorganisiert werden.

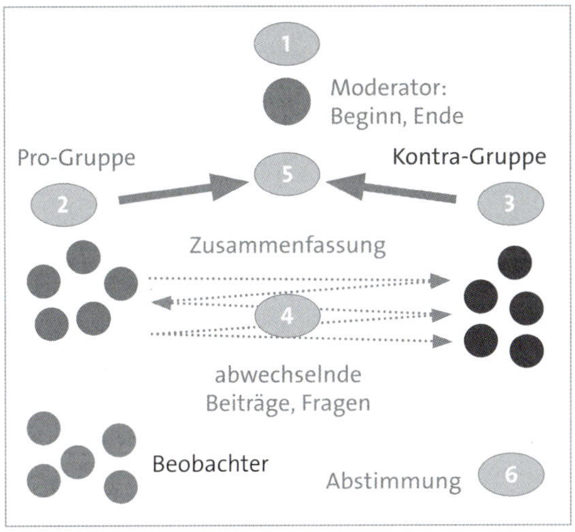

Die Debatte folgt festen Regeln:
1. Der Moderator eröffnet die Debatte, indem er das Problem vorstellt und die Regeln erklärt.
2. Die erste Gruppe (Pro-Gruppe) stellt ihren Standpunkt dar.
3. Die zweite Gruppe (Kontra-Gruppe) stellt ihren Standpunkt dar.
4. Die Gruppen befragen sich gegenseitig zu ihren Positionen und auch die Beobachter können nun Fragen an die Gruppen richten. Mögliche Regeln zur Steuerung: Wenn Beobachter etwas sagen wollen, müssen sie die Hand heben. Wenn sie direkt etwas entgegnen wollen, müssen sie beide Hände heben. Die Redner beziehen sich auf die Vorredner, signalisieren Zustimmung oder Ablehnung und nennen ihr Argument, das sie durch ein Beispiel untermauern.
5. Jede Gruppe fasst ihre Argumente noch einmal abschließend zusammen.
6. Die Beobachter stimmen über die Argumente/Standpunkte ab und der Moderator beendet die Debatte.

Pyramiden-diskussion

Die Pyramidendiskussion (wachsende Gruppe) ist eine Methode, bei der S ein Thema zunächst in Einzel-, dann in Partner- und schließlich in Gruppenarbeit bearbeiten, um sich darüber zu informieren und aus vielen Perspektiven die zentralsten Ideen, Aspekte und Meinungen dazu in der Diskussion zu ermitteln. Die Erarbeitung, bei der die Auseinandersetzung mit Thema und Sprache durch die stetig wachsende Gruppe immer intensiver wird, erfolgt in folgenden Schritten:

1. Die Aufgabe wird von den S in EA erarbeitet. S machen sich Notizen zum Thema und halten eine vorgegebene Anzahl an Vorschlägen am besten ranglistenartig fest.
2. L gibt nach vorgegebener Zeit ein Signal zum Bilden von Paaren und die Aufgabe wird in PA fortgeführt. Die Partner/innen müssen ihre Listen vergleichen und in der Diskussion eine neue Liste mit gleicher Anzahl an Aspekten erstellen.
3. Nach erneutem Signal finden sich Vierergruppen zusammen, die wiederum ihre Listen vergleichen und auf die anfangs festgelegte Anzahl vereinheitlichen und priorisieren.
4. Nach Ablauf der festgelegten Zeit bilden sich Achtergruppen, in denen der Vorgang wiederholt wird und durch Priorisierung und Abwägen die endgültige Liste erstellt wird.
5. Die Gruppen oder L wählen je einen Sprecher, der das Ergebnis im Plenum vorstellt. In erneuter Diskussion kann sich auch noch im Plenum auf ein Klassenergebnis geeinigt werden.
6. Zum Abschluss wird die Methode im Plenum reflektiert.

Question pot Die Methode des *Question pot* eignet sich besonders gut zur Sicherung des Hör-/Sehverstehens von Filmen oder des Leseverstehens von längeren (fiktionalen) Texten. In einem Gefäß sammelt L Fragen oder (*True-/False-*)Aussagen zu einem gezeigten Film oder einem Lesetext auf Papierstreifen. Anschließend ziehen die S einen Streifen, beantworten die Frage oder sagen, ob die Aussage richtig oder falsch ist. Wird die Methode zur Sicherung des Hör-/Sehverstehens eingesetzt, so sollten sich die Aufgaben nicht nur auf das Gesagte, sondern besonders auch auf Gesehenes beziehen. Die Fragen und Aussagen können je nach Leistungsstand der Klasse entweder von L vorgegeben oder von (lernstärkeren) S formuliert werden.

Read-and-look-up technique Diese Lesetechnik dient der Förderung des freien Sprechens und bildet für die S einen behutsamen Übergang zwischen dem Ablesen und Vortragen von Texten, Informationen und Inhalten. Der/Die präsentierende S hält die Vorlage in den Händen und liest sich einen (Teil-)Satz still durch, bevor er/sie die Klasse oder den/die Partner/in anschaut und den Satz aus dem Gedächtnis wiedergibt. Dabei ist es wichtig, dass S erst dann spricht, wenn er/sie Blickkontakt hergestellt hat. Diese Technik bereitet den freien Vortrag bzw. die Präsentation (auch mithilfe von Stichwortzetteln) vor und hilft unsicheren S, Inhalte vor dem Plenum darzustellen.

L kann die *Read-and-look-up technique* zunächst anhand eines beliebigen Textes demonstrieren. Die S üben danach mit geeigneten kurzen Texten, wobei die zuhörenden Partner/innen darauf achten, dass nicht abgelesen, sondern vor dem Sprechen Blickkontakt hergestellt wird.

Reading circle Beim *Reading circle* lesen alle S den gleichen Text oder die gleichen Texte (z. B. S-Produkte), wobei jede/r S eine andere Rolle übernehmen oder sich auf einen bestimmten Aspekt des Textes konzentrieren kann. Die S schreiben dazu jeweils Informationen, Aussagen oder Assoziationen auf ein Blatt, das anschließend ausgelegt oder bei dem Text aufgehängt wird. Sie gehen herum, lesen die Beiträge der anderen S und tragen ihre Kommentare dazu ein. Die Eindrücke der S werden anschließend im Plenum diskutiert.

Reading club *(Reciprocal/Guided reading)* Der *Reading club* ist eine kooperative Lernform, bei der die Erschließung eines Textes in 4er-Gruppen arbeitsteilig in verschiedenen Rollen erfolgt. Pro Kapitel/Abschnitt etc. übernimmt jede/r S im Wechsel eine der folgenden Aufgaben:

Der *Clarifier* klärt unbekannten Wortschatz (schlägt diesen nach) und erklärt den Mit-S die neuen Begriffe.

Der *Summarizer* fasst die Inhalte des Abschnitts zusammen und beantwortet die 5 *Wh*-Fragen (*Who? What? When? Where? Why?*).

Wenn der Lesetext Illustrationen zu mehreren Abschnitten enthält, kann statt des *Summarizer* alternativ auch ein *Describer* eingesetzt werden, der die Bilder beschreibt und daraus Rückschlüsse auf den Handlungsverlauf zieht.

Der *Questioner* formuliert Fragen an den Text, die von den Mit-S beantwortet werden.

Der *Predictor* stellt anhand des bisherigen Inhalts Hypothesen zum weiteren Verlauf der Handlung an. Nach jedem Textabschnitt tauschen die S ihre Arbeitsergebnisse aus und rotieren für den nächsten Abschnitt in der Aufgabenverteilung. Durch die arbeitsteilige Vorgehensweise werden metakognitive Textverarbeitungsstrategien gezielt und effektiv angebahnt; zugleich herrscht ein hohes Maß an Kommunikation und Sprachumsatz. Die S müssen an die Methode des *Reading club* (*Reciprocal reading*) schrittweise herangeführt werden. Dazu können entsprechende *Role cards* mit Hinweisen zur jeweiligen Aufgabe hilfreich sein.

Reading log (Lesetagebuch) Ein *Reading log* dient als Unterstützung beim Lesen einer Ganzschrift (Lektüre) oder von längeren Texten. Der Text wird dabei in entsprechende Abschnitte aufgeteilt, z. B. Kapitel oder Sinneinheiten. Zu diesen Abschnitten gibt L Aufgaben und Arbeitsaufträge – im besten Fall bereits als *Reading log*-Heftchen zusammengestellt – vor, die die S nach dem Lesen des entsprechenden Teils bearbeiten.

Kernbereiche eines *Reading log* sind grundlegende Informationen zu den fünf *Wh*-Fragen *Who? When? Where? What? Why?* sowie eine kurze Inhaltsangabe des jeweiligen Kapitels. Eine vertiefende Charakterisierung der Protagonisten kann den S dabei helfen, ein tieferes Verständnis für die Handlungszusammenhänge und -motive zu erlangen.

Zusätzlich kann ein Lesetagebuch den S Raum geben, um vor dem Lesen des Abschnitts jeweils ihre Erwartungen zu notieren; diese werden dann anschließend mit den Leseerfahrungen verglichen und können am Ende so eine Bewertung des gelesenen Buchs/Texts unterstützen.

Für L bietet sich der Vorteil, dass durch den Einsatz eines *Reading log* besser kontrolliert werden kann, ob die S die Lektüre tatsächlich lesen oder nicht.

Right/wrong cards (Antwortkärtchen)

Der Einsatz von *Right/wrong cards* eignet sich besonders zur Überprüfung von Aussagen zum Textverständnis. Die Karten können sowohl zur Lese- als auch Hörverstehenskontrolle eingesetzt werden. Ihr Einsatz ermöglicht eine valide Erfassung des Detailverständnisses und erfordert dabei keine eigene Sprachproduktion der S.

L stellt den S Karten aus farbigem Karton zur Verfügung (alternativ auch farbige Gegenstände, z. B. Stifte). Es wird vereinbart, dass grün für *right* und rot für *wrong* sowie ggf. blau für *not in the text* steht. Nachdem L eine Aussage zum Text vorgelesen hat, halten die S auf Kommando eine Karte in die Höhe. L erhält auf diese Weise auf einen Blick eine breite Rückmeldung darüber, ob der jeweilige Textinhalt von den S verstanden wurde. Wenn sich hier größere Abweichungen zeigen, sollte L dies zum Anlass nehmen, einen erneuten Lese-/Hörauftrag zu stellen, um das gesuchte Detail zu erfassen (selektives Lese-/Hörverstehen).

Das synchrone Ausführen auf Kommando ist wichtig, damit sich unsichere S nicht an ihren Mit-S orientieren. Wenn die Methode mehrfach eingesetzt wurde, können lernstärkere S die L-Rolle übernehmen.

Role-play

Role-plays dienen der Förderung des freien Sprechens und Reagierens in klar umrissenen Gesprächssituationen. Die S schlüpfen in die Rolle einer anderen Person und orientieren sich bei der Ausgestaltung an den Rollenvorgaben bzw. füllen ein vorgegebenes Dialoggerüst mit eigenen Ideen. Dürfen leistungsschwächere bzw. unsichere S Notizen zu Hilfe nehmen, sollte L die ▶ Read-and-look-up technique einsetzen und darauf achten, dass S nicht „am Blatt kleben", um das freie Sprechen zu schulen.

Für die Präsentation ist es vorteilhaft, einen Tisch zwischen die Klasse und die Präsentierenden zu stellen, um somit v. a. für verunsicherte S einen „geschützten Raum" zu schaffen. Bei relativ frei zu gestaltenden *Role-plays* sollte vor der Einübung auf jeden Fall eine Kontrolle und Korrektur stattfinden, um ein Einschleifen von fehlerhaften Sprachmustern zu verhindern.

Running competition

Die Methode *Running competition* ist eine Form der *Whole-class activity* mit Wettbewerbscharakter. Sie vereint das Festigen von Vokabeln oder Strukturen mit Bewegung und kommt daher insbesondere jüngeren S sehr entgegen. Ablauf:

L platziert eine Liste (z. B. mit unregelmäßigen Verben, wobei die Anzahl der Hälfte der Klassengröße entspricht) auf dem Pult, ohne dass diese für die S von ihrem Platz aus einzusehen ist. Die Klasse wird in zwei Gruppen eingeteilt und jeder Gruppe wird eine Tafelseite zugeteilt.

Die Teams legen fest, in welcher Reihenfolge die S „aktiv" werden (am besten von vorne nach hinten). Pro Gruppe geht ein/e S zum Pult und schaut nach, welches Verb dort steht. Er oder sie bildet die entsprechende unregelmäßige Form des *simple past* und schreibt diese an die Tafelseite seines Teams. Ähnlich wie bei einem Staffellauf, kehrt S möglichst schnell zu seiner Gruppe zurück und übergibt die Kreide an den Nächsten in der Reihe. Dabei darf weder gerannt, noch dürfen Hinweise von den nicht agierenden S gegeben werden. Die Gruppe, die als erste die Liste abgearbeitet hat, bekommt einen Punkt.

Im Anschluss erhält jede Gruppe die Möglichkeit ihre Ergebnisse zu verbessern. Dabei sollte L die Zahl der S, die verbessernd eingreifen dürfen, sowie die zur Verfügung stehende Zeit begrenzen (z. B. zwei

Minuten). Die festgelegten S kommen an die Tafel und greifen korrigierend in das Ergebnis ein. Es folgt eine Auswertung im Plenum, bei der pro richtige Form ein Punkt vergeben wird. Die Gruppe mit den meisten Punkten hat gewonnen.

Diese Form der Wiederholung und Festigung von sprachlichen Mitteln ist auf zahlreiche Inhalte, wie z. B. Vokabeln, Adjektive, Steigerungsformen und Wortfelder, übertragbar.

Scaffolding Das *Scaffolding* ist eine Form der Hilfestellung. Dabei gibt L den S Grundgerüste mit Wortelementen vor, mit denen sie einen Text konstruieren, z. B. *My name is ... There is/are ... in my bag*. Solche Wortgerüste können sowohl für alle Lernenden einer Gruppe gegeben werden oder als individuelle Differenzierung für lernschwächere S.

Scenic play (Szenisches Spielen) Durch die Methode des *Scenic play* werden kognitive Fähigkeiten, emotionale und körperliche Ausdruckskräfte sowie manuelle und künstlerische Fertigkeiten der S entwickelt und geschult. Das szenische Spielen von Geschichten bettet die Fremdsprache in einen Kontext ein, an dem die S selbst mit allen Sinnen beteiligt sind. L sollte vorher mit den S besprechen, was für das Nachspielen benötigt wird, und dann die Rollen verteilen. Benötigte Requisiten können oft als Zeichnungen an der Tafel dargestellt werden oder es finden Gegenstände aus dem Klassenraum Verwendung.

Schreibgespräch Ein Schreibgespräch ist eine schriftliche Form der Kommunikation, bei der zwei S in Stillarbeit auf einem Blatt und mit nur einem Stift einen Dialog führen. Beide S schreiben abwechselnd und in Reaktion auf den vorherigen Beitrag ihre Gedanken auf, wobei sie einander nicht beobachten dürfen. Es entsteht somit ein Text, in dem sich beide Partner/Partnerinnen intensiv und konzentriert mit den Gedanken der/des anderen auseinandersetzen und welcher im Anschluss mündlich diskutiert und kommentiert werden kann.

Schreibkonferenz ► Correcting circle

Semantisierung Neuer Wortschatz sollte grundsätzlich nicht isoliert, sondern stets im Zusammenhang eingeführt werden. Hierbei bieten sich verschiedene Verfahrensweisen an:

1. Deiktische Semantisierungstechniken: Hierunter versteht man bildhafte, nonverbale Verfahren, die sich besonders in der Orientierungsstufe eignen. Zum Einsatz kommen:

- Realia: Realgegenstände eignen sich vorrangig zur anschaulichen Vermittlung konkreter Begriffe. Geht es z. B. um das Wort *pencil case*, so hält L ein Federmäppchen hoch und sagt: *This is a pencil case*. Wort und Bedeutung können so nachhaltig miteinander verknüpft werden.
- Flashcards: ► Flashcards
- *Vocab file*: ► Vokabelarbeit
- Mimik, Gestik, Demonstration: Lebendiges Handeln der L kann den S die Bedeutung entsprechender Lexeme nachhaltig vermitteln. Dies kann geschehen durch:
  a) Mimik: L demonstriert ein Wort mithilfe des entsprechenden Gesichtsausdrucks, z. B. *angry, happy, sad*. Dies kann auch verbal unterstützt werden, z. B. *angry*: *Hey, stop that!*
  b) Gestik: Wenn es um das Wort *first* geht, streckt L den Daumen nach oben und sagt: *It's the first morning in London.*
  c) Demonstration: Das Verb *open* wird eindeutig demonstriert, indem L das Fenster öffnet und dabei sagt: *Let's open the window.* Noch lernwirksamer ist es, wenn dazu das gegenteilige Lexem *close* demonstriert und eingeführt wird: *Now let's close the window.*

2. Verbal-definitorische Semantisierungstechniken: Mit zunehmendem Lernstand spielen verbal-definitorische Semantisierungstechniken in der Zielsprache eine stärkere Rolle. Den S sollten alle zur Semantisierung herangezogenen Wortschatzelemente bekannt sein. Zum Einsatz kommen:

   - Ganzheitliche Verfahren: Verwendung des Wortes in einem typischen Kontext: *We wash our hands with soap and water.*

   - Logische Bezüge: Einführung eines Lexems durch:
     a) Definition: *A dog is an animal with four legs and a tail. It barks.*
     b) *Rule of three* (Dreisatz): *A man has a mouth, a bird has a beak, ...*
     c) *Part – whole* (Rückschluss vom Ganzen aufs Einzelne): *a week = seven days*

   - Lexikalische Bezüge: Einführung eines Lexems mithilfe von:
     a) Synonymen: *shop – store*
     b) Antonymen: *young ≠ old*
     c) Über-/Unterordnung: *Dogs, cats and rabbits are pets.*
     d) Herleitung: *happy – happiness*

   - Der Rückgriff auf die Muttersprache sollte nur sehr selten erfolgen. In einigen Ausnahmefällen kann dieser allerdings hilfreich sein:
   - um auf orthografische Ähnlichkeiten aufmerksam zu machen: *theatre* – Theater
   - um phonetische Ähnlichkeiten hervorzuheben: *shoe* – Schuh
   - wenn die fremdsprachliche Erklärung sehr umständlich wäre (z. B. *although*)

3. Erschließungstechniken: Mit zunehmendem Lernstand sollten wichtige Erschließungstechniken (Kontext, Vorwissen aus der Fremdsprache, Ähnlichkeiten im Schrift- oder Lautbild zur Muttersprache etc.) trainiert werden. Ein neues Wort sollte v. a. dann semantisiert werden, wenn:
   a) es sich um ein Schlüsselwort für das Textverständnis handelt,
   b) eine hohe Diskrepanz zwischen Laut- und Schriftbild besteht, die Aussprachefehler bewirken kann,
   c) es nicht aus dem Kontext oder auf andere Weise erschließbar ist.

Situativer Wortschatz, der keine zentrale Bedeutung für das Textverständnis hat, muss nicht semantisiert werden. Den S wird auf diese Weise verdeutlicht, dass sie einen Text auch dann verstehen können, wenn sie nicht jedes einzelne Wort kennen (= Training der Toleranz im Umgang mit „Verständnislücken").

Seven letters Die S wählen sieben Buchstaben des Alphabets und nutzen diese als Anfangsbuchstaben für das Schreiben von Wörtern zu einem bestimmten Thema. Anschließend wird aus diesen Wörtern ein zusammenhängender Text geschrieben.

Simon says Beim Spiel *Simon says* geht es um eine ▸ Total Physical Response (TPR). Ein/e S oder L steht vor der Klasse, fordert die Lernenden auf, eine Aktion durchzuführen und führt diese direkt vor. Sagt S/L dabei vor der Aktion *Simon says*, so sollen die Lernenden die Aktion nachahmen. Sagt S dies nicht, dürfen die Lernenden sie nicht nachahmen. Lernende, die dies trotzdem tun, scheiden für diese Runde aus. Beispiel: L: *Simon says jump.* (S hüpfen.) L: *Sit.* (Lernende bleiben stehen.)

Small talk Innerhalb des *Small talk* äußern sich die S zu verschiedenen interessanten, persönlichen und aktuellen Themen im Plenum. Dabei werden die S-Antworten immer wieder erneut von L aufgegriffen und vertieft, an weitere Mit-S weitergegeben bzw. ausführlicher behandelt.

***Snowball*-Verfahren** Die S arbeiten zunächst paarweise und diskutieren ein Thema, stellen ein Schreibprodukt vor o. Ä. Beide müssen sich innerhalb einer vorgegebenen Zeit auf eine Meinung, eine Idee, ein Schreibprodukt etc. einigen. Dann diskutieren zwei S-Paare miteinander und müssen sich wiederum einigen. Im nächsten Schritt diskutieren zwei Vierer-Teams und müssen sich wieder einig werden. Zuletzt erfolgt der Austausch der Meinungen oder Ergebnisse im Plenum.

Speed dating Entspricht im Prinzip der Idee des ▸ Double circle mit dem Unterschied, dass die S nicht in einem Kreis sondern in zwei sich anschauenden Linien interagieren.

Speed reading
Um das *Scanning* zu üben bzw. um zu lernen, dass man auch dem Layout bzw. der grafischen Gestaltung grundlegende Informationen entnehmen kann, bietet sich das *Speed reading*-Verfahren an. Die S arbeiten individuell. L erklärt, dass sie in einem Wettbewerb stehen und die erforderlichen Informationen (3–4 Fragen werden an Tafel notiert) so schnell wie möglich finden sollen. Alle S beginnen auf ein Signal hin gleichzeitig zu lesen. Wer alle Antworten gefunden hat, lehnt sich zurück bzw. gibt ein Handzeichen, sodass L erkennt, wer schon fertig ist und den schnellsten S ermitteln kann.

Alternativ blendet L einen gut lesbaren, überschaubaren Text über Smartboard oder Beamer für kurze Zeit ein. Die S nennen die Hauptaussage und/oder möglichst viele Details und tauschen sich darüber im Plenum aus. Die kurze Lesephase kann mehrmals wiederholt werden.

Split viewing
L teilt das Plenum in zwei Gruppen ein. Die eine Hälfte sieht und hört das Video, die andere Gruppe hört nur den Soundtrack, da diese S sich zur Rückwand drehen. L erklärt, dass die sehende Gruppe nach dem *viewing* den anderen die Handlung erklären muss und dass die hörende Gruppe spekulieren soll, was geschieht bzw. sich Fragen überlegt. Nach dem Anschauen des Videoclips beginnen zunächst die „Hörer" mit dem Austausch von Ideen, dann erklären oder ergänzen die „Seher", was genau passiert ist. Für den Austausch bietet sich im Sinne der Erhöhung der individuellen Sprechzeit PA an.

Variante: Man kann durch die Verwendung von Kopfhörern die Klasse auch in reine „Seher" und „Hörer" einteilen. Die „Hörer" drehen sich wie oben einfach um. Die „Seher" blockieren den Soundtrack durch das Hören von Musik und sehen das Video nur. Bei dieser Variante haben beide Gruppen ein Informationsdefizit und können sich über die Bedeutungen, die sie entweder aus dem Gesehenen oder aus dem Gehörten erschlossen haben, vergleichen.

Sprachmittlung
► Mediation

Standbildmethode
► Freeze-frame

Stimmungsbarometer
Diese Methode wird i.d.R. zu Beginn oder zum Abschluss einer Gruppenarbeit angewandt, um die anfängliche bzw. abschließende Stimmungslage der Mitglieder zu erfassen und zu veranschaulichen. Die moderierende Person stellt hierzu ein Plakat bereit, auf welchem z. B. eine Sonne, Nebel und Gewitterwolken abgebildet sind. Die Gruppenmitglieder erhalten die Gelegenheit, je einen Punkt neben diejenige Abbildung zu kleben bzw. zeichnen, die ihrer Stimmung am ehesten entspricht. Das entstandene Stimmungsbild dient der Gruppe als Diskussionsgrundlage und sofern die Methode regelmäßig durchgeführt wird, kann eine langfristige Entwicklung der Gruppenstimmung protokolliert werden.

Students as experts
► Binnendifferenziertes Arbeiten

Stummer Impuls
Ein stummer Impuls kann ein Bild, ein Gegenstand oder ein angeschriebenes Wort bzw. mehrere Wörter sein. L gibt den stummen Impuls, ohne zu sprechen und wartet auf die Äußerungen der S. So kann beispielsweise ein neues Thema gut eingeleitet werden, zu dem die S schon erste Ideen äußern.

Stummes Schreibgespräch
Hierbei kommunizieren zwei oder mehrere S schriftlich und bei absolutem Schweigen miteinander. Die S geben ein Blatt herum und jede/r von ihnen schreibt nacheinander eine These zu einem Thema, eine Antwort auf eine Frage, einen Kommentar o. Ä. auf und gibt das Blatt dann weiter. Der/Die Nächste schreibt eine Ergänzung oder eine neue Stellungnahme dazu, die wichtig für das Thema ist. Auch Schlagworte, Zeichnungen oder Symbole sind erlaubt.

Auf diese Weise lassen sich Ideen und Antworten zu einem Thema entwickeln, Beziehungen aufbauen und vertiefen sowie ein Gedankenaustausch entwickeln. Falls die Ergebnisse im Plenum präsentiert werden sollen, bietet es sich an, dass die beteiligten S sich auf eine festgelegte Anzahl von Ideen oder Thesen einigen, die ihnen am wichtigsten oder prägnantesten erscheinen.

Variante: Es besteht auch die Möglichkeit, dass jede/r S auf einem eigenen Blatt anfängt und die Blätter reihum zur Kommentierung weitergegeben werden. Wenn am Ende alle jedes Blatt kommentiert haben, lesen alle die Kommentare auf ihrem eigenen Blatt.

Swap cards
Bei der Methode *Swap cards* bewegen sich die S im Raum. Dabei haben sie eine Karte mit einer Frage, einer Wendung, Wortschatz etc. in der Hand. Nach einem akustischen Signal durch L finden die S mit-

hilfe einer ▶ Market-place activity einen Partner / eine Partnerin. Dann bearbeiten sie die Aufgaben (S1 fragt S2, S2 fragt S1). Die Karten werden getauscht und die Lernenden suchen sich neue Partner/innen. Um einen zügigen Verlauf zu gewährleisten, werden die Lernenden darauf hingewiesen, immer eine/n Mit-S in ihrer unmittelbaren Nähe zu wählen.

Szenisches Spielen ▶ Scenic play

Think-Pair-Share Diese kooperative Lernform dient den S dazu, von einer individuellen zu einer gemeinsamen Lösung zu gelangen. Ablauf:

1. EA: Die S denken allein über die Aufgabenstellung nach und machen sich ggf. Notizen.
2. PA: Zwei S besprechen ihre Notizen und kommen zu einer gemeinsamen Lösung.
3. GA: Zwei Paare bilden eine Vierergruppe, die gemeinsam ihre Lösungen bespricht. Eine andere Möglichkeit ist, dass die Paare ihre Lösungen im Plenum vorstellen.

L sollte für jeden Arbeitsschritt ein Zeitlimit setzen.

Three truths, two lies Die S formulieren Sätze, z. B. über ein Bild oder einen Text. Dabei achten sie darauf, mindestens zwei inhaltlich falsche Sätze zu bilden. Die Anzahl an falschen und richtigen Sätzen kann von L variiert werden, sollte aber immer klar vorgegeben sein.

Es empfiehlt sich, diese Sätze aufschreiben zu lassen, da es den S oft schwerfällt, sich die falschen Sätze zu merken. Anschließend können die Sätze im Plenum vorgestellt werden und die Klasse rät, welche Sätze falsch sind.

Thumbs up (Daumenabfrage) Bei dieser Feedback-Methode geben alle S auf Zeichen von L hin mit geschlossenen Augen mit ihrem Daumen eine i.d.R. dreistufige Wertung (*thumbs up* – "neutral" – *down*) zu einer Fragestellung ab (z. B. *Were you able to understand the text/presentation?*). Wenn alle ihre Wertung abgegeben haben, bittet L die S, die Augen wieder zu öffnen und sich die Bewertungen der Klasse anzusehen. Wer möchte, darf sich zu seiner eigenen Bewertung anschließend verbal äußern (z. B. begründen, warum die Bewertung so abgegeben wurde). Auf diese Weise lassen sich Auswertungsprozesse effektiv nonverbal und unter Einbeziehung aller S initiieren.

Ticket vote Die Methode des *Ticket vote* dient dazu, eine Einschätzung der Lerngruppe zu einem Film zu erhalten. Zu diesem Zweck erhält jede/r S eine (imaginäre) Eintrittskarte, die nach dem Sehen in vorbereitete Schachteln geworfen wird. Die Schachteln können zwei (+, -) oder drei (+, 0, -) Kategorien haben. Das Ergebnis kann als Grundlage zu einer Diskussion über den Film dienen, die z. B. als ▶ Hot seat organisiert werden kann.

Total Physical Response (TPR) Das Konzept der *Total Physical Response* (*TPR*) beruht auf der Einbeziehung von Körpersprache und Bewegung, um das Hörverstehen der S zu fördern. *TPR* spricht in besonderem Maße S mit Sprechhemmungen oder geringem Sprachinventar an, die mithilfe der Methode die Fremdsprache handelnd umsetzen und so Erfolgserlebnisse erzielen.

Die S reagieren auf eine Anweisung von L oder einem anderen S nonverbal, indem sie diese in Bewegung umsetzen. Die Anweisungen sollten z. B. durch Gestik oder den Einsatz von Realgegenständen verständlich gemacht werden. Durch mehrfache Wiederholung kann die Behaltensleistung gesteigert werden, indem Handlung und Sprache nachhaltig miteinander verknüpft werden.

Two-minute talk ▶ One-minute presentation

Two stars and a wish Diese Feedback-Methode birgt einen hohen Grad an Wertschätzung und sprachlicher Würdigung, da grundsätzlich die erbrachte Leistung mit mehr Positiva im Vordergrund steht. Es werden zunächst zwei positive Aspekte benannt (= *stars*) und anschließend ein Optimierungswunsch (= *wish*).

Uniform day Um zu erfahren, wie sich das Tragen einer Uniform anfühlen kann, lohnt es sich, einen *Uniform day* durchzuführen. Hierzu spricht sich die Klasse auf Englisch ab, was sie am *Uniform day* anziehen kann. Z. B. eine schwarze Hose und ein weißes T-Shirt, wobei das Ziel ist, eine einheitliche Kleidungsfarbe jeweils für ein Oberteil und ein Unterteil zu finden. Es lohnt sich, die S darauf hinzuweisen, dass die

Kleidung möglichst schick/gepflegt sein sollte, gleichzeitig wird darauf hingewiesen, dass keine neue Kleidung gekauft werden soll. Ob eine Krawatte getragen wird, sollte im Einzelfall entschieden werden.

Der *Uniform day* sollte an einem Tag sein, an dem auch Englischunterricht stattfindet. So können Klassenfotos in Uniform gemacht und die Eindrücke gemeinsam reflektiert werden. Es bietet sich hier z. B. an, über die Gefühle zu sprechen, die man beim Tragen der Uniform hat. Da sich diese Gefühle oft von Unsicherheit (zu Hause) zu Freude (in der Schule) verwandeln, lohnt es sich auch, die S reflektieren zu lassen, wie sie sich vor der Schule gefühlt haben. Die authentischste Uniform kann gekürt werden, um den Mut der S zu belohnen, die besonders schicke Kleidung tragen. Es sollte hierbei jedoch unbedingt sensibel auf das soziale Gefüge in der Klasse geachtet werden.

Vokabelarbeit Die S sollten möglichst früh damit beginnen, sich eine Vokabelsammlung anzulegen. Dies kann z. B. mithilfe eines Vokabelhefts oder eines selbst angelegten *Vocab files* geschehen, in das die S auch kleine Bilder und Skizzen zur Verdeutlichung der Bedeutung einfügen. Neues Vokabular übertragen die S von der ▸ Vokabeltafel sofort in ihre Vokabelsammlung. Für bestimmte Wortgruppen bzw. thematischen Wortschatz empfiehlt es sich zusätzlich, *Wordwebs* ähnlich einer ▸ Mindmap anzulegen. Dabei sammeln die S Vokabeln, die sie durch Verbinden in Beziehung zueinander setzen bzw. thematisch gruppieren. Die *Wordwebs* können dem *Vocab file* hinzugefügt werden.

Vokabelrennen Für das Spiel *Vokabelrennen* bilden die S zunächst Kleingruppen. Die S einer Gruppe spielen gegeneinander. L bestimmt, welche Gruppe beginnt und gibt dieser Gruppe eine Vokabel. Der/Die S aus der Gruppe, welche/r die Vokabel am schnellsten errät, darf sich zum nächsten Tisch bewegen. Dort tritt S nun gegen die S dieser Gruppe an. Wieder wird eine Vokabel erfragt und nur der/die schnellste S darf zur nächsten Tischgruppe weitergehen. Dies wird wiederholt, bis ein/e S wieder am Ursprungstisch ankommt.

Vokabeltafel Wird mithilfe einer Tafel gelehrt, bietet es sich an, eine feste Tafelseite für Vokabeln zu reservieren, die die S immer abschreiben, sobald L dort neue Vokabeln anschreibt. Beim Semantisieren von Wortschatz (▸ Semantisierung) sollte L stets die Übersetzung mit anschreiben, die die S dann ebenfalls übertragen.

Voting finger ▸ Democratic vote

Wachsende Gruppe ▸ Pyramidendiskussion

Word memory Der Wortschatz (einzelne Wörter, Wortgruppen) wird senkrecht an der Tafel notiert und nacheinander im Chor gesprochen. Nach jedem Chorsprechen wird ein Wort / eine Wortgruppe von der Tafel gewischt. Die abgewischten Wörter werden jedoch beim Chorsprechen weiterhin (auswendig) mit aufgesagt. Am Ende ist der gesamte Wortschatz von der Tafel gewischt worden und wird komplett auswendig (nacheinander) im Chor gesprochen. Zusätzlich kann der verwendete Wortschatz anschließend im Kontext versprachlicht werden (z. B. indem Beispiele oder Definitionen genannt werden).

Words in the air Bei der Methode *Words in the air* arbeiten die S in PA. Sie schreiben ein Wort in die Luft, das der Partner / die Partnerin erraten soll. Es empfiehlt sich, den zu verwendenden Wortschatz einzuschränken, sodass das Raten leichter fällt und der richtige Wortschatz geübt wird.

Diese Aktivität eignet sich besonders gut als *Warm-up* und zur Vokabelwiederholung. Sie kann mit weiteren Bewegungen verknüpft werden, wenn der/die ratende S das Wort z. B. nachspielen oder mit einer Aktivität verknüpfen soll.

World Cafe Bei dieser Methode gibt es je nach Themen in der Klasse mehrere Gruppentische, die wahlweise mit Flipchartbögen, Packpapier und Stiften ausgestattet sind. Das jeweilige Thema der Gruppe steht in der Mitte der Bögen. Ein/e S fungiert als *host* (Gastgeber/in), d. h. S moderiert die Diskussion und verbleibt bei dem Wechsel der anderen Gruppenmitglieder am Tisch, um die nächste Gruppe über die bisherigen Ergebnisse zu informieren und den weiteren Prozess zu moderieren.

Der *host* stellt das Thema vor, die anderen Gruppenmitglieder haben nun Zeit, nachzudenken, zu diskutieren und anschließend ihre Überlegungen auf die Bögen zu schreiben. Diese dienen nun im weiteren Verlauf als Diskussionsgrundlage. Der *host* hält ggf. weitere Ergebnisse fest. Auf ein Signal von L wechseln die Gäste den Tisch und werden an dem neuen Tisch vom *host* über die bisherigen Ergebnisse informiert. Nun beginnt der oben beschriebene Ablauf erneut. Zum Abschluss der Diskussionsrunden kehren die S an ihren Ausgangstisch zurück, tauschen ihre Erfahrungen aus und berichten dem Plenum von den Ergebnissen ihrer Gruppe.

Wortschatzsemantisierung

▸ Semantisierung

Zählen in der Gruppe

Ziel dieses kooperativen Spiels ist es, bis zu einer bestimmten Zahl zu zählen, die von L festlegt wird. Diese Zahl sollte nicht zu hoch sein, also etwa 20–25. Das Zählen erfolgt nach folgenden Regeln:

1. Die S dürfen sich nicht austauschen oder vorher absprechen. Dazu kann vereinbart werden, dass sie die Augen schließen.
2. Jede/r S darf zählen.
3. Es darf immer nur eine Zahl genannt werden, d. h. kein/e Mitspieler/in darf zwei aufeinanderfolgende Zahlen nennen. Erst nachdem ein/e andere/r S dran war, darf man erneut mitzählen.
4. Wenn zwei S gleichzeitig eine Zahl nennen, muss die Gruppe vorn vorne mit dem Zählen beginnen.

Zufallsgenerator

Mithilfe dieser Methode kann L nach Zufallskriterien S auswählen, die eine Aufgabe, ein Projekt o. Ä. präsentieren sollen. Zu diesem Zweck stehen zunächst alle S auf und L nennt ein Kriterium. Falls S dieses erfüllen, setzen sie sich hin. Die Person, die am Ende noch steht, präsentiert die Aufgabe.

Tipp: Um zu verhindern, dass sich am Ende alle S setzen können, wählt L Sätze mit Superlativen (z. B. *The youngest / the tallest / …*).

Illustration: Shutterstock.com/Nemanja Cosovic

1 WALK AROUND Say hello to four other students. Ask and answer the questions.

a) Talk to four other students like this:

You:

1 Hello! I'm … What's your name?
3 Nice to meet you!
5 I like … What about you?
7 Cool! / …

Your partner:

2 Hi! I'm …
4 Nice to meet you too!
6 I like …

b) Write the answers in the table[1].

Name?				
Likes?				

c) Early finisher Look at your table again. Can you find two students with the same answers?

__________________ and __________________ like __________________.

2 What about Scout?

My name is __________.

I'm a ______________.

I like ______________.

3 What about you?

Make a poster about you. Write sentences. Find some photos or pictures if you like[2].

[1] table *Tabelle* [2] if you like *wenn du möchtest*

Cornelsen
Lighthouse 1 | Lehrkräftefassung Plus Basic Edition
Illustration: Cornelsen/Irina Zinner
Fotos: stock.adobe.com/titelio (Möwe); stock.adobe.com/robyn mac (Sandwich)

PREPARATION Cut out the activity cards and the animal cards.

INSTRUCTIONS Play in two teams. First choose an activity card. Then choose an animal card.
Now mime, draw or make a noise like the animal on your card. Can your partners guess your animal?

HELP You can use *Wordbank 3*, p. 185 in your English book.

Activity cards

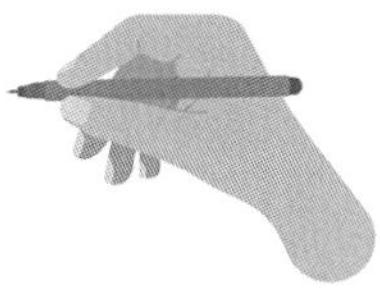
Draw an animal!

Make an animal noise!

Mime an animal!

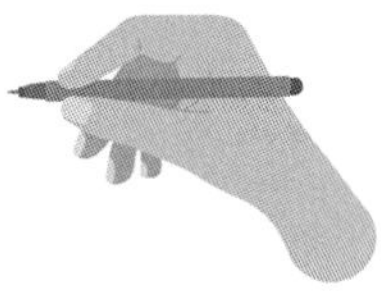
Draw an animal!

Make an animal noise!

Mime an animal!

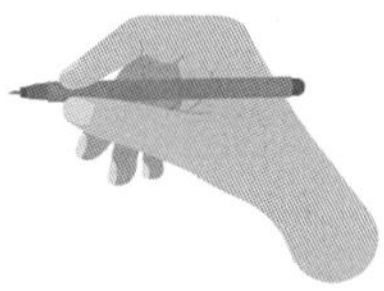
Draw an animal!

Make an animal noise!

Mime an animal!

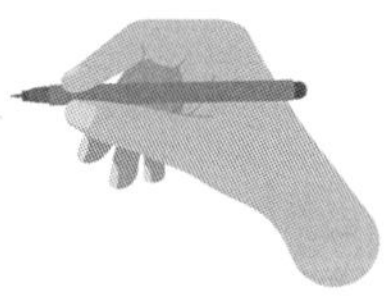
Draw an animal!

Make an animal noise!

Mime an animal!

Draw an animal!

Make an animal noise!

Mime an animal!

Draw an animal!

Make an animal noise!

Mime an animal!

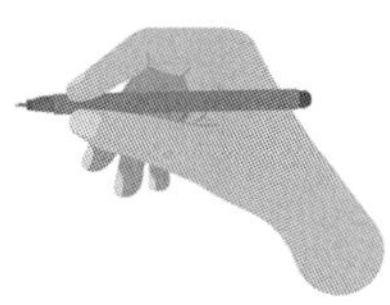
Draw an animal!

Make an animal noise!

Mime an animal!

Illustrationen: stock.adobe.com/Aletheia Shade (WOOF); Shutterstock.com/WinWin artlab (Hand); Shutterstock.com/Vector_KIF (Pantomime)

PREPARATION Cut out the animal cards and the activity cards.

INSTRUCTIONS Play in two teams. First choose an activity card. Then choose an animal card.
Now mime, draw or make a noise like the animal on your card. Can your partners guess your animal?

HELP You can use *Wordbank 3*, p. 185 in your English book.

Animal cards

a lion 	a cat 	a horse 
a parrot 	a dog 	a snake 
an elephant 	a monkey 	a crocodile 
a rhino 	a bear 	an owl 
a seagull 	a meerkat 	a duck 
a tiger 	a butterfly 	a spider 
a whale 	a dolphin 	a penguin 

Illustrationen: Shutterstock.com/Nadya_Art (cat, dog, butterfly); Shutterstock.com/Andrew Krasovitckii (alle anderen)

1 My hobbies and sports

a) What's your favourite hobby and your favourite sport? Draw pictures and write down the words.

My favourite hobby is ____________________. My favourite sport is ____________________.

▼
▲ *fold here*

More help You can use *Wordbank 4*, p. 186 in your English Book.

2 DOUBLE CIRCLE My favourite hobby/sport is …

a) Write sentences about your hobbies and sports.

I like ____.

I love ____.

I don't like ____.

b) Stand in two circles. Talk to a partner. One circle moves to find a new partner.

My favourite hobby is … What about you?	I like …	I love …	I don't like …
My favourite sport is … What about you?	I like …	I love …	I don't like …

1 My new English book

a) Find these pictures of Scout in your book. Tick the correct page number.

b) Write the name of the part of the book in the table[1].

☒ **c)** Write a sentence in German about what you can find in this part of the book.

Scout's hats	Page	Title of the part	☒ Was kannst du in diesem Teil deines Buches finden?
 A	☐ p. 162 ☐ p. 264		
 B	☐ p. 92 ☐ p. 236		
 C	☐ p. 162 ☐ p. 169		
 D	☐ p. 1 ☐ p. 202		
 E	☐ p. 159 ☐ p. 174		
 F	☐ p. 6 ☐ p. 195		
 G	☐ p. 13 ☐ p. 201		

✂--

More help You can use these sentences for **c)**.

In diesem Teil finde ich alle neuen Vokabeln nach Units geordnet. • Das ist das alphabetische Wörterverzeichnis. • Hier finde ich englische Sätze und ihre deutschen Übersetzungen. • Hier wird erklärt, wie das Buch aufgebaut ist. • Hier finde ich Sätze, die ich im Englischunterricht sagen kann. • In diesem Teil finde ich Hinweise zur Grammatik / zu den Regeln der englischen Sprache. • Auf diesen Seiten bekomme ich wichtige Tipps, wie ich z. B. Wortschatz lernen kann.

[1] table *Tabelle*

1 LISTENING Four students at Varndean school

a) Make groups of three partners. Each partner chooses one category[1] (How old? / Hobby / Sport).
Listen to four students from Brighton and tick (✓) the right answers.

Name	Sunita Chandra		
How old?	☐ 10	☐ 11	☐ 12
Hobby	☐ coding	☐ drawing	☐ reading
Sport	☐ badminton	☐ dancing	☐ yoga

Name	Noah Williams		
How old?	☐ 10	☐ 11	☐ 12
Hobby	☐ listening to music	☐ reading	☐ taking photos
Sport	☐ basketball	☐ football	☐ walking

Name	Zane Adebayo		
How old?	☐ 10	☐ 11	☐ 12
Hobby	☐ coding	☐ cooking	☐ listening to music
Sport	☐ basketball	☐ football	☐ swimming

Name	Lily Hall		
How old?	☐ 10	☐ 11	☐ 12
Hobby	☐ drawing	☐ listening to music	☐ reading
Sport	☐ dancing	☐ parkour	☐ yoga

b) Tell your answers to your two partners. Then tick (✓) your partners' answers in the table.

Sunita is … years old. Noah …

Zane's favourite hobby is ...

Noah's favourite sport is …

2 Choose Sunita, Noah, Zane or Lily. What's the same for you? What's different to you?

a) Write sentences about you and one of the four students. Use the phrases in the box.

> Sunita / Noah / Zane / Lily is … years old. I'm …
> Sunita's / Noah's / Zane's / Lily's favourite hobby is … My favourite hobby is …
> Sunita's / Noah's / Zane's / Lily's favourite sport is … My favourite sport is …

____

____

____

____

b) Read the sentences to a partner.

[1] category *Kategorie*

My timetable – partner A

Complete the timetable. Walk around the room and ask the students.

What's lesson 4 on Tuesday?

I don't know.

It's history.

Lesson	Monday	Tuesday	Wednesday	Thursday	Friday
registration and assembly					
1		computing	art	science	French
2	maths		PE	geography	
break					
3	PE	English		maths	English
4		history	computing	maths	art
lunch					
5	science	French	maths		music
6	history	geography		French	design and technology

My timetable – partner B

Complete the timetable. Walk around the room and ask the students.

What's lesson 4 on Tuesday?

I don't know.

It's history.

Lesson	Monday	Tuesday	Wednesday	Thursday	Friday
registration and assembly					
1	English		art	science	French
2	maths	computing		geography	maths
break					
3	PE	English		maths	
4	PE	history	computing		art
lunch					
5		French	maths	French	music
6	history	geography	history	French	design and technology

My timetable – partner C

Complete the timetable. Walk around the room and ask the students.

What's lesson 4 on Tuesday?

I don't know.

It's history.

Lesson	Monday	Tuesday	Wednesday	Thursday	Friday
registration and assembly					
1	English	computing	art	science	French
2		computing	PE	geography	maths
break					
3			design and technology	maths	
4	PE	history		maths	art
lunch					
5	science	French	maths	French	music
6	history	geography	history	French	

My timetable – partner D

Complete the timetable. Walk around the room and ask the students.

What's lesson 4 on Tuesday?

I don't know.

It's history.

Lesson	Monday	Tuesday	Wednesday	Thursday	Friday
registration and assembly					
1		computing	art	science	French
2	maths			geography	maths
break					
3	PE	English	design and technology	maths	English
4	PE	history	computing	maths	art
lunch					
5	science	French		French	music
6		geography	history	French	

Swap cards – Adjectives

INSTRUCTIONS:

1 Every student gets a card and translates[1] the adjective.
2 The students walk around the room.
3 When they hear a signal, they find a partner.
4 They exchange information.
5 When they hear a signal, they swap cards.
Start again …

*What's **hungry** in German?*

*It's **hungrig**.*

What's **sad** in German? It's "__________".	What's **cool** in German? It's "__________".	What's **clever** in German? It's "__________".
What's **friendly** in German? It's "__________".	What's **happy** in German? It's "__________".	What's **helpful** in German? It's "__________".
What's **horrible** in German? It's "__________".	What's **nice** in German? It's "__________".	What's **mean** in German? It's "__________".
What's __________ in German? It's "__________".	What's __________ in German? It's "__________".	What's __________ in German? It's "__________".

[1] (to) translate *übersetzen*

1 Mind maps

Complete the mind map about school.

You can add more topics and use a dictionary.
days: Monday, …
uniform: tie, …
classroom: desk, …

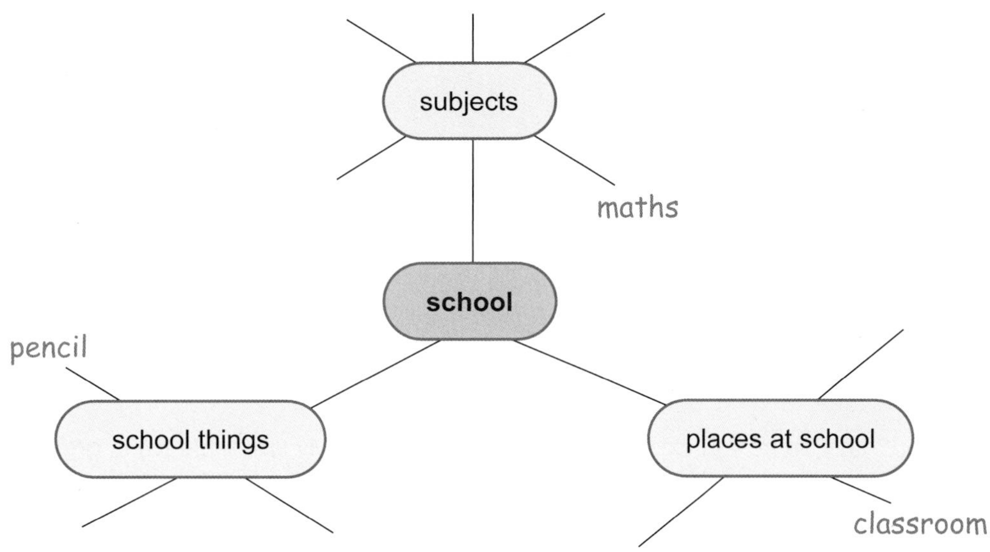

1 LISTENING At break

I can understand students at a British school. ✓

a) D • B • C • A

(4 points)

b)

Name	Favourite lesson today	Why?
Zane	geography	The teacher is nice.
Sunita	computing	It's cool.
Lily	PE	It's fun.

(6 points)

10–9	8–7	6–5	4–0

2 SPEAKING Mr Lee's desk

I can understand and use classroom English. ✓

(3 points)

In the picture I can see a white computer, **five red glue sticks, four green exercise books and three rulers.**

3 WORDS In the classroom

(4 points)

1 Can you **help** me?
2 Can I **open** the window, please?
3 **Sorry** I'm late, Ms Miller.
4 What's the answer to this **question**, please?

7–6	5	4	3–0

4 LANGUAGE Sunita's email

I can write my timetable in English *(to be)*. ✓

(6 points)

Hi, Jasmine!

How (1) **are** you? I (2) **'m** now in class 7C at Varndean School. My timetable (3) **is** great! English lessons (4) **are** on Mondays, Tuesdays and Fridays. Science lessons (my favourite lessons) (5) **are** on Tuesdays and Wednesdays. And PE (6) **is** on Thursdays. Is your timetable OK?

See you, Sunita

6	5–4	3	2–0

5 LANGUAGE Jasmine's school

I can describe my school. (*to be* – negative). ✓

(5 points)

This is my school in Hove. The students (1) **aren't** in the building because it's break. The uniform is nice – the tie (2) **isn't** red, it's blue. I like the canteen! The food is great. But the classrooms are in building 1 – they (3) **aren't** near the canteen. That's horrible, (4) **I'm not** happy about that! The sports hall (5) **isn't** in building 1 – it's near the canteen.

6 WRITING Seb's school

(6 points)

Hi, Lily!
My school **is** Schiller School. **It's** in Bochum.
It's a **big** school.
The students **are** friendly.
Our **class** teacher is Ms Lang.
My favourite **place** is the sports hall.
See you,
Seb

11–10	9–8	7–5	4–0

7 READING Zane's homework

I can understand a story about friends. ✓

b) 1 Mr King is **busy**.
2 Sunita is **helpful/clever** and **clever/helpful**.
3 Zane is **sad** then **happy**.

(5 points)

c) 1 Mr King is the **music teacher**.
2 Mr King can talk **at break**.
3 Zane likes **music**.
4 Zane's computer isn't **new**.
5 Sunita is good with **computers**.

(5 points)

10–9	8–7	6–5	4–0

8 STUDY SKILLS All about Lily

I can learn vocabulary in different ways. ✓

(6 points)

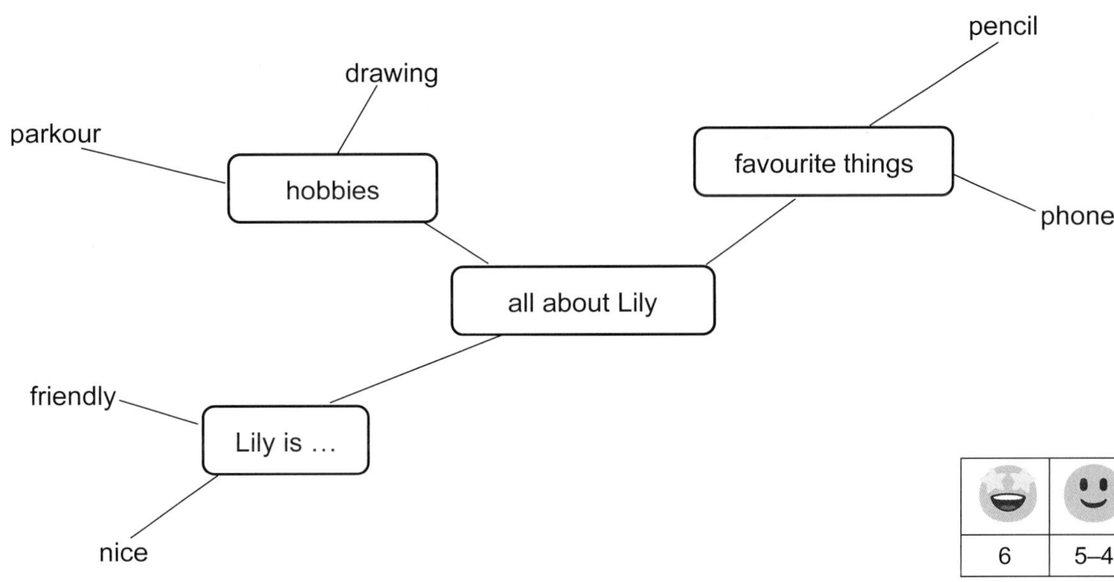

6	5–4	3	2–0

9 READING AND WORDS Noah's poster

I can make a poster about my school. ✓

a) 1 C • 2 A • 3 D • 4 B

(4 points)

b) 1 This is my timetable. My favourite **lesson** is maths.
2 This is the art room. It's my favourite **place**.
3 This is my uniform. The **tie** is red.
4 This is Mr Lee. He's my class **teacher**. He's nice!

(4 points)

8–7	6	5–4	3–0

1 Make your circle of important people

a) Write the names of your important people on the lines. You don't need to write a name on every line. You can draw pictures of your important people. Or you can stick[1] photos of the important people on your circle.

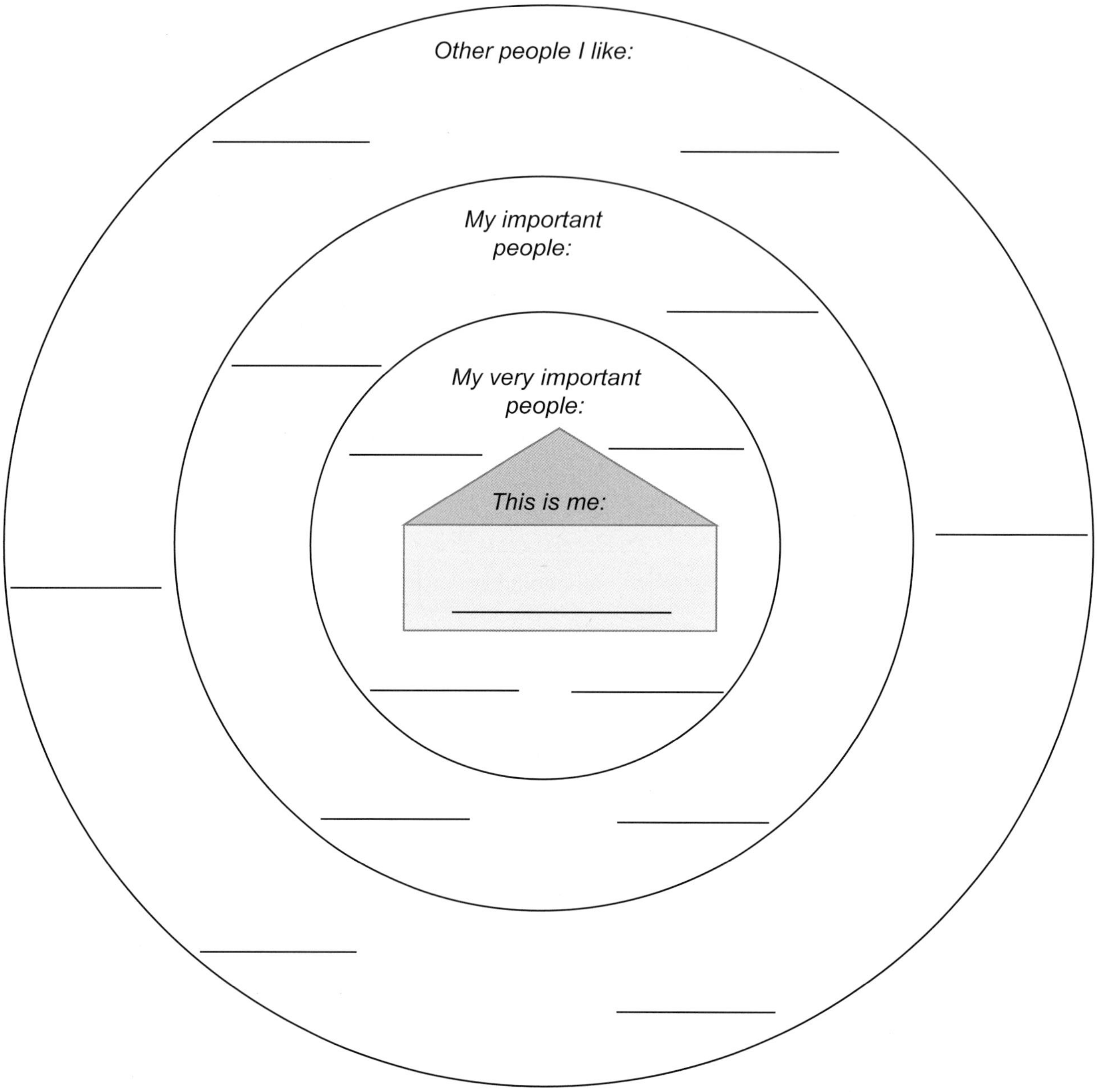

b) Tell a partner about your circle of important people.

This is ________.
He's my dad / stepdad / brother / grandfather / …

This is ________.
She's my mum / stepmum / sister / grandmother / …

[1] (to) stick *kleben*

1 Lily's home

Read Lily's message to her new friend about her home. Complete her chat with the words in the box.

small and nice • mum and dad • your • Brighton • flat •
a living room and two bedrooms

I live with my (1) ______________________________.

We live in a (2) __________ in (3) ____________________.

It's (4) ______________________________.

There's a kitchen, a bathroom, (5) ____________________

______________________________.

Tell me about (6) ____________ home!

2 My home or dream home

Write a chat message to a new friend about your home or dream home.

I live with my ______________________________.

We live in a ____________________ in ____________________.

It's ______________________________.

There's a kitchen, a bathroom, ____________________

______________________________.

Tell me ______________________________!

Foto: Cornelsen/Anja Poehlmann

Word and picture cards

PREPARATION Cut out the word and picture cards.

INSTRUCTIONS Play with a partner. Put the cards face down on the table. Turn over two cards. When you have a pair (word and picture), say the word and play again. When you don't have a pair, it's your partner's turn.

lamp	clothes		
wardrobe	sofa		
cushion	computer		
bed	robot	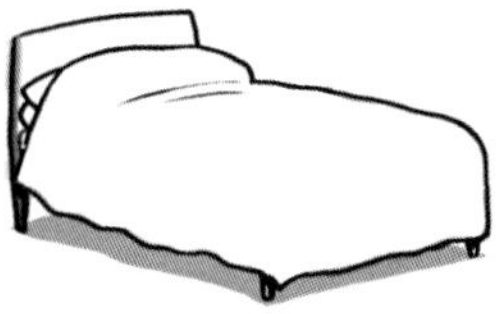	
chocolate	chair		
shelf	desk		

1 Talk to your partner about your room

a) What is in your partner's room? Listen, then cut out the right things.

b) Listen again. Then put the things in the right place.

c) Show your room to your partner. Does it look right?

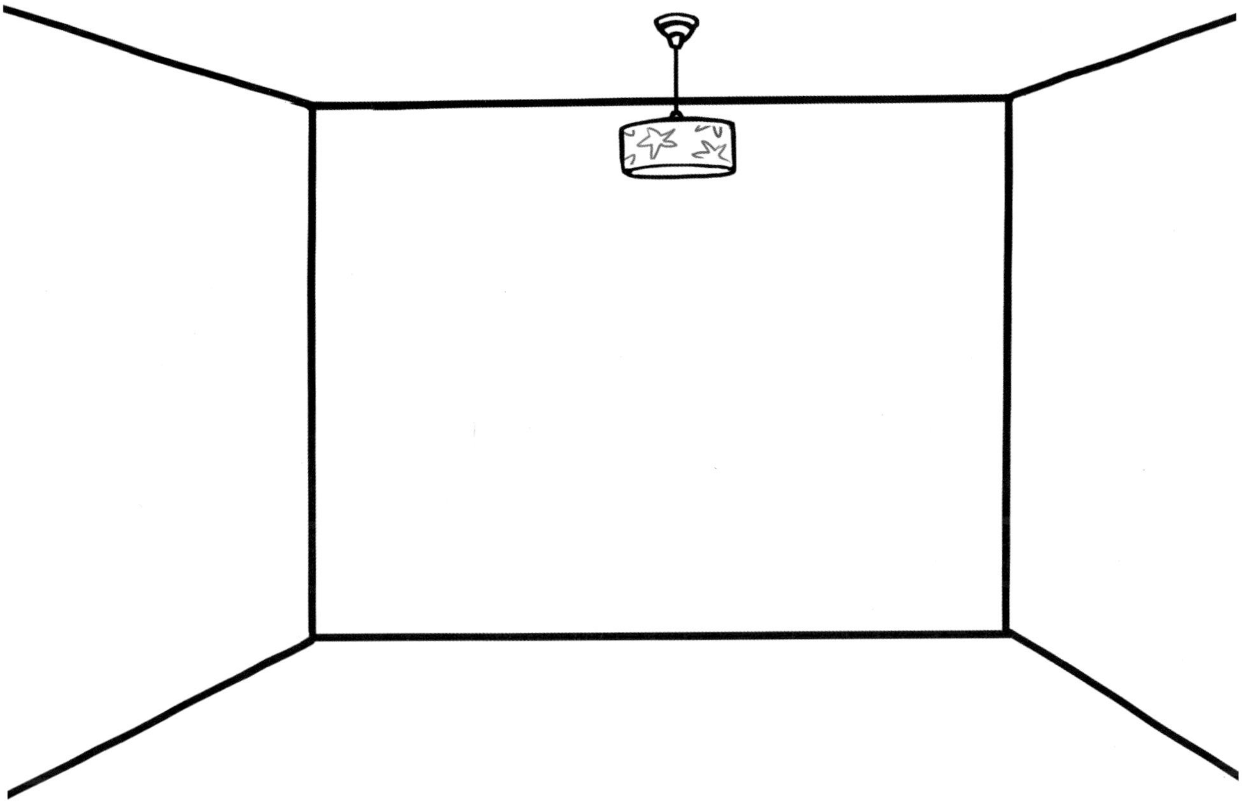

1 My little flat

a) Cut out the lines a–i.

b) Listen to the song about Ben and Willow's flat. Put the lines a–i in the correct order.

c) Listen again and check.

d) Describe the flat in one sentence.

It's ______________________________

e) Do you like the song? Talk to a partner.

I like the song because *... I like the music.* *... Ben is a good singer.* *... it's about family / love / ...*

I don't like the song because *... I don't like the music.* *... Ben isn't a good singer.* *... the words aren't cool.*

a	And the living room is always very messy
b	There are two small bedrooms, there aren't three
c	And it isn't new or modern at all
d	There aren't expensive pictures on the wall
e	But my little flat is perfect for me
f	People ask, 'Is your flat big?' No, it's small
g	There's my family, that's enough
h	My little flat is perfect for me
i	Because there's music, there's love

Smileys: Shutterstock.com/Yefym Turkin

1 WORDS Jay's favourite picture

I can talk about my family. ✓

This is my favourite photo. It's my family at my flat. That's my (1) m**um**/m**other**, Priya and my (2) d**ad**, Rahi behind the sofa. Next to me is my (3) s**ister**, Anika. She's nice! Then there's my (4) a**unt**, Meera with my cousin, Sunita.
Behind Sunita is her (5) b**rother**, Nish. My (6) g**randpa**/g**randfather** is on the sofa too. (6 points)

2 WORDS Priya's pictures

(6 points)

1 A • **2** B • **3** B • **4** A • **5** B • **6** A

12–11	10–8	7–6	5–0

3 On the phone to *FindAPet*

I can talk about pets (questions and short answers). ✓

a) 1 **Are** you good with animals? – Yes, I **am.**
2 **Is** your flat big? – No, it **isn't**.
3 **Is** your home quiet? – Yes, it **is**.
4 **Are** you and your family cat fans? – No, **we aren't**.
5 **Are** your neighbours dog fans? – No, they **aren't**.
6 **Are** you scared of lizards? – No, I**'m not**.

(6 points)

6	5–4	3	2–0

4 WRITING Amira's email to Ben

I can describe my home or dream home. ✓

I live with my parents and my brother. We live in a small house. It's always tidy. There is a kitchen, a living room and two bedrooms. Our neighbours are friendly. (5 points)

(Es sind mehr als 5 Sätze möglich. Für jeden korrekten Satz gibt es einen Punkt.)

5	4	3	2–0

5 LISTENING Noah's room

I can describe my room. ✓

a) C • D • F (3 points)

b) **1** B • **2** A • **3** A • **4** B (4 points)

7–6	5	4	3–0

6 READING Lily wants a new pet

I can understand a problem and talk about it. ✓

b) D • B • A • E • C

(5 points)

c) **B** Lily is often alone and wants to play with a pet.

(1 point)

6	5–4	3	2–0

7 STUDY SKILLS Sunita's message

I can spell words correctly. ✓

(8 points)

1 Ben's music is too **loud** – again!
2 Hi, Lily, the art **homework** is hard – can you help me?
3 Coding is hard to **learn**, but it's fun!
4 Nish, thank you for the **chocolate**!
5 I'm at home today. It's very quiet because I'm **alone**.
6 Mum, what's for **dinner**? I'm really hungry.
7 Hi, Zane. Do you know Noah's **address** please?
8 Hi, Noah, it's time for homework. **Speak** later.

8 LISTENING At the vet

(5 points)

1 Pet's name: Queenie
Animal: **hamster**
Family name: Fruin
Phone number: **4960162**

2 Pet's name: Hermes
Animal: **parrot**
Family name: **Lui**
Phone number: 07700**900835**

13–12	11–9	8–6	5–0

9 SPEAKING Zane's dream room

I can present my dream room. ✓

(5 points)

(Lösungsbeispiel) This is Zane's dream room. It's very big and quite messy.
There are football posters on the walls. There's a cat on the bed.
There's a guitar on the sofa. There's a desk with a computer.
There's a green lamp on the desk.

(Es sind mehr als 5 Sätze möglich. Für jeden korrekten Satz gibt es einen Punkt.)

5	4	3	2–0

1 Talk about Scout's day

a) Match the pictures to the correct verbs.

b) Choose five pictures. Then tell a partner about Scout's day.

Scout gets up. Then she …

	**1** get up		**8** take photos
	**2** eat breakfast		**9** meet friends
	**3** go for a walk		**10** play football
	**4** go swimming		**11** sing a song
	**5** go shopping		**12** dance
	**6** do her homework		**13** watch TV
	**7** listen to music		**14** go to bed

1 Leni's school day

Complete Leni's post with the words in the box.

ends • get up • live • play • starts • takes

Hi, Zane!

My name is Leni and I (1) ______________________ in Bochum. This is my day.

I (2) ______________________ at 6.30. I have a shower and eat breakfast.

I go to school by bus at 7.30. The journey (3) ______________________ 20 minutes.

School (4) ______________________ at 8 o'clock. I have lunch at school.

School (5) ______________________ at 3.15.

In the afternoon I often (6) ______________________ football.

I go to bed at 8.45.

What about you?

Bye, Leni

2 My school day

Write to Zane about your day. You can use Leni's text for help. Change the words in grey if necessary.

Hi, Zane!

My name is _________________ and I _________________ in _________________.

This is my day.

I _________________ at _________________. I have a shower and eat breakfast.

I _________________ to school _________________ at _________________.

The journey _______________________________________.

School _________________ at _________________. I have lunch _______________________.

School _________________ at _________________.

In the afternoon I often ____.

I go to bed at _________________.

What about you?

Bye, _________________

Play a domino game

PREPARATION Complete the domino cards. Then cut out the cards.

~~art~~ • computer games • ~~cricket~~ • dancing • running • singing • ~~swimming~~ • table tennis • trampolining • windsurfing

INSTRUCTIONS Play the game in groups of three.

1. Put all the domino cards face down on the table.
2. Each player draws two cards. Put the other cards on a pile[1].
3. The youngest player starts by putting a card face up in the middle.
4. The next player puts down a matching card. Take a card from the pile if you do not have a matching one.

I do not have a matching card.

Then take a card from the pile.

[1] pile *Stapel*

swimming		art	
cricket			

Piktogramme: von links oben nach rechts unten: 1, 3, 4: Shutterstock.com/ArnaPhoto; 2, 5, 7, 9, 10: Shutterstock.com/browndogstudios; 6: stock.adobe.com/rashadaliyev; 8: Shutterstock.com/elenabsl

1 Let's meet

a) Write the phrases from the box in the correct place.

~~Let's …~~ • ~~I'd love to.~~ • Sorry, I'm busy. • Good idea! • Are you free on …? • Sorry, I can't. • Yes, please! • Can we meet …?

Ask to meet	Say *yes*	Say *no*
Let's …	I'd love to.	

2 Are you free?

BEFORE YOU START WITH THE DOUBLE CIRCLE Choose two activities: underline activities in the box or note down your own ideas.

Ideas:
- go to the beach
- go to the skatepark
- go swimming
- go cycling
- play football
- meet at my house/flat

My own ideas:

______

______

	Saturday	Sunday
9.00	activity: ______ with: ______	activity: ______ with: ______
1.00	activity: ______ with: ______	activity: ______ with: ______

3 My plans

Tell the class about your plans. Change the underlined words.

On Sunday at 1 o'clock I want to go cycling with Lea.

1 Describe the pictures to a partner.

Who or what can you see in the pictures?
Say at least two sentences for each picture.
Take turns.

In picture 1 I can see …

In picture 2 …

____

____

____

____

____

____

2 Match sentences a–f to parts 1–6.

Choose sentences from the box and write them under the pictures.

a Zane says *thank you* to his friends.	**d** Zane tells his friends he's the winner.
b Zane's friends tell him they know.	**e** Zane tells his friends about his feelings.
c Zane's friends read about his mum.	**f** Zane's mum is happy.

Cornelsen
Lighthouse 1 | Lehrkräftefassung Plus Basic Edition
Illustrationen: Cornelsen/Harald Ardeias

1 READING Zara's school journey

I can talk about my school journey. ✓

b) (5 points)

1 false
2 true
3 false
4 false
5 true

c) (5 points)

1 Zara's car journey is **good** because it's **fast**.
2 Zara's bus journey is **bad** / **not good** because the bus is **slow** / **loud** and **it's loud** / **it is loud** / **it's slow** / **it is slow**.

10–9	8–7	6–5	4–0

2 WORDS Sunita's morning

I can describe my daily routine (simple present). ✓

(6 points)

1 I **get up** at six fifteen.
2 At six thirty, I **have a shower**.
3 And I **brush my teeth**.
4 After that I **get dressed**.
5 Then I **eat breakfast**.
6 I **go to school** at 8 o'clock.

3 LANGUAGE Sunita's evening

(9 points)

I come home from school at 4 o'clock. Sometimes Nish (1) **makes** a snack for us – we're always hungry after school! Then I (2) **do** my homework. That (3) **takes** thirty minutes. We (4) **eat** dinner at 7 o'clock, and then Ben (5) **tidies** the kitchen. After dinner, I (6) **watch** TV and Nish (7) **does** his homework on the computer. Mum and Ben often (8) **read** the newspaper. On weekdays I (9) **go** to bed at 9 p.m.

15–13	12–10	9–7	6–0

4 SPEAKING A conversation with Ryan

I can talk about my free time. ✓

(3 points)

What's your hobby?
My hobby is **parkour**.

What clubs are you in?
I'm in the **homework club and the art club**.

3	2	1	0

Smileys: Shutterstock.com/Yefym Turkin

5 WORDS Next weekend

I can make plans to meet friends. ✓

(8 points)

1 h • **2** d • **3** a • **4** g • **5** f • **6** c • **7** e • **8** b

Lily: Are you free on **Saturday?**
Alice: Sorry Lily, I'm **busy.**
Lily: Oh, **OK.**
Alice: What about Sunday? Are you **free?**
Lily: Yes, **I am.**
Alice: Great. Let's go **cycling.**
Lily: Good **idea!**
Alice: Let's meet at the park at **11 o'clock.**

8–7	6	5–4	3–0

6 LISTENING Saturday plans

I can understand feelings in a story. ✓

a) (8 points)

	Saturday morning	**Saturday afternoon**
1 Zane	see grandpa	go swimming
2 Lily	do my homework	go shopping
3 Noah	free	free
4 Sunita	do yoga	free

(4 points)

b)
1 Zane is **sorry**.
2 Lily is **tired**.
3 Noah is **sad**.
4 Sunita is **happy**.

12–11	10–8	7–6	5–0

7 STUDY SKILLS The Computer Club

I can look up and learn new words. ✓

b) classmates • memes • swap • useful (4 points)

d) (4 points)

emails	**classmates**	good	give
headphones	friends	interesting	tell people
memes	students	great	share
websites	teachers	**useful**	**swap**

8–7	6	5–4	3–0

8 WRITING Fabian's week

I can share the highlights of my week. ✓

(5 points)

(Lösungsbeispiel) On Monday afternoon I go cycling with my friend. **I have a guitar lesson on Tuesday. On Wednesday I go to my grandpa's house. I go to the school drama club on Thursday afternoon. On Friday evening I play computer games. On Saturday and Sunday I eat a big breakfast.**

5	4	3	2–0

1 READING Lily's homework

a) BEFORE YOU READ Make five pairs of opposites to describe a neighbourhood:

~~clean~~ • big • ~~dirty~~ • friendly • great • loud • small • unfriendly • horrible • quiet

clean – dirty, ___

___

___

b) Read Lily's text.
Underline the words from **a)** Lily uses in the text and complete the table.

1 her neighbours: friendly	4 the park: ___
2 the shop: ___	5 some places on the estate: ___
3 activities at the youth centre: ___	6 the cars: ___

My neighbourhood

I live on the Whitehawk Estate with my mum and my dad. My sister doesn't live with us. She's 20 and has her own flat.

I like our neighbours, they're really friendly. There is one small shop in the neighbourhood, a youth centre and a sports centre. I like the youth centre because it has great activities. I like the sports centre too. It doesn't have parkour, but I like playing table tennis there.

And I like the big park near our home. I walk there with my dad. But we don't go very often because he doesn't have a lot of free days.

Some places here are dirty because some people are messy. They don't put their rubbish away. I don't like the rubbish – and I don't like all the cars, they're very loud.

But I really like my neighbourhood. I think it's nice!

1 PREPARATION Match the activities with the pictures and cut out the cards.

do homework • eat a big breakfast • listen to music • meet friends • ~~play computer games~~ •
sing a song • tidy the room • walk in the fields • watch a film

 play computer games		

2 PREPARATION Cut out the symbols.

✗	✗	✗
✓	✓	✓

3 GAME Play the game in groups of three.

INSTRUCTIONS Make a pile[1] with activity cards and a pile with symbols. Take an activity card and a symbol. Then throw the dice and make a sentence.

✓ = a positive sentence
✗ = a negative sentence

She listens to music.

I don't watch a film.

We …

1 = I
2 = you
3 = he, she, it
4 = we
5 = you
6 = they

[1]pile *Stapel*

1 SONG Kasia's town

a) Listen to Kasia's song again. What places do you hear? Collect them on the board and write them down here.

____

____

____

____

b) Listen again. Complete the song with the places.

Kasia's town

I think that my town is boring
And I don't like living here.
My town doesn't have a (1) __________.
It doesn't have a (2) __________
or pier.
There isn't anything for me
No (3) __________, no (4) __________.
The only thing here that is good
Are my friends in the neighbourhood!

2 Now you

a) Write your own song. What do you like about your town or village? You can use the structure in the box.

- I think my town/village is great / And I love living here.
- My town/village has a … and a … /
- It has a … and a …
- There are lots of things for me /
- A … and a …
- The only thing(s) that is (are) bad / Is (are) … in my neighbourhood.

____

____

____

____

____

____

____

____

b) Record your song and present it to the class.

1 Make notes

Use the information from Ex 2 and Ex 3 on p. 120 in your book and make short notes for Scout's talk on the card.

2 Use good phrases

Put the phrases from the box in the correct place.

In this photo, you can see … • I want to talk about … • Finally … • Do you have any questions? • Let's look at this picture of … • My short talk is about … • Thank you for listening.

Start the talk	Talk about pictures	End the talk
I want to talk about …		

Foto: Shutterstock.com/Nataliya Dorokhina

1 Present your top three places for kids

1 Checklist for the slides	Yes ✓	No ✗
Write a big title.		
Write only short notes.		
Choose big pictures.		

2 Checklist for the talk			
Use good phrases (see Ex 5a), p. 120 in your book).			
Speak loudly.			
Speak clearly.			
Look at the group.			

Questions:

1 ____

2 ____

✂ -

1 Checklist for the slides	Yes ✓	No ✗
Write a big title.		
Write only short notes.		
Choose big pictures.		

2 Checklist for the talk			
Use good phrases (see Ex 5a), p. 120 in your book).			
Speak loudly.			
Speak clearly.			
Look at the group.			

Questions:

1 ____

2 ____

Smileys: Shutterstock.com/Yefym Turkin

1 MEDIATION Jack's favourite place

I can understand information about Brighton. ✓

a) **C** Jack meint, dass wir den Hove Skatepark in Brighton besuchen sollten. (1 point)

b) **1** Nein, er ist nicht im Zentrum. (4 points)
2 Neben dem Skatepark ist der Bahnhof Portslade und die Bushaltestelle Wish Road South.
3 Nein, man muss keinen Eintritt zahlen.
4 Der Skatepark ist immer offen.

5	4	3	2–0

2 LANGUAGE We live in Hove

I can describe my neighbourhood (simple present: negative). ✓

I live with my family in Hove. Our neighbourhood has nice shops and parks, but it (1) **doesn't** have a cinema. There's a great beach in Hove. Nish and I often go there after school, but we (2) **don't** go there at the weekend because it's really busy. There's a museum too, but I (3) **don't** go there very often. I (4) **don't** like museums! I like my neighbourhood, but Nish (5) **doesn't** like it. He wants to live in London, but my mum (6) **doesn't** want to live there! (6 points)

3 WRITING Lea's neighbourhood

(5 points)

(Lösungsbeispiel) Hi, Sunita! I live in a **small village. My neighbourhood is clean. My neighbourhood has three shops and a nice cinema. It doesn't have a youth centre and it doesn't have a stadium.**

11–10	9–8	7–5	4–0

4 A tour of Chester

I can talk about my town or village (simple present: questions and short answers). ✓

a) (6 points)
Zane: (1) **Do** you like your town?
Sophie: Yes, I (2) **do.** It's a nice place.
Zane: (3) **Does** your town have a good park?
Sophie: Yes, it (4) **does**. I often go cycling there.
Zane: (5) **Does** your town have a beach?
Sophie: No, it (6) **doesn't**. It's a shame!

b) **a** stadium • **b** ice rink • **c** supermarket • **d** hospital • **e** train station • **f** library (6 points)

c) **1** c • **2** a • **3** e • **4** f • **5** d • **6** b (5 points)

17–15	14–12	11–8	7–0

5 Photos of Brighton

I can talk about sights in Brighton and the weather (simple present: *wh*-questions). ✓

a) 1 What can you see in the picture? (3 points)
2 What's the weather like?
3 Why do you like the picture?

b) (Lösungsbeispiele) (4 points)

Picture A: I can see a big park. There are some trees and there are a lot of children. The weather is cold and snowy. I like the picture because I love the snow.

Picture B: I can see the beach and the sea. There is the pier and there are many people. The weather is warm and sunny. I like the picture because I like the beach.

(Es sind mehr als 4 Sätze möglich. Für jeden korrekten Satz gibt es einen Punkt.)

7–6	5	4	3–0

6 Reading At the Swap Place

I can understand a story about green activities. ✓

a) C Zane's things. (1 point)

b) 1 true (5 points)
2 false
3 false
4 true
5 true

c) 1 Saturday (5 points)
2 toys
3 messy
4 home
5 jigsaw puzzle

11–10	9–8	7–5	4–0

7 Study Skills Buddy's favourite places

I can plan and practice a short talk. ✓

a) Slide number 2 is the best because it has a big title, short notes and a big picture. (1 point)

b) 1 My **short talk** is about Buddy's favourite places. (6 points)
2 In this **photo** you can see the Pavilion Gardens.
3 In the **next** photo, we have the beach.
4 Let's **look** at these pictures of Buddy's toys in the garden.
5 Thank you for **listening**.
6 Do you have any **questions**?

7–6	5	4	3–0

8 Speaking Ideas for a rainy day

I can give a short talk to a group. ✓

(Lösungsbeispiel) Hello. My presentation is about ideas for a rainy day. (10 points)
When it's rainy, I like to go to the sports centre. It has lots of activities and it's not expensive.
Next, we have the ice rink. It costs ten euros but it's really fun!
The cinema is great too. It has interesting films and a nice cafe.
Thank you for listening. Do you have any questions?

(Es sind mehr als 10 Sätze möglich. Für jeden korrekten Satz gibt es einen Punkt.)

10–9	8–7	6–5	4–0

1 What are they doing?

a) Cut out the swap cards and fold the grey parts so that they are on the backside of the card.

b) Each student gets one card. Show your picture to another student. They have to make a sentence about the picture. Check the answer and correct them if there is a mistake.

I

I'm eating a sandwich.

Tanja

Tanja is dancing.

Cleo and Mara

Cleo and Mara are juggling.

Max and Ben

Max and Ben are talking.

Chris

Chris is taking photos.

Sam's father

Sam's father is bringing the birthday cake.

Sam

Sam is opening his birthday present.

Clara

Clara is wearing a party hat.

Mike and Nick

Mike and Nick are singing.

Hissy

Hissy is lying under the sofa.

Zorro

Zorro is eating sausages.

I

I'm drinking water.

Sam's mum

Sam's mum is cleaning the table.

We

We're playing a game.

We

We're watching TV.

1 How to make a ham and cheese sandwich

a) Find the words and write them under the right pictures. ⇨ ⇩

v	s	c	p	a	g	o	p	n
f	c	h	z	l	s	u	z	e
b	r	e	a	d	a	g	r	h
u	q	e	w	n	m	t	x	a
t	d	s	l	a	h	b	e	m
t	l	e	t	t	a	c	e	k
e	c	z	n	w	p	f	o	r
r	b	t	o	m	a	t	o	w

some ____________

two slices[1] of ________

a slice of __________

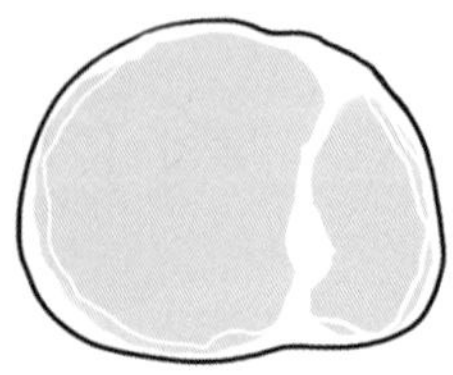

a slice of ___________

one _______________

b) Cut the stripes and put them in the right order.

- Enjoy your sandwich.
- Slice[2] the tomato.
- Next, put the ham and cheese on one slice of your bread.
- Wash the tomato.
- Put the butter on the bread.
- Now, close the sandwich.
- First, take two slices of bread and put them on your plate[3].
- Put the tomato on the ham or cheese.

c) Make your sandwich.

[1] a slice *eine Scheibe* [2] (to) slice *(in Scheiben) schneiden* [3] plate *Teller*

1 Explaining words

a) Cut out the cards and put them on a pile.

b) Each student takes one card and explains the word. You can use the sentences in the grey part if you need help. The group has one minute to guess the word.

strawberry	milk	fish and chips
It's a kind of fruit. It's red and sweet. Noah is allergic to it.	It's a kind of drink. It's cold and white.	It's a British dish. Scout likes it.
carrot	lemonade	mattar paneer
It's a kind of vegetable. It's long and orange.	It's a kind of drink. It's cold and yellow.	It's an Indian dish. It's spicy. It's Sunita's favourite dish.
cream	cola	jollof rice
It's a kind of food. It's white and sweet. You can put it in or on a cake.	It's a kind of drink. It's cold and black. It's very sweet.	It's a dish from Nigeria. It's very spicy. It's Zane's favourite dish.
chicken	coffee	clown sandwich
It's a kind of meat. It's white.	It's a kind of drink. It's hot and black. You can drink it with milk or sugar.	It's a kind of party food. You need bread for it. It's funny. Everybody loves it.
pea	tea	birthday cake
It's a kind of vegetable. It's small, round and green.	It's a kind of drink. It's hot. Many British people like it.	It's a kind of dessert. It's sweet. Your parents make it for you on a special day.

My favourite sandwich: ____________________

1 You need …

Write a list of the food you need to make your sandwich.

- ____________________
- ____________________
- ____________________
- ____________________
- ____________________
- ____________________
- ____________________
- ____________________

2 How to make my sandwich:

a) Write the steps how to make your sandwich. You can use the words in the box.

first • next • clean • cut • put … on the … • add

b) Add pictures to your recipe. Draw pictures or use photos of your sandwich. You can also show how you make the sandwich or how you eat it.

1

2

3

4

5

6

1 A film night

I can talk about food. ✓

a) **1** carrots • **2** strawberries • **3** tomatoes • **4** bread • **5** sausages • **6** chocolate • **7** milk • **8** lemonade (8 points)

b) (Lösungsbeispiel) (5 points)

A: Let's buy some chocolate.
B: Yes, that's a good idea.
A: I love strawberries. Do you like strawberries?
B: I'm allergic to strawberries. Let's buy some bread.
A: Yes, let's buy some bread and some tomatoes.
B: No, I don't want to buy tomatoes. Do you like carrots?
A: Yes, let's buy some carrots.

(Es sind mehr als 5 Sätze möglich. Für jeden korrekten Satz gibt es einen Punkt.)

13–12	11–9	8–6	5–0

2 Language A very bad picnic

I can talk about birthdays and parties (present progressive). ✓

(8 points)

1. Willow's birthday is in August, so we're **wearing** T-shirts, but it's cold and rainy.
2. Mum is **putting** balloons on a tree, but it's very windy.
3. We're **sitting** on the grass because there are no chairs.
4. A dog is **barking** because it wants our food.
5. Nish is on his phone. He's **texting** his friends.
6. A seagull is **eating** my sandwich.
7. Ben is **playing** the guitar.
8. But just one person is **listening** to Ben's music!

8–7	6	5–4	3–0

3 Language After the party

I can talk about party food *(much, many, a lot of)*. ✓

(5 points)

1. There **isn't** much lemonade.
2. There **aren't** many sandwiches.
3. There's **a lot of** salad.
4. There are a lot of **sausages**.
5. There aren't many **carrots**.

4 Reading Zane's dream party

a) Zane's dream party is in the stadium. (1 point)

b) (5 points)
1. It's a special and interesting place.
2. There's a tour of the stadium, a football skills lesson and a football match.
3. They are on Sunday mornings.
4. They are two hours long.
5. There are sandwiches, there's fruit and there's cake.

c) (Lösungsbeispiel) (2 points)

I want to have my dream party at the skatepark. I like skateboarding and it's fun.

(Es sind mehr als 2 Sätze möglich. Für jeden korrekten Satz gibt es einen Punkt.)

13–12	11–9	8–6	5–0

5 MEDIATION My favourite dish

I can describe my favourite dish. ✓

(3 points)

1 Man isst dieses Gericht zu Abend.
2 Man braucht dafür Eier, Milch, Würstchen, Mehl und Öl.
3 Man backt es für 30 Minuten im Backofen.

3	2	1	0

6 LISTENING Dinner at Sunita's house

I can understand and talk about differences. ✓

a) Picture B

(1 point)

b) 1 **Sunita's family** eats dinner in a big dining room.
2 **Zane's family** has a small dining room.
3 **Zane's family** eats dinner in the living room.
4 **Sunita's family** doesn't eat meat.
5 **Zane's family** has no animals.

(5 points)

6	5–4	3	2–0

7 STUDY SKILLS Explaining new words

I can explain words. ✓

a) 1 carrot: It's a kind of ~~fruit~~.
2 chicken: It's a kind of ~~cake~~.
3 dessert: It's the meal ~~before~~ dinner.
4 milk: It's a kind of ~~food~~.
5 cornflakes: You eat them with ~~water~~.
6 tea: It's a ~~cold~~ drink.
7 shopping list: You need it at ~~school~~.
8 vegetables: They're ~~bad~~ for you.

(8 points)

b) 1 carrot: It's a kind of **vegetable**.
2 chicken: It's a kind of **meat**.
3 dessert: It's the meal **after** dinner.
4 milk: It's a kind of **drink**.
5 cornflakes: You eat them with **milk**.
6 tea: It's a **hot** drink.
7 shopping list: You need it at **a supermarket**.
8 vegetables: They're **good** for you.

(8 points)

16–14	13–11	10–8	7–0

8 WRITING A banana and chocolate crepe

I can research and write a recipe. ✓

1 You make it with flour, sugar, milk, chocolate sauce, a banana and two **eggs**.
2 You also need a spoon and a frying **pan**.
3 First **mix** the flour, eggs, milk and sugar.
4 Then **fry** the mixture for two minutes.
5 Next turn over the crepe and fry it for two more **minutes**.
6 **Add** chocolate sauce and the banana.

(6 points)

6	5–4	3	2–0